本书为 2016 年度国家社科基金艺术学重大项目
"戏曲剧本创作现状、问题及对策研究"（16ZD03）前期成果

上海戏剧学院编剧学教材丛书

编剧原理

熊佛西　余上沅　田　汉　等著

上海人民出版社

总　序

如果从 1946 年创办编导研究班算起，上海戏剧学院（以下简称上戏）的编剧教学已有 70 年历史。从 70 年间积累的有关编剧教学的教材、专著、论文、参考资料、案例汇编中遴选出一批可供教学与研究的编剧教材，整理出版"上海戏剧学院编剧学教材丛书"，是我多年的愿望，限于各种原因，一直未能付诸行动。此次借上海高峰高原学科建设之东风，终于遂愿。丛书印制在即，责任编辑建议，考虑到有些教材出版已有些年头，原有的序言等内容可能会让读者产生距离感，希望能有个总序，说些新话。我以为，此见甚好。为之，约请了几位比较适合作此书序的同仁，不想均被婉拒。不得已，只好赶鸭子上架，由我滥竽充数。当然，我自知也说不出新话。

一

细心的读者一眼就看出，编剧教材怎么成了"编剧学"教材，多了一个"学"字，应作何解？那就先聊聊编剧学吧。

编剧，作为专业，有 2500 年的历史，应该是比较客观的论断。现存的古希腊戏剧，如索福克勒斯的《俄狄浦斯王》剧本也有 2400 多年了。编剧的相关研究，自亚里士多德的《诗学》算起，也有 2300 余年。中国戏剧晚出，现存最早的戏曲剧本是南宋的《张协状元》；至于编剧的研究，一直到明末清初李渔的《闲情偶寄》，才以结构、词采、音律、宾白、科诨、格局六方面论，对戏曲编剧的理论与技巧有全面的概括与精当的阐述。若论大学的编剧专业教学，最早的，有案可稽的是美国的乔治·贝克教授于 1887 年在哈佛大学担任戏剧文学和戏剧史等课教学，并主持总名为"课程第 47 号的实习工场"的系列戏剧课程。

创建编剧学则是近几年的事。

2007 年 5 月，我调任戏剧文学系主任，时任科研处长的姚扣根教授提议，我们是否建一个戏剧创作学。我听了眼睛一亮。虽然一个新学科的建立，需要具备各种重要条件，如要有社会需求与发展前景；要有深厚的学术积累；要有明确的研究对象；要有稳定的研究队伍；要有学术共同体与学术刊物；要有卓越的研究成果；要有学术派别；要有高等教育；要有学科带头人，等等。而这些条件，未来的编剧学新学科都已具备。加上上戏有悠久的编剧教学历史，有许多老教授的研究成果，有新一代教师和学者的求索精神，如果乘势而上，顺势而为，坚持数年，相信必有成果。经反复考虑，我觉得时机成熟，决定试试。征询系里同仁意见，也都很支持。正好有个由我执笔修改学校公文的机会，便试探性地将"筹建戏剧创作学三级学科"写进文件（参见上海戏剧学院档案室文件：《上海戏剧学院行政报告·2008 年 3 月 27 日》），获得认定后我们便围绕筹建新学科开始运思并做了一些基础性的工作。2009 年 12 月 3 日，在学校中层干部会议上，我以"学科建设：戏文系事业可持续发展的生命线"为题作交流发言（参见《戏文通讯》2009 年号），明确提出"争取在三五年内将戏剧创作学建成上海市教委三级重点学科"的工作目标。至 2011 年 4 月，学校在江苏木渎召开学科建设会议时，在校学术委员会主任叶长海教授及学术委员会同仁与校领导的支持下，该项目被列入学校三级学科建设计划，正式命名为"编剧学"（需要说明的是，编剧学应运而生，是中国戏剧教育、戏剧研究、戏剧实践的必然结果，姚扣根教授与我，仅仅是在一个恰当的历史时段顺手轻轻推开了那扇迟早要被人推开的编剧学之门）。

众所周知，编剧，原来是戏剧戏曲学中的一个子系统，一直依附或混杂于文学、戏剧和电影的部分。如今逐渐步入独立自主、自我完善的体系化，最终成型并自立门户，实在是经过了漫长的求索之路。编剧学的建立，既是编剧专业自身发展的内在需求，也是戏剧影视与文化创意产业发展的自觉选择，更是编剧这一人类创造性活动获得人们进一步重视的必然结果。

何以见得？

第一，从编剧涉及的实践领域看，编剧早已突破原有的戏剧、电影的框架，有了广播剧、电视剧、纪录片，及应运而生的新媒体戏剧，如手机剧、网络剧、游戏动漫、环境艺术、场景艺术等众多的人文活动新领域。随着演艺艺术、图像艺术、视听艺术的普及，包括竞选、广告、婚宴、庆典等，都需要编剧的策划和撰稿，将人类所有的仪式化的活动，化为"剧"的因素。诗意的栖居，行动即表演，戏剧的人生，成了现代人的某种生活方式的追求。在这样的态势下，传统的编剧理论与编剧方法受到严峻挑战，现实需要更多的学术回应。

第二，从编剧涉及的理论研究看，编剧的理论早已突破原有的戏剧学、电影学的研究框架。今日的编剧专业作为核心，连接了几乎所有的社会和人文的前沿学科，甚至包括了一些自然学科的最新成果。如语言学、符号学、叙事学、美学、心理学、创意学、传播学、接受美学、人类学、教育学、策划学等；包括医学、运动学、生命学、数字技术、材料学等多学科与交叉学科。编剧涉及的新理论与技巧，如雨后春笋，早已拓展研究领域并收获鲜活成果，呈现了前所未有的蓬勃姿态。具体体现为：有关编剧的论著与论文、教材与译著，数量上升，质量提升；越来越多的高校面向本科生、研究生开设编剧课程；相关前沿理论的融合渗入，国内外频繁展开的学术交流与切磋，提供了良好的研究路径与发展平台。

编剧，作为戏剧、影视、游戏、新媒体等诸多艺术创作链上的一环，既是"无中生有"的第一环，更是决定作品成败的最重要一环，一方面具有最悠久的历史传统与最稳定的经久不衰的运行系统，另一方面无论是实践还是研究，又是一个充满无限活力、富有蓬勃生机的新领域。

对照社会的发展和需求，我国目前编剧理论与学科基础尚显薄弱稚嫩，整体水准还处于不稳定的初级状态。有的研究取向单一，路径狭窄，自我封闭，亟须"破茧成蝶"；有的存在着"分化不够"问题，编剧专业的主要领域和一些次领域没有得到充分的衔接，没有建立一个独立而完善的学术体系；有的存在"融合不足"的问题，编剧专业在内与文学、戏剧学、电影学、传播学等内部各次领域的学术对话不够充分，在外与心理学、社会学、哲学等其他学科的跨学科研究交流不够积极。从本土文化研究的角度看，吸收和消化西方编剧理论，创建具有东方美学特征与戏曲剧作思维的中国编剧理论和方法论，还远远没有形成成熟的体系与模式。

鉴于此，为实现编剧专业在学科领域的进一步发展，适应实践和理论的现实需求，创立编剧学就成了我们这代人不可回避的学术使命。由于天时地利人和，我们终于迈出了重要的一步：凝聚各方资源，创建编剧学独立学科，在学科层面上推进专业知识之间合理的分化和融合，从而借此提升整个专业、行业、事业的学术水准。幸运的是，2011年国务院学位办通过了艺术学升为门类的决议，我校的戏剧与影视学由此上升为一级学科，编剧学也随之升格为二级学科。最近，有关部门在全市所有高校中遴选出21个学科列为上海高峰学科建设计划，上戏的戏剧与影视学有幸入选，编剧学也躬逢其盛，忝列其中，此乃幸事。

提出创建一个新学科也许还容易，关键是如何实施，如何一步一个脚印地去推进。换句话说，编剧学要做什么？概言之，主要有两件事：一是编剧理论研究，二是编剧实践研究。如果再具体一点，那就是：编剧史论，即编剧学史研究；编剧理论，即编剧本体研究；编剧评论，即剧作家作品研究；编剧技论，即剧作方法技巧研究。

首先，要梳理传统的编剧理论，从中国演剧艺术的实际出发，在中国与西方学术传统的基础上，在现代向传统继承发展的前提下，探索创造适应现实发展的新的知识体系、研究方法和教育方法；其次，要加强学科基础建设，创建以创作为核心的科研、创作、教学的新学术框架；再者，要对商业文化的冲击和现代技术的影响等社会环境变化作出及时反应，一方面不断拓展适应前沿领域实践发展的学术研究，另一方面不断拓展相关的边缘学科，以多学发展一学，实现整个学科体系的开放和活跃，并在这种开放性、活跃性中厘清编剧学的结构体系，创建中西融合的编剧课程，梳理编剧特色的学术框架，创建具有中国特色的编剧学。

因为学科建设的成果最后总是要作用于教学，作用于社会服务，编剧学又是实践性很强的学科，所以，在上戏，习惯的说法是，学科建设要注重科研、创作、教学与社会服务的"四轮并进"。依照这一思路，这些年，我们以上戏编剧学研究中心为载体，为编剧学新学科做了一些奠基性的实事：

1. 科研方面

《1980年代以来汉语新诗的戏剧情境研究》，列国家社科基金青年项目；

《中国戏剧评价体系研究》，列上海高峰学科建设项目；

《故事开发与应用实验室》，列上海高校一流学科建设项目；

《编剧软件》，列上海高校一流学科建设项目；

《中国现当代编剧学史料长编》（3卷），列上海高校一流学科建设项目；

"上海戏剧学院编剧学丛书"（6种），列上海高校一流学科建设项目；

点评版《中外经典剧作300种》（30卷），列上海高校一流学科建设项目，上海人民出版社重点书目；

承担《中国大百科全书·戏剧卷》戏剧文学分支各条目的设计与编纂工作，列国家重大出版工程。

2. 创作方面

话剧《国家的孩子》获2014年度国家艺术基金资助；

话剧《徐阶》获2015年度国家艺术基金资助；

话剧《万户飞行奇谈》《四岔口》《春天》《爱不释手》《海岛来信》《分

庭抗争》，戏曲《寻找》《长乐亭主》（均为编剧学专业学生创作）等获上海文化发展基金会青年编剧项目资助。

3. 教学方面

与哥伦比亚大学联合培养编剧专业 MFA 研究生，将两位美籍研究生的课程作业搬上中国舞台，出版《碰撞与交融——上海戏剧学院与哥伦比亚大学联合培养编剧专业 MFA 研究生课程记录》；

优化戏剧文学专业建设，列国家级特色专业建设点；

探索戏曲写作教学创新实践，获上海市优秀教学成果奖；

总结编剧教学 60 年历史，出版《编剧教学研究论文集》；

鼓励编剧学教师重视自身的创作与研究，出版《上戏编剧学教师年度文选》（2013 卷，2014 卷）；

出版《上戏编剧学研究生作品选》（4 卷）《俄罗斯题材戏剧小品选》《新剧本创作选》《倒春寒》《国家舞台艺术精品工程入选剧目研究课程论文集》等，举办"上戏编剧学研究生作品京沪专家研讨会"；

出版《故事——上海戏剧学院编剧教学参考资料》（20 本）；

探索《编剧概论》《独幕剧写作》《大戏写作》《戏曲写作》《电视剧写作》等核心课程的改革创新；

倡导学生注重社会实践，建立编剧学余姚、南通、绍兴、松江教学基地，新疆、西藏践习基地，出版《戏文系学生暑期社会实践调查报告》（2009 卷，2013 卷）。

4. 社会服务方面

在市教委相关部门支持下，创立上海校园戏剧文本孵化中心，借助上戏创作中心、编剧学研究中心的力量，先后推出《钱学森》《王振义》《潘序伦》《钱宝钧》《熊佛西》等一批原创"大师剧"；

出版《上海校园戏剧文本孵化中心 1+1 丛书》；先后主办第一届、第二届全国校园戏剧剧本征稿比赛活动；

举办 9 期全国高级编剧进修班，同时为新疆、西藏、内蒙、湖南、山西等地培养青年编剧人才。

上述事项，都直接或间接与编剧学学科建设的总体部署相关，有的已经完成，有的还在进行中。而整理出版 10 卷本"上海戏剧学院编剧学教材丛书"，自然是编剧学建设的题中应有之义了。

一个"学"字，作此解释，自觉有些啰嗦了。

二

教材建设是学科建设的一项重要内容，这应该不会有异议。问题是，整理出版旧教材，有意义吗？毕竟是存量，不是增量，有价值吗？朝花夕拾，未栽新株，有必要吗？一句话，为什么要整理出版这套教材丛书呢？那就说说我的想法。

首先，我以为，这是编剧学学科建设的需要。

学科建设主要承担知识的传承与创新，学科人才梯队的构建与培育。但是，如前所述，最终的成果都要作用于教学，作用于社会服务。而体现这个功能的一个重要载体就是教材。换一个角度说，一个学科，没有完整的、科学的、有说服力的教材系列是无论如何也说不过去的。

事实上，每个历史时段问世的编剧学教材，都会融入特定时期的学科、专业与教学改革的最新成果。所以，系统地整理出版已有较成熟的教材，既可以从中窥见学科与专业建设前行的足迹，揣摩先驱者筚路蓝缕、既开其先的进取精神，更可以为编剧学学科建设成果的受众反馈提供真实信息。

其次，也是编剧学新教材建设的需要。

上戏建校70周年，编剧教学贯穿始终，有教学，必有教材。包括基本教材，即基本知识的传授；实践教材，即学生能力培养的指导；参考教材，即学生外延能力培养的辅助。应该说，这三类教材的储备我们都有。但是，无论是质还是量，与建设一流艺术大学的目标要求还有距离。特别是，随着社会的发展，知识更新周期越来越短。有资料说，联合国教科文组织对此曾经做过一项研究，结论是：在18世纪时，知识更新周期为80～90年，19世纪到20世纪初，缩短为30年，上个世纪60～70年代，一般学科的知识更新周期为5～10年，而到了上个世纪80～90年代，许多学科的知识更新周期缩短为5年，而进入新世纪时，许多学科的知识更新周期已缩短至2～3年。编剧学的知识更新当然不可能如此短暂，由于其实践性很强的专业特点，许多编剧技术与方法具有较强的稳定性。但知识更新终究是不可能绕开的学术话题。如何将编剧学最新的研究成果转化为教学内容，就成了一门十分重要的功课。而做好这一功课的前提是，必须摸清现有家底，盘点已有积累，再看看有哪些缺失需要补上，哪些软肋需要强化，哪些谬误需要订正，哪些新知识、新观点、新方法、新理论需要整合，从而为编剧学新教材建设提供重要参照。

最后，当然也是培养创新型编剧人才的需要。

培养合格的创新型编剧人才，离不开教学内容与教学方法的改革，在有限的时间和空间内给学生有用的知识，都亟须科学性、实践性、先进性兼备的教材。而鼓励学生系统地研读已有的较成熟的教材，一方面可以强化学生的专业基础，另一方面可以昭示后学以前辈为例，养成努力探索学术真谛、把握科学规律的治学习惯，培育跟踪学科前沿、贴近创作实际的良好学风。

因为有了上述理由，至少让我为原初也曾经有过的犹豫找到了释怀的依据。

三

也许，还应该谈谈这 10 本教材的特点以及入选的理由。

是否可以这样说，这是国内第一套在编剧学领域比较全面科学地总结探讨话剧、戏曲、戏剧小品、电视剧编剧理论与技巧的教材丛书。著者注意吸收国内外编剧研究的理论成果，结合中国当代编剧实践，内容涉及编剧学、剧作法、编剧艺术、剧作分析、中外编剧理论史、编剧辞典、国外剧作理论与教材翻译等，在努力揭示编剧观念、创新思维、写作规范、本质特征和剧作法则等方面作出了可贵的努力。毫无疑问，这10 本教材各有各的特点，限于篇幅，我只能挑主要的感受来表达，以初版时间为序，逐一介绍。

1.《编剧原理》

著者洪深（1894—1955）、余上沅（1897—1970）、田汉（1898—1968）、熊佛西（1900—1965）、李健吾（1906—1982）、陈白尘（1908—1994）。此著为六位中国现当代话剧史上重要的理论家、剧作家、教育家的主要编剧理论著作的汇编，书名借用熊佛西老院长的编剧理论专著。这六位先贤为上戏草创时期的名师。此次选取的文字，既是重要的学术论文，又具有教材意义。先贤们围绕"戏剧是什么"、"怎样写剧"、"怎样评剧"等问题展开阐述，娓娓道来。反复咀嚼几位著者的论述颇有醍醐灌顶、引导统率的作用。学习戏剧，同时还需要理解戏剧与文学、戏剧与社会、写意与写实、话剧与戏曲等多重关系，书中对此都有翔实的分析。同时，有关历史剧、诗剧、哑剧、小剧场戏剧等戏剧类型的论述，也颇能体现作者从实践经验中摸索出的戏剧规律，对于从事编剧创作和研究的学生而言，则是一笔宝贵的理论财富。

2.《编剧理论与技巧》

著者顾仲彝（1903—1965）。这本编撰于1963年的教材，材料丰富，案例得当，论点精辟，旁征博引，通过对古今中外优秀剧作和戏剧理论的研究，系统探索了编剧艺术的规律。其中关于戏剧创作基本特性的论述尤为精彩。著者在对西方戏剧理论作系统梳理的基础上，作出"冲突说"的归纳，简明而又有力量。在戏剧结构章节中，著者依据欧洲戏剧史上对于结构类型比较科学的分类方法，把戏剧结构分为"开放式结构"、"锁闭式结构"和"人像展览式结构"三种类型，并对不同结构的特点作精当分析，同时又选择"重点突出"、"悬念设置"、"吃惊"、"突转与发现"四种主要的结构手法作介绍，可谓鞭辟入里。稍嫌不足的是，书中难免留有那个时代所特有的政治痕迹。但这怎么能去苛求前辈呢？而且我一直以为，此著为中国编剧教材的奠基之作，在顾先生之后，几乎所有编剧教材都程度不同地受惠于此著。再说一句可能会有些偏颇的话，就教材的整体质量而言，这也是至今难以超越的经典之作。

3.《戏曲编剧理论与技巧》

著者田雨澍。本书强调戏曲的独特性，以廓清与话剧、电影等艺术形式的区别。歌舞表演是戏曲的外在表现形式，戏曲的本质是"传神"，即不断地深化、剖析人物的精神面貌、内心世界和灵魂图谱，而实现"传神"的有效方式便是虚实结合原则。以此为基础，著者较为全面地透析了戏曲人物、情节、冲突、场景和语言特色，又调度经典戏曲剧本案例辅证论点，挖掘出戏曲审美特质。全书尽可能地吸收古典论著、序跋、注释当中的散论，又广纳民间艺人从实践中总结的口诀谚语，为教学和创作提供了生动而鲜活的理论依据。

4.《戏剧结构论》

著者周端木（1932—2012）。原书名为《一座迷宫的探索》，易用现书名的缘由当然是为了体例的规整，倘若周先生有知，想来是可以理解的。此书围绕"戏剧结构"展开。戏剧，可以是冲突结构，可以是人物意识流程结构，可以是佯谬结构，可以是理念结构，可以是立体复合式结构。此著特别强调戏剧动作是组织结构的首要特性，并以此统领全著。作者还有意打破流派的分歧和界限，就情节的提炼，悬念、惊奇的运用，情节的内向化发展，独幕剧的结构特点等话题进行深入阐述，同时将不同的戏剧流派纳入讨论范围，包括《罗生门》《三姐妹》《万尼亚舅舅》《推销员之死》《野草莓》等剧作的细致分析，无疑具有生动实用的借鉴意义。

5.《戏曲写作教程》

著者宋光祖（1939—2013）。本书是专以戏曲写作为中心撰写的教材，入编时我将宋教授另著《戏曲写作论》中的"戏曲写作的理论与技巧研究"部分内容也纳入本教材。此著致力于探讨戏曲写作的历史传统和写作方法，条分缕析，深刻细致，系统完整，切实起到强化戏曲思维与写作过程中的答疑解惑之作用。作者也未局限于戏曲的特性，而是注重向话剧理论学习，以人物的性格描写、感情揭示和心理分析为主，事件或者情节为从，由浅入深、体贴入微。该著是作者经过 20 余年的教学实践摸索而建构的一整套独立的戏曲写作理论，格外遵从教学需求，以指导学生的写作训练为轴心，推崇从读剧看戏中总结戏曲写作理论，因此全书涉及众多中国现当代戏曲范例，还汲取了古典戏曲理论和剧作的精华，对于研习戏曲编剧的学生而言具有很强的应用性。

6.《戏剧的结构与解构》

著者孙惠柱。戏剧作为一种满足人类心理需求的"体验业"，不仅有赖于故事的叙事性结构，也需要剧场性结构的支撑。此著致力于探讨艺术家对于"第四堵墙"的态度、用法，进而分析戏剧结构的不同特点。他首先溯源穷流、归纳整理，将 2500 年以来戏剧的叙事性结构类型进行分类，力图展现各个时期、各种流派提倡的戏剧结构特色。其次，与相对成熟的叙事性结构相比，有关剧场结构的论著还相对匮乏。著者以编导演模式为视点，横向比较世界戏剧美学体系，纵向挖掘中国的戏剧美学脉络，中西参照、点面结合、归类清晰。全书涉及的案例从历史到当下、从传统到后现代、从经典到热点，博采众长、配图精美，乃编剧学教学的重要参考著作。作者以宽容的姿态审视不同的戏剧流派，作为编纂者，我揣测大概对于当下话剧的弊端分析也是直面戏剧乱象的必经之途。另外，就叙事性结构与剧场结构的关系研究，也颇具启发，这也是未来编剧学所要努力研究的重要方向之一。

7.《电视剧写作概论》

著者姚扣根。该著被列为教育部"十一五"规划国家级教材。此著区别于以往的电视剧写作教材，动态地对电视剧这一特定对象进行考察研究，将电视剧作为一门交叉边缘学科，既与戏剧、电影和大众传播等学科有关，又涉及其他人文学科，如文艺学、叙事学、心理学、伦理学、社会学等。另一方面，该著在阐述电视剧传承戏剧、电影及文学元素的同时，更注意站在电视媒介上，努力找出它们之间存在的不同点。换句话说，相对戏剧、电影理论的借鉴和传承而言，该著更注意符合电视媒介的需求，更注意电视剧是一种新兴的叙事艺术门类。同时，该著注意写作理论和文艺理论的相互渗透、交织，从教学方面充分注意了可操作性和示范性，提供了中外经典案例，提供一种科学的、系统的序列性训练。一方面训练学生掌握围绕具体文本写作的材料、主题、语言、结构和类型等主要内容，同时着重阐述那种得之于心，应之于手，只可意会不可言传的写作经验和技巧，并使之明朗化、系统化，并根据初学者的写作状态，循序渐进，有助于激发学生的学习兴趣，以理论推动实践训练，以实践提升理论素养。对电视剧写作的教学、研究者而言，本著可谓是一本难得的写作指南。

8.《编剧理论与技法》

本著为笔者所撰，曾获上海普通高校优秀教材一等奖。与他著相比，自知简陋。倘硬要找些特色，似乎也有。一是全书融入自己大量的创作感受，可能比较"贴肉"，具有一定的操作性；二是章末附有针对教材讲解内容的"思考与练习"，计有 20 道思考题，部分要求写成文章，另有 20 道练习题，要求编写 7 个小型剧本提纲、6 个剧本片段与 7 个小型戏剧剧本。希望通过这样的"多思考、多实践"，让学生领会课程内容并掌握从剧本提纲到剧本片段再到完整的剧本写作的整个流程，虽然浅显，但较为实用。

9.《戏剧小品剧作教程》

著者孙祖平。本书系统地论述了戏剧小品作为一种独立的艺术样式，有着属于自己的创作特征。著者首先从戏剧小品的起源入手，详细介绍了古代小戏和现代小戏的发展历程。然后从戏剧小品的构造特征、情境张力、情节过程、结构模式、形象造型、意蕴内涵、审美途径、语境语言及样式类别等九个方面入手，对戏剧小品的创作特征进行了详尽的阐述。此著一大特色是发现了戏剧创造系统中"片段"的位置存在和价值取向，清晰地指出"场面并不直接构成一场戏或是一幕戏，在场面和幕（场）之间，还存在着一个构造组织——片段"，从而提出了"戏剧小品是一个片段的戏剧"的定义，并论述了相应的特点。由此进入，戏剧小品研究的种种难题，皆能迎刃而解。同时，这一发现也使戏剧构造的理论更加科学、客观、合理。

10.《世界名剧导读》

著者刘明厚。本著遴选各个世界戏剧历史阶段中具有代表性的优秀剧目，如《俄狄浦斯王》《李尔王》《海鸥》《萨勒姆的女巫》《一个无政府主义者的意外死亡》等进行评析，涵盖了从古希腊悲剧以来西方戏剧的发展历史，以及戏剧观念、艺术表现手法的革新与变迁。在这些脍炙人口的名剧里，我们能感受到人类共同的价值观念和人文理想。此著不仅从编剧艺术分析的角度切入，还结合社会学、接受美学等理论去审视这些西方作家作品。全书评析中肯，见解独特，显示出作者具有开阔的学术视野和严谨的治学态度。

综合起来看，这10本教材，既备自成一体、各有千秋之特色，也具相互补充、相得益彰之功能。《编剧原理》虽然问世最早，文字简要，但所述概念、知识、要旨均属提纲挈领，为编剧学开山之作。《编剧理论与技巧》是前著的拓展与深化，集中外编剧专业知识之大成，可引领习剧者登高望远，总揽全局，按图索骥，成竹在胸；而与此著仅一字之差的《编剧理论与技法》则可看作是对顾著学习的心得集成，倘仔细揣摩，便可登堂入室，舞枪弄棍。《戏曲编剧理论与技巧》紧扣戏曲写作特点，阐述基本要领，给习剧者提供描红图谱；而属同类型研究性质的《戏曲写作教程》，则抓住关键要点，深入展开，时现真知灼见，令人茅塞顿开。《戏剧结构论》为著者倾情之作，所述要点，枚举案例，均融入情感色彩，既有感染力，也具说服力；《戏剧的结构与解构》虽与周著同题，但中西交融，视野开阔，观念新进，脉络清晰。两著比照着读，获得的不仅仅是对戏剧结构的融会贯通。《电视剧写作概论》与《戏剧小品剧作教程》则提供了两种不同艺术样式的写作指南，概念清晰，案例生动，特别是对写作环节的引领性提示，因为融入著者数十年创作经验，令读者释卷即跃跃欲试，如入无人之境。《世界名剧导读》既悉心介绍经典剧作，又给后学提供阅剧、评剧、品剧经验，可谓有的放矢，细致入微。

这10本教材织就编剧学知识经纬，也在一定程度上体现了编剧学之所以成为一门系统学科的实力。

至于这 10 本教材入编本丛书的理由，其实非常简单，一是为上海戏剧学院教师所著；二是必须正式出版过的；三是在教学过程中使用本教材产生较好效果的。我想，有这几条也就够了吧。

末了，请允许我再说说由衷的感言。

首先要感谢所有入编本教材丛书的编撰者（包括部分编撰者家属）的倾力支持。记得我把出版本丛书的决定与编撰者及相关人士通报时，获得的反馈竟全是热情的鼓励与诚恳的期待。为了使本丛书得以顺利出版，有的还毅然中止了与原出版社的合同；有的则搁下手头繁忙的学术研究与剧本创作任务立即对自己的原著进行补充、改写、修订；有的专门来与我商讨丛书的入编标准、装帧建议、使用范围等。凡此种种，都令我感动不已。

其次要感谢青年学者翟月琴女士的辛勤付出。作为月琴攻读博士后的合作导师，尽管知道她近期正在为国家社科基金青年项目的撰写与出站论文的修订殚心竭力，但我还是毫不犹豫地让她参与本丛书的编辑。除了深知她有丰沛的学养储备与严谨的治学态度外，更重要的是，希望她通过参与本次劳作，能更深入地了解上戏编剧学教学、理论与实践的家底，为她日后的编剧学理论研究打好基础。

月琴果然不负众望，投注热情，奉献智慧，既做了许多编务工作，又在学术上付出心血。举一个小例子，编辑工作遇到的麻烦之一是引文注释的复核，不少引文与原文有出入，或版本不详，或缺少页码，包括转引文献和作者凭感性经验引用的语句，都需要重新翻阅原著、甚至是作家全集，逐一核实。对任何一个人来说，这都是一个挑战修养与责任心的活儿，月琴做好了，而且毫无怨言，令我感动。

总序

再次要感谢本书的责任编辑赵蔚华女士。她不仅对丛书的装帧设计，文字版式，内容规范，前言后记，体例题型都有自己独到的见解，而且还对入编的每一本教材都认真审读，并提出各种专业性很强的意见和建议，借此机会，向她表示深深的谢意。

最后，还要郑重感谢的是上戏 70 年间一代一代的学子们！正是你们求知若渴的目光、如切如磋的声波、进取奔放的心律所构成的温暖的"学巢"，才孵化催生了这一本本饱含著者心血、印有时代胎记、留下几多遗憾的编剧教材。毫无疑问，有关编剧学所具有的一切的丰润与一切的留白，都属于你们，属于未来！

我们，仅仅是戏剧征程上匆匆行走的过客……

陆军
2015.11.20

目　录

第一编　洪深（1894—1955）

术语的解释

一　剧情 Dramatic Situation

　　剧情就是"有戏剧意味的一种情形"。不过这样解释，等于没有解释。现就人生来说，人的一生有很多时候是平安过去的。所做的不过是些照例做惯了的事，所以不会有十分强烈的情感，也用不着超逾常度的努力。但是也有时候，环境起了变化，竟不许我们将日常生活照旧地平安地继续下去，而需要一种改正，一种转变。如果我们不特别想法子，寻出一条新的路，我们就许不能再行生活了。在这时候，人们——不论思想，或行为，或单是说一句话——是不能不"有所举动"的。纠纷既增加了，情感也强烈了，一切都紧张了；所以这时候的情形，是最有戏剧的意味了。这种人生的情形，在戏剧里，就是好剧情。

　　在平常的时候，一个人与他所处的环境，必须维持着一种均势，一种平衡，而后他的生活才能继续。以物理作譬，一瓶清水里面，水的分子不断地跃出至瓶上段的空气中。但因为瓶口是塞牢的，水的分子逃不出瓶外，所以同时就有同数的水的分子，从瓶上段的空气中，再坠入瓶下段的水里。这样，瓶内水的量就不至于减少，那就是达到平衡了。倘如没有瓶塞，那流动的空气将瓶上段里水的分子，吹走一部分，使得那从水跃至空气里的水的分子，比那从空气坠入水里的水的分子，数量来得多了；原来的均势平衡，今已推翻，瓶里的水，必然是逐渐减少；直至重新盖上瓶塞，恢复了均势平衡的局面，而后水的量才又不变，才又安定了。人生亦是如此。在安定的时候，是保持着均势和平衡的。一旦环境（社会的状态或事故，个人的生活或健康等）摇动了推翻了原来的平衡，他就须努力竭尽他所能，以求再得到安定，再造成一种新的（或恢复那原来的）均势或平衡。换一句话，他做了一番改正转变的工作，以求适应环境了，所以一个人所做的事，如果是他所愿意高兴做的，同时又是他的健康体力所允许他做的，更是社会需要他，或至少是不曾禁止他做的，这是极端的平衡了；这里简直是没有戏。但如果他所做的事，不是他的健康或体力所能胜任的，或者他个人所不愿的，或者被社会阻挠了他的进行的，他就在不平衡的状态之中。这真是好剧情，而他的改正，转变，重立平衡的努力，也都是好戏了。

有些故事曲折复杂得有趣；有些故事曲折复杂反而讨厌。这是什么原故呢！大约那剧作者忘却了人生是"从平衡到平衡""不断地推翻不断地重立"的原故。许许多多的事实复杂的纠纷，十分的热闹，但如果与那重立平衡的工作没有关系，这岂但是不戏剧，反而尽成枝节了。描写一个人为帮助一位女朋友，牺牲了气力，地位，金钱，反被女友误会他存心不良，断绝了友谊；这个剧情需要他对于女友的关系和他自己的将来，有一个解决。如果中间描写他去看足球，买不到票子，因而气愤体育商业化，这件事本身也许是有趣的有意义的，但于重立平衡有什么帮助呢。这就不是剧情所需要，这就是枝节了。

最后，不可误剧情为情节。情节是指整个的事件，剧情是指一时的情形。好的情节当然是一串好的连贯的从因到果的许多剧情组织而成的。

二　故事 Story

故事就是作者所找出，所凑合，所编撰的片段的人生；本身能够自为起讫成为段落（即是有开场有经过有结局）而这个片段的人生，可以说明作者的哲学或人生观的。

人事能够成为段落的，只有两种：一是要做成一件事，以做事的志愿为开场，以事的做成或做不成为结局；其间经过，比较是活泼的，动作的，容易看得见的，繁杂多事的。还有是要决定一问题，以遇见难题为开场，以最后决定为结局；其间经过，比较是冷静的，内性的，不一定是显然可见的，无须有许多事故的。戏剧必须叙述这样的事实，这就是故事。

戏剧必须有一故事，就是说戏剧必须叙述一件人生的努力，人生的奋斗。有人看见在某某戏剧里，表面的动作，尤其是强烈的纠纷是很少的，便以为故事是不必要的。这是误解了故事的性质，以为所谓故事乃是复杂故事。或者竟是把故事和情节混为一谈了。

三　情节 Plot

情节不是故事。情节乃是将故事，按照"舞台上发生最大效果"的需要，重新布置支配过的。

情节和故事最大不同之点，就在事情发生的程序。如果全剧的经过，或一幕的经过，是按照事实发生的前后而叙述的，那原来的故事便整个地用作情节了，这是很少的。有时戏剧的经过，恰与事实发生的次序相反，最后的一件事也许做一出戏的开场（例如开幕时一个女子匆匆地奔入内室，枪声一响，一个男子从内奔出倒在椅上死了；以后再叙说他是自杀；以后再叙说他是三角恋爱中失败者），但是这种情节与故事的次序完全相反，也是很少的。通常是情节改乱了故事的次序。就是一部分依次叙述，一部分颠倒了利用补叙，一部分节省删除。所以同一个故事可以编成好几个不同的情节的。——舞台上有效果，须情节好；戏剧有价值，须故事好。

现在再将希腊索福克的《厄狄帕斯王》悲剧，来说明故事和情节的不同。

《厄狄帕斯王》的故事如下：

底比斯国王雷雅斯，娶了佐卡斯塔为后。那国王得有神谕，预言他与王后所生之子，长大了必定杀父娶母；他所以心中畏惧，誓不欲与王后亲近。不幸有一天饮醉了受骗，一时忘了这句誓言；佐卡斯塔竟而受孕；生下一个儿子来，就是厄狄帕斯。那国王想起了神谕，要避免所预言的种种祸患，即将那初生的婴孩，命一牧羊人携放在山巅上冻死（将婴孩曝露而死，乃是欧洲上古时代寻常的行为，犹之中国古时的溺女）。不料那牧人见那婴孩可怜，竟违反了国王命令，偷偷将孩子带往科林斯，而彼处的国王与王后，因无子息，便将这孩子收养了。厄狄帕斯逐渐长大，本不晓得他现在的父母，并不是他生身的父母，直至有一位醉汉，醉后失于检点，才偶然向他吐露一些隐情。厄狄帕斯疑惑极了，跑到神庙里去叩问，到底他的父母是何人；而神谕并不直接回答，只预言他将来必然杀他的父亲，娶他的母亲。他惊惧之下，为要避免种种不幸，连忙离家出走了。他走到底比斯国附近，一处三条大道交叉。对面来了一辆车，里头坐着一个人，随带着几个护卫，同他争路，把他推在一旁。他回击了护卫一拳，那坐车的人，就跳下车来，拿鞭子打他的头。可怜厄狄帕斯不晓得那拿鞭子打他的人，就是他的生父，他一时性起，把他们杀死了；只逃走了一个护卫。厄狄帕斯以为他们是特众欺人，他是不得已而杀人，所以仍向底比斯国而行。那时底比斯国郊外，有一狮子身妇人首的怪物，专行伤害过往人客。那怪物说出一个谜语，教人猜解，猜得出的，才放他活着过去，猜不出的，便要杀害。那行路的人没有能猜得出的，被害的不计其数。那谜语道：什么东西，是早上四只脚走，中午两只脚走，晚间三只脚走？厄狄帕斯听了，便道："这就是人，人在幼小的时候，两手两膝着地而爬；长大了，只用两腿走路；到了晚年，撑着一根拐棒。"那怪物自哑谜被人识破，从石头上跌下来死了。那底比斯国的人民，感念厄狄帕斯替他们除了大害，便拥他做了国王，并将前王遗下的寡后佐卡斯塔婚配给他。可怜厄狄帕斯竟是鬼使神差的，娶了生母为妻，应了当初的预言了。其后他做了多年的国王，生了好几个儿女，才发觉了这番真情实事。那王后奔入宫中自缢而亡，厄狄帕斯自己将双眼弄瞎，弃国至各地行乞，以冀解除罪戾去了。

以上所述的，是这出戏的故事，而不是这出戏的情节。亚里士多德解释希腊悲剧的结构，有所谓"三一律"，就是"一时间"那剧情的经过，只在一个简短不断的时间内；与"一地点"，那剧情的发生，只在一个固定不换的地点中；及"一人事"，那剧中的情节，只是一桩一口气连接着发展的事实。那希腊悲剧作者，能将一件绵长、散漫、复杂的故事，编成一部连续、经济、集中的情节，这就是技巧。"厄狄帕斯王"一剧，差不多完全用补叙的方法，全剧情节如下：

底比斯国，瘟疫盛行，民人死相亡继。那厄狄帕斯王安慰那惊惧的人民说，已经打发克里翁（王后佐卡斯塔之兄）到阿波罗神庙，叩问吉凶去了。克里翁回报，神言瘟疫不难停止，只须那杀害前王雷雅斯的凶犯伏辜。厄狄帕斯听得传说前王出行遇盗，与护卫等一齐遇害的，只有一人生回。他既无从捕获凶犯，便下令国中，命杀人者自首。他的大臣元老说，有卜者提瑞西阿斯，能推知过去与未来；但王早已遣人去传呼了。大臣又说，前王的死，或有谓非遇盗劫，实被行路人所杀害的，他亦不甚置信。此时卜者已到，因畏祸不敢实言。于是厄狄帕斯反疑卜者即是杀害前王的人，欲治重罪。那卜者不得已，直言杀害前王的，就是今王厄狄帕斯。他闻言大怒，又疑卜者与克里翁阴谋勾结，有意诬陷，以便夺取他的王位。那卜者已经推知未来种种的祸害，一一地告诉了他而去。厄狄帕斯愈怒，转身与克里翁愤争，十分暴烈，以致王后佐卡斯塔不得不亲来劝解。她晓得了卜者所言，便道"求神占卜，是毫不足凭的。当初前王雷雅斯曾得神示，说杀他的必是我与他所生的儿子。何以他后来竟在郊外三条大道交叉之处，被盗贼杀死！至于我们的儿子，生下不到三天，即将铁索缚了双脚，弃在山里冻死了。"王后这番话，原是要安慰厄狄帕斯的，不料他听到三条大道交叉的话，心里不免惴惴，紧要寻觅那当初与前王同行遇盗逃回性命的一个人，追问究竟。同时他对王后说，他是科林斯王的儿子，也因为得了神示，说是他会杀死生父，娶母为妻，所以离家走避；途中走过某处三叉大道，曾经遇见一起人，行装诚如王后所说的前王，偶因争路相斗，将一起人都杀死了。如此说来，别的神示虽未可知，而卜者所言，已经征信，那杀死前王尚未伏辜的凶手，恐怕就是他自己。现在只有一线希望，须待那遇盗逃回的人证明，不是他而确是一群强盗，他才能放心了。这时忽然从科林斯来了一个报信人，说是彼处的国王死了，于是王后重又安慰厄狄帕斯道，神示说的，你终必杀害生父，但是现在你的生父乃是病故，并非由你杀害的。厄狄帕斯闻言，稍为宽解，但因生母尚在，犹虑娶母为妻的预言。不料那报信人，忽然声言，病死的科林斯，并非厄狄帕斯的生父；记得厄狄帕斯还是一个很小的婴孩，有一个底比斯国王的仆人，抱来送给现在的报信人；那孩子脚上，还贯着铁索，后来即由报信人，亲自抱给科林斯王，认为己子留养的。那王后佐卡斯塔听到此言，不觉失声惊叫，急忙奔回宫中去了。厄狄帕斯问过了报信人，又在追问那仆人，原来那前王遇害时独自逃回的仆人，就是当初前王命他将婴孩弃去，而他不舍得，私自救活的人。所以前王雷雅斯正是他所杀害，而且他就是雷雅斯的儿子，这两桩事实，都已明白，神的预言都应了。厄狄帕斯又闻王后已在宫中自缢，即将他自己的双目弄瞎。此时克里翁走来慰问他，他坚欲离国远去，与他的女儿道别了下场。

将这出戏的情节与故事比较，我们可以学得许多编剧的法子，剧中一切的补叙，都有一个不得不说的理由，绝无丝毫勉强，而且说时也甚动情感的。

四　紧张 Suspense

这个英文字在字典上的解释，是"一种不决或未定的情形——常是引起人的关念或期望"。这是必须举几个例，才能明了的。《水浒传》第四十回末尾，石秀出外县买猪，三日后回家来，只见铺店不开，砧头刀杖都藏过了，便疑心潘巧云搬弄了口舌。他把猪赶在圈里。写了一本清账，向潘公告别回家，潘公大笑起来道，"叔叔差矣，你且住，听老汉说"……"毕竟潘公说出甚言语来，且听下回分解"。金圣叹批道，"七十回住法各妙，而以此卷得第一"。又如《水浒传》第三十九回，"梁山泊好汉劫法场"，开头便叙吴用与晁盖定计，众多好汉拴束行头，连夜下山，望江州来。这时读者已经晓得，他们是去劫救宋江了。但是江州一面，偏写（一）黄通判识破假书，（二）戴宗被打，招出实情，（三）蔡知府决意先斩宋江戴宗，免致后患，（四）五日已过，无法挨延，第六日早上打扫了法场，已牌时分，扎扮了宋戴，（五）推拥在十字路口跪着，只等监斩，（六）许多人来看犯人，细读犯繇牌，逡巡间知府已到，只等午时三刻。这时候的读者急于要问：（一）梁山好汉为什么还不来，（二）能在午时三刻赶到否，（三）赶到了，在如此的防备森严中，怎样下手打劫，（四）打劫了便怎样等等问题。金圣叹批道，"……使读者乃自陡然见有第六日三字，便吃惊起，此后读一句，吓一句，读一字，吓一字，直至两三页后，只是一个惊吓，吾常言读书之乐，第一莫乐于替人担忧。……"又如法国喜剧《微笑的妻子》Denys Amiel 和 Andre Obey 所作，描写一个丈夫专以自杀去挟制他的妻子；常时拉开抽屉，取出手枪，对准了自己的太阳穴，用力一扳；明知里面没有子弹，不过是吓吓人而已。但后来那妻子被他欺侮得太厉害，心里恨极了；所以有一次，（在第一幕末）趁他不在，偷偷地取出他的手枪，替他装入几个实弹，说道"我还要活着呢，我还要活着呢，这件事说起来是错误，是意外，完全是意外。决不会疑心是别情的"。观众是不是急于要晓得，第二幕里那丈夫仍还诈做自杀么？

有力量有效果的戏剧，不但能使人哭使人笑，更有使人等。所谓等，就是紧张或关子用得好。

紧张或关子，即是将观众的关念或兴趣，拉长了使得他们渴欲知晓下文。不论他是（一）完全不晓得什么事会发生而急欲探知；或（二）有一些晓得什么事快要来了，而更愿确定地知道；或（三）明知一件事必然会发生的，而在他却十分担忧，惟恐其发生，（有时惟恐其不发生，）这都可以使得他等。因为那重要的一件事，还在下文里呢。

在能造成紧张关子以前，有两件事是必要的。第一，把事情的起伏线索叙写得十分清楚。假如已往的事是混乱的，观众不完全了解，他就不起劲去追问下文了；有时人以为只须情节曲折，即事情多变化，多意外，就是好关子。但观众往往因为看不懂索性不看了。第二，剧中人的一部或全部，剧中的主要事情，必须写得能使观众表同情，如果这个人这件事是不值得表同情的，那末，他成也好，败也好，生也好，死也好，观众也不在乎晓得了。我们所引的第一个《水浒》例里，把石秀的态度，写得这样好，读者当然能表同情的。第二个《水浒》例里，我们本来不大对宋戴表同情，所以作者竭力写蔡知府的无能，黄通判的刁恶；他的代蔡知府谋划，是小人讨好，是把杀宋戴做他自己飞黄腾达的工具；所以读者比较的也能对宋戴表同情了。使观众对恶人表同情，是把恶人对方的人，写得更恶。第三个法国戏例里，作者很致意于丈夫欺侮妻子的描写，就是使观众对于妻子偷装子弹这件事表同情的。有些人误以为，剧中人如果不断地遇着危险，观众自然代他担忧，而不知不值得同情的人，观众对于他的危险到底是漠然的。

五　补叙 Exposition

补叙是将一出戏未曾开场之前所已经发生的重要事实，在开场后的情节中间，自然地，不露痕迹地叙说出来。小之如一个人的姓名职业历史性格。大之如社会的背景，已往的纠纷，剧中人相互的关系，必须说清楚了而后观众才能了解那当前事实的意义的。如果两幕之间，相去若干时日；或者某事系在别一地点发生（即通常所谓暗场），也是要用相当的补叙。像希腊悲剧《厄狄帕斯王》及易卜生的《群鬼》竟是差不多全戏是用补叙的。

六　伏笔 Planting

为求全剧的事情呼应和连贯的原故，为求一种奇特的事件在发生时显得是自然是必然的原故，为求那必然的事实在发生时格外地有力量的原故，在布置情节的时候须随时随处为下文作准备。广义的讲起来，写或排一个剧本，第一幕的一切都是第二幕的准备，第二幕的一切都是第三幕的准备！即在一场之中前半场亦系后半场的准备。准备乃是"讲故事的技巧"的根本。

伏笔是将后来解决问题时所须使用的一样物件，或所须依赖的一个人，或某人所有的一种心理思想或动机，或社会环境中一种力量或影响，极自然地，好像是不经意地，用许多不同的方式，再三在观众面前宣露，提说，做出，使得到了解决问题需用这件物，这个人，这种心理，或这般力量的时候，观众早已认识明了，视为当然应然，绝对不起怀疑与研究，而完全浸没在情感之中。伏笔用得好，可以使那难得，不可信，或不表同情的事情，在观众心目中，视为普遍，可信，及可以同情。在霍尔斯华绥的《逃亡者》悲剧里，一个从虚伪生活里逃亡出来的贵族夫人，被逼得实在没有饭吃了，想去学做卖笑生涯。她独坐在酒馆里，便自有男子来和她勾搭。但是她到底忍受不来这种堕落的生活，所以趁人不在，怀里取出毒药自杀。这瓶毒药就是她从前在她爱恋的诗人手里夺下来的。在王尔德的《温德米夫人的扇子》里，温德米爵士在达林登住宅发现了他的夫人遗下的一把扇子，逼得他岳母不得不出来牺牲自承。这把扇子就是他从前自己送给他的夫人作生日礼的。在爱米尔·强宁斯表演的《爱国男儿》影片里，俄皇是个神经病者，种种残暴无道，但他自有一种威严，在暴动劫宫的时候，他的臣子都不敢杀他。最后杀他的人是他从前的卫士。那卫士有报仇的决心，也是因为俄皇从前虐待过他的。在《极乐国之鸟》里一个夏威夷的女人，为她的爱人美国医生所弃，恰巧那时有座火山爆发，她自愿回去投入火山，舍身祭神。他们之所以如此，因为从前有过遵从土俗迷信的行为，曾经击鼓讴歌，帮助她祈禳爱情的永久的。这些都是伏笔很好的例子。

七　焦点 Climax

"焦点"乃是一桩事情到了极端紧张不能不立即解决的一刻，而此刻的解决，足以确定全局的成败的。这是纠纷和情感的最高点，过此，一切都和缓松弛了。

一节戏——一件事的一部分——当然也有焦点。但在这种小焦点时的解决，只是暂时的。必然又进入了或引起了更多的纠纷。这些都向着那全出戏的焦点走。在那时的解决，才一切真解决了。譬如易卜生，《玩偶的家庭》，在第一及第二幕里，暂时的紧张暂时的解决很多。但必须到全剧的大焦点，就是丈夫因为晓得了妻子曾违法冒签她父亲的名字去借钱，以致现在被他心目中认为小人的人所挟制，而对于妻子现露了他的自利及不谅的态度；同时妻子因为在这时候丈夫的态度里，明白了他的性格和心理，以及两人间的真实关系；绝对不再有含糊，隐瞒，展期，敷衍之可能，才把这家庭里不稳当的情形，给予断然并完全解决了的。

八　蛇足 Anticlimax

"蛇足"通常是指重要的事叙述过了，又叙述不重要的事；使得看的人觉得是乏味，是多余。蛇足的原来英文名词，可直译为"反焦点"。寻常戏里的焦点，精细的辨别起来，可分为两种：情感的焦点和纠纷的焦点。有时这两种焦点吻合为一，例如易卜生的《玩偶的家庭》。但有时各自独立。例如"二十折本"的《西厢记》里，情感的焦点在第十五折"哭宴"（即以"碧云天黄叶地西风紧，北雁南飞"作起的一折）莺莺与张生送别时；而纠纷的焦点乃在第二十折"荣归"张生与郑恒当面时。凡一部戏剧，在情感的焦点后续演许多比较不动情感的戏；或是在纠纷的焦点后拖着许多与纠纷无关的事情，那都是蛇足。

这个并不是说，焦点一过，必须立即结束。但焦点一过，那解决的方式和得失，已可预知，当然无须辞费了。有人说莎士比亚的戏剧里的焦点，常在五幕中的第三幕末尾，如《哈姆雷特》，不是在那王子与母亲争论，一时激动，欲杀国王报仇而误杀了恋人的父亲的一刻么？这固然不错，但这只是情感的焦点，那纠纷的焦点，还在第五幕末场，国王撺掇哈姆雷特与他恋人的长兄比剑时。又设有时两种焦点都在第五幕之前，如《威尼斯商》，焦点都在犹太富翁索偿一磅肉时，但那第五幕却是非常之短了；而且这戏混合三个故事而成，是莎士比亚学习时代的作品，在结构方面，不算是十分好的。现在剧作者，从易卜生以来，趋势是将两种焦点合在一处，又择取纠纷将近焦点的一刻为开场，所以全剧格外的紧张了。

九　悲剧 Tragedy　喜剧 Comedy

为了叙述上的便利，我们不妨将悲剧和喜剧并在一起说。这是可以从好几个方面来观察的。一，就戏剧的要素而言，戏剧是人生解决自身命运的摹仿；如果解决的结果是好的，圆满的，成功的，那就是喜剧。但或者解决的结果是恶劣的，失败的，或者是因有阻害半途而废，不曾不能不愿继续解决，以致没有结果的那都是悲剧了。二，再就所给与观众的印象而言——（注意，观众的乐意与否，不必与解决结果的成功与否相符合）——如果戏剧的结局，是观众所喜欢，所乐意，所愿无条件地接受的，那就是喜剧。但如为观众所不乐意，所不希望，所不愿接受；或者在无可奈何之中，这种结果是比较地勉可接受的了，而观众心里隐隐地愿望着更好一点的，更妥当一点的结局，那就是悲剧了。（例一：有一对男女，各自存着自利自私及利用对方的念头，到戏剧终了时，两人的欺骗手段都已见效，居然举行婚礼了；但在观众心目中却以为这样的结婚还不如不结婚的好。这虽是结局圆满而仍是悲剧。——例二：驻在印度的英国军人，爱上了一个印度女子，和她用印度的仪式结了婚，后来奉调回国，他恐怕带了一个异族的妻子回去，被人耻笑，大有离弃之意；却是女子的族人，出头同他争论，甚至不得已用武力去威逼他；他本想逃回英国的，忽然自动地牺牲了升迁去作事业的机会，愿与那女永居印度；这虽是勉可接受的结局，但何尝不是悲剧。）三，再就戏剧的题材而言，如果所发挥的是人类生性的缺点，——社会制度之不良——所生出所引起的人生的痛苦，那就是悲剧。但如所描写的是"不附带着痛苦，没有毁灭力量的劣根性"，或是错误愚蠢所引起的麻烦，那就是喜剧了。（例：一个富有妒心的莽男子，轻易听信了谗言，错疑并误杀了他的妻子，这是悲剧；而一个乖巧的女人，因为懒惰，时常装病，以致被人戏弄，这就是喜剧了。）四，再就戏剧的作用而言，（据亚里士多德说）"悲剧是摹仿一件严重的，整个的，伟大的事情，……借着怜悯与恐怖，涤清这类情感的；喜剧是一段故事描写公私诸事的习尚形式，人们可以从这个晓得什么是于人生有益，什么是应当避免的。"五，再就戏剧的情调而言，如果有一种严重的空气，不只是作者的存心，就是一切言动的态度，也都是庄严诚挚的，那就是悲剧。但如果摹仿的态度，是寻开心，开玩笑的，即使作者的存心仍是诚挚的，那便是喜剧了。六，更从心理来说明，喜剧是由于我们想起了"人的行为中种种矛盾，而这种种矛盾在所描写的事情的终了时，并不使得那行为者，处于那十分窘迫的状态中"。每一种的喜剧，我们能寻出一同等同样的悲剧，只有一点差别，就是"当那剧情终了时，其中一个有关系的人有不幸或灾难"。

在希腊的时候，戏剧只有两种，就是"用怜悯与恐怖，去涤清人的灵性"的悲剧，和"用理智或取笑，去惩劝人的道德"的喜剧，是很容易辨别的。到了莎士比亚的时候，已经是不严格遵守旧时的规律，悲剧喜剧常时混在一个剧本内。当时称之为"悲喜剧"。到了现在，虽仍沿用悲剧喜剧的名称，但很少有纯粹的作品，悲剧里也有滑稽的穿插，喜剧里也有严重的情事，仅问主要故事是悲是喜而已。

悲剧是描写一个伟大的人物或一件伟大的事情，可以不失败的，而终至于不免失败，所以引起观众如许同情，深愿这人这事不是这样失败；悲剧总是对于人生的缺陷痛苦作同情的呼喊的。

喜剧是描写一个愚蠢的人物或一件愚蠢的事情，就从这愚蠢，引起了应当受而还不至于十分痛苦的麻烦。所以使得观众觉得这是可笑；并且相信自己是决不会如此的；喜剧永远是理智的对于人生的批评。

十　趣剧 Farce

趣剧的目的是使人不断的笑乐；似乎寻开心开玩笑的空气比较浓厚一点。趣剧和喜剧的不同，正如闹剧和悲剧是不同。喜剧和悲剧里，情节是根据性格的；但在闹剧和趣剧里，常时忽略了性格而专注重剧情的趣味的。趣剧的情节必须曲折复杂；所谓可笑的事情，接三连四而来，使观众来不及地笑乐，当时没有工夫去细想。趣剧里大半是过分地夸张的，所以对于人生的摹仿，没有喜剧这样忠实。但并不是没有意识，并不是不讲情理。趣剧所用的乃是希腊雅里士多芬尼常用的方法，将一个人的特别性格或将一件不应做的事，过分的形容，便成为攻击与讥讽了。例如一个人做了一双新靴子，却把它看作珍宝，自己舍不得穿。有一天他的朋友向他借靴子去赴筵，费了许多口舌，许多手续，才勉强地借了去。他朋友穿了靴子步到那吃酒的地方，已经席完人散，朋友于是愤极。那靴主人又不放心那靴子，打了个灯笼自己去寻。寻着了争闹了一番，好容易把靴子夺回。还是舍不得穿上走路，宁愿举起双脚顶着靴子而用膝盖爬回去——这是昆剧"张三借靴"，有话道"做靴子费尽心机，借靴子受尽闲气，讨靴子打倒在地，爱靴子爬将回去"。——这是趣剧很好的例。

十一　内容与技巧

美国某剧场的经理沙近脱说过：

"我们每年所收到的剧本，不下四五百册。但是在这许多投稿之中，如果能有三四部可以合用——可以上演而成功——已经是很可欣喜的事了。因为通常写剧本的人，大约可分作两类：一类是有思想有见解有主义的著作者，很想用戏剧的方法，表现出他们心里所要说的一句话，可是他们却说得不大好，少了技巧；第二类就是那些与剧场或舞台有关系的人们，或是演员，或是前后台职员。他们所写的剧本，有时也还有趣，能给予观众多少的娱乐，但是没有说出一句有价值的话，内容太空虚了。这就是好戏剧难于产生的原故。"

内容到底是什么呢？简单的说起来，内容既不必是动人的故事，也不是奇特的情节，也不是所描写的出色的人物，也不是优美的文辞，而是故事情节人物文辞所表现所说明所证实那作者个人对于人生的认识，见解，结论；人生观，哲学；是那包含在剧本的许多事实当中，作者的一种抽象的普遍的主张！

至于技巧，就是将所要说的话，能用戏剧的方法说出来。在中国的旧戏里，方法是很直率的，有什么话，由剧中人直接向台下观众说出即完了。（如《天雷报》中老乞丐对着台下打躬说"奉劝世人休养儿……"一大段）但在西洋的戏剧里，方法却不能这样简单，戏剧作者，从来不直接对台下说出他的主张，而须婉转地曲折地用一件故事来表现敷演所要说的话。中国的旧书中"牧童谎呼狼来"等，近人托尔斯泰所著《猴子因落豆而撒豆》等寓言，像这样以一件故事来申说一项主张，比之直接说出，有趣也有效得多。这样以故事来说明一己的哲学或主张就是戏剧编撰的技巧了。

我们又知道，仅是在五线谱上画成些直线和黑点，并不就算是音乐。必得经一个人按照乐谱歌唱出来，或是应用于某个乐器之上，音乐艺术的创造，才算完成。剧本当然也是这样，必得等到上演了，呈献于观众的眼前了，方才能算戏剧的完成。一部剧本，至少须有三个从事的人，一个写的人，一个演的人（难得写演同是一个人），一个看的人。所以技巧同时须注意到演出的问题。

一切编撰和出演的技巧，有一个重要的目的，就是使得上台所表演的"很像人生"。既然是"像"，当然就不必是真的了。一个演员，真的能在舞台上自杀，倒反而不是艺术。因为这样一来，他下次不能再演剧了啊！一个演员，真的在舞台喝咖啡，那同样的也不是艺术。真的喝着咖啡，所需要的时间一定很多，与剧里别的动作的迟速，便不合比例，不符节奏，也许反而见得不像真了。但是在台上虽并不曾真的自杀，真的喝咖啡，而编撰和出演的技巧，至少须使得台下看的人，愿意相信台上的自杀或喝咖啡是真的。这种技巧的根本，当然是摹仿人生。不过——请注意——这并无须是狭义的全部的呆笨的摹仿。我们不是看见过未来派或表现派的作品么？在剧本方面，有时也描写些人生不会有的事，如美国欧尼尔著的《奇怪的衬乐》，几个人坐在一处，一面互相谈着话，一面有了心事，便尽情宣布出来，而一个人高声宣布的时候，其余坐在旁边的人，都听不见，丝毫不去注意他；如俄国依扶利诺夫著的《灵魂的舞台》，台上所布的景，就是人的心，那一己的灵魂，化成了几个"我"，在心的舞台上争竞着，表示一个人情感和理智的冲突；如意国皮兰德娄所著《六个寻找剧作家的角色》，一位剧作者写剧本的时候，想了六个角色，但是这六个角色，忽尔不满意于剧作者替他们所编的剧；而定要将他们自己身受的阅历，编在剧里，竟然走到后台，寻着了经理，硬将他们的阅历，表演给他看了。在布景方面，有时只数块幕布，几根柱子，几个形状古怪，色彩奇特的东西，虽也用来代表一间卧室，一个花园，一座城堡，但总是人生不会看见的地方了。在服装方面，即在普通的歌剧里，已经应用高大如伞的帽子，张开如翅的披风，有时衣服竟像冢里的枯骨，或像纽约的高楼，也都不是人生实际上所穿的衣服了。在对话方面，如在莎士比亚的《哈姆雷特》等剧里，乃是有规律的诗，如在巴克所译法人基脱利所著《德比拉》戏里，竟用有韵的文字，当然不是实际人生普通所用的言语了。这些都不妨碍。这些虽不是狭义摹仿，但大体上精神上，仍是根据着人生的。不论是哪一派的作品，不论是写实是表现，最低的限度，要使得看的人，并不觉得是违反人生。凡在一出剧里，愈是那故事对话布景服装等，异乎寻常，那剧中人物的性格思想情感，愈须忠实地彻底地摹仿着人生。必须剧中人的心理，完全是人生的。然后看的人，才会觉得这种古怪的所在，在他自己虽没有到过；这种诡异的衣服，在他自己虽没有穿过；这种奇怪的阅历，在他自己虽没有经过，这种诗歌的语言，在他自己虽没有说过；但是在人生中，必然是可能的，应有的。总之，故事对话布景服装等等，本是帮助作者表达他的意思的，既不可喧宾夺主，致观众注意了这些的新奇，而忘了全剧的意义；更不必在这些上刻意地求新立异，以致减少了全剧的"可信"性。一个剧作者，能善用了（不论是写实的用法或表现的用法）这些工具，来说出他心里所要说的话，这就是技巧。

（原载 1929 年《民国日报》"戏剧周刊"）

戏剧的方法

一　摹仿

　　人们的认识人生，有时是间接的，是从别人处听来的。如果人们没有先入之言，没有成见，听得别人口头上，或在书本里，说张三是贪官，李四是小人，或是说做人不可随便说谎，夫妻应有彻底的谅解，在人们未始不可相信，但这样的认识人生，比较的不深刻，缺少永久的印象的。还有时候人们能直接的认识人生，一切是由自己去观察得来。譬如张三是我们的相识，从前读书的时候，他喊着打倒贪官污吏的口号，做过文章主张廉洁的政府，健全的人格。然而他只做了一年半的官，居然在本乡买了二百多亩肥田，又在上海花了三万块钱，造了一所大洋房了。又如李四，也是我们的朋友，他的老兄病了，而且穷得了不得。李四在钱庄上做事，却一点不帮他老兄的忙，反是旁人看不过，凑了百十块钱请他交给他的老兄。不料他竟全数扣下了，说是老兄托他经手，借过钱庄的钱，过期多时，早就该归还的了。此时人们无须别人多说，已深知张三李四的为人了。即或还有人说张三不是贪官，李四不是小人，也不肯轻信了。又如看见一个年轻女子，喜欢随便说些小谎，寻取笑乐。这在她原没有什么恶意。不过小事说谎，失了信用；一旦有了大事，就是她的丈夫，疑心她不忠实，同别一个男子接近要好，她纵然百口不承，所说的虽确是老实话，而她的丈夫，竟不能置信了。又如看见一对结婚了七八年的夫妇，尽管有形式上结合，身体上结合，一时情感上的结合，甚或曾有不少你恩我爱的地方，但没有彻底的了解，不能相互的恕谅，终至于很痛苦的不能不分离，此后人们倘再见妻子在小事说谎欺瞒丈夫，或是夫妇之间，精神上心理上有隔膜，就不免要代他们担忧了。那间接的听人传说，断不如直接的认识人生。外国的成语也说："行为的表白，比说话的表白，响亮得多。"那人们看见当事人自己的一举一动，一皱眉一横目，或自己吐露一句话，总比听得旁人评说十句是还要强得多。所以抽象的声明和解说，固不如叙述一段有人有物的故事为能动听。而叙述故事的小说，也不如搬演故事的戏剧为更有效力了。

戏剧是用了真的人在戏台上，当着观众的面，将人生表现摹仿出来，让观众自己去认识，自己去判断，自己去作结论的。

二 小说与戏剧

小说的叙述故事至少可以用五种方法：

一，完全是客观的，就是只描写事实，那当事人的贤愚奸良，一切思想情感心理，以及复杂的纠纷，隐微的命意，都靠当事人自己的言语动作表现出来，作者好像是置身局外，不参加意见，不愿多说一句批评话的。这是最费事的方法，也就是戏剧的方法。

二，客观叙述之外，作者随意发挥他个人的情感和哲学，作有力的说明，以补救叙述的不足的。

三，客观叙述之外，作者有时竟钻入当事人腹中，将他曲折隐微，不便明言，不是单靠行为所能表现的心事情感，一齐宣露出来的。

四，借用一位在故事中不甚重要不甚活动的旁观者，从他的口中，叙述这件故事，就便请他来解释辩护一切的（例如华生医师叙述福尔摩斯的功绩）。

五，直用故事中主人翁的口吻，他的阅历情感心理，他可以很自然的说了出来的。

作小说至少有一样便利，就是作者客观叙述之外，可用种种方法，坦直的或取巧的，将那单恃当时人的言语行为，所不能完全表现明白的人事心理，加以说明议论的补充。而戏剧除了客观的搬演事实外别无他法。凡是那有了摹仿，而没有说明，便不能完备，不能成立，不能适当表现人生的一切事实，也许是小说的好资料，但都不是戏剧的容易材料了。

三　给人看给人听

人生的一部分，最宜于在戏台上摹仿的，就是戏剧最好的材料，人生的言语，摹仿来是格外动听的；人生的行为，摹仿来是格外好看的，尤须在戏剧中充分的使用，不可埋没放过。

戏剧在台上摹仿人生，只有三种工具。一是人的行动姿态，二是人的语言声音，三是背景服装，及一切应用的物件。这三种都是一样重要；如果三种的摹仿人生是充分的，戏剧便真了，便活了，便不仅"像"人生，而且使观众觉得竟"是"人生了。有时候一段对话一个状态，或一种景物的表现解释批评人生，也许能比那长篇累牍几万言的小说，更为明白透澈，有力量。譬如在莎士比亚著的《威尼斯商人》Merchant of Venice 里犹太人哂罗克，受尽了耶教人的轻视与侮辱，说的——

"我是个犹太人！犹太人是没有眼睛的么？犹太人是没有手的么？没有五官四肢，知觉情感的么？不是同样的饭食，可以养活；同样的兵器，可以伤害的么？患的不是同样的病，医治不是用同样的药么？使得我们热！使得我们冷的，不是同一个夏天，同一个冬天么？处处不都是同耶教人一样么？你们刺我们一针，难道我们不流血么？你们搔我们的痒处，难道我们不发笑么？你们毒害我们，难道我们能不死么？你们虐待了，侮辱了我们，难道我们就不报仇么？……"

又如名家表演"群鬼"中的奥尔焚夫人，到那儿子病发，向母亲讨取毒药自杀的时候，喊着"给我……给我……给我太阳"，那母亲晓得此次不救了，转身藏在儿子背后，立刻脸上充满了一百二十分的惊惧和失望。又如《极乐国的鸟》里，一个夏威夷的士女被所爱的白人遗弃了，自愿投入火山，舍身禳神。她一步步行向火山去，前面火焰爆发，后面一队土人，奏着土乐相送。在这种时候，有了演员的声音状貌，以及戏台上一切装饰色彩，那台下的人，自能格外的觉得真实亲切，格外的惊心动目，不但无须乎再有文字的说明，而且这样热烈的情景，也断不是文字所能表达出来的了。戏剧是用演员在台上摹仿人生的；摹仿固然限制了戏剧的材料，但是在可能的范围内，摹仿就是戏剧的生命了。

四　过于曲折隐微的心理

戏剧的摹仿人生，不只是摹仿了外表的浅薄的人事，悲欢言动状貌而已；更须表现人的心理。凡是好的戏剧，都是能够很深刻的表现心理的。但是戏剧不能直捷简单的，如小说一般，说明分析人的心理，必须令剧中人自己的言语行动，去说明他自己。有时候人的心理，过于隐微，过于曲折了，那发露在外的言语行动，固然多少能说明一部分，但不能完全的充分的说明使得台下的人能丝毫不错误的认识。譬如莫泊桑所述"一个懦夫"的故事：他是一个爱场面的人，有一晚散了戏出来，他约了几个朋友和他们的夫人，到饮冰室里小坐，隔座有一个男子，只顾看着这边一位年少的女人。她被他看得不好意思了，十分窘促地低下头去，便向她的丈夫道，"你认识这个人么？"她丈夫随便看了一眼，回道不认识，并且劝她不着去计较，她也无可如何，只说今日来饮冰，饮得不开心了。不料那爱场面的主人，以为今天既是他的东道，旁人侮辱了他的女客，就是坍了他的台。所以走过去责备那个人，说他张看人的态度不好，没有礼貌。那人竟骂了一句恶浊不堪的话，满堂的人都听见了。啪的一声这位主人竟打了那人一个嘴巴，众人都站起来劝解，他已经同那人交换了名片，预备择日决斗了。他的剑术本是好的，而且手枪术更精，如果真到场上决斗应当是他占上风的。但是那晚回去，他竟然担忧起来。心念都在决斗上，愈要忘，愈忘不了。忽然恨恨地想那人是何等卑鄙，忽又想或者无须真的决斗，那人会被骇退的，忽又问自己，难道竟是害怕么！忽又怀疑是否有了决心的人，仍会害怕。他坐立不安，他自己也不知道怎样了。他虽然还能装作很镇静勇敢的样子，讲定了决斗的条件，但他总觉得他的力量，不能如他的志愿一样坚强了。他又幻想决斗的情形，他自己和对方的态度。他想写一张遗嘱，而又写不下去，他取出手枪来看看，又拿在手里比拟一番，又觉得浑身颤抖，手枪都拿不定。便说这样是不能去决斗的。忽然想到，如果在决斗的时候，露出他是胆小怕惧，未免太丢脸，他便一枪将自己打死了。像这样曲折隐微的心理，如果不是作者充分地说明了他底畏惧的经过，解释了他自杀的动机，人们断断不会明白，他当初打人嘴巴，既不是粗鲁，也不是勇气，正是懦夫怕失面子的心理。这种，在戏剧内是不相宜的，虽然不能一定说在戏剧里是做不到，但做来不易有小说这样好。近年美国欧尼尔（Eugene O'Neill）竭力想在戏剧里表现这类过于曲折隐微的心理，结果不免用了近于中国北剧里，自言自道，背躬，对台下人说话的方法，而抛弃了戏剧只应客观地在台上摹仿，须由观众自己去直接认识人生的原则了。英国的萧伯纳及倍雷（Barrie）在他们的剧本里面，常常长篇大段地说明剧中人的个性及历史。不过他们都有特别的用意的，或者是帮助演员，使得研究剧本的时候，容易了解；或者是帮助读者，使得读惯了小说的人，读了那简炼的戏剧，不觉得过分陌生吃力，可以增加兴趣。他们并不曾将"舞台说明"（Stage Direction）代替了戏剧本身。所以在"舞台说明"里所解释分析的心理，仍然都在戏剧里客观摹仿表现出来。剧作者未可因为有了"舞台说明"的便利，就以为戏剧可以描写任何曲折隐微的心理。等到剧情或对话不能表现心理的时候，尽管在"舞台说明"中说明，未免强用了小说的方法来作戏剧了。

（原载 1929 年《民国日报》"戏剧周刊"）

"戏剧的"是什么

一　平凡的人生

人生——我们一天到晚所过的都是平凡的人生。

每天早上起来，洗脸，梳头，寻手帕，揩皮鞋。每天到学校里去教书，每天点名，唤着的总是这几个名字，看着的总是这几个面孔。而且今天所讲的书，从前不知讲过多少次了，无非是重弹老调；每天吃的是这几碗菜，红烧肉，醋溜鱼……一日如此，一年三百六十日，大同小异，无不如此。有一晚，弄堂里的人家，凑了份子，请了道士打醮，这是一年一回比较新鲜的事，可惜去年也打过，大前年也都打过，便不觉稀罕了。今天所遇着的是这些事情，明天也未必会遇着人生中的比较新鲜，有趣，伟大的事情。这就是"人生"。

请问这种人生是不是戏剧的材料？能不能编成戏剧？编成之后，有没有人要看？看了之后，能不能受感动，觉得是有趣的，是美的？实在的生活，一个月已经难过，何况要过一年，十年，一世，真是气闷，无聊，没趣，乏味，单调，口里嗅出鸟来！

二　怎样能戏剧化？

然而试将这类平淡无奇的人事，换在别一个环境里发生，譬如——

一，洗脸，梳头，寻手帕，揩皮鞋，本是一个人每天要做的事情，但是这个人今天要到车站去迎接一个人，所迎接的乃是一个女子，或者竟是自己的恋人，于是做着这些事便有了戏剧的意味了。二，他是喜欢吃红烧肉，要求他夫人烧给他吃，说了许多遍，总不发生效力。昨天晚上，因为家庭的经济，夫妇间大起误会，争吵了几个钟头，大家愤愤地睡觉；今朝起来，他夫人烧了一碗红烧肉给他吃，于是吃红烧肉也便有了戏剧的意味了。三，他本是不迷信的，绝对不赞成打醮这类的事，但他家里有几个老长辈女太太们相信，不是每年打一回醮，心里总不安定，他一则因为宗教本是个人的事，未便干涉，二则也不愿家人因不打醮而不快乐，不得已掏出他辛苦得来的几块钱，来做他所不愿意做的事情，于是这打醮也便有了戏剧的意味了。诸如此类的例，举不胜举。总之，人们每天过着大同小异的生活，而还不十分觉得没趣无聊，还不极端厌世，还未至于发疯，还不曾真的口里喷出鸟来，全靠从朝到晚，发生这类的"小戏剧"很多很多。

上两段的絮说，只求解释一点：就是戏剧的材料，固是人生；但人生不就是戏剧。如第一段所说，日常照例的人事，如洗脸吃饭弹老调等，何尝有戏剧的趣味！然如第二段所述，同样的事实，搬在特别的背景里发生，何尝不是好看的戏剧！因为这类人事，表面虽仍是平常，其实看的人一晓得了这种特别背景，便会觉得那人今天的洗脸或吃饭或弹老调，都可以切实地影响他的前途与幸福。在这个时候，一件人事，不仅是单纯一件人事了；乃是从前另一件人事的结果也是将来又一件人事的预备。做的人亦不在单纯地只做这一件事；乃是在那里有意无意地解决他自己的前途。所以那本来平淡无奇的人生，此刻在观众眼里却是充满了意义了，这才是戏剧的材料。

三　什么是戏剧——三种见解

一，戏剧是人生的冲突奋斗说：人们生在世上，往往被那天然的势力，或一种社会上的威权所征服，所束缚。而人们偏不肯低头服小，偏有志愿，要同这种势力威权去冲突抗衡（Inconflict）。戏剧所表现的，就是人们这种志愿；就是人们同他的物质的环境或者社会的，如风俗习惯道德法律一切势力的奋斗；就是一个人与他的同类别一个人的奋斗；就是一个人与他自己（良心或强烈的欲念）的奋斗；就是一个人与他周围的人所有的野心，利益，成见，痴愚，恶意，毒念的奋斗……在剧场里，人们的志愿，应有充分的发展。对于任何阻力，须进攻到底。这是法国布轮退耳的见解，所谓 The Conflict Theory。

二，戏剧是人生的得失关头说：人们好争，乃是天性；不论是用棒争，是用刀争，或是用舌头争，用脑子争；凡是奋斗，都是戏剧的材料；尤其是有两个人肯挺胸上前，将坚强的志愿去抵抗坚强的志愿，这时候更是好戏。但是世界上也有许多好戏，并不表现什么奋斗；如希腊，索福克所著悲剧《厄狄帕斯王》，在剧本里，那不幸之王，只是逐渐知晓他已往的一件件不幸而已。何尝有奋斗的行为，进攻的志愿！然而这类戏，却是何等的悲哀动人！戏剧的见解，须宽广一点，也得包含这类的戏。不妨竟说，戏剧所表现的是人生的得失关头；这时候的一言一动，都可以影响到他自身或别人的得失祸福的。一出戏不过描写一个人生平的几次得失关头。奋斗能有固佳，没有亦不妨的。这是英国阿彻尔的见解，所谓 The Crisis Theory。

三，戏剧是人生的相形比较说：人生也有一种情形，是极好的戏剧，就是两种事实的对照。这种好的同坏的比较，成的与败的比较，苦的与乐的比较，贫的与富的比较：如父母一番好意，在儿女小的时候，替他们订了婚姻；想不到二十年后，他们竟成了怨偶，酿成极大的家庭惨剧。如一对新结婚的男女，坐在火车里谈笑，度他们极甜蜜的蜜月；而在两分钟后，一块大山石滚下来，将车连人，压成齑粉。如"可怜无定河边骨，犹是春闺梦里人"。如"朱门酒肉臭，路有饿死骨"。这种种情景，所表现的既不是奋斗；而且剧中人大半不能自主，无能为力，也无所谓得失关头了。广义地说，一切戏剧，无非是人事性格情感幸福的相形比较——这是美国哈密尔敦的见解，所谓 The Contrast Theory。

上面的三种见解，是我自由翻译的，当然不很详尽；但大致是不错误的。我现在补充一点意见，将三个见解，调和起来。那注重冲突奋斗的戏剧，可说是表现人们解决自身幸福最积极的行为；那注重得失关头的戏剧，可说是表现人们解决自身幸福最紧要的机会；那注重相形比较的戏剧，可说是表现人们解决自身幸福，尚无成效与毫无办法的现象。

什么是戏剧？乃是表现一部分一片段人事，其成功或失败，足以影响人类的前途与幸福的。

四　人类的幸福

人们解决自身的前途与幸福，都是想着向好处走，向上走，向前走的。但是人们的能力智慧是有限的；走的结果，不能完全预知，更不能全有把握。有时不认识路，就会走入迷途；有时走得不好，便失足坠落了；有时所走的路太艰难，灰心不愿再走；有时觉得总走不到，索性转过身来走回头路；有时自己竟不晓得走哪一条路才好，只能随便瞎走；甚或有时不晓得是正在走路，被那外来的力量，推着拥着浮着走而已。这样的事实，都是好戏剧。因为剧中人的走路，就是人类的影子，那看戏人看见自己的走路形状了。人们在那开始走路的时候，有向上的志愿与希望；走了一段，觉得快到时的快乐；走得吃力，唯恐走不到时的恐惧；真个走不到时的失望；独自一人想要跑在一切人前头的野心；别人跑上前了，自己追不上时的嫉妒；不能禁止别人跑上前头去的愤恨；有时坚挽着别人与他一同走（老子爱儿子望他克绍箕裘，男子爱女子望她共同生活），甚或自愿让出一条，听别人先走时的亲爱牺牲。这样的行为，都是好戏剧，因为剧中人的情感，就是人类的镜子。那看戏人看见自己的情感冲动了，人们在向上走，向前走的时候，想欲走得快些，太平些，安稳些，快乐些，于是发明创作了许多人造品来帮助他们：如宗教，政治，道德，法律，婚姻，及其他社会的一切组织等等。凡是一件人事，直接或间接对于这类"人造帮助品"，是说明，批评，怀疑，讨论，赞扬，崇拜，辩护，拥护，厌恶，咀骂，反抗，毁灭的，都是好戏剧。因为看的人虽是局外人，站在一边看热闹；但也晓得这种种组织的存在消灭或更改，与他自身的前途有迅速的影响是不由得不关心的。中国有句俗话，"做戏的是疯子，看戏的是傻子。"难道人们真是吃饱了自己的饭，偏要管别人的闲账，去做傻子么？其实那看戏人虽在留意剧中人的身世，同时正在感念自己的身世。虽说是代古人担忧，同时正是代自己担忧。虽说是设身处地的看戏，未必就是真的处世做人。但看到冲突奋斗，便感到万一力尽不胜的危险。看到得失关头，便感到万一错失自误的危险。看到因果有时或爽，世事太不平等，种种相形比较，便感到无可奈何，束手待尽的危险。这种所感得的危险乃是共同的。武断与简单点说，人生不能使人感得有危险，便没有戏剧的意味了。而不论是人们所做的事，所生的情，所有的组织，如果是被这个时代的人认为与他们的前途与幸福，甚有重大的关系，就是这个时代最好的戏剧材料了。

　　人生是流动的，进步的，变迁的。所以一件人事，不能与人类的幸福永久地有同样的重要关系。譬如 25 年之前，中国的人民，因为深信欲求家庭的稳固，人生的安乐，必须女子对于男子能坚守有恒。如果女子有了放荡的行为，不但可将家庭破坏，而且极其所至，现有社会必至根本推翻，人生真是不可思议了。那时的人们，重视结婚的形式与仪节，重视妇女的守节与贞操。而一听男女婚姻可以自由结合与离异的主张，无怪乎骇得要魂飞天外，要掩耳疾走，以为是洪水猛兽了。但是在今日，这种主张，已经有过相当的试验了。对于社会与家庭的危险，并不像从前人所畏惧所预料这般利害，然而替男女自身打算，仍不免有许多痛苦。那自由固然有了；为什么牺牲如此之大，浪费如此之多，代价如此之昂？现在的好戏剧，便须进一步注意到这一点了。又如中古时期，人们为求生活安定，所希望的是武力政治；为求解除黑暗，所依赖的是宗教，但都不曾能彻底地给人们以幸福。有时反而造作种种的不平等，痛苦，罪恶。人们也有作反抗的呼号，而欲别求生路的；也有仍然冀希这两种势力，来解救他们的。从中古时代到 19 世纪下叶，（托尔斯泰为止）几部最伟大的剧本，都不能脱离政治与宗教（尤其是宗教）。但是在现代，人们已经公认，真能给予人类光明的是科学，而欲求人类真正的安乐，必须在经济状况上，没有悬殊太远的不平等。在今后的戏剧里，科学与经济，才是重要的题材了。

　　复次，一切人事，不能件件与人类的幸福有同样重要的关系。更其是那日常习惯，照例奉行的"小举动"，如洗脸梳头倒茶吸烟之类，虽然有时也含戏剧的意义；但就常情而论，这种琐事，充其量，所生影响也不会十分伟大的。剧作者未便小题大做。固然有人说，凡是人所做的事，一切言语行为，都是为了解决幸福的，否则人们何必去做！更有人举例说，某人因为早餐时，所饮咖啡是冷的，心里有点不高兴，结果便与他的夫人稍微争论，而不高兴的程度增加了；他于是乎在坐汽车时，便骂汽车夫将车门关得太重，转弯太快，而不高兴的程度又增加了；他于是乎在国务院，便责备属员公事办得潦草，而不高兴的限度又增加了；他于是乎对于某一国的外交态度，竟致强横粗暴，引起对方的反动抗争，酿成空前的大战了。那几百万人流血，无量数人作无量数牺牲的大战争，最初起点，岂不是只为一件极小的小事，就是一杯冷的咖啡！这样的迁怒，从变态心理上讲起来，是可以成立的；从事实上讲起来，也未始不可能的。但到底是太不普遍了，太偶然了，看的人不易相信，便不肯当真，不会担忧了。凡人事的影响人们的幸福，其间之因与果必须自然当然，显而易见，不宜有丝毫附会牵强。像这样拉长线放远鹞，在那无甚深旨，不过博人一时欢笑，而不妨过量夸张的趣剧（Farce），与只图有趣圆满，而对于情理不甚顶真的滑稽歌剧里面（Musical Comedy）尚可应用；在那诚恳的戏剧里，便不是好材料了。

五　"情事非奇不传"的谬误

戏剧原不过是连缀了人生衣食住一切琐事与语言而成；所搬演的，原不外是加冠纳履，易装添衣，吸烟饮酒，挨饿充饥，哭笑叫喊，求告呵斥……走路立定，坐船乘车等（舞台剧注重语言电影戏注重行动）人生容易遇见的人事。然而戏剧所连缀成，有始有终有因有果的一片段，确乎能使看戏人，就从这种事物上，看出人生的意义，当前生活应有的方向；这真是化腐朽为神奇的手段了。其实"神奇"二字还是语病，须知现实的人生决没有什么神奇。只须那戏剧，能够表现出人类是有向上向前的志愿（即不自甘堕落），遇了强盛的阻力，重大的危险，能尽量出力奋斗的；设或成功，（喜剧）乃是他努力换来，不是偶尔侥幸，无功受禄；而不幸失败，乃是他力尽无奈，非战之罪，虽败犹荣的；不论那材料表面如何平淡寻常普通，这个人就可以传这件事就可以传（现代剧已经一改从前只写大富大贵大忠大奸事迹的趋势），此外更无所谓奇人奇事了。我们万万不宜有从前弹词填曲人的见解，以为"情事非奇不传"；而所谓奇，必须异乎寻常，为人生所仅见的，坏便坏到极点，好便无一不好。说才子好：便性情好，品德好，门第好，父母好，文章好，武艺好，才能好，功业好，甚至于相貌亦好，而运气尤好，所以能将世上独有无双，无一不好的好女子，好佳人，娶来做他的好老婆，或者好小老婆。许多记述才子佳人的传奇院本，如单就材料而论（工具的运用或有可取之处），也不过同"冷咖啡引起大战争"，只可博人一时欢笑而已。

六　奇特与普遍

　　戏剧所表现的，难道就没有几个特出的人物，几件希奇的事情么？譬如瑞典作者斯德林堡所著独幕剧（1888 年初稿系三幕，1902 年改为独幕）《伯爵的小姐朱理雅》（Countess Julia）其人其事，可谓奇极了。朱理雅以一个贵族女子，去爱上了她父亲的小厮雄五。在那个时代，贵族虽还保有一点地位金钱学艺文化，然而老朽腐败，暮气甚深，快要消灭的了。那奴才甚是粗暴野蛮，鄙陋无礼。但他却是坚强有丈夫气，充满了生命的力量。朱理雅本有一个要向她求婚的贵族男子，但此人因为跳跃不过她的手中举着的马鞭，被她抽了几鞭子逃走了。她感觉萎靡无力的生命太空洞了；所以在一个节日的晚上，到厨房里引诱那个小厮。那小厮虽也处处要学贵族的样，居然学会了说法文，居然能够赏识美酒，但同小姐在一起跳舞，总觉得不好。贵族与奴才，中间隔着许多障碍。据他自己说，他只要看见椅子上伯爵的手套，他就觉得他自己是又贱又小了。他再三劝小姐不要近他，但那邻居有许多人来跳舞寻乐的时候，他竟领着小姐到他的房里去了。过了一刻，寻乐的人走了，小姐是非常恼恨，十分痛苦。小厮是若无其事，全没情分。小姐觉得无颜再住在父亲的家里了，小厮便叫她快去偷了伯爵的金钱，跟他逃走。小姐想带着她所心爱饲养的金丝雀一同走，小厮忍心一刀将鸟头斩去。后来那小厮索性不管她，竟要独自去奔他的前程了。这时小厮变了威权的主，小姐反是软弱听命的奴才，她只得苦苦哀告。那小厮便将他正用着刮面的一把剃刀，放在她的手里，意欲叫她自杀。末了还是那奴才的勇气，引起一点那小姐的傲性，愿意走到马棚里去自刎。在这时候，那伯爵已经按了几次铃，唤他的小厮，那小厮一听见这铃声，他那做奴才的脾气习惯，重都钻进他的骨头里去了。这种奇特的心理与事实的描写，在现代剧里，是容易遇得到的。不过有一点须注意：有时剧中人的个性果然奇特，但精密考查起来，他们的情感欲念，仍是人类所同有。虽或从未经人道过，而确实存在着，隐藏着，有驱使人类的潜势力的（须知剧作者选取这类材料，并不是因为它奇特，乃是因为它与人类幸福有重大关系）！如果不然，便未必是好戏剧了。往往有那新奇的故事，曲折的情节，而观众看了漠然，没有多大的感动，岂不是因为剧中人的遭遇，一定不是人类普遍的遭遇；观众在那里暗地说，这个太奇特了，人生这种事不大会遇见的；或者说，我们哪能会有这样的一天呢。

七 "戏剧的"底解释

戏剧是表现人生的。

在人生中，不论哪一类人事，普遍如争名争利，偶然如杀人报仇，琐碎如洗脸吃饭，在这一时候，这一环境，这一件事的发生，对于人生的前途幸福，影响是愈大的，便愈是"戏剧的"——"戏剧的"是人生中有意义有关系的人事。

（原载 1929 年《民国日报》"戏剧周刊"）

什么是戏剧？

今天要和诸位讨论的是"什么是戏剧"；在未讲到本题以前，不得不先一谈"艺术"。"艺术"是属于"感情"的东西，不是"理智"的产物，它的作用就在能动人的美感。艺术的题材都取自人生的，事物之于人们的感情都不相同：有许多东西有了极长久的历史，与人生接触的时间已长，因此就很容易引起人们的情感，这些东西就常会被人们用进艺术里去作为艺术的题材；人造物如花瓶，房屋，自然物如太阳，月亮，星，花草等，不是常被人用进艺术品里去的么？至于那些历史很短，与人生接触的时间已长，那就不易引起人们的感情了；如黄包车，脚踏车等东西，自然不会被用进艺术里去。

艺术有许多种类，它们所以有区别，就在所用工具的不同；譬如音乐是用声调的，图画是用色彩的，跳舞是用节奏的，这是它们不同的地方；至于它们的任务却都在记录人生，解释人生，和批评人生。总之：艺术的本质都是"人生"。戏剧是艺术的一种，所以它也叫记录人生，解释人生和批评人生。这是戏剧与其他艺术相同的地方。那末它又有些什么特殊的条件呢？这就是我在下面要说下去的。

上面已经说过艺术的本质是人生，戏剧当然也不能例外。不过并不是人生的一切都可入戏剧；譬如吃饭，穿衣这类事当然不能做戏剧的材料；做戏剧材料的必须是要有意义的人生。举例来说，譬如有一个女学生被一个富人看中了，这富人当拿财物津贴这女学生，而这女学生却把富人所给她的财物，都帮助她的情人；后来她的情人知道了这事，就与她绝交，说她不应该受这类财物。她受了这刺激，心想或者还是那富人对她的爱情浓厚一点；却巧那时富人送她一套粉红的衣服，对她说："你若是真爱我，就着上这套衣服来会我。"她想情人既已和她绝交，于是就着上富人送她的那套粉红衣服，着衣服本是极无意义的，但在这故事里的着衣服却成了很有意义的关键，就很有戏剧的价值，所以我们对于戏剧动作的批评不能说这动作大小，只要看它是有无意义的就是了；虽是极小的动作，也会有极大的意义。再如前两天我乘轿到处跑去，本来轿子都是赶不上黄包车的，但是在坡上有几辆黄包车反比轿慢，那时有一个车夫笑了一声，这一笑原是很凄惨的；当时有一个轿夫就对他说："朋友！你慢慢地拉好了！"这是很平凡的一句话，但在这地方，却把人类的同情，人性的伟大，都表尽了，这就成了很在意义的一句话，也就有入戏剧的价值。而且同是一种动作或事情，不过因为它的意义不同，也就能成不同的戏剧。所以有意义的人生实是戏剧的第一要素。

戏剧里的事情须是有因果关系的；人生的实际都是有理由的，而在戏剧里的人生则应当更有理由。戏剧的情节可分做三个段落：第一是"起点"，看去都是很小的事情，都是在人生不能调和时，不能照常继续下去时发生的。第二是"进行"，由那一个起点起了变化——人生的变化——那就是戏剧的进行。第三是"结局"，人生的事情变化到某一程度，就仍能照常继续下去了，这就是戏剧的结局。举个简单的例来说：夫妇间的爱情不浓厚，这就是起点；互相争吵就是进行；彼此离婚即是结局。这三部的集合就是人生的一片断。

人生实际的事情是有一定层序的；但戏剧却可倒叙或顺倒兼用，总以不能使人一望它的起点便明白结局的为有精彩。譬如《滑稽歌的悲剧》里面叙法国一个咖啡店里，有一个饮咖啡的人听见街上的人唱一滑稽歌，就伤感流泪；咖啡店的伙计问他听可笑的滑稽歌为什么反流泪呢？这人对他说："这歌的历史是很可悲的！本是一个有名的歌女所唱。她有两个爱人，一个是诗人，一个是音乐家，这歌的词是诗人做的，谱是音乐家制的，这歌女也以这歌而得名。他们两人都很爱她，但她终究不能决定嫁给哪一个。结果：也没嫁给诗人，也没嫁给音乐家，却嫁了个她所不爱的富少年。没有多时，她就忧抑而死了！"这人讲完后要出咖啡店时，那伙计问他："先生！你还是诗人？还是音乐家？"他说：

"我都不是，我就是她所不爱的丈夫。"诸位！这剧的结局不是我们无论如何也料不到的么？

总之：戏剧是叙述人生最精彩的片断，不是人生的全部，所以人生的片断实是戏剧第二个要素。

法国名剧家小仲马说："艺术是能使人哭，能使人笑，能使人等的。"使人哭，使人笑，是材料的问题；唯有使人等是方法的问题。

能达到这目的的方法当然不能一一举出，现在且把主要的提出两种：

1. 比较的：戏剧的材料能把相反的人生比较起来给人看是最能动人的；譬如描写一件极快乐的事情来和一件极悲惨的事比较，以大富家的生活来和最穷人的生活比较等都是。

2. Inony：这字我不能有确当的中文翻译，她的意思就是"好心不得好报"或"相反"（元灿按此字有许多人译做"出乎意料的结局"）。且举个例来说明：譬如有一个女子常常欢喜说谎，无论何人问她问题她终不肯回答一句真话。后来有一个人爱她，但她不接受那人的爱，拒绝了那人；她丈夫知道了，问她这事是怎样的。她想这事可不能说谎了，就回答她丈夫说："我拒绝了他。"当然她丈夫是不相信的。这就是戏剧里的 Inony，具有很大的动人的——使人等——魔力。

总之：编剧者有三个目的：第一是在起点时能使人等；第二是进行中能使人奇；第三是结局要使人满意。要达到这目的就非用艺术的方法来组合不可。所以艺术的方法是戏剧的第三个要素。

戏剧与文学不同的一点就是要能在舞台上表演，只能书本上给人欣赏的剧本不能算是完全的戏剧；因为要在舞台上表演，所以必须受下面的几种限制：

1. 舞台方面的：有许多布景，舞台上是不能做到的近来西洋用机械的方法布景（如用升降器），比较已进步许多，但有许多景仍是没有方法做到；譬如我有一位同学编一个剧本，里面有一间房子是做"文化"的象征的，根据他的剧本须要房子上的玻璃都自己爆裂，而且房子崩坏。这一幕布景现在的舞台上就无论如何也不能做到。所以在布景方面是必须要受舞台的限制的。

2. 观众方面的：戏剧当然是不可专顾迎合观众心理的，否则一些较新的思想就不能表现，戏剧当然也不会有进步。但是使观众能懂，能了解，却是很必要的。譬如有一张西洋影片，描写一个疾病很痛苦的父亲，叫他儿子帮他注射过分的吗啡，结果中毒死了。在西洋的人们都能了解这儿子是免除父亲的痛苦；但若在中国就必要说这是杀父亲的儿子。所以这类戏剧就不适合于中国的观众，不便在中国的舞台上表演。

3. 演员方面的：演员虽然能化装，能表演，但有许多表演，如面部变色等心理表情，及杀头断臂等生理表演是演员决不能做到的；这类剧本也不合于舞台的表演。所以适合于舞台的表演是剧本的第四个要素。

现在把上面所说的总结起来，可以回答什么是戏剧这问题了："有意义的人生底片断，用艺术的方法组合起来而能在舞台上表演的就是戏剧。"

以上是十七年五月六日洪深先生在杭州影戏院所作公开的演讲，我在听讲时只记了一个大纲，后来再整理出来的，疏漏的地方当然是难免的，应该由我负咎。洪先生在这次演讲里举例极多，我因为节省篇幅起见，大胆地节去了二分之一以上，这是要请洪先生和诸君原谅的。

（原载 1929 年《荒原（杭州）》第 1 卷第 8 期）

谈儿童戏剧

　　"几个小孩，各人分配一个角色，或者由各人自选一个角色，出来站在同班的面前，说一件对话的故事。这种练习是需要注意的集中，细密的用心，和大家的合作。说话的人因为想娱乐听众，所以自然会尽力体会去扮那故事里的角色。合念对话的练习，可以养成很清楚地抓着文字中的思想能力，养成一种用谨慎的措辞，稳重的口气，自然的表示，去传达自己的思想底本领。"这是美国儿童剧作家丝景娜（Skinner）女士在她的儿童剧的原书底引言里所说的几句话。在这寥寥的几十个字中，我觉得已经很能写尽儿童剧的重要了。轻视儿童，认儿童为不懂事的孩子，是中国普通一班人的心理，为了这种心理的因袭，所以往往有许多事情，都忽略了儿童，而没有儿童的境界。在戏剧方面，也许是因为戏剧不比小说诗歌那样来得简单，除了剧本完成以后，还得搬到舞台上去表演，需要种种人才的合作，需要许多物质上的帮助，所以写戏剧的人，本来就很少。而且中国又是一个产业落后，政治还未走上轨道的国家，一班人多是自顾衣食之不暇，哪里还有闲功夫来干这种吃苦不讨好的玩意？所以愿意献身戏剧的人也就很少了。在这少数为戏剧努力的人们里，能够为儿童设想，为儿童打算，以儿童为创作的对象的，那自然就更是凤毛麟角了。这实在是一种很大的缺憾！其实儿童戏剧是非常重要的，比之儿童诗歌，儿童故事，我觉得还要来得重要。因为儿童根本是好动的，活泼的。踢毽子，拍皮球，滚铁环，打秋千，都是他们一种好动的表现。世界上总没有儿童傻头傻脑的，呆呆板板的老是守在屋里，他们不论在屋内，在户外，总是高兴玩，喜欢跳，在他们这种漫无伦次的，活泼好动的动作中，如果加以有意义的组织、导以艺术化的表现，对于儿童利益所收到的效果自然非常之大，至少可以开始养成他们组织的能力，训练他们合作的精神，养成他们审美的观念。为了熟读剧本，还可以练习他们说话的斯文，为了扮演的谨慎，还可以养成他们有规则的礼貌，丝景娜女士所说的话真是一点也没有错儿的。

因为戏剧是一种直接显示给观众的艺术，所以戏剧是感动观众最有力的工具。普通读一篇故事，念一首诗歌，不论写得怎样幽默，也难得使读者发笑，不论写得怎样悲哀，也难得使读者落泪；然而戏剧则不然，看一场喜剧可以很容易使观众高声哗笑，看一场悲剧则可以很容易使观众伤心落泪，这是戏剧特有的力量。儿童因为头脑幼稚，智识浅薄，其被戏剧感动和影响的力量，就要比成人来得更加厉害。听说从前有很多小孩子看了明星公司的《火烧红莲寺》，便真的异想天开，想寻仙学道，便是一个很好的例子。所以创作儿童戏剧的人，应该特别小心谨慎，不独要顾到扮演者的利益和害处，而且还要顾到观看者的利益和害处。最近教育部通令禁止所有荒诞怪异的作品；也许是这个意思。记得几年前风行一时的许多黎锦晖氏的儿童歌剧，便很可以作为这层的比例。像葡萄仙子这个剧本便对于儿童就非常之有益处。用艺术的歌剧，表明风雨雪露，以及太阳与植物的关系。一种植物的发芽，开叶，开花，结果，以至果子成熟的所有情形；和几种鸟兽虫豸对于植物的需要，不独对于儿童的知识方面有极大的帮助，而且全剧均用歌词编成，语句浅明而流利，活泼而大方。每场还加入跳舞的优美动作，对于儿童的审美方面也有极大的补助，并且全剧的表情，词句，曲风，都是描绘仁慈，礼让，快乐的状态和情绪，没有丝毫怨恨，悲伤，争斗，欺凌的成分，这对于儿童的性情方面也有极大的补助。然而像毛毛雨，开快车一类的专门描绘低级趣味的恋爱思想，却对于儿童不独没有益处，反而有害。大概是因为作者忽略了儿童的心理，创作像开快车一类题材的作品太多的缘故，不独毛毛雨，开快车等被禁，却连葡萄仙子也一同被查禁了。这实在是件可憾的事！其实像葡萄仙子这个剧本，的确是很好而不应该禁止的。还有一层，是儿童戏剧中最不好的现象，就是有许多人纯粹将儿童戏剧作为一种出风头和娱乐的工具，绝不替儿童的利益设想。他们组织儿童歌剧，今天碰到此地开游艺会，便到此地表演一场，明天碰到别处开游艺会，便到别处表演一场，除了自炫以及想博得观者的赞美外，什么也没有了。这是很不应该的。记得英国有位著名的戏剧批评家 Gaorge Henry Lowen 曾经说过："如果演戏不以高尚的艺术为目的，而以低级的娱乐为目的，那就会逐渐失去舞台的伟大。当初希腊三个大诗剧家的作品，决不是专为娱乐，他们认为诗歌无论如何总比一班闲人随口胡赞的谀词有意义一点。他们以艺术为目的而不忽略娱乐，但决不为娱乐而忽略了艺术。对于这层，就是莫里哀，莎士比亚，约翰生，戈德，席勒等也是一样的。他们认为演剧是艺术，娱乐不过是引着观众的精神接近诗的境界，使散漫的注意集中于作家思想之下的一种手段。可是后来却渐渐宾主倒置，娱乐侵入艺术的领域，几有取而代之之势，竟至于只谋道具布景衣饰的绚烂，情节的滑稽，而不顾戏剧使命，终于物质特胜，精神便被抹杀了。"这些说话，虽然是对一班戏剧而论，于儿童戏剧略有出入，然而其谓专注娱乐而忘记了戏剧的使命则相同。中国近来的儿童歌剧便有这很不良的趋势，实在是应该及早改革的。

儿童的年纪还轻，智识当然还十分浅薄。有许多成人的事情，他们都不晓得，而且无法理解。然而也有许多成人的事情，他们是可以明白的，所以在儿童戏剧的故事进行中，尽可不必避免理智（Intelligence）的解释，而用一种欺骗的手段，胡说假话，故意捏造，学从前一班人对待儿童一般的态度，说什么天上有蟠桃，海里有蛟龙，孩子从肘生，男女都相同。不还在情感（Emotion）方面，却不妨弄得简单一点，因为儿童心理的发展，总未十分完全，有许多感情，在他们幼稚的心灵中，是绝对还不了解和领略的。比方从恋爱事件中所发生出来的妒忌，从自己过失中所发生出来的忏悔，在儿童时候总不会有的。创作儿童戏剧的人，也应该注意到这两层的。

1934 年 1 月 13 日

环境怎样造成人物

一

故事的生动，由于里面人物的真实：这一点，早为作者们所承认了的。在 19 世纪的初年，英国的 Jane Austen 已经说着："这里有一位甲，他是这样的性格，这里有一位乙，他是这样的脾气；这里是他们相遇后所发生的事故。这里也许不成其为情节，但有的是冲突，斗争。这种也许不够鲜明，但有的是戏剧，而这些戏剧，正是你们每天生活着，每天所看见的"。[①]20 年前，美国 George Pierce Baker 教授说："戏剧所发挥的，翻来覆去，不过是那几个同样的情绪，新奇须从搬演人物得来——须是说明这些情绪，怎样地影响了那许多因为他们所处时代的不同而有不同的思想习惯服装语言与生活环境的男女们。"[②] 最近在一本名叫《为了财利而写戏》的书里[③]，著书者居然也说："人物就是戏剧；作者所表现的故事，其实是人物底相互关系所构成的。"

编故事从认识人物入手，这是不错的。然而有一个危险：即是，剧作者往往"为人物而去描写人物"而忘却了人物的作用须是组成一个可以说明作者的"理论"（Thesis）的故事；是将作者对于他的时代所要说的一句话，人事化具体化的，剧作者的认识人物，应当有两方面：一是他们每个都是活的人，各人一心一意地忙着自己的事务，二是他们同时

---

① 转引 The Philosophy of Fiotion-by Grant Overton。
② Dramatio Technique 第 66 页。
③ Playwriting For Profit—by ArbhurEdwin Krows。

也是那伟大的社会动力的工具。必须是这样写出的人物，才能每个有他的独特的个性，而同时又能代表成千成万的人，成为忠实的典型。那剧作者为求获得正确的对于人物的认识，应当理解环境与人物的关系，环境是怎样造成人物的。

二

故事中所谓人物（Personality 有特殊个性的人），乃是"天然的禀赋，经由生活经验，教育磨练而成的"。[①] 乃是包括一切的因素："使得这个人成为这个人，而和世上别人多少有些不同的。[②] 乃是综合一个人的'所有所是所能'；情感思想志愿；接受（Receptorial）、接连（Connective）、运动（Motor）三方面；天生的（Unconditioned）和获得的（Conditioned）行为的。[③] 这里说明了两者都是必要的——天赋和生活经验。

一个人底最近于天赋的部分，是他的气质（Temperament），而最容易为他生活经验所影响的，是你的品格（Charactor）。气质是受着人体中的无管腺的内分泌底支配。（将腺素注入人体，他的知识和习惯是不会变的，但是很快地就可以改了他的气质：他的情感的态度，对于事物的兴味，以及振作起劲的程度）。至于通常所谓躁急的人，文静的人，抑郁的人等，虽也是受了生活经验的影响而发达，但是发达的范围，只限于原有的生理机构的成熟，那违反生理机构的改革，当然是做不到的。所以一个人的气质，单靠生活经验，可说是最不容易改变的东西。品格是和一个人的习惯，思想，信仰有关系的；表现在他处世时的行动言语计划决定上面。一个人的品格，可说是最靠不住最不固定的东西。富有不妨慷慨，穷乏自然务得；衣食足而后知礼义；饿着肚子的人，不堪再讲让德！这差不多是完全跟着有力的环境而变易的。

天赋和环境，两者虽都是必要的，但剧作者的认识人物，应当大部

---

① Modern Psychology—by Daniel Bell Leary 第 186 页。
② Developmental Psychology—by Florence L. Goodenough 第 473 页。
③ 同①，第 184 页。

注视在环境方面。因为人物所得于天赋的，到底只有简单的几项；不像环境所给予人的影响，是复杂而变化无穷的。而且，一个人天赋或遗传，也要靠着有适合的生活经验，才能把他原有的，发养长成。（这里姑且不论天赋有无的问题——一个人的生理机构，在他本人诚然是遗传，但如推上数十百代，未始不是社会环境所养成所决定的）。即以气质而论，决不是一个人遗传有好的或坏的气质，而是他遗传有这样一副肌筋神经腺，遇到某种环境，容易形成某种气质而已；换了环境，结果就会不同时。[1]

剧作者为欲认识人物，第一步须注意，他们一向和现在，所处的是什么环境。

三

所谓环境，当然是社会的环境；物质的自然界的而外，人与人的关系，别人的行为，当前所发生的事情，一齐在内的。环境的重要，不是那事实的本身，而是那事实所给予各个人物的意义——即，现在的事实会引起什么将来的事实，已有的事实会引起什么可能的事实——不是环境中存在着的单独的刺激，而是"总状态"Total Situation[2] 对于人物的利害，在明人的笔记 [3] 里，有这样一段记载：

吏科都给事中樊景瞻，仪状魁伟，应对捷给。英庙深喜之，有意大用，累将使命。一日，复遣勘事于外郡，召至榻前，谕之曰："此回即升。"及竣事还，攀髯不及矣。其同年御史田宾，先是按蜀，坐赃贪，逮系锦衣狱，祸不可测，适遇赦为民。一日同饮，语及前事，景瞻感念呜咽流涕，宾厉声曰："若非此变，汝则好矣，我将如何？"众皆嚓然，景瞻亦不觉启齿。

---

① 同上页注②，第三章。
② Elementary Psychology——Arthur L. Gates 第 2 页。
③ 尹直，《謇斋琐缀录》。

再举近事为例：那曾经战场，受到过飞机威胁的兵士，看见敌人飞机来临，他自会一面寻着掩蔽，一面持枪射击；而那从未见过飞机战争的乡民，看见敌机飞来掷弹，他还会觉得好玩，立定了张热闹的！又如在同一制度下生存着的人，那居着优越的地位，占着便利的人，自然希望这个制度的继续与存留，在必要时自会出死力来拥护。而那处在不利的地位，饱受痛苦，在现状中无法解脱的人，自然会对现状，极度的愤恨与咒咀，怀着变换与改革的希冀的。同一事实，对于几个生活经验不同的人，利害是不一样的；意义是不一样的。

剧作者应当弄清楚，每一个环境对于每个人物，有些什么意义。

四

每个人物，在他认清了环境对于他个人有些什么意义，而准备着应付的时候，他就有了情绪了。情绪是逼迫着一个人，去做一些事情，纠正他和环境此刻的不安不妥的关系的。情绪是人的表面行动的起点；（固然有时候这种行动，受到了禁抑，停顿中止，竟可不为旁人所看出的）。

依心理学上讲，一个人在有情绪的时候，身体上三个部分有活动。第一，在大脑的底层里，有一块叫做 Optio Thalamus 的，后面的半块，和人的某种行为通常所谓情绪的有关；将这个部分割去，无论使用多么强烈的刺激，动物的情绪是不会再有了。[1] 第二，脏腑的平滑筋起反应 Visceral Reactions，这是人们做不来主的；这里有反应，我们就感到有种逼迫，尽管外面全无举动，旁人一点看不出，而我们的情绪仍是热烈的；倘如这里没有反应，我们尽管笑而会并不觉得快乐，尽管逃走而会并不觉得畏惧，尽管与人斗击而会并不觉得愤怒的。[2] 第三，是身体外面的动作，如身体的姿势，面上的形态，脸色是否涨红或发青，头上是否出汗，手脚是否震颤之类。这些全是生理的；某种动作和某种情绪，

编剧原理　第一编　洪深（1894—1955）

---

[1]　Bodily Changes in Pain, Hunger, Fearand Rage—by W.B. Cannon.

[2]　Behavioriam—John B. Watson.

有一定的联系；差不多人人是一样的。^①我们全仗着这些，才能看出，某个人物现在有些什么情绪。可是，这些也是最容易受着生活经验的影响而修改而抑制的。一个阅世较深的人，他的外面的动作，有时可以使人看不出甚或误会他的内里的情绪的。"哭者常情，笑者不可测"，我们不也有这句老话么！

以上所说的，是一个人发生情绪时的动作，这在剧作者是次要的，仅为描写情绪时的帮助罢了。至于要认识人物，所应知道的，不是人人共有的发泄情绪的动作，而是某个人物独有的发生情绪后的行为。行为是和大脑的外壳有关系的；是为环境的意义所激动的。

一个人在有情绪的时候，最如只是感得有种迫促——感得"有所举动"的必要——但如果他没有认清环境对于他的意义，他自己也会不知道做些什么才好，而他的精力必然是消耗在无数的"无益的行动"上面，所谓瞎跳瞎闹（Blind Terror），脑子里的风暴（Brain Storm）之类，不能有什么成就的。反过来，倘如他的大脑外壳也参加活动，这便等于是告诉他，环境中的种种，什么是可以接近，什么是应当避开的；什么是不妨拥护，什么是必须用强力或用智慧去改革的。这便是约束他不去反应那些零碎的刺激，而去有计划有目标地克服整个的环境了。理智组织了一个人有情绪时的精力，这时候，他的力量是不可侮的。凡是一个人做成困难事业的，在做的时候，必然是充满着热烈的情绪，而他的情绪是由他的对于环境的认识——他的理智——领道着的。

剧作者又应当弄清楚，每个人物，在他认清每个环境的意义之后，组织成的是些什么情绪。

五

见解，思想，理智，发端于一个人在生活经验中寻出的某事与某事的连系。^②现在再引一则明人笔记：^③

---

① Expression of the Emotions in Man and Animals—Charles Darwin.
② 同五，第 273 页。
③ 徐祯卿，《剪胜野闻》。

"徐魏公病疽笃，帝数视之，大集医徒治疗。且久，病少瘥。帝忽赐膳，魏公对赐者流涕而食之，密令医人逃去。未几，告薨；亟告帝，帝蓬跣，担纸钱，道哭至太傅第。命收斩医徒。夫人大哭出拜帝。帝慰之曰：嫂勿为后虑，有朕存焉。因为周其丧事而去"。

这里的徐达，可算是理智支配着一切的了；处在他所处的环境中，确实没有再比这个适当的应付方法！他明知"赐膳"就是赐死，而自己在久病之中，逃走和挣扎，早已不可能了。这样死，他是不顾的，所以一面吃，一面"流涕"。但是，能得这样死，总比"身遭显戮"好得多了，所以索性"食之"，同时他希望多少获得一点皇帝的哀怜，不再去难为他的家人，所以要"对使者食之"，不啻是明告皇帝，我是遵从你的命令而死的。他也不忍这些医人的性命，白白牺牲了，做那皇帝使弄权术的工具，所以他"密令医人逃去"。做人做到这样，真可以算得聪明超脱了。但是，如果他不是和朱洪武处得很久，因而晓得他疑忌功臣，常要借故残杀的；又晓得能残杀了功臣之后，还不肯自居恶名，一定要想法子，把不是推在别人身上的，他会看出赐膳和赐死的联么！他会想到他自己的身死可以害得医徒们斩首么！他的理智，完全是从他的生活经验中得来的。

剧作者为欲了解一个人物对于当前环境的情感态度，不能不检查他的过去生活经验，以确定他有些什么见解，能有什么程度的理智。

六

某一件事能和某另一件事有联系，非曾"身亲其境"的人，是不会晓得的。所谓"不经一事，不长一智。一个人多一次经验，才会多明白一个环境的意义。在后，他遇到一个类似他以前经验过的环境的时候，他便能利用他已有的智慧去应付了。而这次的应付，又是一个新的经验，又能多少给他一些新的智慧，这样日积月累，他便成了一套独有的习惯，思想，信仰；有了特殊的个性；放了有固定格式的人物了。

所以剧作者要了解某个人此刻（在故事里）能做些什么，竟不能不先去整个地认清他是怎样一个人物。平淡的么，异彩的么，老实的么，狡猾的么，坚决的么，动摇的么，没有一个不是被他们的一生所处到的环境，一生所有过的经验，决定了的。他此刻的智慧，情感的态度，应付环境的方法，剧作者如果不知道他的生平，即是他一向所处的环境，是没有法子写得真切的。

剧作者何以能知，故事中某个人物会得处过某种环境，有过某种经验呢？这个属于剧作者个人的修养——他的对于人生社会的认识——而不单是编故事时描写人物的知识了。前面已经说过，每个人是那伟大的社会动力的工具。一个人做人也像做戏一样；他被派定了做社会中某一个脚色，他必然会过到某种生活，会做出某类事情的。因为别的被派作这个脚色无数的人，都是这样做的。

七

有种人物，通常所谓变态的，除了那生理机构上有了残害之外，他的一切，也是环境造成的，而且从反应本质上说起来，并不和常态的人有异，只是他的行为，或者是效果不切实用，或者不为当时的社会所赞许而已。

明人顾元庆记倪云林的遗事：

"同郡有富室，池馆芙蓉盛开，邀云林饮。庖人出饮。（云林）拂衣起，不可止。主人惊愕，叩其所以。曰。一庖人多髯，髯多者不洁，吾何留焉"！坐客相顾哄堂……尝眷赵宝儿，留宿别业；疑其不洁，俾之浴。既其寝，且扪且嗅；复俾浴不已，竟夕不交而罢。赵谈于人，每为绝倒"。

喜洁，本是常态，但是像云林这样因洁而竟废饮食男女之事却是太过了。他的太容易感受刺激，以及对于微小的刺激而作重大与持久的反应，和一般社会中的行为比较起来，他就是变态了。

又，一个人的习惯，思想，信仰，本不会和第二个人完全相同的。但如果要在一个团体里共同生活，他不能和其余的人，太以差异。尽管在别一个时代，别一个地点，别一个团体，别一个环境里，可认为适当的行为，而不是为此刻的社会所能赞许的，便也不能不认为变态了。明人笔记里讲一个人怕老婆[1]：

> "黄白仲寓居武林，余往访之。适有友人携一名姬，邀余两人赴饮。黄便入内，少时其容有慼。复以他事谈说许时；邀者益急，言主人候湖上久矣。余欲促之偕行。黄复身入内。余听之，闻刺刺訾声。余知其以妓，故不敢往也；故促之。黄不得已与余相赴。日未晡，黄便谢归。主人留之，不得遂去。明日余往，佯同于黄。曰，'年余四十，遂乏血胤；虽一似人女婢，亦不能居；命也！奈何！'更间昨者迟同之状。曰，'凡赴妓席必涕泣，至归方已'。又问如连出何以制君。曰，'出必歃血莅盟'。余因大嗟曰，'余方愧王茂弘九锡，不意足下更是冯敬通也'。"

离开了社会的环境，一个人变态与否，是没有标准的。

八

剧作者编写故事的时候，对于里面的人物，应当怎样去认识呢？第一，看清某个人是被派做社会中哪一种的脚色，是做哪一种社会动力的工具的。第二，他一生有过什么生活经验，他是怎样一个人物；他的根本的思想，信仰，哲学是什么。第三，他在故事中所遇到的是些什么环境；每个环境给予他的意义是什么。第四，他的从已往的生活经验所获得的理智，是怎样地领导了组织了他的情绪。第五，他的情绪迫促着他在此刻故事里，做出什么行为。这样，不但剧中每个人物，一举一动都有来历都有根据，而且他们可做能做的事，也是繁多丰富有变化。故事再也不会前后重复或枯乏单调了。

（原载 1934 年《文艺月刊》，第 7 卷第 1 期）

---

[1] 胡应麟，《甲乙剩言》。

创作题材的困难

在今天，除非作家存心想逃避现实，去写些风花雪月，取娱耳目，无裨生民的作品，才永远不会感到题材的困难；一个有良心的作家，只要他还想观照人生，反映人生，希望借他的作品服务于人民，服务于社会，一定会痛切地感到选取题材的不易的。目前作品产量的萎缩，尤其是好的作品的难产，大多数作家在题材的困难下被迫搁笔，不能不说是原因之一罢。

诚然，客观环境所加于我们的桎梏是太多了：我们想写的，偏偏不能写；能写的，我们又不愿写；这真是我们这些生丁非常的动乱时期文人的共同悲哀！

近来，我们常常被考问："应该写些什么"之类的问题，我个人以为：社会是多样性的，尤其是中国社会发展得那么不平衡，只要我们去发掘，尽可以找到一些不触忌讳，然而又非常现实性的题材；如同有些问题，在"五四"时期早经提出过，但并没有得到解决，因此看来好像陈旧，却仍然是新鲜的，现实的，值得一写——事实上好些诚恳的作家已经这样做了。

先说"家庭问题"。不错，这个问题似乎是很老了；父与子，姑与媳……以及古老传统下不可究诘的纠纷，在今日中国新式家庭里或者已经不复存在。但这种新式家庭，就全国范围来讲，百分比是渺不足道的。我们知道在广大的农村社会里，家长的权威，还是绝对的，上一代的青年人仍然在封建压迫下打滚，我们的作家有责任。为时代留下记录，向封建残余势力大张挞伐。

还有"恋爱问题",往往有人以为此时此地不应该写;其实只要观点是进步的,不歪曲,不美化,恰当地体现了真实,正是极其有意义的。目前青年在"恋爱问题"上所遭遇的困难,不下于我们这一代。在动乱的社会当中,青年经济生活没有保障,读书成问题,求业成问题,这些问题与恋爱问题息息相关,相乘相和之下,使青年们痛苦到了极点,这正是我们作家不能放过的好题材。同时,女性在这一方面仍然是弱者,仍然是被牺牲者,变相的买卖婚姻仍在流行,这里面包含着多少女性的血与泪!

在抗战时期,有一类题材,曾为作家们一再接触过——"气节问题"。一般以为在民族自卫战争中,提倡气节,是当务之亟,现在民族自卫战争已经结束了,气节问题似是不需要再行提出,其实不然;"气节问题"在今日不但应该,而且必需强调的提出来!只要看在通货膨胀之下,人心的道德堤防陷于崩溃,举国滔滔,贪污横行,你说这个问题还不严重吗?人穷志短,政治道德沦丧,为了高官厚禄,可以出卖历史,出卖人格,以至出卖人民利益!可以说是寡廉鲜耻到了极点;所以"气节问题"一类的题材,我们作家不能放过。欧阳予倩先生近作"桃花扇",把主题放在"气节问题"之上,我赞佩他的卓识。东林提倡气节,成为后来反清复明运动的原动力。今日不仅须在异族的暴力面前,更须在经济的压迫面前,坚持"饿死事小,失节事大"!

目前社会普遍存着一种要不得的病象,即是"小圈子主义"。这一毛病,在战前甚为流行,对日战争中,在"民族统一战线"号召下,一度曾被清除。胜利之后,"小圈子主义"复活了,互为壁垒,无视于大敌当前!不惜分散力量,自相摧毁,甚可痛惜。到现在为止,我们的作家似是尚未触到过这一类题材,但是这正是不能忽视的好题材。

以上四类题材,我觉得可以作为现阶段文艺作品的主要内容;在正确的处理之下,创作的天地,将不会如想象的那样狭窄!

(原载 1947 年《文潮月刊》第 3 卷第 6 期)

编剧二十八问

上

第一问　故事是否完备？

一个完备的故事，至少有三个要点：起因，转捩与结局。此三要点，即将故事分为四大段：在起因以前的是前文，大半是布局或预备，不会十分紧张的；在起因以后转捩以前的是纠纷的进展，这时候剧中人正在各出全力，奋斗争胜，是剧中最好看的一段；到了转捩，胜负成败之局已定，从这里到结局，乃是解决的经过；而在主要的纠纷结束之后，或尚有若干附属零碎的事件，必须一一交代清楚，于是有一段余波。前文与余波，有时可全省去。而在一个复杂的故事，中间两大段，往往循环重复；这就是说，前一纠纷的结局，正做了后一纠纷的起因了。

第二问　情节用何格局？

故事中的主人翁（即编剧者希望观众所同情的一方面，不论是一个人，或数个人，或一个团体，或整个社会），如果最先遭遇困难，后来奋斗成功的，这是喜剧的格局。但如始终在艰难困苦之中，几乎可以成功而终竟不曾成功的，甚或在先是志得意满，最后是一败涂地的，这是悲剧的格局。又如全剧的发挥，着重在"纠纷的进展"，这是加速的格局（这样，事实才会曲折，情绪才能紧张）。但如剧本所注意描写的，是"解决的经过"，这便是迂缓的格局（富于诗意的戏剧，大都比较从容）。又如全剧集中于一件纠纷，这是单纯的格局。但如数种纠纷同时发生（如《大饭店》与《晚宴》），或者剧中主人翁，继续经历数次纠纷，这是繁复的格局。一种格局有一种的用处，编剧者应当参考他的材料，依据他的创作的"社会目的"，预先研究决定的。

第三问　材料是否匀称？

在支配材料的时候，第一须审度材料的必要性；务使剧中应有尽有，不应有的都经删除。其次，更须审度材料的重要性；凡是可以刺戟观众底心灵，激荡观众底情感的部分，应得充分发挥，着意留连。而其他铺叙事实的过场戏（演出固觉乏味，但不演又恐脱节，致观众对于故事不能明了），应当轻描淡写地带过；愈速愈简愈妙。我从前曾有"至少三场大戏"之说（如果全部影片为十大本，第一场大戏应在第五本，第二场大戏在第七本，第三场大戏在末一本）。所谓大戏，乃是行动最鲜明，态度最坚决，事机最紧迫，斗争最强烈，表演人物的性格，说明全剧的义旨，可以激动观众的情感，增加观众底智慧的几个片段。在一部影片里，我主张至少有这样的三场。否则平铺直叙，无起伏，无焦点，如一本日用账，记载得无论如何清楚；只是青菜一百文，萝卜二百文而已。艺术的方法，不外两端，一是选择那必要的材料，二是着重那重要的材料。

第四问　排次是否适当？

故事有顺叙法，倒叙法和杂叙法。顺叙是按照事情发生的先后而叙述的；中间或偶颠倒（无非是心中所思，目中所幻，口中所言），但只是极小部分；通常影片，都用此体。倒叙是先说最后发生的结果，回溯从前的经过，末后才道出起因，某种侦探剧神秘剧（mystery play）须用此体。杂叙是或顺或倒，或先或后，次序全无一定；小说常用，戏剧不常用；自有影片以来，只见《权势与荣誉》一片；据美国报纸的记载，对于观众的效果，也是失败的。毕特金教授说过："材料的排次，应当顾到三点；如何使得观众了解一件事的因果，如何使得观众相信一件奇特而不大可信的事，如何使得观众感到兴味。一件事的历史的次序，有时固然不能不更动颠倒，但更动以愈少为愈妙；因顺叙法最能使观众了解和记得，所以是最能激动观众底情感的。"

第五问　能否引起兴味？

故事所能引起的兴味，大约可分为三类：一是情节的兴味，二是人物的兴味，三是社会的兴味。兴味从情节紧张而来；引起兴味，就是使得观众欲知究竟。譬如侦探剧，本是文人无中生有的故弄狡狯；将人生的事实故意神秘化复杂化了，以打动观众的好奇心；而观众在看戏时所要知道的，也不过是一件事的缘由与解释；迷惑许久，忽然开朗，可为一快，此外别无要求；这时所引起的，是情节的兴味。一般的戏剧，忠实地反映了人生，使得观众接触和认识几个现实的有生命的人物。晓得了他们底性情和人格，能力和地位，存心和企图之后，观众们在同情地等待着，再欲晓得那剧中人处在目下困难的环境中，究竟挣扎得怎样一条出路，获得怎样一个结局。这时所引起的，是人物的兴味。至于社会问题剧，作者严肃地提出"人们处在某一种痛苦中应当怎样生活"的问题；描写了社会上一种不平不善的现象，以及一部分人当前所作的不妥不满意的解答，使得观众们不得不深思熟虑，寻求一件事一种情形的意义或结论，想出满意有效的应付方法。这时所引起的，是社会的兴味。

第六问　是否善用技巧？

编剧的技巧，是三个 S：即紧张（suspense），出奇（surprise）与满意（satisfaction）。雷孟瑞教授说过，"在纠纷解决之前，应当是十二分的紧张；在纠纷解决的时候，应当是十二分的出奇；到纠纷解决之后，应当是十二分的满意"。所谓紧张，就是在纠纷的进展中，使得观众提心吊胆地亟欲知道究竟。所谓出奇，就是解决的方法，须是完全出乎观众意料之外，但仍不失在事理人情之中。所谓满意，虽不必是大团圆或善恶得报（有时失败反是幸福，成功乃藏祸机）；但至少是除此以外，不复有更佳的办法。前两项，为了全剧整个的印象，有时不得不酌量牺牲，但如结局不满意，全剧便无意味。

（以上关于故事，共六问。）

第七问　人物是否真实？

一个人的个性与人格，是由于环境和社会所造成的；在某一个时代，必然有那被环境社会所磨练成的某某型的人物，而故事都是这种人物做出来的。换一个浅显的说法，因为有这样的社会环境，所以才有这样的人物；因为他是这样的人物，所以才做出这样的事情；因为他做出这样的事情，结果是环境多少改变了，同时他自己的人格也转换发展了；这是从人生到人物再成故事的经过。所以编剧者，如果不是富有阅历，熟知世故人情，与他的理解正确，能够牢牢地把握住时代的，他所创造的人物，决不会是真实而可信。据心理学者的统计，从事文艺的人，伟大成功的作品，大都在中年之后；（莎士比亚作《哈姆雷特》，在39岁；作《黑将军》，在41岁；但顿作《神圣的喜剧》，在53岁；弥尔顿写《失去了的乐园》，在59岁；托尔斯太写《复活》，在71岁）。因为不是有了充分的阅历，不能深刻地认识人生（只有音乐家，绘自然景物的画家，以及少数写抒情诗与恋歌的诗人，根本无须十分理解社会的，可以在30岁以前成功）。大凡涉于空想的故事，总是其中主要人物不真实的缘故。

第八问　选择是否得当？

一个人的行为，本来是十分复杂的；时而为理智驱使，时而受情感推动；很少是能前后一贯，自己不互相矛盾的。然而他应付环境的历史，往往无形中造成他做人的习惯；他的行动举止，渐渐地有了一定的格式；和他相熟的人，皆可预测，他受到了某种刺戟，必然有某某种的反应与答复；他自有他底一套处世法则；这时候他便有了特殊的个性与人格了！编剧者对于剧中人，应当深切地认识，精密地分析；从他们的复杂的矛盾中，寻出他们的固定的格式，明显地指出这个人和其他一切人不同的地方。一般的戏剧，都得注重个性的描写，尤其是一部故事中几个主要的人物，对于他们每个人的独特性，是不容丝毫含糊的。但是，也有时候，如社会问题剧，于辨别各人个性之外，更须注意到人物的普遍性与代表性。人物不仅是个人，而是一个团体，一个职业，或一个社会的代表；使得观众见过一个工人，而全体工人的痛苦都明白了，认识一个军阀而全体军阀的罪恶都暴露了。简言之，一般注重"人物兴味"的戏剧，宜于描写特殊的人物；注重"社会兴味"的戏剧，应得选用典型的人物；而在注重"情节兴味"的戏剧中，常是把剧中人的一种脾气（如蛮横吝啬等）过分夸张，这里所用的，竟是卡通性的人物了。

第九问　配合是否相宜？

为了叙述的便利起见，故事的进展，不得不寄托在几个人身上；而这几个人中又得分出正反宾主。大概正的一面，是代表一个运动一件事业或一种主张，奋斗着以求成功的；反的一面，是专为阻止妨碍破坏而来的。正反两面，还得分出领导的人，与有意或无意地帮助的人。从前李笠翁也说过，"一本戏中，有无数人名，究竟俱属陪宾，原共初心，只为一人而设"。为什么一部戏不能没有一个主脑呢！因为不如此，观众便不容易摸着头路抓着线索，而会感得混乱与乏味。（即如苏俄有名影片《人生之路》，主人翁是无数的流浪儿童，但表演最吃重的仍只三五个人；不过剧作者为欲避免那有流弊的"英雄主义"的印象，于是写其中最努力的领袖儿童，在事业未成功前，经人害死，另有旁人继起努力，终将铁路造成；以见事业成功，是因大众努力而必然，并非一二领袖的功绩）。再就陪宾而言，每个人应在故事中负有使命；相应相衬，缺一不可；如果其中有多余可省不必要的人物，每次他登场时，无论他本身的戏是如何有趣，总不免破坏了全剧的空气，损失了情节的紧张，甚至会将故事中间斩断的。

第十问　描写是否清楚？

戏剧的描写人物的方法，共有六个。三个方法是直接的：

一是说明他的行动（习惯的行为，临机的应付，一时的举动，偶尔的发作，以及气度，姿态，眉目手足的小动作，都是）；

二是记录他的言词（爽直地说出他的思想与情感，无意地流露他本欲瞒人的心事，以及故意所作的欺人之谈，都是）；

三是模仿他的口气（他的年岁，地位，门第，职业，教育，气质，都可以从他底说话的方式，用字，音调里，显露出来的）；

其余是间接的：

四是形容他的背景（穿什么衣裳，用什么东西，有什么财产，叫什么名字，家中情形怎样，身体的康健如何……）；

五是注意他给别人的影响（旁人对他是慑服的，恭敬的，爱戴的，还是厌恶的，压迫的，取笑的，躲避的，利用的，或是视为无足轻重的……）；

六是听取旁人对他的口碑（旁的剧中人，关于他的历史，关于他的性情，关于他的相貌，关于他的行为……说些什么）。

至于把剧中人的个性，长篇大套的加以解释与分析，写小说常用此法，编剧本却不相宜；偶或一用，无非供给戏剧从事者（导演与演员等）研究参考而已。

（以上关于人物，共四问。）

第十一问　背景是否确切？

每一个故事，有三层背景：地方的，时代的，与社会的。某一时代，某一地方，某一社会（狭义的，指社会中某一职业阶层或团体），各有特别的事实与情形，错误不得，混乱不得；否则不免要闹笑话（好像有人写小说，言"有人在上海南京路上，正午时，从南至北，飞也似的驾着汽车疾驰"；又如言"张阿根每日从工厂里做工回来，总是背着他底一袋斧头皮尺虎钳等做工家俱；以及'桥上游戏'(和宋版康熙字典之类)。而这种背景中细端小事的不确切，往往将整个故事的可信性，都会减少的。编故事，这三层背景都得顾到；但也有时候，三者之中格外注重一种，于是便有'属于某一处的故事'(如爱尔兰的或东印度的)；或'历史上属于某一时代的故事'(如18世纪的或第一次大战时的)；或属于某一个社会的故事"(如矿工们的或都会上层的)。那背景中的事实，更加须写得详尽了。

第十二问　色彩是否明显？

人事的纠纷，可以成为好的故事情节的，经 Polti 等，精密地分类过，结果只得 36 种剧情。就技巧而论，特别的明显的背景色彩，是唯一的方法，可以使得烂熟陈旧的剧情，新鲜而生动。但色彩不仅恃仗布景器具衣服装饰等物质的背景，而须许多方面的凑合。第一，安排几个典型的人物（因为人物本是背景的产物，例如扬州十日嘉定屠城时的江苏人性质刚强，勇于反抗，到了清末江苏出了许多状元之后，江南人都柔顺了，乖巧了；人物与背景，是最能互相说明的)。第二，须反映一切风俗与习惯（这是不用多说的；大之如信仰祭祀，近之如饮食男女，各处各代各社会，各有其方式与特点，迥然不相同的)。第三，酌量采用那流行的语言（剧本中的对话应当使得多数观众懂得，宜用普通的白话，不宜多揿土语乡音，但某种切口成语，也可说明背景，例如"王八蛋"是从前官场的骂人，"杀千刀"是苏州女子的口吻，又如"打馆"，"拉夫"，"挂彩"，"念普佛"，"坐关"，"开山门"，"请财神"等等，不胜枚举)。第四，为剧中人物提得适宜的名字（名字也和背景有密切的关系的，譬如"阿金"是江南，"小喜子""二顺子"是江北，"根富""财发"是上海的小市民，"金彪""得胜"是从前的营兵，"来喜""高升"大约总是仆人；不但人的名字如此，就是店的名字，也各有所属，含混不来，例如"万康"是米店或酱园，"月宫""梅园"是游晏的场所，互换了便不像的。"鸿运来"是奖券经售处，"源兴""顺泰"是押当店）。这些须得编剧者平时留意，下笔细心。

第十三问　空气是否统一？

空气就是情调：空气不统一，不但不能紧握住观众的情感，甚且会使得观众迷瞀而莫知适从。这个并不是说喜剧中不应有正经的时候，悲剧中不应有滑稽的穿插（譬如《少奶奶底扇子》，即有母劝女妇的一场；《哈姆雷特》，即有乡人扫墓的一场）；但整个的剧本讲起来，喜剧应当充满了活泼欢欣，悲剧应当充满了悲惨严肃的空气。在喜剧一方面（又可分为（一）过分夸张而卡通化的 Burlesque，（情节的展化，不一定是完全合于情理的，但因其立意在讥讽时事，观众也不去十分顶真，如上海游戏场中所演的滑稽戏，以及影片如 Palmy Days，Duck Soup 等，歌舞以外的部分都是）；（二）以情节取胜，引人发笑的 Farce（如 City Lights，If I Had A Million 等）；（三）形容人物或生活底幽默的 High Comedy（如 Little Accident，Reunian in Vienna 等）；（四）以真的事实与奇异的幻想相搀和的 Faotasy，英国摆雷所写的喜剧，以及影片如 Berkeley Sguare，The Eyes of Youth 等）。在悲剧方面，也可分为（一）以情节取胜，刺激观众们底恐惧惊慌紧张这类情感的 Melodrama，（如 Murder in the Zoo，King Kong 等）；（二）诚恳忠实地反映人生的 Drama（如 Five Star Final，A Bill of Dirorcement，20000 Years in Smg Smg 等）；（三）这些感伤而富有诗意的 Poetic Ploy（如 White Hell in the Alps，peter Ibbtson 等）；（四）愁惨严重的 Tragedy（如 Grand Holel，The Strange Interlude 等）。以上八种，情调不同；那根据现实的限度，恪守情理的需要，也不相同；所以那采用的事实对话和小动作等，在一种里适合的，移用到另一种里，便不"对工"，必至破坏了全剧的空气的。

（以上关于背景，共三问。）

第十四问　剧旨是否伟大？

每一部剧本，必有一个中心思想。每一部文艺作品，应当是那作者阅历了观察了认识了人生以后的结论，就是他的改善他那时代的生活状况以求增加永久的人类幸福的一种社会主张。剧本的有价值，在于剧旨的伟大；而剧旨的是否伟大，在于剧作者是否诚恳地有力地对于当前的社会说了一句必要说的有益的话；就是，是否尽了他的教育与指导社会的责任。同时更得究问，他所说的话，是否完全正确，丝毫没有错误与歪曲；是否对症发药。次之再究问，他所说的话，范围是否宽广，关系是否重大（譬如一部关于复兴农村的戏剧，当然比较那鼓吹婚姻自由的作品为有价值；而描写男女关系的戏剧，当然又比那讽劝做厨子的莫偷东西吃的趣剧，来得重要了）。复次，再究问那作者说话的方式，是否是戏剧的，是否善用戏剧的技巧，是否能将他所要说的话用一个动人的故事具体地敷衍出来，而不是率直地座谈式地笨说。总之，在每一部戏里，作者都应该说一句正确与有益的话。轻松细微到滑稽戏与趣剧，也该至少劝那做厨子的莫偷嘴吃。凡是于社会人生无益的作品，都是有害的。

第十五问　发展是否合理？

故事的发展有三要点，即一忠实，二有必然性，三不离剧旨。所谓忠实，又分两层，一是忠实于人生，二是忠实于自己作品的前提与规律。凡是剧本中所发生的事情，最好须是人生常有的普遍的现象，是人人所知晓而承认的；如果不是真人实地，实有其事（因为作者有时不能不写他的理想和希望），至少亦须在情理上讲得过去，使得平常（没有成见）的观众，能够相信这种事情是可以有的；这是关于人生的一方面。其次，作者对于他自己所说过的话，所定的方针，应当一贯到底，不可自相矛盾（譬如他说，某处农村，已陷于经济破产的状况之中；乡民生活，朝不保夕；不可隔了几场戏又说，这个村里开着一爿酒店，烹调得鸡鱼鸭肉甚为可口，每日生意兴隆，村里人前往吃的，迭络不绝）；这是关于自己的作品的一方面。所谓有必然性，就是故事的发展，应当比人生更加合于逻辑；剧中人说一句话做一件事，动机都得分明；而情节的变化曲折，更得件件都有因果来历；偶尔碰巧的事（中国评书人常说"无巧不成话"），只可用以增加纠纷而不可用以解决；务使观众觉得，有了这种起因，以后发展到如此程度，全是应该的。所谓不离剧旨，就是故事的发展，确乎能说明编剧者所要说的一句话，既不是文不对题，节外生枝；更不是避重就轻，隔靴搔痒（譬如题材是谷贱伤农，便应当扣紧了"经济的无统制无组织无计划"这一点下笔；又如题材是农村破产，便应当注意到"政治的不安定，内战，苛捐杂税，生产方法的落后，大量佃租，高利贷，手工业的崩坏，以及帝国主义经济侵略的深入"这数项发挥；如果单只描写金融家的重利盘剥，已是轻重倒置，再去蓄意地形容他底怎样蹂躏乡村间的一个女人，更是无关阂旨了）。故事的发展如果不合理，剧情虽好，也是白白的。

（以上关于剧旨，共两问。）

下

第十六问　剧本所写何物？

电影剧本，与那可以印行了供大众阅读的舞台剧本不同；电影剧本，和建筑工程师底蓝本图样一样，原意只是写给从业员阅看，使得他们了解作者底用意，可以依据了他的指导，帮助完成他底工作的。所以往往有那观众所不必知道的事实，剧本内写得非常详尽；而有许多可以激引情感，动人，精彩的地方，反仅是粗枝大叶的叙过（留待演员导演布景者摄影者去尽量发挥）。通常一个实际应用的剧本，所写入的共有七项：第一，指出每件事情所发生的地点和时间；将整个故事，划归若干不同的背景内，这个就是所谓分场（又地点虽未改，而换了一个时间的，亦算换场；背景在室内者为内景，在户外者为外景，或采取实地，或自行搭置）。第二，记清每个背景内到场的人物（有戏可做的人物之外，更须注意到空气的人物；譬如茶馆内有茶客，老的若干人，中年的若干人，茶博士若干人，小贩若干人；又如寿堂内有贺客，男的若干人，女的若干人，小孩若干人，仆役若干人，乐工执事若干人；并简略地注明他们底服装）。第三，详细地叙述每个背景内一切事实的经过

（每个场子至少须做成一件事，而这件事又须是必需做的，不可减省的；叙述中并应将"这场戏做的是什么"，和"为什么这样做"，弄得十分清楚）。第四，特别地说明那比较隐微曲折的心理变化，有意义的姿态行动（即所谓小动作），以及有关系的用品物件。第五，简洁地写下剧中人在必要的时机所说的言语（在无声片中是"分说明"，在有声片中是对话）。第六，将故事中过渡的或次要的部分（譬如从一个地方到另一个地方，从一个时期到另一个时期），有时不必用画面演出，或画面所不能演出，或虽能演出而仍不完全清楚的，用总说明来解释（总说明与分说明，统唤做字幕）。第七，提取一个适当的剧名。普通实用的电影剧本（或唤为脚本或台本），因为被那"工作便利所需要的条件"所限制，不易写得有文采；但全部须是一气呵成，周密呼应，使得读的人，至少得一整个的印象，而在几处重要的片段里，也能觉得这里有激动情感的可能。否则琐碎断裂，杂乱无章；愈是写得详细，愈是使得读的人不能了解的。

第十七问　事实是否视觉化？

电影本是给人看的，故事的叙述，应当就是许多幅连缀着的好看的图画。一件事情的意义，一个人的心事情绪，都得用那醒目有趣的行动，很明显地表达出来；无须乎再有言语的解释。譬如说，剧作者要写一个女子十分地厌恶那个追求她的男子，他可以用字幕来说明，这是最不戏剧的了；他可以写几句女子痛骂男子的对话，这有时是可用的（尤其是在有声电影里），但分说明占夺了画面的地位，未免太"不电影"了；他可以写那女子看见那男子，立刻画上露出厌恶之色，这是电影的方法了，但是单靠面部表情，力量不够，而且面部特写太多的时候，也可使得观众感觉单调的。在某部戏里，有这样一段：

　　"男子见那女子远远来了，面上不自知的露出喜悦——想要迎上去，忽又立定，似乎有些不敢——女人走近，他连忙敬礼——女人见是他，不由得一怔——但全不理睬他，急忙的仍往前走——匆忙中她的手套落在地下——男子赶抢上前，拾起来递还她——她更加愤怒，非但不去接，反将左手上戴的一只也脱下扔在地上——昂然自去了——那男子受此侮辱，脸上变色——但又一个转念，将两只手套拾起来，狂吻不已"。

这里，没有一句总说明，没有一句对话，而男女两个人底关系和心理，表现得清清楚楚，看的人没有不明了的。所以剧作者叙述事实，应当从画面和动作上着想；仅仅说出是"什么一回事"是不够的，还得说出是"怎么一回事"；因为人事中的"什么"，相同的很多，作者欲别出心裁，全得用功在"怎么"上。那无能的作者，往往所用的手法，都是烂熟的陈旧的，一些没有新的"怎么"；甚至于全无手法，每场戏中，只是三两个人相对着，你一句，我一句，"分说明"来之不已，丝毫不给表演者以做戏的机会（最坏的竟是连那"分说明"也没有，强迫表演员嘴巴乱动，做些神气，美国影评者常常讥讽的所谓空嚼一顿）。当然，欲将故事中"不是显然有行动的部分"，全都视觉化，不是件省力的事；但也有一个下手的方法，就是借重那背景内所有的一切身边日常使用的物件（在前面所举的例里，是一双手套；凡衣帽手杖洋伞鲜花香烟糖果茶杯酒瓶文件小照钥匙手枪等等，都可利用的）。这是编剧时甚须用心思的一件事。

第十八问 镜头运用是否恰到好处？

"镜头"是否柔和美丽，"角度"是否新奇不俗，这是导演者与摄影师的事，编剧者可无须过问。但是每种镜头各有其特别效用，编剧者应该知悉；如果运用得不当，拍出来的影片，就会辞不达意的。大要的说起来，（一）远景（long shot），是给观众看背景的（里面人物甚小）。（二）中景（从头到脚）（medium shot），是给观众看见剧中人全身的动作（如斗殴，或饮醉的人步履不稳等），以及建立许多人的相互关系的，（里面可以认得出面貌了）。（三）近景（从头到膝）（semi-close-up），是给观众看见剧中人相互的感应的（里面可以看出面部的表情了）。（四）特写（只有面部，最多至胸为止）（close-up），是强制观众注意一件重要的事项的（这里不论是人是物都放大夸张了）。（五）渐显渐隐（fadein，fadeoct），是用来划分段落的。（六）化入（dissolve），是从一件事立刻转入第二件事，而省略去中间的经过的。（七）移镜头（pan shot），是欲观众从一个对象移转目光到第二个对象的（移镜头和换镜头各有好处，换镜头紧急，移镜头显出两个对象的关系）。（八）跟镜头（follow shot），是欲观众从变换的背景中始终注意一个对象的。这是无声电影中常用的镜头。到了有声电影实现之后，因为声带剪接的困难，又加用两种镜头。（九）推拉镜头（dolly shot）从远景到特写，或从特写到远景，片子不断，镜头不换，而将摄影机推近或拉远的。（十）划过（sweeping），替代无声片中省略过渡的"化入"，或者那无声片中用以表示几件事同时发生的夹接（out-in）的。作者在写一部实际应用的脚本的时候，某段动作应当用某种镜头某种摄法，须得预先盘算好（脚本内除绝对必要外，尽可不必注明，因为一个胜任的导演，读了叙述，自然会晓得的）。如果运用不当（譬如在远景里须要演员做细微的表情，或如场子虽完而事情还在连续时用一个渐隐渐显），着实会减少观众底了解能力的（但遇好的导演，一定会代你考正）。最后，剧作者并须记得，画面是为了故事而生存的，千万不可为了镜头而镜头。太注重画面美，以及（上节所言的）小动作，而致喧宾夺主，也可以使得故事松懈的。

第十九问　画面组合如何？

事实既经视觉化了；每个镜头，本身也是恰当而美丽了；更进一步的问题，就是怎样能将画面连缀起来，使得观众觉到整部影片是流利的悦目的，有抑扬顿挫有旋律有焦点是引人入胜的，是"雄辩的"有力的是可以逼得观众不能不同情于剧旨的。这种无数画面的配搭缀合组织Montage，是没有一定方式的，须作者每次酌量了情形去设法解决。所幸的是影片画面的组合，也和别种艺术的结构一样，有几个根本条件的。一是变化，使得观众不致感到单调疲乏而松弛了注意力的（如在一场戏内，各种镜头的分配与搀用；好几场戏在同一布景内，镜头角度的考换；小动作的性质不重复等等）。二是调和，使得观众不致因为遇见了突然古怪，意料不到，不曾准备的事，而分散了注意力的（如前场戏的末一个镜头，和后场戏的第一个镜头，画面性质，多少相同；又如《四骑士》中的双方并写，一面写欧洲国际间形势紧迫，大战将要爆发，一面即写剧中主人翁恋爱纠纷被女人的丈夫发现，不能不去约期决斗，互赌性命，两面情绪，都是一样的热烈紧张等）。三是相衬，使得观众将两件相反的事，联系比较，而加强了注意力的（如英国某影片里的"社会上两种不同情形的对照"，清晨六时工人去上工，而享乐的男女方始从跳舞场回来；又如在《党人魂》（Volga Boatmen）里的"一个人前后不同行为的对照"，许多贵族女子穿着很讲究的高跟皮鞋在宫廷里跳舞，不久仍是穿着那些高跟皮鞋，踏着河滨沙泥，一步一步地背纤等）。

第二十问　解释与分析是否充分而不冗长？

电影剧本应写得经济扼要，冗长了反可以使得从业员误会与混乱，不过也有部分，须要比较详细的解释与分析，以帮助导演与表演者，（一）关于有重要用途的物件，须有事先的布置与安排（在"《牢狱二万年》"里，一个病在床上的女人开枪打死一个恶人，这支枪怎会这样便当就在她的枕头下，这是须要事先布置的）。（二）关于有意义的小动作，须特别提出说明，使得在摄制时不致忽略放松（在 Dishonored 里，一个少年军官是同情并且爱慕那个国际女间谍的，在执行枪决的时候，他拿着一块黑布去蒙她的眼，但是心里不忍，手竟抬不起来，反是那女间谍拿过他手里的黑布，替他揩拭了眼泪）。三、凡难于表演的隐微曲折而层次繁复的心里，须分析得十分清楚，使得表演者完全了解容易想法。

第廿一问　开场是否醒豁？

剧本的开场，有迂缓的方法，有急迫的方法，视故事的需要而异。但不论用何种方法，总得醒豁而自然，容易引到题目。那迂缓的方法，共有五种：

（一）以风景开场，如果地方背景是重要的话——《白地狱》（White Hell in the Alps）就是这样的。

（二）以说明剧中几个主要人物的关系来开场——《晚宴》（Dinner At Night）就是这样的，太太忙着家务与交际，先生急着要上公事房，女儿想溜出去找朋友。

（三）以说明剧中主要人物底历史和环境来开场——《恋歌》（The Song of songs）就是这样的，剧中女主人是个孤苦零丁的人物，收拾得一个衣包，正在拜别父墓，要往别处投奔亲戚去。

（四）以空气开场——《大律师》（The Connselor-At-Law）就是这样的，一个精明强干业务发达的大律师底事务所里，电话一刻不停，会客室里坐满了是候着要和他谈话的当事人。

（五）以暗示剧旨开场——《春闺梦里人》（The Man I killed）就是这样的，某年十一月十一日欧战战胜纪念，观众从一个伤兵底拐棍与半截大腿之下，看见庆祝战胜游行的行列中，一队一队的现役兵过去。

这里所有开场的事实，都不是故事底主要纠纷的一部分，只是一种预备而已。那急迫的方法，亦有两种：

（一）以纠纷本身开场——《牢狱二万年》（20000 Years Insinging）就是这样的，一个大流氓被关入牢狱，他自以为是了不得的，而且还有政客替他说情纳贿，他满以为是可以得到例外的优待的，哪知典狱官甚是严正，毫不容情，待遇和别的罪犯一样，外加还训斥了一顿，流氓大愤，蓄意要寻机会闹事。

（二）以几个方面的描写，传达全剧的精神来开场（这是最好的方法，几部伟大的影片都是这样的，如《为国牺牲》（Scaramouch）里，道旁有四个骨瘦如柴的乞丐伸手讨面包，而一个贵族方牵着三只肥大的狗散步了回来，以见那时的法国不得不革命；又如《罗宫春色》（The Sign of the Cross）开头几分钟，即将罗马兵士的横暴，官长的淫威，一般人的受压迫，耶稣教徒的地下生活，全都宣露，而后来尼罗的残害教徒以及教徒的至死不屈，甚至最后的宗教战胜恋爱，都有其必然性了。

此外，还有一个特别开场的方法，就是用楔子或前奏曲，或是自己在现代追述自己以往的事如《风流女伶》（Voriety），或是故事中次要人物叙说别人以往的事如《权势与荣誉》，或是引证一段另外发生可以用来参考的事，如《美人心》(Don Jran)；但这种在实际上等于是一大一小两个故事；而每则故事开场的方法，仍不能出前面所说七种底范围的。

第廿二问　收结是否有力？

故事的收结，应当一完即了，大忌拖泥带水；如果稍有微波，应当简短而隽永。通常的方法是直接的说明纠纷的结果——如《现代青年》(This Day and Age) 写流氓索取陋规，杀人横行，法律奈何他不得，而一群中学校的学生，激于义愤，团结起来，直接行动，捕获恶人，逼出他的口供，最后把流氓送交法院治罪为止。但有时也应俏皮含蓄，不宜直率平凡，如《大律师》中男主人，虽在社会上地位甚高，但因出身微贱，不为其夫人所重，后来她竟在他遭遇危难的时候，离开他而和她的恋人赴欧洲旅行去了。大律师失望灰心之余，几乎自杀，被一个素来忠实于他并且同情他的女书记所救；这时候，观众都希望大律师和女书记结合了，但如果贸然相抱便庸俗，如果她说许多话去安慰他便平凡；在剧中，他把书记大骂一顿，责她多管闲事；她正在泣不可仰；忽然电话铃声大响，乃是一件重要的案子，要托大律师办理的；那消极的大律师，闻有难案，不觉又是技痒；欣然奔去，一把拖了女书记就走，叫她去一同工作，这种结法，美国电影界的术语，叫做最后一扭 (The Final Twist)。还有时候一个故事，须要一种有意的余波，或是交代事实的，如《巴黎一妇人》(A Woman in Paris) 里，一个做人玩具的女子，偶然遇见了她的从前乡间的爱人，而不满意于他当前所过的生活；后来那爱人因为她而自杀，她亦从此失踪了；过了若干时，晓得她避居在离巴黎很远的乡村里，生活已经改换，人亦比较快乐了；或是点清题目的，如《再度春风》(Reunion On Vienna) 里，一个医生的妻子。平常总是念念不忘她从前的恋人奥国某王子的好处，那医生是懂得精神分析的，恰巧那王子因事秘密回至维也纳，医生便留那王子宿在家内，自己反而避了出去，这一夜的情事，写得十分隐约，一切都寄托在次晨王子走后，一

编剧原理　第一编　洪深 (1894—1955)

家人吃早餐时的闲谈，以及那愚笨的岳父最后明白了的一笑中；或是在纠纷结束之后，冷冷的批评的，如《大饭店》（Grand Hotel）里，一群旅客，死的死了，走的走了，犯罪的入狱了，相爱的结合了，那个残废的医生，翻来覆去，说他常说的一句话，"来者自来，去者自去"，意谓人生苦乐无常，世界一大饭店而已；或是说反话，更有力的讲明剧旨的，如《铁血鹰魂》（Eagles and Hanks）里，一个欧战时的航空军官，因为不忍睹人类的自相残杀，不愿参加战争，宁愿自杀了；他的朋友替他布置一番，装成是被敌人打死的样子；政府特为他立一个纪念碑，碑上称誉他是一个为了民主政治的安全而战死的勇士。

第廿三问　剧名是否具有吸引力？

题取剧名有五要：一要忠实，不可欺骗，（如美国影片 Cbar all wires 原是趣剧，直译应为《肃清线路》，有人译作"莫斯科的秘密"，未免是冤人），不可转弯太多（如中国影片《道德实鉴》，内容是写一个作恶多端的君子，他常是在家里看一部书，书名"《道德宝鉴》"；拿这个书名来形容一件作恶的事实，未免太曲折了），最好能够暗示故事的性质（譬如《恶邻》一定是件严重的纠纷，蛮牛渡蛮王，一定是些可笑的举动，观众一看就会晓得的）。二要恰切，不是空泛而可随便移到别个故事上去的（恰切与否，要晓得了故事，才能判断；已有的影片中，如《失足恨》《银汉红墙》等，对于所代表的故事，虽未必不忠实，但并不使得观众觉得有非此不可之感），同时，也不可将故事的结果，在剧名里告诉了人家（如《侠女救夫人》《大侠复仇记》等，就犯这个毛病；凡是剧名里用"记""录""传""史""缘"等字眼的，应得格外留心）。三要有刺戟，不妨略带一些神秘，以引起观众的好奇心（如《七重天》《牢狱二万年》等），有时并可将两件本来不相联属，甚或互相矛盾的事实，连在一起，以强制观者的注意（如《六月雪》《桃花扇》《可爱的仇敌》《滑稽歌的悲哀》等）。四要新颖，不可俗套陈旧（如《玉蝴蝶》《玉蜻蜓》《失罗帕》《龙凤帕》《宫主艳史》《驸马艳史》《俄宫艳史》《宫艳史》《俄宫秘史》《英国秘史》等），不必人云亦云（已经有了"晚宴""晨餐前"，不必再来一个"午饭"）。五要简短，使人容易说，容易记得（中国影片，剧名最短只一个字《风》；最长的有过九个字，《四月里底蔷薇处处开》，这是吴中山歌的一句，所以说时还不甚难）。至于题名的方法，约略可以分为十种：

（一）用故事中主要的人物为名，如《芸兰姑娘》《巴黎一妇人》《三剑客》等；

（二）用发生故事的所在地为名，如《大饭店》《旧时京华》《巴黎屋檐下》等；

（三）用发生故事的时间为名，如《都会的早晨》《上海廿四小时》《春江花月夜》等；

（四）用故事中一件重要物事为名（不论是物质的，抽象的），如《黄金谷》《太平花》《权势与荣誉》等；

（五）用一种形容词以说明故事中的人物或纠纷为名，如《玉洁冰清》《欢喜冤家》《空谷兰》《残春傀儡家庭》等；

（六）用故事所代表的一种生活情形为名，如《脂粉市场》《大地》《牢狱二万年》等；

（七）用故事中的主要事件为名（此类最多），如《再度春风》《晚宴》《赛珍会》《美人计》《复活》《为国牺牲》等；

（八）用故事所欲发挥的哲学意见主张为名，如《挣扎》《如此天堂》《生命之路》《母性之光》等；

（九）用有名的诗句，文句，成语，俗谚，口头话为名，如《春闺梦里人》《道义之交》《儿孙福》《一脚踢出去》《早生贵子》等；

（十）借用一个现成的名词，故意歪曲了它的意义为名（美国所谓Trick Titles，好的可以意义双关，不好的莫知所云），如《春水情波》春水乃是镇名；《落霞孤鹜》，霞与鹜都是人名；《铁板红泪录》，铁板是四川的税名等。

第廿四问　字幕是否能帮助剧情？

总说明的任务（因为分说明就是对话；详见后文对话部分中），共有三个。告诉观众以故事中不能视觉化的事实，是最要的一个。譬如一个人的姓名，无论如何用画面用小动作是表达不出来的；又如普通的地名（著名有特点的大城市上海北平巴黎纽约等除外）；又如历史上的准确时日（如一千九百十六年民国廿三年春等）；又如稍为疏远的亲戚关系，（外甥，内侄女等）不用总说明，就得用称呼（对话分说明），否则观众实在无法可以明了的。次之，总说明是承上启下的"度介物"；从一个时期到另一个时期，从一个地方到另一个地方，如果使用画面感觉得是太浪费的时候，可以用总说明来过渡；甚至从一件事实到另一件事实，从一种情绪到另一种情绪，如果感觉到太急促的时候，也不妨用总说明来过渡。再次，总说明可以用作"指路牌"，将事情的以后的动向，故事所包含的意旨，作者对于人生的批评与议论，多少宣示于人。字幕有四忌，一忌呆板重复，（如"翌日"，"又一天"，"一星期后"，"过了一个月"，"又过了两个月"等，连续用之，令人生厌）。二忌用得太多（有时作者太喜发牢骚；或太喜掉文，欲借字幕打动观众；或太不放心自己的故事，就是那动作画面可以明白表现的事实，也先把字幕来报告了）。三忌笔调不一致（忽而诗，忽而文，忽而白话，忽而外国的格言，忽而本国的旧词，足以扰乱了观众的注意力与心思）。四忌冗长（这倒并不是说要简短，譬如两个时代相距甚久，便须要一个长一点的字幕为过渡；仅言"廿年后"，便嫌太短，观众情绪不能这样快就可调整过来的；不过字句必须明洁，用五个字可以说清楚了的，不必用八个字）。

（以上关于脚本，共九问）。

第廿五问　对话是否显示性格？

剧作者 Pereival Wilde 说："对话的作用不同，有的是说明事实的"，（如开场时补叙已往的历史，或在中间报告暗场的经过）；有的是帮助戏剧的进展的（如一个人问他的朋友："我本来约着她同去看五点半的一次电影的，此刻是几点钟了？"）朋友回答说："早呢，四点半还不到"；有的是专为刻画人物的个性的（如哈姆雷特关于自杀的独言，《威尼斯商人》里哂罗克再三称颂法官公道等）；但不论一句话的作用是什么，必须同时能显露说话人的性格；那专为表明说话人的心理和情感的对话，必须深刻，固不待言；就是平常报告一件事实，在这个人口里，与在别个人口里也不同。简言之，剧中人告诉你事实，都是从他底"情感的颜色眼镜"里看出来的。剧作者写对话的时候，应当对于说话人底天生的性气，平日的为人，在现时环境中的地位和身份，怀着什么心事，此刻有什么情感，面面都为顾到。甚至极平淡的随便一句话，仆人进来报告"晚饭预备好了"，说话人也有他的个性和身份的。

第廿六问　是否流利顺口？

对话原是有生命的人说的话，就得使观众听了觉得是人说出来的。在无声电影里，对话作成字幕，映出给观众们读，字句稍为艰涩奇特，还不大妨碍；但在有声电影里，全仗表演者一字一句说出给观众听，有一处听不懂，以后的戏，就不容易了解了。对话必须写得流利顺口，而后演员容易念，观众也容易听。所以在可以实用的剧本里，一切过于复杂而累坠的，或一段中讨论两三件不同对象的对话，简直是没有的（在已往的影片中，最长的一段对话，是 A Free soul 里末后一场法庭上一个律师的辩护辞，但实际上仍分作无数小段，时作顿挫，中间夹写法庭上别人的反应的）；而不完全的话句，或是半句，或是一两个字的短问，或是有音无字，用得反非常之多；因为这些是真人说话的口气音调，可以使得对话外表像真而意义格外明显的。戏剧对话和真人谈话，只有一点不同；平常人说话，太不经济，翻来覆去，无用的部分很多；对话是经过选择与精练的，绝少重复；如果有重复的话，那是故意将同样的话，在种种不同环境里应用，以特别着重这句话的意义的。

第廿七问　是否具必要性？

写对话有三个条件，第一是经济，第二是经济，第三还是经济。每一句话被留在剧本里，应当是为了某一种必要的效果，否则对话本身无论如何优美，务必割爱删去。写对话有两种极普通的诱惑，作者必须当心防御的：一是借了剧中人底口大发自己的牢骚（这种事固然萧伯纳等干过，而且干得很好；但这究竟是偏锋，不是正笔；正笔是应当将作者心里所要说的话用故事敷衍出来，而不单是座谈式的讲说出来就算了的；牢骚发得不好，就会走到从前文明戏"言论老生"那条路上去的）；二是借了剧中人底口，来些不相干的幽默与诙谐（美国所谓 Wise Cracks与个性剧情都无关系，在戏里固然好笑，搬出剧本，随时单独地说给人听也是好笑的；这是王尔德的特长；原本是"一套把戏"，说穿了毫不神奇的，就是将一般人通常所承认的理论和主张，故意地不顾事实地推翻或误解，譬如：

人们通常说："做人不可说谎"；

你便说："是的，做人不可说谎，至少是不可说得使人家晓得是说谎的"！

又如在戏里一男一女相抱跳舞着，

男的说："你现在瞒了丈夫和我在一起，岂不是欺骗了他么"？

女的说："诚然，我和他是前年结婚的，岂不是已经互相欺骗了三年了么"！

总之，这类的发牢骚，或是说俏皮话，比起那忠实地切合剧情以及深刻地显露个性的对话，容易写得多了。

第廿八问　文词是否美丽？

对话虽须像真，但作者还得运用文心加以美化。既求风格的一致（譬如一个哲学家和一个拖人力车者讲价钱，哲学家说话仍得像哲学家，但不妨通俗一点，人力车夫仍得像人力车夫，但不妨文雅一点，除非作者成心开玩笑欲获得滑稽的效果的话）；并须利用艺术的手腕（选择组织等），提高加强说话的效能（使得不但人力车夫比他原来自己说得好，就是那哲学家也说得比他原来自己好）；此外，如果作者是有文学修养的，更可在构句用字方面，下番心思；这样，一部剧本的对话，才可算是完美了。最后，作者务须记得，对话是戏剧的，而不是文字的；美丽在骨干而不在外衣；字句应当秀丽而千万不可堆砌辞藻的。

（以上关于对话，共四问）。

（原载 1934 年教育电影年鉴）

第二编　余上沅（1897—1970）

演员对编剧者之影响

文学家史蒂芬孙说，对于一般人万不可把艺术背后的机括指穿；因为艺术是在表面的，如果揭开了表面，一般人便会羡慕机括而更与艺术发生隔膜。编剧的艺术正复如此。但我为了许多想编剧而又苦于不得门径的人的利益，才硬着头皮，来煞一次风景，来说说编剧的机括之一部分。

学生剧团演戏，经常发生这种笑话：譬如说，王君常自称莎士比亚，专以编剧为己任，曰，"当今之世，舍我其谁哉？"于是大家就一致公推，请他去编剧。

王君差事接到，反倒为起难来；不知从何处下手。恰巧他一眼瞥见了张君；张君是个顾影自怜的翩翩公子，富于女性。

王君便暗忖道，"得了！就这样办。他是爱学林黛玉终日使性子，淌眼泪的，我就写一个悲剧，让他去演焚稿的惨状……"从此他便留心明查暗访，居然在同学中发现了一批大观园的人物。"哈哈，我可要编《金玉缘》了！"《金玉缘》也演了，王君莎士比亚之雅徽，遂无人敢再攘夺。

与《金玉缘》类似的剧本，在学生剧团里，每年要产生一大堆。于是"忧剧之士"遂喟然叹曰，"这也算编剧！糟蹋人！"

可巧，从希腊悲剧家数到近代的戏剧作家，几乎无一个不是这样的编剧本，无一个不是这样的糟蹋人。请先举莎士比亚作例。

我们每每称誉莎士比亚是戏剧诗人，殊不知他在当时也不过是一个很普通的编剧者。环球剧院有一个剧团，所演的剧本，十九出于莎士比亚之手。剧团去演，他去编，并无一毫藏之名山，传之万世的妄想。固然，莎士比亚是个大天才，他的剧本，遂不知其然而然的有了永垂不朽的价值。但是当他提着笔编剧本的时候，又何尝与编《金玉缘》的王君有若何差别呢？

环球剧院剧团里有一个主角，名叫白贝治，他是个表演悲剧主角的名手。莎士比亚便老实不客气，为他编了台柱式的《李琪第三》。莎氏的悲剧，可以说完全是为白贝治编的。不然，莎氏悲剧中的主角，又何以随白贝治而渐老呢？先是罗米欧十数年后便变作奥色洛和李尔王了！不独在悲剧里如此，甚至在喜剧里也如此。莎氏编《林集》时，生拉活扯的加上一个贾克士，好让白贝治出出风头。其实贾克士与全剧有什么关系呢？

莎士比亚又不独待悲剧演员白贝治如此，而其待喜剧演员康卜及阿怜都是如此。假使当日没有这一班能干的演员，我们不见得能够享受这一大部莎氏的剧本。

莎氏要借重演员，古今的编剧者都是一样。希腊悲剧圣手莎夫克力士的剧本是专为某演员编的，只可惜其名未传。喜剧圣手莫里哀也是如此。他巴黎的剧团团员是有定额的，外人不易加入，所以他的剧本便自然而然受了人数及演员之技艺的限制。譬如，他从来未用慈母作剧材，其原因便是当日没有女角肯扮老太太，老太太还是由男子去扮的。莫里哀爱咳嗽，他为自己去演而写的角色便都有咳嗽。

（原载 1925 年 10 月 17 日《晨报》副刊）

戏剧艺术的困难

我们读过了一首诗、一本小说，或是看过一幅面、一件雕塑、一座建筑、一场舞蹈，或者是听过了一次音乐，也许非常满意，也许毫不满意。满意或不满意，当然是读者、看者、听者片面的主观见解，作品自身的价值，恐怕不能如此简单的去决定。因为这些艺术的作品，其所取的表现方式既然不相同，而其背后的技术又各有独具的困难。真是不能满意的，或真是能够满意的作品，无论是什么人，凭着直觉，很容易立刻断定。可是其所以不能满意，与其所以能够满意的原因，便非具有专门的知识的人不易明白了。

在一切艺术里面，戏剧要算最复杂的了。编剧一部独立起来，要算一种艺术；导演、表演、布景、光影、服饰独立起来，也各自要算一种艺术；还不论戏剧与建筑、雕塑、诗歌、音乐、舞蹈等艺术的关系。一部做到了满意，戏剧艺术依然不能存在；要各部都做到了满意，而其满意之处又是各部的互相调和，联为一个整的有机体，绝无彼此抢夺的裂痕，这样得到的总结果，才叫做戏剧艺术。

受着游戏本能的支使，我们都想演戏，至少也想看戏。戏字的应用也许非常广泛：譬如天空的日蚀月蚀、行云流星也是戏；地上的山崩川裂、海啸林焚也是戏；人间的喜怒哀乐、悲欢离合也是戏。但这些只是自然与人生中千变万化的现象，只是极有用处的材料；要把它们变成艺术作品，尤其是戏剧艺术品，其间不知要经过多少困难，想演戏与想看戏的冲动是容易有的；这种冲动越强，大家就越不怕困难。在和人类史一样长的戏剧史里面，我们可以看到一切戏剧艺术家战胜困难的记载。

但是这种困难是永远没有止息的，因为，没有两个绝对相同的剧本，同一剧本没有两个绝对相同的演法，而同一演员又没有两次绝对相同的表演。戏剧是永远生动着——在舞台上生动着的。一首诗，或是一幅画，作成之后，便即固定。戏剧则不然，每一次在舞台上表演，每一次都是个单独的创造。因此演戏的困难，便不住的包围戏剧艺术家，甚至于观众。

戏剧艺术既是各项艺术的一个综合有机体，剧本自然是这个整体里的一个部分，虽然它是很重要的一个部分。要整体成功，在各个部分上都须有充分努力。如果整体上有一个部分不稳固，像残废的病人一样，这个整体也就不能稳固。所以在一个演戏的团体里面，便非设立读剧委员会来长期研究剧本不可。这个委员会能代表几方面的意见，代表纯粹为艺术而艺术的试验，剧团团员的能力，设备的限制，经济的限制，社会的需求；等等意见，都应该让他们有同时提出来考虑的机会。选定的剧本到了导演人的手里之后，如非万不得已，剧中的一字一句，他都没有更易一点的权利。对于已死的作者，如果动机是为了艺术上的试验，像莎士比亚的剧本一样，我们还可以把它分卸开来，又装合拢去。对于现代的作品，那就费事了，因为修改剧本是作者个人的特权，导演人及演员，对它只有忠实遵守的义务。导演人是对戏剧之整体负责任的，假使他以为剧本这个部分含有妨害整体之稳固的危险，它应该设法同作者商量，共同修改。编剧家和导演家，彼此是应该永远合作的，在戏剧还很幼稚的中国，此刻尤其要合作。

假使有一个剧团，它并不是纯粹的剧团，却要受现行学校制度的限制，对于选择剧本，尤其是现在正值缺乏的时候，其间的困难就更大了。也是因为预防学生流入一派脚色的危险，选定的剧本又不能依照正常的手续去指定演员，一个剧中人，全班学生都应该有机会去习演，所以在这种情形之下。不经过很久很久的时期，我们看不出它的结果。即或有了一点结果，又可以因为整体上之一个部分，或是几个部分的不稳固，而使这个结果终于不能满意。

表演本是一个极困难的艺术，古今演剧家不知要费多少心血，才赢得着一个最后的成功。你有了表演的天才还不算，你还得在你专门范围以内，专门范围以外，不断的去研究，不断的去领会；至少要这样用过20年的死工夫之后，你才敢说能够扮演三五个角色而近于完美的地步。从容易方面说，表演是最容易的，因为儿童或未开化的民族，个个都会表演。从困难方面说，表演又真是最困难的，古今在表演上用功夫的人不知多少，而确能登峰造极的实在还没有几个。

这样困难的一个艺术，而在戏剧里它还只是一个部分，并且又是最没有办法的一个部分。导演者在整体上得了一个正确的观念之后，他对剧本可以有办法，对布景等可以有办法，因为这些东西总能有方法去固定它。表演这个部分则不然，因为演员和导演者一样，他们是有肉有血的，他们有他们自己也不能节制的情感，他们自己也不能负责的冲动。常常为了一点点出入，使整体受了极重大的影响。

一出戏里的角色不止一个，在舞台上演员的动作，不是个人的动作，乃是团体的动作。做一首诗，画一幅画，是绝没有彼此牵制的困难的。在一个团体里，出了一两个诗人，一两个画家，领导者很可以引为欣慰了；假使一个演戏的团体里只有一两个可以满意的演员，领导者便没有办法。所以一出戏里的角色越多，他的成绩就越无把握。

只要舞台设备与经济不成问题，布景、光影、道具、服饰等等部分，是不像表演那样困难的；不过舞台设备与经济在目下还是很大的问题。画家在地上拾起了一张报纸，在路旁碰见了一块木炭，他便有了表现他的艺术的机会了。可是有很多很多的戏，决不是不用相当的背景就可以表演的；于是布景、光影、道具、服饰诸问题，便形成了一道天险，演戏的人得拼着死命，才能够有打一回胜仗的希望。

即使舞台设备与经济不成问题，或是这个问题还只得了局部的解决，以后的困难，依然是层出不穷的。舞台上不免要用许许多多的机械，这些机械要又简单，又灵便，又经济。属于科学范围的东西，一样一样的都要它艺术化。一剧应当有一剧特制的布景，特制的服饰。舞台图案师得精心绘出布景图案、服饰图案，并且监督专门的工人去制造和安设。此中的困难，在目前中国剧场里，还是绝对的不易解决。

舞台图案师的目的，是要得到艺术的美，主观的真，戏剧的精神。在光影方面，在线条方面，在虚实方面，在颜色方面，舞台上自身须是一幅具体的图画。这样去达到艺术的美，也许不是难事。但是舞台的面积是有限的，在演员没有上场以前，或者这幅具体的图画还能在幻象中存在，及至演员上场以后，远近的透视，大小的比例，必要给他破坏无遗。要保持观众之幻象的存在，一面要靠舞台上的安排，一面也要靠观众肯承受剧场里不可少的条件去相信它的真。你马上用客观的方法去推求它的实在，你马上就要失去你在剧场里应享的乐趣了。单做到了这两点还不算，因为这还是一幅独立的图画。一个剧本有一个剧本的精神。一幕、一场、一刹那，都各有它戏剧上的精神。这幅图画是活的，像小孩子玩的万花筒一样，轻轻的转动一下，就又是一个纯粹的图案。舞台上要怎样去千变万化，才能使它成功各种纯粹图案，而一切继续不断的纯粹图案，又能互相联贯，暗合戏剧的精神——这是我们要研究的问题，要战胜的困难。

要完成这件工作，布景的主体固然重要，不过光影、道具、服饰，尤其是光影，也都重要。舞台上的一切，不得彼此龃龉，不得互相争长。第一个条件到第末个条件都没有别的，只有四个字——一致谐和。光影是有变化的，道具的地位和方向是有改易的，演员穿着了服饰也是有种种姿势的。要不断的去保持这个一致谐和，导演人不知要费多少心血才做得到。

总结上面的那些困难说起来，不但现在在中国没有这样全能的导演家，即在各国很发达的戏剧都会里，也是没有。所以像编剧的艺术一样，舞台图案也独立起来成了一个艺术。导演艺术家实际上只是在那儿做月老，诚心诚意的替编剧、渲剧、布景以及各种艺术说媒，叫她们融会起来，贯通起来，成功一个艺术之结晶的戏剧艺术。正如平常说媒一样的困难，导演家时常四面张罗，一不小心，结果必把亲家弄成了冤家，自己不但吃不着喜酒，反惹了各方的责备。很多人发誓不肯替人说媒；很多人发誓不肯做导演家。不过为了"君子成人之美"一句话，发誓不说媒的人忍不住又去说媒罢了。

假使好容易什么困难都有了相当的解决，洞房花烛那天晚上，忽然来了一群暴客，存心要和新郎新妇恶作剧，那岂不是大煞风景。所以要得到戏剧艺术的成功，观众一样的要负点合作的责任。在剧场里享乐的条件也许太苛刻一点。我们要严守秩序，什么谈话、咳嗽、吃东西、扔手巾、叫好、鼓掌，种种我们以为是自由的自由，都得剥夺净尽。花钱买了门票，还要去受我们不太愿意受的拘束，未免是一件太不讲理的事。但是，如果观众是去看戏的，不是去给彼此看的，又加上一重对戏剧艺术之成功的责任心，合作的精神，我们自然会牺牲我们成天在家里能够享受的自由，来受这点子小小的拘束了。

戏剧艺术是一个极大的合作品，不但台上台下的人都要彼此合作，即是在我们看不见的后台里的人，和我们看见过又即刻忘记了的前台里的人之间，也都要彼此合作。在一座剧场里，甚至于在剧场与社会全体之间，上上下下，老老少少，男男女女，无一个不是要彼此合作。离开了这种合作，戏剧艺术就没有成功的希望，不能成功为一个有机的整体。合作是一件很困难的事，我们爱演戏的人，首先就是要战胜这个困难。

（原载 1926 年 6 月 17 日《晨报》副刊《剧刊》第 1 期，题为《演戏的困难》，即《戏剧艺术的困难》。后收入《戏剧论集》，北新书局 1927 年 1 月出版）

编剧原理　第二编　余上沅（1897—1970）

论诗剧

　　戏剧有两个元素：一个是仿效，一个是节奏。仿效是客观的；你受了自然和人生千变万化的印象，于是拣择判断，而归纳到最简单的原理、结论。要解释这个原理或结论，写实派的编剧家便在浩如烟海的人生中，找出一段故事，来作它的示例。他把平时的客观印象拼合起来，使它成为一片，而这片人生，在一般人的经验里，于有意无意之间，必定是早有过同样的印象；即或没有同样的印象，也因为它摹仿的是自然和人生，一般人就易于受它的印象，把它纳入经验里面去。所以建设在仿效上的写实剧有它的逻辑，举凡恰合逻辑的作品，在理智比较发达的人看去，便如拿二加二得了四一样的满意，再不会发生问题。

　　节奏却不如此，因为它是主观的，是建设在情感上的。只要你有了一个情感的冲动，你就不知不觉的会足蹈之，手舞之，或是泗泪滂沱，嗟叹唏嘘。这个本能是天赋的，不是外物刺激的反应。譬如：你见着笑的事，也许我见着了要哭；你以为丑的东西，我又以为美。这类主观的见解和行为，不能受逻辑的支配，不能受理智的范围。也许它也有它的定律、它的逻辑，但都是超乎自然的，超乎人类的经验的，没有二加二得四那样简单。

　　节奏是抒情的；自然有它抒情的节奏，人类也有它抒情的节奏。天不老老实实的安静着，却要有昼有夜，夜间有月，月又要有圆有缺；有了春秋，却又有冬夏，有了风晴，却又有雨雪……人也不老老实实的安静着，偏有生老病死，喜怒哀乐；又有引吭作歌、翻身作舞的时候……这些自然的情感，却都由人把它造成了神，又拿神做中心去歌唱起来，舞蹈起来。神是人造的；二者同是情感的作品。神不动了，继续动着的有只围着它唱的诗歌，围着它做的舞蹈。从诗歌舞蹈里，才生出戏剧。楚语记述巫觋，又曰巫之事神必用歌舞。希腊之祈报地母及酒神，也是一样。所以戏剧是发端乎抒情的节奏，不但在科学不发达的中国如此，即在科学发达的欧洲，也是如此。

同是一朵花，从枝头落在地上，用情感的便会捧在手里叹一口气，写一首诗去吊它；用理智的便会想到花落结实以及地心吸引力上面了。同是一壶沸鸣的水，一个会问它为什么如泣如诉，一个便会讨论蒸气的能力了。一个是万物皆备于我，我自有宇宙；一个要征服自然，征服宇宙。一个是宇宙在他心里，他就是宇宙；一个是宇宙在它手里。诗剧和非诗剧，就在这里分野。

诗剧的历史比非诗剧的长得多。这也是极自然的事，不足为怪。原始人表现情感，不但借重声音，尤其借重姿态。声音演为诗歌，姿态演为舞蹈。节奏是禀赋于天的，诗歌、舞蹈原是自然的流露。抽象的理想即可以变为具有偶像的神，抽象的节奏当然也可以变为可以见闻的舞蹈和诗歌了。舞蹈和诗歌在相当的情形之下，又演进而为舞剧和诗剧。

最先发达的当然是舞剧，只可惜没有舞谱可寻罢了。诗剧则自希腊悲剧以来，继续未断。我们所习闻的戏剧名家，如莎士比亚、莫里哀、高乃依、拉辛、雨果、洛卜·德·维加、卡尔德隆，都是以诗剧传世。就是在写实剧极盛的时期里，我们还得了一个新浪漫运动的领袖、戏剧诗人罗斯丹；最近又得了一个表现派的领袖、戏剧诗人多勒；还不论沁孤、叶芝、麦斯菲尔德（原译：美士斐儿）、德林华特、梅特林克、邓努遮。

在中国尤其如此。古代的歌舞虽不可考，而关汉卿、王实甫、白仁甫、马致远、高则诚、汤临川、洪昉思、孔云亭这些人，却都是戏剧诗人。宋元的杂剧，明清的传奇，又何尝不是诗。这些作品虽在名称上叫曲，其实也就是诗；而且在意境上，在字句上，有许多地方，还能比美诗圣诗贤而无愧。曲要可以上管弦，诗又何尝不要上管弦。诗与非诗之别不在外形，而在它的本质。所以我们也应该承认关、王、白、马是诗人——而且是戏剧诗人。

那么，在古今中外的戏剧里，为什么诗剧这样发达呢？依我所见，可以说有三个原因：（一）诗剧根据于人类爱好节奏同谐和的天性；（二）诗剧恰合人类要求超脱现世苦痛而享乐于理想境界的欲望；（三）诗剧是多数戏剧不能不取的体裁。

用有节奏而且谐和字句与动作，去表现情感和想象之创造思想的艺术，就叫诗剧。人类既然有了爱好节奏与谐和的本能，遂发为诗歌和舞蹈。又根据同样的本能，使声音与姿态谐和一致，串成故事，叫他有充分动作，有起承转合，于是成了戏剧。不但在大体上有了节奏谐和，即一行一句，也有它字面的音节，字后的情感；片鳞半爪，都是珠玑。伟大的戏剧诗人好比一条蚕，口里不断吐出来的自然是诗。他心房的跳动不息，我们读了看了，也继续的发出不息的心房跳动。戏剧诗人的节奏流露于不知不觉，我们也不知不觉和他共鸣。在人生不断的河流里，节奏的共鸣永不止息，诗剧也因此而永不止息。这是诗剧发达的第一个理由。

人类有向上的要求，希望越大，理想越高，于是对现实的世界就越不满意。我们好比是砧上的一块肉，厨子什么时候来用刀切我们，我们不能预知。天堂几时才能寻着，那是更无把握。所以只要能得着片刻的愉乐，能忘却人生苦恼，我们是要去聊以自慰的。戏剧诗人替我们创造了一个境界，我们坐在剧场里，二三小时之内，我们居然也展开了想象的翅膀，一同和他在天空翱翔。政治问题，社会问题，家庭问题，种种问题，此刻便都置在脑后了。我们身体不爽，沐浴一次就格外痛快；读了看了诗剧之后，我们不爽的灵魂，也好比是经过了一次沐浴样，格外痛快。剧场第一个目的既是要人以享乐，而诗剧又是与人以享乐的上品，戏剧诗人要供给这个需求，所以就写出了诗剧。这是第二个理由。

我们所能见到的最古诗剧，当然要推希腊悲剧了。希腊人把理想化成了人身，名之曰神，名之曰半神，名之曰英雄。我们悲剧里的人物，不是日常经见的人物，却都是情感和想象之创造思想的化身。这种人物当然不会，也不应该，说日常经见的人的话，所以他们一出口就成了诗了。诗剧是悲剧最好的体裁，直到现代，还没有更易。不但悲剧如此，一切用过去事迹作戏剧材料的也都如此。根据神话也好，传说也好，历史也好，杜撰也好，你提笔编剧，就不免要感到用字的困难。神话，传说，历史，杜撰里面的人物，既然都不是日常经见的人物，他们的思想动作也是如此，那末他们就没有理由依然去说我们日常听惯的话。于是除了用诗去作表现的工具和体裁之外，再无办法，因为诗在这里是唯一的，适当的，而且是最自然的方法。加之，在许多人手里，写诗是比写散文容易得多。诗剧发达，这是第三个理由。

当然，我们所称为诗剧的也不限定是用诗作体裁的戏剧，有许多散文戏剧也是诗剧。凡是具有诗的题旨，诗的节奏，诗的美丽，诗的意境的散文戏剧，我们都称它为诗剧。梅特林克和美士裴儿的散文诗剧便是最好的例。我们杂剧传奇里的道白，也每每有能得天籁之自然，浸入于音乐，浸入于诗的。

中国的诗剧到清末就中断了，虽然我们并不以为可惜。诗既由词而变为曲，而曲又到了当变的时机，我们不可不来趁此整顿诗剧——不如说创造诗剧。散文诗剧且不去管，对于用诗作体裁的戏剧，我要略微提出几点来，以作大家讨论的发端。

戏剧是要在舞台上实演的，我们讨论中国将来的诗剧，就该预先叮咛。写"戏剧的诗"是比写"诗的戏剧"容易些，所以近年冒险写诗剧的人，直到如今，其结果至多仍是写了戏剧的诗，没有相当的动作，哪怕它在纸上看得过去，在舞台上是终于要失败的。

诗剧里的诗，第一个条件是节奏。皮黄的道白，固然说不上是诗，可许多地方也有很好的节奏，加之我们的舞台艺术又很合乎音乐，所以王佐说书、黄天霸赞御马之类，还能令人听而忘倦。将来的诗剧或许不必要唱，也不要诵，只是要念。唱与诵还易于补救作者不完美的节奏，念就费事得多。诗剧作者要他不在舞台上失败，对于诗的节奏应该特别注意。

随节奏而发生的是韵脚问题。中国字是单音的，不用韵脚，诗的节奏必难充分表现；近年自由诗试验的失败，就是这个理由。可是用韵脚又不能不格外审慎，像北曲一宫调只用一韵脚固然是太单调，就是韵脚太少变化也必不免单调。我们既假定将来的诗剧不是为唱也不是为诵的，韵脚单调的诗在舞台上念起来便不自然了。因为，诗剧里不是一个人说话，乃是多少人继续而相互的说话，而彼此的情感及思想又常相冲突。如果用同一方法押韵，彼此不同的情感和思想必又不能表现了。所以韵脚应该多有变换，其理由不但是要打破单调，而表现顷刻变换的情感和思想，更加重要。

在外国的诗剧里，韵脚也是个不能避免的东西。希腊悲剧里时常有越出一抑一扬的 Iambic（抑扬格的诗）而用抒情的节奏，结果是与意大利歌剧内的 Aria（咏叹调）体差不多。莎士比亚的诗剧，虽然大部分不外乎无韵诗体，而其中也夹杂着不少押韵的句子。因为韵脚是诗的一个紧要条件，而且是很自然的，我们不能故意的去废除它。

因此，诗剧里诗的格调又生了问题。句子长短，行数多寡，都不能依纯粹的诗的章法，必须随剧中人彼时心理上之变更而变更。所以希腊悲剧里常有彼此辩论的 Stichomythy（争辩性的轮流对白），莎士比亚又常把两个脚色的话继续起来，去合成一行。所以，诗剧里的诗，差不多无格调之可言了。

诗剧既是建筑在节奏上的，它的对话便含有极重的抒情成分；许多流弊，也由此而生。诗剧里常见许多长段的呆板演词，例如法文里所谓之分辩（Tirade）希腊悲剧及莎士比亚的戏剧，都是如此。在诗的工作方面能够见长的，听去虽不觉困倦，可已经是在戏剧工作方面受了牺牲。稍一不慎，必会写出一个长篇对话式的剧诗，而不是有动作的诗剧！这一点我们应该格外的注意。

（原载 1926 年 4 月 29 日《晨报》副刊《诗刊》第 5 号。

后收入《戏剧论集》，北新书局 1927 年 7 月出版）

论戏剧批评

古今批评家似乎都有一种通病，他们爱把这个硬列入古典派，那个硬列入浪漫派，这个硬列入文学，那个硬列入艺术。在批评家的书房里，便充满了案档，一行一行，一格一格，全贴上了五色的牙签。每逢出来一件作品，批评家为了归档的缘故，不得不轻轻替它画上一个记号，生拉活扯的派它是什么种、什么类。他们自己封锁了自己还嫌不够，必定要抬出几个死人，几个活人，来加厚这封锁的军力。如果你是个能创造的艺术家，你最好是不问不闻，让这些批评家去制造案档和牙签，看他们能制造多少。

戏剧批评家不但对一出戏要替它画上类型的记号，甚至于对戏剧的整体也要替它画上类型的记号。亚里士多德说要如此如此才是戏剧，莱辛又说要如彼如彼；伯吕纳吉埃尔（原译：蒲戎纳蒂哀）、萨赛（原译：莎西）、阿契尔、戈登克雷、马修士、哈密尔顿（原译：韩米尔敦），以至于张三、李四，都各有理论，各有主张，仿佛戏剧非有一个定义不可似的。艺术是不受逻辑和规律支配的，戏剧也是一样。戏剧和艺术只有一条最好的规律，就是没有规律。你说，"戏剧是艺术的一种，是文学的一种，是诗的一种"，好得很；你说，"说文戏字下云，三军之偏也，一曰兵也；戏字说文所无，玉篇云甚也"，也好得很；你说"戏剧须以品格为主，动作即发端乎品格"，好得很；你说"戏剧不是模仿人类的，却是模仿一个动作，模仿人生；品格是动作的附庸"，也好得很；你说"戏剧是意志阻力的冲突"，还是好得很。但是，这些都与戏剧艺术的自身无干，因为戏剧只是艺术，只是自我的表现，它不用你去硬下定义。

编剧原理　第二编　余上沅（1897—1970）

艺术家偶然起了一个创造的冲动，如果长于文字节奏，便作出了音乐；如果长于形象节奏，便作出了绘画；如果长于动作节奏，便作出了舞蹈。如果他长于文字、线条、声音、形象、动作、节奏之全部或几部，他便会用联合的方法，使它们谐和，表现出种种的东西来。这些东西，无以名之，名之曰戏剧。王摩诘诗中有画，画中有诗；艺术的元素本来是息息相关的。假如你说诗中有了画便不能算诗，或说诗中没有画那不能算诗，都是多说了话。所以，文字特长的戏剧不能说它不是戏剧，动作特长的也不能说它不是戏剧。在极谦逊、极和平、极宽柔的剧场里，只要是一件作品是艺术的作品，它都愿意欢迎、容纳、承受。

刚才我不觉提到剧场了；这里要发生问题，戏剧和剧场不能分家吗？这个问题答复不得。假使你说不能吧，许多只营书本生活，对剧场没有充分了解的批评家，便会起来和你打架了。他们劈头就请教你四个大字："群众心理"。这个官司打得久了，只要你不怕麻烦，你可以去加入反面或正面。不过我总怀疑，假使这个同时为主为奴的"群众心理"在剧场里可以成问题，那末，在绘画展览会和音乐演奏会里也可不可以成问题呢？绘画批评家或是音乐批评家，会给"群众心理"一个地位么？看绘画或听音乐的人，并不是群众的一部分；剧场里观众的一个人，也并不是群众的一部分。好的戏剧和好的音乐和绘画一样，能够叫你、他以及我，都各自成为一个单位。此时群众便不是一般所谓之群众了，它的若干单位，个人所组织成的群众。下流的"文明戏"产生群众，莎士比亚的戏产生个人。

像坊桥的国会是群众，一个人扔墨盒，大家不知不觉也抓起墨盒来扔。天安门的大会是群众，一个人叫赞成，大家不知不觉也扯起喉咙来叫赞成。剧场里的观众假使也是群众，他们却总不和一般的群众相同。你若不信，何妨把像坊桥的群众、天安门的群众，一股脑都请到赖因哈特的大剧场里去看《伊底泼斯王》，去看《奇迹》；你想他们还是不是那样的群众？也许为了好奇或是扫兴，也许为了赞美或是惭愧，不一会工夫，在精神上或是在实际上，他们都分成几个组合了。近而言之，你把他们请到"新明剧场"或是"第一舞台"去看杨小楼、余叔岩，他们会不会改变态度？假使这是大世界、新世界、或神仙世界里的坤班，那里观众的态度又怎么样？好的剧场演好戏，自然中间要产出一些好的个人、一些好的组合。好的少数人不能影响坏的多数人，好的多数人也不能影响坏的少数人。在展览会里、音乐会里、剧场里，懂得的人决不会因为不懂的人多而变为也不懂。假使有人真的怕陷入"群众心理"而不进剧场，却抱定一部《莎士比亚》，遁入荒山穷谷，细细的去"想象"，你倒不必苦苦的留住他，还是让他自便的妥当些。

自从亚里士多德以来，有许多人就抱定这类的主张；他们说戏剧就是戏剧，它是在纸上印着也好，在台上演着也好。他们更进一步说，伟大的戏剧就是伟大的戏剧，演与不演都毫无关系。如是云云，有师承的戏剧批评家无不引为护符。亚里士多德的话信得信不得，你最好是留意一点。他那部《诗学》有几分之几是真的，至今一般考据家还不曾给它一个定论。即令那里面一字一句都是亚氏的亲笔，没有门人的札记，没有后学的窜改（就有也不要紧），替它下注解的人可又不相同了。有人说亚氏的主张是这样，同时又有人说是那样。假使你的兴趣是趋向于替死人打官司的，你也可以加入一方面。不过我总怀疑，如果莎士比亚的戏剧不在剧场里演，而他依然是伟大的戏剧家；那末，贝多芬的乐谱也不必演奏，他是否依然可以做伟大的音乐家呢？如果戏剧可以离开演员，那末，音乐是否也可以离开乐器呢？这种争辩是没有意思的。有好的剧本出版：欢迎。有好的戏剧扮演：欢迎。你不要去说戏剧读不得；也不要说戏剧演不得。你说读不得吧，你书桌上明明摆了一部没有关的《莎士比亚》；你说演不得罢，杜丝明明给你看了《吉阿康达》和《死城》。所以任凭你加入哪一方面，你是不能全胜也不会全败的。那末，你还加入不加入？

要是正在犹豫的时候，忽然碰见了戈登克雷的朋友，他们可不能依你了。他们也许劈头就对你说，不能上舞台的东西，根本上不是戏剧。剧场是戏剧的化验室，凡禁不起剧场化验的东西，你说它是什么都可以，不要说它是戏剧。甚至于区区一个《燕子笺》的作者阮大铖，他都明白化验戏剧的道理呢。而且，又有人说，剧场与戏剧的关系，和美术馆与绘画的关系一样的。"艺术繁衍艺术"，在同情和一般谅解之下，艺术才易于发达。否则，又何贵乎有批评呢？印在纸上的剧本好比是清凉的干泉，它要剧院做净瓶，把它带到世间，去医治渴望着的、患情感病的一干人众。剧本好比是画，剧院就是准备着施绘的素绢。主张戏剧必须独自诵读的，就等于主张音乐不应该由乐队演奏，而必须用一件乐器去演奏。剧本好比是音乐里的 Melody（旋律），剧院便是 Harmony（和声）。你说 Melody 是音乐，加上了 Harmony 倒不是音乐吗？何以戏剧是艺术，而剧场不是艺术呢，何以《汉姆列》是艺术，而布景、光影不是艺术呢？何以《平沙落雁》是艺术，而桐和弦不是艺术呢？你读了《马克伯士》就能够想象一切，那么你去看它的表演不行吗？你读了《阳关三叠曲》就能够哼这个调子，那么你去听它的合唱不行吗？到罗马去不只有一条路，鉴赏艺术只有一个方法吗？这又是始于何时呢？来来来，到伦敦去看戈登克雷的《傀儡》，到柏林去看赖因哈特的《沈默伦》，到巴黎去看柯坡的哥伦比亚剧院，到纽约去看剧院协会，到谋尼克（今译：慕尼黑）去，到维也纳去，到莫斯科去。甚至于到三庆园去，也许你还碰得见一点半点好的东西。

有人说，这些地方他都愿意去，他并不反对剧场，可是，他又说，在运用想象上，到剧场去的确是一个牺牲。剧场里又是演员，又是布景，又是光影，又是观众，五光十色，不言即动，弄得他耳忙目乱，招架还来不及，哪里还有工夫去运用想象。殊不知剧场不是由你去发现你想象中未开关的境界的地方；它乃是由你去重访你想象中常到的境界的地方。恐怕除了音乐以外，没有哪种艺术品可以叫你达到无影无踪的梦境。唐人的诗，宋人的画，任你去百般推敲，决不能把你的想象送到七色虹桥的外边去。这些艺术品只能叫你潜伏着的想象浮现，叫你飞散了的想象凝聚，叫你胚胎了的想象成熟。不但你不能希望在剧场里可以想入非非，就是你躲到穷乡僻壤，一个人慢而又慢的去诵读《莎士比亚》，你也不能想入非非。

况且，剧场能够叫你的想象更加丰富。你有了想象；戈登克雷、赖因哈特、柯乐芬、亚披亚（原译：阿辟亚）、斯坦尼斯拉夫斯基、巴克思特、科克兰、伯恩哈特、罗西、杜丝，等等，等等，都在那里用想象。假使你以为若干艺术家打伙儿吐出来的心血，还不够营养你的想象，帮助你"体会戏剧作家的使命"，你偏说独自关起门来作诵读的想象还要丰富些，这有什么办法？如果这种十全十美的剧场是理想，难道说诵读更能自由想象就不是理想？何况戈登克雷已经演过了《汉姆列》和《伊莱克达》，赖因哈特已经演过《朱力西撒》和《伊底泼斯王》。至于他们演的这些东西要属哪一种哪一类，他们自己也不知道。说它是艺术也好，不是也好，艺术家自己管不着。批评家有的是名目，随便给它贴上一条牙签也未尝不可。

又有人说，舞台为戏剧而建设，戏剧非为舞台而创造，"此种见解根本的不合于亚里士多德的学说。"亚氏说：

"In constructing the plot and working it out with the help of language, the poet should place the scene, as far as possible, before his eyes. In this way, seeing everything with the utmost vividness, as if he were a spectator of the action, he will discover what is in keeping with it and will be most unlikely to overlook inconsistences."

（见《诗学》第十七章）

这段话的大意是，编剧家不可忘记剧场，非常常预计剧本排演时的功效不可。亚氏这样说，固然还不是专指戏剧要为舞台而创造。哪知道亚氏死了两千年之后，忽然出了许多形形色色的剧本。以往也是如此：也许是有了酒神的祭坛，才有希腊的戏剧；有了旅舍的天井，才有莎士比亚的戏剧；有了马蹄形的剧场，才有近代的戏剧。也许是有了白贝治一班人，才有《汉姆列》；也许是有了皇宫班，才有《达替夫》近至于谢立丹、罗斯丹、邓努遮，他们编剧，多少总不能脱去演员的影响。说是鸡生蛋有些武断，说是蛋生鸡还是武断。真的，有为戏剧而建设的舞台，也有为舞台而创造的戏剧。各执一说以互相攻击是没有意思的。

说也奇怪，在历史上居然是先有剧场和演员，然后才是戏剧。戏剧发源于舞，在中国，在印度，在希腊，都是如此；又"歌以节舞"，所以戏剧也是发源于歌。亚里士多德说：

"Tragedy, as also comedy, was at first mere improvisation, the one originated with the leaders of the dithyramb the other those of the phallic songs.... Tragedy，advanced by slow degress：each new clement was in turn developed。"

（见《诗学》第四章）

从这个简单的记载里，可以推见最初的西洋戏剧。大家祭神的时候，随口唱起歌来，拍合舞蹈。唱来唱去，有许多歌便成了不可更易的旧套，虽然后来也有人增改。于是合唱队的领袖才把歌词写出来"line out"（提纲），领着大队去练习歌、舞、乐。有这么一位 Arion 先生，相传他是写剧本的始祖（可是早有了演员与剧场了），他把合唱队分成了左右两班，各有领袖。既有两班，彼此不免一唱一和，一问一答。两班领袖又加添了许多姿势去表现曲中的故事。逐渐发达，到了 Thespis 手上，戏剧已经大有可观了。和莫里哀一样，他带定一班演员，便到处做他的营业，一直到了雅典，他才住下。希腊人向来是讲究体面和秩序的，他们也讲究各种比赛；所以不久便把戏剧事业收归国有。在政府的提倡和鼓励之下，才产生出埃斯库罗斯、索福克勒斯、欧里庇得斯。戏剧批评家如果不愿过问现代的戏剧，不愿归纳目前的事实，而于极典雅的雅典事实，"后代所不及"的希腊戏剧，也不妨予以相当的承认。

不要把古今的伟大戏剧家看得太神秘了；索福克勒斯、莎士比亚、莫里哀，细说起来，也只是这么一回事。时势可以造英雄，没有一个戏剧家可以超脱当时的环境：演员和剧场。而且，从另一方面讲，索福克勒斯的戏剧写出来是为的加入比赛，莎士比亚、莫里哀的戏剧写出来是为的卖钱。这又怎么说呢？假使你也说易卜生不能算伟大的戏剧家，易卜生之后的是"自郐以下"，那和说"安诺德以后英国无文学"有什么分别呢？对于古今一切作品，一般读者可以各随性之所近而多读或少读；全读或不读；但是批评家就不能有这样的自由。在研究上，戏剧批评家要同等的去待遇关汉卿、丁西林、莎士比亚、易卜生、未特金、多勒（蒂勒或丢勒）、凯撒（原译：该撒）、马尼纳提，戈登克雷、赖因哈特、史坦尼斯拉夫斯基。

上面举出了一些事实，你以为我要证明舞台不是为戏剧而建设，戏剧却是为舞台而创造吗？其实不然。索福克勒斯写《俄狄浦斯王》的时候，当然会同时也想到得着第一奖的荣耀；莎士比亚和莫里哀写《汉姆列》和《达替夫》的时候，当然不会同时也想到剧院门上可以卖多少钱。他们的剧场，他们的演员，在他们写戏剧的时候，至多也只有一些不大清楚的影子。戏剧艺术家不肯受外物的束缚，他们只运用外物。戏剧批评家也不可受一个固定的理论去束缚，他们应该把一切理论打得粉碎，来定立自己的理论——不，他们更应该随时打破自己的理论。

许多戏剧批评家不愿意把戏剧拿到舞台上去排演，还有一个更大的理由，就是，他们不承认表演是艺术。假使他们说表演不是艺术，那末，为什么又要说批评是艺术呢？表演与批评可不同为根据艺术品而创造艺术么？况且，艺术家把作品交给批评家还是启发争论，而戏剧家把作品交给演员还是讲交情呢？批评是开战，表演是言和。这些比较且不去讲，我只相信表演与批评有同样的命运：要是艺术，都是艺术，要不是都不是。这个官司也够打的了；请，你也可以加入一方面。可是，加入之后，你切莫追悔。

我今天提到的争辩，还有许许多多的争辩，你都加入不得。假使你加入了亚里士多德，出来一个莎士比亚便打倒了你；加入了卡斯德尔维屈罗，又来了一个莫里哀；加入狄德罗（原译：迪德洛），又来一个雷默希尔；加入伏尔泰，又来一个莱辛；加入福楼拜（原译：福洛白尔），又来一个易卜生；加入萨赛，又来一个霍普德曼；加入阿契尔，又来一个显尼志劳或是萧伯纳；加入戈登克雷和亚披亚也许不到几年又来一个甲和一个乙。古往今来，总有一班人在那儿安设天罗地网，也总有一班人斩关断锁，跳出樊笼。听说从前练飞檐走壁的人，腿上须绑锡瓦；戏剧家和戏剧批评家绑上亚里士多德或是戈登克雷的锡瓦也不要紧，可你不要忘记，卸下锡瓦之后，你能飞更高的艺术之檐，走更高的艺术之壁。假使你唱须生的时候，因为谭老板抽大烟，你也要抽大烟，那末，你的艺术之躯日就羸弱，也是合该。

批评家既然是血和肉做成的人，不免也好护短。他一旦有了主张，或是凭借了一个主张，你去指出来他的错，或是他心里已经知道有错，可无论如何，他决不肯爽爽快快的承认。想天方，设地法，他得证明这个主张、这个理论、这个批评是十二分的健全，固步自封，死守成见的批评家，不但害了他自己，而且害了一般耳朵软的听众。"法以止法，刑期无刑"；戏剧批评家只应该遵守一条金玉的规律，就是没有规律。打、打、打破一切传统的规律、主张、理论和批评！

（原载 1926 年 8 月 26 日《晨报》副刊《剧刊》第十一期。
后收入《戏剧论集》，北新书局 1927 年 7 月出版）

中国戏剧的途径

"容易看到的是同时中国剧场在由象征的变而为写实的,西方剧场在由写实的变而为象征的。也许在大路之上,二者不期而遇,于是联合势力,发展到古今所同梦的完美戏剧。"

这两句看上去虽已近于老生常谈,但是在老生常谈里也未尝不含有几分真理。我们且先指出这句话的出处,再来过细想想,看它所含的真理到底有几分。

在纽约出版的《戏剧艺术月刊》(Theatre Art Monthly 第十二卷第六号(1928 年 6 月号),有 Vera Kelsey 做的一篇文章,标题叫《中国的新剧场》(The New Theatre Of China)。这篇文章对于中国剧场近来的情形,虽不免稍有不甚准确的观察,而在大体上它是很可靠很公平。譬如说,我们能够否认"……迷信一切西洋的东西都是高明些的,并且主张立刻把西洋剧本搬到中国的舞台上去"这句话吗?作者也不知是从哪儿得来的消息,说"……新剧家及观众不久都明白了:如要成功,中国戏剧非得用中国的背景来表现中国的生活。"这也不过是作者的一种希望罢了。无论如何,"假使没有更稳固的基础而兢兢于贩运西洋戏剧形式,新戏剧之可能也就真没有日期了。"忠言逆耳,说这句话的人可算是个好朋友!唯其如此,所以在那篇文章的最后,作者才显出那种望之切的态度来,说:"二者不期而遇,于是联合势力,发展到古今所同梦的完美戏剧。"

外国人观察中国戏剧,每每爱从社会的或是习惯的方面着眼,譬如扔手巾,吃茶点,嗑瓜子,都做了一部分的材料(并不指上述的作者而言）。这些情形不是不可批评，但是都与艺术无干。如果不扔手巾，不吃茶点，不嗑瓜子，那就算是成功，也未免不揣其本而齐其末了。我们现在要讨论的是中国戏剧的根本问题，艺术上的问题。

中国旧戏的价值，我曾在另外一篇文章里评衡过。我以为戏未始不可以唱，只要唱得好听，我们的耳朵不正是在这儿要求好听的么？但是旧戏好听的实在太少，所以关于唱的部分，我是姑置勿论。万一有这么一天，气运到了，中国忽然产生了一个音乐家，那末这些问题都有解决的希望。做的部分，在旧戏里似乎有价值的多，虽然它得到的注意远不如唱的部分，这也是因为一个可以肉口相传，道听途说，一个是转瞬之间，形影俱失，二者的模仿之难易，相差太远了。避难就易，于是做为人所忽略，而唱则势力越来越大。药是旧的，你换一碗汤，我换一碗汤罢了；旧戏在唱的方面，正是如此。吃过唱旧戏的药的人，封了喉咙，虽有易牙之味到了他的面前，也只得摇头拒绝了。旧戏的唱，我们让它去自生自灭。

做比唱难，这是学旧戏的人都承认的。也许不是为了它难而是为了"适应潮流"吧，从前的象征渐渐变而为写实了。音乐是比较抽象的，所以不管他们翻什么花样，唱是达不到写实的程度。但是做却不然，你可以日常生活的姿态加进去。海派的新旧戏或是旧新戏，就是以写实为标准的去做了。布景，服饰，化装，只要可以帮助做的写实，无不尽其写实化。我以为旧戏的写实化是以做（动作）为中心的。

假使旧戏的唱（音乐）是抽象，做（动作，舞）是象征的，布景等等又是非写实的，彼此调和，没有破绽，那末我们说它"有做到纯粹艺术的趋向"，也并非过誉吧。把旧戏做到纯粹艺术，这是一个途径。

第二个途径是在天才音乐家还没有产生以前，中国还不能希望纯粹歌剧成立的时期我们应当走的途径——不，只要能上去，宽大的剧场永远是不拒绝的。那就是去掉唱的部分，只取白，是说也好，是诵也好，加上一点极简单的音乐，仍然保持舞台上整个的抽象，象征，非写实。一方面免除了昆曲的雕琢，一方面免除了皮黄的鄙俗，把戏剧的内容充实起来，叫它不致流入空洞。这个在希腊悲剧全盛时代实验过，现在还是不妨再试。

但是这里我们不能误会：所谓再试，并非摹仿。我们的出发点是中国旧戏，不是希腊悲剧。我们要根据中国旧戏，也并不是义和团的见解；旧戏在中华民族里已经占了一个地位，谁也无法抹煞这件事实。你硬要抹煞它也可以，不过民众剧的势力在古今各国尽是或隐或现的存亡，发挥，中国旧戏大概也难得作一个例外。倒不如因势利导，剪裁它的旧形式，加入我们的新理想，让它成功一个兼有时代精神和永久性质的艺术品。

戏剧艺术的形式多呢，古今中外没有两个绝对相同的。东方的和西洋的不同，何必要强同？索福克勒斯和莎士比亚不同；何必要强同？关汉卿、马致远和你我不同；何必要强同？变化越多我们可不更乐得受用吗？万一真的不愿受用，试试看，看勉强要彼此相同可能办到否？

那末西方正往象征走而我们偏要往写实走，就是为了可以彼此相同吗？我不愿意替这一问作什么答语。不然戏剧是循环的，象征在中国已经耽久了应该让写实来得天下？再不然是象征多年还不成功，大家灰心了，改了行来试试写实？此诚令人百思而不得其解矣！

无论如何，写实的势力是已经来了，谁也拒绝不了，也不必怎样去拒绝它。我又要说了，剧场是宽长的它无不包容。漫说象征、写实，就是古典，浪漫，印象，表现，未来，一切等等，它都尽有多余的地方，给人一个公平机会，叫他实验一番。如此说来千头万绪，岂止第一个途径第二个途径？究竟有几个途径？

我说，头头是道。也许大家"不期而遇，于是联合势力，发展到古今所同梦的完美的戏剧"。

但是，这个"古今所同梦的完美戏剧"究竟大概是个什么样子？我们可得而闻欤？

天下最难得的是一个平字。所以有的趋向唯心，有的趋向唯物；有的偏于主观，有的偏于客观，有各不相让的浪漫、古典，有互作对峙的象征、写实，不是流入情感之泛滥，便是流入理智的冷酷。各执一端勇往直前，造成一个不平的局面。不平则鸣，于是产生了许许多多伟大的作品。大家看到不平的好处，遂把中庸（平）看成了模棱两可，不负责任，滑头，迂腐。再不然便是矫枉过正，从这一极端倾向到那一极端，结果是依然不平。一切的一切，从古到今，都无非颠来倒去，翻来覆去，走不上中正和平的大路。戏剧正是如此，也从来得不到一个内容与形式，理智与情感，不倚不偏，调和得宜的东西。所以近年来戏剧界最大的问题，便是"如何用审美的方法表演心理剧"。等到这个问题解决了，"古今所同梦的完美戏剧"也就不难实现了——古今所同梦的完美人生就不难实现了！

　　人生是戏剧的主要材料，得不到完美的材料，又从哪儿去寻找完美的戏剧？古来有这样的梦，现今也有这样的梦，很长很久的将来怕不免仍然是这个梦吧！

　　要促成好梦的实现，我以为并非绝无途径。写实在西洋走过了，我们觉得是此路不通，固然在中国有多少人要打算再走着试试，而且在西洋也不见得将来不再走着试试。象征又是一个康衢吗？我们也觉得并不绝无歧路。那末大家裹足不前吧？惧惰成癖的中国人也不由得不往前奔走，哪怕步伐开得小开得慢。不息的动作，不住的活动，这是宇宙，人生，艺术，戏剧，以及一切应有而不得不有，当然得不然的。既然如此，好梦就不曾不实现——即或不知道哪天实现，而在向着实现走的过程上，我们已经得到无穷的乐趣。现代人更聪明了，知道怎样享乐了。不计成功，但求实验，而就在实验之中，先享受它一个乐趣，好梦不能实现，也与我们无损不是？再进一步说，既然得着了乐趣，不也就等于好梦已经实现了吗？所以我以为，要促成好梦的实现，其途径在迩而不必求诸远，就是乐于实验。

　　要走写实的路，可以，但是不必走人家已经走过的旧路。旧路是我们实验的参考，也是我们实验的材料，尽管利用它，甚至于当废物一样的去利用它——可千万不要被它利用，你向东走，我向西走。好在地球是圆的，只要走的人多，总有两个人有一天忽然相逢的——没有两相逢的人也不要紧，只要你我都达到了往前走的目的，享受了往前走的乐趣。

　　但是在中国我们能够往前走吗——中国戏剧有了途径吗——我们有做实验的机会吗？不能说完全没有吧。至少至少，我们已经做了许多要求实验机会的实验了。有人在努力写剧本，写剧本的还在实验之中；有人在努力练表演，练表演在实验之中；有人在努力研究舞台装置，也是在实验之中。要这些人不断的努力，得到了相当的能耐，相当的经济帮助，整个的戏剧实验才可以开始，中国戏剧才可以走上途径；现在只是刚要上路而还不曾上路罢了。

在这个时期，我们须得留意，譬如说在写实同象征这两个途径，我们先试哪一个？我以为，写实是西洋人已经开垦过的田，尽可以让西洋人去耕耘；象征是摆在我们面前的一块荒芜的田，似乎应该我们自己就近开垦。怕开垦比耕耘难的当然容易走上写实，但是不舍自己的田也是我们当仁不能够相让的吧，所以我每每主张建设中国新剧，不能不从整理并利用旧戏入手。

我们不但不反对西洋戏剧，并且以为尽毕生之力去研究它也是值得的。但是，我以为，一定要把旧剧打入冷宫，把西洋戏剧用花马车拉进来，又是何苦。中国戏剧同西洋戏剧并非水火不能相容，宽大的剧场里欢迎象征，也欢迎写实——只要它是好的，有相当的价值。在还没有断定某种的绝对价值以前，应该都有予以实验的机会。

大家分头努力，诚心诚意，去做种种的实验，中国戏剧不怕没有出路，不愁没有途径。也许将来"不期而遇，于是联合势力，发展到古今所同梦的完美戏剧"。

我所谈的分头努力，并不是希望大家站在平行线上走。绝对的象征同绝对的写实是得不到共同之点的。好在平行线是理想的，把所谓之平行线引申到极长极长的时候，其终点还是两相会合；写实同象征也是一样，彼此多少有点互倾的趋向，这个趋向是叫它们不期而遇的动机。等到时机成熟了，宇宙，人生，艺术，戏剧，一切的一切，都得到最终的调和，那末古往今来的那个大梦也就实现了。

（原载《戏剧与文艺》1929 年 5 月 1 卷 1 期，
后收入《戏剧论集》，神州国光社 1930 年出版）

编剧原理　第二编　余上沅（1897—1970）

历史剧的语言

　　历史剧所用的语言，不外乎两种形式：诗，散文。从前戏剧的语言都以诗的形式为主，从希腊一直到 19 世纪。中国更不用说，白话散文剧是最近才起头的。诗的形式为什么这样发达，我在《论诗剧》中曾举出三个原因：（一）诗剧根据于人类爱好节奏同谐和的天性；（二）诗剧恰合人类要求超脱现世苦痛而享乐于理想境界的欲望；（三）诗剧是多数戏剧不能不取的体裁。我又说，"……不但悲剧如此。一切用过去事迹作戏剧材料的也都如此。根据神话也好，传说也好，历史也好，杜撰也好，你提笔编剧就不免要感到用字的困难。神话、传说、历史、杜撰里面的人物，既然都不是日常经见的人物，他们的思想动作也是如此，那末，他们就没有理由依然去说我们日常听惯的话。于是除了用诗去作表现的工具之外，再无办法，因为诗在这里是唯一的，适当的，而且是最自然的办法。"到了 19 世纪，民众戏剧抬头了，戏剧里的人物，变成了日常经见的了，他们的思想动作也和以前的"古典派"或"浪漫派"戏剧里的不同了，典雅的语言，自然随之而用它不着。时期成熟了，易卜生发出来一个重要的宣言。

　　你的意思以为这篇戏剧《皇帝与加利利人》应当用诗写，并且这样写是有益的。在这件事上我非得和你不同意。这出戏，你一定看得出来，是胚胎于最写实的体裁的：我所希望得到的幻象，是现实的幻象。我要给读者的印象，是他所读到的都是实有其事。如果我用了诗，那便和我的原意矛盾了，我所预定的工作也必定不能成功。如果我叫他们全用一个同样的节奏说话，我在剧中故意加入的那些凡夫俗子，一定会与其他的人无区别，彼此也无区别。我们现在不是莎士比亚的时代了。……我的新戏剧不是含古代意义的悲剧；我所要描写的是人类，所以我不能叫他们说"神的语言"。（一八七四年一月十五日给 Edmund Gosse 的信）

但是，我们得注意，易卜生这个主张虽然不能不认为是对的，可是应用在历史剧里是否完全合适，还有研究的余地。《皇帝与加利利人》是他最后的、比较失败的历史剧，从那时起，他不曾再试历史剧，却改变了方向，20 年中，写了从《社会柱石》（今译：《社会支柱》）起的那些用当代事情做材料的散文剧。白话散文用在现代"写实剧"里自然合适，因为内容和形式是一致谐和的：现实的人说现实的话，现代的人说现代的话。

历史剧里的人物也应该是现实的人物，这是我们谁都承认的；但是他们既非现代的人，如果我们叫他们说现代的话，那就同"现实"矛盾了。我们用什么方法才可以兼顾呢？照易卜生的主张，我们不能用诗，因为那是"神话"，不是人话；日常听惯的话也不妥当，因为，"亲爱的读者们！"——假使你们一听见古人这样称呼你们，马上你们就不会相信他是古人，而是很"摩登"的人了。究竟历史剧用什么样的语言才最合适呢？我且举出几条大家可以同意的原则，并附带一些可以代表现在中国历史剧的对话，那末编剧者或者也能够自己决定了。

第一，一切戏剧的对话，都要恰合身份。李立翁 [1] 说："言者，心之声也。欲代此一人立言，先代此一人立心。……说一人肖一人，勿使雷同，弗使浮泛。"像易卜生所说"全用一个同样的节奏说话……与其他的人无区别、彼此也无区别"，那自然是不合原则；不过，如果节奏是有的却并非"一个同样的"，那末，用诗或是散文的形式，也都不妨了。《汉姆列》跟《马克伯斯》可以相混吗？《奥赛罗》跟《黎琊王》可以相混吗？在莎士比亚的同一剧内，各个脚色的对话又可以相混吗？剧

---

[1] 李笠翁即李渔（1611—约 1679），清初戏曲理论家、作家。著有《闲情偶寄》，以及《比目鱼》等十种传奇。

中人是否"现实"，不完全在乎他语言的外形——诗，或是散文——而根本上却在乎所表现的意义合不合身份。譬如：郭沫若先生三个叛逆的女性^①，以及酒家女、淑姬、红箫她们所说的话，彼此换个个儿，有何不可；汉元帝、毛延寿、卓王孙，以及卫士甲乙丙丁的话，彼此掉换了也无妨。《聂嫈》里的卫士长三说得好，"哼，你们讲的话都是一样的章法啦！你们怕是从一本书上背下来的吧？"不但"章法"，就是一听到聂嫈说"啊，二弟哟！我的英勇而可怜的二弟哟！"我们也早知道是郭先生捏着鼻子在说话了，压根儿就谈不到身份。

在现在中国的历史剧里，许多老老少少男男女女上上下下的语言，无非是连串故事的对话，绝无个性可言。要有个性，也只是作者的个性。作者拿演员做号筒，发挥他们自己的理想。如郭先生的《聂嫈》：

聂　嫈　妈妈，你要晓得，就是这些馒头在作怪的。有钱的人吃了馒头没事做，没钱的人不卖自己的女儿便吃不成馒头，这几年我们中国随处都闹成了这个样子了。（第一幕14—15页）

又如濮阳酒店的少女说：

你们晓得不晓得国王和宰相的罪恶呢？你们假如晓得如今天下战乱，就是因为有了国王，你们假如晓得韩国人穷得只能吃豆饭藿羹，就是因为有了国王，那你们便可以不用我问了。我们生下地来同是一样的人，但是做苦工的永远做着苦工，不做苦工的偏有些人在我们的头上深居高拱。我们的血汗成了他们的钱财，我们的生命成了他们的玩具。他们杀死我们整千整万的人不成个甚么事体，我们杀死了他们一两个人便要闹得天翻地覆。（第二幕40—41页）

关于男女的自由平等以及纳妾蓄婢，顾一樵先生在《岳飞》里由哈迷蚩同秦桧的夫人王氏作这样一段讨论：

---

①　三个叛逆的女性，指郭沫若作的三个剧本《王昭君》(1923)、《卓文君》(1923)、《聂嫈》(1925)。下文提到的人物均为这三个剧中的角色。

哈　夫人，贵国听说男女很不自由呢。

夫　人　不差，普通我们不见男客的。

哈　那么今天夫人来见我，岂非不合贵国的礼节？

夫　人　军师是外国人，我也依外国的规矩。

哈　我们国内男女交际很公开的。

夫　人　什么叫交际公开？

哈　就是彼此不拘束。

夫　人　这就是贵国文明的地方。（若兰上）

哈　夫人，请问这位是谁？

夫　人　是我的小婢。

哈　什么叫小婢？

夫　人　就是丫头。

哈　什么是丫头？

夫　人　哦，贵国没有这个丫头的制度？丫头就是不自由的少女，在
　　　　人家侍候老爷太太的。

哈　这不但不自由，并且是不平等！

夫　人　是的，贵国没有丫头就是平等。

哈　夫人，这个丫头叫什么名字？

夫　人　叫若兰。

哈　那末我要娶若兰为妻，可以不可以？

夫　人　不可以！

哈　为什么？夫人不答应吗？

夫　人　不是不答应。若兰是一个丫头，只能做军师的妾，不能做
　　　　正妻的。

哈　什么叫妾？

夫　人　就是姨太太。

哈　想来这姨太太又是一种不自由不平等的一种阶级。

夫　人　这是为男人自由的办法。一个男人娶了一个妻，还可以娶
　　　　几个妾，叫做偏房。

哈　我们国王有几个皇后，普通人也可以娶几个妻，但是没有妻妾的分别。

夫　人　这就是贵国又自由又平等的地方。（第三幕31—34页）

熊佛西先生写《卧薪尝胆》，宣传平民教育促进会所发现的四大弱点：

> （践妻依旧纺织，勾践伏在案头默想，室内异常沉寂，只闻纺车叽叽之声。忽又一阵较前更激昂更慷慨的"打倒吴国，努力自强"的歌声传到屋内。勾践拍案惊起，急步窗前。）

践　妻　万岁，民气激昂到极点了！您看，在这深更半夜，都有人呼号打倒吴国，万岁何不乘此民气激昂的时候与吴国宣战？

勾　践　娘娘哪里知道：与人宣战决不能赖国民的呼号，应该问我们的国民有无实力的准备。我们过去所以丧权辱国，固然是因为外国的压迫和侵略，但主要的原因还是因为我们的国民太没有实力，所以人家才敢来压迫，敢来侵略！据我仔细研究，我们的国民至少有四大弱点，也可以说我们越国有四大仇敌！倘若我们不除去这四大弱点，我们不但不能为国雪耻报仇，并且我们的国家永远没有强盛的希望！

践　妻　请问万岁，是哪四大弱点？

勾　践　第一大弱点是"愚"，没有知识，全国的人民有五分之四是文盲，是睁眼瞎子！换一句话说，就是我们大多数人民不认识字！不认识字知识就不能进步！知识没有进步的民族决不能和人家竞争，更不能为国雪耻报仇！这是强国强种的基本。

践　妻　我们现在不是办学校培植人才吗？我们不是要使大多数的国民都识字吗？

勾　践　我从吴国回来以后，虽然特别注意生聚与教育，但是现在还不够，还没有达到理想的标准！

践　妻　第二个大弱点呢？

勾　践　第二就是我们的人民太"穷"。三分之二的人没有饭吃。天赐我们的土地虽然肥美广阔，但是我们不知道利用，不知道怎样生产！第三个弱点是"弱"。大多数的人民的身体不健康，多病！我们不管走到乡间城市一看，便知道我们的人民没有保护健康的知识和设备。

践　妻　对了，万岁说的"愚"，"穷"，"弱"，的确是我们越国的大弱点。

勾　践　第四个大弱点就是"私"，大多数人民都是自私自利，丝毫没有国家观念！

践　妻　对了，我们的人民太没有团结心！太没有公德心！（第二幕第一场）

　　作者自己要说话，又不肯现身，却用戏剧做工具，拉出历史上的人物做幌子，作者不过是做做史论。近代戏剧作家里最好的代表是萧伯纳。

　　剧中人的个性，固然是应该由作者去自由创造的，几百年的定谳，不妨一脚踢翻。但是，叫汉元帝捧住毛延寿的首级，"连连吻其左右颊"，要分一些王昭君的香泽，是萧伯纳式的诙谐不是，那就莫测高深了。

元　帝　你也没用怕我。我不过是一位皇帝，但我们在女人面前，彼此都是赤条条的……唉，匈奴单于呼韩邪哟，你是天之骄子呀……延寿，我的老友，你毕竟也是比我幸福！你画了这张美人，你的声名可以永远不死。你虽是死了，你的脸上是经过美人的披打的。啊，你毕竟是比我幸福！（捧延寿首）啊，延寿，我的老友！她披打过你的，是左脸吗？还是右脸呢？你说吧！你这脸上还有她的余惠留着呢，你让我来分一些香泽吧！（连连吻其左右颊）啊，你白眼盯着我，你诅咒我在今年之内跟你同去，其实我已

编剧原理　第二编　余上沅（1897—1970）

经是跟着你走了的一样呀。啊，我是已经没有生意了。延寿，你陪我在这掖庭再住一年吧。我要把你画的美人挂在壁间，把你供在我的书案上，我誓死不离开这儿，延寿，你随我到掖庭去吧。(夹画轴于肘下捧延寿首连连吻其左右颊向掖庭步去幕徐下)(《王昭君》第二幕第 22—24 页)

小丑虽有插科打诨的自由，但是如果像《聂嫈》第二幕里卫士说出：

丙　我？假使走的是女尸，我要抱着她亲个嘴呢。
乙　哎哟，少吹些牛皮了！

在品味上却又不免缺憾。至于聂嫈说"你看我这平滑的颈子"，或是熊佛西先生的《长城之神》里杞梁初见孟姜女洗衣大呼"好白的膀子"！都有同样的缺憾。历史剧是不能和喜剧比的，它得保持相当的严肃性。要我们从《海潮珠》去认识齐庄公，从《战宛城》去认识曹操，那就是另外一回事了。历史剧的语言，必须恰合身份的规定，又必须含有严肃的意义，那末作者代古人立心立言，才不至全凭一时高兴，随意编派。

第二，在可能范围以内，必须表示历史上的正确。这不是说写唐朝的戏，得把唐人从土里挖出来，叫他们讲唐话给我们听；或是请教语言专家，来确定唐代的声韵。天下没有这种笨事。古人用什么样的语言，只有古人知道；即或我们考证出来了，写在纸上，说出口来，也没有人能懂。所以不得已的办法，才避去完全现代的语言；譬如：该说朝廷的时候不说政府，该说圣旨的时候不说命令。明明知道是五十年来才从东洋从西洋贩来的词句，明明知道是某地的活方言，哪怕它是古代语言的遗留，也在不可用之列。譬如：《王昭君》里的元帝，毛延寿女及昭君说：

元　帝　这正是画家和诗人可以感谢的地方，假使天地间没有你们，我们是会被丑恶的势力压成土块了。(第一幕)
毛　女　她那种天界的美终不是我父亲的污浊的神情和污浊的手笔所能表现得出的。(第一幕)

昭　君　你的目的，不过想要我给你点子钱罢了。

又如《聂嫈》里：

聂　嫈　好，妹妹你就把这只簪子拿去罢，这本是我母亲的纪念品。

又如《卓文君》里：

文　我所不能了解的，就是这天地之间，何以会有这样悖理的，不可抵抗的运命！——就如我自己。啊，也是太为这黑暗的运命所拨弄了！我听从亲命嫁了程家。啊，我如今就好像成了个破了的花瓶一样。（第一景 11 页）

又如《卧薪尝胆》里：

勾　践　郑姑娘，你居然回来了！寡人欢喜极了！你快快把在吴国的种种经过报告寡人！

郑　旦　回禀万岁：小的自从奉了万岁的命令，到吴国做间谍，当被送到吴国太宰家中侍候，从太宰口中时常得到吴国用兵的计划，只要知道一种消息，小的就即刻叫家父秘密的报告范将军。后来吴国侦探出来了小的父女的来历，知道小的是越国的间谍，于是把小的囚在一个黑屋子里。一直等到我们越国的大兵前晚大破吴国的京都，小的父女才逃出来，谁知小的父女二人又被吴国的败兵冲散了。现在小的倒回来了，可是小的父亲不知是死是活！

勾　践　好一个为国牺牲的郑国林，好一个劳苦功高，牺牲色相，为国雪耻的郑旦姑娘！（第三幕）

再如《岳飞》里：

岳　飞　众位老百姓，昨天我军大胜，全仗将士的努力，同诸位的帮助。我们希望于最短期间渡过河去，直捣黄龙府，同诸位将士老百姓一起痛饮，庆祝大宋朝的复兴！

众　　大宋万岁！

　　　岳家军万岁！

　　　岳爷爷万岁！

　　　大宋万岁万万岁！（第二幕）

众　　元帅，你忍心抛弃朱仙镇的老百姓么？我们是皇帝的子孙，你忍心让我们做亡国奴么？（第二幕）

剧终秦桧的夫人王氏进毒酒：

夫　人　元帅，丞相派我代表敬酒一怀，为元帅压惊。

岳　飞　你一个女流之辈，我也不好骂你，你去叫秦桧来，我要问他。

　　　　…………

夫　人　丞相本来自己要来通知元帅，只因公务不能分身，所以叫我来代为报告，并且略具杯酒务必要请元帅赏脸喝了。

岳　飞　我不要喝你们的酒。

夫　人　元帅，不要生气。这次的事都是误会。有人在丞相面前告元帅按兵不动种种罪名，所以丞相就奉承皇上召元帅回京的本意，先行看管一下。元帅，你是一个大丈夫，何必记小冤仇？这一杯酒请你喝了吧。

这些已经用够现代语言了；至于求爱的语言本来难写，尤其容易现代化。且看顾一樵先生的《白娘娘》（《时代公论》第八号至十三号）：

许　　姑娘，我实在是爱你，从那天一见你，我就爱。

白　　谢谢你。

许　　姑娘，只要你不怪我那天的唐突……

白　你好意救了我们，我怎能怪你？……

许　我从今天起，就从此刻起，容我倾吐我的真情，容我爱你，容我来向你求爱。

白　我是一个孤苦伶仃的弱女子，我对你只有感激。

许　感激？我不要！……但是，姑娘，难道你不能爱我一点儿吗？

白　我是一个不懂事情的女子，但是我觉得爱是一件又有趣又冒险的事呢。

许　唯其是冒险，所以有趣，所以值得！姑娘，我愿牺牲一切来爱你！

白　牺牲一切，难道连生命也肯牺牲吗？

许　岂止生命。前面的小河是我们时常游憩的所在，那里我可以死，但是死了以后，我的灵魂还会随着我的爱人。姑娘，你真不信吗？

白　好朋友，我早知你的忠诚。我起初还只是糊里糊涂的，但是逐渐地，我感觉到你的温存，你的深情和厚意。

许　姑娘，请你爱我！为着爱——

白　让我们的生命做保障！

许　让我们的生命来牺牲！（第二幕）

第四幕白娘娘抱了小孩到坟上去哭许仙：

想我们未订婚前，我已经痴做着小衣裳！想我们未相识前，我也曾呆望着送子观音无限出神！世上一切原是梦，我们的恩爱本是痴。但是谁又想到这两情相爱的结晶品，这天真烂漫的小宝贝，要你的生命做代价？

历史剧的语言，不论用诗体或是散文体，并且不可有戳穿西洋镜的调子，声口，总要叫人听到耳朵里不觉得它新，却相信它古：这是"亲爱的读者们"可以同意的，无须"小的秘密报告"。

在字句上用消极的方法给人一个古代的幻象之外，在大体上又有用古文，用白话诗两个方法，来达到创造这种幻象的目的。用古文句，《荆轲》最多，例如：

> 我本秦人，亡命来此。
> 因慕太子丹贤，特地来归。
> 秦王重价购将军首。
> 愿此杯酒，灭彼朝食。
> 秦兵犯境，危在旦夕。
> 燕弱小不足抗，然而亡也不足惜！犹恨暴秦之兴，启万世之乱源耳。
> 计将安出？
> 光与子善，举国尽知。
> 谨受教。
> 驽下之才恐不足任使。
> 何为乎匆匆？（以上均第一幕）

第四幕更毫不客气了：

蒙　嘉　启奏大王：燕王诚振怖大王之威，不敢举兵以逆军旅，愿举国为内臣比诸侯之列，给贡职如郡县而保先王之宗庙；恐惧不敢自陈，谨斩樊於期之头及献燕督亢之地图，函封，燕王拜送于庭，使使以闻大王，唯大王命之。

荆　轲　（顾笑舞阳，前谢）北蕃蛮夷之鄙人，未尝见天子，故振慑，愿大王少假借，使得毕使于前。

秦　王　把地图呈上来！
　　　　……………

一老侍臣　殿下，诸臣手无寸铁，诸郎中执兵皆阵，殿下，非有诏召不得上，那便如何是好！

侍　臣　王负剑……负剑……

荆　轲　事所以不成者，以欲生劫秦王，尽还诸侯侵地，而所以报燕太子耳。唉，我荆轲纵不得除此强暴，但为天地存一息正气，虽死何恨！哈哈！哈哈！

　　像在这样的紧张情形之下，便整个儿的把戏剧性失掉了；没有读过《史记·荆轲列传》的人便会莫名其妙。虽然。作此声明可由"排演的酌量便宜行事"，排演者也难得有这么多的"翻译"工夫。至于马君武所译《威廉退尔》，通篇全用林琴南译小说的笔法，那更叫人莫名其妙了。所以《荆轲》进步到《岳飞》，再进步到《白娘娘》，古文的不适用，而白话散文是戏剧的正当语言，顾一樵先生已经从实验中给了我们一个好的榜样了。

　　诗的体裁，已经有那样长的历史，这时戏剧的程式已经成立，大家都愿意接受；不过用旧体诗词曲，和在上文讨论的旧体散文一样，虽然避免了现代语言，可以得到历史的幻象，但是在剧场里说出口来，一定比"酒要一壶乎？两壶乎？"更加难懂，辞不达意，那有什么用处？但是，新体白话诗应用在戏剧里，中外都还是萌芽时期，将来如何演化，还不能预测。好在从杂剧、传奇、昆曲，变化到皮黄，白话化的趋向已经不可否认。用白话诗作历史的歌剧和话剧，将来是必然的结果。有节奏的白话散文，诗的白话散文，或是纯粹的白话散文，虽然都是历史剧可采的形式，不过，我总觉得，用诗比较更容易给人一个历史的幻象。《荆轲》里的歌，实在是一个很好的起点，将来扩而充之，历史诗剧有极大的希望。至为像《聂嫈》里濮水河中男女合唱：

　　　　我把你这张爱嘴，
　　　　比成着一个酒杯，
　　　　喝不尽的葡萄美酒，
　　　　使我时常酣醉。
　　　　我把你这对乳头，
　　　　比成着两座坟墓，
　　　　我们俩睡在墓中，
　　　　血液儿化成甘露。

我们一听见就会失去历史的幻象了。所以历史剧的语言，用诗也和用散文一样，单要它如何白话化，并且同时得顾到它是现实的，不是现代的。

要得到历史上的正确，不但不可能，并且是不必要。因为：第三，最重要的是戏剧上的正确，或者说是艺术上的现实。剧中人所说的话，不是他也许会这样说的，也不是他这样说我们才觉得满意的，而是他除了这样说便绝对不行——用诗也好，用散文也好。戏剧家，不是历史家，不是考古家，也不是旁听者；剧中人是创造的，剧中语言是剧中人的语言，也就是戏剧家的创造。剧中人说的话得要我们一听就懂——明白晓畅，听了还要往下听——有趣味；明白，就够了，不须费词，有过锤炼，有过选择；剧中人有身份，有思想，有情感，我们盯住了他们，要看一个究竟。这种地方作者抓住了，有什么新的创造，便不会因为语言形式上的困难而失败。是诗也好，散文也好，甚至于太新，不古，也是好；宁可写出来不像历史剧，不可写出来不是戏剧。我们试读易卜生的 pretenders 或是沁孤的 Diedre of the sorrows，便可知道其中的奥妙。萧伯纳披上一件古人的衣裳，在那儿嬉笑怒骂，究竟他还能皆成文章，也就是这类的道理。文章没有写好，倒先要像哈迷蚩一样，"学穿着诸葛亮式的道袍"，不但"不免有些番气"，宽袍大袖高底靴，摔了跤爬起来就更费事了。关于整个的戏剧语言，将来再另外详细讨论，现在只说历史剧的语言。

第四，历史剧的语言，也要顾到舞台上的表演。中国旧剧的语言不是现实的，也不是现代的，它是音乐的，所以舞台上的声音姿态的表情也是音乐的。服装、化装背景，也多少和语言相称。这种表演方法，在新的还没有成立以前，它是唯一的典型。所以用清朝史事做材料的旧戏，哪怕穿上了长袍马褂，一切方法都没有变更。现在用白话散文写历史剧的人，为了避免现代的现实，对于舞台表演的摹仿，也多少逃不出旧戏的影响，《荆轲》、《岳飞》、《卧薪尝胆》里都可以找到不少的例子：

待我结果他的性命。

好一个秦王！

待我慢慢讲来。

小孩子来此作甚？

哈哈，原来如此。好，召燕王使者进见吧。

那便如何是好！（以上《荆轲》）

待我到营外探报便了。

待我向元帅讨个情，包管不妨事的。

你人马可曾损失？

岂不是好？

为何这般模样？你莫非疯了吗？

你有何罪？

元帅在上，小番哈迷蚩有礼了。

真气死我也！

现在你快快从实说来。

好一个奸贼！

这个便是。

那便如何是好？

罢了！秦桧呀，秦桧……

这想必是岳元帅？（以上《岳飞》）

万岁今日命臣等进宫有何吩咐？

万岁今日病体如何？

把夫差推出营外斩首！

你见了寡人为何不跪？

好一个大胆的伍子胥！

有请郑国才！

叩见万岁，万万岁！——罢了。（以上《卧薪尝胆》）

如果真要应用旧戏的表演方法，作者在语言上就不能不迁就它，索性通篇运用音节，来求到一致谐和。否则对旧戏应该完全不加理会。旧戏的舞台艺术如何在新的话剧里运用，那是要靠实验的，现在不去空谈。单就目前历史剧的制作着想，除了完全根据旧戏的韵白及其舞台程式，或是完全根据新来的西洋的写实方法以外，不能两头失误。

现在所说要顾到舞台表演的意思，是希望作者不要以为单靠语言便能成功；音声、姿态、动作、哑剧，都有极大的帮助。往往一颦一笑，一呼一喊，一举一动，尤其是完全静默，它的效力，还远在语言之上。许多情感不是说话可以充分表现的，所以又往往不借重诗歌。再进一步，便不能不走到原始的表情方法——舞蹈，哑剧。许多作家写剧本就知道"对话"，你说完了我说，我说完了他说——对话。这不但是不解舞台为何物，简直是不知道戏剧是怎么一回事了。研究历史剧的语言，也千万别忘记了语言以外的东西。

最后，历史剧的语言，以及一般文艺里的语言，必须选择最精美的字句。戏剧作家应该有一点诗人的（用字的艺术家的）长处。用字不但要意义准确，声音悦耳，并且还给人一些美的联想。且看《卓文君》：

> **卓** 哈哈，娃娃儿，你还年轻呢。不过我也告诉你吧。你要晓得，屎尿是很龌龊的东西。但是假如是皇帝屎尿的时候，那我们是没有那种大逆不道的思想，说是龌龊的了。假如皇帝要叫我们吃他的御屎御尿，我们也当得是受宠若惊，如像吞食龙肝凤胆一样。司马相如他虽是穷文人，虽是等于卖唱的乞丐，但是他是王县令的朋友；所以我们请他，并不是请的穷文人，我们请的是县令的朋友，就好像我们蒙皇帝御赐排泄物的光荣，并不是吞食的屎尿，是吞食龙肝凤胆呀。哈哈哈哈。
>
> **弟** 爹爹，你吃过皇帝的粪吗？
>
> **卓** 哈哈哈哈，不过是打的譬比罢了。（第二景9—10页）

再看《卧薪尝胆》。勾践与卓王孙不同，并不"受宠若惊"，他以为"今天尝粪一事，就可证明他（勾践）对于寡人的一片忠心"。其实正如伍子胥的真知灼见，"这完全是勾践的一种假殷勤！一种手段！"

> **勾 践** 孤臣勾践，叩见万岁万万岁！
>
> **夫 差** 罢了。勾践，你今日请见寡人，所谓何事？
>
> **勾 践** 臣闻玉体失和，特来探病。
>
> **夫 差** 寡人的病现在已有起色了……可是医生不敢下断根的

药料。

勾　践　为什么，万岁？

夫　差　据说须得先尝寡人的大粪，是甜的还是苦的，倘若是甜
　　　　的，这病不到三月就可以断根；倘若是苦的，就是三年也
　　　　不容易治好。

　　　　…………

勾　践　只要万岁不嫌臣的舌头脏，臣倒愿意。

夫　差　你不嫌寡人的大粪脏呢？

勾　践　只要真正能治好尊恙，就是命臣赴汤蹈火，也在所不辞，
　　　　何况……

夫　差　既如此，那好极了。来呀！

内　侍　万万岁！

夫　差　将寡人的大便拿上少许！

内　侍　万万岁。

　　　　…………

（内侍捧上金盘，盘上托一金樽，樽内盛着片许大粪。勾践背面
尝之。）

夫　差　甜的？还是苦的？

勾　践　甜的！甜的！绝对是甜的！万岁吉人天相，不久即可恢复
　　　　健康！　　　　　　　　　　　　　　　　（第一幕第三场）

哪怕是"御屎御尿御赐排泄物，"哪怕盛在"金盘金樽"里，哪怕只
有"片许"，哪怕是"背面尝之"，任凭如何当它是"龙肝凤胆"大呼"甜
的甜的，绝对是甜的"，我们这些不长进的人，总得不到美的联想。办市
政工作的常常要来一个"清洁运动"。文艺界也正需要一个"清洁运动"。

　　　　　　　　　　　　　（原载《新月》1932 年 10 月第四卷第三期）

摹仿与摹想

"戏剧家是天生的,"许多人都这样说。但是戏剧史上的事实却不是这样,因为没有一个戏剧家不是得到过相当的经验,先钻烟筒,慢慢的才得见天日。有的是从排演剧本而累积经验,有的是拿已经在剧场里成功的剧本做模型而抄袭摹仿;等到得着了把握,才自成一家,并且往往翻陈出新,又开一个纪元。迷信天才,关起门来造车,结果是走不上正路的。因为编了剧本要在舞台上搬演是我们固有的本能,编了不能演,演了而得不到我们预先期望的结果,都是失败。要用什么方法编剧才不至于失败呢? 累积舞台经验,直接的或是间接的,许多人就没有这种好机会,就有了,也不免太慢,于是才有编剧术的书出现。没有编剧天才的人,终久不会去编剧,有了这个天才,又肯揣摩编剧术,那才是走上了一条捷径,叫他缩短钻烟筒的时间,早见天日。

那么,熟读了编剧术,或是累积了直接间接的舞台经验,是否就能够编剧呢? 也没有这样简单容易。因为,我们知道,技术可以分为三种,有的是能够学,学得到的,有的是不能学,学不到的。第一种是普遍的技术,包含许多元素,一切好的剧本,无分古今中外,都多少离不开它们。在天时有春夏秋冬,在人事有离合悲欢,在技术有起承转合。这类的普遍原则是能够学,学得到的。所有编剧术的书,都无非是依据这些东西,加以讨论,加以引证。

第二种技术是特殊的。同一故事,或是同一性质的故事,在古代是一种做法,在现代另是一种做法;在中国是一种做法,在外国又另是一种做法;在"杂剧"里是一种做法,在"传奇"里另是一种做法,在

"梆子""皮黄"里更又另是一种做法。为什么呢？因为编剧者所用的舞台不同，他们观众的道德标准和艺术标准也不同。在当时当地所采用的有效方法，时过境迁就不适用了。要用现代中国的生活做材料，而叫剧中人说"俺，某某是也……"说完了接着唱"我本是……"恐怕有点别扭。到了要大转变的时机，也许摹仿本地的，眼前的技术都不能得益，还不说过去的，远方的。所以古代的外国的剧本，除了在它们里面可以寻求戏剧的基本元素之外，我们不可囫囵吞枣的摹仿。特殊的技术未尝不可以利用，只要用得恰当，能合观众的标准。不过又恰当又合标准的机会不见得多罢了。一代管一代，开倒车和驾筋斗云都是有损无益的。现代的中国，只管得着现代的中国事；编剧者如果能够创立一种恰合现代的技术，他的贡献已经不小了，又何须白费精神，好古骛远呢？

一代戏剧作家彼此观摩的结果，创立了一代的编剧术是不够的，还得独树一帜，自成一家。这是第三种，独具的技术。各人的性情不同，虽然处在同一的环境里面，彼此也不能摹仿别人的作风。第一流戏剧家的作品，就是摹仿不到的。这种独具的技术，倒要全凭天才。我们如果要勉强去学它，结果是不伦不类，借来一件衣服，穿在身上不适体。这个独具的技术和特殊的技术都学不得，只有第一种普遍的技术可以摹仿。第二第三两种既有限制，我们只得在它们里面求启发。第一种学到手之后，再说利用第二种，那么最后或者不难自得创见，也有了独具的技术。

所以，熟读了编剧术，只算知道了规矩，要能够运用得巧，能够神而明之，那就得看各人的天才厚薄了。"戏剧家是天生的"那句话，大概就打这儿说起吧。

刚才所说的规矩，又不可误会，仿佛是什么法律，干犯不得似的——而且法律也是人造的。除了普通常识之外，没有绝对的规律。第一个大戏剧理论家亚里士多德都从来不曾武断过，他无非是根据了前代和当时的悲剧家的办法，来加以分析，整理，归纳。他不是说"你非得如此这般"，他只说"你最好是这般如此。"李笠翁在《闲情偶寄》里也说："岂有执死法为文而能见赏于人，相传于后者乎."如果我们把"编剧术"当做了一根绳子，自己把自己束缚起来，那就失了读者的本意了。

在纸上学得了技术，在纸上写出了剧本，如果不明了剧场的情形，还是必归失败——这话可又说回来了。不知道现在女人差不多全是天足了，偏偏做出一双三寸长的小脚鞋，任你花样绣得如何美妙，左右是白费精神。我在《戏剧论集》第137页上曾说，"在一切艺术里面，戏剧要算最复杂的了。编剧一部独立起来，要算一种艺术；导演，表演，布景，光影，服饰独立起来，也各自要算一种艺术……一部做到了满意，戏剧艺术依然不能存在；要各部都做到了满意，而其满意之处又是各部的互相调和，联为一个整的有机体，绝无彼此攘夺的裂痕……"李笠翁也说："填词之设，专为登场。"足见印在纸上的文字，是没有生命的死东西，是没有完备的作品，非得"登场"，跟各部分去联为一个有机体。"剧场"，"剧本"，"戏剧"，这些名词是不能分开的。

但是，剧场也有它特殊的，实际的限制，哪怕现代西洋剧场的历史那样长久，设备那样灵便，却有很多地方还是离开理想很远。而况在目前的中国，新剧刚从西洋转运过来，既没有历史的背景，又没有相当的观众，更没有设备够用的舞台，那么编剧者拿什么样的剧场去做标准呢？

在答复这个问题以前，让我们先看看所谓之剧场究竟是什么意思。我们在这里所说的剧场，自然不专指建筑方面，我们把表演，布景，观众，都包括进去了。写剧本的人，如果不明了表演，布景，观众是怎么一回事，并且在现在的中国，这些情形又是怎么一回事，那么他就非失败不可。表演和布景，编剧者还有选择，限制，甚至于指导的余地；但是观众，老的少的，贤的愚的，什么都有，我们怎样去抓住他们呢？各种编剧术的书大部分都是讨论怎样抓住观众的方法，不在本篇内讨论，现在我们只谈表演和布景。

编剧者不见得都会导演，就是会，空间和时间也不容他每次都自己导演。所以编剧者不外乎采取两种手段：一种是详加注解，让导演者有所遵循；一种是绝对放任，让导演者自由解释。究竟取哪种手段好些，不在本文讨论。无论如何，剧本到了导演人和演员的手里以后，他们一定得凭他们的见解，来作表演的根据。他们的见解正确与否，编剧者虽无责任可负，但是，假使他毫无表演的智识，不明白导演人和演员的能力范围，结果不是人家不敢表演，就是表演得到失败。戏剧原是情感的表现，而表现情感当然不单靠语言文字。眉目可以传情，这是谁都知道的。往往一点面目或是姿态的表情，反比说话更能达意，更有效力。李笠翁也说："即使场上寂然，而观者叫绝。"这样要观者叫绝，剧本上便难于着笔了。不但姿态，演员的声音也能够把作者的意思，抑扬顿挫缓急铿锵的表现出来，填补出来，叫只具躯壳的剧本得到生命。（参看《戏剧论集》第 220 页）

我们知道，演戏演戏，原是假的，舞台上的一切，只不过"像真"，并非"是真"，一个动作怎样做才动人，一句话怎样说才有效力，作者都得替演员设身处地细细的揣摩，摹想。一面写文字，我们得一面在心上设一个舞台，让我们的演员做给我们看，说给我们听，我们先做观众。有许多编剧家常常先做好一个小小的舞台，装置无不齐备，用小小的泥人纸人，在舞台上列出各种部位，来试验最有效的办法。巴利说，"要是我说剧中人无意思的笑，我自己便得无意思的笑；他怒形于色或侧目而视，我也得如此……我跟着他鞠躬为礼，跟着他吃，跟着他咬嘴唇……"（见《可钦佩的克来敦》序文 28 页。）李笠翁也是"手则握笔，口却登场，全以身代梨园。复以神魂四绕，考其关目，试其声音，好则直书，否则搁笔"。这都叫作摹想。

演员的技术同编剧的技术一样，日新月异，不可限量。要他们扮普通人自然行，要他们扮古人，扮鬼神，扮禽兽，也都行。他们可以化装，戴面具，变嗓子；他们会独白，旁白，吐心腹；他们甚至于可以卖劳力，翻筋斗，杀人，自杀。历史上的，现实世界的，以及想象世界的一切一切，演员的技术都发展到了这一步，没有一样不是总有办法。他们的可能范围很广，编剧者尽管大胆放心。

把演员说得法力无边，似乎太乐观了。戈登克雷就痛恨演员，说他们足以破坏戏剧的成功，而主张用大傀儡去代替（参看《戏剧论集》第 159 页）。况且，在目前的中国，表演还在幼稚时期，我们怎么能够存多少希望？所以，有几件事初学编剧的人应当格外注意。第一，登场的人数越多，编剧者固然难得照料，导演者也有同样的苦处。并且职业团体现在还没有，小规模的剧团人员有限，脚色多了不够支配，就是演员多也不容易聚齐排演，结果不是不能演，就是演不好。这是实际情形，不能不顾。第二，一个人的气力有限，脚色出场太多太长，那是担负不起的，所以劳逸要在可能范围以内，叫它平均一点。第三是中国现有的特殊现象：有许多脚色不容易找人，坏男人坏女人老太婆丑了头，肯来的人固然少，而女角最好少要，多一个女角多一个麻烦！第四，如果编剧者认识几个演员，知道他们的特长，最好是迁就他们，利用他们，写剧本去给他们演。这个办法古今中外都有过，出名的戏剧家都试过，有的是高兴，有的是不得已，但是能够得到成功。

现在再说布景。布景和演员一样，它能用种种方法，来帮助剧本，叫观众更容易明白作者的意思。这是从剧本的立场说——我们现在只拿剧本做立场。这儿所说的布景两个字，含义很广；舞台，设备，服装，等等，都包括在内。下文略述大概。

提到舞台，我们不期然而然的要联想到所谓之镜框式的舞台，或是中国旧式的舞台，因为这两种是我们常见的。旧式舞台如何才好利用布景，不在这里讨论。至于露天舞台，马戏场，用建筑做背景的永久舞台，空间里现一个部分的舞台，布景本身就是舞台的舞台，所谓之构成派的舞台，以及五花八门的新试验，也都不在这里讨论。我们要讨论的是在极普通的镜框式的舞台上面，有些什么可能，足以供给编剧者的利用。

所谓之镜框式的舞台，大概的说，就是一间长方形的屋子，跟观众接界的一面，开了一个大口，叫作台口；台口的形状像镜框，并且框子里嵌着一幕一幕的戏，或是说一幅一幅的图画。这幅图画也许是写意的，也许是写实的，因为一次一次的精神不同，所以舞台的需要也不同。譬如一出绝对写实的戏，要是布景或是演员越出范围，跑到镜框子外面来了，那固然不合式；不过编剧者应该知道，镜框子不见得非圈定我们不可，有的时候我们可以要求演员，或是布景（广义的说）越出镜框，甚至于插到观众堆里去。总而言之，我们尽可以用镜框这个名词，不过我们的精神可千万别给它框住了！

西洋的舞台构造和设备，是那么灵便，那么完备，要天空有，要地洞也有，要什么都可以有，而且来得周全，换得快，真的也成，美的也成。旋转舞台，推移舞台，升降舞台，都是镜框里常有的东西。砌刷而成的天幕更不待言。背景制造得考究，灯光配合得有趣，差不多都是家常便饭了。尤其是还有专门艺术家呕心血去设计。现在在中国说得上么？

中国现在既没有构造设备都周全的舞台，而我们又认定剧本必须表演，那么，编剧者就打住了不来吗？从一方面说是对的，因为剧场的发达与否，的确可以鼓励或是阻碍编剧者的雄心。中国自从提倡话剧以来进步极慢的原因，这是其中很大的一个。从另一方面说又不对，因为在舞台设备很单简的时代，的确产生过伟大的剧本。关于第二点的理由，似乎还有申说的必要。

近几十年以来，西洋因为舞台技巧和艺术的发达，把大家对戏剧的观念都改变了。戏剧发展的历程，可以说是从演员中心进到剧本中心，再进到舞台中心，最近又进到了剧场中心。演员中心最古，那时还没有编剧事业。及至剧本进步到文学，演员便成了戏剧家的仆人，听他指挥。后来布景的画师上了舞台，观众于听之外还要求看，于是舞台就成了中心。现在是剧场中心了，那就是说，文字，颜色，线条，虚实，音乐，舞蹈，以及种种艺术的元素，又加上演员和观众"人"的元素，都一齐融会贯通，化成一个有机的整体。这么一来，剧本——文字——至多只算是剧场艺术里的一个部分了，而况往往它还只能取作不重要的元素，或者简直的并不采取。这种形式的戏剧，大家叫它做"唯美剧"。唯美剧是怎么一回事，我们不在这里讨论或批评。

跟唯美剧对立的东西叫做"文艺剧"。这是和戏剧文学一线相承的，它的主要元素是文字，表演布景都是次要。能表演并且加上布景固然是完成了全部工作，但是万一只能印在纸上读读，也可以得到一部分，甚至于一大部分的成功。虽然历史证明了不借重表演，编剧家必归失败，但是布景的完备与否，影响还不很大。这是文艺剧发达丰富的理由。

没有吃过肉的人，豆腐总是香的；既然布景已经发达，要我们依旧吃着旱烟袋，闭上眼睛"听"戏，恐怕是彼一时此一时，有些于心不甘了吧。西洋尽力美化文艺剧的影响已经到了中国，剧场知识和话剧知识差不多是同时进来的；那么，我们写剧本的时候，偏要跟潮流别扭，说是摹仿希腊式，莎士比亚式，那是要失败的。而况希腊和莎士比亚的戏剧，演给现代的人看，已经是非得加以相当的删改不可了呢？所以就大势说，我们编剧不妨尽量的利用舞台设备，以及背景，灯光，服装，道具，机械，叫我们的剧本，演出来更有效力，叫观众"看"了，更能明白我们的意思。单就目前的中国说，也该暂且先拿镜框式的舞台做标准，再借我们的摹想力，走上前几步，来编制我们的剧本。文艺剧对于布景虽然没有绝对的要求，可是知道了舞台上的可能与限制，凭着摹想，编剧的时候才可以或取或舍，随心所欲。

假使我们编了剧本希望马上就能演出，那么对于布景就非得迁就事实不可了。现在中国合用的舞台非常之少，不是太窄就是太浅，安设布景很不容易，更换更不容易。只要不摇动根本精神，布景（包括背景，服装，灯光，道具，机械）总以单简为妙。如果不能单简，或是我们不愿意单简，也该多留伸缩的余地，好叫办得到的办，办不到的裁、并。中国穷极了，对于艺术尤其顾不到，要人家费事结果是上不了台的。在这儿，和在本篇里别处一样，我们的标准都是纯粹的只问实际，不谈理论。

初学编剧的人如果有了相当的天才，他最要注意的就是摹仿和摹想。摹仿的模型是已经在剧场里得到成功的剧本；编剧术的书又可以告诉我们怎样才能够在剧场里成功，并且罗举实例。但是这都是间接的，从纸上寻求的，都不见得真正可靠。所以再进一步，就不能不尽力发展摹想力，去摹想实际的剧场情形。认真说起来，要摹仿，应该到剧场里面，最好到舞台上面和后面去摹仿，那么等到拿笔编剧的时候，我们的摹想才不至于流到空中楼阁，结果又是闭门造车。剧场，剧场，我们不能不日夜盼着你了！

（原载《文学月刊》1932 年第 2 卷第 4 期）

戏剧的基本特性 [①]

一　行动性

怎样才能更好地发挥戏剧应有的战斗作用和教育作用，或者解决作者所提出的生活中的重大问题，并使其鲜明、具体、生动、直接、迅速而又强烈地收到预期效果？或者，按照贝克的说法：观众所注意的是剧本中的行动（通称动作）？还是性格描写、对话（在戏曲中为唱词和道白）？还是两种或三种的结合？或者说，在这三种东西之中，哪一种是主要的？贝克的答复是：行动。

首先，让我们先把"戏剧"和"行动"这两个词的含义解释一下。

"戏剧"是个新词，词源是 drama，原义就是"行动"，行、为、做、实行，因而也是 to act：演出，表演。

"行动"一词可以联系戏剧的解释是：动作，行动，活动，行为；举动，态度，姿势；情节，作用，机能。

与戏剧有密切联系的词是"剧场"，其语源是 theatre，原意是观览场所。

总起来说，戏剧就是在观览场所中演给人看的行动。而行动一词的含义虽有规模大小的不同，但它总是和"静止"相对立的。"动"就是要有活力，有矛盾，有变化，有发展。艺术的规律总是和生活的规律相一致的，只是它所反映的生活比普通的实际生活"更高、更强烈、更有

---

① 本文原为作者在上海戏剧学院授课的讲稿《编剧概论》中的一章。

集中性、更典型、更理想，因此就更带有普遍性"。

因此，我们可以说，行动是运动中的生活，它是戏剧的特殊对象。贝克说："戏剧是用行动表现的思想。"

然而，也并不是一切现实生活中的现象都能成为戏剧分析的对象。现实生活中的现象本身，必须包含着必要的戏剧因素。这便需要剧作者的正确的世界观和去粗取精、去伪存真的能力了。有一些生活面，是能在戏剧形势中获得充分表现的，表现什么，怎样表现，却都给剧作者带来不容易克服的特殊困难。剧作者首先必须解决戏剧行动的问题，因为必须通过行动，把现象的本质最全面、最明显、最具体、最集中地揭露出来。

其次，我们从戏剧发生和发展的历史，也能证明行动是戏剧的中心。

戏剧和一切艺术一样，也是起源于劳动。古希腊的戏剧则导源于"民谣舞蹈"（道白、音乐和摹拟性动作的综合）。以道白为主的发展为史诗，以音乐为主的发展为抒情诗，而以动作为主的则发展为戏剧。而英国和欧洲一些主要国家的戏剧是从宗教剧发展而来的，最早的是英国的 strophe 和神秘剧，起初也只靠动作，后来才加上对性格的兴趣，而其对于对话本身价值的兴趣则更晚。在现代，还能从未开化民族中看到以舞蹈、动作为主的戏剧。由此可见，能得到观众注意的是表演者的摹拟性动作——外部的和肉体的动作。不仅如此，长期以来，直到今天"外部动作"也并未失去它的中心地位。即在莎士比亚时期，Deh—Rer 和 Hegwoad 等人的剧本，虽在性格描写上和对话上都欠高明，但只要富于动作，仍拥有大量观众。高乃依和拉辛以及英国复辟时期的喜剧为什么又偏重性格和语言呢？那是因为他们是为宫廷和贵族写的，不是为广大人民群众而写的。尽管这样，在高乃依、拉辛之外，还有许多能受群众欢迎的剧作家，在英国，除了"风俗喜剧"以外，"英雄戏剧"更受欢迎，它把很多只爱性格和语言的贵族观众也争取了过来。可见，动作是贯串于全部戏剧发展历史过程之中的，因为它可以雅俗共赏。性格和语言，只是为了帮助观众理解剧情的动作而已。一百多年以来，仅仅靠动作的戏剧更受人欢迎，因而出现了一种特殊的戏剧形式——情节剧

（melodrama）。现在的编剧家根据这些实际经验（并非根据理论），就很自然地把"动作"作为剧本的中心。青年编剧者们一想到戏剧，也就本能地想到了动作。

第三，西洋对"行动"最早的理论：亚里士多德的《诗学》，以及它的发展。

亚里士多德认为戏剧是"摹拟"，是再现生活，但它和其他文艺作品不同。在所用媒介上，绘画：颜色、线条；音乐：声音、舞蹈、节奏；史诗（在现代为小说）：语言；戏剧：节奏、音调、格律（舞蹈、音乐、诗歌）；其对象是有行动和感受的人物（事件）。比当前的人好的为悲剧，比当前的人坏的为喜剧；"跟我们一样"的人的为正剧。还包括善与恶的德性及复杂多样性。在方式上，史诗则是叙述或仿效人物的口吻，戏剧是使所摹拟的人物把整个事件"再现"（表演）出来，"摹拟在行动的人"。

概括地说，戏剧是人的行为的再现（表演），即"摹拟在行动的人"。亚里士多德对古希腊戏剧成果的总结，首先就提出了它的"行动性"。

我们知道，《诗学》曾被埋藏在地窖里至少有 250 年之久，约在公元 935 年，才从叙利亚文译本译成阿拉伯文。12 世纪，有人把它改为节本。13 世纪才由一个德国人把这个节本译成拉丁文。14 世纪又有一个西班牙人的西班牙译本。1498 年又有一个意大利人的拉丁文译本，1548 年出版加了 Robortelle 的"注释"的希腊文本，1549 年出版了意大利文的译本。在这时期就有了不少学者专门研究并阐述，包括 J.S.Scaliger。而这些人的理论，又大都是亚里士多德和贺拉斯的综合，而且又加进了自己的主张，把古人的理论僵化为若干清规戒律。

贺拉斯并不突出行动性。他的主要论点是"寓教于乐"，是端正庄严的体裁，甚至是"五幕三人"的细节。

经过意大利及其他学者的歪曲，使"三一律"的问题纠缠了很长的时期，直到浪漫主义战胜了古典主义——莎士比亚的传统战胜了希腊、罗马的传统。

这里必须注意，莎士比亚和莫里哀都是反对那些学者们所定的清规戒律的。他们都不是理论家，但他们的作品由于长期的剧场经验，本身就是"行动性"的体现（"情节"的生动性和丰富性就是行动性）。如果我们把亚里士多德对行动的进一步的解释加以体会，就更能相互印证，相信行动性是戏剧的主要特征了。

亚里士多德在《诗学》第六章里说："摹拟的对象是事件，事件是人的行为，人一定有某种性格上和思想上的特点，这决定他们的行为的性质，因此，性格和思想是行为的造因，决定人们的悲欢成败。"现代戏剧理论和亚氏的联系，我认为主要就在这里。

黑格尔在《美学》第一卷中说："能把个人的性格、思想和目的，最清楚地表现出来的是动作；人的最深刻的方面，只有通过动作，才能见诸实现。而动作，由于起源于心灵，也只有在心灵的表现，即语言中，才能获得最大限度的清晰和明确。"前面讲过：戏剧原义就是行动。因此我们可以说，"戏剧性"就是"行动性"，或者说"行动是戏剧的中心"。但是，从 19 世纪后半期起，由行动引申出来的"冲突"，已经成为戏剧的中心了。伯吕纳吉就说："戏剧是人的意志与限制和贬低我们的自然势力、神秘力量之间的对比的表现；它所表现的是我们之中的一个被推到舞台上去生活、去和命运作斗争，和社会戒律作斗争，和与他同属人类的人作斗争，和自己作斗争，如果必要，还和他周围人们的感情、兴趣、偏见、愚行、恶行、恶意作斗争。"

又有把戏剧中心归结到"危机"的，因为危机是人生中的一个重要关键，是一个转折点。阿契尔在他的《论编剧》里就说，危机是戏剧的中心。

那么，"行动"可以这样来理解：行动是整个戏剧运动——从矛盾的揭露，到冲突的发展，通过危机、高潮，终于达到矛盾的解决。

但是，贝克却不赞成"意志冲突说"，或者"危机说"。他在《戏剧的要素：行动和感情》这篇理论性文章里，虽然费了很多笔墨大谈动作，但他最后的结论是："动作虽被一般人认为是戏剧的中心，但感情才是真正的要素。"在贝克看来，行动只是手段，只是激起观众的感情的手段。因此，贝克对"戏剧性"便作出了如下的定义："通过想象的人物之表演，能由所表现的各种感情，使聚集在剧场里的一般观众发生兴趣的东西，就是有戏剧性的。"

我们认为，贝克的论点事实上是亚里士多德悲剧的定义中关于"方式"的翻版。亚氏说："……它的方式是用动作来表达，而不是用叙述，期以唤起悲悯与畏惧之情……"其意义，即以行动为手段，以达到唤起观众感情的目的。

从此可见，贝克是重视行动的，并还重视性格和语言。但是，在他的论证过程中，对于行动、性格、语言和感情这四者之间的有机联系，仍存在有前后不一致的现象。

由于矛盾学说的阐发，戏剧以矛盾冲突为基础已成为公认的真理了。由于贝克拘泥于亚氏的学说，对这一重要问题只提到"冲突只能包括戏剧的一大部分，不能包括它的全部"，亚里士多德虽也提到"斗争"，但并没有阐述。从黑格尔起，才明白地提出了这个理论。

第四，行动的表现形式。

戏剧本身的发展历史，和作为戏剧经验之总结的戏剧理论，都为我们作出证明：行动是戏剧的中心，戏剧的主要特征，就在于它的行动性。那么，行动在戏剧中所取的表现形式又是怎样的呢？

（一）能引起观众的同情或者憎恶之外部的、肉体的动作。它又可分为三类：第一类，仅仅是外部的、肉体的动作，既不显示人物的性格，甚至个性，并且还往往毫无感情。例如莎士比亚的《辛白林》中的第一幕第一场两个绅士的一问一答，只是干巴巴的叙述或交代性质的动作；多数情节剧；美国流行的歌乐喜剧（musical comedy），它们全靠外部动作，甚至大部分还与结构无关；另外，还有我国"五四"初期的一些不成熟的剧本，也有这种情况，第二类，虽是外部动作，但能抓住观众，使其发生兴趣，而要求继续看下去。例如：莎士比亚的《理查二世》，约夫人与奥墨尔的一场戏就是这样。第三类，在外部动作出现以前和与之同时出现的"性格描写"（或"性格化"）是必要的，这样，才能引起有关人物的同情或反感。这种同情或反感，就能把单纯的兴趣变成最强烈的"感情反应"。例如：《罗密欧与朱丽叶》中的第一幕第一场，这场戏充满了使人发生兴趣的外部动作——吵架、械斗，生了气的亲王的制止。但它们都能说明每一个人物的性格：从仆人们到泰保尔脱、卡伏里奥、凯普莱脱一家、蒙太玖一家，以及弗洛那亲王。并且，这些由于个性化而能使人更发生兴趣的外部动作，又进一步使人发生兴趣，因为它每一处都能帮助我们了解剧情。它表明了这两个家族之间的仇恨如此之深，以致他们的仆人在街上相遇，也非打架不可。

可见，外部动作虽然在戏剧中无疑地是根本的，但是如果没有性格描写来说明或解释动作，戏剧就不能从粗糙的情节剧和闹剧发展成为更高级的形式。同时，哪怕是单纯的外部动作，也必须使人发生兴趣。如果它能通过个性化或性格化，或者能帮助剧情发展，或者兼而有之，因而进一步使人发生兴趣，那就更好了。

（二）内心活动的展示和行为动机的揭露，也是戏剧行动的重要表现形式。例如小仲马的《乔治公主》第一幕第一场，剧中的外部动作幅度不宽，变化有限，但富于戏剧性（行动性），它所表现的感情，能在我们身上立刻得到感情反应。这剧本之所以赢得我们的注意，是因为它向我们揭露了茜菲灵的心理状态，而这个心理状态的本身，比起单纯的外部动作来，更能使我们发生兴趣，受到感动。同样，在马洛的《浮士德》的结尾，动人的是浮士德的心理状态，而不是他表现痛苦的外部动作。又如：哈姆雷特虽然坐着不动地念他的独白"是活还是死"，但是由于我们在这以前已经熟悉了他的问题，再加上独白中所显示的内心痛苦，我们自然深深地为之感动，寄予无限的同情。在罗斯丹的《幻想的人》中一开始，是两个青年男女在读《罗密欧与朱丽叶》，显示出不是外部的，而是内心的活动。梅特林克的《群盲》中的盲人们，被带路的遗弃在森林中时，谁也不敢动一动。他们的外部动作很少，但是他们的战栗、恐怖、怀疑，都很明白地传达给我们了，其原因就在于性格描写和字句的选择都臻于妙境。由此可见，极端的静止也可能有"间接的"行动性……以上是贝克举出的一些例证。

要使行动的动机"更生动、更积极、更自然地占据着前景"，还必须"用剧情本身的进程"（恩格斯语），就是说，仍然是通过我们看得见、感觉得到的行动，而行动的"造因"既然是人物的性格和思想（亚里士多德语），那么，他的行动的动机，就和他的性格、思想分不开了，性格和思想是行为动机的决定因素。恩格斯所说的"剧情本身的进程"，就是指的情节的发展，也就是高尔基所说的"人物性格发展的历史"。在这方面，易卜生可算得一个范例，作为一个"无与伦比的心理学家"（普列汉诺夫语），易卜生不但善于描写人们的行动，而且善于深入挖掘人物的性格，洞察他的行为动机，把他的内心隐秘彻底地揭露出来。譬如：在《玩偶之家》里，特别是在最后一幕的两次高潮中，轻轻一个"我"字，比起原稿来，增加了多么大的内容。

（三）"语言行动"（斯坦尼语）。

摹拟行动的媒介在古代为舞蹈、音乐和诗歌，而以舞蹈（行动）为主。后来，诗歌又成为了主要媒介。西洋戏剧理论（《诗学》），讨论各种不同的格律（诗体），适用于各种不同的性格和情境，与我们选用曲牌的道理相同。最后的主要媒介又成为了散文。而行动，黑格尔指出："由于起源于心灵，也只有在心灵的表现，即语言中，才能获得最大限度的清晰和明确。"可见行动是与语言分不开的，并且行动还必须通过语言来作出更充分的表现。高尔基也有同样的看法，他认为语言是"一切事实和思想的外衣"，是"文学的主要工具"，对戏剧来说，"每一个剧中人物"都必须"用自己的语言和动作来表现自己的特征"，高尔基是把语言作为一切文学的第一个要素的。贝克在"论行动与感情"的总结里，也提出了"对话"，他说："准确传达的感情，是一切好的戏剧最重要的基础。感情是通过动作、性格描写、对话来传达的。"

可见，除了上面所讲的外部动作和内心活动以外，戏剧语言也是行动的主要表现形式。因此，我们还把这种戏剧称为"话剧"。

文学家、戏剧家常被称为"语言大师"，易卜生也是其中的一个。通过举出过的例子，我们就可以从而认识戏剧语言的行动性和它的艺术魅力了。语言可以用以交代和报道，或者叙述事实和暴露思想，但它必须具有行动性，即"能把个人的性格、思想和目的最清楚地表现出来"（黑格尔语），而不是"很长的独白"，不生动、不活泼的对话，或者"辩论的演说"（恩格斯语）。

当然，戏剧语言主要表现为台词、对话（或唱词或道白），或者偶尔出现而用得恰到好处的独白，以及现在已经一般废除了的旁白，等等。但是，这些戏剧语言形式，以及"舞台指示"、"布景说明"、"人物介绍"等，都不可能包括全部的戏剧行动，因此，戏剧的特征，除了"行动性"之外，还有其他特征。这里，先提出"内心独白"和"潜台词"。

（四）"内心独白"和"潜台词"。

内心独白与出声的独白不同。按照丹钦柯所说，它原来指的是，演员借以表达角色思想活动的内部无声言语过程。他认为，演员应在角色沉默、思考，以及和对手交流时，充分运用内心独白去指示其思想感情，并通过它在形体上所引起的反映传达给观众。

潜台词是斯坦尼斯拉夫斯基提出的，是指角色台词的内在根据和目的，以及隐蔽在台词中的言外之意和未尽之意等。

这两个词语的含意，都指的是内在的、无声的思想活动及其在外部的、形体的动作上的反映。而这种表演，往往能达到"此时无声胜有声"的妙境。可见，没有语言，只有反映人物内心世界的动作和表情，以及短暂的停顿和沉默，或者话说半句，吞吞吐吐，或者含糊其词和有声无词，或者弦外之音，意在言外。或者故作反语、言不由衷等，都耐人寻味，更足以动人，因而也往往更富于动作性。

演员对于角色的诞生虽然是"再创造"的性质，但是如果作者并没有在剧本中为他们提供足够的基础，再出色的演员也无用武之地了，斯坦尼曾把导演比作媒人，把剧作者比作父亲，把演员比作母亲，他们生下的孩子就是生产的人物。因此，编剧者必须懂得表演艺术的一切可能性，并经常与演员和导演等合作，其道理也在这里。

第五，行动的一致性及行动性与戏剧性。

（一）行动的一致性。

行动的表现形式虽如上述，但这些都只是媒介或用此达到戏剧的目的的工具。通过选定的各种有效形式，才能更好地体现主题思想，说明作者所赋予的人物性格，并使全剧的行动贯串起来、统一起来，完成亚里士多德所谓的"贯串动作"和"最高任务"。

"行动一致性"曾被人说成是"三一律"之一。实际上，亚里士多德并没有讲时间一致、地点一致，他没有这样要求。但是，关于"统一而完整"的行动一致性，他是再三致意、始终坚持的。"三一律"在西洋引起过无穷的纠纷，它的影响至今还未消灭干净。当然，如果合理和可能，为了加强行动一致性而使时间与地点尽量集中，一点也没有坏处。不过削足适履，本末倒置，则万万不可。

综观戏剧行动的含义，可以归纳为下列四点：

（1）戏剧不需要作者的解释和提示，它必须由剧中人物用自己的行动和语言，在生活本身的形式中，再现出生活。

（2）人的行动是他们相互关系的行动，是人与人之间在他们社会生活过程中的影响。行动也只有当它需要克服障碍、遇到困难和对抗时，才能算是行动。因此，戏剧是在戏剧冲突的形式中来表现行动的。

（3）每一个行动的实际出现，是和其他行动有着无限因果联系和时间联系的。戏剧只是从这众多的联系中，选择可以表明冲突之产生、发展和解决的联系。

（4）戏剧只可能、而且应该在所特定的人物性格的发展过程中，选取一个对于他的悲欢成败具有决定性作用的发展阶段，来加以集中的描写，并使他在这幅生活图画中所取的种种行动，在主题的要求下，为最后"戏剧时刻"的行动作好准备，从而达到逻辑的、必然的、不可避免的结局或解决。这就是戏剧行动一致性的全部意义。

（二）行动性与戏剧性。

按照贝克的提法，"戏剧性"这个词语通常有三种解释：戏剧的材料；能产生感情反应性；在剧场条件下完全可以上演的。但是，由于贝克把"感情"作为戏剧的"真正要素"的，而行动之所以也被他列为要素，仅仅是因为它是表达感情最直接、最有效的手段而已，而激起观众的"感情反应"才是戏剧的目的。

亚里士多德说，悲剧的目的，是"期以唤起悲悯与畏惧之情，使这类感情得到陶冶"。车尔尼雪夫斯基所说，"悲剧乃是人生中惊心动魄的事"，这个"惊心动魄"也就是激动人们的感情之意。因此，阿契尔认为有"戏剧性"的是指那"通过想象的人物的表演，能使聚集在剧场里的一般观众发生兴趣的东西"。贝克又从而加以修正，说："通过想象人物的表演，能由所表现的各种感情，使聚集在剧场里的一般观众发生兴趣的东西，就是有戏剧性的。"

因此，恩格斯在《论倾向文学》里就认为："倾向应当是不要特别地说出，而要让它自己从场面和情节中流露出来，同时作家不必把他所描写的社会冲突的将来历史上的解决硬塞给读者。"他甚至在论现实主义时，认为"作者的观点愈隐蔽，对于艺术作品就愈好些。"（恩格斯：《论现实主义》）他还指出：不能把个性"消溶到原则里去"（恩格斯《论倾向文学》）。并且和马克思一样，他也主张戏剧不能像席勒那样把它当成理论的单纯号筒，而应该使其莎士比亚化，使其更现实、更具有情节的生动性和丰富性。毛主席指示我们摒除"标语口号式"的倾向，也正是这个道理。

可见，戏剧必须主要给人以深切的感性认识，即通过人物的具体行动来激动观众的正确爱憎诸感情，在潜移默化中，使他们受到思想教育。而行动（人物的具体行动）乃是戏剧的中心，也是戏剧的要素，离开了行动，就无戏剧可言了。

二　剧场性

在讨论行动性与戏剧性时，已接触到剧场性的问题，并且人们也往往是把剧场性包括在戏剧性之中的。但为了使其更加明确起见，我们仍然把它们作为两个戏剧特征来分别加以讨论。

为什么戏剧必须具有剧场性呢？

首先，在生活中必然有斗争，斗争就要导致戏剧性，符合于生活真实的描写，也就必然导致戏剧性。因此，在小说和诗歌里，便常常需要富于紧张的具体行动，来充分表现人物的思想感情。它们的情节结构因而也往往是戏剧性的。

但是，为什么写过被誉为具有戏剧性的作品的小说家或诗人，如果他们不能掌握编剧技巧，没有足够的剧场知识，他们就不能成为戏剧家，甚至不能把自己的作品改编为剧本而取得成功呢？譬如：小说家巴尔扎克就承认他"写剧本的尝试不顺利，暂时需要放弃。历史剧要有强烈的舞台效果，我又偏不熟悉"。同时，正如恩格斯在谈到拉萨尔的剧本《济金根》时所说的，有些剧本虽然具有"巧妙的布局和彻头彻尾的戏剧性"，但如果不把它改成"舞台脚本"，它是"不能上演的"。相反地，许多戏剧家，比如关汉卿、王实甫、莎士比亚、莫里哀、易卜生，以及田汉、曹禺等，他们的成就的主要因素之一，完全是靠剧场经验。我们所知道的一切戏剧家，无论古今中外，可以说没有例外。

其次，戏剧形象只能完全地体现在舞台上。戏剧创作虽然基本上也是依据文学的原理，但它却并不仅仅作为文学而存在，仅仅供人阅读。除了极少数的例外，可以说没有一个剧本不是为了演出才创作出来的。戏剧形象只有在舞台上，才能够得到完满的体现。一个剧本如果不经过在台上由观众加以检验，它的好坏就无从充分地表现，并从而予以全面的批评，更难于更好地发挥它应有的教育和美感作用。正如果戈理所说："戏剧只能活在舞台上，没有舞台，它就像没有灵魂的躯壳。"

自古以来的戏剧理论，也都以戏剧必须在剧场演出为它的特定性质。戏剧"摹拟事件"、再现生活，必须通过演员的表演，而不要通过作者的叙述。李笠翁"手则握笔，口却登场"。有些人曾断章取义，说亚里士多德写下过"悲剧的效果即使不依靠剧场与演员，也能产生"（《诗学》第六章），于是反对演出，说什么莎士比亚剧本的演出反而使人无从领会作者的诗意。殊不知亚里士多德那样说，正是对剧作者提出更高要求的意思，因为，他不是更加郑重地指出过吗？"诗人在布局和写作时，应竭力把剧中情景摆在眼前，看得清清楚楚，仿佛亲身看戏一样"而且"还应竭力作剧中人物的姿态……设身处地……跳出自我"。（《诗学》第十七章）

古今的戏剧家和理论家一致承认：戏剧形象必须在舞台上求得完全的体现。至于什么叫作"完全的体现"，以及在完全体现时戏剧能收到怎样的效果，我们将在讲到它的综合性和实感性时再加讨论。

第三，"剧场性"这个词语的正确意义。"剧场性"以及"戏剧性"，都曾被人滥用过。固然戏剧必须表演，但也并非只要可以表演的都是戏剧。沐猴而冠，总不能把它和戏剧相提并论。即使徒具戏剧形式，由于它的趣味低级、内容恶劣，我们也不甘予以戏剧的美名。低级的、恶劣的、做作的、人为的、装腔作势、搔首弄姿的"戏剧性"和"剧场性"的东西，我们不欢迎，或者要排斥。

正确的"剧场性"的含意和要求，应该是"合乎剧场条件与人民需要的"。这就是说，由剧中人物在舞台上，通过自己的具体行动和语言，表露自己的性格，从而引起观众的正确爱憎感情和满足他们正当的欣赏要求。与戏剧性的小说或诗歌不同，戏剧必须演出，必须具有剧场性——含义正确的剧场性。

表演就需要剧场和舞台。要剧本能上演就需要对剧场和舞台条件的知识。

关于剧场的主要条件：

（1）时间和空间的限制。

这里所说的不是所谓"三一律"中的时间一致律和地点一致律，这两个"一致性"是后人，特别是那些假古典主义理论家，歪曲了亚里士多德的意见而制定的枷锁，为了这"三一律"，曾经在欧洲闹得乌烟瘴气。甚至维加和莎士比亚为了不曾遵守它而被伏尔泰评为"野蛮人"。亚氏只再三着意于"行动一致性"，要求统一而完整的戏剧行动。当然，为了不游离主题，使行动更加显得集中、迅速、突出、有力，尽可能使演出的时间和地点具有一定的限制，即具有使人易于记忆的长度和易于观察的广度，亦即做到使人一览而尽，这是有益的。但是，拘泥于时间、限于24小时以内完成一个戏剧行动，地点限于一个城市，或者最好是限于一个不改动的处所，那就成了削足适履了。《俄狄浦斯王》在时间、地点统一上固然臻于上乘，而《被缚的普罗米修斯》和《被释的普罗米修斯》，其间不知相隔多少年，而这个"三部曲"也并不失其为一部重要戏剧（虽然后者已经失传）。因此，"三一律"终于被否定了。

但是，我们并不提倡对时间和地点的限制毫不理会。漫无限制地跳动时间、迁移地点，也必然会对行动的一致性带来严重损失。

在欧洲久久不能解决的时间和空间问题，在我们的传统戏曲演出中，却早已得到解决，这是我们可以欣慰的事情。不过，在今天为了适应广大观众的要求而从舞台程式化走向安设布景的时代里，单用"二道幕"等来解决这两个问题，恐怕还不是最好的办法。那么，怎样既不拿所谓"三一律"来束缚自己，又不由自主地处理时间、地点问题，就成为我们的课题了。

在这里，我们是把时间限制和空间限制作为剧场主要条件之一而提出的。就是说，一个剧本的演出时间必须依照习惯以二三小时为限，因而频繁地更换布景也就连带地发生问题了，戏剧不比电影，它不能一下子换一个背景，而且电影的背景换得太多也并不合乎艺术要求。因此，戏剧"不可能表现许多同时发生的事，只能表现演员在剧场上演出的事"（亚里士多德《诗学》第二十四章）。

我们重视时间和空间的限制问题，其目的乃是在于怎样做到行动的一致性。在这个问题上，试与小说相比，戏剧就具有它的特殊困难了。它不能像《红楼梦》，写 448 个人物，或《水浒》，写了 108 个主要人物，而且还描写了那么多人物彼此之间的复杂关系。戏剧则不然，由于篇幅（时间）的限制，它的主要人物一般不超出三五人，并且往往只有一二人。而且，即使是史诗，作者也只选择一个人物、一个时期，或者一桩枝节繁多的事件，戏剧就更不用说了。李笠翁也把"头绪繁多"，认为是"传奇之大病"，而主张"始终无二事，贯穿只一人"，才能像"荆、刘、拜、杀"一样，"得传于后"。为什么？因为它们都是"一线到底，并无旁见侧出之情"。因此，在有限的篇幅之内，剧作者不可能描写复杂的头绪，观众也难于分散自己的注意力去观察较多的人物。戏剧必须把有限的篇幅，高度集中地用在主人公身上，并使剧中为数较少的人物都环绕着主人公而行动，这样通过主人公性格的发展及其与其他人物之间的矛盾冲突，来突出主题。

要使主题鲜明，剧中主人公还非本身单纯不可，单纯的主人公，才能给予观众单纯的印象。黑格尔说过："戏剧的主人公大都比史诗的主人公单纯。"因为戏剧的"主要任务是在一定的地区和目标的范围内，制造一种单纯的情欲和另一种相反的情欲之间的尖锐冲突"。戏剧作品的人物"为一种特别的情欲所主宰，因而我们就能清晰地看到性格的主要特征"（黑格尔：《论人物性格》）。

因此，比起小说来，戏剧在人物性格描写上，就具有更多的思想、感情和憧憬的紧张性与集中性。人物的单纯情欲（欲望、即人物性格的主要特征）和强烈的情绪，就使得他的性格、他的形象分外鲜明而准确，于是作者的语言、叙述和描写也就成为不必要了，人物也就在自己的情绪的推动下，用自己的语言、行动来表现自己了。剧中主要人物，特别是主人公的单纯情欲（主导情绪），往往是不难一望而知的。比如：哈姆雷特是为了理想和现实的矛盾而痛苦，奥赛罗是妒嫉而又轻信别人，麦克白斯是好虚荣，李尔王是老糊涂，夏洛克是吝啬，罗密欧与朱丽叶是青春的恋爱，答尔丢夫是假冒伪善，悭吝人是悭吝等，由于这样的突出而明确的性格，尽管情节可能曲折丰富，结构有时繁复，只要一切都能环绕主人公的主导情欲来推动整个戏剧行动的向前发展，观众也必然能够得到一个集中、统一的印象，并且可以历久不忘。

可见，由于剧场的特殊条件——时间和空间的限制，戏剧主人公便须具有更集中、更典型的性格。作者必须突出他或者他们的主要性格特征，或者说主导的思想、感情、情欲和愿望，以及彼此间的矛盾、斗争，来展开情节，即"剧情本身的进程"，而完成"统一而完整的行动"。

同时，为了达到"莎士比亚式的情节的生动和丰富性"，在剧场的特殊条件下，也就不能不使它紧张（生动）和紧凑（丰富）。歌德说，"莎士比亚写剧本并未想到印行……他只把舞台放在心上，他是把剧本当作一个活泼、生动的图景来处理的，使它在舞台上和观众的眼前、耳边，迅速地推进过去……"（《歌德谈话录》）

这个迅速地推进过去的图景，就指的是紧张和紧凑。莎士比亚是最熟悉剧场条件又能充分利用它的。亚里士多德也说过："悲剧能在较短时间内达到摹拟的目的，因为比较集中的效果比在长时间内冲淡了的效果（史诗）更能给人情感。"

（2）演员的作用。

戏剧反映现实是通过对人物的性格发展来描写的，因为"人是社会关系的总和"（马克思语）。即或人物是神或是禽兽，也得把它"拟人化"。因此，文学可以称为"人学"，而戏剧演出，也就应该以"人"——演员，作为主要的承担者。

演出历史上出现过两种错误的倾向：一种是戈登克雷以傀儡代演员的荒谬主张；另一种是过分强调演员的作用，如关于波兰女演员莫捷斯卡和法国演员罗西的故事。大傀儡虽如昙花一现，而过分强调演员的艺术技巧，强调台词的音乐作用，因而抹煞了戏剧文学的思想内容，降低了剧本在演出中应有的主导作用，这种为艺术而艺术的倾向的流毒，还是存在的。

然而，我们绝不否认剧作者和演员、一切戏剧工作者以及观众和批评者的密切关系。相反地，我们应该承认，这种相互提高、共同进步的正确关系，是戏剧的一个优良传统，我们应该继承发扬它。

历史事实告诉我们，剧作者与演员是互相依存、互相制约的。在戏剧形成的过程中，是先有演员，后有剧作者的。"悲剧主义"还只能用原有的一个演员，其他悲剧诗人才把演员扩充到两个和三个，这里就显示出作者与演员之间的密切关系了。可靠的文献告诉我们，莎士比亚是利用了伯贝芝和康勃以及其他演员（包括那两个扮女角的演员）来进行编写的；莫里哀也拥有格朗西等优秀演员，而这两位戏剧家本人又都是演员。

剧作家在创作过程中，他的艺术构思往往是把演员的条件和表演的可能性放在心上的。他们塑造人物时，就时常拿某某演员作为具体的体现者来处理，"竭力把剧中情景放在眼前……仿佛亲身看戏一样"。普希金在喜剧草稿中，曾用当时演员的名字来代替剧中人物的名字；奥斯特洛夫斯基则根据已有的演员来写作稿本。演员的艺术性格，更往往为作者所利用，譬如罗斯丹曾为哥开朗改动了《西哈诺》的结局；《大雷雨》中卡特林娜的形象，以及《伊凡诺夫》中露莎的形象，作者奥斯特洛夫斯基和契诃夫也是根据演员的特长来塑造和修改的。歌德曾这样谈过，他再写十几个像《伊文根尼亚》和《塔索》这样的剧本不难，材料是现成的，只可惜没有能担任这样人物的演员，也没有肯听这样的戏的观众。我国的剧作家关汉卿和田汉，也都是深知演员的作用而经常和演员相互协作的。

（3）其他舞台条件。

关于演员和其他舞台条件，这里还不是讲的戏剧综合性问题，而是讲的一些具体的问题。

有些剧作者不熟悉或者不能恰当地运用舞台条件，脱离了舞台实际，因而不能丰富人物的行动，使剧本不能"上口"，或者缺乏生动、活泼，更或者不能借助于环境、背景、门窗、陈设、小道具，以及灯光、效果等，不能利用表演、导演，以及舞台美术各部门的可能性来造成整个戏剧行动的完整性与丰富性和生动性。因此，剧作者就必须掌握全部的舞台知识，单靠语言文字是无济于事的。

音乐、歌曲、舞蹈、"戏中戏"等，如果能利用得像莎士比亚在《哈姆雷特》中那样恰到好处，是足以增加戏剧效果的。不但如此，它们还成为了戏剧行动中不可少的有机部分。亚里士多德也把布景和音乐列为悲剧的重要成分，尤其是音乐，可以大大增加我们的快感。他还认为畏惧与悲悯之情虽应借布局来引起，但也可以借布景来引起。我们的任务就在于把这一切都融会贯通起来，综合起来。

（4）观众与批评。

对于莎士比亚、莫里哀、易卜生等，我们都可以说剧场就是他们的学校，演出就是他们的课本，观众都是他们的老师。他们没有上过戏剧学院，没有经过创作研究班，一般观众的反映和意见，以及专业批评家的意见，对剧作者说来是极有益处的。不过，我们不能放弃主动的责任，不能不有所选择地东听一句，西听一句，自己毫无主张罢了。

这里要讲的是作为剧场条件之一的"观众反映"问题。如果剧作者闭门造车，在写作时不把这个问题放在心上，不管观众该不该接受、肯不肯接受、能不能接受，脱离对象，不问效果，那么作者也只能是阳春白雪、孤芳自赏，而成为一个真正孤立的人了，也失去了编剧的原意。夏衍同志曾提出：剧作者"要尊重观众的个人爱好和欣赏习惯"，我们应该三思。作者必须与时代同脉搏、与观众共呼吸，他必须满足人民群众的种种需要，并严肃考虑观众和批评者的意见。怎样引起观众应有的、正确的、鲜明的爱憎感情，即怎样通过剧情来引人入胜，使他们更清楚地认识剧本所反映的现实，使台上、台下思想相通，感情交流，艺术创造与艺术欣赏打成一片，这是剧本创作者的最高任务，也是戏剧活动的最后的圆满完成。

总之，每一种文学或艺术，都各有其特殊限制和特殊任务，这是在艺术实践长期发展过程中所形成的。戏剧必须在剧场的条件和限制下，来完成它再现生活与潜移默化的目的。然而，当其作为印在纸上的文学作品而存在的时候，尽管作者也曾充分利用过一切剧场条件，但由于语言文字本身的限制，读起来的效果，总不及在剧场里看演出的效果明确、生动、具体和直接。因此，剧作者就必须为演员及一切演出人员打好深厚的基础，使他们得到用武之地来进行再创造。

我们必须记住，戏剧形象只能通过形之于外的东西，用动作、物体和人物的对话等等，在特定的时间和背景的条件下，由演员集中地表现出来，以期马上得到预料的观众反应。闭门造车，不尽可能通晓剧场条件和一切舞台艺术的可能性，并善于掌握观众和倾听群众意见，剧作者的最初和最终目的，是不可能圆满实现的。

三　综合性

行动是戏剧的中心表现手段，而戏剧形象又只有在剧场里才能完满地表现出来，由此引申其义，戏剧的另一个特征，就是它的综合性。

这个问题可以从两个方面来看：它怎样在剧场里体现，以及它怎样在剧本本身里体现。

第一方面，如前所述，戏剧不仅靠语言，它还必须尽可能利用一切舞台艺术来充实和丰富它的行动力量。亚里士多德早就认为：悲剧和喜剧可以兼用一切媒介，包括用于舞蹈的有节奏的姿态，用于音乐的音调和节奏，用于史诗的语言（散文与各种格律的韵文），甚至用于绘画的线条和颜色。简言之，戏剧从它形成的时期起，就是要求综合各种艺术成分的。我国戏剧史家周贻白先生在他所著的《中国戏剧史》"自序"中，首先就指出："戏剧本为上演而设"，并说明它是综合艺术，"所包括之事物尤为繁复。"

随着社会经济的发展和科学技术的进步，以及人们思想意识和审美要求的变化。戏剧文学和戏剧演出及其物质基础，也起了相应的变化，在大都市中建筑了庞大的剧场，逐渐出现了各种新型的、活动的舞台，并装置了各种舞台设备和电器。因而从 19 世纪下半期开始起，在戏剧文学和戏剧演出方面，都产生了一系列前所未有的变化。固然在戏剧形成之始，它就已经是综合性的，而发展到今天这样的阶段，也还经过了许多曲折。这里不能论述剧场的发展历史，只能约略提及近百年来几个特别重大的事件。

从瓦格纳（1813—1883）发表他的乐剧理论、突出戏剧的综合性以来，经过亚披亚和戈登克雷对综合艺术理论和实践的发展，直到英国哈特、斯坦尼、丹钦科，作为综合艺术的戏剧，遂大为改观。因为，在这个时期以前，所谓综合，实际上还仅仅做到物理性的"混合"，其中最低级的形式不过是在戏剧中硬插入一些歌舞场面之类的东西，以及与戏剧行动各不相谋的布景等。到了这个时期，特别是经过在上述这些戏剧艺术家的努力下所产生的"艺术剧院运动"，才把当时肆意铺张，或者纯粹自然主义的倾向扭转过来，使综合的意义真正体现为化学性的"化合"，即不是"话剧加唱"、"歌剧加布景"，而是把舞蹈、音乐、美术等等艺术的"元素"——节奏、音调、线条、颜色、语言、动作等材料，聚一炉而冶之，使其成为一个天衣无缝、"逼真而又比原来更美"（亚里士多德《诗学》）的、完整而统一的有机体，主要是为典型性格配置典型环境（狭义的典型环境）。

这样做也产生过偏向，即演出和演出者高于一切，降低了剧本的主导作用，甚至像戈登克雷那样，认为应该废弃演员，也就是废弃以对话为主体的剧本。我们认为：剧本始终必须是综合艺术中的主体和基础，和乐谱一样，没有它是无从演奏出综合艺术的交响乐章的。因此，为了确定剧本在整个戏剧活动中的中心地位和主导作用，我们可以赞同亚里士多德对剧作者所提不要依靠"藻饰"、不要依靠剧场和演员，就能由剧本本身产生效果（《诗学》）。——亚氏是把布景交给"配景者"的，并且担心演员像"猴子"似地把戏演坏了或者过火了，"倚靠外来的帮助"是次一等的，是"缺乏艺术手腕"的。

这方面的历史知识和当前趋向，初学编剧者都必须掌握。更须记住：编剧者和演出者是相互推进的，我们可以灵活运用现成的条件，尤其应该创造新的条件，艺术风格应该是多样化的。

第二方面，前面讲过，戏剧可以兼用或交替使用一切媒介，就是说，戏剧具有综合性。亚里士多德虽指出过戏剧除了具备史诗所有的各种成分，甚至可以采用史诗的格律之外，它还具备布景以及能大大增加快感的音乐这个重要成分等，但是他没有在这个问题上多所发挥。他不但限于历史条件不可能想象到我们今天所说的综合性（即戏剧行动在演出时的综合性），而且也没有把演出时的综合和剧本本身以内的综合分别开来论述。

关于剧本必须为演员和一切戏剧艺术家留出、也不可能不留出必要的余地，使他们得以进行再创造，我们已经讲过了。这里我们再要讲一讲剧本本身以内的综合性。在这方面，别林斯基在《智慧的痛苦》这篇文章里讲得很好，其大意如下：抒情诗表现一个人的主观方面，把内部的人揭示于我们眼前，因此它整个儿是感觉、感情、音乐、叙事诗……是这两个方面，主观抒情的和客观叙事的两个方面的协调。它不是展示已经完成的，而是展示正在完成的事件，剧中每一个人物向你现身说法，为自己说话……并适应其对于其他人物以及整个创作的概念而行动——这是他的客观方面；他又在你面前打开自己的内心世界，暴露出心灵的一切隐秘曲折，你偷听到他跟自己进行无声的谈话——这是他的主观方面。因此，你在戏剧里常常看见两种因素：整个行动的叙事的客观性和独白中的抒情的放纵和流露——以致非用诗体来写不可。别林斯基的话还仅仅指的是剧本里的表面形式，或者说，塑造人物时所采取的手段。现在再进一步地是要说明剧作者在创作整个过程中——从孕育到完成的过程中，作者必须把客观的生活材料和主观的思想感情在作品中按戏剧的规律统一起来。作者不是像科学家那样分析生活，也不是给生活现象作记录、拍照相。他总是把自己的血滴进去。如戴不凡先生所说，在剧本里出现的"不是生活的原形，而是经过作者感情渲染的作品"；也"不是现实生活中人物的原形，而是经过作者感情渲染过的人物——艺术形象"。艺术作品中所反映的生活原是应该比生活更高、更美的。不过，作者不能借剧中人的口来露骨地替作者说话，他们仍然是剧中人自己说话罢了。对于叙事也是一样。

可见，戏剧的综合性，同时又可以从作者通过作品，把自己的思想感情"综合"进去，这是对戏剧的综合性的另一方面的考察。

四　直感性

剧作者必须掌握上述的行动性、剧场性和综合性这三个戏剧特征，才能通过富于行动性的动作和语言，并借助于其他艺术的元素，由演员把他所创造的人物性格和整个戏剧性形象在舞台上活生生地再现出来，使观众进入一个幻象，亲眼看见、亲耳听见、亲身经历、直接感触到一个完整的戏剧行动过程，成为剧中事件的参预者。这样，他的作品就必然可以产生一种实在的、集中的、直接的、迅速的、强烈的、深切的说服力量和感染力量。

因此，观众随着剧情的不断发展和性格的深入挖掘，在实际的感受中，不期然而然地哭了、笑了、窒息了、愤怒了、甚至有人当场打死了剧中的坏人，或者在事后对扮演坏人的演员加以仇视。任何好的文学艺术作品都具有或多或少的感染力量，但是没有一种能够这样具体、直接而动人——音乐、舞蹈比较抽象，绘画、雕塑比较静止，诗歌、小说只能靠语言文字，电影也只能反映出人和物的影子，为什么？就是因为戏剧具有"直感性"这一特征，它能直接地感染观众。

前面讲过，亚里士多德曾为了强调对编剧者的要求，说过不靠剧场、演员，只靠情节、结构，剧本本身就能引起观众相应的感情反应。但是他却始终肯定：戏剧必须通过表演，并利用各种成分，在剧场演出，才算尽了它的能事。并且，他认为剧作者在编写之际，还必须设身处地把剧中情景放在眼前，并作出剧中人物的姿态。毫无疑问，从古到今的戏剧理论，都一致认为这是天经地义，否则戏剧就成了对话体的小说了。而戏剧之所以优于小说，正如亚里士多德分析的那样，完全是由于它能利用各种艺术成分，在一定的时间限制和空间限制之内，表演一个完整而统一的事件，给予观众一个集中而鲜明的印象，从而产生强烈的效果，使观众得到相应的快感。这是事实，是一切戏剧理论所根据的事实。而戏剧之所以优于小说，或者说优于其他一切艺术，也就在于它的实感性——在行动性、剧场性和综合性的基础上产生的实感性。

结束语

亚里士多德给悲剧性质所下的定义是：悲剧是对于一桩严肃、完整、有相当广度的事件的摹拟，它的媒介是语言，具有各种藻饰，分别在剧中各部分使用，它的方式是用动作来表达，而不是用叙述，期以唤起悲悯与畏惧之情，使这类感情得到陶冶（《诗学》第六章）。这个定义可以作为戏剧性和一切艺术的一般原则。因此，对于"摹拟"这个问题，我们有必要作一些解释。

亚氏在他的《气象学》这部著作里，曾讲到"艺术模仿自然"这个问题，大意是"自然"是指宇宙创造力和"开物成务"的原则而言。他以烹饪与消化为喻：认为消化是自然在人体内施行的一种烹饪作用，而烹饪只是对自然本能的帮助或补救。医生割腐使溃处生肌，也是这个道理。艺术是用来补救自然的，但它不能代替自然。艺术与自然的关系——摹拟关系就是这样。

美术的摹拟对象有三：性格、情绪、动作。性格是"道德的特性"，是心的永久态度，也是意志的流露；情绪是暂时的，是感情发动的状态；动作是意动于中而发于外——不能单看外形的动作。

"行动的人"是性格、情绪、动作的总称。

可见，亚里士多德认为一切美术的共同对象是生活，是生活的心的作用、生活的精神运动、生活的内藏灵魂的外现。

如果我们去掉唯心主义的外壳，取其唯物主义的内核，我们就可以把"摹拟"作出如下的解释：摹拟是根据对现实生活的经验和感受，通过创造性的想象，借典型化的概括方法，再现生活。

后世对于戏剧的性质的看法，虽然随时有所丰富和发展，特别是在戏剧矛盾冲突和综合性问题上，但大都在原则上是和亚氏一致的。我们把戏剧的特征分为行动性、剧场性、综合性、直感性，仅仅是对前人的意见的整理和归纳。此其一。其次，这四个特征仅仅指的是从不同角度看上去的一个有机整体的四个方面。但说来说去，这四个方面仍然是一个问题：戏剧始终以演出为目的，只有通过演出，它才能得到完满的表现，产生更有力量的教育作用和艺术效果。正因为这样，它"所包括之事物"就"尤为繁复"了。最后，不难看出，我们特别强调了行动性，因为戏剧是"摹拟在行动的人"，行动是戏剧的中心，而行动一词又应用得较广，它也包括矛盾冲突。

谈戏剧结构 [①]

一 主题是剧本的中心

要使全剧清楚和动人，首先必须确定目标。大仲马指示给小仲马的编剧成功秘诀说："第一幕要清楚，第二幕要简短，全剧都要有兴趣。"贝克认为，应该说"全剧都要清楚"。李笠翁早就说过："……话则本之街谈巷议，事则取其直说明言。凡读传奇而有令人费解，或初阅不见其佳，深思而后得其意之所在者，便非绝妙好词。""贵显浅"就是"要清楚"，要叫人一望而知，一听就懂。因为戏剧行动迅速，不容人当场深思熟虑，观众稍一分心，他就会丢掉一大段。

编剧者确定了他的"出发点"之后，他首先必须明白这个出发点对他自己的意义，以及怎样去对待它。就是说，他必须把握主题，确定剧本的性质和自己的意图。李笠翁说："古人作文一篇，定有一篇之主脑，主脑非他，即作者立言之本意也。传奇亦然。"固然在作者孕育作品时，随着自己的思想认识之不断提高，往往它的主题也有所提高，例如易卜生对于《玩偶之家》、王炼对于《枯木逢春》一样。然而，像小仲马所说过的那样，"如果不知道自己的目标，你怎么说得出走哪条路呢？"因此，作者必须确立主脑，即确立主题，或者说确定中心思想或主要兴趣、主要事件、主要线索。

但是，初学者的毛病往往在于不先制定结构。他们的毛病在于决定

---

① 本文原为作者在上海戏剧学院授课的讲稿《编剧概论》中的一章，原题为《艺术结构》。

编剧原理 第二编 余上沅（1897—1970）

了出发点之后，看见了一些马上就能和主题联系得上的人物，也预定了一些场面和对话的片断，就迫不及待地动笔写起来了，但是，他对于全剧的结构，甚至对于整个故事情节，都还没有完全弄清楚，那么结果又会是如何的呢？狄德罗在《论戏剧艺术》的第七章中所说的一段话，就是针对着这种毛病而发的良药。他说："特别要对自己立下禁条：绝对不在布局（结构）尚未确定以前就把任何一个枝节的想法落下笔来。由于布局很费力，需要长时间的思考，那些从事于剧作而对刻划人物又有过些修养的人是怎样办的呢？他们对于主题有全面的看法，他们大致知道各个场面，他们已经把人物计划好了……写作各场的急促心理摄住了他们，于是他们提笔就写，他们找到了细腻、微妙，甚至于强烈的意境，他们有了动人而现成的片断，然而当他们做了很多工作，到了布局阶段（这是不可避免的阶段），他们要设法把这个美妙的片断安排进去，他们从来也不会下决心把那个微妙或强烈的意境抛弃掉。照例应该先有布局再写各场，而他们却适得其反，先写各场，然后迁就它们去布局。因此，剧情的发展，甚至于对话，都是勉强的，许多的劳动和时间都白费了，工地上只是一大堆残片木屑，这是何等的悲哀，尤其是当作品是用诗写成的！"

因此，李笠翁"独先结构"，认为必须在动笔之前，"先为制定全形"，否则"逐段滋生……当有无数断续之痕"，而不成其为一个有机整体了。所以，锦心绣口的文章，取决于"命题"，剧本写得不好，还不是音律问题，而是"卒急拈毫"，"结构全部规模之未善也"。

亚里士多德在《诗学》中，也特别强调布局（结构），并用了很多的篇幅来讨论它。在悲剧的六个成分中，他把布局列为最重要的一个，并说它是悲剧的灵魂。对于布局的完整性和一致性，他讲得很多。关于简单的和复杂的布局，曾引起过后来戏剧理论家们的各种看法。他还比较详细地讲解了悲剧的要素。

狄德罗对布局也非常重视。他偏爱简单的布局，在《论戏剧艺术》中，他明白地提出了自己的见解。他结合着对话问题，详细地讨论了布局问题，着重指出了情节安排必须与主题的重要性相适应。在"关于悲剧的布局和喜剧的布局"中，他还为布局作出了一个定义。他说，"布局就是按照戏剧体裁的规则而分布在剧中的一段令人惊奇的历史，对悲剧作家来说，他可以部分地创造这段历史，而对喜剧作家来说，他可以创造它的全部。"

莱辛则在各方面同意亚里士多德的理论，在《汉堡剧评》这篇著作中，发展了亚氏的理论，着重指出了各个事件之间的内在联系及彼此之间的因果关系，从而丰富了戏剧行动整一性的学说。

初学者在动笔以前，最好是先订好一个计划，写出"提纲"，再把提纲拿去请有经验、有才能的人看看，问问他们觉得这个要写的剧本的主题中心在哪里。作者一旦认清了自己的目标，确立了主题，就好比得到了一道"开门咒"，对于剧本的故事情节就不成问题了。它又好比是一块磁石，能把思想、人物、动作、对话都吸引到它的周围，然后加以布局，完成剧本的艺术结构。

在有了"初稿"之后和尚未修改之前，应该站在观众的角度去看看它，看它是否能产生自己预期的效果。有时剧本真正的兴趣中心是由演员和导演发现的。因此，先把剧稿拿去请演员和导演提意见，然后再进行修改，或者通篇重写，那都是完全必要的。

二　选择，选择，再选择

作者在从出发点经过故事达到结构的过程中，首先必须再三从一切可能写出的人物之中，选择一个对自己、对观众都最有兴趣的主要人物，又从一切环绕这个中心人物的角色中，选择几个能够实现作者意图的人物。以中心人物题名的剧本，如《关汉卿》、《哈姆雷特》等，固然容易自明，而照李笠翁的说法，"一部《琵琶》，止为蔡伯喈一人……一部《西厢》，止为张君瑞一人"，其他人物都是为那个主人公（或女主人公）而设的。

剧中人物在他开始出现于作者想象中的时候，还只是一些"类型"，如"这个母亲应该善媚，这个父亲应该严厉，这个情郎应该爱冶游，这个少女应该温柔善感"（狄德罗：《论戏剧艺术》），要经过严格的选择，他们才能变成具有特殊个性的人物，变成"这一个"。

不久，作者又必须决定只表现人物的哪些性格特征。在写作过程中，他还必须对于人物的语言和行动加以反复的选择，只选取那些对剧本目的、即对主题是完全必要的东西。不能把想到了的东西一股脑儿都写进去，这也舍不得抛弃，那也舍不得割爱，以致臃肿拖沓，不能一线到底，枝节横生，头绪纷繁，充斥着"旁见侧出之情"，纵然有些场景还很有可取之处，也仅仅是"断线之珠"，全剧一定和"无梁之屋"一样，站不起来，这是"传奇（剧本）之大病也。"可见，一切都不能离开主题，不能离开明确的目的。

其次，关于安排情节的原则。有的剧作者是先有一个紧张场面，有的是先有一个人物性格，但迟早都必然会得出一个故事。所谓"故事"，就是安排情节的初步轮廓，也就是把"小事件"（亦称"情节"）组织起来，统一起来，使其"承上接下，血脉相连"（李笠翁语），从头到尾都充满了"生气"之"机"，即富于曲折变化的戏剧运动，而成为一部完整的剧作。

一个剧本可以这样来划分："幕"是全剧的一个大单位，"场"是幕的一个单位，"情节"是场的一个单位，"例证性的动作"是最小的单位。一个例证性的动作可以发展成为一个情节，一个情节可以发展成为一个场面，由此类推。例证性的动作是一个剧的基本单位（有些这种动作又称为"细节"）。

剧本是通过人物描绘来反映现实，而描绘人物又须通过人物自己的具体行动，即他的所作所为。但是一个人的行动是复杂多样的，作者不能替他作起居注，但他的生活流水账，必须选择，选择，再选择。只选取那些最能够作为事例，来证明他在特定的情境之下所发出的、能反映思想感情的语言和行动，亦即足以反映他性格特征的东西——例证性的动作不仅仅是人物的图解或说明，它必须能在观众身上产生感情反映。

要显示人物的性格，首先必须选定若干例证性的动作，往往并把它们发展成为"情节"。在选择和发展的过程中，必须注意各个动作和情节之间的"照应"和"埋伏"，使其具有"紧密的联系，任何一部分一经挪动或删削，就会破坏整体。要是某一部分可有可无，并不引起显著的变化，那就不是整体中的有机部分"（亚里士多德：《诗学》）。因此，必须注意各个情节之间的因果关系。

在《玩偶之家》里，娜拉的债务有了还清的希望，海尔茂受任银行经理，家庭经济好转，那么从此她可以幸福了。这是特定的情境。作者选取了哪些例证性的动作来显示娜拉在转变以前的性格呢？第一幕前半场充满了这种动作，显示出娜拉认为"活在世上过快活日子，多有意思"的乐观感情。从这以后，情况一步一步地变化了，海尔茂的真面目也一步一步地显露出来了，娜拉的思想感情也就一步一步地发生了变化，而这些变化又无一不是通过例证性的动作来表现的。娜拉不能一个人孤立着发生变化，她的变化是与柯洛克斯泰等人，特别是与海尔茂之间的关系之变化分不开的。因此作者还必须在海尔茂和其他人物身上找出例证性的动作。诸多例证性的动作之间的冲突激荡，便构成了一个又一个大大小小的场面，构成了一幕又一幕。而在易卜生笔下，几乎无懈可击，所有的场景和个别小事件，没有一个可以"挪动或删削"，甚至小到娜拉和孩子们"捉迷藏"，和把顶小的孩子称为"我心爱的小小泥娃娃"，或者退还结婚戒指，留下家用钥匙这些细节——例证性的动作，也都并非"闲笔"，而是在主题的要求之下，彼此联系，互为因果的。

又如，奥斯特洛夫斯基在《大雷雨》第二幕的结尾处，还将瓦尔瓦娜的钥匙拿给卡杰琳娜的那个动作，发展成为一个紧张场面——卡杰琳娜的那段很长的、动人的独白。

最后，我们在组织情节结构时，还必须切忌填塞，严加选择。剧作者往往会忽略了自己的中心思想，凭兴之所至，以致结构不能发展，或愈发展而离题愈远。自然主义的或者带有自然主义因素的剧作，又往往把布景弄得太繁琐，人物用得太多，甚至不重要的场次太多。这都是不好的。一切不适当、不相称的东西都要不得，并且，即或相称，如与中心思想关系不大，还是应该抛弃。即使有两个情节同样有价值，由于表演时间的限制，就不得不只选取那较短的一个，或者把两个之中的合意部分抽出来，使其并成一个。必须做到不仅仅是省了时间，而且是做到了更集中、更紧凑、更有戏剧效果。填塞堆砌的剧本总归是坏剧本，"宁可少些，但要好些"，在精不在多，必须"去粗取精……由表及里"。要做到避免填塞，达到高度的集中、完整和统一，必须记住自己的目的，始终不离主题，并且必须加强自己的判断能力，知道如何严加选择，善于剪裁。

三 怎样掌握紧张场面

编剧有一条头等重要的原理：不是追求场次的数量，而是提高必要场面的质量。不怕材料少，只怕挖不深。上面讲的剪裁、选择，正是由于戏剧必须高度集中的特点，而仅仅选取几个绝不可少的情节或场面，从而朝深处挖掘，大写特写。我们的戏剧传统就具有这个特长。因此，如果已经有了三四个场面，不应再去寻求更多的场面，而应该在已有的场面中去寻求充分发挥的可能。缺乏经验的作者往往把已想到的场面的高潮尽快地写了出来，又急急忙忙地去写下面一个紧张高潮。写到最后，"具有转折性的重大戏剧事件"还是出不来。于是为场面而寻求场面，把已有的场面中的人物放到新添的场面中去，结果是"请神容易送神难"，把这些人物装到新场面里去，成了"削足适履"。这样改来改去，还以为当初不应该选择得那么严格，否则不会这样干巴、万分苦恼、一事无成。

要知道紧张场面（"出戏"的场面）固然有一个具备转折性的重大戏剧事件，但是观众更乐于欣赏造成这个事件、达到这样一个高潮的步骤或过程。观众不但要求看到"做的什么"，他们更加要求的是要看到"怎么样做"。陈世美不认前妻，作者并不把它简单化，不认就是不认。必须曲折尽致地写出他这样也不认，那样也不认，及至被人点穿了他还是不认。观众的兴趣倒不在于包公把他铡死，却在于陈世美不认秦香莲的过程，并且因此而越来越同情秦香莲，愈来愈觉得陈世美该死。假使武松只一拳就把老虎打死了，那还有什么意思，必须深入细致地描写人虎交锋，以及事件前后所作出的那些精工的刻画。

因此，为了"掌握紧张场面"不让它出不了戏而干巴巴、一溜烟地就过去了，作者必须抓住这个场面不放，从这一场的人物所能提供的东西之中，求得充分的、戏剧性的一切可能。换句话说，必须深入人物性格，尽最大的努力朝里挖，像易卜生挖海尔茂那样，直到把"你"没事了改成"我"没事了。这样做，从已有的一场中，必然可以发生出许多新的场面和一些过渡性质的场面来，而造成"情节的丰富性"。这样也就能把最初以为必须更换人物和以为是彼此不相联系的东西，变为若干不需更换人物和使其具有整一性的、一个又一个紧张的场面，最后完成作者所向往的那个具有转折性的重大戏剧事件了。

如上所述，作者只能从业已熟悉并经过整理的材料中，严格选取合乎主题要求及合乎自己意图的东西，其他一切都必须舍弃。出现在重要场面中的人物是作者的资料，必须深入细致地研究他们，直到透彻地了解他们，并且从他们提供的资料之中，选取合于达到作者的创作目的的部分。

要真正认识"掌握场面"、"挖掘场面"的重要性并且做到情节丰富、人物饱满，也不是一日之功。只有经过长期的艺术实践，才能够游刃有余。譬如：莎士比亚早期就还只能干巴巴地写出人物做了些什么，或者再加上一些辞藻。他的《亨利四世》第一部中的一场就是一个例子。贝克在《戏剧技巧》一书中指出："虽然在第二幕第二场里，他知道怎样告诉观众为什么多尔波去会见奥弗涅伯爵夫人，并且紧接着在这一场最后一行还悄悄地道出了他的心事，从而为下一场多尔波扑击伯爵夫人那个'惊奇'场面作好了准备；但是，他却把第三场本身处理成为了一个粗枝大叶的紧张场面，再加上了一些辞藻。"但是，由于莎士比亚后来懂得了怎样深入挖掘人物性格。在《理查二世》里，以第五幕第二场为例，他便作出了清楚而又令人信服的描绘，莎氏通过深入剧中人物的性格，一共作了五次"持续紧张的戏剧场面"，使其产生了高度的戏剧效果。

通过许多实例，我们可以总结出前人成功的经验，从而缩短我们的摸索过程。

小仲马也曾作出过自己的经验总结，他说，在每个紧张场面之前，剧作者应该向自己提出三个问题：在这个场面里，我应该做些什么？别人会做些什么？应该做些什么？任何不打算这样分析的作者，决不可能成为戏剧家。当然，我们并不可这样机械地去做，但是剧作者必须从他能想到的东西里面严加选择，否则必然不能达到他编剧的目的。

一个人牵连到一个事件，他的性格要影响这个事件的面貌。第二个人将要产生更大的影响。两个人在同一事件的影响下所产生的相互影响，又使得原来的情势改换了面貌。因此，当你有一个似乎很好的紧张场面，不可一下子又奔向第二个，而应该好好研究各种联合与换合，掌握紧张场面的原则。看这个场面对于每一个牵涉到的人物怎样在感情上被它所掌握。因为，紧张场面影响每一个人物，而每一个人物又影响着其他各个人物，这样，你就能"掌握紧张场面"，而使其丰富和生动了。

四　过渡场面的作用和来源

初学者对结构的另一个困难是，他虽然看准了剧本中一些重要环节、重大事件，但是苦于不能把它们连结起来，或者勉强连结了，可是看得出是人为的，不能令人发生兴趣，甚至把已经引起了的兴趣打断了。可见，从这一个重大事件到下一个重大事件之间，需要"过渡场面"，并且这种过渡场面还不能仅仅是为了连结，而它们本身必须仍然是作为一个有机整体中绝不可少的部分，不得挪动，不能删削。

怎样寻求这些过渡场面，即或它们仅仅是在"二道幕"前表演的短短场面呢？只有一条道路，仍然是从挖掘人物性格入手。第一步可以把人物当作生活中一般的人，问问他们是谁，他们是何等样的人？然后再问问，这些人在作者想到的场面中是怎样在感觉，怎样在思想？及至这些问题解决之后，新问题又来了：和这些人物相似的人，有过类似经验的人会立刻采取什么行动，此后又会采取什么行动？在答复他们过去是什么样的人这个问题时，作者就能把自己带到一个早日的事件中去，从而找出过渡性质的场面来。在答复这些人将会成为什么样的人时，作者就能找出一些过渡的场面来，使自己可以顺利地写下去。这样，作品就不致成为"断线之珠"，而做到"承上接下，血脉相连"了。

前面提到过的《理查二世》在这里仍然可以作为一个好例。其中的重要事件是儿子奥墨尔的回家，反叛文件的发现，以及公爵和夫人的启程去见新王。怎样找到几个事件之间的过渡场面呢？莎士比亚是通过对这几个人物的性格之深入挖掘来完成整个一场戏的丰富性和生动性的。

《秦香莲》里王丞相想法叫秦香莲在筵前唱曲这一场好戏，仔细分析也可以看出其中各个小关目的过渡作用。这一类的例子很多，我们随处都可以找到。

总之，无论是为了寻求更多的小事件（枝节、情节、插曲），或者是为了给已经选定的小事件寻求过渡，作者都不能把小事件仅仅当作小事件到处乱抓，而必须尽一切可能透彻地认识人物、深入挖掘人物的性格。人物自身能够替作者解决一切困难。

从人物性格出发当然是最主要的，但是典型性格是放在特定的时间和地点之中，使其"即景生情"，才显得突出动人，否则剧本中的时间和地点便成了可有可无的东西了。李笠翁曾说《琵琶记》善于"即景生情"，"同一月也，牛氏有牛氏之月，伯喈有伯喈之月……"这是因为作者懂得"从脚色（人物性格）起见"，"就本人生发"，因而才"自有欲为之事，自有待说之情"。可见，作者除了透彻了解人物所处的具体环境（当然也不能不特别重视黑格尔所说的人物所处的"情境"，即恩格斯所说的"典型环境"）。因此，剧作者对于时间、地点乃至于大小道具等，都必须纳入他的艺术构思之内。剧本的情节丰富和生动，往往正是作者充分利用了这些东西的结果。在《玩偶之家》里，我们找得到很多例子。在我们传统戏剧中，更常常充分利用小道具，如宝莲灯、珍珠塔等等。话剧里也是这样，如胆、剑等。

关于"三一律"以及戏剧"行动的整一性"问题，前面我们讲得很多。一个剧本必须有一个中心事件、主要冲突。随着事件的发展，亦即人物性格发展和情节的发展，剧本中表现出一系列的"枝节"——"无限情由、无穷关目"，并被作者组织成为大大小小的场面，包括紧张场面和过渡场面。主干枝叶，顺理成章，一气呵成，绝无断续之痕。对于这样的要求，无论古今中外的戏剧学者，都把它列为最根本的原则，无一例外。

除了"行动的整一性"之外，许多戏剧学者还对"艺术的整一性"提出了严格的要求，如对悲剧、喜剧、正剧、情节剧、滑稽剧等，都认为有使其体裁和风格也具有整一性的必要。事实上，戏剧体裁和风格的完整和一致，仍然是为了行动的完整和一致，正如"时间的统一"和

"地点的统一"乃是"行动的统一"的必然结果一样。

五　简单结构和复杂结构

亚里士多德说："布局有简单的，有复杂的，因为布景所摹拟的事件显然有简单与复杂之分。凡事件，按照我们的定义讲来，是连续的、一致的，不通过'转变'与'发现'而到达结局，这种事件是简单的事件。凡通过'发现'或'转变'，或兼此两者而达到结局的事件，则是复杂的事件。'发现'与'转变'必须由布局的结构中产生出来，成为前事之必然的或者或然的结果。两桩事是此先彼后，还是此因彼果，这是大有区别的。"（《诗学》）亚里士多德对于简单结构或者复杂结构并没有偏爱。

狄德罗和李笠翁一样，都特别重视简单的结构。狄德罗在《论戏剧艺术》一书中说："我更重视一个情感、一个性格，在剧本中渐渐地发展，最后展示出全部力量，而不大重视交织着错综复杂的情节，使剧中人物和观众受到同样的摆布的那些剧本……"李笠翁更只注重简单结构，他主张"一人一事"，即"始终无二事，贯串只一人"，这样才能做到"思路不分，文情专一"，使作品有如"孤桐劲竹，直上无枝"。

然而，不同的时代、不同的民族的观众对结构都有不同的要求。他们都有自己的传统和审美标准。我们比较偏爱简单结构，而英国人承袭了莎士比亚的传统，比较喜欢复杂结构——莎士比亚善于把不止一个线索巧妙地纽结起来，成为一个有机整体。比如在《无事生非》里，他把希罗和克劳弟的故事，蓓特丽丝和白尼迪的故事，以及道勃雷和孚其司的故事，这三条线索互相交织起来，构成了一个统一体。英国剧作家和观众对复杂的结构的偏爱到了19世纪下半叶才开始有所改变，逐渐欢喜简单结构。落后的美国最初对于英国戴维斯的《软体动物》（或译《寄生草》）还不肯接受，认为这个剧本的情节太简单。但就英美与欧洲大陆各国相比，则英美观众偏爱故事繁多的复杂结构，而欧洲大陆各国观众则更喜欢简单结构。伏尔泰在《致英国书简》第十九封《论喜剧》中，论及英国作家威恰尔雷改编莫里哀的《恨世者》时说：他"改正了莫里哀在这剧本中的唯一缺陷——缺乏结构"。在同一书简中，伏尔泰还指出了这一点：英国伟大戏剧时期中的剧作，比起大陆的戏剧来，其得力处乃是在于复杂的结构。莱辛在《汉堡剧评》里提到英国柯尔曼的《英国商人》这个剧本时，指出这个剧本未能满足英国剧评家对戏剧情节的要求，因为"它在第一幕中没有引起观众的好奇心，全剧的纠葛在一开始就叫人一览无余。我们德国人对于剧情并不要求它更丰富、更复杂。在这方面，英国人所爱的东西使我们发生厌倦，我们欢喜一下子就能懂的简单结构。"莱辛接着还说：英国人改编法国剧本时总要加添一些情节，而德国人介绍英国剧本时则必须删削一些情节……直到现代，英美人虽也更偏重于人物性格分析，但对莎士比亚式的复杂故事仍然特别爱好，譬如对于《哈姆雷特》就是如此。

但就《哈姆雷特》来看，可以说一个剧本究竟需要多少故事，并没有一定之规。不过大致说来，不同类型的剧本，各有需要不同。按贝克的说法，情节剧是用人物去迁就故事的，浪漫剧需要大量的故事，阴谋喜剧故事多，悲剧和高级喜剧则需要深刻的性格描写。由于时间关系，性格刻画既然加多了，故事情节的分量就势必需要减少（不过《哈姆雷特》在性格和情节两方面都很繁复）。闹剧虽有或重情节或重人物的，但也有两者并重的。风俗喜剧当然需要大量的性格描写，却也并不排斥复杂的故事。

六 分幕分场问题

关于幕、场的划分及其多寡长短，狄德罗讲得很切实。他在《论戏剧艺术》第十四章"关于剧情与分幕"一节中说："当提纲完成，人物性格确定以后，就进入剧情安排。"一个剧本可分为几幕，一幕又可以分为若干场（不一定更换布景或标明场次），"幕是剧本的各部分，场是幕的各部分。一幕是剧本的整个剧情的一部分，它包括一个或几个情节。"他又说，"人们要求各幕的长度要大致相等，实际上如果人们要求按照各幕所包括的剧情范围的比例来决定它继续多久，这将更为合理。如果一幕当中内容空虚而台词充斥，总是会嫌太长的。如果台词和情节使观众忘记了时间，那么它就够短的了。难道会有人手上拿着表去听戏吗？主要在乎观众的感觉，而您却在计算着页数和行数……"

古典主义的分幕办法是一剧必须有五幕才显得庄严，三幕便不成体统，今天这种不合理的东西早已被废弃了。我们对幕和场的划分有着很大的自由，如《蔡文姬》分为五幕七场，《胆剑篇》分为五幕八场，《关汉卿》和《文成公主》都分为十场，还有的只分为七场、八场（如《三八红旗手》，《烈火红心》）或者九场的（如《枯木逢春》），并且有多至二十场的（如《丽人行》）。这些剧本的成功，与幕、场的划分办法并没有关系，问题不在于外表的形式，而在于剧本的思想内容和艺术的整一性。上面所摘引的狄德罗的话——内容空虚则显得太长，好的剧本能使观众忘记时间，可见幕、场的长度也不是什么根本问题。不过，第一幕因为要介绍人物的过去等，自然比后面几幕长些，最后一幕已到了全剧高潮，那么，高潮一过，不能拖沓，因而也就要求短些。大仲马说得好："第一幕要清楚，第二幕要简短，全剧都要有兴趣。"

幕中分场，或者不分幕只分场，往往是为了更换地点，因而必须更换布景的缘故。但为了使戏剧行动尽可能集中，因而不能不考虑整个剧本的广度与长度，乃致于幕、场的广度与长度。这个"易于观察"和"易于记忆"的要求，正是亚里士多德对整一性的条件，不这样观众便会减少美的享受。

要减少换景和利用"二道幕"，贝克提出的一些具体办法可供参考。（1）把同一些人物在不同地点不同时间所遇到的事情并在一起（在从小说改编的剧本中常用这个办法）。（2）把在同一时间内发生在不同地点、不同人物身上的情节并在一起。（3）把两个人物在不同时间，但是在同一地点所遇到的事情，改成由一个人物遇到。（4）把另一个人物在不同时间、不同地点所遇到的事情，放在某一个人物身上。但是，这些都不可勉强，必须做得合情合理，或者使观众感觉到合情合理。

另外，舞台时间与实际生活中的时间不同，要使观众感觉较长的舞台时间，可以用这些办法：（1）来一个长的场面，使观众感觉到已经过了很久。（2）感觉上的急剧转变，必须有一个强烈的动机。（3）设法让现在的剧中人退场，另写一个过渡场面。此外，还有我们现在常用的

"二道幕"。但是，必须记住这个原则：不管用什么方法来表现时间的长度，都必须有助于剧情的发展变化，使其进入戏剧高潮。在我们的传统戏剧中，舞台时间和空间原是不成问题的。但是目前有了布景反使它们成为问题了。因此，分幕、分场、时间、地点等一系列的问题，还需我们好好研究、解决。

剧本创作中，还有一些事实不能用渗入剧本行动的方法来交代，又不能用古代的合唱队和哑剧以及后来的独白这些方式来解决，那么往往要利用"序幕"（与古代的序幕不同）。在另外的要求下还需利用"尾声"（也与古代的尾声不同）来解决了，但必须注意，序幕或者尾声都不是另外增加的一幕，它们虽与剧本正文没有直接的关系，但仍然是剧本之不可少的部分，如同歌队应该是剧本整体的一个有机部分一样。

综上所述，艺术构思是形象思维，它的主要表现手段是人物形象的创造，即典型人物的创造。特别是"帮助群众推动历史前进"的正面人物的创造。在文学领域中，戏剧和史诗（小说）一样，作者创造的主要对象之所以是"人"，那是因为如马克思所说，"人是社会关系的总和"。要反映现实，就必须以人作中心。亚里士多德在《诗学》中指出戏剧是"摹拟在行动的人"。别林斯基和车尔尼雪夫斯基也都把人物创造放在最主要的地位。高尔基还提议把文学称为"人学"。毛主席对于典型创造，更作过全面而概括的指示：作品中反映的生活比普通的实际生活更高、更强烈、更有集中性、更典型、更理想，因此就更带有普遍性，因为它是日常现象的集中，是其中矛盾和斗争的典型化，它的人物又是具有推动历史前进作用的。

戏剧既是"摹拟在行动的人"，既是通过典型人物的塑造来反映现实，那么作为一件完整的艺术作品，剧中人物的行为（即事件）就也成为了主要的描写对象，并且，按照亚里士多德的说法，"性格和思想是行为（事件）的造因，决定人们的悲欢成败"，那么有其人就必有其事了，而事之发展变化，也就必然是人物性格之发展变化的结果了。因此，高尔基曾指出情节是人物性格发展的历史，高尔斯华绥认为性格就是结构。

对于戏剧结构的全部艺术构思，小自细节或例证性的动作，大至一场、一幕，乃至于全剧，要使其丰富、生动，借以体现作品的思想深度，可以肯定地说，舍"挖掘性格"而外，别无他计。而所谓挖掘人物性格，当然不能把这个人物作为一个孤立的存在。人只有在他和别人的关系中，才能显示出自己的性格。人与人之间必然存在着千差万别，特别是矛盾冲突，而戏剧正是要反映这种千差万别和矛盾冲突。事实上，在戏剧中所要描写的人物的性格和思想，主要的就是以这种差别，特别是矛盾的对象。因此，矛盾的揭露，冲突的发展，斗争的激化，直到矛盾的解决这个全部的过程，乃是事物发展的规律，人物性格发展的规律和整个戏剧结构的规律。

戏剧情节的安排 [①]

一　关于戏剧情节安排的前提

在戏剧情节安排前，必须先明确主题、人物和结构的关系。作者的思想、剧本的主题，不是通过叙述，而是通过人物的行动来揭示的。所谓行动，系包括人物的全部动作和语言，并从而显示人物的思想、感情和特殊性格。亚里士多德所谓的行动的摹仿，就是指的动作和语言的摹仿、性格的摹仿。

人物在行动中必然遭遇到种种困难和阻碍，因而产生了种种矛盾和冲突。如何对待这些矛盾，特别是在剧本里作为中心问题的主要矛盾，则决定于人物的性格，而这个矛盾的发展，又反转过来决定人物性格的发展。随着矛盾冲突而发展变化成长的人物性格，就是剧本的内容，如何使这全部发展过程合乎生活逻辑和性格逻辑，就是说，如何安排情节，使其成为一个具有整一性的结构，是剧作者的首要任务。

李笠翁虽然首重结构，但同时也强调"命题"。他所谓"造物之赋形"和"工师之建宅"，不能单从安排情节来理解。应当这样体会：在艺术构思的过程中，主题、人物、结构，是作为三位一体而孕育的。许多人认为写剧本需从结尾开始，其用意正在这里。

戏剧结构不是刻板的或人为的。一个人物的性格不同，他对事物的想法、看法、做法也就不同。因此结构必须服从性格的需要。剧作者在

---

① 本文原为作者在上海戏剧学院授课的讲稿《编剧概论》中的一章。原题为《情节的安排》。

生活中看出了某些典型的矛盾、典型的事件和典型的行为之后，他必须通过具体人物的具体行动，才能把它们表现出来，才能反映现实。所以结构同时也是建立性格、展开性格、刻画性格的工具，而它的内容，则是特定的人物性格通过矛盾冲突而发展成长的过程。人们常说，矛盾是戏剧的基础，冲突是结构的内容，就是这个缘故。

因此，结构并不是一成不变的刻板形式，安排情节不应该是单纯的技巧，或卖弄手法，或人为造作。匠气的、虚伪的、为艺术而艺术的、或者概念化与公式化的情节安排，都必须避免。每一个剧本的结构都应该取决于作品的生活材料和作者的思想意图。它应该服从于矛盾的揭露、发展和解决的任务，以及在行动中揭示人物性格发展的任务。就戏剧的艺术形式而论，一个剧本的构成，古今中外的戏剧学者都认为，应该使它能够代表一个艺术的整体，使它各个部分都匀称、平衡，使次要部分不遮掉主要部分，使各个事件合乎规律地逐次产生，使戏剧运动一步紧似一步、一层深似一层，使矛盾的解决完全合乎生活内在逻辑和性格内在逻辑而令人信服。只有熟悉了这些规律——戏剧的特殊结构规律，剧作者才能够在它的基础上，作出革新的创造来，推陈出新地把戏剧艺术随着时代的要求和人民的需要，推向前进。

二　没有冲突就没有戏剧

戏剧冲突是社会性矛盾在作品中的反映，学习毛主席的《矛盾论》和《关于正确处理人民内部矛盾的问题》，不但能够让我们正确地认识一切事物的发展规律，也能够让我们正确地认识戏剧行动发展的规律。"矛盾和斗争是普遍的、绝对的，但是解决矛盾的方法，即斗争的形式，则因矛盾的性质不同而不相同。"（毛泽东：《矛盾论》）在剧本中，也正是通过冲突来解决矛盾的，用不同的斗争形式来解决剧作者所提出的各种矛盾。由于矛盾存在于事物（不论是客观现象或思想现象）发展的一切过程之中，又贯串于一切过程的始终，因此要真实地反映生活，戏剧就必须揭露矛盾，展开斗争，达到解决。但在复杂的事物发展过程中，虽有许多的矛盾同时存在，而其中必有一种是主要的矛盾，由于它的存在和发展，规定或影响着其他矛盾的存在和发展。在戏剧中也正是这样。剧本必须通过一条主要的线索来显示主要的矛盾，剧作者抓住了主要矛盾，一切问题也就迎刃而解了。否则就会失掉中心支柱，以致头绪纷繁，读者观众看不到它的主题所在。然而，在戏剧中，正如在生活中一样，矛盾着的事物是互相联系、互相转化着的。矛盾着的主要和非主要的方面也互相转化着，同时，矛盾一经转化，事物的性质也随着发生变化，取得支配地位的矛盾主要方面起了变化，事物的性质也就随着发生变化。在一个剧本中，虽然不可能描写出这样错综复杂的发展变化，虽然它往往只能写出某一生活面，但是伟大的作品，正是在思想深度和历史内容上显示了它的成就，它反映出自己时代精神的精华。别林斯基说莎士比亚戏剧内容丰富，远远超出了诗的范围；列宁说托尔斯泰是俄国革命的镜子，反映出它的某些本质方面；瞿秋白说《子夜》差不多要反映中国的全社会，并且相当地暗示着过去和未来的联系。在一个受着篇幅限制的剧本中，在这方面自然不及小说，但通过它来反映出生活斗争中的某一个本质方面，或者突出矛盾的主要方面并暗示出它的发展方向，仍然是完全可能的。从我们传统的艺术爱好来看，就更要求剧作者在一个作品中描绘出事物的全部发生、发展的结果，要求从矛盾的揭露到解决的全部过程。

矛盾是普遍的，斗争也是无所不在的。斗争（冲突）是解决矛盾的方法，因为事物运动有两种状态，即相对的静止和显著的变动的。事物总是不断地由第一种状态转化为第二种状态，而矛盾的斗争则存在于两种状态中，并经过第二种状态达到矛盾的解决。毛主席指出：马克思主义的哲学认为，对立统一规律是宇宙的根本规律，它是普遍存在的。矛盾着的对立面又统一，又斗争，由此推动事物的运动和变化。不过按事物的性质不同，矛盾的性质也不同。对立的统一是相对的，对立的斗争则是绝对的。社会主义社会的矛盾同旧社会的矛盾，例如同资本主义社会的矛盾，是根本不同的。戏剧中的矛盾、冲突也正是这样。

有人认为，没有冲突就没有戏剧。这里的"冲突"指的是社会性矛盾在文学艺术作品中的反映。它在戏剧中具有特殊意义，因为冲突是剧作的基础，它确定剧本的内容、题材的结构、性格的发展、形象的构成。冲突的问题，首先是创造在一定相互关系和抵触中、在斗争的过程和成长的过程中表现出来的典型性格的问题，解决生活中重大的矛盾的问题。

古今优秀剧作都是建立在深刻反映社会上对立势力的斗争之激烈的冲突之上的。在不同的历史社会里，存在着各自的悲剧矛盾和冲突。希腊悲剧，莎士比亚、易卜生等人的作品，王实甫、关汉卿、汤显祖、郭沫若、田汉、曹禺等人的作品，以及今天在我国与国外新产生的剧作，尽管它们的性质内容各不相同，表现的形式也各不相同，但它们都是反映了一定的社会矛盾、生活矛盾的斗争之激烈的冲突的。评价一个剧本，首先就应该注重这一点。恩格斯在论《济金根》这个革命悲剧时，就着重指出：必须写出贵族与农民之间的"悲剧的矛盾"，从而构成历史必然的要求与这个要求实际上不可能实现之间的"悲剧的冲突"。古今戏剧理论家们，总结了他们自己时代的戏剧成果，大体上一致认为：矛盾冲突是戏剧所要表现的主要内容。

我们今天的戏剧冲突，应该反映一些什么内容呢？毛主席指出：在社会主义社会中，基本的矛盾仍然是生产关系和生产力之间的矛盾，上层建筑和经济基础之间的矛盾，不过它们和旧社会里的这些具有根本不同的性质和情况罢了。从这个指导原则出发，今天的戏剧冲突就应该反映新与旧的斗争，反映无产阶级集体主义与资产阶级个人主义之间的斗争，反映和阻碍人类进步的各种破坏性势力，与社会主义、共产主义建设者道路上的种种困难及先进和落后的现象所做的一切斗争。社会主义现实主义的戏剧，应该真实地反映存在于生活中的矛盾和冲突，同时积极确立社会主义现实中的肯定原则，帮助新事物取得胜利。

作为戏剧的基础，冲突（结构的内容）是和主题及性格三位一体而存在的。在任何时候，戏剧都必须大胆地表现生活中的矛盾和冲突。不过，冲突本身并不是目的，它只是把人物的性格、把事物和性格中的社会实质加以戏剧性的表露的一种重要手段。同时，冲突又不能和矛盾简单地混为一谈，冲突是矛盾的显露、发展和表现的形式，也是解决矛盾的方法。因此，为了正确地反映社会性矛盾，就必须避免人为的戏剧冲突。人为的戏剧冲突是不真实的，因而也是不能动人的。

关于戏剧冲突问题，黑格尔曾认为：充满冲突的情境，特别适宜于用作剧艺的对象。他说，冲突要有一种"破坏"作为它的基础，并且这种破坏不能始终是破坏，而是要被否定掉。尽管如此，冲突还不是"动作"，它只是包含着一种动作的开端和前提，所以它对情境中的人物，只不过是动作的原因，尽管冲突所揭开的矛盾可能是前一个动作的结果。例如古希腊悲剧三部曲的次第就是如此，从头一部剧本的终局产生出第二部的冲突，而这个冲突又要在第三部里要求解决。因为冲突一般都需要解决，作为两个对立面斗争的结果，所以充满冲突的情境特别适宜于用作剧艺的对象，剧艺本是可以把美的最完满、最深刻的发展表现出来的。

冲突的一些更切近的方式，应该从三个主要方面来研究：第一，物理的或"自然"情况所产生的冲突，这些情况本身是消极的、邪恶的，因而是有危害性的；第二，由"自然条件"产生的心灵冲突，这些自然条件虽然本身是积极的，但是对于心灵，却带有差异对立的可能性；第三，由心灵的差异而产生的分裂，这才是真正重要的矛盾，因为它起于"人所特有的行动"。从希腊悲剧和莎士比亚的一些剧本中，我们可以看到，情境在得到定性之中分化为"矛盾"，障碍纠纷以至引起"破坏"，人心感到为起作用的环境所迫，不得不采取行动去"对抗"那些阻挠他的目的和情欲的扰乱和阻碍的力量。就这个意义来说，只有当情境所含的矛盾揭露出来时，真正的动作才算开始。但是因为引起"冲突"的动作"破坏"了一个对立面，它在这矛盾中也就引起被它袭击的那个和它对立的力量来和它抗衡，因此，动作与"反动作"是密切地联系在一起的。只有在这种动作与反动作的错综中，艺术理想才能显出它的充满的定性和动态（即矛盾发展的过程）。因为在这种情况之下，两种从和谐中分裂出来的旨趣在互相对立和"斗争"着，它们的这种互相矛盾就必然要求达到一种"解决"。

马克思在给拉萨尔的信中论革命悲剧时，也指出了歌德通过葛兹表现出骑士阶级对于皇帝与封建领主的悲剧的"对抗"，和拉萨尔的济金根和胡腾是在向封建领主"斗争"。恩格斯在同一问题上讲得更精细。他说，剧本里有着悲剧的"矛盾"，济金根和胡腾站在坚决反对解放农民的贵族和农民之间，因而构成了历史必然的要求与这个要求实际上不可能实现之间的"悲剧的冲突"，作者拉萨尔就忽略了这个要点。

别林斯基在《智慧的痛苦》中也说：悲剧性包含在心灵的自然憧憬和责任观念的"冲突"中，在由此而生的"战斗"，最后是胜利或失败中，任何"矛盾"都是可笑的和喜剧性的东西的来源。现象和理性现实法则之间的矛盾，暴露在幻影性、有限性和狭隘性里面。现实和其固有的本质、或者思想和形式之间的矛盾，或者表现为人的行为和其信念之间的矛盾，或者表现为设想自己不是本来的那样，或者表现为虽有内容的美点，但由于教养等而引发了过度的亲切和可笑的形式……此外，他还说过：作为生活的诗情因素的戏剧性，包含在表现为热情、激情的互相对立而敌对的各种思想的撞击和碰撞（抵触）里面。

车尔尼雪夫斯基在《论崇高与滑稽》一文中同样说：人是同支配着自然和别人行动的外在的必然律作残酷"斗争"的——这条规律就是悲剧性。最低方式的悲剧是一个人本身反映出与道德观念无关的单纯威力，如美貌、权势、财富等，因而经过"斗争"达到灭亡——所谓命运妒忌高位，爱把它倾覆。第二种方式的悲剧是，人所以灭亡或者受苦，是因为他犯了罪行或错误，或者，不过是因为他暴露了他坚强而深邃的性格的脆弱的一面，因而就跟支配着人的命运的规律发生"矛盾"，这些规律以万钧之力压倒了他，哪怕他是如何伟大（如苔斯特蒙娜和娥菲利亚，以及奥赛罗和麦克白斯）。最高方式的悲剧——道德"冲突"的悲剧：总的道德规范分为许多个别的要求，这些要求往往处于彼此"对立"的状态，以至人满足了一方面的要求就必然损及另一方面。这种"斗争"不是任何偶然的外在情势所引起，而是由道德要求本身发生的：一种道德要求需要满足，以至与别的道德要求发生"抵触"。这种"斗争"可能始终是一个人的"内心斗争"（如索福克勒斯悲剧中的安提戈涅，歌德的浮士德，以及一切伟大时代和一切伟大历史事件的总是处于"两种观念的斗争"中）。

总之，"矛盾是戏剧的基础，冲突是结构的内容"这一规律，是一个客观真理、客观存在。自古以来，一切好的戏剧作品都是服从于这个规律的，不过在黑格尔以后，剧作家越来越自觉地运用这个规律罢了。

只有深刻地理解矛盾学说，和正确运用它，才能够真实地反映现实，才能够确立主题、刻画性格，并安排情节，完成剧本的艺术结构，才能够从而创造出感动人心，使人获得教益和美的享受的剧本。

三　关于一个剧本的开头

亚里士多德在《诗学》中，再三强调情节的整一，指出布局的重要。在第七章中，他把情节如何安排列为悲剧中的第一事，而且说这是最重要的事。按照他的定义，悲剧是一桩完整而具有一定长度的行动的摹仿……所谓完整，是指事之有头、有身（中间或中部）、有尾。在第六章和第八章中，他把情节安排比作悲剧的灵魂，并提出了安排情节的原则，即情节要有紧密的联系，任何部分不能挪动和删削，因为它们都是整体的有机部分。

按矛盾的规律说来，它的全部过程包括发生、发展和解决。这个过程在戏剧中的反映，便成为了"有头、有身、有尾"，或者人们常说的"起承转合"了。

让我们按照事物发展的顺序和艺术完整性的要求，先讲第一幕中情节的安排问题，然后再讲剧本中的"中间"和"结尾"。

第一幕的任务是承先启后、继往开来。剧本中相当大的一部分事件是在全剧开幕以前早就发生了的。从哪一个事件起头是个困难问题。固然一个剧本只着重讨论一个主要的问题，即一个人物的主要行动、事件或情节，亦即典型性格在典型环境中的典型行为，但是这个人不是孤立的，他的行为也不是孤立的。一个人物和他的行为既然复杂和具有前因后果，那么从哪里开始，到哪里结束，哪些事件需要交代，用什么方法交代，怎样表现它的来龙去脉，凡此种种，都应该在考虑之列。

第一幕的任务，主要是把过去同现在联系起来，并且在提出问题时就应该想到怎样解决这个问题，就是说想到剧本的整体。我们曾经说过：不确定目标，知道怎样前进呢？要经过什么样的途径，才能达到目标呢？因此如果后面几幕安排得不好，第一幕也不会安排好的。因为，在第一幕中，虽然把各种力量布置妥当了，但它们的斗争还没有表现出来，人物性格虽然安排好了，但它没有成为现实。所以剧作者在动笔之前，写出详细的全剧提纲也好，不完全写出来也好，他必须对全局胸有成竹，决不能走一步算一步，写一幕算一幕，造成李笠翁所谓之"由顶及踵，逐段滋生"，"……而血气为之中阻矣"。

说事前统筹全剧，并不是要按照刻板式的八股，机械地分配出"起承转合"和几幕几场。不过剧本的结构和一般作品的结构相似，也大致不外乎：破题、开端，然后是发展，最后是结尾（破题是叙事开始的部分，描写即将开展的事件和性格所处的环境和情况。发展包括波折和判断）。但是，如果呆板地这样去做，那便成了匠气而不是艺术了。必须大胆创造、大胆革新。事实上，开端也并不意味着简单地跟着破题之后，因为许多优秀剧作是开门见山，一下子就接近主题的。所以开端应为破题所制约，并且已经是作为或然性而存在于破题之中的。只有在一定的典型环境中，才有可能产生一定的典型性格。

第一幕的困难，就在于它一方面是前事的继续，另一方面又是即将开始的事件的开端，并且缺一不可。总起来说，第一幕的任务是承先启后，继往开来。

在处理破题和开端上，可能遇到这样一些问题。对于承先继往，我们会认为愈丰富愈好，要这样去为即将展开的矛盾斗争打好更坚实的基础。但是必须注意，介绍往事不是量的问题，而是质的问题：要看所介绍的事件是否能作为"伏线"而推动和暗示后来要出现的事件，是否能同时具有启后开来的作用。过去和未来应该具备紧密的有机联系。

破题的任务在于介绍开幕前已经形成的人物之间的关系，以及事件发生的地点和时间的情境。但这个介绍不是简单的揭露，即不能用干巴巴的报导，更不能只在"演出说明"和"舞台指示"中加以叙述，而是把它积极地渗透到目前不断展开的事件中去。譬如：《烈火红心》第一场介绍许国清的往事，说他是上甘岭的和伟大战士邱少云的猛虎连连长，就不是简单的揭露，而是具有很重要的伏线作用，在第四场过革命、战斗的年时，就很具体地和这个介绍联系起来了，并且有丰富的内容和重大的意义。

破题部分万不可拖拉，易卜生的许多剧本都在这个情况下遭到失败，成为他艺术成就上的严重缺点。应该迅速穿过破题而进入开端，使剧中事件得到有力发展，使矛盾双方立刻开始冲突。而且在破题里必须已经包含了"或然性"，而这个"或然性"必定会由于内在的逻辑而变成行动。破题本身必须充满行动（一个剧本自始至终都必须充满行动，什么时候没有了行动或是缺少了行动，剧本立刻就会陷入沉闷）。戏剧行动不能等到开端才开始。在介绍人物关系和事件发生的时间地点的同时，全剧的行动就应该已经开始了。我国传统戏曲中的"自报家门"这一办法，是否可以适当地运用在今天的话剧创作中，也是可以研究的问题。

所以，破题与开端不能截然分成两个部分，而且它们都必须通过行动来推进剧情的发展。如果所交代的过去事件，正是主人公所要克服的东西，那就更富于紧张性、戏剧性了。因为这件往事、这个问题还待解决，我们要看它怎样发展，因而对它更加发生兴趣。

上面所说的事件和情节，是指的人物的动作和行为，所说的往事，是指的人物的往事。所以介绍往事，就是介绍人物过去的经历。在实际生活中，对人初次见面的印象是和时常来往以后的认识是不同的。但在戏剧中，从初晤到分手只有两三小时，而在这短短的时间中，我们必须了解他，并决定对他的态度。由于剧情发展的极其迅速，不容许把进程停顿下来，专作人物介绍。关于他过去的一切，是散见于他的自白和别人所提到的之中的，通常表现为"补叙"、"插叙"，乃至于"倒叙"。并且，这个"散见"又不应该是为介绍而介绍，它必须随着剧情的进程，自然地、必要地产生出来。用电影中的"回忆"手法，或者干脆插入一段影片来追叙人物的过去经历，也有人试验过，但是效果不佳，因为艺术原是各有领域、各有传统的。

必须注意，介绍人物的过去经历不是传记性的报道。剧本是表现人物的现在，在此同时，还必须把他历史中与目前行动有密切关系的事迹也表现出来，让我们更深刻、更全面地认识他的性格。但是在剧场条件的限制之下，介绍过去必须与现在及未来密切地联系起来，并且通过具体的行动来表现。

对于剧中主人公的介绍是人物介绍的主要部分。在具体处理方法上，一般说来，别人介绍比自我介绍效力要大些。不过那些舞台陈词滥调，如陌生人的探询、仆人的窃议，对知心人说的实话等，不在此例。莫里哀的《伪君子》常常被人引用，说它在这方面是一个突出的例子，因为在主人公答尔丢夫没出场以前一个相当长的时间内，我们已经对这个人物感到很大的兴趣。此外，主人公第一次出场的第一个动作也很重要，应该立刻让我们看出他的性格特征。比如许国清，我们在开幕后不到几分钟，对于他的性格就有了基本认识了，我们对他发生兴趣，我们要看他怎样发展。所以，第一幕除了事件的破题外，还需要有性格的破题，而这两者又是密切联系着的，因为事件是人物的行动。人物性格受着戏剧环境的影响，在矛盾斗争中随时发生变化。它是不断显露，而且是逐步形成的。在开幕前已成的性格，在剧中逐渐变化、成长——揭示这个已成的性格和描写他的发展过程，是一个任务的两个方面。

人物从头一幕到末一幕虽然有了变化和发展，但他毕竟是一个人而不是两个人。因此在开端时就必须把他性格中或然的、或者必然的特征指明出来，哪怕这个特征在这里还只是萌芽状态，从萌芽到成长，原是形象运动的规律。

然而，第一幕的任务还不止于上面说的那些，它的主要任务应该是矛盾的揭露和冲突的开端（这个开端往往是通过"外因"而引起的，如在《玩偶之家》中柯洛克斯泰的出现）。头一幕是矛盾双方在所介绍和交代的情况下行动起来，各自布置力量，令人产生山雨欲来风满楼之感，又仿佛阵势业已摆开，炮火一触即发。并且必须做到让观众在第一幕幕落之后，还殷切地关心着主人公的遭遇和命运，悬念地期待着下面的发展和变化。许国清在《烈火红心》第一场里，不但显示了他的性格和经历等，也不但显示了他和钱行美之间的矛盾，而且还引起了我们的兴趣：他能不能照样做出电偶管来，还要比外国人做得好，我们急于要看下去。所以，第一幕和第二幕之间，或者说，每个前一幕和后一幕之间，都不是隔着一堵墙的。如果其间有墙为界的话，墙上也应该开着门或窗，使观众透过门窗，看得见一幅足以令人发生兴趣的前景。戏剧运动和生活运动一样，原是绵延不绝的。狄德罗在《论戏剧艺术》一书中说："戏剧运动永远在行进，甚至于在'幕间歇'也不停止。"

四 戏剧冲突的过程

1. 戏剧运动。

要完成戏剧的整一性，就必须让戏剧行动按矛盾的规律，从头到尾一气呵成，造成所谓的戏剧的"连贯性"。劳逊在《戏剧与电影的剧作理论与技巧》中说："'连贯性'是指各个场面的顺序或衔接。戏剧用词中所以会缺少这样一个名词，可能是由于一般都倾向于将各场和各幕当作各个独立的整体，而没有认真注意到它们的流动性和有机的运动。连贯性包括一些在'选择的过程'一章的开端已经提出的问题：紧张性的增长和持续，各个场面的长度，突来的或渐次的换场，或然性，机遇和巧合。"由于这个连贯性质的运动，观众才能够"从一场到一场、一幕到一幕，被引向前进……"除了在第一幕中基本上完成事件和性格以及各项有关问题（如时间、地点、情境）的清楚交代之外，戏剧行动，即矛盾冲突就已经开始。特别是在第一幕中，观众即能预期到最后结果，就是说剧本的主题在戏剧行动一开始，即已鲜明地向观众提出来了。

要做到这些要求，首先必须经过选择、突出重点。就揭示剧本的意义来说，以《奥赛罗》第一、二幕末尾埃古的独白为例，就足以说明怎样去帮助观众作理解。当然，并不是只有用"独白"这一个方法，并且这方法也不是最好的方法。只有通过人物的具体行动来突出剧作者的意图，才是符合了戏剧的根本要求。埃古也没有专靠独白，比如关于那块手帕，莎士比亚就曾五次予以强调。贝克在《戏剧技巧》一书中指出："奥赛罗必须向观众证明，他之所以认为苔丝特蒙娜对他不忠实是确凿有据的，这证据就是埃古告诉奥赛罗说苔丝特蒙娜送给了卡西奥的那块手帕。注意剧本对手帕所作的多次重复描写，以便在给予了观众深刻的印象之后，才由奥赛罗把它用来作为苔丝特蒙娜对他不贞的证据。"

2. 对比。

强调的重要手段之一是对比，包括情节的对比，对话的对比，特别是性格的对比。狄德罗认为："真正的对比乃是性格和处境间的对比，不同人物的利益间的对比。"雨果在《克伦威尔序言》中，更着重地指出了美与丑、崇高优美与滑稽怪诞两相对比的原则，并在《欧那尼》等剧中实践了他的理论。哈密尔顿甚至把对比提高到它是戏剧的基础的地位。

我们在分析《玩偶之家》时，也曾提出其中主要人物之间的对比——性格方面的对比、处境方面的对比和对话方面的对比。

对比还可以产生另外一些作用，如：它可以产生"戏剧冷嘲"，并从而产生"悬念"；它可以在悲剧中作为"喜剧性的舒解"来转移兴趣的焦点而产生更大的紧张性；或者欲扬先抑，用滑稽作严肃的准备。贝克在《戏剧技巧》中是这样说的："对比是戏剧嘲弄的潜流。观众感到了嘲弄之后，也可以说是被安置在一个悬念的情况之中，使他不能预料怎样以及何时那个打击要落了下来。因此显然地，以对比为手段的强调，当其结果是戏剧嘲弄，便造成了戏剧悬念。"他还说："对比在突出人物描写的重点方面，和在故事的重要意义方面，都极有用处……有素养的剧作者也知道，每逢观众似乎倦于大笑或流泪之时，来一个具有相反感情价值的场面，是一个极其重要的处理方法。通过兴趣焦点的转移，能使在上一场戏里用尽了的反应能力重新振作起来。""观众从人物言行的严肃态度与作者创造这些人物的态度之对比中，看得到真正的喜剧意义。往往只有在严肃性的火石上，才迸得出最明亮的喜剧性的火花。"

但是，人为的对比是不能收到好的效果的。为了提高许国清的坚定而贬低杨明才的性格，是《烈火红心》里一个很大的败笔。但是，像易卜生在《玩偶之家》里所作的那些对比，就不是"手法"问题，而是达到艺术的化境了，值得我们学习。

3. 悬念与惊奇。

戏剧冲突不是三言两语、一枪一剑就把问题解决了的，它不同于窄巷子里赶猪，可以直进直出，生活的逻辑并不这样简单，它是有波折的，是曲线前进的。戏剧运动发展的辩证法有其特点：一方面它需要朝着"解"前进，另一方面却又抑制这个前进的力量。这种抑制在戏剧中叫作跌宕或悬念。由于问题的悬而未决，就能引起观众的挂虑不安，而迫切地期待下文、盼望结果。更可注意的是，观众对于结果尽管望眼欲穿，但是同时又不愿意一眼到底，简单化的斗争过程，比如武松只一拳就把老虎打死了，原是不合生活发展规律，因而也是不能令人信服的。

戏剧中的抑制的力量，就是在冲突中存在着的、为了克服时间和矛盾所必需的种种斗争，亦即使解开纠结的时间加速或延缓的两种力量之间的斗争。"中间"或"身"就是写这种斗争、写这种错综复杂的冲突过程的。

跌宕、波折、悬念、期待，不能用"论证"的方式，也不能用人为的、庸俗的方法。论证不属于戏剧艺术的范围，戏剧必须通过具体的行动。耍技巧、卖关子、吊胃口，也不是艺术。所谓抑制的力量，必须通过人物性格的逻辑，和作者提供的环境的逻辑，才能令人信服。当然，只有这样，才能使主题突出鲜明。因为剧本的主题思想，是通过人物性格来体现的，人物的思想感情、内心世界发掘得越深，其中的起伏变化描写得越透，而人物与人物之间的关系又随着这种错综复杂的起伏变化而产生新的进展，那么，剧本的主题就能充分地发挥、圆满地阐明了，并且完成了具有整一性和连贯性的戏剧运动。

在《十五贯》里，况钟为什么不一下子就平反冤狱？在《秦香莲》里，陈世美为什么不一下子就不认前妻？哈姆雷特为什么不在父亲托兆以后立即杀死仇人？假钦差大臣为什么不早些暴露他的真实身份？周萍与四凤为什么不早些知道他们的血缘关系？许国清为什么等到三个月期限临满时才把电偶管试制成功？……凡此种种，都是波折的作用，即一波未平一波又起，因而具有引人入胜的作用。而这个作用又是与主题思想、人物性格的要求相符合，并不是卖弄手法和技巧。观众和剧中人一样，由于被剧情所吸引，才对剧中的疑难问题、悬而未决的问题发生兴趣，对下文、对结局乐于期待。所谓"顶点"，实际上是最大的波折，引起人们最后的期待罢了。

因此，有人说"戏剧的艺术是期待的艺术"。戏剧运动除了需要清楚、统一、突出之外，还需要期待。期待、悬念、跌宕、波折，是一件事的两个方面。波折引起人们的好奇心，期待着它的下文，看它如何发展，如何变化，又如何结局。从小的高潮引向大的高潮，再引向顶点——最大的高潮。我们紧跟着这个发展变化，不断地注视下去，急欲一知究竟，一知主人公的命运的究竟，特别是要一知这个究竟是怎么样做出来，怎么样表现出来的。人们所期待的场面必须实现，并且必须写得充足有力，否则不能满足他们的希望，这样的场面称为"必需场面"。

令人惊奇的偶然事件可以加速高潮的形成，并增加它的效果。期待是与必然和或然相关联的，而惊奇却与它不同，它是偶然性的。亚里士多德非常重视惊奇，莱辛则认为悬念比惊奇的价值高得多。我们认为，期待应该是主要的，但它并不排斥惊奇。不过这里所谓之惊奇，应该这样来理解，即除了偶然事件，前所未料的情况之外，它只是作者预先保留的事件，到了适当的时机，才把它提供出来罢了。但是必须注意，这种秘密的突然暴露，应该是"瞒上不瞒下"的，即：对剧中人来说是秘密，但观众通过剧中先前的一再暗示，或当场的行动，早已知道了这个秘密的大体内容，我们只是乐于看看主人公怎样走上他的命运，从而在感情上得到发泄，在思想上得到启发。在这个意义上说，惊奇实际上是期待的一种表现形式。或者说，悬念是性格描写，惊奇是紧张场面。威廉·阿契尔在《编剧论》中曾说："好奇（我说过）是难得看一次戏时偶尔引人发生兴趣的东西；而对戏剧的根本和历久难忘的享受，则在于预先了解观众和剧中人物的关系，就好比诸神望着前面的祭台一样。我们坐在戏场里，在短短的时间内，尝到了上帝光荣的滋味，我们面前的景物，毫无障碍，我们冷眼旁观着双目失明的人类在暗中摸索幸福，他们被绊倒在地，我们为之发出微笑，也看到他们的过失，他们无结果的探索，他们放错了地方的欢乐，他们无根据的恐慌。向我们保守秘密，就是把我们降低到他们的水平，剥夺了我们千里眼般的超然地位，也许这样做也可以给我们以享受，我们也可以参加他们的摸瞎游戏，但是剧场本来是这样一个地方，我们在里面可以把我们日常生活中的蒙眼布解下来，这是我们的特殊权利，因而可以用笑声或者眼泪去默默地观察我们邻人们的蒙眼游戏。"这段话是很能说明问题的。

4. 论"偶然性"(巧合)。

亚里士多德在《诗学》第九章里提出了"诗人的职责，不在描述已发生的事，而在描述可能发生的事，即按照可然律或必然律是可能的事。"亚氏又说："悲剧所摹仿的事件，不但要完整，还要能唤起畏惧与怜悯之情。如果一桩桩事件只是自然发生而又有因果关系，则没有什么出奇。但偶然发生的事，如果似有用意，则必更为惊人，例如，阿尔戈斯城的米提斯雕像在节日里倒了下来，砸死了杀他的那个凶手。这样的事似非偶然。这样的布局必然是最美妙的。"那么，偶然性的事件是"更为惊人"的，"最美妙的"，因而也最能收到戏剧效果了。莱辛却认为悬念比惊奇好得多。在他的《汉堡剧评》中，他说："依我之见，剧中人物们不必彼此了解这个情势，而观众则需要了解一切。而且我还认为：对于需要向观众保密的主题，不是值得令人感谢的主题，并且不须求助于保密的结构，比起必须这样做的结构来要强得多。这样做是永远不能有机会产生伟大作品来的。假使我们只能看到'准备'（Preparations）部分过于隐秘或者过于明白，以致整个诗篇（剧本）成为了一种由纤巧的人为手法之汇集造成的、并不比一个短暂的惊奇高明的东西，那么，我们读它便成了一种负担了。但是，相反地，如果我们对于剧中人物们的一切都知道了，我认为这种了解是最强烈的感情的源泉。为什么某些独白有那样大的效果呢？因为它们能叫我知道说者的意图，并且这种秘密的吐露立刻就叫我抱满了希望或者恐惧。假使人物们的情况是没有交代出来的，观众就不会比剧中人更生动地对剧中行动发生兴趣。可是，如果在这件事上照以一缕阳光，观众的兴趣可以说是加了一倍；至于如果让剧中人彼此都知道了这是怎么回事，观众对他们的行为和言语的感觉却又和前一效果正好相反了……如果我能够把剧中人究竟是什么样的人和他们的行动或者将取的行动作一比较，如果我能够做到这一点，那么，我就用不到等着看他们的结果了。"

这里，我们还要谈的是：偶然性在戏剧中究竟有着什么样的作用。

在无数的剧作中，不但结合了必然性和或然性，而且也充分利用了偶然性。《窦娥冤》和许多杂剧、传奇中都是这样的。中国有句老话：

"无巧不成书"，又足见偶然性运用的广泛了。曹禺的《雷雨》，特别地充满了偶然事件。《日出》中的小东西，刚好闯进了陈白露的房间，方达生去逛的下处，刚好是小东西掉进的火坑。在郭沫若的《屈原》中，诗人的命运，恰巧系在怀王撞见他扶住南后的那一刹那。在电影《五朵金花》中，更充满了偶然性。《奥赛罗》中的手帕起了那样大的作用，而手帕堕地却完全出于偶然。《钦差大臣》中赫烈斯塔柯夫不早些暴露真实身份，也完全是事属偶然。在戏剧中，似乎随处都找得到"巧合"即"前所未料的情况"。

其实，偶然性是必然性在戏剧中的表现形式之一或局部表现。生活环境（戏剧环境）的复杂性和矛盾性，本来是由平常的和不正常的、习见的和刚出现的、普通的和特殊的、新的和旧的，也就是说，由必然性的和偶然性的事物所造成的。必然的和偶然的事物既然在实际生活中存在着，在戏剧中就应该把它们结合起来反映，使偶然的能够表露事件和性格中必然的东西，就是说，使其成为典型的东西。正如车尔尼雪夫斯基在《论崇高与滑稽》中所说："在生活中，结局往往是完全偶然的，悲剧的遭遇也往往是完全偶然的，但并不因此就失掉它的悲剧意味。"但是，偶然性在戏剧中的表现虽然是合法的，却也不能不注意如何表现这种现象，而使它合情合理，富于说服力。第一，偶然性不能成为情节的基本内容，它只能作为情节发展或冲突开端的一个成分。在这一点上，《屈原》比《雷雨》要好得多。因为屈原扶住南后只是必然性的表现形式之一，当时所存在的政治路线的冲突，不在这一个事件上爆发，也要在另一个事件上爆发的。而《雷雨》的偶然事件，则不仅仅是作为一个成分了。第二，偶然事件可以成为冲突的发生和发展的典型戏剧环境，但它不是冲突的起因和冲突的解决手段。譬如赫烈斯塔柯夫被误认为钦差大臣，只是展示出一个典型的戏剧环境，而一切事件的发生却并非因为他不是真的钦差大臣，并且，在弄清了他的真实身份之后，冲突也还没有解决：真的钦差大臣到了！第三，偶然性也不能用作刻画人物性格的基本手段，它只可以在某种程度上影响性格的发展和变化，影响他的行动，但不能在主要的和基本的事物上决定性格。如巴尔扎克所说，它必须在外在的表现中与内在的发展逻辑结合一致，才有说服力。

《奥赛罗》中手帕的事件，对这个黑将军的影响是深刻的，但它并不能决定他胸怀磊落而轻信人言的性格，在埃古处心积虑的挑拨陷害下，奥赛罗的悲惨命运是不可能避免的。娜拉和海尔茂的决裂也不能仅仅是为了柯洛克斯泰的揭发。

马克思说过，"偶然"可以是加速或延缓某些事件的因素。由于剧场条件的限制，戏剧动作必须迅速进行。从这方面来看，偶然性（外因）可以产生很大的作用。戏剧环境和生活环境一样，其中矛盾的揭露和冲突的发展，也是可以通过偶然事件来提高它的速度的，而戏剧行动速度的提高，从而造成情节的紧张性，也正是戏剧的基本特征之一。

"无巧不成书"这句俗语固然说明了偶然性在文艺作品中应用的广泛。但是有许多作品，在偶然事件的运用上就成为"弄巧成拙"了。别林斯基说过："光看外表而不注重它的意义（实质），就是意味着陷入偶然性。"唯心主义者把历史看成是一堆彼此不相联系的现象，把社会发展变化归结为某些个人的行动，就是说，把事物的发展一概归之于偶然，这是我们唯物主义者所根本反对的。资产阶级的剧作者往往陷入了这样的泥坑。19世纪法国剧作者斯克里伯便是一个突出的代表，他的《废纸》和《一杯水》等剧本充分体现了唯心主义者的这种观点。亚里士多德对偶然事件的重视也是观点上的错误。他从事物的外表、形式出发，认为偶然事件足以使人惊心动魄，因而达到悲剧激起恐惧与怜悯的目的。这样便为后来单纯为了追求惊奇或趣味而为偶然事件开了道路。所谓"戏不够、鬼神凑"，也应该属于这个范畴。不平常的事件，如天灾、病死等，也不能滥用。只有自然主义者和经验主义者才随便来一个偶然性。其结果是造成作品的"无思想性"。应该认识，社会规律性之中虽含有真正重要的多方面性，必然性和或然性仍然是主要的。

不过，我们并不排斥偶然性。因为一切意外的事物，当它突然进入戏剧斗争的生活环境中之后，几乎总是会使事件的情节显得更为突出的。把戏剧性的东西仅仅归结为突然性的东西自然是不对的，可是突然的、意外的、偶然的东西，作为一个起加速作用的因素而进入戏剧斗争的发展中，却完全是合理而必要的。"无巧不成书"的正确意义，应该这样来理解。

5. 中间各幕是冲突的过程。

构成剧本的中间各幕，它在整个"戏剧运动"（"戏剧行动的进程"）中，占有它的特殊地位。它在全剧中往往还占去较大篇幅或表演时间。比如一条龙灯，假使它只有一个头和一个尾而没有身躯，或者它的身躯仅仅是一根稻草绳子，那是不能成为"龙灯"的。因此，中间各幕与头尾两幕同样重要。头一幕是"结"，末一幕是"解"，中间一幕或两三幕是这两者之间的过程，即从揭露矛盾，而展开斗争，经过波折走上冲突顶点，最后达到解决矛盾的道路。开头一幕表现各种冲突力量的初步安排，末尾一幕确定各种冲突力量之间，由于戏剧斗争而形成的新关系，中间各幕则是这些力量相互之间的关系的变化过程。

这个变化过程应该是结和解之间一段最短的间隔。说是"最短的"，因为不能无故扩大其间的间隔，以致超出了双方力量所允许的程度。最短也不意味着短促，它只是每一具体场合间最短的间隔，或在作者所提供的环境下最短的间隔。因此，所谓剧本的"长度"，正应该这样来理解：剧本中的事件，无论是太少或者太多，都可以令人感到"太长"。因为太少是和"结"相比而来的，没有充分准备，矛盾双方调动的力量必然不够，冲突也就不可能充分展开。太多则是和"解"相比而来的，已经具备了足够实现"解"的程度而画蛇添足，就是太多。只有在恰如其分的"匀称"安排之下，才能够如平水行舟，一气呵成，使两三小时的表演很舒畅地、并且很迅速地进行过去。好戏只惜其短，坏戏才叫人感到它又臭又长。

要使各个部分都匀称，"选择"是一个重要条件。哪些事件和场面应该正面描写、当场演出，并且是万不可少的（包括"必需场面"）？哪些可以通过叙述，即侧面描写（暗场）？哪些可以只用后台效果就行了？又哪些可以完全剪裁？如此等等的问题如何解决，虽无一定之规，但都有赖于作者所提出的思想目的和艺术目的。

首和尾，结和解，问和答，诚然是戏剧的主要任务，但从揭露矛盾到解决矛盾，其间没有一段斗争冲突的过程，那是不可想象的。"没有冲突就没有戏剧"，只有在冲突的过程中，一切潜力才能都引入战斗，人物性格也才能彻底地揭露出来。观众的兴趣，是在这样一层深一层的斗争、一步紧一步的冲突的基础上产生的。

要做到斗争来越深刻，冲突越来越紧张，时间是一个关键性的问题。因为"解"，作为一种或然性或可能性，是已经包括在"结"之中了的。要使可能成为现实，需要两个因素：斗争和时间。关于矛盾必须通过斗争来解决，以及"中间"是冲突斗争的过程，上面已经讲到，这里所说的是斗争所需要的时间。事实上，这两个因素是一件事的两个方面，因为舞台上的时间应该都是斗争时间，我们在上面着重谈"悬念"，就是为此。

五 冲突达到顶峰，矛盾得到解决

1. 危机与高潮和结局的关系。

在我们分析"娜拉和海尔茂之间冲突的过程和矛盾的解决"时，我们曾说：危机、高潮、解决，是事物从量变到质变那一刹那间的重要过程在戏剧作品中的表现形式。生活中这样的变化是一次又一次出现，因为矛盾是"存在于事物发展的一切过程中，又贯串于一切过程的始终"的，"旧过程完结了，新过程发生了……"在整个矛盾运动的过程中，每一个过程都有它自己的变化。因此，作为以矛盾冲突为基础的戏剧，在它的整个矛盾运动中，就存在着一系列的过程，而每一个过程又都具有它的危机（转折点），高潮和解决，直到总危机、顶峰和结局。

在剧本中，矛盾一经揭露，冲突立即展开，相对静止和平衡的状态遂告破坏。虽然胜负谁属，我们固然可以猜个八九，但是依照事物发展的规律和艺术上的悬念规律，没有一枪一剑就能决定双方的命运的。在整个战争过程中，必须经过若干战役和无数的战斗，才能使正义得伸，在理的一面终于取得最后的胜利。戏剧时间固然有限，但总应该而且可能突出若干具有典型意义的重点，表现出这样的发展过程。

这里，我们要强调指出的是，在整个剧本，亦即作者所选定的那个矛盾运动过程中，存在着若干阶段（表现为场和幕），而每一个阶段又有它的过程：危机、高潮、解决。一个一个的阶段向前发展时，必然出现许多曲折变化，两个对立面互有胜负，令人提心吊胆，却又乐于观察。也许借助于某个"触媒"，便加速了"激变"，使这个战争达到决定性阶段，出现了总危机，最后高潮（或大高潮，或高潮顶峰），以至结局。

从危机的发生经过高潮达到解决的一段过程，是以危机开始，通过在由人物性格所决定的行动，构成矛盾双方的斗争，并一步紧似一步地趋于激化，因而达到最紧张的一个场面——高潮。高潮出现之后，遂暂时呈现平静，告一终结。可见，高潮是戏剧行动的一个顶点，是解决危机的一个必然现象，而解决则是高潮的必然结果，是属于高潮的一个部分。危机是矛盾尖锐化的因，高潮和结局是矛盾尖锐化的果。前一个阶段的果，又成为下一个阶段的因，如此推演，出现最后和最大的总危机和高潮顶峰及结局。

高潮是一场或一幕的紧张场面，最后的大高潮是全剧最紧张的场面。剧作者对高潮，特别是最后高潮，必须在构思时把它放在极重要的地位，与主题和主人公的性格同样重要的地位。只有这样才能贯彻戏剧的整一性。

2. 高潮的性质及造成高潮的手段。

劳逊在《戏剧与电影的剧作理论与技巧》中说，高潮是"决定戏剧性运动能否获得统一的关键点"，并认为它是"动作的结尾"（即全剧行动的终结）。当然，这意味着大高潮是画龙点睛之笔，它不但是最精彩的一个行动，也是最后的一个行动，因为这条龙就飞上天了——剧本完成了它的任务了。

贝克认为，高潮是一场、一幕或全剧中行动最为紧张的场面，它必须能引起观众的强烈感情，否则观众就要感到失望。戏剧必须能够吸引观众，悬念是一个极其重要的引人入胜的手段。但是悬念只能"引人"，只有处理得佳妙的高潮，才算是"胜境"。那么，高潮就是观众在悬念中所期待的结果，它应该是最重要的"必需场面"。

造成作为"胜境"的高潮，其手段不一而足。有用单纯的动作的，如《哈姆雷特》的结尾部分；有用平静的语言的，如《万尼亚舅舅》的结尾部分；有用表面的剧场性动作的，如一些装上光明的尾巴等剧本；也有用栩栩如生的精细刻画的，如《玩偶之家》的总高潮及结局。契诃夫用冷隽来收场的风格，其效果不下于莎士比亚的热烈或悲壮的收场。但光明的尾巴、大游行、化装舞、漂亮画面等等，则风格甚低，只能在低级形式的戏剧里出现。

必须注意，只能使观众对期待中的高潮猜到八九，不可让他们完全看清，如果观众早就把它看得一清二楚，它的大部分或全部意义就要丧失了。高潮也不可重复（但《玩偶之家》里的两封信，可以称为"双峰高潮"）。好的材料，不可把它们挤在一个高潮之内，应该把它们分开。高潮有时亦可使其延缓出现，效果反而更大。

3. 剧本的结尾和作者思想的流露。

在头一幕里，人物的性格已有所揭示。按照形象的规律，它必然由萌芽而发展，终至于成长。人物形象的成长，在最后一幕达到结束，或者达到一个重要的段落。怎样结束或者怎样告一段落，或者说，剧中人物的命运，都不是由作者一厢情愿来决定。因为形象运动的规律必须决定于生活运动的规律，作者必须顺其逻辑发展的自然道路，根据必然律或者或然律，让主人公走到他自己规定了的目的地。

既然如此，最后一幕又有了它自己的特殊困难，即往往使人感到不足或是多余——"突然收场"或是"早已料到"。使人感到突然收场是最忌的事，草草收兵总是不能令人满意的。矛盾必须解决，问题必须解答，这一点是显而易见。至于早已料到这个问题就比较复杂，因为一般说来，主人公的结局是在他性格发展过程中愈来愈使人看得明若观火的。当然也有出乎观众意料之外的结局，这一点在我们讨论偶然性的问题时已经讲过。偶然的因素也不能违反生活规律，不能离奇怪诞，或者借重于鬼神。即或是偶然的，事实上它也并非不可能预料，因而它只是必然和或然的一种表现形式。料到只是迟早之分，难易之别罢了，主人公的结局，到了某一阶段的发展，应该是可以料到的。许国清试制电偶管是终于成功还是终于失败，在第一场里我们料得到，越到后来我们还越有把握。但是我们要看到底，要看它究竟是怎么样解决的。并且，对于我们早已知道结局的剧本，还是乐于去看，因为我们愿意去看这个"怎么样做"。并且按狄德罗的说法，"主题的交代是随着剧本逐步完成的，观众直至台幕落下，才知道全情，看到了一切。"

说让主人公走到自己的目的地并不同于客观主义，也不能用形式主义来解决而认为结尾是结构问题和技巧问题。因为剧本的思想意义是在最后一幕里才充分表露出来。我们说结尾是矛盾的解决、问题的解答。那么在矛盾两方面，作者站在哪一方面呢？由于作者的世界观不同、倾向性不同，他对剧中人物命运的处理就各有差异。我们可以这样说：剧中人物的思想总结，就是作者的思想总结。问题不在于所写的是什么一种冲突，而在于作者的思想倾向，在于作品主题的积极性。任何一个剧本，比如《关汉卿》、《烈火红心》、《玩偶之家》，如果一个作者或者改编者别有用心，硬要歪曲生活的真实，他是可能把主人公的结局处理得恰恰相反的。可见作者的创作过程，也是他自己思想提高的过程。并且，作者的思想深度，也在最后一幕中才充分地表现出来。最后一幕在这个意义上说，就成为了全剧的关键问题，怎么样解决戏剧冲突，是和作者思想的成熟有着密切关系的。

要做到结尾完全自然，不能叫人觉得圆满的结尾是预定的。必须展示那逐步发展的过程，使其符合于生活的内在逻辑。同时，在末尾一幕里，和在任何一幕里一样，也必须顾到"剧场性"的问题，即不仅仅考虑"做的什么"，而且要考虑"怎么样做"。只有通过紧张的斗争和冲突，才能抓住观众，才能使他们舍不得匆匆离开剧场。

4. 剧终还须使人展望未来。

观众看完了最后一幕，会不会认为戏真是完了呢？或者说作者是否应该把它处理得叫人觉得是完了呢？在这个问题上，自来就有着不同的意见。亚里士多德认为结尾就是完了，它后面不需要任何事情跟着。莱辛则认为观众关心人物的命运，须使他们永远释念。巴尔扎克又认为，他的某一个中篇的结尾是否完了，要由读者决定，对聪明人说来是的，对打破沙锅问到底的人说来又不是。那么，剧中主人公的下落或身后的一切，怎样交代呢？

末尾一幕的终结，往往是剧本主人公在剧本范围之外的生活的开始——"娜拉走后怎样？"或者刘胡兰死了就算完了吗？在这里我们就可以看出作品的思想深度和作者的世界观了。易卜生看不到要改变娜拉的社会地位必须先改变她所处的那个社会，因而他指不出方向，暗示不出光明。而一个刘胡兰死了，千千万万个刘胡兰却更坚决地要替她报仇，并且使观众也加强了此仇必报的信心。在我们的传统戏曲中，梁山伯和祝英台虽然在斗争中似乎是遭到了失败，但他们不但合葬在一起了，而且还化为蝴蝶，永远互相伴随，从而满足了人们的愿望。即使在《烈火红心》里，不但试制电偶管终于成功了，而且还有一个第八场，甚至有人觉得这一场还写得不够。

　　足见一个剧本不仅必须把过去渗入现在，而且还需把未来暗示在剧尾之中，结尾不是完了，而是使人展望未来。至于怎样使人展望未来，也有分歧的意见。有人赞成利用传统方法，通过楔子或尾声来解决，有人不赞成。我们认为，不应该把尾声或者最后一场（变相的尾声）当成刻板的公式。不用尾声的形式，也并非不可能在最后一幕的末场中作为戏剧行动整体的一个部分表现出来，至少是给予人足够的暗示。主要的问题是：结尾是"解"，解，是要解决矛盾、解答问题，不应该拘泥于形式。并且，它必须用具体的行动表现人物的命运，而不能仅仅以格言警句、标语口号等俗套来了事。

综合艺术

　　提到"综合艺术"这四个字，大家就会想到戏剧。在这里让我先来谈一谈戏剧的历史，在《续弦夫人》剧中，有一句话，"没有过去，哪儿有现在"，这句话很够玩味。

　　过去的戏剧并不是综合艺术。最早的希腊戏剧，如流传至今的三大家的悲剧，亦只是美丽的诗句，以演员们响亮的嗓子，用宏壮的音调，朗诵出来的优美的词句，透过戏剧者的听觉，加上想象的一种艺术。这我们只能称他为听戏，正如北平的"听戏"，在茶园里一杯清茶，侧耳而听一样。这种艺术不是完整的，充分的综合艺术。一直到莎士比亚，莫里哀时代，还是着重听，不着重看。如莎氏的剧本上演时，其服装一律都是伊莉莎白时代的服装，不一定配合剧中人物的时代背景与需要，换句话说，当时的观众亦不要求演员服装适合与否，而只要求演员有美丽的音节，抑扬顿挫地朗诵诗句，所以这时还谈不上综合艺术。及至易卜生时代，打破以前诗的体裁与宫闱骑士人物的传统，而采用日常的通俗语言和动作，采用通常的人物，这对戏剧是一大革命。当时的剧本要写实，不是诗人墨客在纸上描述的空幻的词句，而是把人类的一事一物很具体地搬上舞台。这种写实的倾向奠定了今日戏剧的基础。这时观众们不仅是听戏，而且还要看戏，不过这时的"听"与"看"未能融合，所以后人来反对这种过于写实的作风，认为这样写实与过去的不写实，在戏剧艺术价值上，都犯着同样的错误。于是逐渐有人注意到"听"与"看"的融合，这种综合的观念是由戈登克雷（Graig Draiq）有系统地提出来的。他说戏剧是包括两方面，一是戏剧本身 Drama，其原意为"动作"Action，包括抽象的动作，那是用透过听觉去领会的，与具体的动作，那是用视觉去透视的。另一方面是剧院 Theatre 其原意为 Aplace to see，观剧的地方，观剧的人谓之观众；所以他认为剧本在上演时，演员们的声调，服装，以及舞台装置与烛光，都是造成观众了解剧本的因素，决不能忽略了某一种，否则这就是不完整的艺术。每个编剧者所编著出来的剧本，必须经过演出，始能称为完成，仅放置在书架上的剧本只是未完成的艺术。在观众欣赏戏剧的时候，这时的布景和服装的色彩与线条，灯光的变化，这些个综合起来的刺激，必须要协调和谐，始能引起观众们有美的感觉。舞台是一幅立体的画面，配音是一曲美妙的音乐，演员的动作是一场生动的舞蹈，台词是一首优美的诗歌，由于这多方面的综合，才造成了完整的戏剧——综合艺术。可是现在有许多误会，认为只是有一幅名画，一阕名曲，一首名诗，混合起来，就成为戏剧，这是绝对错误的；像这样只是混合，不是综合。综合是要将多种艺术的元素化合起来，始能产生综合的艺术。现在让我们看一看各种艺术的元素是什么，是如何地化合：

一、诗歌文学的元素；文学是文字在排列组织上得到恰当，完整的安排。同样是一句话，在通常人说出来就没有美的感觉，但经诗人文学家的安排，便成为一篇绮丽的散文或美妙的诗歌。有人统计，认为莎士比亚作品中所用的字汇，是英国文学家中最多的一个，他能运用许多不同的字，并且用得最恰当。所以文学是文字的艺术，即文字为文学的元素。

二、音乐的元素：音乐的组成，只是七个音节的变化。不论贝多芬的交响曲，钢琴家或提琴家的演奏，都跳不出这七个音节的变化。钢琴的键盘，提琴的弦线，经过了音乐家的拨弄，能突出如诉如歌，如哀如泣的歌曲，分析其元素，只是七个音节。

三、绘画的元素：绘图是许多不同的线条与色彩的运用，经过画家画笔的勾描，加以虚实明暗，绘出了宇宙人间的善恶美丑。构成一幅画的元素是线条与色彩。

四、舞蹈的元素：舞蹈的元素是人体线条的移动与方向的变换。

现在我们知道了各种艺术的元素：文学的元素是文字，音乐的元素是音节，绘画的元素是线条与彩色，舞蹈的元素是人体的线条；把这许多元素综合起来，就是综合的艺术。

综合的艺术不一定是仅指戏剧，所有的艺术，都应该是综合的艺术。如文学只是文字的排列，没有灵魂，这不能算是艺术；诗歌如果只有美丽词藻的堆砌，没有灵感，亦不是一首美好的诗歌，我们称赞王维的诗，说诗中有画，这就是说王维的诗是一种综合艺术，他的文字能唤起一幅美丽的图画。我们读《长恨歌》对杨贵妃的描写，看《红楼梦》对宝玉、黛玉、贾母、熙凤、每个人物的描画，都是活生生地，把这些人物像电影一样地，一幕一幕在我们眼前放映。这种不朽的文学作品，就是最好的综合艺术。其次如绘画音乐舞蹈，同样的，都是综合艺术。我们欣赏一幅名画，欣赏的并不是单纯的线条与颜色，而是在脑子里用文学可以了解的概念去欣赏出它的好处。

对一个动人的故事，文学家用文字表现，画家用线条颜色表现，音乐家用音节表现，舞蹈家用人体动的线条表现，其所表现的都是宇宙的形象与事实，所不同的只是不同的人经过不同的感应，表现出不同的形式而已。所以，其表现的形式虽然不同，其表现的内容则一。这就是说，各种艺术在先天就有其综合性。

任何艺术，其主要者都是人，并且都是为人而作，给人欣赏，因此艺术与人亦有其综合性。最后，我以为整个人生，就是综合艺术品，包括理智、感情、意境、想象、有音乐，有诗歌，有图画，人生在世就是一幕戏剧，每个人都是演员，世界就是人生舞台，到了世界末日，亦就是这幕戏闭幕的时候。亦唯有综合艺术化的人生，才有丰富的生命。

（中央青年部第一次戏剧讲座讲词　陆崇熙笔记）

第三编　田汉（1898—1968）

近代戏剧文学及其社会背景

戏剧文学是戏剧呢？是文学呢？不是，它是一个名词，就是戏剧的文学（Dramatic Literature）的意义。

原来戏剧与文学是一体的，以后渐渐地分离了。戏剧和戏子才受到同样的待遇。戏子被人轻视了，戏剧也被认为是种小道了。所以当时研究戏剧的人差不多连自己的名字都怕拿出来。哪里像近代的戏剧家，同时有文学家、诗家这样地庄严呢。

从前最贵的在"行"，所谓立德，立功；行有余力便谈到作文。除了长篇大论的文章之外，次一等的才是诗。

所谓"文"者，是偏于理智方面的，全是些致君泽民的策论。诗呢，是偏于情感方面的。情感是人人能有的，就是那班谈致君泽民的人们，于怀念国计民生之外，也做些诗以陶冶性灵，发抒情感。不过那时所谓诗的，脱离不开三百篇的遗风，又是那些"忧国忧民"，"身在野、心在君国"的歌颂。再次于诗的是词，但词的发抒情感，要胜于诗之于文。它由三言四言五言的规定，而成为长短句的；它的体裁也由简而繁；它的情感的发抒，也更丰富、更复杂起来。

比如男女爱的问题，在前都有所谓"发乎情，止乎礼义"的限制（Limitation）。好像不是这样的遵守着，便进不得圣庙，食不得猪肉似的。从词兴起后，思想的解放，可以自由发挥，竟然达到了词的极盛时期。一方面思想渐渐地解放，词人的地位却在渐渐地更低降下来。所谓"今日爱才非昔日，莫抛心力作词人"，就可推想到当时的人们轻视词的心理了。

由词的缀合加了说白，便成为曲，就是戏曲或曲子。所谓曲人者，更为人们所不齿的。做曲的人，许多做得不通的，作品也是不合文学了。至少，戏剧和文学，成了两不相关的东西。

其实，追溯起来，在原始的纯文学，本含着叙事诗、抒情诗、戏曲三种。戏剧和文学何尝互相能分离的？所以到了近代，对于戏剧又能把它的文学性看重起来。

像昆曲虽然是文学，但又不能普通，是文学的而非戏剧的了。试看近代读莎士比亚、易卜生的戏剧很多，而何以对拜伦、雪莱的戏剧无人过问的呢？这是因为拜伦、雪莱等的虽是戏剧（Closet Drama①），但那只能读的，或是能唱而不能演的缘故。

又像现在我们的新剧，他们有舞台的经验，如懂得演剧的技巧，但对于戏剧的结构台词都失了文学性，成了没有争斗和灵魂了。

有文学性而无舞台性，或有舞台性而无文学性，同样地不是稳固的有含蓄的戏剧。发见戏剧和文学的有关连，这是近代的事。复次，文学和社会的有密切关连，也是近代发见的事。

说起文学和社会的关系，拿从前的眼光来看，立德立功都是有关国计民生，那可算是属于社会的；但诗，那都是陶养性灵的，当然是属于个人的。好像文学与社会没有多大的关系。不过实际上诗歌、戏剧何尝是和社会能分开，这在研究艺术的发生学上，可以看出。艺术在原始为的是社会生活的实用。经过后来的蒸馏，艺术才成了专门的超实用的，而变成装饰的了。现在又渐渐地达到原始运动，恢复了群众生活的一种实用。

就以装饰的最初作用来说吧：一种是威吓，一种是引诱。

人类的求生存，求粮食，求居住，必须从战斗而得其所欲；他们的工具就是装饰。惊人的恐怖的装饰品就有很大的助力，像欧洲武士的军帽，以及有色彩的旌旗，各种形式的旗杆，都是很美丽的装饰，但他们的作用却是在威吓。

戏子的脸谱和假面具，也就是从野蛮人最初会用的刺身成纹，以为

---

① 书斋剧。

好看而来的。这虽含有引诱的作用，却也含有威吓的作用。

此外，如上黑蛮书一类的檄文，和现在的宣传文字、广告文字，也无非是些威吓、自夸和引诱的作用罢了。

另外，如关于异性的装饰则是引诱的作用。在女性中心时代，男的讲究服装修饰；在男性中心时代，女的特别装饰得美丽。《凤求凰》一类的琴调，以及恋歌等也无非是为引诱的作用而已。总之，从艺术文学，到任何的政策，把它的效用分析起来，极为简单，而无论威吓，或引诱，也不过是为的社会生活的实用罢了。

但是时间渐渐地移变，个人色彩逐渐浓厚起来，然加了一种自慰的作用，所谓那些"世外桃源"、"艺宫"、"象牙之塔"，由是产生，而达到"自我"或个人主义的地步。艺术和文学也着重个人的表现，描写个人的生活。近代戏剧文学也是重个性，主张个人与社会的斗争，得到"自我"的自由。这可以说是文学的弊，或是入了个人的迷途上去。

所以这是一种误解，要知"个性"不是偶然的或神秘的，他是全由境遇和遗传的不同而变换决定的。要是贾宝玉不是生长在大观园那么的境遇，那么的遗传，就不会成那么的一个傻瓜。贾宝玉倘生在现代，也许是一个工厂的劳动者。

罗马的末期时代，他们的百姓只自顾目前的享乐不顾其他的一切，这是一种弊。在重个人主义时，文学上的观念极不是实用的，那种高尚的态度，只求着灵的精神的满足，同现代的只求生活的安舒，或是求超生活的一切，这都是由于不健全的社会所产生，后者是近代的弊。所以在不健全的境遇中，只有产生出不健全的个性的可能。从此，又可以生出一种反动，我们可以感觉到，近代文学和社会是有紧要的关连了。

描写个人的苦闷、个人的享乐，都是不对的。现代文学的描写是要求社会的、人类的永久解决。没有个人不是受着社会的条件所支配的。所以文学的立场，不能不移到社会观点上来，描写一种多数人的阶级的苦闷和指示出他们的生路来，而抛弃个人的享乐，顾着社会的实用、享乐上去。所以现代的运动并不是一种新的运动，还是原始的运动。本来，文化的进行道路，是曲线的而不是直进的，到了一个极端的烂熟的时期，必定又有一个转变的方向。现在因为个人主义太重而转换它的方向。

文学上最重要的是真实性（Sincerity），只有真正感到某种社会的痛苦和要求的，并且是自己有体验的，那才有产生社会的文学的可能。成了一种流行的思想（Fashionable Idea）的，那仅仅是无关紧要的理想，是一种概念而已。其实，在今日对于无产阶级的意识，是极能体验到的。倘若在实际生活上还是装着虚的场面，而喊社会的革新，这不过是一种时间性的概念，或是流行的思想。我们能从自己的体验得到一种真理而写成的无产阶级文学，才是有真实性的社会文学。

今天我们所讲的：戏剧文学是一种实用的艺术，它本是与文学一体的，它须有舞台性也应当有文学性，那才是所谓戏剧的文学。

戏剧是有文学性的，是实用的一种艺术，它当然也离不开社会的。

最前，希腊时代的戏剧重写命运；莎士比亚时代重写性格；易卜生时代，重写个性。但到现代的戏剧家又发见到民众，应当从个人的转到社会的，从个性与社会的斗争转到被压迫阶级和压迫阶级的斗争，就是集合许多个性以及反抗那压迫者的许多个性的描写。换言之，现代的意识，是从个性的重视到为社会的了。

（原载《南国的戏剧》，上海萌芽书店 1929 年 7 月 10 日出版）

学习地方剧改革的勇气

——谈沪剧《返魂香》与越剧《倾国倾城》

在沪光看过《松花江上》试片，我们又因陈志良先生的介绍，到九星去看沪剧《何处再觅返魂香？》。

我们入场，刚演第二幕。丁是娥扮演的女伶王可眉，正在巧妙地应付军阀麦安仁。演到第五幕，她向麦将军提议用一种麻醉剂处死不贞的王昭容的时候，叶子女士说："这不是《狄四娘》吗？几个钟头之后必定王昭容复活了，而女戏子王可眉却被她所爱的祈卓郎误解了她的好意，打死了，及至发现，错已铸成，来不及了。"

看到后面，果然是《狄四娘》改编的。叶子自己在剧校时，曾演过此剧的女主角，如何不会感到呢？中国剧坛还得大量从先进国的名著学习，这类的改编可以让沪剧观众间接感受近代剧的趣味（那天观众的反应甚好，可知是能接受的）。这比发狂似的争演《某女伶自杀记》要好得多。

到后台拜访了解洪元、陈松龄、丁是娥、顾月珍诸位。我们也贡献了一些意见，了解一些沪剧的困难。情形大体是这样的：

第一，因社会经济的不安，沪剧院经营上也十分困难，于今能维持的不过三四家。像九星这样每天还得演日夜两场，演员是够辛苦的。换戏又不能勤，排演准备时间自然不充足。

第二，沪剧和越剧一样是抗战中飞速长成的"姐妹花"。她们都勇于向兄弟艺术学习。特别是话剧，上海好的话剧，她们常常是集体去观摩的。因此，不单是灯光布景运用得相当好，而且有了一定的剧本，虽说还不够完整，有时候也"台上见"。而且习惯上，留下幕外戏的尾巴还没剪掉。演员们分途跳上贴有下期戏目预告的大幕前，吊儿郎当的"过场"一番，使任何好戏也染上"文明戏"的色调，人家不容易严肃地欣赏。我建议落幕后用幻灯、扩音器说明剧情发展，来代替幕外戏，否则也当用一个较净素美丽的二道幕，避免破坏辛苦造成的剧的"幻象"（Vision）。

第三，他们表演技术虽竭力在学话剧，但仍不够朴素、严肃、生活化。唱时表情除过去申滩传统外，不如更接近"文明戏"，看来总觉得Cheap（廉价）一点。很望追求进步的诸位，更向好的电影、戏剧去学习，也更向生活去学习。唱词，因上海话多落入声字，每句戛然而止，更无余音，颇觉虽有节奏而音乐性的抑扬不够。应有优秀的音乐家根据上海话的特性，把现有的曲调导入更音乐的阶段。同时现代舞台上不管是抒情的或叙述的唱词都不宜过长，过长则容易陷入沉闷单调。如顾月珍小姐唱的《怨妇怀情曲》便太长了。场面应和演员合作，伴奏时不要忘记自己的任务，乐声过度强烈，便淹没演员的歌唱，不知说些什么。尽管还有这些毛病，而沪剧工作者的精进不懈是十分值得称颂的。他们有一宗强的地方是前后台多打成一片，自己作主，没有"包身工"的毛病，也就是封建的压迫少了一层，他们更容易自主的改革，还有他们一直是男女合演，更为自然。

前几天我们又有机会同金山、瑞芳们去看明星的越剧，傅全香、范瑞娟两君主演的《倾国倾城》。

越剧之有今日，真不是偶然的。他们不仅拥有更多求进步的演员，尤其是得到许多优秀的舞台工作者的合作。他们灯光布景用得比沪剧更好，甚至比话剧更大胆、更活泼。他们的服装比平剧更漂亮（注重全体色调的对称与调和）、更统一（主角与配角之间不像平剧那样悬殊而是统筹的）。他们的场面更注意帮助演员的唱和情绪的波动。他们的弦乐过门许多是采自平剧或其他地方剧的，但都经过变化，你听来不会感到不舒服。可知他们的乐工也和演员同样在不断求进步。不断求进步的哪有不成功的？我真想让平剧的大老板们去看看，他们将发现平剧为什么会趋于没落。但我们也不能尽说恭维话，他们也还有许多困难。并非每一家越剧院都是上了轨道，都演有意义的戏。大部分演员还在封建的徒弟制度下忍受着几重剥削，替老板和师父赚钱。于今有二十几家越剧院搬演《筱丹桂自杀记》，同时他们也在继续制造无数可怜的筱丹桂。以前平剧是男人演女人，的笃班是女人演男人，这不止是不自然，或有什么技术上的必要，主要因为封建社会的落后观点认为男女合演为伤风败俗。外国二三百年前也是如此的。在近代舞台便绝无仅有了。因此提倡男女合演也是一种反封建运动。这有待于越剧工作者的断然的勇气。此外音乐上的问题也还严重。唱腔虽有进步了，但究竟变化太少。任何名伶其音乐上的活动范围甚为窄狭。目前中西乐器并陈，中乐主歌唱伴奏，西乐主帮助情绪，其间还没有很好的艺术上的融合统一……诸如此类值得商讨的地方也甚多。于今只想就《倾国倾城》一剧的主题内容，做几点必要的考察。

第一，作者吕仲先生对于周幽王举烽火戏诸侯的史实有新的解释。他说："自古以来读历史的人仅知道褒姒不善笑，却没有提出她不肯笑的原因……"

于是作者在本剧里创造了一个解答。那是褒侯珦的儿子洪德为赎其父而到姒庄请求美人，得褒姒，携入城邸，衣以锦罗，食以膏粱，又亲自教她歌舞、诗书。褒姒感其德，欲以身报。而洪德所求的是把她献给幽王，替他父亲赎罪。褒姒含泪入宫，终年不笑。及幽王听虢石父献计，举起烽火，诸侯悉至，洪德亦带剑登台，褒姒乃为之解颜。这一解释自是新颖可喜，但整个故事便也跟范蠡献西施相仿佛了。那褒城外的姒庄不是浣纱溪吗？只不过后者是沼吴之后"扁舟载得夷光"去，前者是兵火仓皇中倒在爱人怀里而已。

第二，我们入场，台上众民夫正辛苦运砖，我们当是筑长城，也当周幽王是秦始皇帝。实在始皇筑城防胡，就民族观点说未可厚非，幽王防犬戎也正如此。西周外患，南有荆蛮，北有猃狁，东有徐夷，西有犬戎。自周穆王好大喜功开衅犬戎，到宣王之世复败于姜氏之戎，西境强邻威胁日益严重，幽王宫涅在他的都城外修筑烽火台，宁可说是有远虑的事，非寻常劳民伤财之举如纣建鹿台之类可比。但他后来为博美人一笑而举烽火戏诸侯，似乎又全不理解烽火台的严重的国防意义，这里颇有不小的矛盾。显然，烽火台的创建不自幽王始，那样的国防工程也不足以做他暴戾性格的注脚。据现代史家的研究，幽王的败亡也不单是他个人性格的原因：自宣王末年以至幽王时代，西周曾继续着长期的旱灾，而且还有猛烈的地震。史载："幽王二年泾洛渭竭，岐山崩"。这次旱灾，不但河流池沼干了，森林草木也都枯死。许多庄园都变成了荒原，以致饿殍满目，流亡载途。因此这剧中褒洪德游姒庄时所唱的：

> 很幽静，好地方，孩童放牛又牧羊，三面青山一面田，不种苎麻便种桑，男耕女织很勤俭，不愁水灾与旱荒，你看那一湾流水前村过……

云云，便成了缺乏历史根据的空想场面了。

因这样严重的旱灾，国力凋敝，盗贼四起，西周政府已没有力量抵抗西来的外患，史载："幽王命伯士伐六济之戎，王军败，伯士死焉。"这样内外矛盾尖锐发展的结果是："到幽王十一年犬戎之族大举东犯，同时原来被征服的'夏族'申人与缯人也叛变了（周是羌族，武王伐纣，征服殷族，奴役诸夏）。于是幽王便被杀于骊山之下，而今日的陕西全境遂入于西戎之手。平王被迫东迁洛邑。是为东周。但历史家却把西周覆亡的责任写在褒姒账上，这大概是根据夏亡于妹喜、商亡于姐己同样的公式吧。"（见翦伯赞著《中国史纲》第一卷301页）

固然现代史家中提到西周之亡也仍有部分写在褒姒账上的。如周谷城先生所举四大端，如水利不修，民乏财用；嬖爱褒姒，纵欲败度；用虢石父搜刮民财；申侯、犬戎并起攻周。但他认为这是西周贵族被"新经济"腐蚀的结果。什么是"新经济"呢？就指的周族灭了殷商，把过去奴隶制氏族制经济变成新的封建主义的庄园经济；把过去奴隶、自由民，甚至氏族成员全部变成无报酬地为领主耕种土地的农奴，不止耕种土地，还得替领主服役打仗、建筑宫室、纳各种贡赋。这种新的封建经济发达的结果，生产品便有剩余。上级贵族凭其政治势力，从农奴方面把剩余生产品尽量集中起来，使他们自己生活得更圆满，更奢侈。"生活一奢侈，统治能力全被侵蚀，而不自觉。"他们或淫声色，或作远游。昭王南巡不返。穆王嗣位车驾直至葱岭。厉王承袭祖业不知艰难，用荣夷为加强对农奴的剥削，又使卫巫监谤，防民之口。到了厉王三十七年，终于爆发历史上有名的"彘之乱"。饥饿的农奴们在小领主共伯和领导下攻入王宫，占领了西周首都，把厉王充军到彘。宣王即位，励精图治，号称中兴，但十二年以后也废去躬耕之法，厌恶治农于籍、搜于农隙等实际政治，启诸侯轻视，招千亩之败。可知西周之亡不是幽王个人的责任。而本剧开始众民夫所唱的：

> 凤鸣岐山周室兴，武王伐纣渡孟津。放牛牧马干戈息，安邦建国在镐京。……熙熙攘攘万民乐，代代相传是圣君。……

也不是历史真实，因为显然西周代代相传的并非尽是"圣君"，不过是程度不同的剥削者。那样从民夫口中的逾度的赞颂，会成为对封建体制的拥护。

第三，洪德和褒姒的爱的葛藤很有现代意义，实在那些美丽的场面只是我们现代人的想象。实际，在西周时代那只是领主与农奴女儿的关系。那一关系据现代史家的描写是这样呢：

> 根据人身隶属的原则，领主对农奴有任意转让、科罚，乃至处死之权。至于任意奸污农奴妻女，在领主看来，还是对农奴的荣宠。仲春之月，领主们游车所至，所有农奴的少女，都可以属之于他们的闺房。只要他们爱谁，谁就得被"载之后车"。如果领主们高兴，也可以同车而归。《诗》云："有女同车，颜如舜华。""有女同行，颜如舜英。"又云："春日迟迟，采蘩祁祁，女心伤悲，殆及公子同归。"这些史诗正是描写农奴的少女在采其野菜时遇着了公子（领主）的游车要把她带走的情形。（见《中国史纲》第一卷 289 页）

照这样，褒公子偶然郊游惊艳，要把褒姒带走是很不成问题的事，而不必问："可肯将她给我领回去，莫管正室与偏房？"更不必差人送"黄金百两，布帛三百匹"（西周时代也还没有使用金属货币）。

"我有一事向你求，只恐出口太鲁莽。"

"公子吓，有话请你只管讲，吞吞吐吐为哪桩？"

"几次三番想对你说……"

"公子请说决无妨。"

褒姒以为公子一定是想向她求婚而羞于启齿，因此许他说出来，她"不生气"、"不抱怨"、"不悲伤"，而且说"也许会答应你"。她可万万没想到公子是要将她"送进镐京献君王"，以赎他的父亲的罪。

"难道说事情已经无挽回？"

"我求你成全我的孝心肠。"

"难道说我们今生无缘分？"

"我与你来世配鸳鸯。"

这便是剧情的高潮。这样的精神关系，在当时社会是不必有的，但这样的现代解释，是容许的。也比太史公所谓厉王后宫童妾感龙漦而生妖女，被弃夜啼，卖屦弧箕服之夫妇哀而收之，奔于褒，褒人有罪献弃女于王以赎罪，是为褒姒之说，较为有趣。

（原载 1947 年 11 月 13 日、24 日上海《新闻报》）

向现实主义戏剧大师们学习

　　今年全世界进步人民都在纪念欧洲戏剧界两位杰出的导师亨利克·易卜生与乔治·伯纳·萧。128年前诞生的易卜生今年正当他逝世后的半个世纪，而六年前辞世的萧今年正当他诞生后的100年。

　　易卜生和萧都是中国人民很熟悉的名字，五四运动中随着欢迎科学与民主也大大地介绍了易卜生和萧。这两位剧作家又都跟鲁迅有因缘，远在1907年鲁迅在《文化偏至论》中就曾谈到易卜生的思想和艺术，并提到他的作品《民敌》(即《国民公敌》)。五四运动前后鲁迅又写过许多谈易卜生的文字，分析过《群鬼》和《娜拉》。他还翻译过片上伸、有岛武郎等有关易卜生的文章。对于作为北欧作家的易卜生的精神和他的工作态度作了有力的阐述。

　　在萧伯纳访问上海的时候，鲁迅也写过关于萧的印象。他曾拿萧跟易卜生相比，指出了他们不同的特征，他以为易卜生的作品虽然对资产阶级社会的罪恶做了无情的揭露，但他不做结论，只是从容地说："你想一想吧，这到底是些什么呢？"这还给那些绅士淑女们一个摇摇摆摆回家的余裕，保存了他们的面子，而萧呢？他总是一下子就揭穿他们的假面具，撕掉他们的阔衣裳，拉住他们的耳朵指给大家道："看哪，这是蛆虫！"他使绅士淑女们没有磋商掩饰的余地。能够笑的只有那些没有他指责的病痛的下等人，因此鲁迅说萧是和下等人相近的，也就和上等人相远。鲁迅把这两位戏剧家的异同之点很形象地指出来了。

　　三十年来易卜生和萧的主要作品都翻译过来了，其中某些作品曾先后在中国各地上演，有过不同的社会影响。易卜生的剧本演得最早最多的当然是《玩偶之家》（或者叫女主人公的名字《娜拉》）。这剧1914年曾由我国最早的话剧职业剧团春柳社在上海演出。五四之后演得更多，1935年被称为"娜拉年"。

由于娜拉不只是唤起被压迫妇女做"人"的思想，也启发被压迫人民的民主觉悟。由于这些演出跟中国人民反对帝国主义、反对封建主义的尖锐斗争紧密结合，它就不能不受反动统治者多方破坏，演员或剧团负责人每每遭受逮捕，甚至枪杀。1923年北京人艺剧校在北京青年会演出《娜拉》时北洋军阀政府派警探到场，勒令停演，剧团要求等落幕后再停演，以免观众不满，结果他们利用该剧系三幕一景，一直演到剧终才落幕，瞒过了对戏剧无知的特务们。1935年三八节南京磨风剧社演出该剧，舒强、水华、王逸、瞿白音被捕，饰娜拉的王苹被从家里赶出来，连小学教员的职业也丢掉了。1948年秋重庆陪都剧艺社演出该剧，剧团秘书陈谦谋被捕，囚在有名的渣滓洞"白公馆"跟杨虎城将军同时牺牲。易卜生的作品正是这样锻炼了我们戏剧工作者坚毅不拔的勇气，启发了人民的觉悟，支援了我们解放自己的斗争。

萧伯纳的剧本和中国观众见面的有《华伦夫人的职业》、《英雄与美人》、《卖花女》等。萧的戏我们演得较少，但在1921年，《华伦夫人的职业》在英国开禁前的好几年，由夏月润、汪优游等演出于上海新舞台，是萧的剧本在中国的首次演出，也是中国戏曲演员第一次脱离锣鼓弦索演出西洋话剧。演出是不甚成功的，但在戏剧史上是很值得记忆的事。

《华伦夫人的职业》在萧的剧作中也许不算最好的戏，但它是极能引起我们兴趣的戏，因它被认为在妇女争取独立生活的意义上对易卜生的《娜拉》提出了进一步的回答，尽管是不彻底的回答。

易卜生是一个极严肃认真的戏剧家，他从资本主义初期的挪威社会发现了个性的尊严被虚伪冷酷的道德习惯严重摧折的问题，他通过他所创造的典型女性娜拉的出走提出了问题。

这个问题剧震撼了欧洲社会，易卜生得到了广大进步人民的拥护，但也受到资产阶级市侩主义的反对攻击，说他破坏了欧洲善良的家庭秩序。

为着回答反对者的责难，易卜生在《群鬼》中写出了爱尔文夫人那样无限顺从忍耐，把一切内心的要求都锁在习俗义务的樊笼里，一心一意做贤妻良母的女性，而所招致的却是什么结果呢？丈夫跟别的女人生下了女孩子，那女孩子又跟自己的儿子欧士华恋爱上了，好容易培植成为艺术家的儿子欧士华患着先天梅毒的脑腐症，在有为之年就要结束他的生命。这个充满灰暗绝望情绪的剧本当然引起了资产阶级更大的攻击，斯堪的纳维亚半岛所有的剧场长期拒绝演这个戏。1888年易卜生60岁的那年他又创作了《海的女人》，有力地回答他自己十年前提出的问题。娜拉的出走是必然的，必要的。像爱尔文夫人那样留在"玩偶家庭"做顺从的贤妻良母，结果是那样的可怕。那么怎样才能让"娜拉"们留下来呢？作者认为只有让她们获得真正的爱和自由选择，让她们自己负责任。

《海的女人》中的爱丽坦由于她丈夫万格尔解除了对她的束缚，给了她完全的自由，让她选择她自己要走的路，她觉得一切完全变了，她以自己的自由意志，并且自己负责任又回到万格尔身边来了，再也不走了。

爱的力量的确比海还要深广，但显然这还不能彻底解决妇女解放问题。伟大的鲁迅在谈《娜拉出走后怎样》一文中曾指出娜拉出走后实在也只有两条路，不是堕落就是再回来。"娜拉"们要免于堕落或再回来就得自己多带点钱，那就是要争取经济权，在家里争取经济的平均分配，在社会上争取平等权利。但这样就得把旧的社会制度来一个翻天覆地的变革，因而鲁迅说娜拉们得斗争，得通过"比争取参政权更激烈的斗争"。中国妇女们就是按照鲁迅的指示，在中国共产党的领导下，和男子一道，用"激烈的斗争"争取到了这样完满的政治经济权力！

萧伯纳的《华伦夫人的职业》也是回答这个问题的。萧创造的新女性薇薇，沉痛地发现了她母亲的真正职业是在欧洲各大城市开窑子的，那位向她进攻的克劳夫勋爵原来是她母亲的合伙的妓院投资人，她就是在这种肮脏的供给下长大的，也靠着这她受了高等教育，她发现了这秘密之后怎能再呆下去呢？她决心参加社会职业独立生活，跟她母亲和这些丑恶人物做不调和的决裂。

她的决心是可佩的，但在资本主义社会，男子失业者每年动以百万计，妇女职业问题不是能轻易解决的，因此人们批评萧的答案只是一种幻想。萧没有提出一个社会主义者应该提出的方案。他的传记作者之一佛兰克·赫理斯曾经批评萧有些妥协，虽则承认萧"有明晰的跟光能看穿世界的缺憾"但他把萧比成屠格涅夫作品中的虚无主义者巴查罗夫，说"当世界或他的剧本发生一种生死关头的局势，需要他断然实行他的革命信条的当儿，他失败了。"（见中译赫理斯著《萧伯纳传》第 367 页。）这个剧本的情形也正是如此。

　　尽管萧对薇薇的出路指示还不是彻底的，但由于剧中对英国社会的深刻暴露已经足够触怒英国的统治者了。《华伦夫人的职业》在英国禁止了近三十年，若不是萧那样长寿就看不到他这一作品的重演。使萧感慨的是剧本被禁演了三十年而英国社会跟三十年前没有太两样，造成社会悲剧的客观环境依然存在，这也是促使萧感到费边主义运动"劳而无功"的地方吧。

　　萧的《英雄与美人》（即《武器与战士》），1935 年中国戏剧协会演出于南京明星大戏院。这个讽刺英雄崇拜的喜剧在中国上演得不是时候，对日抗战的前夜的中国观众对于"巧克力糖军人"的艳遇是不会太感兴趣的。

　　易卜生和萧都是伟大的现实主义者，他们热爱人类，热爱真理，热爱和平，痛恨侵略战争。易卜生晚年曾表示愿意为工人与妇女的状况的改造终生尽力，萧后期也放弃费边主义，宣言他以苏联的立场为立场，虽遭受许多反对也再不动摇。他们是近代剧的两大导师，也是卓越的民主的人道的斗士。

　　建立中国坚实的现实主义戏剧创作，应该向现实主义大师们认真地再学习！

（原载《光明日报》1956 年 7 月 27 日）

有关昆剧剧本和演出的一些问题

——1956 年 11 月 14 日在艺委会上的讲话

　　本人对昆剧完全是外行，只作为一个外行观众来谈谈。结合方才听到俞振飞先生的讲话，想起几个问题。

　　第一是定谱的问题。程砚秋在很早以前到欧洲等地去，回来有一个报告，谈到中国戏应该定谱，因为欧洲的戏都有定谱。但是，他自己也没有定过，后来也一直没有实践。因为他的腔调也经常的改变，同时演旦角戏的除了学程的和程的学生以外，也都不唱程腔。所以在京戏里要找一个戏，定谱定腔定调就很难。首先程派和梅派唱法不同。程派的腔，梅派就不唱；同时京戏的调子高低，又是以演员嗓音的好坏为标准，嗓子好就唱得高，嗓子不好就唱得低；腔调也有时唱得多，有时唱得少，要看演员的兴趣。越剧也是这样，譬如梁山伯与祝英台，要定谱时究竟根据谁的腔调？根据傅全香的腔定出来，袁雪芬就不会唱，戚雅仙也不会唱。所以京戏同其他地方戏都没有定谱，只有昆腔有定谱，这是它的一个大特点，好处是人人都能唱。这样，它才能留传到今天，否则恐怕不会有这样长的历史。但是昆腔虽然有定谱，而其中也还有些巧妙运用，各人不同的，单单照谱唱，尽管一板不错，可以完全没有感情。而且语言对于曲谱有很大的影响，同样一个谱，南北昆的唱法就两样。同样的"山坡羊"、"红衲袄"，到了各地的昆剧里，如川昆、湘昆、滇昆、粤昆，也许基本上是相同的，但是不同的地方变化就很大。由于各地语音的不同，造成了音节长短，音的轻重不同，再加上演员对于唱词理解有所创造，就造成了现在各地不同的腔调。我们如果把各地昆剧不同的腔调找来，研究出其所以然的关系，对我们是有很大好处的。

关于南北昆在艺术方面交流相互补充学习的问题。昆腔的发展，时间很长，地域很宽，明清两代政权所到的地方，都有昆剧。这些昆剧一面保存它自己的特点，一面又与地方戏相结合；一面影响地方戏，一面又受到地方戏的影响，在表演和剧情方面都有了变化。譬如川剧的《秋江》，由于昆剧与四川人民的智慧相结合，就丰富了《玉簪记》。自然这是高腔，但是高腔也是由昆曲来的。我们今天在外交上提出来求同存异，给我们带来很多好处，在戏曲上，这种方法也可以用，求同就是今天南北昆有许多相同的地方，存异就是南北昆不同的地方也可以存在，但是也要相互补充，互相丰富。北方武戏多，南方的文戏多；像《单刀会》，南方可以向北方学习；北方有些戏没有南方细致的，也可以向南方学习。这一次的会演的目的，恐怕不仅仅是罗列家当而已，目的还是要使昆剧从衰落到中兴，而且要使这个四五百年的剧种能帮助新兴的剧种得到发展。要昆剧作到一个最长远的剧种，就要首先使它自己得到提高和改进。

我们现在的新文艺工作者，对于与昆剧合作，有的人还在观望，认为昆剧就要寿终正寝了。这是不对的，大家要相信它可以用新的姿态来为人民服务，不过要灌输新的血液，这就希望新文艺工作者的合作。新文艺工作者，不要再保留了，大家来参加昆剧的改革工作吧。

提到戏改，就会有人联想到不论什么戏，拉过来都改一下子，不改就不过瘾。我们现在不是这个样子，而且有些戏我们根本没有资格去改。周扬同志在这次剧目会议里说过，我们站在传统的面前要谦逊。"八大"文件的决议方面对文艺也有一条，提到如何谨慎地对待民族遗产问题。我们如果采取这个态度就不会有错了。另外我们搞昆曲的人对昆剧也要有明确的态度，如果要使它中兴，就非要以科学的态度加以整理，吸收新成分不可。它不是固定不能动的东西，要是坚持不许人动，对新文艺工作者的态度生硬，就不对了。新文艺工作者本来受过批评，不敢来，那样一来就更不敢来了。这对于剧种的发展，是有影响的。我们现在的《十五贯》，就是因为得到新文艺工作者的合作，扬弃了落后的东西，才得到了发展。

另外，谈到发展，是不是每一个戏都要改一下呢？也不是的。现在的《十五贯》是经过再三研究，采取郑重态度才改成为今天的样子。我们要学习周口店那些考古学家对待古物的细致态度。当他们发现某个北京人头骨上落掉了一个小小的牙齿，这些同志把这头骨附近的一堆泥土，细心地用筛子一筛一筛地筛，花了很长的时间，才把一个牙齿筛出来。我们现在向传统里找好东西也是这样，过去好的东西总是和不好的东西纠缠在一起，需要很大的耐性和细心才能够把好的找出来。

　　我们现在学习过去的遗产，不能囫囵吞枣，要批评而继承的。从党号召尊重传统以来，有人就误解为过去的都是好的，于是连过去的《杀子报》也演出来了。这些戏从前文化部都禁止过，有人说现在剧目解放了，以前禁止的也可以上演了。不错，七年来大家觉悟的程度提高了，有些戏开放一下也没有什么关系，但是是否不管什么东西都可以拿出来呢？我觉得那也是不负责任的态度。真正有毒素的东西还是不应该给人民吃的。人民的觉悟是应予肯定的，但是也不能过于乐观，随便什么东西，不管好的坏的全给人民。那一来有一部分人也还会受到不良的影响。小的时候在湖南看过坏的京戏如《珍珠衫》、《杀子报》等，其中很有些无聊的表演，现在还有很深的印象。所以有些剧目还要抓紧，但也不要抓死，要适当的放松，要适当的开闸放水，而不是让洪水泛滥。我们是百家争鸣，但是有一个前提，就是在社会主义建设下的百家争鸣。

　　同志们座谈的记录中，对于《刺虎》，建议把它的优美艺术移到其他戏里，对这个戏割爱，这是对的。任何戏总有肯定哪些，批判哪些；歌颂什么，谴责什么。《刺虎》的技术很好，好的技术与不好的政治相配合，是会更加强不好的政治宣传的。

　　前天晚上看盖叫天先生的《恶虎村》，我觉得这戏就还可以存在，因为它还是批判黄天霸而不是歌颂黄天霸，盖叫天先生在这一点上就演得很好，他对于黄天霸就是批判的态度。有些剧团同志没有注意这个问题。譬如说黄天霸一班人的脸谱，据盖老先生说，过去有正三块瓦的，也有完全净脸的，但是现在有些剧团则完全成了妖怪一样，恶形恶状，这就不是批判的态度了。

　　五百年来，各个剧种，各个作家，有许多很好的创作，只要我们稍加洗练，就可以成为好东西。不过我们今天是否都照原本原封不动地演出呢？譬如《长生殿》上下两本五十折，过去全部要演好几天，今天是不是都要演呢？我们只要有条件，有工夫，完全可以全部上演，美国有的戏还可以演个把礼拜呢。但是我们要考虑，过去农业社会和今天的工业社会不同，要今天群众耐性地从头到尾看完，是不可能的。我们演戏也要有群众观点，譬如德国的《浮士德》(Faust) 就很少有上下本全演的。《长生殿》上下两本，将来我们如果有条件，尽可以演全，但那是演给研究家看的。一般的演出可以采取集萃的办法，它可以把主题更突出，精彩的地方更发展。同时《长生殿》里也还有些是不好的，前次昆苏剧团的演出，已经加以剪裁，但有些地方还可以再剪裁一下。这就是说我们今后工作有两方面，一方面非常耐性地把剧本复原，演全本，演给研究家，是研究的态度；一方面对群众要有群众观点，可以演集萃的戏。

至于不好的本戏里有单折戏是好的，那就可以只演单折，不必复原了。

这样一来和新文艺工作者的关系就更加密切了。

关于新音乐工作者如何对待演员问题。目前合作中最不愉快的问题，就是新音乐工作者，要求演员服从他的指挥。过去舞台上是打鼓的看演员的动作，现在是大家看新音乐工作者指挥棒，弄得演员上台要提心吊胆的。过去演员嗓子在家可以多唱，嗓子不在家可以少唱；嗓子好可以唱得高，嗓子不好可以唱得低，现在是毫无办法，演员不能有自己的创造。这是把欧洲歌剧的帽子勉强套在我们的戏曲上了。欧洲的歌剧 (Opera) 是一切只是唱，演员以声乐家的身份出现，他们既不注重表演，更不会翻跟斗，我们的戏曲里音乐不是一切，我们的演员是科班出身，有许多不懂五线谱，有的还不懂工尺谱，他们不是音乐学院出身的学生。所以欧洲歌剧用五线谱定谱没有问题，我们一定谱、定调、定腔，有人说就完全把他们定死了。这个问题现在普遍存在，有人提出现在"百家争鸣"，他们提出来"哀鸣"。这是值得注意的。

再说到定谱、定调、定腔，昆剧和欧洲歌剧倒相似，但是我们对于谱，要找它的多样性，同一牌子也还可以有不同的感情，这就要看词句。昆剧的意思，我们有时候都不懂，演员有师承的就唱得好，否则就要看自己的揣摩，所以演员的文学修养是很重要的，他要知道所唱的是什么东西，才能够唱出感情来。另外，同一个谱，在各地的昆戏里也不同，我们可以都找来研究一下。将来在中国戏曲研究院里可以设立昆剧部和京剧部等科学研究的机构，昆剧部可以把全国的昆剧当作整体来研究，不分高阳、昆山，通过各地方的昆剧来丰富自己。

在昆剧里，朱传茗先生说过，同一"山坡羊"曲子，可以表示悲哀，也可以表示快乐，一个"满江红"曲子，可以什么感情都有。京剧也是这样，譬如四平调，喜剧的《戏凤》可以用，悲剧的《问樵闹府》也可以用，这在任何国家的乐谱里都没有，因此有人说我们的音乐落后，有点原始性。但是我们演员的伟大就在此处。他加进去自己所创造的东西，加进去感情，从而丰富了它。昆剧之所以能够改革，就在它可以创造新的东西，它究竟是填词，谱是跟着词走，谱的本身不是最高的目的。譬如过去的《义勇军进行曲》，就有很多人用它填词，甚至于有许多极不相干的东西也用了它。不过昆曲固然可以随便填，也可以随便造，但是要看怎么造。王泊生造了许多新昆曲就是胆大妄为，而李荣圻把原来曲子改造一下，就改得很好。两者不同的地方，就在于你有没有掌握技术。要改，就要先掌握了技术，要先钻进去。有人怕钻进去就给旧的迷住了，钻进去钻不出来，是不懂得毛主席的话。毛主席教我们推陈出新，现在是推翻有余而推进不足，我们现在应该说把昆腔推进到一个新的阶段，而不要说创造新歌剧，那样一来就容易和旧的脱节了。对过去的东西，如果是浅尝辄止，那是猎奇家的态度，我们今天是要求音乐家真的钻进去，钻进去才能推陈出新。

我们的戏曲是否不科学呢？从前有人说旧中医是不科学的，我看真正能医好病，就是科学的，旧中医能医好病，因此有它科学的一面，我们的戏曲也是一样。

我们现在有了幻灯机，有了麦克风，这些东西帮助了我们，同时也害了我们，有些广东演员对于练音现在就没功夫，全靠扩音机。过去的演员，正像俞振飞先生所说的，一切都带在他的身上，用一句不大妥当的话，就是万物俱备于我；演员的声音经过训练，大寒大雪都能应付，是不靠扩音机的，今天我们同样的也不要靠它。另外，我们的舞台语言，现在也不大讲究字句清楚了，要靠幻灯机，我们今天也不要靠它，靠幻灯机也是一条死路。

我们现在的戏曲是百花齐放，正如同我们现在各地的地方语言也还是被保存的一样。当然过于令人听不懂的语言也要被淘汰的，我们有国语或者普通话作共同语，但是各种地方语也不是就取消了。正如同日本有东京语作为共同语，而小地方还保持自己的语言；苏联有俄文作为共同语，而乌克兰等地方还有自己的语言一样。说消灭地方语是错误的，说消灭地方戏也是同样的错误。我们的百花齐放还是永久的。为了做到这一点，就希望大家努力。

方才也谈到引子的问题，我们现在常谈斯坦尼斯拉夫斯基体系，斯坦尼说任何的东西都要有目的性，我们这一次艺委会的记录里也有人提出表演上是不是可以有空白点，上下场是不是有目的。有人以为要把戏剧改为现实主义的东西，这些一概不要。这个问题提出来，大家也可以研究研究。我这次到山东，看了很多的戏，只有开关幕，没有上下场，甚至《水帘洞》的孙悟空，都是一开幕就在台上，觉得很不习惯。周贻白、欧阳予倩先生最近都要谈这个问题，大家也可以考虑考虑。

在戏剧里有引子，它是笼罩全局，把观众引入到戏剧里面去的，戏剧是允许有这种方式的。郭沫若先生的《屈原》，由马思聪先生配曲，前面有前奏曲，前奏曲就是引子。当时周总理看了这个戏说，这个前奏曲把我们引到哪里去呢？引到现代世界来了。这可能是由于马先生对我们两千年过去的历史还不太熟悉的缘故，但是马先生还是肯定引子的。前奏曲或者引子可以暗示后面是悲剧或者喜剧的气氛。下场诗是概括的，也代表作者对这一段戏的第三者的批评。我们不能把斯坦尼体系硬套在中国戏剧上，硬要取消引子和下场诗。方才也谈到引子没有伴奏的问题，这一次在四川高腔的讨论中，对于伴奏有很大的争论。有人认为高腔没有伴奏，是它的坏处；有人以为正因为没有伴奏，可以听得更清楚。加上伴奏，不但演员费力，也失掉了原有的传统，所以昆腔的引子，没有伴奏，似乎也应该保存。

关于服装问题，这次看到的也有些和旧日不同的，从前昆剧靠旗是方的，这次也改了三角的了；《六月雪》的刽子手，过去是戴一根翎子的，现在戴两根翎子了。对于刽子手的翎子，欧阳先生和盖老先生都有不同的意见。我曾问过王传淞先生，他说过去戏班因为翎子少，所以才每人戴一根。但盖老则以为本来就应该戴一根的。因为过去刽子手当班的总是头戴一根鸡毛，盖老说，刽子手戴一根翎是表示当班，不是表示他英雄，如果戴双翎，岂不成了吕布了。这个问题虽然小，倒也很有趣，也可以研究一下。

（原载《昆剧观摩纪念文集》，上海文化出版社 1957 年 6 月出版）

题材的处理

　　读了《文艺报》第三期关于题材问题的专论，觉得问题提得很及时。作为这篇专论观点的拥护者，我也来发表些"愚者一得"。

　　对于我们剧作者来说，表现时代的精神面貌，歌颂伟大的革命斗争，歌颂人民群众的革命干劲和英雄事迹，都是我们不容旁贷的责任。为了反映我们的时代，剧作家们选择生活中重大的、关系到千百万人命运的事件，作为创造典型人物和典型环境的素材，是完全必要的，我个人也曾经试图写抗美援朝斗争，后来也有写"人民公社万岁"的野心，为此做过一些努力，自恨还没有搞出较有分量的作品。但建国十一年来，我的一些战友们在这方面是获得不少成就的。

　　敢写重大题材是好的，应当受欢迎的；但不要把它绝对化，以至于说"只要题材是重大的，作品就成功了一半"。题材虽也有关系，但作品成功与否主要看作者如何处理题材。三面红旗是重大题材，但作者如果理解错误，做了不恰当的处理，不只糟蹋了题材，也毁了作品。

　　处理题材的关键问题首先是正确地深刻地研究题材，认识题材。如你要写好人民公社，先得很好地研究人民公社，认识人民公社。我们虽能迅速报道关于人民公社的一些人物事件，但要对人民公社发展中的问题和人物事件进行概括，这就必须有一个较长研究、认识的过程。因此迅速及时反映虽是必要的一种方法，但不是唯一的方法，有人甚至于说："不迅速及时反映就违反多快好省，违反总路线。"多快是指数量，好省是指质量，质量是主导的方面，多与快的程度得服从质量的要求，我们需要迅速及时反映当前斗争的创作，但把迅速及时反映强调到不恰当的程度就成了荒谬了。

衡量一部作品思想性的高低，决不能单凭题材的重大与否。可以有重大题材的剧作思想性也非常高的。也有题材重大而思想内容不高甚至低劣的，写三面红旗的剧作中就有不少这样失败的例子。有些作品，题材看去并不重大，它只接触了当前斗争生活的某一细小的侧面，但由于作者对事物的本质有较深刻、较全面的认识，他能让观众从细小处窥见事物矛盾斗争的全貌，所谓"一花一世界"，"一叶一如来"。一花一叶只是客观世界的一个微小的组成部分，作者却能使人从小见大，从微知著。可见一个作品反映时代概括生活本质的深度和广度，并不太取决于题材本身，而取决于作者的世界观，取决于作者的艺术概括能力，也取决于作者的艺术技巧。不同世界观的作家，可能把同一题材处理成两个完全相反的东西。如果作者对重大题材缺乏深刻的感受和理解，艺术概括能力又差，写出来的作品仍然可能是肤浅的、概念化的、不现实的东西。同时，如果作家是站在时代的最前列的，能够掌握生活发展的规律，正确认识生活的本质，那么尽管不是太重大的题材，也可以同样表现出重大的主题，表现出生活本质的某些方面。把题材当成衡量作品的政治标准，把作品的价值高低和作品的题材重大与否等同起来，是不符合创作实际的。

戏剧艺术的根本任务是塑造出能够概括地反映生活本质的典型人物。如上面所说，典型人物可以活动在重大的事件中，也可以活动在日常环境中。作家选择题材恰当与否在于怎样认识它的典型性。不同的作家有自己特别熟悉和喜爱的题材，通过这些题材，可以创造出典型的性格。某个题材是否适合于表现某种典型，是作家在创作中反复思考的问题。

在现代剧创作中，有些同志欢喜写当前某些真实的事件和人物。一般地说，生活中某些英雄人物和英雄事迹，对于我们的时代来讲，是具有典型意义的。但是，生活中的典型事件、典型人物并不就等于艺术上的典型。生活中的典型性是就它的社会意义来说的，艺术的典型却是作者把生活中的事件和人物加以艺术的概括、集中的结果。生活中的典型事件、典型人物为艺术上的典型提供了很好的蓝本和线索，但是要把这些变成艺术上的典型环境和典型性格，却需要作家突破真人真事的限制，对它作很大程度的加工。新闻报道式地把生活中的事件和人物生硬地搬上舞台，是难以创造出有血有肉的典型形象的，特别是作者对所表现的这个真人真事并不太熟悉，又缺乏对同类生活的丰富积累，仅靠临时短期的访问，是无法把它的内在意义深刻地发掘出来的。有些同志以为只有把运动中出现的新人新事迅速搬上舞台，才能发挥戏剧艺术的战斗作用，因此要求剧作者按照某一个先进人物的材料写成戏，而且还要求用真名实姓。但作为一个艺术品，它常常不能不是一个不成熟的、畸形的产物，往往写出来的一个多幕剧不见得比一篇几千字的新闻报道更动人。有时还由于戏中真实人物事件和生活中的事件和人物有出入而惹出一些麻烦，东北某一个写女劳动模范的剧本，因其对立面是虚构的，引起她丈夫、她婆婆以及工厂负责方面的不满便是一例。看来运用报告剧或其他短小形式迅速反映生活中的新人新事，特别是在群众业余戏剧中，及时地把本单位的真人真事编演出来，作为宣传鼓动之用是必要的。但是，专业的戏剧工作者，却同时在深入生活的基础上，突破真人真事的限制，对现实作更高的概括，使我们的戏剧中出现越来越多的动人的典型形象，对人民起潜移默化的作用，毕竟是我们主要的能事。

那么是不是一切新闻报道都不能成为戏剧的题材呢？那又不然。

当然有些事件是更带有戏剧性适于剧作题材的。但广义地说，一切事物都可以成为戏剧的题材，我们没有理由说攀登珠穆朗玛峰不能成为戏剧的题材，也不能说世界乒乓球比赛不能成为戏剧的题材。人类生活的领域已经开始扩大到地球之外的宇宙空间，戏剧的题材只会越来越广阔，而不是越来越狭窄。但是，不论选择什么样的题材来写戏，都不能不掌握戏剧艺术的特点，不能不遵守戏剧艺术的客观规律。否则，写出来的就不是戏，至少也不是很好的戏。除了前面说到的，戏剧艺术要创造典型之外，还有戏剧冲突问题也是剧作家们要着意经营的。"没有冲突就没有戏剧"，这是我们的常识。但近年来就是有人觉得这个看法"过时了"。他们有的错误地认为新的社会除了人与自然的矛盾，就不存在矛盾了；有的也承认社会主义社会，如毛主席所分析的，还存在人民内部矛盾，但他们回避这样的矛盾，只写人与自然的矛盾；当然也有人把人民内部矛盾缩小成为领导与被领导的矛盾，但这一情况近来不是主要的，主要的还是不敢写矛盾。也有某些戏剧和电影作品只写新社会积极愉快的生活面和富于新的风格品质的新人物，像电影《今天我休息》、《五朵金花》，戏剧《英雄列车》和《为了六十一个阶级弟兄》等，这些作品很少甚至没有人与人之间的矛盾斗争，活动在剧中的多是正面人物，没有一般的对立面。强调写矛盾冲突，是否就排斥了这类题材，贬低了这类戏呢？照我看，提倡题材多样化和强调表现矛盾冲突，并不相犯。只注重巧合、误会而没有严重的矛盾冲突的喜剧是古已有之的，今后也可以作为一个戏剧品种存在和发展下去。但不能因此就认为"今后的戏剧可以不要矛盾冲突，写矛盾冲突是过时了"。那样把问题绝对化倒是妨碍题材的多样化。

我们一定要表现新社会乐观积极的生活面，我们在进行前人所不曾梦想过的伟大事业，在建设一个史无前例的新社会，刻画这一新社会的新戏剧不可能不具有新的面貌，但决不能认为新社会不经任何阵痛就能在曾经是半封建半殖民地的中国大陆诞生下来，相反地，现在和将来都有许多困难摆在新中国建设者的面前，等待逐一加以克服。

我们是革命的乐观主义者，但我们不是天真的梦想家。我们要鼓舞广大人民的建设热情，但我们要把当前和今后还会存在的矛盾、还待克服的困难告诉人民，提高人民的斗志。人们对于《英雄列车》、《为了六十一个阶级弟兄》等一系列的戏是有进一步要求的，这些戏写了一些事，完成了新闻报道式的任务，但没有塑造出鲜明的人物。正因为这样，演员们感到苦痛，即他们费了很大气力，但人物常常树立不起来。

毛主席说过："没有什么事物是不包含矛盾的，没有矛盾就没有世界。"必须从事件中找出隐藏在它的深处的矛盾，从矛盾的发展中刻画人物性格，塑造出既有共性又有个性的艺术典型。也正是在这个意义上，才能说一切事物都可以成为戏剧的题材。如果谁把攀登珠穆朗玛峰的英雄事迹搬上舞台，而不敢摆脱真人真事的限制，没有通过性格冲突概括出爬山队员们在征服自然过程中的英雄品质，而只是单纯地表现他们如何爬山历险，那就完全没有必要写成剧本，因为爬山队英雄们征服自然险阻登上顶峰的动人事迹，《人民日报》早就告诉我们了，还有十分动人的五彩纪录片。如果不能根据戏剧艺术的规律，在矛盾冲突中更深刻地揭示人物的心灵，塑造出比实际生活中的爬山队员更有普遍意义的艺术典型，我们又何必花那么大的气力把这个众所周知的事情再搬上舞台呢？

人们往往为了回避人与人之间的斗争，而去写人与自然的斗争。但在过去时代人与自然的斗争也常常带有阶级斗争的性质。中国人民过去长期与黄河等自然灾害做斗争。历代统治者真正能关心河患采取一定治标措施的已经不多见，一般地是借河患来剥削人民，加深人民的苦难。国民党反动派一面收治黄捐税，一面在战争中决黄河之堤来淹死人民，破坏生产力。在1936年黄河鄄城段出险，微山湖淮河泛滥的时候我曾到徐州看灾区，写了一个剧本叫《洪水》，也涉及了一下治黄的问题。那时候我也痛切地感到，黄河的为患不只是天灾，实质上是人祸。直到新中国成立以后人民掌握政权的今天，我们才看到黄河的根治。

今天，社会主义建设中人与自然的斗争，包含着重大复杂的社会内容，这是很多同志已经谈到过的。

下面，我想谈谈历史剧。

很有些同志因强调反映当前斗争生活为政治服务而轻视历史剧，仿佛因为历史剧只能间接地配合今天的政治斗争，它的地位要低一些，因此曾经有"历史剧不能与现代剧平起平坐"之说，这显然是一种偏激之论，现在也没有人再坚持此说了。也曾有人称现代题材的戏剧为：现实剧，仿佛只有现代剧才有现实意义，而历史剧没有现实意义似的。我们很早就反对这样的看法。但这样的看法看来相当根深蒂固，很多人只承认现代题材的戏能反映现实，他们习惯于把题材的现代性和作品的现实意义等同起来，而不知现代性不就是现实性。许多现代题材的戏由于处理的是当代的生活斗争，作者和观众都耳闻目见，容易写得生动真实，也的确有许多是有现实意义的，但也有一些现代剧尽管写的是当前斗争，而现实意义不强，甚至是反现实的。

历史是过去、现代也是明天的历史。过去、现代、未来是有所区别但又不可割断的历史长流，我们要求剧作家以同样的现实主义态度去处理历史题材和现代题材，因此决不能说对现代题材才要求有现实意义，而对历史题材可以不要求有现实意义。

广大人民对戏剧的要求也不是如此，他们要求有反映当前生活斗争和当代英雄人物的戏，同样要求有写前代生活斗争及英雄人物的戏，好的历史剧对今天人民教育意义有时不下于现代剧。我们从写明代苏州知府况钟故事的《十五贯》得到了很大的教育，不只是况钟的公忠精敏、为民请命的精神值得学习，就是常州知县过于执的官僚主义、主观主义的坏作风也成了我们深刻的反面教员，这不是历史剧有无现实意义和教育作用的有力回答吗？

俗话说："观今宜鉴古，无古不成今。"不懂得历史，就不懂得今天，也可以说不懂得如何去建设我们的明天。青年一代历史知识甚少，也被一些简单化的思想所误，对历史不感兴趣，这是很值得忧虑的缺点。如何克服这个缺点是历史教育家的责任，也是剧作家的责任。过去中国老百姓的一些历史知识，除了几部历史小说和唱本之外，主要是通过历史戏得来的。老百姓看历史戏很认真，他们也要求演员们以高度严肃的态度来演出他们所熟悉的历史人物。历史剧是艺术作品，当然不能像要求历史教科书那样要求它。但历史剧也必须大体符合于历史的基本真实。过去，许多历史剧也有很能代表了人民的观点的，但由于时代和作者世界观的限制，有些历史戏作者对历史真实掌握不够，有的甚至严重歪曲了历史。我们要求新的史家、戏剧家对过去浩如烟海的史剧或者说历史故事剧进行一次周到的审查，内容好或者无害的历史剧都应当批判地保留下来，有些十分不好的可以去掉或改写，以期有助于正确地对广大人民，对青年一代，进行历史教育。

当然，史剧作家的任务不只是传达给人民一些历史知识，认真说，这不是他们的主要任务。史剧作家的主要任务是在于根据历史真实创造出足以教育今天人民的动人的历史人物形象。四千年来伟大的祖国人民进行多少次壮烈的斗争，产生出无数杰出的儿女，创造了灿烂的文化，对世界发生了巨大的影响。中国剧作家对反映历史事件和人物有过优异的成就，但还有许多应该写的没有写，或没有写好，特别是直接关系中国人民命运的近百年史，和党领导的新民主主义革命和社会主义革命斗争，我们还只接触过极小的一部分题材，还有非常广阔的天地可供史剧作家的才笔纵横驰骋。

中国舞台上演得最多的三国戏水浒戏，不只以智慧和勇敢教育了人民，其中的人物如赵子龙、武松曾经在义和团一类的革命运动中成为鼓舞革命农民战斗意志的军神，就是在一九五八年大跃进以来，赵子龙、黄忠、武松以及《杨家将》中穆桂英的名字也被用为工农业生产红旗单位的称号。

再其次，历史剧比起现代剧来有较多的娱乐性。古代的服装、布景、道具和化装都跟今天不一样，还有古代的音乐、舞蹈、语言、歌唱都可以处理得很美丽。人民喜欢好的现代剧，但也比较喜欢历史题材的戏是可以理解的。

但历史剧的几方面的作用，主要的还是教育鼓舞作用，就是用前代的英雄形象来教育鼓舞今天的人民。从他们的高贵品德得到楷模，从他们的智慧经验得到启发。要比较成功地创造足以教育鼓舞今天人民的历史人物形象，看来是十分艰苦的工作。首先要求有历史唯物主义观点，其次要求充分占有史料（包含传说），研究分析史料，再次得驰骋你的想象。在具体创作实践中也未必要照这样的顺序，可能是观点、史料、想象相互影响、相互刺激的。这里有一个问题，写历史剧要不要生活呢？我看不只写史剧要生活，演史剧也要生活。侯方域写的《马伶传》说昆伶马回回在一次演《鸣凤记》的竞赛中失败在李伶之手，便不知到哪里去了。三年后他回到南京再向李伶挑战，结果戏没演完，李伶已经认输，拜马回回为师。原来，马到北京投到当时权相顾秉谦的门下当了三年差，对这权相的语言、动作、精神、气派揣摩得十分细致深刻，因此他有可能惟妙惟肖地创造出严嵩的形象。可知道演好严嵩也不是单凭观点史料和想象能够办到的。拿我自己的经验说，我若没有在抗战时期在国民党统治区搞戏剧运动的生活，就很难写出《关汉卿》的某些场面。

由于党提倡自力更生，发愤图强，勤俭建国的精神，人们从历史上找这种精神的体现者，有的人找到了唐太宗，有的人找到了越王勾践。特别是因勾践从姑苏被释回国有卧薪尝胆的故事，所以很容易被剧作者们选为主题人物。各地一时出现了几十个《卧薪尝胆》剧作。

这同一历史题材的不同的处理，使越王勾践以不同的面目出现在我们的舞台上。勾践在历史上是一个封建农奴主，他的卧薪尝胆，发愤图强只是为着动员全国上下休养生息、战胜吴国，雪会稽之耻，以巩固他的封建统治，和我们今天为人民利益发愤图强有本质的不同。因此古人的思想觉悟既不能与今天的我们相比，我们学习古人，也只是取他的某一点，如像学勾践只取他的坚忍不拔，完全不应该把这个农奴主过分美化，仿佛他真是与人民同甘苦共患难的"四同干部"。

通过某些描写《卧薪尝胆》的失败之作，我们看到反历史主义倾向一定程度的复活。而这个倾向又是对"古为今用"的简单理解的必然结果，古为今用是从"厚今薄古"衍变来的。"厚今薄古"的提出是完全必要的，但，若是把"古为今用"理解成为让历史直接为当前政治服务，就必然会走到反历史主义的歧路上去。

在过去跟国民党反动派斗争的时代，剧作家借古喻今，指桑骂槐是难免的，甚至一些史家的著作也采取这样的不得已的手段。但在解放后的今天就不能再用这样的手段了。这对我们的历史教育不利。

我们一定要以历史主义的态度来从事史剧创作，正确地处理历史题材。不要混淆现代题材和历史题材的界限。倘使在"古为今用"的口号下可以主观主义地任意滥用题材，那还有什么题材的多样化呢？

7 月 12 日

（原载《文艺报》1961 年第十七—十八期合刊）

关于独幕剧的创作 [1]

我们的小型剧作在艺术上突出的成就，是着意刻画了正面人物和英雄人物的光辉形象。在这本选集中，我们可以看到：《妇女代表》中的张桂容、《刘莲英》中的刘莲英、《战士在故乡》中的乔明刚、《百年大计》中的郭海山、《抢伞》中的田公公、《阳关大道》中的赵参谋长、《姐妹俩》中的杨玉兰、《三个战友》中的周虹、《战斗的一昼夜》中的田主任，等等，这些人物都是作者在剧本中所突出刻画的形象。小戏由于体裁和容量的限制，不可能在作品中创造出众多的人物，必须集中笔力突出主要的正面人物，通过他（她）们的优秀品质来教育人民。许多小戏，都能在尖锐的斗争中表现这些正面人物的成长，通过动人的情节和性格化的语言来使正面人物鲜明突出，富有艺术感染力量。作者们在创造英雄人物形象方面，取得了经验和成就。

我们的戏剧负有以共产主义思想教育人民的责任，应该努力塑造具有共产主义风格的正面人物和英雄人物的形象。这些英雄形象是从普通人中涌现出来的，由于他（她）们的先进思想和崇高品质立即成为广大群众效法的对象，所以他们绝不是什么"小人物"。在我们伟大的新的群众时代，人们分工可以不同，但都可以对于革命事业做出贡献，所以无所谓"小人物"。任何人都可以成为英雄人物，只要他对共产主义事业具有忠心耿耿的崇高品质。这些英雄人物的思想品质是在斗争中形成的。他们站在阶级斗争的最前列，站在矛盾的主导方面，他们对生活

---

[1] 本文节录自《一九四九——一九五九建国十年文学创作选——戏剧·序言》，中国青年出版社 1961 年版。标题是编者所加。

中的落后事物进行着不可调和的斗争。我们要突出正面人物的思想和性格，也就必须从其对于周围人物的关系和态度中，从其与反面人物的斗争中去着力刻画。像《赵小兰》中的赵小兰、《刘莲英》中的刘莲英、《妇女代表》中的张桂容、《战士在故乡》中的乔明刚，他（她）们的英雄品质都是从他（她）们与封建思想、资产阶级思想的代表人物，落后、保守思想的代表人物的斗争中表现出来的。赵小兰与她父亲老赵头的斗争，表现出了一个经过了土地改革的农村青年妇女反对封建包办婚姻制度的先进思想和坚强不屈地保卫自己民主权利的新的性格；刘莲英与她爱人张德玉的斗争，表现出一个具有社会主义思想的青年女工反对本位主义思想的坚定立场；张桂容与她丈夫王江大男子主义思想的斗争，表现了一个摆脱了封建压迫的新型的农村妇女政治上、思想上的迅速成长。

我们的剧本是通过对英雄人物的歌颂来体现时代的精神的。我们要满怀热情地歌颂新人物的大公无私、为集体利益而牺牲个人利益、对落后事物毫不容情进行斗争的先进思想和共产主义道德品质。不可以脱离实际斗争去描写人物。离开了新旧思想的斗争，新人物的新品质也就无从表现。

我们可以看看赵小兰和张桂容。根据剧本的描写，她们都是东北地区的农村妇女，都受到封建残余思想的压迫和威胁，她们也都是在反封建斗争中成长起来的。她们有相同的思想特点，但却有不同的性格和斗争道路。赵小兰决心冲破几千年来妇女"嫁鸡随鸡，嫁狗随狗，嫁个扁担挑着走"的陈腐观念，摆脱"拿姑娘当东西卖，十二石粮换一辈子罪受"的命运，她知道在新社会"有政府给我做主"，有婚姻法支持，便能勇敢地和封建势力展开不调和的斗争。我们看到赵小兰支持她姐姐离婚，帮助她解脱不是人过的日子；规劝她妈妈不要相信命运，"共产党把咱们女人这条锁链砸开，叫咱开会、学习、生产，把咱妇女地位提高了"，"咱们的命"不能"就在我爹一句话上"；她和老赵头的斗争更是理直气壮、顽强不屈："儿女的婚姻就该自主"，"指着卖姑娘吃饭才叫丢人"，现在有了婚姻法，"硬叫我和一个人生面不熟的拉到一块结婚，我就不干！"在这一连串的斗争中，我们看到一个新妇女的成长。张桂容之所以能成为当时农村的妇女代表，是因为她和赵小兰比较起来，更能认识到妇女解放的社会意义，她为了取得积极参加建设社会主义的劳动权利，和丈夫冲突起来；为了维护集体副业生产，她公而忘私，因而也和婆婆产生了矛盾。她想到"不学文化，不参加生产，就是手腕子给人家攥着"。张桂容不仅为自己的彻底解放进行斗争，而且帮助乱下药胡弄人的产婆牛大婶，让她到区上学习新接生法，引导她走上生活的正道。张桂容的性格，特别突出地表现在和丈夫王江的冲突中。当王江仗着几千年来的男权势力，对她进行种种威胁恐吓，并逼迫她滚出去的时候，张桂容全部的精神力量，倾注在这样几句话语中间："两张地照有我一张，三间房子有我一头，这是共产党和人民政府分给我的。我的地照我拿走，房子不住我拆了它！"她正是凭借着党和人民政府给她的经济地位，正气凛然地取得了和王江斗争的胜利。张桂容的性格便是这样完成的。

我们剧本中的正面人物虽然共同具有当前我国劳动人民中的先进人物的思想品质，具有社会主义、共产主义思想，但他们是性格化了的。张桂容不同于赵小兰，刘莲英不同于张桂容，她们都有其不同的性格上的特点，这就驳斥了所谓"一个阶级，一个典型"的谬论。即使描写相同阶级出身的人物，不同的时期也有不同的思想性格。赵小兰、张桂容与今天的农民的思想性格是不相同的。赵小兰和张桂容是继续完成新民主主义革命和开始进行社会主义改造那一段时期的先进农村妇女的形象；而今天处于建设社会主义新农村的大跃进时期，人们意气风发、干劲冲天，在党的总路线的鼓舞下，使高山低头、河水让路，正在改变农村"一穷二白"的面貌，今天的农民已经不是小农经济的个体劳动者，而是在社会主义集体大生产中的一员。《抢伞》中的农民田公公的形象，就与《扔界石》中的老农民张老汉、李老汉的形象截然不同。田公公对党、对毛主席无比热爱，对社会主义、人民公社尽情赞美、衷心拥护……这是今天新农村的新人物的典型形象。而《扔界石》中的张老汉、李老汉，在合作化时期，不约而同地在地里埋下界石，而最终"懂得了社会主义"，将界石一同抛下河里。这些人物是不能和今天的农民相比的。我们在《抢伞》中的田公公身上看不到旧时代留下的痕迹。剧本中这些农民形象的变化和发展，正反映了我国农民的思想感情和精神面貌与过去相比有着多么深刻的不同。这也反映今天农村产生了多么巨大的变化！

就从本集中某些剧本在塑造正面形象上所取得的成就来看，已足以驳斥有人认为独幕剧篇幅短小不能创造形象鲜明的英雄人物的谬论。我们独幕剧中已经创造出一些具有崇高品质、对党对革命忠心耿耿的性格鲜明的英雄人物。这正是对这种谬论的有力回答。独幕剧篇幅短小、就更要求选择富有特征性的情节和生动的语言，才能简练突出地刻画人物的性格。像张桂容站在炕头上撅断王江的鞭杆子，撕开窗纸喊人的情节；刘莲英折弯织毛衣的钢针，将毛线退给张德玉的情节；赵小兰假装蒙头睡在炕上，巧妙躲过来看亲的人，自己跑出去告诉村主席的情节；都表现了她们坚强和机智的性格，使人物站起来了。

有人认为独幕剧篇幅短小只能写些生活琐事、不能描写重大斗争题材和表现重大主题，这是不正确的。独幕剧可以而且应该表现重大斗争、反映复杂的社会矛盾，也可以对生活作较多的概括。这本选集所编选的独幕剧中，就有不少这样的优秀作品。像《黄花岭》揭露富农的阴谋破坏，《在河边上》描写对暗藏反革命分子、敌人派遣的特务的斗争，都表现了对敌斗争中的重大事件。

有些剧本是反映人民内部矛盾的。人民内部矛盾，主要是无产阶级思想与资产阶级思想的矛盾，社会主义道路与资本主义道路的矛盾，而绝不能说所谓反映人民内部矛盾就是"揭露生活的阴暗面"，或是把人民内部矛盾单纯地甚至恶意地看成是领导与被领导的矛盾。本集中的独幕剧，大都能正确地区分两种矛盾的性质，反映党的处理人民内部矛盾的正确方针，目的明确、爱憎分明。从《两个心眼》、《家务事》等剧看来，作者对于旧社会所带来的旧思想作风，对资产阶级、小资产阶级思想是坚决批判的。对于劳动人民主要是热情歌颂，也不放过他们中间某些错误认识和落后的思想作风，但作者首先明确指出这些思想作风不是劳动人民自己的东西，而是封建阶级、资产阶级的东西，对这些缺点要进行严肃的批判，其目的是为了教育和帮助劳动人民克服缺点，而不是对他们讥讽嘲笑和夸大他们的缺点。

我希望所有剧种都找到自己的特点，尊重地方特点。话剧也如此。全国性的剧种在地方演出，在演出方法上也就应该带有所在地方的特色。

原编者按：这篇文章是田汉同志 6 月 7 日在剧协广东分会召开的座谈会上的讲话，由董励同志根据录音整理而成。整理稿未经田老过目。

（原载《羊城晚报》1962 年 8 月 16 日）

杂谈观察生活和戏剧技巧 [①]
——戏剧创作漫谈之一

关于深入生活、观察生活问题

　　田汉同志十分强调生活同创作的密切联系，他认为作家想要写出作品，不管是写现代题材，或是写历史题材，都必须深入生活并且要善于观察生活，要善于抓住生活中的第一个印象。今天我们有些作家已经注意了深入生活，但却忽略了对新环境的观察和感受，他们在新的环境中日子久了，印象不新鲜了，因而往往不自觉地让生活中最生动、最新鲜活泼、最激情的东西轻轻地从自己的笔下溜走了。所以有些人尽管下去好几年仍然写不出东西。田汉同志劝下放的同志既要深入生活又要紧紧抓住印象的新鲜性。有一次，一位作家到武钢去，他请田汉同志临别赠言，田汉同志说："我希望你一下去就抓住第一个印象。"田汉同志认为：对新地区新事物的第一个印象是新鲜的、强烈的、富有特征的，因而是可贵的。当作家到了一个新环境，他总是充满着新鲜感，充满着激情。"在这个时刻"，田汉同志说："请你紧紧地抓住那些新的印象，迅速地把它记录下来。如果你的第一个强烈印象是某某工人，那么，你最好立刻注意他，抓住他不放手，找出他的特征，创造他的形象，这个形象将会是最鲜明的、最生动的。这个人物既然曾经感动作者，也必能感动群众。

---

　　① 本文是黎之彦根据田汉平日的谈话、演讲和评论的内容整理的。

在这里，田汉同志是不是叫我们只注意第一印象，不着重继续深入生活了呢？不是的。他主要的是提醒我们打好对生活的第一仗。如果你对环境发生热爱，有最新最美的印象，应该用日记或其他体裁记录下这些印象，在未来的创作生活中，它就会不断供给你新鲜感。与此相反，倘使你住久了，不去捕捉这些新鲜印象，对周围事物司空见惯，迟钝了你的感觉，减弱了你的激情，想追回来常常是很困难的。

田汉同志每到一个地方，总是喜欢参观当地的风景和名胜古迹，注意观察和记录该地人民的生活斗争、风土人情、故事传说等。他的作品中，很多具有强烈的地方色彩，这正和他善于观察生活有着密切的关系。在和青年们谈话时，他也介绍了这条经验。有一次，青艺的同志要下乡搜集材料，田汉同志对他们说："我们这次下去，深入访问，大量地搜集解放战争和当前的英雄人物事迹，这不待言。这次下去，我们还要注意抓地方特点。戏剧的自然环境，人民生活习惯，历史文物都是构成地方特色的东西。剧中的英雄人物本身也常常带有地方特征。如雪野的东北，四季如春的南方，高原与海洋，也分别给予人物以不同的气氛。"

"地方特色也就是民族特色的基础。越是有高的民族特色的作品，就越能丰富国际艺术园地。如京剧和地方戏曲中的某些优秀剧目，它的地方色彩强烈，民族特点鲜明，拿到国际舞台上也常常受到极广泛的欢迎。可见民族特色寓于地方特色之中，甚至还包含作家、表演者的个人特色。鲁迅、梅兰芳等同志富于个人特色的作品和表演也代表了民族特色，这当然因为他们都是民族文化艺术传统的继承者。"

关于戏剧技巧

田汉同志很重视剧作的思想内容，但是他从来也没有轻视过剧作的技巧。他认为作品的思想性总是通过艺术性表现出来的。好的思想加上熟练的技术才能深刻动人，也才能有效地教育人民。反之，坏的思想加上熟练的技巧，则是如虎添翼，危害也更大。因此，只要不脱离思想内容去学习技巧，那是完全必要的。对剧作技巧的分析，他谈过很多，有一次，我记得是他去看《天山脚下》的演出，这出戏虽然还不能说十分成熟，但结构上还不错。他说，有些人把生活看得过于简单，如描写农村戏就只出现农民，写工厂戏就只有工人，其他社会阶层的人物就描写得很少，甚至没有，而《天山脚下》写的人物就比较复杂，戏中有农民、富农、流氓、反革命、军人等。这样写是好的，一个戏是一个社会的缩影，通过一出戏要能大体上看到一个社会。这也叫"一花一世界，一叶一如来"。

他又说，《天山脚下》虽已注意到把社会生活的复杂性写出来，但是，很可惜只勾画维吾尔族的小天地，而没有把今天较广阔的新的民族生活概括进去。生活的真实是：今天的维吾尔族是生活在中国各民族团结的大家庭中，它是党所领导的民族。在新疆，不可能没有汉人，或其他兄弟民族，他们彼此是联系着的。因而这出戏可以有汉人或其他兄弟民族。党是到处都发出光芒的，而戏中还没有创造出能够站得住的党的领导人的形象。戏中的女党支书是较弱的，而富农分子则嚣张之极，反动的破坏的力量比进步的力量远为强大，这不太符合中国今天民族生活的具体情况。

每一出戏，按其思想内容与主人公命运的不同，各各有其不同的性格，剧作者在创作时，应该按其性质去决定自己作品的性格。这一点，田汉同志在分析戏的时候常常提到。有一次，越剧团的同志来访问他。他说，每个人都有他独特的性格，戏剧也是一样，任何一出戏都要有它独特的性格。拿人来说，有些人的性格是好动的，有些则是爱静的，戏剧也有类似的情况，比如，有些戏是悲剧的性格，有的是喜剧性格，有的是正剧性格，有的是悲剧中的喜剧，有的则是喜剧中的悲剧。例如：《升官图》这出戏，从头到尾都是用的讽刺手法。如《窦娥冤》，关汉卿的原作是悲壮剧，明代以后的《金锁记》、《六月雪》又成了悲喜剧，窦娥的性格由强烈到温婉有很大的变化，而他是欢喜悲剧的窦娥的。

"戏剧的性格是由正面人物的命运所决定，而正面人物的命运是由作者决定的。这里有剧作者的哲学和时代特征。如《窦娥冤》，何以在元代是悲剧而到明代以后变成了喜剧。"田汉同志说到这里，便谈到我们时代的悲喜剧问题，他认为我们的时代既要喜剧，也还需要悲剧。他说："我们这个时代是一个充满着笑声的时代，我们要大量的喜剧表现我们的革命英雄主义和乐观主义，表现我们对生活的积极性创造性和豪迈愉快的感情。我们也要有足够的讽刺喜剧，在嬉笑怒骂中来批评我们已经认识到和没有认识到的矛盾错误。我们的戏曲中有很好的喜剧。它们真是能用喜剧的手法深刻的揭露矛盾，使你对自己的缺点错误捧腹大笑，因而克服这些缺点错误。

"我们的话剧很少有好的喜剧。常常用正剧的手法去处理喜剧，我们还不大会笑，应该从传统戏曲、从欧洲的喜剧作家如莫里哀等那里学会笑。

"我们也需要悲剧。需要历史悲剧。不懂得中国人过去过的是什么苦难的日子，作过哪些悲壮的斗争，我们就不知道今天的幸福的日子是怎样来的，也不知今天幸福日子的可贵……"

谈到我们今天能否产生悲剧的问题，田汉同志说："是不是在今后就不会再有悲剧了呢？还会有。因为今后还会有矛盾，纵然敌我矛盾少了，还会有人民内部的矛盾，先进与落后的矛盾，那仍将会有悲剧，怎样写出人们在新的矛盾斗争中以忘我的舍己为人的努力创造人类无限美好的前程和集体的幸福，或是刻画出战士怎样在战斗的历程中艰苦奋斗，死而后已。这将是新时代的富有教育意义的悲壮剧。"

在一出戏里，不可能每一场每一句话都同样的重要，它总是有一些场面是全剧的精华，是剧中的神经中枢。好像画家画龙点睛，创造了它，就可以体现出全剧或某一场的中心思想。这一点，也是田汉同志常常提到的。有一次，田汉同志和几个编剧的同志说："不管任何一出戏，它一定有最重要的一幕或最重要的一场，也有最重要的一段或重要的几句话。这些场、段、句、字往往是全剧的关键，全剧的精髓，作家要认真琢磨它们，演员也要善于找出它们，把握他们，在台上斩钉截铁地有印象地传达给观众，不重要的话观众听不到还不太要紧，重要的话就不能随便滑过，否则，戏就算失败一半。"

田汉同志很看重人物的潜台词，他不喜欢那些滔滔不绝的没有行动的对话。他认为剧作者应该相信演员的创造力和观众的无限的想象力。观众的想象力就像一团火，经作者稍为一点着，它就会熊熊地燃烧起来。倘使叨叨絮絮都把话说了出来，或者不厌其烦规定下来，这就大大束缚了演员、导演的创造力，束缚了观众的想象力。

在戏剧的场景处理方面，田汉同志打破了"三一律"严格的分幕分场的规则。较多地吸收戏曲场子的优点，采用了自由而灵活的场景，在这方面，他有其独特的见解，在他的作品中，也形成了一个新的风格。

田汉同志曾经说过，他从来不把戏曲和话剧截然分开。他说，他主要是由传统戏曲吸引到戏剧世界里来的，因而他从传统的戏曲中得到很多的教益。戏曲中的场景处理方法对他影响很大。戏曲的场子多，剧情发展快，生活面丰富，场景以人物活动的需要而设计，而不是舞台美术的独立眩耀。他谈到创作《丽人行》的时候说：这出戏我吸收传统戏曲处理场子的手法，把它写成 20 场，主要是想更宽广地反映生活面。为了突出人物，有一场戏甚至让聚光灯集中地照在新群、玉良或是周凡身上。而这一场还不是过场戏而是正戏。

田汉同志写《十三陵水库畅想曲》的时候，他仍然采用了生动活泼的戏曲式的场子，戏的场景多，反映生活面宽阔，场面的分布可说是星罗棋布。指挥部、劳动场面、休息场所、家庭都写，因而矛盾由此蔓延及彼。十三陵火网交织的子夜要写，曙光代换了灯海的黎明也要写，暴风雨袭来和打夯队、挑土队的劳动也要写，这样的场景有的用歌剧形式出现，有的用舞蹈形式出现，有的还用诗朗诵或快板形式出现，这样，才比较符合十三陵水库的真实情景，才比较符合我们 40 万劳动者的精神面貌。

（原载《剧本》1959 年 7 月号）

谈写作基本功的锻炼 [①]

　　昨晚，田汉同志写完《文成公主》第五场。今天上午开会，写作暂时停止。午休起床，他步出台阶，一面观赏小院繁茂的花木，一面进行《文成公主》下一场戏的构思。他透过葡萄架、夹竹桃和石榴树，蓦地看见花间小道走进来一位高瘦的青年。青年同田汉同志一见面，就自我介绍说他是石景山钢铁厂的一名炼焦工人，由于热爱文艺和戏剧写作，曾在石钢听过田老的讲话，这次来访，是向田老求教如何进行写作锻炼的问题。

　　田汉同志面对这位憨厚朴实的青年工人诚恳求学的态度，深深感动，立刻请他坐下，并叫我把茶水搬到大桃树下，便开始对谈起来。他非常耐心地先听取了青年工人讲述在石钢的工作、生活和写作情况，之后，便高兴地说："你在石景山钢铁厂工作，置身在沸腾的生活之中，一定能不断感受到各种最先进的新鲜事物，我希望你能经常注意、观察、体会那里如火如荼的、生机勃勃的生活和斗争，观察新事物的出现、新人物的成长，和新人新事之间的内在关系。创作的源泉是生活，你正处于这个源泉的激流之中，你有比其他人更优越的条件。一个作者有了生活根据地这个基本的东西，是最宝贵的。其他问题如文学修养、写作技巧等欠缺，都比较好办，都是能够通过学习和锻炼不断提高的。掌握了写作技巧，就能够把所累积到的丰富的生活概括和表现出来。"

　　田汉同志扇着扇子，一边喝茶一边望着这位全神贯注倾听着的青

---

① 　本文是黎之彦 1957 年写的一则日记，记述了田汉和石景山钢铁厂的一位青年工人业余作者，谈写作基本功的锻炼问题。它记载了田汉同志的创作经验。

年，继续问他写作方面的情况。而后又说："你还未写出成熟的作品，但很爱好文学和戏剧，坚持写作，这是好事，是个良好开端。一个青年成为作者、成为作家，总要经历一个从无到有、由低到高的过程，我赞成你先行试作。我少年时期在学校读书，就是从试作开始，写些小戏曲、小话剧，过了几年，逐渐有些体会了，以后才进入真正的创作活动阶段。"

田老接着详细地谈如何在试作阶段进行锻炼的方法。他认为作者首先必须打好写作的基础，要从少年，从青年直到成为著名作家，也不能放松或中断这种基本练习。他说："尤其是青年人，应该在起步时期就养成多写多练的习惯，不要急于求成，想一下就写出很成熟的大部头作品是不可能的。虽然有的青年天才作家这样做了，但一般地说，这种情况不多。我希望你多从速写、素描、生活片断特写和文学体的日记等小形式着手，经常注意收集生活中不同人物生动的、个性化的语言，及时记录下来。你们厂里有领导，有工程师、技术员、工人和从事各种工作的同志，他们都有各自的职务、工种，有各自不同的思想、性格、年龄和容貌，有各自不同的生活经历与文化修养，他们所有的特征，你都应该记下来。当然，我指的是他们的特征。这就要有选择、有目的地去记，记下那些最打动你感情的人和事，记下你最难忘的人物形象和各种事物的关键细节。这些可能你今天用不着它，但当你一旦写某一作品时，它们就会根据你的需要，从你的记录本中活生生地再现在你的作品里。这就是所谓生活的素材。"

田汉同志看着我们都在把他的话记录下来，便接着说："你们注意，写作是没有万灵药方的，只有靠自己去逐步摸索，靠自己的长期练习，把敏锐的观察和速记的技巧结合起来，把生活中的精彩部分记录下来。"

这时，青年工人提出一个如何从错综纷繁的生活里猎取事物本质的问题。田老立即接着说下去："记录生活不等于像听某人作报告，有闻必录，一字不漏，而是要有选择，有取舍。生活确实是繁琐复杂的，我们就要舍去庞杂的表面现象，摄取其精粹的内在的本质的东西。"田汉同志听说青年工人最近看过一部《列宁在一九一八》的电影，就以此为例，说："这部电影在苏联初映时，和列宁一同共过事的同志反映说，电影中的列宁简直和活着的列宁一样，甚至比活着的列宁还要真。这样评价确实中肯。因为电影中所表现的，不是记录列宁日常生活里的起居饮食、穿衣洗脸等等为一般人所常见的行动，而是非常有力集中地突出表现了与列宁个性与典型环境有内在联系的特定环节。如：列宁在病床上偷看书，列宁不愿惊醒他的战友而悄悄睡在地板上……这个"看"和"睡"，就和平常的看书睡觉大不同了，这都带有列宁自己个性的鲜明特征，是和当时的特殊规定情景有着密切联系的。这样的描写，就是去掉了日常平淡的细枝末节，突出有生命的、极其生动而又能表现列宁独特个性的典型动作。"

说到这里，田老进而谈及如何在速记中提炼生活的问题。他从喝酒谈起。他说："素描、写生、速记都需要经过提炼，既从生活中来，却又不同于生活，它要比生活更纯、更高、更真、更美，绝不是照搬生活。记得曾经有一位演员，担任一个喝酒的角色，他为了所谓忠实于生活，竟真的喝起白兰地了，于是在台上东倒西歪，戏便演不下去，只好让两个人架他下场。"田老说到这里，发出一阵爽朗的笑声，接着说："写作也是同样道理。这种完全对生活的照抄，是愚蠢的。用句文学名词，这叫'自然主义的手法'。但是，我们的戏曲，就非常聪明，它的描写都是经过艺术提炼的。还是拿喝酒来说，有《太白醉写》的喝酒，有《十字坡》武松醉打蒋门神的喝酒，还有《鸿门宴》的喝酒等，同是喝酒，但是'醉翁之意不在酒'，酒都是假的，连酒杯，酒坛都是假的，喝酒，是为了表现人物性格与他们的内心世界。他们喝酒的动作、神采各有不同，但表演得又真又美，这就是艺术真实和生活真实的不同所在。我们进行写作练习或创作，要牢记一点：概括生活，选择生活，必须擅于透过生活，去提炼生活中真的、善的和美的东西。"

田汉同志多年来就养成坚持记笔记的习惯。他有许多大大小小的笔记本，都是记的日常的速记和随感。有的三言两语，或是记人记事，或是密密麻麻记述某一史实和现实生活的重大事件，盘根究底，不厌其详。田老把这些宝贵经验概括为"四写"。他说："这'四写'就是写生、速写、模写和默写。这'四写'基本上都是记录你所要了解的对象。要了解，就不是表面性的泛泛而谈。所谓写生，也就是素描。有了要描画的模特儿，就要把他的形体、外貌和内在精神实质形象地勾画出来。其次是速写，也是对着对象描写，虽然不是那样细致，但是寥寥几笔，却要抓住他的特征，能够很快就勾画出人物、事件的一个轮廓。第三，模写，就是模仿写作。模仿名作家的作品，按照自己既得的生活体验（所记录的素材），从中得到某些启发，塑造自己的人物，抒发自己的意旨，进行写作，这一点也很重要。古今中外许多大作家在写作的初期，大都经过模写的阶段。我国话剧在初期也有模仿的阶段。我自己在试作时也有模仿的阶段，做了专业作家，也还有模写或半模写的作品，如《眉娘》，后来他们改为《放下你的鞭子》都是模仿外国的，但把它中国化了。化成了中国人民抗日的故事。小学生学写字，先填红模帖；书法家开始练笔，也要模仿先辈名家真迹，然后才逐渐离开模拟，进入创造性的阶段，形成个人的风格流派，颜、柳诸家书法，无一例外。"

田汉同志说到这里，很关心这位工人作者是否能理解模仿与创造两者的关系，他说："模仿固然重要，但模仿绝不是抄袭。抄袭是最没有出息的，最不道德的，必须把模仿与抄袭分开。模仿是为了使自己更好地进行创作，它所写的人物、事件、主题都是你自己的。模仿的目的只是汲取别人作品中如何刻画人物、选择题材、构思布局、表现主题和开拓主题的技巧。"田老为了进一步阐明这一道理，接着说："当然，我刚才讲的既模仿别人但写的又是你自己的东西，你现在可能还理解不透，因为你还没有经过太多的实践，我希望你进行实践，在实践中碰到难题，我们再具体来谈。但最终我相信你会理解的。"

最后一点，田老谈到默写。他说："默写就是把你经历过的种种事情，重新默写出来。这比写生、速写困难些。默写需要凭自己的记忆，把所经历到的感受用文字再现出来，一般人叫它追记。但又不是留声机似的把它全部重播一次，而是用你自己的语言形象地将它翻译出来。这比写生和速写又进了一步，它已经过你用脑子加以提炼与补充，它允许你通过艺术的描绘，自由的想象，丰富和渲染，使事件比其本来面目更具感人的光彩。"

田老从默写谈到发挥想象力，接着又谈到意境和人物的塑造。他认为这对一个作者来说是进入更深一层的写作锻炼了。他说："我们的作品要讲求意境，意境不是自然照相。它包括作者的思想水平和丰富的想象力，也包括作者的主观能动性。意境深也就是讲究神思，要有丰富的精神境界，而这又必须具备深厚的生活基础。俗话说：'形神兼备'。'形'，就是外形的描写，'神'，则是人物内在的思想感情、精神状态。'形神兼备'，就是要把二者都写下来，融为一体。这个写，不是照相式的。融，是指融会贯通。它包含着作者对所描写对象的强烈的感情，这种感情，常常被融化到形象里去，所以我们才把描写人物叫做熔铸，或叫铸造人物。"

田汉同志说到这里，话题又回到建议青年作者多写多练上来。他说："不要轻视练习，练习是年轻作者，也包括大作家、大艺术家都必需的基本功。京剧著名表演艺术家梅兰芳和周信芳都很重视基本功的练习，他们甚至在成名之后也仍坚持基本功的锻炼。他们很懂得'三天不练手生'这一道理。俄国大画家列宾为了画好一株大树，反复观察、揣摩实体，画下了上千张素描稿。可见，天才正是从刻苦的锻炼、顽强的劳动中产生出来的。"

桃树上的蝉在欢乐地鸣叫着："知了！知了！"这蝉鸣似乎表达了这位青年工人作者的心声。他感激地长时间地紧握着田老的手，田老含笑送走了这位好学的客人之后，回头对我说："对待文学青年，我们一定要热情接待。他们要进文学大门，我们就应当给他们打开，引导他们进来。天气热，从石景山钢铁厂来看我，要走很多路，他这种求学精神是很可贵的。他的精神也鼓舞了我，一定要把《文成公主》写好。"说完，田汉同志迈开了轻快的步伐，进入书房，打开稿本，开始了《文成公主》第六场的写作。

（原载《小剧本》1981 年第 7 期）

大力发展话剧创作

最近和一些同志谈起 1961 年的话剧创作，感到这一年来成绩还是很大的，青年剧作家们写了一些值得注目的新剧本，如《战斗的青春》，《红缨歌》，《决胜千里外》，《我是一个兵》等；好几位辍笔多年的老剧作家也写出了光彩焕发的好作品。丁西林同志从写《妙峰山》到现在已经十多年了，他的新作《孟丽君》（发表在《剧本》1961 年七八月合刊上）比以前更见工力，真是"老将出马，一个顶俩！"曹禺等同志的《胆剑篇》是这一年话剧创作中鲜艳多姿的花朵之一。总的说来，创作的路子比过去更宽了，作家的创作风格也越来越鲜明了（可惜的是好的独幕剧，和写工农业题材的较少）。

但是和其他艺术部门相比，话剧创作方面又显得还不够活跃，成绩还不能充分满足人民日益提高的要求。其所以如此，当然由于一些阻碍创作力量发挥的泥沙还有待进一步疏导，就是在作家创作实践上也还存在着一些问题急待解决。比如题材问题，这在去年已经展开过讨论，文艺座谈会上也接触过这个问题。曾经有一个时期，有一些作者们热中于追赶新闻报道，有所谓"写中心、演中心、唱中心"，这种提法，徒然使话剧题材越来越窄狭，甚至使本来观众面还不够广泛的话剧，越来越脱离群众的好尚。这种偏向已经初步纠正了。剧作者们正在努力使题材更扩大，更丰富多彩，注意从各个不同的角度，不同的方面来选取题材。

我们的题材虽有所扩大，但也发现不少剧本有情节相互雷同现象。如写革命历史题材的剧本中经常出现的是吃皮带、草根或类似鸿门宴似的惊险情节，有些写现代生活的剧本多有郊游、错认女婿或父子母女重逢等场面，这当然也未尝不可，有些重复甚至是难于避免的。如写革命历史故事就容易有牢狱场面等。但由于作者对生活的深刻观察和真正的感受不够，因而缺乏独创性的构思。而独创性是我们对艺术品的首要的要求。所谓独创也并无别的巧妙，只是要求作者在塑造形象时多用思想，多运匠心，多驰骋想象力，一句话，多付出劳动。倘使自己不肯多付出劳动，草草登场，或者走容易的道路，盗用别人的劳动，那就不好了。我们要努力使话剧的花色品种更多样，路子更宽广，也更富于独创性和作家的特有的风格。只有题材、风格、样式丰富多彩，精奇各擅，才能使话剧充分满足不同的观众的欣赏要求。今天话剧还不像戏曲那样，拥有广大的观众，也就因为话剧不像戏曲那样拥有丰富多彩的剧目和表现方法。摆在戏曲创作面前的也有一个题材、风格多样化的问题，因为学生、知识分子和一部分工人也不大爱看戏曲。反过来话剧要争取亿万农民成为自己的热心观众，也要作进一步努力。应切实使话剧更群众化、民族化，真正成为广大人民喜闻乐见的自己的东西，不再认为是带些洋气的外来形式。

话剧虽有半世纪以上的发展历史，但应当说它还不是完全定型的。这一方面给我们在创作上造成某些困难，另一方面又给我们广阔的活动天地，可以创造出各种不同的风格、样式，也可以运用新的、独特的表现手法。

但问题还在怎样通过各种各样的手法表现最积极的主题，在舞台上发出我们时代最激动人心的声音，讲出广大人民心里所要讲的话，通过生动的艺术形象启发人们认识生活真理，回答青年们亟待解决的问题。

话剧在表现现代生活方面有其优越条件，几年来在这方面也做了许多工作，取得不少成就，但由于有人把话剧表现现代生活强调到绝对化的程度，甚至牺牲作品的艺术要求，把追赶新闻报道当作话剧的主要任务，并排斥表现其他多样题材的可能性，曾经使话剧创作走向越来越狭隘的道路。在表现现代生活的剧本中有许多虽企图发出今天人民群众的声音，但对生活只作了简单的表面的反映，因而不能起深刻的教育鼓舞作用。题材选得好不好是和作品的思想质量有重大关系的。但题材与作品的思想性毕竟不是一回事。

今天的观众希望在话剧舞台上看到各种各样的题材，各种各样的人物，各种各样的艺术典型。观众希望在舞台上看到同时代人的形象，特别是可作为他们榜样的英雄形象，但也希望看到历史上传说中的英雄形象。我们一方面应当创造当代生龙活虎的英雄形象，使群众在生产斗争和革命斗争中得到直接鼓舞，引导青年们走上生气勃勃的道路，但也应当通过历史上传说上各种不同的人物典型来教育今天的观众，增加人们的智慧，勇敢，提高人们的道德品质。这也是共产主义教育的重要方面。

我们和现代修正主义者相反，是相信人民中有英雄人物的。但我们也反对把英雄人物作简单的概念的理解。英雄人物并不是没有个人爱憎的，并不是整天只说些严肃、正确的话的偶像式的存在。有些同志描写英雄人物常常不敢接触他们的生活领域、感情领域中的问题，或者在接触生活领域、感情领域中的问题时，浮光掠影，挖掘得不深，刻画得不透，他们的感情、个性、爱好都像是粘贴上去的，因此人物成了某种概念的化身。有的同志提出要创造"高标准"的英雄人物或党员形象，这种要求是应当的，问题在所谓"高标准"每每是从主观出发的。而不是从生活出发，因而很难刻画出有血有肉的英雄形象，党员形象。

现代的英雄人物和我们一样是在党的教育下逐渐成长的，他们在工作中，也有挫折、困难、烦恼、失败，并不是都是一帆风顺。他们也不是生来就没有这样那样的缺点的。虽则我们不必有意写英雄人物的缺点，但我们也不要把英雄人物写得高不可攀，而应当是平易近人的。我们提倡写英雄人物，当然欢迎写英雄群像。《水浒传》的一百单八人不就是"英雄群像"吗？只要刻画得人人有个性，面目跃然，有什么不好呢？

我们现在的一些写英雄群像的戏，却只注意"群"而忘了"像"，不注意不同"形象"的刻画，所以看去每每是千篇一律，千人一面。普通佛寺里"五百罗汉"，也是刻画群像的好传统，我们似乎也没有注意学习。

"英雄"这个字在戏剧作品里也等于说剧中的"主人公"。虽则我们主张多以英雄人物做剧中的主人公，供人们效法，给人们以激动鼓舞，但不一定这主人公就是一位英雄人物，可能他是一个很平凡的人，我们的某些作品正是写一些工作岗位上极平凡的人物。正是这些平凡人物，在党的教育下，在群众共产主义风格的熏陶影响下，常常能做出一些过去社会难于看到的大事业，表现了只有今天才能有的崇高品质。这些平凡人在某些方面的表现常常达到了英雄的高度。因此，我们不要把写英雄人物和写平凡人物对立起来。

同时我们的主人公也可能是一位像"悭吝人"那样的反面人物。人民除英雄人物之外也希望看到可以作为反面教员的一些不好的人物。这些人物所以走上错误的道路，以及他们所给人民事业的损害，是可以作为一条惊心动魄的经验来警醒人民，教育人民的。有些作家艺术家每每不善于刻画正面人物，特别是党委书记等党员形象，而写反面人物却十分生动。其实就不妨把你所熟悉的这些人物当主人公加以刻画，讽刺，叫人们不要走他们的道路。有些以正面人物做主人公的作品，正面人物写得不太生动可信，反面人物反写得很出色，这就不能不产生相反的社会效果了。我们只能要求作家们使自己成为一个很好的社会主义者，共产主义者，更好地熟悉英雄人物，更生动的刻画正面形象，同时以一个革命者的眼光更细微地观察研究各个阶层，各种类型的人物，都给他们以各如其分、各极其妙的刻画。

这里接触一下语言的问题。语言在话剧中有特别重要的意义。话剧要用语言来打动人，语言如果不生动不美，就不可能很好地刻画人物性格和传达故事。语言从群众生活中来，又必须把群众的语言、生活的语言加以提炼，使它变成文学语言、戏剧语言，才能鲜明生动地刻画群众，表现生活。

有的作品语言比较单调贫乏，缺少充沛的感情和诗情画意，有的又过于烦琐唠叨，不能给人思索回味的余地。这不单纯是技术问题，语言的贫乏常常和思想贫乏有关。剧作者在构思的时候，对于人物性格想得不深不透，就不可能有生动的性格化的语言。对人物在规定情景中的思想活动没有充分掌握，就很难写出深刻的台词来。好的台词，常常如锋利的解剖刀，分析人物性格纤毫毕露，这不是堆砌许多华丽的形容词所能办得到的。"堆砌"是说我们的语言不精炼。我们应该在语言的精炼上痛下工夫。洪深先生曾要求我们"不要有一个多余的人物，一个多余的场子，一句多余的话"，就是告诉我们该怎样进行精炼。在语言方面，可以检查一下，我们有多少多余的话呵！

话剧语言上的另一缺点是缺乏动作性。这些语言不是形象地表现思想感情，而是说明的、报道的东西。正面人物的说话每每像报纸的社论，冗长繁琐，而人物的思想活动却非常贫乏。戏剧语言应当是表现力特别强的，性格化的，富于动作性的。1955 年第一次全国话剧观摩会演时，某一位欧洲同志曾说："德拉马（Drama）这字在希腊文是'动作'的意思，你们却译成'话剧'。以致许多剧本完全靠对话来刻画人物，发展故事，忘记了动作的重要。"这个批评对我们也是当头一棒。的确除语言之外，我们要特别注意动作，但也要注意语言的动作性。我们传统戏曲的台词动作性很强，随便举《拦江截斗》为例，赵云对孙尚香追述他长坂坡七进七出救阿斗的故事，几乎每一句话有一个动人的身段，而我们话剧的叙述常常是比较平板的，干巴巴的，缺乏动作性。语言的动作性也不单指人物的形体动作。有时人物的形体动作并不少，而内心活动却不丰富。可知语言的动作性贵于能表现人物内心活动和强烈的意向的。

话剧的语言问题是使话剧语言更美更生动更艺术化的问题，同时也是提高群众语言水平的问题。戏剧语言对一个国家国民语言的提高是能起促进作用的。我们应当学习鲁迅如何把群众语言变成文学语言的提法和他的成功经验。

话剧还有一个方言问题。不止是应该从各地方言中吸取生动美丽的东西来丰富提高戏剧语言，还有运用方言话剧来对广大工农劳动人民进行宣传教育并扩大话剧影响的问题，这在上海、广东、浙江、四川各地已经有成功的经验，值得加以研究推广。

关于戏剧的矛盾冲突去年也谈得很多，现在已经没有人坚持"无冲突论"了。也不大有人说"无冲突即无戏剧"是资产阶级过时的论点了。我们主张不止社会主义社会还有矛盾，就到了共产主义社会也还有矛盾。戏剧应当反映社会矛盾，但社会矛盾不就是戏剧冲突，如同戏剧反映生活却必须比生活更高，更美，更集中，更典型化，戏剧反映社会矛盾也有个集中和典型化的问题。同时戏剧冲突不一定都是社会矛盾，可以是误会、巧合之类。这些都议论过了。今天的问题似乎集中在如何在创作实践上处理人民内部矛盾。这问题还有待我们进一步研究解决。

要提高话剧创作质量，除了作家们深入生活，提高思想修养，增加知识之外，还要加强艺术修养，注意艺术技巧的锻炼。因此，我们无论新老作家都有一个学习和提高的问题。

在去年文艺座谈会的时候，曹禺同志曾经向文艺界痛切地提出进一步学习的问题。最近曹禺同志又提到剧作者如何克服眼高手低。他说我们常常恨自己眼高手低，写不出好东西。但就是不肯承认，我们"眼"也不高。他说我们要"登高见博，就要下一番攀登的苦功夫。"我以为曹禺同志的话击中了我们的要害。我们认真下一番攀登的苦功夫吧！

以上这些问题有的在去年文艺座谈会也提过了，当人民对戏剧艺术提出严重任务的今年，我们应该在业务上，在创作实践上，把这一些问题进一步加以解决，这正是即将要召开的话剧新歌剧创作会议上应该办的事。

繁荣创作和繁荣戏剧理论批评是紧密相关的事。没有理论的指导，没有批评界的鼓励，我们还比较幼弱的话剧创作是不容易旺盛起来的。我们不能不要求把戏剧（特别是话剧）批评大大推进一步。我们的理论批评队伍还太小了，也还没有很好地结集起来。

今天搞话剧创作的也不是太多，而战斗任务又如此繁重，这就更要鼓起大家的干劲，对一些较好的作品予以应有的帮助和鼓励，使它们由幼弱到健壮，由粗糙到精美。正如曹禺同志说的："让一些没有大错的作品留下来，并不断帮助他们提高吧。"质量的提高要有数量的丰富做基础，先让大家兴致勃勃地多写多演吧。

今年是毛主席《在延安文艺座谈会上的讲话》发表20年的年头。毛主席在讲话中对文艺问题提得十分英明而全面。在新的形势上重温毛主席的英明指示，切实研究问题，解决问题，就一定能保证话剧创作的繁荣发展，对祖国社会主义建设和世界反帝反殖民主义运动做出有力的贡献。

附句：年初曾对《剧本》月刊的部分同志谈到今年发展话剧创作的一些问题，接触的方面很多，但都谈得不透，又没有时间补写。这里就编辑部同志的记录略加修改，请话剧界同志们批评指正。

田　汉

（原载《剧本》1962 年第一期）

第四编　熊佛西（1900—1965）

创 作

　　艺术家应该有两个世界：一个是现实世界，一个是理想世界，或是一个是灵的世界，一个是肉的世界。

　　现实世界即人类生活的世界，即真的世界。人与人的关系，物与物的关系，人与物的关系，在这个世界里表现得完备周密。所谓"生老病死"，"悲欢离合"，无不表现于这个世界。并且表现得非常具体的，一针就是一针，一线就是一线。但是这个世界从艺术家的眼光看来，似乎短少生动，缺乏变幻，而没有他们所谓的"美"。于是他们对于这个世界不满足，起了怀疑，因此在他们脑海中另外建筑了一个世界——一个超然的世界。

　　这个超然的世界即是理想的世界，即是梦幻的世界。在自然世界里不能满足的，在这儿都可以满足；在那边感觉丑的事物，在这里都能美化；在那边感觉残缺的，在这里都可以完整；在那边感觉限制的，在这里都可以自由。幻境就是这个世界的创造。梦就是这个世界的生命。我们有时不满足现实生活，往往想做梦，常想跑到梦里去。梦虽不是诗，不是画，但终蕴蓄着诗与画。梦是不满足的象征。梦是弱者的呼声与反抗。梦是艺术家的归宿。不过梦，正如现实的情境一样，亦有次第优劣的区别。有善于做梦者，有不善于做梦者，全凭作者的天才。

　　这两个世界是不能独立的，是相应而生的。倘无现实世界的存在，决无理想世界的发生。艺术家的创造就是这两个世界关连的精粹，就是灵与肉的调和。

　　心理学家说先要有刺激，才会有反应。对于艺术家，现实世界是个给予刺激的世界，理想世界是个承受反应的世界。诗人在现实世界里得了某种刺激，他可以把这种刺激和感触带到他的想象的国里，在那里让它优游，让它酝酿，让它承受它应得的反应，经过这种程序的结果才是诗，才是艺术，才是创造，而非抄袭。一切的艺术，照我看来，都要经过如此的程序，然后始能产生。

抄袭只能运用于现实世界。创造是从现实世界到理想世界的结晶。譬如昨天报上载着这样一段事实："天津某贸易公司诈欺取财一案，经揭露后，该公司某经理畏罪吞金自杀"，我们看了觉得某经理很可怜，觉得这事很可悲。但是可悲可怜的人事不是悲剧，虽然悲剧是由于这类材料结构而成的。这仅是现实世界里一段事实。它仅是一段事实，不是诗，不是悲剧。假如我们将这段事实原原本本丝毫不改如照相一般的作成剧，而称它为悲剧，我们觉得这是很可笑的。其实这仅是现实世界的一盆糟粕。这糟粕只可给戏剧家或诗人以刺激。

假如遇着一个诗人拾到这盆糟粕，他可以运用他想象的天才，给它剪裁，给它生命，给它美化，结果也许成为一出动人的悲剧。

创作家最重要的当然是他的情绪。我们可以说情绪是想象国里的女王。情如电，绪如线。必要借着电的锋锐与热烈，必要借着情感的丰富与真挚，现实世界才能和理想世界沟通。所以诗人画家及一切艺术家都应该有浓厚的情绪，深远的想象，敏锐的感觉。

一个艺术家还要能够将他的情绪，想象，感觉具体化。世界上情绪浓厚，想象深远，感觉敏锐的人很多，但是这些人不见得就是艺术家。唯有艺术家才能将他的情绪与想象具体化，具体的美化。这种工作的完成全靠技术的训练。技术的完美没有什么难，只要功夫到。平常我们发现许多有技术天才的人，但是他们终未成为艺术家。这是由于他们不能将情绪，想象，具体的美化，可见技术的训练对于一个艺术家的成就亦极重要。

作品中的思想应该情感化。伟大的艺术家当然有伟大的思想，但是他们的思想是蕴蓄的，是默而不宣的，是情感化的。在他们的作品中，不能否论思想的存在，但是我们能看见的只是情感与美感，见不到他的思想。伟大的艺术品都是如此。反之，只见到思想，虽是伟大的思想，而见不到情感和美感的作品，虽是借着艺术的方式来表现，终不能称为艺术。

中国近来的文艺界似乎很有生气，创作颇多。这是好现象。但是我很担心文艺的前途，我怕它将来要走到虚伪与装饰的逆运。近来我们看到许多的小说与剧本，里面似乎思想的成分多，情感的成分少。思想是容易虚伪的东西。譬如现在有人主张"废去婚仪"，大家也许觉得很有趣，也许可以成为一时一般人茶余酒后的谈笑资料。结果你写一篇论说论及它，我作一篇文章讨论它，不管你我对于这个主张是否有真正的兴趣。我们作文章的目的也许是爱时髦凑热闹，但是别人不容易知道我们的动机。所以思想是很容易愚弄别人的，是很容易假借的。在你的作品中有无情感，读者一读就知道。情感决不能假造的。你有了真挚的情感，你才能写出动人的作品。并且浓厚淡薄，你的作品都能显明的示于读者。

时髦思想的作品，也许可以卖钱，也许可以出名，也许可以得到多数民众的欢迎。但是这种欢迎不过是镜月昙花，决不能长久的。因为思想是有时间性的，是最容易变迁的。唯有情感真挚的作品，才能永远不朽。

戏剧与趣味

一

吃饭要有味，读书要有趣，做人要有意思。这是人情。除了悲观主义与禁欲主义者以外，趣味的贪求可以说是人类的共同点。唯各人的教育不同，趣味的标准则因之而异。甲所谓有趣者，未必乙谓之有味；丙认为有味的，未必甲又认为有趣。所以什么样的教育，产生什么样的趣味。学工程的当然对于工程有趣。攻文学的必是对于文学有趣。谭鑫培学戏，谭小培亦学戏，谭富英又学戏，这当然是因为谭家的教育是戏的教育，所以三代都富于戏剧的趣味。当然亦有例外，学戏而对于戏剧毫无趣味，研究科学而对科学毫无趣味的，亦大有人在。

教育是有等级的，（指人之智愚而言，非指机会而言）所以趣味亦是有等级。人类有贤愚的分别，教育因之便有限制，趣味因之而有高低。高级趣味者爱读《红楼梦》，低级趣味者则爱看《灯草和尚》（民间流行的一种淫书）。高级趣味者对于唐宋名画欣赏不已，低级趣味者对于街头巷口匠人之涂抹津津有味。虽然我们不愿意将趣味列成等级，但是事实上趣味是有等级的。要打倒政治，教育，经济之畸形机会不难，要想人类的趣味统一却不容易。

经济是具体的，不平等的，可以用人类的"治力"来打倒，来支配。趣味是抽象的，虽是教育的而终是人性的，所以非任何力量所能支配。或者说只要教育办得好，趣味就可以统一，其实教育的力量只能将趣味提高，而不能使趣味统一。因为前面已经说过，人的智慧是有等级的。智者教之可以提高，愚者教之亦能相当的提高，但决不能提到与智者一般高。所以要使人类的趣味统一而无等级，最好先打倒人类的智愚！

二

根据上面的原则，再来研究戏剧的途径。

戏剧的说法很多。有的说它是人生的表现。有的说它是教育的工具。又有人说它是纯美的创造。近来还有人说它是无产阶级意识的呼号。这些说法都有道理，只要它们的表现富于趣味。任何派别的剧本，只要其中蕴蓄着无穷的趣味，即是上品。因为戏剧是以观众为对象的艺术。无观众即无戏剧。无论你的剧本艺术是何等的高超或低微，假如离开了观众的趣味与欣赏力，其价值必等于零，等于无戏，等于有戏而无观众。

那么我们究竟需要什么样的戏呢？简言之，大多数的人看得懂，大多数的人看得有趣味的戏剧，就是我们需要的戏剧。哭有哭的味，笑有笑的趣。我们的民众今日太麻醉了，不知哭，不知笑，当然不知哭笑里面的趣味。我们不敢希望人人对于戏剧发生趣味，因为这是事实上办不到的，但是我们希望大多数的民众能领略戏剧中的趣味。

现在戏剧界有三派势力：一曰歌剧，二曰话剧，三曰电影。以歌剧资格最老，话剧次之，电影则为近二十年的后起。这三派势力各有各的内容与形式，各有各的诽者与捧者。换句话说，各有各的趣味。爱歌剧者未必爱话剧，爱话剧者未必爱电影。我常说："萝卜白菜，各有所爱；爱萝卜者未必爱白菜，爱白菜者未必爱萝卜。"当然亦有爱萝卜而兼爱白菜者，但此终属少数。故任何派别的艺术，只要它能引起人的趣味，即能存于人类。此等富于趣味之艺术，虽用炮轰弹击，亦不能倒，徒呼"打倒"口号，更是无益。

三

中国剧界亦为上面所举的三派势力把持着。电影的势力最大，旧剧次之，话剧更次之。旧剧虽然比较的缺乏现代性，因有悠久的历史，故其势力仍存。电影在中国的日期虽不长，因其表现的范围较大且具体，尤其在观者的视觉方面，故一般观者对之趣味极厚。话剧呢，在中国只是一个十几岁的小弟弟，其势力虽不如电影与旧剧，只因是新兴的，向上的，前进的，加之几年来一般同志的努力研究与提倡，其势力亦有一日千里之势，前途万分伟大光明。话剧是表现时代最方便而有力的工具，所以话剧充满了现代精神——现代人的痛苦与悲哀，现代人的快乐与希望。这是当然的，现代的民众欢喜看有现代精神的戏剧。

我在前面已经说过，趣味是很难一致的。话剧虽然充分的表现时代精神，但它想压迫电影，驱逐旧剧一时是办不到的。因为人是怪物：有激烈的，有和平的，有冲锋的，有倒行的，有极端维新的，亦有极端守旧的。况且旧剧电影亦有它们的行道，主顾，趣味。假如旧剧在形式和内容上都达到了完美地步，那是任何力量不能驱逐的。倘若它不改革——当改革的不改革，不应改革的乱改革——老是违背时代性倒行逆施，那么就是没有压迫，它本身也会灭亡。例如秦腔在40年前颇极一时之盛，现在则衰落不振，这固由于乱弹的压迫，然而它为什么甘心情愿接受乱弹的压迫呢？这当然是因为它本身有欠缺，在艺术上没有乱弹完备，所以一般人才将昔日爱练秦腔的兴趣转移到乱弹身上。昆曲亦是如此。这是天演公例。但今日乱弹的兴盛决不是偶然的，是多年教育训练——艺术的训练，趣味的训练——而成的。

不过我们从另一方面着眼，多数人爱看的，不见得就是顶好的，高级趣味的；少数人爱看的，亦不见得就是极坏的，低级趣味的。艺术史上的事实可以证明。文明戏当年非常盛行，为什么？是它的艺术高超吗？不是。完全是因为它能迎合一般人的低级趣味。也可以说它能诱惑一般人的弱点。例如它所表演的不是少女调情，便是姨太太吊膀子争风吃醋。又如年来国内画报的风行正像雨后春笋，这是因为民众爱好艺术么？也不是。这是由于画报爱登裸体写真与少女的相片，所以销路特别广大。那些真正提倡艺术的画报，例如《故宫周刊》，《艺林旬刊》，反倒没有人看。如此种种都足以证明在今日中国高级趣味的人少，低级趣味的人多。

我们现在提倡的新兴戏剧也是这样，观众虽没有旧剧和电影的多，势力也可以说没有它们的大，但是其中的趣味却比它们高。比较有高级趣味的民众才来看我们的戏，才能欣赏其中的趣味。但有一事不可误会：有高级趣味的人不见得是资产阶级，虽不敢说尽是无产阶级，但敢断定无产阶级要多过有产阶级。我有事实为证。我们平常演戏，剧场门口向来没有停着汽车马车，而梅兰芳，杨小楼演戏时或真光演电影时，汽车总是盈门。所以有高级趣味的民众不见得就是资产阶级。

四

　　中国艺术界现在有一种通病：老想灭亡别人，不知建设自己；总想诽谤别人，不愿反省自己。这真是害人损己的办法。作者自愧不才，滥竽新兴戏剧运动有了十几年，关于此点却看得很清楚，故常对同志们说："我们不要攻击别人，应该努力建设自己；不要尚空谈，应该脚踏实地地去做！"现在我还要乘此机会用同样的话来勉励未来的编剧家，导演家，及一切忠实于新兴戏剧的同志们。

　　倘若希望我们的戏剧成功，我们应该在作品中处处使观众发生趣味，发生高级的趣味。要达到我们的目的，唯一的方法是研究观众的心理。他们干些什么，想些什么，希望的是什么，痛苦的是什么，爱什么，恶什么，一句话，对于他们的各方面应该彻底去研究。同时要拿出我们自己的见解来，使他们为我们所动，为我们所感，为我们笑，为我们哭，为我们发生大而且高的趣味。

　　这是成功一个戏剧家唯一的秘诀。

单纯主义

　　艺术史上的主义多矣，真能适合现代潮流的却不多见。应号召为稀奇而创始的主义，在某时虽曾受过民众盲从的拥护，但在艺术上的成就终如镜月昙花。不要主义是最好的办法，如其要主义，必须切实，必须适合时代潮流。

　　艺术是时代的表现，是任何人不能否认的。什么样的主义适合现代，我们就应该先知道现代是怎么样的时代。现代究竟是怎么样的时代呢？科学家说是科学时代。政治家说是民治时代。实业家说是工业时代。银行家说是金钱时代。这些说法固然都不错，但我以为最能概括现代精神与内容的莫如"经济时代"。这里所说的"经济"不止是金钱，自然也包括我们的精力与时间。

　　瞧瞧现代的人，谁不求经济？不但吃饭穿衣住房要经济，工作与娱乐亦要经济。事事物物，时时刻刻，无不求经济；省金钱，省精力，省时间。看戏当然亦要经济。戏，是为观众而有的。我常说"无观众无戏剧"。所以一个戏剧家决不能忽略观众的"经济"——观众时间的经济，精力的经济，金钱的经济。我们现在要研究的是戏剧艺术本身如何可以经济？怎样才能适应观众的经济要求？

　　第一，剧本应该短。第二，布景应该少更换。第三，剧中人物应该简略。剧本要短容易，要短而精则难。短剧可以简省观众看的时间，可以简省制作布景的费用。因之可以减少观众的担负。多幕剧假如调置得法，也可以得到极经济的结果。

　　譬如少换背景，就是多幕剧主要的经济原则。幕幕更换不同的背景，不但使观众的票价过高，而更换背景所浪费的时间更是可惜。有时还使观众感觉疲乏。就剧院方面说，三分钟一换景，五分钟一闭幕，损失亦是极大。布景多则花钱多，费工多。这种花费虽是羊毛出在羊身上，倘若羊毛拔之过多，恐要伤及羊的生命。所以剧本不在幕之多寡，只在布景更换与否。

人物多亦如背景多一样的浪费。人物多当然演员多。演员多当然消耗多，麻烦多。观众的经济担负当然亦要加重。而且人物繁杂的剧本，观众欣赏要多费脑力，导演人要多费精神。

莎士比亚的戏曲其所以不甚适合现代舞台的需要，并不是其中的思想落伍，实在是因为换景太多，人物过繁。易卜生的剧本其所以能得现代观众的欢迎，一方面固然是因为其中的寓意新颖，最紧要的还是他的技术的经济——情节精粹，背景简略，人物单纯。

所以为适应现代观众的经济景况起见，在剧艺的各方面都应该力求经济。但是世界上最经济的事物，不见得就是最美丽的事物。戏，从社会的眼光看来是社会事业的一种，应该经济化；但从艺术的眼光看来是艺术的一种，应该美化。换句话说，戏剧一方面固然应该不背经济条件，另一方面还应该合乎美的原则。这就归题到我在这里要提倡的"单纯主义"了。什么是单纯主义呢？

就字面讲，"单"是简单而非复杂，"纯"是纯粹而非混浊。单，有条理清晰一丝不乱的意义。纯，有取其精锐去其糟粕的意思。就艺术方面讲，单纯不但极经济，而且最美丽。我们看名家之画，虽是寥寥几笔，而无一笔乱，半笔废；笔笔有道，笔笔有神。虽是一个三四人物短短的独幕剧，但处处有趣味，处处有吸力；无一废词，无一轻飘之动作。舞台上无一无用之物，无一不美之物。这种画上弥漫着单纯之秀，这种戏里充满了单纯之美。这种画，这种戏，我称为最经济极美丽的艺术。并名之曰单纯主义。

或者说现代的人生是复杂的，戏剧是表现人生的，复杂的人生岂能用单纯的艺来表现？其实以单纯的艺术而表现复杂的人生，正是艺术家应有的能力。我们都知道艺术的取材不能无挑剔，不能无剪裁。表现更不能不有作者的人格与想象。既经挑剔，余下的当然是精锐；既经想象，表现的方法当然不无变化。结果是单纯而无复杂。把复杂的人生像照相似地搬上舞台，不但不可能，而且不必要。

我觉得单纯主义在今后的中国戏剧界有实行的必要。我们的观众太穷了！我们的同志太少了！一个车夫厨子不但没有钱看戏，而且没有时间看戏。我们主持戏剧的同志又少又穷。没有成本，缺乏人力，短少专任的时间——这都是我们现在作戏剧运动的人的困难。所以不管从观众或剧院方面着眼，中国现在是需要单纯化的戏剧。在上海近两年来，似乎有人提倡普罗戏剧。很好。也许将来会产生一种特殊的戏剧。不过普罗戏剧作家务必要运用极单纯的技巧，人物要简略，布景要简单，内容要精粹。否则，虽名为普罗，实则违反普罗的要义。因为普罗阶级即是无产阶级，也即是无闲阶级。无产无闲的人，应该如何的经济，应该如何的简省！

我是向不相信任何主义的。假如有人问我要主义，我就说我的主义是"单纯主义"。"挑几个主要的角色，表现一个精彩的思想，采用简略的背景，减除观众的担负。"这就是我的戏剧主张。

剧作家的修养

本篇的旨趣在讨论戏剧家艺术上的修养，而不是道德上的修养。

一个诗人或戏剧家的成就决不是偶然的。火山不能偶然爆发，清泉不能突出喷流，而艺术家决不能像纸糊人马一样的成就。他如同花草一般，应该先拣种，次理地，再下籽，还要承受风雨阳光的调剂，预防各种毒虫的蹂躏，方能开花结果。换句话说，艺术家必得受训练。

但少年作家往往不肯受训练，所以他们的作品多半是直觉而无修养的。他们没有机会受任何前辈作家的影响。他们创作的态度是冲动的，只要情感一冲动，他们就拿起笔杆来写，思想成熟与否，风格美丽与否，是不管的。想写就写，毫无顾虑。常有发表过十数篇剧本小说的少年作家，没有读过一篇前人的名著。他所写的好不好他自己不知道，他也不要知道。他只要写。写好了，自己读读，人家看看。他创作完全是仗着天生的一股勇气。他决不像成年而有修养的作家瞻前顾后，思索又思索，推敲复推敲。他只是顺着情感的驱使，勇往直前的写，结果如何，他满不在乎。因此少年作家的作品用成人的眼光去批评，思想也许浅薄，风格也许幼稚，然而其中弥漫着一种天真烂漫的热情。这热情虽是一般作家的基础，倘不加以修养或训练，终难造成伟大作家。

有人说戏剧家是天生的。这话不错。这是天才论者的见解。不过天才倘无修养决难发现。我在前面已经说过，一粒好种假如没有肥美的土地耕种，没有阳光雨水的调剂，终必成为废物。天才亦是如此。所以修养和训练是发现天才唯一的工具。

修养？究竟怎样修养呢？

第一，应该多读书。读书可以明理，可以使你的胸襟开拓，可以使你的笔墨流畅。可以使你得到新的刺激。无刺激，便无创造。刺激妙如美女，它可以使你的春情发动；刺激宛如吗啡，它可以使你兴奋。一本书有一本书的刺激。万本书有万本书的刺激。所以戏剧家应该饱读书籍。不论何种书籍都应该读。古人说"开卷有益"，我以为这句话是戏剧家修养最低的标准。

第二，应该多经验。世界是个大舞台。戏剧是表现这舞台经验的艺术。是直接表现人生的艺术。故戏剧家必须饱尝人生经验。人生各方面的经验。酸甜苦辣，不酸不甜不苦不辣的经验。戏剧家的脑袋应该是一个丰满的经验袋。各式各样各种各色的经验都要齐备。应该用之不尽，取之不竭。

经验如何才能丰富呢？不外采用转取与直取二法。直取之经验是自己的经验。转取之经验是他人的经验。

左拉，高尔基，托尔斯泰要描写下级生活，所以亲身去尝试下级生活。这样亲身得来的经验是直取的经验，而且是最有力，最可靠的经验。可是吾人之光阴能力有限，倘事事亲自经验，当然是不可能的。有时且是不必的。于是不能不转取他人之经验。报章新闻的记载，街头巷口之谈论，都可以给我们极好的经验。易卜生的"备忘录"就是这种转取经验的储蓄处。

上面说的两种修养方法，不管读书也好，经验也好，只能给我们创作的刺激。天才只是刺激的反应。某种刺激产生某种反应，结果发现某项天才。

不过年龄大了，学识广了，经验丰富了还有一个危险。就是容易流入摹仿。因为他读过古今的名著，他知道比较，他发现自己的作品远不如人，他佩服前人极了。他对自己说："人家的东西写得这样好，我的东西写得这么坏，愧煞我也——我要从此搁笔，我要永远搁笔。"不然，摹仿就开始降入他的脑海。因为他崇拜前人，所以处处摹仿前人。只要一下笔，无论如何，他跳不出前人的窠臼！

总之，从文艺史看来，没有一个成名的作家不是受过训练的，修养深刻的。广读前人的作品才可以激发自己创造的天才。未有一个作家未经过摹仿时期的。因为这是创造的基本。不过他们都未曾被前人克服，虽然他们也在前人的著作中兜过圈子，但是都跳出了前人的圈套。所以他们的作品仍然充分的表现他们的个性，是他们自己天才的创造。

"读破万卷书，行遍万里路"，是一切艺术家应有的修养。这虽是老生常谈，我却认为异常切实。

写剧方法

此处所说的写剧方法是具体的，不是抽象的。

在抽象方面，一个剧本难免不表现一点思想，不论是厌世的或是乐天的。因为一个剧作家有他的人生观及宇宙观。虽然他并不存心借着写剧来宣传他的思想，但无形中他是一个思想的传播者。不过在未下笔之前，他必须要有不能不下笔的情感冲动。有了浓厚的情感冲动，然后才可下笔。究竟怎样下笔呢？这就归到具体的剧本结构了。

在具体方面，一个剧本应有高明的技术。剧本中的思想是艺术的，这是关乎作家的天才，决不能勉强得来的；然而其中的技术却能用苦工和长久训练换来的。因为技术是科学的，是机械的，只要肯学是学得会的。

不问材料繁简，一个剧本必有三部分：头，身，脚。即使一个独幕剧，亦必具此三部。头部，介绍所有的脚色，将他们的关系弄得清清楚楚，令观众明了你在下面要说的是些什么；观众明了之后，自然就会发生兴趣，就急于要往下看。所以一个剧本的头部最要紧的是明晰清楚。身部要有风波。风波要有意义，要有来路与去路，决不可像侦探小说中无情无理的风波。这种身部的风波普通称为"发展"。发展须处处清楚，处处暗示，处处有吸引力！脚部就是剧尾。剧尾要含蓄而有余味。以上是独幕剧写法的大概。三幕剧，四幕剧，五幕剧的写法都是如此。西洋批评家根据已往名剧分析的结果，将一个剧本的构造分成五个段落：一曰介绍，二曰埋伏，三曰极峰，四曰下落，五曰结束。这亦无非要达到"起承转合""趣味生动"的境地。

法国的文豪大仲马善于写小说，不善于写戏，但是他善于教人写戏。有一天他的儿子小仲马问他怎样写戏？大仲马就告诉他说："第一幕长一点，清楚一点，介绍所有的角色；第二幕发展第一幕里所说的；第三幕短一点，结束起来；但是处处要有联络，处处要有趣味与余味。"这话非于戏剧有深沉阅历的人不能道出！

当你写戏的时候，你必须在脑海中建筑一个舞台，因为戏是为演而写的。在你未下笔前，最好让剧中人在脑海的舞台先演给你看，看他们的动作是否生动，看他们的言词是否得力，看他们彼此的关系是否清晰，看他们从何处来，看他们往哪里去。这是我常用，最稳当的方法。用这种方法写出来的剧本是没有不能演的。

戏剧里的脚色愈少愈好，但不可过少，过少又嫌单调。总之，你第一要注意一个脚色有一个脚色的用处。写剧时应当问自己：我要这个脚色干吗？这个脚色可以省去么？这个地方可以加添一个脚色吗？在每幕剧内最好不要同时有三个以上的脚色对话，因为那足以使观众的注意力减少。你的材料要加以剪裁与挑剔。要善于割爱。不要把许多要紧的东西挤在一个戏里，因为这样反能妨害剧中的精彩。挑几个最重要的脚色，表现一个或一段最精彩的思想；否则印象就不深刻。并且须牢牢地记着，剧本是拆得开并得拢的，决不能随便加减。同时去掉一切不要紧的动作的说明，因为聪明的导演家及演员，自然会随时随地的去体贴。

戏剧上的"三一律"是指时间，地点与动作说的。这三项都要一律。亚里士多德说剧中的时间不要出太阳的一周（24 小时）。我以为时间和地点的限制可以打破，动作的限制万万不可打破。内外的动作应该一致。一个剧本的好坏，就看它的动作是否统一。法国剧作家最遵守三一律。英国的莎士比亚是一个浪漫派的作家，他不受三一律的限制。时间与地点虽不必受限制，但亦要斟酌。同时要顾到剧场的经济（布景用费），观众的经济（期待开幕和看戏的时间）。

"幕"字有两个解释：一是指 act，一是指 curtain。所谓 act 的功用多少偏重于动作方面的统一。所以幕的划分是应该以动作的段落为标准。每幕应有每幕的动作，全剧又应该只有一个动作。有许多动作是肉眼可以看见的。有许多动作只有"心眼"才能看见。这全靠作者的灵活运用。curtain 是用在一幕表演终止时才拉拢或落下来。这是戏剧中换景换时的一种紧要的程式。但在闭幕的时间内，剧仍然是往下演着，在观众的脑子里联续的演着。在这个期间所表演的动作或剧情，是肉眼看不见的。

剧本的长短不在文字多寡，应以表演所占的时间为标准。普通独幕剧的时间是由 25 分钟到 45 分钟。多幕剧往往是从两点半到三点。过长或过短，都能影响演者观者的经济与兴趣。

有人以为戏剧的价值不如电影的大，一般人大概都承认这是千真万确的。其实不然。譬如在电影内要表现一个喜马拉雅山，必须把喜马拉雅山的照片映演在观众面前，观众才能相信。这是电影的好处，也是电影的坏处。在舞台上要观众相信有个喜马拉雅山，在面前不必一定要有个喜马拉雅山，靠着演员内心的动作，与演述的神情，可以告诉观众某处有一座喜马拉雅山！假如观众肯用"心眼"去看，当然可以领略一座较电影中还要动人的喜马拉雅山。这样一来，余味自然更长，力量也就更大。这不过是一个小小的比喻罢了。会写剧的人没有不会写电影；会写电影的人未必会写剧。因为舞台剧的限制较严于电影剧；写舞台剧是比较受限制的工作；写电影剧是比较自由的工作。

末了奉劝未来的剧作家：请你千万小心，不要上了规矩的当；你只可拜会规矩，切不可投降于规矩！写剧虽不一定要规矩，但你必须知道一切的规矩。

三一律

时间的统一，地点的统一，动作的统一，普通称为"三一律"。

时间的统一，就是说，不管几幕剧，发生的时间必须要一律。不准第一幕发生于民国元年，第二幕发生于民国十年，第三幕发生于民国十七年。必须三幕剧发生于一个时间内，否则就违犯了时间的统一。"一个时间内"？一年是一个时间，百年万年亦是一个时间，一日一时也是一个时间，那么一个时间的分划究竟以什么为标准呢？为了这个标准，在西洋各国曾经起了许多争执。亚里士多德说一个悲剧的发生及完结，其时间不应出太阳的一周。这是时间统一最古的说法。但是亚氏所谓"不出太阳的一周"亦甚含糊，究竟是指 12 小时呢，还是 24 小时？据西方学者研究的结果，大都以为亚氏认为悲剧应发生于 24 小时内；万一逾越，亦必限于少许。故时间的统一是说一个戏剧不管长短，其动作所占的时间不能超过 24 小时的限制。

地点的统一，就是说，一个剧本不管几幕，应该发生于一个地点。譬如一个三幕剧：第一幕发生于北平某银行家的公事房中，第二第三幕亦应该发生于他的公事房中。假如第一幕的地点在北平，第二幕的地点在汉口，第三幕的地点在上海，这就是破坏地点的统一。所以严格说来，一个戏剧的动作最好发生于一间房内，或一个野外，至多不要逾越城市或乡村。

地点的统一是意大利人客斯特尔佛奏（Castelvetro 1505—1571）的创始，同时经过法人泰义尔（Taill 1540—　）的极力鼓吹，才正式成立。亚里士多德在他的《诗学》里只论及动作与时间的统一，对于地点只字未提。

动作的统一比较容易明了，是"三一律"中最重要的一个统一。就是说一个剧，三幕或五幕，动作应该完全统一。情节应该联贯，气韵应该一致。这是亚里士多德的创始，古今任何国的戏剧家无不遵行。

以上都是戏剧史上的事实，现在要说我的意见了。

先论时间的统一。

戏剧是人生的表现。人寿的长短与戏剧的表现不无关系。人寿长的可以活一百岁，短的可以活五十，长短平均总可以活六十。现在流行的戏至长不过五幕，表演时间至多不过三点钟，倘若超过这个限制，观众的精神必会疲乏。换句话说，三点钟内必须表现一个整个的人生，倘若每幕的时间还要统一，那简直不可能了。固然戏剧不一定要表现整个的人生。最好是断片的人生，但是描写断片的人生，而每幕时间还要统一，亦是不可能的。从这一方面看，我们应该打倒时间统一的限制。

从另一方面着眼，时间的统一又不无相当的道理。戏剧的目的原来是摹仿人生，并非抄袭人生。摹仿可以剪裁，可以创造，可以缩短，可以将一个六十岁的人生缩短至二十年或十年，甚至缩到三小时。只看作者的手腕如何。所以一个手腕高妙的戏剧家往往能将一个六十岁的人生，经其挑炼精华，摹仿成为一个三小时的人生。这三小时的人生就等于六十年的人生。这三小时的人生即是六十年的缩短，六十年的精华。既将一个整个的人生表现于三小时之内，当然，不管写成三幕剧，五幕剧，每幕的时间必是统一的。一个剧的时间既然统一了，观众易于欣赏，全剧的动作易于紧凑，易于成功。

地点的统一于一剧的成功亦有很大的关系，尤其在这个事事求经济的 20 世纪。

现在的人对于金钱特别看得重。任何事都可以放松，唯有金钱不肯放松。戏剧的地点倘不统一，当然要多花金钱。譬如一个五幕剧，每幕的地点都不同，较之于每幕的地点均相同，当然要多花钱。多花制造及设备背景的钱。地点不统一不但要多花金钱，而且要多费劳力。不但剧场方面的劳力及金钱，尤其要顾到观众的金钱与劳力。羊毛出在羊身上，舞台的设备费多了，戏票当然贵了；换景多了，观众的时间当然亦延长了。经济学者说时间即金钱。时间与金钱固然不能不顾及，因换景而伤害观众的兴趣，更是罪大恶极。往往一个很有意味的戏，因为五分钟一换景，三分钟一换场，把观众的一腔热兴，消灭到冰冷！莎士比亚就吃了换景的亏。倘若他的戏，地点再酌量的统一，必能更动人。

法国人见到这一点，他们极力提倡地点的统一。但是天下事终不能勉强，总要听其自然，尤其艺术应该如此。当统一而不统一固不可，不当统一而硬要统一亦不成。否则必会弄到因词害意，因"地"害戏。

现在我要说动作的统一。

任何艺术必是整个的。必是一个生机。必是有起有落，有头有尾。它的内容必是统一的。例如一张绘画：一笔是一笔，不能多一笔，不能少一笔；笔笔有功用，笔笔有意义。在一幅画里虽有各种部落的描写，但整个的看来无不调和，无不是一个生机。绘画如此，建筑如此，一切的艺术都是如此。

戏剧更是如此。我常说戏之成为戏全赖动作。动作应该有头有尾，应该是一个生机，应该处处联贯，处处统一。不管你横写直写，明写暗写，总要异途同归，处处调和，处处一律。必须要来路分明，去路清晰，全剧合乎因果律。在古今中外戏剧名著中，有的是地点不统一，有的是时间不统一，但没有一篇有动作不统一的。所以动作的统一，为一切戏剧家应守的规律。

天下事往往如此：行为浪漫的人，文章往往古典；文章古典的人，行为往往浪漫。法国人据我所知似乎是最浪漫的民族，然而戏剧的三一律在法国倡之最盛，行之最力。中国民族因为受了几千年礼教的熏染，行为似近古典，然而戏剧中很少见到三一律。这也许因为三一律根本就是西洋的产物。但是学问不分中外，艺术不限畛域，只要近情近理，自然有人遵行。没有道理的规律，就是强人遵行，规律仍是规律，于艺术本身终无裨益。三一律究竟有无道理，甚希戏剧作家自己考虑。

程　式

　　任何艺术都有程式。各有各的程式。换句话说，任何艺术都有限制，各有各的限制。

　　西湖的风景虽是潇洒秀丽，但它整个的美的呈现只能从画中见到。因为自然的西湖的轮廓过大，吾人只能分段分时的去欣赏。今天游三潭印月，明天玩烟霞洞，后天逛天竺山，决不能像看画似的一刹那间将西湖的全景欣赏完。庐山的风景虽然雄峻浑厚，唯其积量过高，吾人倘要顷刻见到它整个的面目，除了在画中可以达到目的外，别无他法。这是人与自然间的一种限制。也许是一种隔膜。这种限制唯有艺术才能沟通。这种隔膜只有艺术家才能打破。因为人与自然间有了隔膜，所以才有艺术来调剂。因为人与自然界有了限制，所以艺术必须有程式。

　　真实具体的事物固然可以表现于艺术，但不见得世界所有的事物都能表现于艺术，而且是不必尽表现于艺术。我们都知道艺术的目的是要表现自然的精华，不是自然的全体。是要表现生命的元素，不是人生的糟粕。与其糟，不如精；与其整，不如缺。留精华去糟粕，宁片断不全整，都不能不依赖程式。所以程式是自然与艺术的媒介，是生命到艺术的渡桥。

　　譬如戏剧艺术的程式。我们往往看到舞台只有三面墙，为什么没有第四面墙呢？这缺如的第四面墙就是舞台应有的程式。假如这第四面墙不打破，观众则无从看，无从听，戏界与观众就根本上发生了隔膜。又如"幕"。人生的悲欢离合，生老病死，宇宙的风云起伏，岁月轮转，无不有赖于"幕"的变换。幕前幕后无不蕴藏着生命的意义，自然的神秘。舞台倘无幕的设置，在表现上当然不方便。又如台上的动作言词亦不是台下的动作言词。因为台上的动作言词为了观众便于了解起见，必须酌量的扩大与提高。

程式于艺术的含蓄亦有极大的辅助。含蓄的调置自然靠着作者的天才与手腕，但程式中有无形的含蓄。电影剧在艺术中的价值其所以远不如舞台剧者，就是因为电影剧的制作比较的宽泛容易，程式亦比较的单简自由，要山可摄山，要水可摄水，任何方面都不如舞台剧的限制严格。因此亦就不如舞台剧易于含蓄。

新诗与旧诗亦是如此。旧诗因为有严格的程式所以容易写，容易写好。新诗因为没有旧诗那样限制的程式，所以难写，难写好。不但难写好，一个不小心就要写成非诗。

但程式的产生不是偶然的，它是历代经验结果的集合。它的创始犹如神农尝百草，完成了今之医理。它的功用犹如"二加二等于四"的算术公律。所以任何艺术的程式决非一人的发明，亦决非某时代的出产，它是多数人的经验心血的集合，这种集合因时而隽永，渐成了一种公认的规律。

经验的内容是随着时代变迁的，而经验的原则是永远不变的。程式亦是如此。例如吾人的衣食住：古人衣树叶兽皮，食鲜果与禽兽之肉，住石穴山巢。今人虽食佳肴美味，虽衣锦绣服装，虽住高楼大厦，"衣食住"之内容虽异，而其原则则与古人同。古时的绘画涂抹于墙壁，近代的绘画则表现于宣纸绫绢之上。戏亦是如此：古戏表演于旷野，今戏则表演于屋内。自有戏剧以来，戏剧不能无演员，不管是人的演员或傀儡的演员。自有戏剧以来，戏剧不能无舞台，不管是露天舞台或内室舞台。自有戏剧以来，戏剧不能无剧本，不管文字写出来的剧本或未经文字写出的剧本。自有戏剧以来，戏剧不能无观众。这都是古今中外戏剧的程式。将来的戏剧必是仍然严守这些程式。所以程式的内容是随着时代变的，而程式的原则是永远不变的。

程式固然与艺术的关系深切，但不可过于空洞，亦不可过于偏重，否则必会酿成有程式而无内容的危险。中国旧剧就有这种重程式轻内容的弊端。这是中国旧剧的特长，亦是中国旧剧的短处。

悲　剧

一

悲剧起源于古希腊的颂神歌（Dithyramb），其目的在祭颂当时称为酒神之狄俄尼索斯（Dionysus）。此神在古希腊民众信仰中非常普遍，故每当暮春三月万花齐放之际，群众聚集野外，歌舞于狄神之前。当时歌舞均极简单，材料亦仅限于狄神之故事。情节只由乐队领袖粗粗的表演。这自然不能称为正式的戏剧。其后随时进化，渐由简单趋于复杂。在内容方面从前仅限于表演狄神之事迹，兹后举凡古代神仙之故事，英雄豪杰之传说，无不概括于此项歌舞中。结构亦因之严密整齐，有起有落。且有专人负责编制，此人即后世编剧家之鼻祖。

Tragedy 原意为 Goat-Song，故悲剧即古代的一种羊歌。究竟为什么称悲剧为羊歌，大致不外三种原因：一，古代祭神多以羊为主要祭品，故以此名，例如我国乡间庙会犹有以猪羊为祭物然；二，因为悲剧的布局乃由吉祥而凶暴，由顺利而潦倒，正如羊之性格一般，但丁解释他的《神曲》曾有此说；三，因当时歌舞者多以羊皮羊角为装饰，故名。

严格的说，此种颂神歌只能算是悲剧的根源，不能认为悲剧的正统。正式悲剧的发明者应推纪元前第六世纪的泰斯庇斯（Thespis）。因为在他以前只有歌者与舞者，而无演者。他是表演艺术的创造者。在他以前只有段落的歌舞，没有整出的剧本。他又是第一个编剧家。在他以前戏剧只限于娱乐神明，到他才正式组织剧团游行各地表演，以悦人们。演员的化装，舞台的背景，都是由他而兴。所以泰氏不但是悲剧的发明者，而且是剧艺各方面的创造者。

二

在亚里士多德以前，戏剧虽然发达甚盛，却没有戏剧批评，没有戏剧理论。当时民众虽极欢喜看戏，诗人虽极踊跃的制作剧本，但没有人出来创造戏剧的哲学。亚里士多德有鉴于此，担当了这种责任。他根据自己的想象与希腊戏剧的实情作了一部《诗学》，为戏剧下了万世不朽的原则。可惜这部《诗学》传到现在太残缺了，加之文字过古，各派学者的释义各有不同。虽然如此，《诗学》终是戏剧原理二千年来学者奉为唯一的权威经典。

亚氏对于戏剧最大的贡献当然是他的悲剧论。他说：

"悲剧是一种严重，而有起有落，且具几何度量的动作的模仿，其文字以各种艺术的装饰品装饰之，其各各部分含有若干种类，其体为实演而非叙述；其用在借悲悯恐惧之情而使之得到适当宣泄。"（参阅傅东华、梁实秋二君中译，蒲戚尔教授（Prof. S.H. Butcher）之英译。蒲译为 Tragedy is an imitation of action that is Serious，complete and of a certain magnitude in Language embellished with each kind of artistic ornament，the several kinds being found in separate parts of the play，in the form of action not of narrative；through pity and fear effecting the proper purgation of these emotions. 见《诗学》第六章）

我们要明了这个定义，首先应该了解亚氏所谓的"动作的模仿"。

第一，我们应问什么是模仿？

普通人总以为模仿近乎抄袭，其实抄袭与模仿在艺术上完全是两回事。抄袭只能抄袭事物的躯壳，而不能抄袭事物的内心。模仿是活的，抄袭是死的。模仿有剪裁有想象，抄袭只有真确与板滞。所以模仿是创造的，抄袭是因袭的。

艺术的创造即是人生的模仿。个人的寿命比较的简单短小，不过几十年的光阴而已，可以描摹，可以抄袭；唯人生是复杂的，是永远继续的；将人生运用于艺术，不能不赖诸模仿。故艺术中的人生是挑拣了的人生，是生命的精粹，与平常生活里的糟粕迥然不同。D'Aubignac（1604—1676）说："舞台艺术不是呈现事物的现状，而是表现事物所应有的现象。"蒲威尔教授亦说："艺术者乃人生理想化的表现。"换句话说，模仿的人生是理想的人生，是创造的人生。且人生经了艺术的洗刷可以更美丽，艺术得了人生的充实方能完备。祥森（Ben Johnson）说："无艺术，自然永远不能完美；无自然，艺术难以成立。"

第二，我们要问动作是什么？

"动作"当然是人生的动作。人生的动作有两种：一种是内心的，一种是外形的，前者是灵的，后者是肉的；一则是心眼才能看见的，一则是肉眼可以看见的；我们亦可以说一个是"静"的动，一个是"动"的动。倘若我们仅把肉眼看得见的动作当作戏中的主要动作，这就大错特错。譬如甲乙二人打架：甲以耳光去，乙以拳头来；甲用刀，乙用枪，虽是打得落花流水，杀得鸡犬不留，旁观者虽是赞许他们的手法妙，刀法巧，倘不明了他们内心的斗志，倘不明了他们为什么要你死我活的争斗，这种浮面的动作终难动人。反之，假如他们是总角之交，同恋一女郎，醋劲蕴于彼此之心，观其外表虽无争打仇视之举动，但其内心则彼此钩心斗角，互相陷害，这种动作才有力，才有劲，才能感动人。所以浮面的动作只能引起观众"觉官"的感应，不能激发他们心灵的颤动。吾人精神的波动，意志的冲突，情感的宣泄，心理的变态，无不包括于动作。

但内外动作须调和，须内外呼应；内动则外动，内静则外静；内富则外强，内虚则外弱。总之，内外动作不可矛盾。中国现在流行的"武戏"似有内虚外实的弊病。

我们既明了了模仿与动作的意义，就不难了解亚里士多德所说的"悲剧是一种动作的模仿"。

三

悲剧与我们的生活究竟有什么关系呢？换句话说，我们为什么欢喜看悲剧？有时我们看到极悲惨的悲剧，流泪而不感到痛苦，反在我们心灵中发生一种不可言喻的快乐，这是什么缘故？俗话说："人不到伤心地步不流泪。"但悲剧的情节愈使我们流泪，我们愈感觉快乐；愈使我们伤心，我们愈要往下看，这究竟是什么缘故呢？

这就归到悲剧的功用了。亚里士多德说：悲剧的功用是借悲悯恐惧的情感，而使之得到正当的 Kantharsis，但此字的解释各各不同。据权威的学者研究，此字至少含有"医学的""宗教的""道德的"三方面的意义。医学的，是指心理及生理的疗治；宗教的，是指情感的抒发；道德的，是指正义的修养。因此一般学者将此字译为"宣泄"（Purgation）所谓宣泄，乃指情感的澄清。

人是情感最丰富的动物，有情感当然要宣泄，这是自然的驱使。我们平常心内的忧郁愁闷，都是情感抑制在里面作怪。倘若不让它们得到正当的排泄，自然而然的它们会革命。结果，小则失去人之常态，大则入于疯狂或病死。由此看来，情感的宣泄关系吾人之幸福，岂不大吗？

情感得到正当的宣泄后，我们的心身都能感觉轻松的快乐。凡事不能勉强：当哭则应哭，当笑则应笑，必须尽情而后已。尽情则舒畅。譬如我因某事而愁闷，且将痛苦密不告人，只闷在自己肚皮里痛苦而已。一日，有至友见我终日愁闷，神色异常，问我说："好朋友，请告诉我你心内的痛苦！只要我能帮助你，赴汤蹈火，在所不辞！但求你千万不要把痛苦瞒着我！"我听了这番知己的话，大为所动，不觉流下泪来，于是将心内所有的痛苦，通盘说了出来，一边说一边哭，愈说愈哭，直待心事和盘托出。朋友听了给了我许多的同情与安慰，这时我的心身感到一种不可言喻的轻松之乐。因此，我常想自杀的人往往是好守秘密而沉默寡言的人。这由年来国内外的报纸记载自杀者的性格可以证明。他们不愿将自己的痛苦告诉别人，故自己的情感没有机会得到宣泄。加之环境的压迫，自己的抑制，结果能够希望这种人不自杀吗？

中国近年来自杀的人数逐渐加多，这固然是由于社会种种环境的压迫所致，民众情感的抑制亦未尝不是主要的原因。这是一种不好的现象，不可不救济。根本救济法自然是铲去一切制造压迫的原料，但提倡培植宣泄情感的艺术，亦是今后应该努力的工作。

不过悲剧只能宣泄悲悯恐惧的情感。因为这两种情感据说是人类主要的情感，并且是互相关联的情感。我们看见悲剧中的恐惧事迹，就联想到同样的事迹也许会临到我们自己。因此，我们自然而然的同情于剧中人的境遇，自然而然的会联想到自身将来的否运，同时扩大到人类的不幸，恐惧，悲哀。

于是"正义"与"同情"之美德由此而生。善恶之报虽不足信，但为维系人类正义起见，理当如此。恶人得善报，我们觉得有违正义；反之，善人得恶报，我们亦认为有伤正义。在过去的西洋伟大悲剧中往往是善人得恶报，我们对于这种违背正义的报应起了共鸣，对于剧中人的不幸因之至为同情，觉得他们不幸，可怜。由怜悯他们而怜悯自己，由怜悯自己而怜悯人类。恐惧亦是如此：先为剧中人恐惧；再为自身恐惧；再为人类恐惧。故从道德的眼光看来，悲剧是培植人类"正义""良心"的艺术。所用的方法是以毒攻毒，正好像种牛痘一般。中国人常用"激发天良"一词，思之不无道理。庄子所说"哀莫大于心死"，谅亦不外此意。盖天良愈激发，则愈丰茂；同情心愈培植，则愈健全，正义亦愈坚固。

四

悲剧的结构（布局）应该严密而具几何度量。换句话说，应该是一个有机体，有头有尾有身的整个。内容应该合乎因果律。情节的发生不可无因，情节的结束不可无果。这是亚里士多德的主张，大体上我们很同意。他在《诗学》第六章说："悲剧所模仿的动作必是首尾完整的，合乎几何度量的。所谓完整是指事情的有起，有平，有落。'起'是指不因缘于他事而必有他事承袭其后。反之，'落'必是因缘他事而起，而无他事继续其后。'平'是事之承上启下。所以一个结构完美的剧情不可随便起落，必须合乎这些原则。"

或者有人要怀疑亚氏的论调，说他的原则不见得尽能适合近代戏剧的形式。亚氏说悲剧的结构应有头有尾，但近代往往有无头无尾的戏剧。其实这是误解。亚氏所说的有头有尾是指戏剧的结构而言，并非指戏剧的故事而言。故事在剧本中似乎可以无头无尾，而结构则必须有头有尾。现代有许多没有故事的戏剧我们是承认的，但不应有一出无结构的戏剧。

结构倘无头尾，动作即不能统一；动作既不统一，则无结构可言。但动作的统一乃戏剧的命脉。故结构必须有头尾。头尾虽纷繁，务须处处关连，在在分明；来有因，去有果。如此，动作才能统一，同时亚氏附带说动作表现的时间，不可逾越太阳的一周（24小时），因为时间的长短与动作的统一，结构的紧凑，甚有关系。

再看戏中人的性格。依亚里士多德的见解，悲剧的主人公必须声势煊赫，名高望重（见《诗学》第十三章）。并且要不善不恶的人。他说主人公的性格过好，则不能激发观众的同情，过坏亦足以失去观众的敬仰。介乎二者之间的人品，是悲剧最理想的主人公。我以为不管好人坏人，都可以做悲剧的主人公，只看作的论断如何。主人公必须声势煊赫，在古时因求普遍性之故，或有相当道理，但行之于现代，似不相宜。帝王英雄可以做悲剧的主人公，乞丐走卒亦未尝不可做悲剧的主人公。不在其名誉地位的高低，而在其内心冲突的强弱。帝王有帝王的悲剧，乞丐有乞丐的悲剧。至于如何方能引起观众的同情与敬畏，这是关乎作者的手法。

不过性格与结构孰为重要？其关系若何？

亚氏曾将悲剧分开为六部：（一）结构，（二）性格，（三）文辞，（四）思想，（五）背景，（六）歌曲。（Plot，Character，Diction，Thought，Spectacle，Song）六者之中又以结构最为重要，性格次之。亚氏认为性格在悲剧中的地位固亦重要，然较之结构则相差甚远，性格不过是构成动作的附庸，而非结构的本身。亚氏定义中所说的"一个动作的模仿"的"动作"是指人生的动作，而非性格的动作。亚氏关于这一层在《诗学》第六章这样说：

> "悲剧不是人的模仿，而是人生与动作的模仿，但人生是蕴蓄在动作里面的。故悲剧的目的不在模仿某种品质，而在模仿某种样式的动作。……性格的描写不过是结构的陪衬罢了。事迹与结构乃悲剧的终鹄。且悲剧无性格仍不失其为悲剧，倘无动作则失悲剧之要素。"

由此我们可以看出亚氏如何的重视结构与动作。其视性格不过为树立结构的一种成分罢了。关于这一点现代有一部分的批评家颇不以亚氏为然：他们以为性格的描写乃戏剧主要的元素。剧本的结构与动作虽甚重要，然倘无性格的表现，则动作无所寄托，结构无从间架。换句话说，动作与结构必借性格的表现方能完成。故这些批评家认为结构是机械的，死板的，外形的；性格是自然的，生动的，内心的。

　　平心论之，一个剧本的成功，结构的严密固甚重要，然而性格的表现亦不可忽略。严密的结构可以促成动作的统一，特具性格的个性可以充实结构的内容，与生命乎动作。亚氏所说的"无性格而悲剧之价值依然存在"，在现代看来实有斟酌的必要。不过亚氏是二千余年前的人，他的论调多系根据古代戏剧的情形而发。古人生活简单，事事重整齐，轻段落；尚综合，忽分析；只听命运的颠沛，否认个性的自决。古代戏剧家及批评家对于结构如此重视，难免不受当时这种哲学的影响。反之，今人生活日趋复杂，事事尚分析，人人重个性。故现代戏剧充满了个性的描写。

　　总之，戏剧是整个的，不应从片面观察。

五

　　倘若我们将历代的悲剧研究一下，似乎可以得到一个结论：就是悲剧的结局都是凄惨的，常常是以"死"收场。

　　悲剧是一种严重的艺术，它的内容必以能激发观者恐惧怜悯的情感为上品，于是悲剧的结局往往是悲惨的。但古人认为悲惨的事迹总是"杀人流血"的把戏。任何时代的悲剧总脱不了这个圈套，仿佛悲剧中没有"死"则不能成其为悲剧。这是古人的见解，今人却非如此。

　　现代的批评家以为在舞台上表演"死"与"流血"是一件毫无意识的事情。其实罗马的何瑞士（Horace）在他的《诗之艺术》中亦曾反对过。流血固然是人类悲痛事情的一种，但由死而发生的悲痛，只是些激烈粗暴的悲痛，不是深刻的沉痛。而现代人认为世界最悲痛的事情是内心的隐痛，所以现代伟大的悲剧往往是描写人生的矛盾，特种性格的分析，采用的方式是"杀人不见血"，其结局虽不是死，然与观众悲痛之情感较之于死，实有过之而无不及。且更含蓄，更深刻。

本来是一件无聊的事。剧中人本没有到非死不可的地步，而作者硬要将他处死。"死"不但没有戏剧性，且能减少戏剧力。从戏剧的眼光看来，世间最痛苦的事情不是"死"，而是"求死不得，求生不能"的局势。这种情景才是戏。现代剧作家都注意内心冲突的描写而忽视外形的流血，其故在此。

说来亦奇怪，死既不带着戏剧性，为什么古今中外的著作家都欢喜描写它？在古代戏剧里惯用的杀器是枪刀毒药，近代舞台上常见的凶具是子弹炸药。古人今人都好如此表现，这里面定有一个缘故。也许是"死"中有美，所以作家都欢喜描写它，颂扬它？也许"死"是人类唯一共同的归宿，是文艺中最富有普遍性的工具，所以一般作家都愿意利用它？也许死中有美有普遍性，但我敢武断的说："死"中没有戏剧性。

或有人要问：死既无戏剧性，剧作家就应该极端的拒绝描写？此又不然。倘若到了非死不可之时地，可以描写，但须恰到好处。还要注意描写的方法：明写不如暗写。当着观众不如避开观众。总之，全看作者的手腕高明与否。

除了"死"，悲剧还有一种程式。这就是"不团圆主义"。历代伟大的悲剧都是"不团圆"的结局。这在艺术上有很大的价值。因为不团圆，可以激发观众的沉思，也可以引起观众的余味。但凡事不能勉强，"团圆与不团圆"亦应如此。当圆则圆，当散则散，应该顺着戏情的因果而定。中国没有伟大的悲剧，《桃花扇》《琵琶记》以及《赵氏孤儿》《窦娥冤》等剧，都是因为作者崇尚团圆主义，损失了不少艺术价值。本来，悲剧别于喜剧者，除了取材不同外，团圆与不团圆亦是一种区别。

悲剧还有一种程式。就是历来悲剧大都是用诗写的。但这种例子到近代完全打破了。要讲易于成功，悲剧似乎应该用诗写，因为诗比较容易传达悲切的情感；但为求普遍起见，散文似又较诗有力。诗多少总带一点贵族气。

悲剧的内容与所用的文辞亦未尝没有关系。以前的悲剧差不多十之八九是描写皇族或贵族的生活，似乎要用诗写才能得到亲切的情调；近代的悲剧几乎完全是取材于平民生活，散文仿佛又较适宜。总之，悲剧的伟大全在取材得体，结构严密，性格分明而深刻文词不过是表现工具之一罢了。

六

现在我愿引我另一篇文章中的一段，来作这篇悲剧论的结论。在前几年我曾经这样说："悲剧是诗中最严重高尚的一种，照亚里士多德的论调，其目的在使人类恐惧与悲悯之情感得到正当的宣泄，以启发人类的敬畏心与同情心。看了莎翁的《哈姆雷特》，我们不知不觉与他表同情了。看了易卜生的《群鬼》，不由我们不与阿尔文母子表同情。看了岳飞精忠报国而被奸臣陷害，更不能不由悲悯而生出一种敬畏之心！瞧瞧现在的世界！同情心在哪里？……看看现在的中国！同情与敬畏又在哪里？是不是全国充满了冷气，阴气，一言以蔽之，乌烟瘴气！……假如我们希望一线曙光。一点同情之泪在中国发现，我们就应该急起提倡悲剧的艺术！"

喜　剧

一

喜剧起源于古代的一种"崇阳教曲"(Phallic Songs)。这种歌曲在古希腊民间的势力，正如现在我国乡间流行的秧歌山歌一般，妇女稚子常在街头巷口，田野庭院，唱着这种歌曲，所以喜剧是真正民间的产物。

喜剧原先亦如悲剧，其目的在祭神，祭狄俄尼索斯神。唯喜剧发达于悲剧之后。最初只是一种漫无章序的嘲弄，引人发笑的一种代言，完全谈不到艺术的结构与动作。奸狡的奴才，跛瞎的厨子，往往是这种嘲弄中惯有的脚色。后来受了时间的驱使，才逐渐进步到有中心的动作、严密的结构。

喜剧的体裁及内容完全与悲剧不同。关于这一点诗人但丁论之极详。当他完成他的杰作《神曲》时，就有人写信问他何以题《神曲》为喜剧？他回答说："喜剧是起源于一种《村歌》(Village-Song)，是与其他诗类不同的一种诗体，它与悲剧在风格及取材上都迥然相异。悲剧是先吉后凶，喜剧是后顺先逆。《神曲》是首写地狱之凶暴，次赞天堂之美满。且剧中文辞通俗，如出村妇走卒之口，故题名为喜剧。"(参阅《但丁信札》)我们看了但丁的这席话，则不难明了喜剧与悲剧的区别。

喜剧的创造者至今莫考。这是由于古人忽视喜剧，故无详细的记载。现在学者大都认定喜剧的发明者不外爱皮卡木氏(Epicharmus)与葵滕里氏(Cratinas)二人。爱氏是米格洼(Megara)地方的人，纪元前486年曾到过色老口市。他对于喜剧最大的贡献是扩充动作，加添角色。生平作剧甚多，惜乎均已失传，现在我们能见到的仅仅是他的 36 个剧目而已。葵氏的传记与莎福克里斯相仿佛。曾参加当时的戏曲比赛 21 次，9 次获奖。其作品亦失传。据考爱葵二氏之喜剧均不外嘲笑怒骂当日之政情，针砭彼时社会之风化。

二

自古至今喜剧没有一个权威的定义。这也许是历来批评家的忽略，也许是喜剧在古代民众的心目中没有悲剧那样的重要。亚里士多德曾为悲剧立了万年不朽的理论，而对于喜剧只是附带的偶尔提及。并且在《诗学》留下来的一鳞半爪，又没有他的悲剧论那样的深刻，简直可以说在现代站不住脚。试看《诗学第二章》他说："喜剧的目的是表现人类的劣点劣于实际，悲剧的目的是表现人生的优点优于实际。"(Comedy aims at representing men as worse, tragedy as better than actual life) 这种论调倘用现代的标准来评判，不无非议的地方。喜剧的目的，大体言之，固然是虚夸人类的弱点，但不仅是虚夸，尤不仅是虚夸人类的弱点；反之，悲剧亦不仅是表现人生之优点。

亚氏对于喜剧比较高明的见解要算《诗学第五章》里的立论。他说："前面已经说过喜剧是下品性格的模仿，但下品并不是坏的意思，不过是滑稽的丑恶的一种。滑稽中含有缺憾或丑恶，而这种缺憾与丑恶并不包括痛苦或毁伤的成分。例如面具，虽丑恶扭歪，但不见得痛苦。"(Comedy is, as we have said, a imitation of characters of a lower type, ——not, however, in the full sense of the word bad, the ludicrous being merely a subdivision of the ugly. It consists in some defect or ugliness which is not painful or desrtructive. To take an obvious example, the comic mask is ugly and distorted, but does not imply pain.) 这就是亚氏为喜剧下的定义。其中论及滑稽的部分却有独到之处。至于说喜剧是"下品性格的模仿"，用现代的眼光看去，未免太不近乎情理。因为凡人都有弱点，各有被人指为滑稽之处；上等人有上等人的弱点及滑稽，下等人有下等人的滑稽与弱点。何况"上下品级"之分，根本就应该打倒。

总之，亚氏未曾重视喜剧，所以他的喜剧论调不甚健全。他的坏处是不透彻，不周密，好处是他始终站在艺术的观点下论喜剧。继他而起的批评家则不然，他们不是戴着道德家的眼镜来看喜剧，便是摆着教育家的面孔来谈喜剧，例如塞西路（Cicero）与唐乃德（A.Donanus）的见解，他们以为喜剧的目的是生活的模仿，民俗的警镜，真理的反映，借之移风易俗，促进社会进步。这种见解不但没有艺术的意味，而且过于宽泛。

近代批评家对于喜剧的认识亦是含混不清，过于笼统，譬如康德，叔本华，黑子利德的理论，他们只说到笑的来源及意义从未有系统的为喜剧下一个定义。比较完备而巧妙的，还是柏克森的说法，他说："喜剧是游戏，是一种模仿人生的游戏。"（Comedy is a game，a game that imitates life）

三

要明了喜剧的功用，应当先研究"笑"的来源及功用。笑是人类的特产，其他动物无之。我们看见人笑，从来没有见过猪笑狗笑。因之有人说："人之异于其他种动物者，在于一'笑'耳。"

从一方面说，笑是先天的，是属于生理或心理的。换言之，我们笑，必是有笑的原动力（Laughing Force）这种原动力是遗传的。拿婴孩来试验，就可以证明这个说法。据许多心理学家试验的结果，婴孩开始笑的时期大都不一致，有的婴孩生下第五天就能笑（微笑），有的婴孩在第十天笑，有的婴孩要满月才能笑。据达尔文报告，他的儿子在一个半月开始微笑，他的长子在第五十三天开始声笑，他的次子过了两个月零五天才能声笑。总之，婴孩开始笑的日期虽不一致，但我们可以毫无疑义的断定笑是先天的，并且可以肯定微笑在前，声笑在后。

笑既是先天的，它必是人类自然的宣泄。所以笑是卫生的，快愉的。施宾塞（Heabert Speneer）说笑是神经活动而焕发筋肉活动的结果，吾人笑时可以得到一种轻酥松爽的乐趣。故西洋人宴后注重余兴笑谈，无非励行活泼筋肉而倡卫生之道。

从社会的观点下看，笑是生命的中心，文化的促进。是人类感觉的反应，是是非辨别的标准。"是"不能使人发笑，"非"才能使人发笑，"常"不能使人笑，"反常"才能使人笑。傻子跛子都可以使人笑，因为前者是内心的反常，后者是外形的反常。暑天穿皮袍，冬天穿夏布，亦足以引人笑，因为这种穿法是违背四季的气候。又如叔嫂通奸，社会耻笑，因为这是违背伦次的苟合。求财拜佛，拜佛求子，给一个受过高等教育的人看来，亦是好笑。假如有人请你演说，你不开口则已，一开口便是"这个那个"的不止，听众一定发笑。假如你在北海公园门口遇着一个十年没见的老友，握手之下，彼此非常亲热，只因各有他伴在旁，未便多谈，只得约定时间再会，暂时分道而去；哪知过了十分钟你又在倚澜堂碰见他，这时你决不与他握手，亦不与他言谈，你只向他轻轻的点头微"笑"。假如你在大街上走，一个不小心，尊脚碰在砖头上而跌跤，路人必定笑之。卓别灵在《淘金记》(Golden Rush) 影片中把皮鞋当着肥鸡吃，看到这里观众为什么大笑而特笑？——这究竟是什么缘故？

据古今学者上自亚里士多德下至柏克森的研究，笑的来源不外四种：（一）两个极端不符合的事物放在一块儿；（二）退化的事物；（三）机械性的事物；（四）重复的事物。我在上面举的那些笑例，倘若给它们分类，都逃不了这四种范围。因为人是有是非观念的动物，是情智兼全的动物。所以柏克森说："假如某人给我们的印象是等于物，我们必会发笑。"（We laugh every timeap erson gives us the impression of being a thing）不管言语，动作，思想，只要反常而无重心，就能惹人发笑。我在另一篇文章里曾经这样说过："生命本来是自然的，是有重心的，是天真的，是有条理的，是不会使人发笑的。唯有倒行逆施，虚伪狡诈，愚蠢癫狂，才能使人发笑。唯有反常的社会才能使人发笑。"

所以从社会学家看来，笑是社会的出产，是社会的指南。令人发笑的事物，必是离开我们心智的判别标准太远。社会是一个有意识的组织，人是一个有主义的动物。无论什么事物，只要离开社会意识与人的主义的标准必会使人发笑。笑里含有反抗的意思。我们常说"一笑置之"一词，就是说我们不以某事某物某人为然，且含有反对的意思，并且笑是传染的，一人的笑可以启发十人的笑，十人的笑可以启发百人的笑；人愈多，笑愈大，反抗力亦愈深。

英国的乔治美威底佛说："笑只能产生于文化进步的社会"，这话一点儿不错。野蛮社会的种种活动，在文化进步的社会看来，必是很好笑的。譬如在我国今日的乡下还有许多愚夫愚妇献香拜佛，虔求早生贵子的举动，这种迷信的玩意儿，在我们略受教育的人看来，简直可笑已极。由此，我们又可以说笑是随着社会意识，时代背景，而转移的。廿年前没有辫子是很好笑的，如今我们偶尔看见一个蓄着辫子的乡巴佬，不禁惊奇而笑。这就是时代的影响。又如我们中国人在外国车站看见男女自由接吻，我们亦觉得奇怪可笑。这就是中西社会意识不同的影响。所以笑是文化的促进者。用一个时髦的说法，笑是革命的。文化愈进步，笑则愈高尚；文化愈高尚，笑则愈深刻。

四

论到笑的样式，我们可以说有好几种：有有声的笑，有有色的笑，有无声无色的笑，有有声有色的笑。有的笑仅使我们打个"哈哈"就完了，有的笑可以焕发我们深刻的反应。有的笑可以使我们痛哭，痛苦。什么样的工具，可以激起什么样的笑。笑的普通工具有四种：一曰滑稽，二曰讽刺，三曰机智，四曰幽默。

滑稽在这四类中是最粗暴的。它没有蕴蓄，没有幽雅，只有浮面的表现及闹热的刺激性。因为它是轻飘的，所以意味不深长；因为它不细腻，所以功用浅薄。它只在引起人的"哈哈"大笑，只要"哈哈"打完，滑稽的目的即算达到。譬如一个人"身上反穿狐皮袍，头戴巴拿马的白草帽，手摇芭蕉扇，赤足满街跑"，我们觉得很好笑，但除了打哈哈以外，别无所感。这就是滑稽的本色。

滑稽虽是粗暴浅薄，但在戏剧中的地位却甚重要，尤其是在"笑剧"里面。笑剧（Farce）的目的正如崔亭（Dryden）所说，"只在引起我们粗暴及怪想的欢乐。"（Farce entertains us with what is monstrous and chemerical）而且就欣赏来说，滑稽是比较的容易与观众接近，是比较的具体的；它虽不能深入人心，但最易流入人目，这又是滑稽运用于舞台的长处。

讽刺在任何方面均较滑稽高出一筹，它比"机智"（wit）粗暴，但较滑稽细腻。它的性质辣而酸。它厉害的时候好像一条毒蛇。一匹猎狗；它比较温柔的时候如同冬晨的风，夏夜的蚊。它的目虽在雪恨，它的根源却是爱护。我们讽刺一个人，必是从前爱护过他，否则决不会讽刺他。譬如甲来拜访乙，闲谈之中甲问起："你近来看见丙么？他还是常到你这里来吃午饭么？"乙见问之下笑着答道："丙么？——他么？他现在才不到这里来吃午饭呢，他现在非到阔人家里不喝茶，不吃饭！"这话虽短短的，然而讽刺丙某势利之意却溢于言外。

讽刺的对象是群众而不是个人。是派别的而不是个性的。是理智的，而不是情感的。我们讽刺教授，医生，律师，决不是讽刺他们个人，我们是讽刺教育界，医学界，法学界。我们是以"界"为对象，而不是以个人为目标。我们的出发点是理智的讽刺派别，而不是情感的攻击个人。

讽刺不一定会引人发笑，有时不但不能激发笑声，就是微笑亦办不到。又不一定不引人发笑，有时不但可以使人微笑，甚至可以使人哈哈大笑。这是讽刺与滑稽最不同的一点。

"机智"据佛洛特（Freud）说有两种：一种是有意的（Tendency wit），一种是无意的（harmless wit）；后者是借着思想和语言的弄巧而与人一种快愉，而这种快愉是纯粹的快愉，除了快愉之外决没有别的目的蕴蓄其中；前者是借着思想和语言的弄巧而与人一种快愉，但除了播弄机巧的快愉之外，还与人一种"性"的或"仇视"心理的满足。譬如拿我的《艺术家》剧本里面的贾掌柜和林可梅的对话来说罢，林问："您来干吗的？"贾答："我来取画的。""取画？取什么人的画？""取林可梅先生的画！"（参看《佛西戏剧第二集》55页）假如这一段对话是机智的，一定是属于"无意的机智"，因为在这里除卖弄机巧的技术外，别无所取。又如同一剧本中，林可梅的弟弟写给贾掌柜的那张字据的措辞，"其兄与先兄"之玩弄，（参阅原书59页）假如这是机智的，一定是属于"有意的机智"，因为其中除了播弄文字的技巧外，还附带着攻击敌方的目的。

幽默呢，是前面论及的四类之中最高尚的一种。它比滑稽细雅，它比讽刺轻爽，它比机智深刻。假如滑稽是桃花，那么讽刺就是晚香玉；假如机智是玫瑰，那么幽默就是素心兰。假如滑稽是炸酱面，那么讽刺就是牛肉面加辣椒面，假如机智是肉汤面加胡椒面，那么幽默就是清汤鸡丝面。它没有机智那样的酸，没有讽刺那样的辣，亦没有滑稽那样的轻飘，但它是那样的沉静幽雅，深刻隽永。它不使我们声笑，只使我们微笑。有时使我们由微笑转入苦笑，转入凄切，如杜鹃啼血一般的凄切。它的目的只在启发沉思默想，使群众反省，使自己反省，使群众约束，使自己约束。

幽默，如讽刺一般，也是根源于爱。幽默家其所以要幽默他的国家或社会，都是因为爱护他的国家与社会。例如苏格兰与爱尔兰的民族是现代幽默独出的创造者，他们产生了许多极富幽默的作品，他们有时咒骂祖国，这正是表明他们爱护祖国。他们的咒骂完全是出于无意，而决不像讽刺家的讽刺是出于居心。讽刺家往往讽刺他人而不讽刺自己。幽默家则不然；他们幽默别人即是幽默自己。他们自己就是他们的对象。所以富于同情与公正，又是幽默的特色。

五

滑稽（ludicrous）、讽刺（satire）、机智（wit）、幽默（humor）既是喜剧的中坚，那么这些东西要如何用法才能达到恳切的地步？这不外四种方法：

第一，注重剧中人外形动作的描写。一个人的外形动作不符合或残缺，最能使人发笑。譬如新近有人从山西带来两个矮汉，他们的年纪已经三十多了，可是他们的身材只有二尺几寸，这不但我们看见他们要发笑，就是听着这种事情亦是很好笑的。因为平常人到了三十多岁至少身材有五尺多长，而这两个矮汉只有二尺多长，与普通的长量实在不符，这就是这两个矮汉致笑的原因。总之，剧中人特殊的身材，奇怪的服装。反常的动作，都能使人发笑。

第二，内心动作的描写。这就是性格的描写。思想不清楚的人最能使人发笑，思想和行为矛盾的人更能使人发笑。譬如一个人满口的仁义道德，但他干的尽是些男盗女娼的事。又譬如某君一心一意的去向某女士求爱，而某女士则故意的和他东拉西扯，男说"我们看影戏去罢？"女说"我要回家睡觉去！"

第三，局势的描写更是重要，尤其在笑剧里面。譬如谢里敦的《造谣学校》里面的屏风，我的《艺术家》里面的"装死"，都是一种很可笑的局势。

第四，言语和行为。不符合的言语，奇异的行为，都能使人发笑。

但是要将这些方法用得中肯，只有一个秘诀，就是陪衬法。你要讽刺某人势利，你应该用某君的慷慨来做陪衬。你要表现某人的弱点，必须用他的优点来烘托你要描写反常的动作言词，应该用平常的言词动作来做陪衬。一个瘦长的丈夫单独的没有什么可笑，唯有他与一个胖矮的妻子在一块儿才可笑。一个吝啬的父亲没有什么可笑，唯有一个吝啬的父亲遇着一个浪费的儿子才能使人发笑。总之，笑要深刻，要有声有色，非用陪衬法不可。

批评家可以用科学方法将剧本里面的滑稽，讽刺，机智，幽默，分开来批评，可以指示出来某种动作是幽默，某句对话是机智，创作家却不能这样地分析。他动笔的时候决难顾及这些。什么是幽默，什么是讽刺，他都不知道，他只知道把些可笑的事迹写入他的剧本，也许里面有幽默而无讽刺，也许有滑稽而无机智，也许只有一二，也许全有，也许全没有。——这全看作者的天才与手腕。所以喜剧中的笑，往往是笼统而难分析的。有时笑是从滑稽而来，有时笑是从机智而来，有时笑是从两方面或多方面而来的。

六

喜剧的结构也是像悲剧一样，应该紧凑严密。但有一点喜剧特别注重。就是"局势"(Situation)。莫里哀，莎士比亚，康贵夫，谢里敦的喜剧虽是多方成功的集合，然而它们巧妙的局势实在占有重要的地位。因为局势是比较的容易使人发笑。喜剧中的性格往往没有悲剧里面的深刻，因为喜剧的性格是派别的，而不是个性的，是团体的，而非个人的；反之，悲剧的性格是个性的，而非团体的，是情感的，而非理智的。所以渥尔蒲儿（Horace Walpole）说："对于那些用思想的人，这世界是一出喜剧；对于那些用感觉的人，这世界是一出悲剧。"(The world is a Comedy to those who think；a Tragedy to those who feel.) 有人说悲剧是有主人公的，喜剧是没有主人公的。这话亦不无相当的道理。喜剧大都是由某阶级或某团体选出数人作代表来表现一个动作，故无所谓主人公；悲剧是由某个人思想的矛盾，情感的抑制，命运的颠簸而起的动作，故不能不有主人公。

此外喜剧中还有其他程式，例如：（一）鬼及一切神权的势力很少在喜剧中发见，万一有，亦只在笑剧中，或倒成了人生的神鬼。（二）结局虽不见得往往是团圆的，但总是顺意的。常常不出先悲而后乐，先逆而后顺的范围。（三）表现的方法多以语体文不忌贩夫走卒的言调，乡媪村姑的俗语。——不过这些程式都是由古代作家遗传下来的，可以说是事实，不是定律，我们只可参考，不一定要遵守。

七

中国今日的民众太沉闷了。虽然沉闷有沉闷的好处，但我们总得想法笑笑才好。我们的民众太不好笑了。不好笑并不是不能笑，实在是"不苟言笑"。亦不是在中国没有可笑的材料，实在可笑的材料太多，尤其在现在的中国。不过沉默寡言是我们民众的习惯。一切都在"沉默"中。希望我们的民众今后竟可不言，但不可不笑。笑笑我们的社会，笑笑我们自己；笑笑一切的横蛮，笑笑一切的非理。应该多打几个哈哈，让我们的久经疲乏的筋骨松一松，让我们怨气满腹的肚皮痛一痛。哈哈假如不够，再让我们来几个微笑，冷笑，苦笑！无论如何，总不要不笑。

歌剧的创造

旧剧有改良的必要，已经成了艺术界的公认。可惜至今没有人专心从事这种工作。时下流行的所谓歌舞剧之类的玩意儿，又小器，又忸怩，大家亦觉得不妥当，政府似有明令禁止，但它的势力仍是非常大。我觉得旧剧的改良，所谓歌舞剧的整理，决非空言或一纸明令所能办到的。必须要有根本的解决。必须要有具体的东西来代替。我们说旧剧不好，说它有改良的必要，我们必须要有好的新剧给民众看，给民众听；否则徒言改良，高调创造，诚与事实无补，假如我们认为时下影响全国儿童至深且巨的歌舞剧不适合儿童的需要，我们就应该另行创造较好的儿童歌剧来代替，否则虽由政府明令禁止，恐终无效。所以创造新的歌剧为儿童为成人，实为今日中国的急需。

但是谈何容易，创造新的歌剧！最紧切的就是音乐教育。中国现在的音乐教育怎样？政府对于音乐教育的态度又怎样？全国究竟有多少专门培植音乐人才的机关？不错，任何大小学校里都规定有音乐一课，但这一课仅仅是一课，仅仅是"唱歌"，究竟教材如何，教法怎样，都是莫名其妙。设备更是谈不到，经济宽裕的学校最多有一架钢琴，普通学校不过有一架风琴而已，甚至有些学校虽有音乐一课，连风琴都没有。论及学者的动机更是糟，最高的目的不过是消遣罢了。除了少数的专门家外，很少有人把它当着艺术研究，更没有人把它当着主要的文化事业。唉，在这样一个不重视音乐教育的中国，能希望有新歌剧的创造吗？

音乐教育发达了，倘无戏剧教育的兴盛，中国新歌剧的创造仍是梦想。因为歌剧不仅是音乐，而是戏剧与音乐，而是戏剧与音乐的结晶。一个完美的歌剧不应该歌的成分胜过剧，亦不应该剧的成分胜过歌，应该是剧与歌的调和。应该是"歌"的剧，不应该是"剧"的歌。瓦格纳所以成为近代歌剧的泰斗，都是因为他看清了歌与剧的调和，虽然我们有时觉得他的作品还是歌胜于剧。如此说来，戏剧在歌剧中虽不高于音乐，至少应该与音乐并重。所以我们要新歌剧的创造，不能不先有新戏剧的创造。已往的观念用不着提，过去的事实亦用不着说，单凭现在的观念与局势，戏剧在民众的脑筋中究竟是怎么一回事？古人把戏剧当着小道与下贱的勾当。今人呢，还是目之为小道与下贱的勾当。列入正式的教育，也许有人要谓之荒唐。旧剧不进步，新剧未成立，社会不提倡，政府不奖励，唉，在这种不但不重视而且反轻视戏剧的中国，能希望有新歌剧的创造吗？

天才有限。精力有限。音乐家很难兼为戏剧家。戏剧家亦很难兼为音乐家。瓦格纳虽天赋音乐戏剧的天才，然而为精力所限，他一生最大的成就仍在音乐而非戏剧。所以要中国新歌剧的创造，非音乐家与戏剧家合作不可。我们现在的音乐家呢？我们现在的戏剧家呢？万一有了这两家，这两家又能否合作？中国人向来缺乏合作精神，这是用不着讳言的。普通事业不能合作的例子，我们看惯了。艺术事业更是不容易合作。但歌剧的创造较话剧的创造，在方法与工具上，更复杂艰难，所以必须要天才与精力的合作。

此外，还要社会的提倡。中国年来事事落后。政治经济教育艺术无一不落外人之后。遍国皆是暮气，闷气，死气。年来死于战场的人和死于饥荒的人固不知有多少，假如我们要统计，终可以得到一个确定的数目；但死于闷气和胀气的人更不知有多少！闷死气死的人们却无法统计。因为这是社会见不到的。社会能见到的只是些民众物质生活的痛苦，例如战争与饥寒；却不容易见到民众精神的不安，例如情感的抑制。戏剧的目的在与民众情感的正当宣泄。当哭笑的应让他们哭笑，当歌泣的应让他们歌泣。假如一个民族到了当哭笑而不哭笑，当歌泣而不歌泣的境地，这就是不祥之兆。哀莫大于情感之死。我觉得近来中国人的情感虽不敢说快到死的地步，确入了麻醉的景况。当哭笑的没见人哭笑，当歌泣的没见人歌泣。危险呀，中国人的情感！留心社会人心者，对于这培植人心的戏剧事业不可不特别注意。

有了戏剧家与音乐家的合作，有了国家社会的奖励与提倡，最后还须要多数的金钱，新的歌剧才能实现。我常说金钱与艺术是一对恶冤家。冤家路窄，无处不碰头。虽然艺术家最轻视金钱，但要成全艺术，还不能不将就它。这是艺术家的悲剧。中国人有的是钱，但是不会用，不会正用；当用的不用，不当用的大用而特用。年年耗费了多少金钱，而得的结果是些什么？——惶恐与畏惧，混乱与骚扰，退缩与颓废，麻醉与不仁！革命先革心，多数的金钱为什么不多用在革心上？

金钱虽然可以辅助艺术的创造，但买不到艺术的速成。有了金钱，还得要有长久的时间，五百年也许才出一个音乐家，三百也许出不了一个戏剧家。天才的发见正如火山的爆发，亦如清泉的喷流，没有时间的准确，没有分量的确定。只要继续的灌溉，不断的培植，早晚终有开花结果的机会。

新歌剧的创造既有上面这么些难点，更非一天八日十年八载所能实现的。当然在这个新的未成立，旧的未打倒之前，我们应该想法度过这个过渡时代。在这青黄不接之际，我们应该改良旧剧。改良它的内容，改良它的曲调，改良它的乐器。改良它一切不合艺术原则，不合时代精神的处所。我这种主张也许太顽固，也许不彻底，但为救济时代的需要起见，似乎又不能不如此。不过旧剧能否改良，什么人来改良，这实在是问题。倘若旧剧可以改良并且有人来改良，我是赞成改良的。因为改良终较创造易，另起炉灶终比将就炉灶难。

论及内容，歌剧与话剧似乎不无分别。照戏剧史看来，歌剧的内容大都是属于浪漫的，想象的，虚无缥缈的；而话剧的材料则偏重于写实的，民间的。其实，照艺术的原则说，这种分划是不可靠的。可以写成话剧的材料，当然亦可以写成歌剧。但看作者的处理如何。《浮士德》的材料入了话剧同时亦入了歌剧，这就是材料相同处理各异的结果。总之，话剧与歌剧的区别不在材料，而在所用的工具；前者以对话为工具，后者以歌唱为工具，但二者都应以戏剧性为中心。

史　剧

　　近年来中国新兴剧坛上很出了几部类似史剧的剧本，这使我联想到史剧的问题。本来古今戏剧的取材，不外是从"历史"，"传说"，"不入正史的民间生活"，"诗人的虚构"，四方面得来。尤以取材于历史传说者为多。我国今日流行的旧剧不是历史的，便是传说的。中国戏剧如此，希腊和莎翁时代的戏剧亦无不如此。有名的戏剧家，只有莫里哀与易卜生是例外。他们似不取材于史料及传说，专注重民间生活的描写。歌德席勒都是利用历史传说为他们编剧的大本营。

　　这大概是由于史料有极丰美的普遍性，作家因求其戏剧易于流行，故多取材于史。且戏剧与历史在内容上亦不无相似之处。历史是人类生活的真实记载，戏剧是人生动作的模仿。模仿虽不是抄袭，却不能完全离开真实因之历史上的实事往往成了戏剧家模仿的对象。莎士比亚说："人生是一出戏，世界是一个大舞台。"中国某戏园之台联云："尧舜生，汤武净，桓文丑旦，古今来多少脚色！""日月灯，云霞彩，风雷鼓板，宇宙间一大戏场！"这都足证明戏剧与人生历史之关系。

　　戏剧与历史之关系虽如此密切，但二者之性质及体裁则绝不相同。历史是史，戏剧是诗。史重真确，是属于科学的；诗贵情绪，是属于艺术的。史家的责任在于系统的整理，真实的记载。诗人的责任在于想象的创造与人生的表现。前者是客观的，后者是主观的。故二者绝不相同。

　　史剧虽在古代就有人写，但至今没有一个正确的界说。比较清楚还是英国柯立济（Samuel Coleridge 1772—1834）的定义。在《论莎士比亚的历史剧》的文章里，他这样说："史剧是假借史料而成的戏剧，但此种史料务必关连而不违背时代性与因果律，务必诗化而合乎戏剧体裁。"但从这个界说看来，似乎依然没有解决诗与史的冲突之点。"不违背时代性与因果律"，自然是指史剧不可逾越史料的范围。虽可剪裁，但不能添补，尤不能改造。戏中情节必得不背史事，必得合乎时代的背景。这与"必诗化而合乎戏剧的体裁"不无小小的抵触。既诗化而合乎戏剧的原则，则难免不逾越史料，亦难保不杂入诗人的想象。反之，严守史事的真确而不参加作者的见解，似又违背创作的原则。

照理，既称史剧，"史"与"剧"似应双方兼顾。剧的情节倘过于违背史事，虽是合乎戏剧的体裁，然失去"史"的精神，是剧，而不能称为史剧。剧中而无诗境，虽事事符合史料，是史，而不是史剧。故史剧作者只能以主观的见解去观察史事，而不能违背史事。莎士比亚的《亨利第八》，席勒的《威廉退尔》，秦克瓦特的《林肯》，都是如此写成的，虽然它们中间难免没有抵触史事的地方。

现在中国流行的旧戏，其材料似多取自历史。奈无负责的作家出来考究，这种材料虽号称史事，但往往违背史事；往往由主演者自作聪明，任意加减，使之牛头不对马嘴。我在前面已经说过，在可能的范围内，史剧是可以逾越史事的，而且是难免的，但逾越的地方必须较原有的史料更美丽才好，否则倒不如依照原史加以挑剔剪裁为妙。现在旧戏中号称史剧者，就犯了这个病端。例如某段历史本来很美丽，以之写成剧本表演于舞台上照理应该更美丽，不料经旧剧舞台一度表演，看去反较原史减色。最近观某伶在平公演之《姜皇后》一剧，就使我感觉"戏中"的姜皇后几乎不是"史中"的姜皇后。而且戏中的姜皇后决没有史中的姜皇后美丽。这正是弄巧成拙。

其实中国的历史太美丽了。以之入戏，不知要产生多少杰作。可惜没有天才的作家来利用。倘若有人将我国历史择要活现于舞台，使现在的民众有机会景仰祖先的遗迹，这不但可以焕发中华民族的精神，而且在艺术上亦是一件伟大甚盛的创造。近代的人固然欢喜看描写近代生活的戏，但古代生活描写得好，亦未尝不可以引起近代人的趣味与追怀。

不过在公演上史剧要比较麻烦些。最难解决的是服装及道具问题。

唐朝的戏我们不能穿清朝的服装，明朝的背景我们不便用民国的家具来配合。中国各朝代的服装，向来无系统的研究，条理的记载，所以在旧戏中服装是没有历史意义的，在新的舞台上亦是没法解决的困难。

　　古戏用新的方式来排演，亦未尝不是办法，但这在艺术上终是一件缺憾。调和是一切艺术的原则，尤其是戏剧艺术的命脉。唐朝的戏我们在舞台上穿着西服，高跟皮鞋，装着电灯，电话，当然不成样儿，当然对于剧本的情调失谐。现在在欧美各国虽然有人实验"古戏今演"，但终未得到美满结果。作者曾观莎士比亚的现代装饰之《哈姆雷特》，但其意味远不如古装的《哈姆雷特》。

有声与无声

一

赞成电影的人说电影是艺术，不赞成电影的人说电影不是艺术。假如它是艺术，它是最年轻的艺术。因为它是科学昌明后的产物。假如它不是艺术，它的势力却较时下任何艺术为大，它与现代民众的关系亦较他项艺术亲切。舞台剧是公认了的艺术。最好拿它来与电影比较一番，看看它们究竟有何区别，有何长处与短处？

电影剧与舞台剧比较有两种长处。一，电影剧的"看"的范围要较舞台剧广大。二，电影剧的程式限制要比舞台剧宽泛。舞台剧固可以给人看，然而因舞台的限制，看的范围不能宽广。电影剧则不然：在"有声"未发明以前，它完全是供给人们看的。且看的范围宽广；舞台上不能看到的事物，在银幕上都可以看到。因为电影剧的程式比较的松泛，所以表现的方法亦较舞台剧来得方便：三分钟一摄，五秒钟一拍，爱怎么表现就怎么表现，爱表现什么就表现什么，毫无舞台剧的种种限制。

电影亦有两种短处：一，没有舞台剧生动的立体美，只有滞板的平面美。我这里所说的"平面"，是指绘画的平面；"立体"是指雕刻的立体。自然，绘画亦可以表现立体的美，不过绘画中的立体美决不是雕刻的立体美，所以电影虽亦可以表现平面的立体，但终不能表现立体的立体。二，没有"活"人的表现的活美，只有机器造的"影"美。假如我们不否认"人"的表演深刻于"影"的表演，那么我们就不能不承认舞台剧较电影剧高出一筹。

因为有这种区别，所以舞台剧似宜于内心动作的描写，"静"的描写，深刻的描写；剧本的结构亦易于紧凑。电影剧似宜于外形动作的描写，"动"的描写，浮浅的描写；剧本的结构亦易于流入冗长松懈。我们亦可以说：前者长于蕴蓄，后者长于外观。

二

从前一般人以为电影剧不如舞台剧，就是因为电影只能看，不能听。现在有声发明了，这问题不但解决了，而且更进一步的怀疑，怀疑无声电影及舞台剧将要灭亡。其实事实上决不是如此，正如前面所说。舞台剧，无声电影与有声电影，各有各的长处，各有各的短处，谁亦不能侵夺谁的地位。

吾人欣赏戏剧的能力有限。这种"欣赏力"是有一定度量的。吾人观剧之精力倘超过吾人原有的欣赏力，必会发生疲倦；不及，则难满足吾人之欲望。故欣赏力的运用总要恰到好处。

"听"与"看"为吾人欣赏戏剧的二大交通，其目的在使吾人之心灵得到满足。无声电影是由视觉导入心灵而使心灵满足。有声电影与舞台剧则赖视觉与听觉导入心灵，而使之满足。唯不论有声或无声电影，所须用之视力必较视舞台剧为多。视觉之能力既已充分用去，而同时又需用充分的听觉，则吾人之精神自然不能支持。精神既不能支持，欣赏欲焉能满足？

据我个人看电影的经验，觉得无声电影有一种静穆之美，而有声电影虽有"有声"之兴趣，却失去无声电影原有的幽静。故从观众的"欣赏力"的度量判断，有声电影只是科学上的一种发明，而非电影本身的一种进步或退步。

从戏剧史上看来，"有声"电影亦不能算是一种进步。我们都知道戏剧是起源于一种诗意的舞蹈，一种沉默的姿态动作的模仿，后来才逐渐加入声音的表情。因之自希腊到近代，"声音"几乎成了戏剧唯一的表现工具。所以现代的戈登克雷革命了。他以为戏剧本不应该是听的，应该是看的。他的理由是 Theatre 一字，照希腊原文的意义讲来，是一个看的地方。Drama 是 to do 的意思。故真正的戏剧是应该"做"给人看的，不应该"说"或"唱"给人听的。他这种论调虽过于激烈，然欲摒去昔日戏剧过于偏重声音的弊端，亦不无相当的道理。这正是现代新兴剧作家少用对话多用动作充实作品的理由。因为对话的弊病太多：一，各国有各国的对话；二，各人有各人的说法；假如演员一个不小心，说得不清楚，说得不动听，必会引起观众的误解。动作比较靠得住，比较容易普遍，比较容易深入人心，所以动作是戏剧最稳当最有力的表现工具。故"有声"在电影史上固然是一种新的创造，而在戏剧的进化中，似乎是一种违背潮流的产物。

三

电影虽然有声了，却未达到完美的地步。现在的有声电影至少有两个毛病：一，畸形的发展；二，机器的气味太浓。

因为有声刚发明，一般观众认为这是一种新奇的创造，所以大家欣赏电影都醉心于"声"。制造电影的人为逢迎观众的心理起见，故尽力在声的方面铺张。不管某种声音是否好听，是否适宜，只要是新奇的"声音"就尽力引用进去。从前的电影虽无声，却有情节，有动作，有故事，至少可以给观众一种静穆的"看"的欣赏。现在的有声电影因为过于重视声音，连情节与故事有时都没有了。我们现在在有声电影里所见到的只是杂耍，只是热闹只是片段的歌唱，而无合乎音乐戏剧原则的艺术。这种过于偏重声音的现象，铸就了现在有声电影畸形的发展。

第二种弊病就是机器的气味太浓。照理，凡是戏剧中的声音，不管是对话或歌唱，总要合乎音乐的原则，总要令人听去发生一种美感。我们听听现在的有声电影，其中的声音不是人的声音，不是物的自然的声音，而是机器做出来的一种矫揉造作的声音。不但不爽耳，且能引起吾人不快之感。

第一种弊病是人的问题，不是艺术的本身问题，只要有懂艺术懂戏剧的人来主持，这种畸形的发展将来当然可以免去。第二种弊病是科学的问题，只要将来科学更昌明，现在有声电影中一切不和谐的声音都可以摒去。我相信现在有声电影一切的弊端，不久自然有人出来解决，只是时间问题。

四

有声电影是工业科学发达的国家的一种产物，亦只有政治经济上了轨道的国家的人民才能享受。所以在美国有声电影特别发达。他们能花几千几百万的金钱来制造有声电影，普通人民的财力亦能供给这种娱乐的行销。在中国却不然，据我看三十年内有声电影在中国不管在制作或推销方面都不能普遍。第一，我们没有这样大的资本家肯花钱来装置有声影片的机器。即有资本家来采办机器，我们的民众亦无力供给这种事业的行销。因为羊毛出在羊身上，电影院的成本既然加大，观众的负担当然加重，就现在的情形而论，在几个大城例如天津、上海的有声电影院，平均票价总在一元上下，试问中国现在这种经济破产的民众，吃饭尚没有钱，焉有余力来供给高价的有声电影？第二，西洋有声电影的内容不适合中国民众的了解。语言的隔膜，音乐的隔膜。换句话说，除了少数受过西洋教育的人们外，不懂西洋语言西洋音乐的人，决难欣赏西洋的有声电影。

或者有人说我们的民众既不能欣赏西洋的有声影片，那么我们为什么不创办国产有声影片呢？我觉得这更是一种妄想，我们的资本在哪里？我们的人才在哪里？不说别的，只要检查无声国产影片的过去，就可以使我们打破这种迷梦。我们的国产无声影片其所以不能与西洋的无声影片竞争，就是因为我们没有雄厚的资本，没有专门的人才。制造有声电影的技术当然较制造无声电影的技术要复杂。我们的声学家电学家在哪里？我们的戏剧家音乐家在哪里？这些专家决非一朝一夕能培养成的。况且制造有声电影的资本当然亦较制造无声电影的资本要充裕。我们一切制作的材料都得仰求外人，这于国家的经济又是何等的损失！所以无论从那一方面观察，我们的经济政治科学未发达以前，有声电影在中国决不能普遍。

观　众

　　为人生而艺术亦好，为艺术而艺术亦好，戏剧终不能无观众。自古以来，戏剧是演的，而非读的。读只能得其抽象的概念，演可以使观者闻其声，见其行，而得到具体的印象。这是戏剧必演的主要理由。既演，当然是演给人看，当然不能无观众。既有观众，则不能不为观众打算。这是任何时代任何国家的戏剧家成功之秘诀。莎福克里斯、莫里哀、莎士比亚都是如此。易卜生、萧伯纳亦无不如此。

　　为观众打算，先应研究他们的需要，必得知道他们入剧场的目的安在。据一般批评家探讨的结果，人们到剧场去的目的不外以下四项：（一）开心——因为厌烦自己职业的例行事务，所以到剧场去开心解闷。抱这种目的到剧场者最多。（二）看台柱——尤其是看漂亮的女台柱，亦可以说是捧角儿。这种观众到剧场的目的在"人"而不在"戏"；在表面的繁华热闹，而不在深刻的艺术欣赏。他们欢喜看明星的腿，眉，媚，眼，脸……抱此目的到剧场者亦不少。（三）贪求高尚娱乐——这与"开心"不同。开心者只注重浮面的肉感刺激，而贪求高尚娱乐者不但希图情感的舒发，而且追求心灵的满足。这里所谓心灵的满足不一定是艺术的欣赏，而是指道德的公平裁判。例如剧中人的善恶报应，是非分明。持此种态度入剧场者亦不少，尤其在中国多。因为中国人对于戏剧的观念向来是高台教化，移风易俗。（四）欣赏艺术。这种观众不问别的，只求戏剧本身的欣赏。他们常以批评家的态度到剧场去：这剧本怎么样？这表演怎么样？这装饰怎么样？——这都是他们常问的问题。这种观众是剧场中最少的观众，亦是目的最纯正的观众。

观众的目的既是如此杂乱，戏剧家就得费一番苦心分头去满足他们，迎合他们。不错，迎合他们，迎合是最好的方法，而且是唯一应该的方法，也许一般高尚的创作家认为这是下流的方法。前面已经说过，戏剧不能离开观众，既不能离开观众，就应该迎合观众。我以为"迎合"并不下流，"诱惑"才真正下流观众永远是被动的，他们不是被迎合，便是被诱惑。只有这两条路没有第三条路。只看责任的戏剧家用那一条，只瞧聪明的观众走那一条。

　　现在中国没有好戏剧，一般人都归罪于观众，说他们太浅薄，说他们只配看低级趣味的玩意儿。一般人认为要好的戏剧在中国发现，除非先将我们的观众训练好。譬如近来有些朋友感到中国旧剧在各方面都有改良的必要，于是他们在宴会上有时向当今的伶界来些建议，而伶界诸君的回答是："很有道理，先生说得很有道理，这些东西的确应该改良，不过现在还没有到时候，因为中国的观众程度太低。"……他们轻描淡写的把中国旧剧的一切非是的地方，都挂在观众的账上。

　　诚然，中国现在的观众不好，诚然他们要受训练，但是什么时候中国的观众才能好呢？是不是要等到"猴子元年"？训练，谁来训练？怎样训练？是不是等着乌有先生开大学来训练？所以，仔细一想，"没有好观众之前，中国永远不会有好的戏剧"，真是滑稽又滑稽的论调。依愚见看来，观众是要训练的，可是要现在开始训练。应该由现在的戏剧家来担当这种责任。应该多演好戏给不好的观众看。他们看多了，看惯了，趣味自然会提高自然而然的会欣赏好的戏剧。"乡巴佬"初看唐伯虎、赵子昂的画，正如刘姥姥初进大观园，除了莫名其妙，还是莫名其妙。这并不是说乡巴佬不能看画，实在因为这是他第一次看画。假如他，虽为乡巴佬，是生在画家之家，常有机会看画，从 18 岁看到 64 岁的画，每天至少要看三五张画，这样漫说唐伯虎、赵子昂吓不倒他，就是米淇安菓老与塞尚，他还要大批评而特批评呢！欣赏戏剧的习惯也是如此养成的。多写好戏，多演好戏，多看好戏，是训练中国观众唯一的方法。但不可希望过急。急，定糟。要慢慢的开导，心理的迎合，切实的试验。罗马非一日建设起来的，但罗马终究建设起来了。拿我们"戏剧系"的公演打比罢：当第一次公演，我们的观众与一般的观众无异，爱在剧场谈天，戴帽，咳嗽，吐痰，吸烟，或带着 12 岁以下的小宝贝在里面扰乱安静，现在经我们这五年来每次公演的训练，确实进步了。如今一入我们的剧场，就知道一切他们应守的规则，并且欣赏的趣味亦渐渐的提高了。所以中国的观众现在虽不好，但将来终有好的一日，只看当代的戏剧家如何努力。

自然，观众亦有应尽的责任：严守秩序，勿妨碍他人的听视。中国现在的观众极不守秩序：戴着帽子妨害他人的看，任意谈笑扰乱他人的听，随便吐痰，吸烟，妨害剧场的卫生。应该集中思想去欣赏台上的意味。欣赏戏剧正如吾人从事饮食：细细嚼，慢慢喝，愈嚼愈有味，越喝越要喝。戏亦然，要用思想去揣摩。入剧场的目的更应纯正：不可"醉翁之意不在酒"。指正与批评是观众应有的精神。带诱惑性的戏剧观众应该自动的起来打倒。意味深长的戏剧观众应该自动的尽力拥护。总之，戏剧家有戏剧家的责任，观众有观众的义务。希望各尽其责，各竭其力。

为人生而艺术亦好，为艺术而艺术亦好，戏剧终不能无观众。

怎样走入大众

现在是大众时代，所以一切文化艺术都应该以大众为目标。在古代戏剧本是大众的艺术，后来才渐渐变成少数人的享乐品。新兴戏剧在中国尚在萌芽时代，除了南边的南国社和北方的"戏剧系"曾经有过些许的贡献，似乎少有别的中坚剧团在公开的活动。可是南国已经散了，"戏剧系"也在风雨飘摇中挣扎。所以新兴戏剧的势力在今日的中国实在单薄极了。不但谈不到深入大众，就是少数的观众亦未抓住。看南国社的戏的是些什么人？上海的大学生而已。看"戏剧系"的戏的是些什么人？北平的大学生而已。四万万同胞中有多少是大学生？又有多少看过南国社和"戏剧系"的戏的？我们倘能回答这些问题，就可以了解新兴戏剧在中国的地位，更可以明白今后努力的方向。

今后新兴戏剧在中国要占势力，非踏入大众之路不可。可是发生一个当头问题：在今日的中国究竟谁是大众？我们可以毫无疑义的回答说：农民是最多数的大众。因为中国五千年来向系以农立国。其次的大众就要算工人了。中国的大工业虽没有发达，然而从事于小工业的人实在不少。况且大工业今后必会振兴。所以新兴戏剧不把农工阶级抓住，是不会有大希望的。我说把农工阶级抓住，并不包含什么"阶级斗争"的意义。那是政治家和经济家的工作，是另外一回事。我们是站在艺术与戏剧的立场而言农工。

我们既然知道今后应走的路，那么就应该照着方向走去。可是这条路是最难走的一条路。没有天才和训练，没有金钱和毅力，是绝对走不通的。我们都知道农工阶级泰半是文盲，泰半是未受过教育的。当着没有受过教育的大众，演比较有艺术价值的戏剧而希望他们接受，是一件难上加难的事情。所以我们要成功，必不可忘记三项要素：

第一，要有意义的内容。剧本的材料要从大众的生活中取来，要能表现农工的生活，或表现与农工接近的生活。不论材料的繁简，事情的大小，总要有意义。什么样的内容才算有意义呢？这的确是一个很难回答的问题。我们姑且这样说：凡是某种材料能够焕发农工"向上的意识"，就是有意义的材料。"向上"不是落伍，不是畸形；而是前进，而是平衡的发展。农工"向上的意识"是多方面的：至少包含生产技能的向上，科学运用的向上，身心健康的向上，情感满足的向上，集团训练的向上，享受与给与的向上，教育文化传递的向上。总之，向上的生活是一个完美的人格的极峰。一个生活意识向上的人是这样的一个人：他尽人生应尽的义务，他享人生应享的权利；他不是一个压迫人的人，也不是一个被人压迫的人。

我们的农工同胞是最苦的同胞。他们对于国家的贡献最大，可是他们得的报酬太薄。我这话并不是"赤化"，我觉得这种不平等的待遇是人道上不容许的，也是同胞情分上不应该的。我在定县已经住了半年，生活比较的与农民接近，略略知道他们。所以我们要振兴中国，必先推进农村。要创作农工剧本，必先慎重采取有意义的内容。

采取的途径，首先要自己的生活农工化。我们的目的是要农工了解我们，所以我们得先了解他们。想把农工从地狱里领导到人间来，我们自己必先到地狱去。我的朋友晏阳初先生常说："我们必须农民化，然后才能化农民。"又一个朋友，他是一位著名的教授，新从苏俄回来告诉我说："现在的中学生就在那里闹什么左倾右转，其实他们根本上就没有过过'工作的生活'。我下年打算带一班学生到农村去工作，去生活，教他们真正得到些'工作的意识'。"这两位先生的话都是极有价值的。我们要写出好的农工剧本，不能住在租界的洋楼里仅仅的"想"，应该到农村去生活，到工厂去工作，去得到些农工生活的意识。

第二，要有雅俗的艺术。有了教育的内容而没有雅俗的艺术，是不能完成大众戏剧的目标。现在有人以为农工戏剧只要有"标语"式的内容就够了，这是大错。因为"标语"往往是干燥的，飘忽的，虽是清晰的，而不是浑厚的。好的戏剧不仅仅是"给与"的问题，最要紧的是顾到观众能否"接受"。所以农工戏剧不但要有"向上"的内容，而且应该有热烈的情绪，真挚的论断，悠远的诗意，"戏剧的"动作。这样的作品才有永久性与普遍性，大众才能接受。自然，农工戏剧的艺术决不能过于深邃，我们在前面已经说过，农工的知识是比较落后的，假如剧本的艺术过于深邃，他们决难欣赏。所以大众戏剧的艺术应该深入浅出，雅俗共赏。

第三，要有巧妙的技术。艺术与技术是互相因果而分不开的。倘若有高超的艺术而无巧妙的技术，戏剧仍然不能完美。戏剧不比别的艺术可以实行个人主义，而它是一种集团的艺术。一个人可以弹琴，可以画画，可以跳舞，但一个人决不能演戏。弹琴可以不要人听，画画可以不要人看，跳舞可以"独善其身"，唯有演剧不能不要人看，并且要有多数的人看。因为有这种集团的关系，所以戏剧的技术特别要巧妙。

技术怎样才能巧妙呢？我们要回答这个问题，应该先知道我们的农工最感兴趣的究竟是什么。据我在定县试验研究的结果，觉得我们的农民最感兴趣的是一个"动人的故事"。记清楚，一个动人的故事。农民生活简单，情感真挚。他们没有城市的居民滑头，虚伪，心眼多，虽然他们也有祖宗传下来的劣根性与好习惯。他们希望一个单纯的，动人的，热烈的故事来满足他们真挚的心情。这故事所写的要是他们所知的。要用你的技巧，把它剪裁得得法，摆布得动人。里面的动作必须具体，最好是有拳打脚踢，惊心动魄的动作。我的"喇叭"及"锄头健儿"就是运用这种技巧写的，所以在定县上演都得到成功。他们最厌恶滔滔不绝的对话，恼人的演说，哲理的讨论。他们可以欢迎莎士比亚，但是他们很难接受易卜生。因为易卜生欢喜在剧中讨论问题。最近苏俄的观众也是这样。他们对于标语式的对话非常讨厌。他们喜多看"有形态有格式"的动作，少听讨论的对话。所以关于大众戏剧的技术，我们可以简单地说："运用巧妙的手法，多用具体的动作，少用冗长的对话，表演一个动人的故事。"

总起来，我们可以武断地断定：除非新兴戏剧不想走入大众，倘要深入农工，非注重我上面说的三项要素不可。——内容的，艺术的，技术的（Educational，artistic，technical）平衡发展。因为这样的戏剧，农工才能发生兴趣，才能接受。农工不能接受的戏剧，虽是挂着农工的牌子，也是与农工不发生关系的。奉劝热心戏剧的同志与其整天的嚷着到"十字街头""到民间去"，不如先到农村工厂去工作，去得到些"工作的意识"。与其整天的在那里标榜派别和主义，不如先用点苦工来修养自己的内容，训练自己的技巧。

1932 年 7 月

第五编　李健吾（1906—1982）

话剧与话

　　我写话剧有过一些失败的经验，毛主席曾说："用钝刀子割肉，是半天也割不出血来的"[①]，我就没有割出血来过。俗话说得好，"工欲善其事，必先利其器"，写话剧，先没有把那作为工具的话掌握好，又怎么成呢？也许有人不以为意，认为有嘴就会说话，谈不上什么掌握不掌握。的确是这样的。有嘴就会说话。而且有人伶牙俐齿，说起话来，真是"咳唾落九天，随风生珠玉"，尽管如此，却一辈子也写不出一出话剧。写了那么多的闹剧和喜剧的莫里哀，平日却是一个不苟言笑的人。据说，有一位大贵人，心想莫里哀是一个演戏的小丑，自己又写逗笑的好戏，希望他在宴会上谈吐生风，满座为之欢然，就把他也作为客人请了来，不料他终席未发一言。耳闻不如目睹，扫兴得很。

　　我没有意思在这里作检讨。那就离题八丈远了。不过说两句实在话，我想，还是不算过分的。我是一个知识分子，不但能说会道，而且知书识字，有时候居然也会引经据典，钩辀格磔，论列是非。我虽然不能"下笔如有神"，却也常常信笔行之，好像并不外行的样子。于是那一年上海解放了，我读到毛主席《在延安文艺座谈会上的讲话》，起了一身鸡皮疙瘩，特别是读到不熟不懂那几句话，分外觉得难过："什么是不熟？人不熟。文艺工作者同自己的描写对象和作品接受者不熟，或者简直生疏得很。我们的文艺工作者不熟悉工人，不熟悉农民，不熟悉士兵，也不熟悉他们的干部。什么是不懂？语言不懂，就是说，对于人

---

① 毛泽东：《对晋绥日报编辑人员的谈话》，《毛泽东选集》第 4 卷第 1321 页。

民群众的丰富的生动的语言，缺乏充分的知识。许多文艺工作者由于自己脱离群众，生活空虚，当然也就不熟悉人民的语言，因此他们的作品不但显得语言无味，而且里面常常夹着一些生造出来的和人民的语言相对立的不三不四的词句。"[1] 我不引证下去了，大家一定是很熟悉的。我说我写话剧有过一些失败的经验，一个起码而又基本的致命伤，就是没有把话掌握好，所以常常"显得语言无味"，"而且里面常常夹着一些生造出来的和人民的语言相对立的不三不四的词句"。可是话剧是用话写出来的，靠话和观众见面，而且靠话直接表现人物的思想感情的。

其实口语（也就是话）对话剧的重要，早在 1934 年，鲁迅就把问题提出来了。那就是他在袁牧之主编的《戏》周刊上发表的那封答信。他提出两个关于把《阿 Q 正传》改编成剧本的问题。一个问题和形象集中有关系，一个问题和口语运用有关系。鲁迅告诉我们："这剧本最好是不要专化，却使大家可以活用。"[2] 鲁迅和毛主席一样，都从客观效果看问题，只是毛主席深入一步，又把问题摆到客观实践上。鲁迅指出：给绍兴人看，戏的口语就要绍兴化，但是为一般观众看，"只好编一种对话都是比较的容易了解的剧本。"[3] 鲁迅并不因为自己是绍兴人，阿 Q 是绍兴人，就特别要"一般观众"硬听他们听不懂的绍兴方言。

这里有两个问题需要我们考虑。一个就是：我们写剧本用的语言是"人民群众的丰富的生动的语言"吗？一个就是："一般观众"和"人民群众"是不是一个？第二个问题很好解答，不必多推敲了，"一般观众"和"人民群众"就是一个。这就是说，剧本的口语（在没有特殊宣传任务和特定方言地区的条件下）应当让"一般观众"、也就是"人民群众"都听得懂。重点如果放在"都"上面，分量就很重了。

拿我自己来说，我从小在北京读书，说所谓"官话"（我不敢把它叫作"国语"），总该差不离了，可是天晓得我说的是哪一型的"官话"。我是在母亲跟前长大的，母亲说的是晋南土话，这自然而然就衍成我的"官话"的底子。我身边还有一些北京的真正的土著，不知不觉，就捞

---

① 毛泽东：《在延安文艺座谈会上的讲话》，《毛泽东选集》第 3 卷第 852 页。
②③ 鲁迅：《答〈戏〉周刊编者信》，《鲁迅全集》第 6 卷，人民文学出版社 1958 年版，第 113 页。

了一些"京片子"进来。后来我在上海又住了近二十年的光景。于是我的"官话"就南腔北调，纷然杂陈了。尤其糟的是，我"生造出来的"口语，往往牛头不对马嘴，活像吴晓铃同志前几年有一次说的那样，把天南地北的话生拼在一起。他那一次还举了曹禺同志的例。就我知道的来说，其实委曲，因为曹禺同志的剧本语言一向是经过认真推敲的。

我举自己作例，只是说明轻视口语这种态度很该批评。而且，说是"口语"，真就都只是口语吗？再以自己作例来看，我读过一些古书，小时候还念过八股一类的东西，现在不会写了，可是古书里的活文字往往在我的嘴里成了死语言。用得好，增加韵味；用得不好，不知所云。还有一种要命的东西，就是翻译调子。我有一时期老搞翻译，写出来的东西，句子不是拖沓，就是笨里八几的，顶糟的是，看上去像中国语法，其实完全违反祖国语言习惯。茅盾同志前两年劝大家多向古人吸收语汇，丰富创作语言，完全正确。难题只在实践的时候，我怎么样才能把古今中外这锅大杂烩烩成一道匠心独运的精菜。这不简单。营养是需要的，可是不经过加工，就想端上台面，一定会闹笑话的。拿翻译来说，我们的翻译句子一般都是长长的，铅字房供应"地"字和"的"字，一向是供不应求。句子平平稳稳的，只是缺乏原文的光彩，而且炼字炼句的功力一概不见了。司汤达和福楼拜在风格上是死对头：看中译，请问，有什么区别？而我们的文艺工作者却拿这些风格一般化的翻译当作营养之一来吸收。怎么会从这方面培养风格感觉呢？我看是有距离的。

毛主席要我们认真学懂人民群众的语言，写出人民群众能懂的作品，从客观实际出发，多年以来，已经起了很好的作用。但是人民群众的语言，不就等于土语照搬。首先需要分别情况。你为哪些人写剧本，决定你用的口语该是方言还是国语。一般说来，话剧的对象是国语观众，而无意中又承担了推广国语的宣传义务，自然就该用能让"人民群众"都可以听懂的口语才是。莫里哀是一个正式学校毕业的资产阶级子弟，后来要搞戏，在法国南部和中部跑了12年的江湖，他吃够了苦，可是掌握住了写剧本的工具。他的剧本语言帮法兰西语言迈进了不小的一步。莎士比亚本来就算不得一个正轨出身的知识分子，在乡下混不住了，才又年轻轻地跑到伦敦，给贵人遛马牵车，在剧团扮龙套打杂，无名无姓地过了五六年，忽然就像晨星一样，潇洒自如，口语之美，一时无两。然而莫里哀和莎士比亚，在他们活着的时候，尽管对话如有神助，妙语如珠，对后世人来说，已经有了距离，我们中国人，想要把他们翻译好，简直是隔着一道厚墙！而他们的戏，即使是诗，也能让观众听得懂，读得懂。

话剧毕竟是话剧。戏首先要人懂。这就像毛主席教导我们的那样，要深入生活，熟悉生活，从而取得第一手材料。然而我们要想着我们的观众，一定要他们"懂"。"懂"在这里有两种意义。一种是来自生活，却不等于生搬硬套，必须去芜存精。一种是为了表现性格特征，我们就不能去芜存精，有时也难免要土里土气，才能符合人物的身分、性格和某事某时不得不土里土气的匠心。千万不要像我那样，说些南腔北调的知识腔，贻笑大方。

还有一个问题，我们也必须想到，方言固然有它使用的道理，像我们方才说起的，可也不能把话说成"绍兴白"，如鲁迅说的那样。因为话剧到底还承担着推动国语的使命，不但能有力量推动国语，而且必须把话说得干净利落，让人听起来，别是一种滋味在心头。这就要下大工夫，首先要说好国语，把使命承担起来。可是要想承担得好，沁人心肺，就必须把话用得恰到好处，不光只干净利落，还要往深里挖，使人感到意味无穷。话说回来，仍然要尊重性格、身分等才成。

话是对人而发的，有目的性；话是因人而异的，所以有个性；话不能千篇一律，然而为了达到个性和目的性，有时又必须千篇一律；而千篇一律，又要异军突起，有一击而中的作用。不怕把话说得曲曲折折，不成文章，却怕第一，不自然；第二，无意义；第三，不起作用；第四，在达到这些要求以后，还要显得不费力气，拙于不拙之中；第五，要话是作者自己的，独具一格，而又不拘一格，是之谓风格；第六，……免得内行人笑话我书呆子气，我就不说下去了，这叫做"识相"，而不"破相"，才是正经。反正话是自己说的，该收就收，该放就放，该说就说，才是正经。

最后，我还要啰嗦两句。《大祭桩》这出豫剧，想必人人都知道吧，黄桂英法场祭她未婚夫李郎时，说的那句话，简直是不通之至。她是这么说的："我的我呀……"有这么说话的吗？什么叫"我的我"呀？可是你觉得还非如此不可。她到底是一个受旧礼教、没有过门的未婚之女啊。身分管着她，环境管着她，教育管着她，总之，一切管着她，不通也就通了。这就叫合情合理，势之所必至。这也正是"既生瑜，何生亮"的最高的性格语言。这也正是莎士比亚的理查三世在战场上那句败阵的绝妙的话："一匹马！一匹马！拿我的王国换一匹马！"[①] 因为，这位杀人不眨眼的国王，事到危急之秋，狗急跳墙，连好不容易到手的王国也不要了，要一匹马，于是就非说这句话不可。非说这句话不可，这就到了点子上。你说它不通吗？是你自己不通。这不合这位杀人如儿戏般的国王的性格。处境不同了，话也就不同了。这就算心理语言吧。

　　一言以蔽之，要在平淡之中着眼，取胜于意外之变。话既要富丽，又要明净。像吴晓铃先生所指责于我的那种南不南、北不北的腔调，就该知过而改，尽管富丽而明净的话，我这笨口拙舌的人，笨里巴几的，变也变不到哪儿去。

1956 年

编剧原理　第五编　李健吾（1906—1982）

---

① 莎士比亚：《理查三世》，第五幕第四场。

改编剧本

——主客答问

客 近年上演的话剧，有不少是改编的。

主 《家》的改编本子，常年在演。《骆驼祥子》的改编本子在北京上演，很受欢迎。这些天，处处上演《智取威虎山》，想见《林海雪原》入人之深。

客 怎么样，谈谈你的看法？

主 你要我谈谈改编剧本？

客 我希望听听你的意见。

主 其实没有什么好谈的。拿戏曲来说，一百出里头，就有九十出是改编本子。三国戏几乎全是从《三国志》或者《三国演义》来的。

客 照你这么一说，几乎无往而不是改编了。

主 古希腊的戏可以说是世上最古的戏了，悲剧几乎全部取材于神话或者传说，归到改编里头，也没有什么不妥当。只是我们平素不那么说罢了。莎士比亚的戏很少不是取材于现成故事的。拿《哈姆雷特》来说，不但原来有文字传说，而且先前还有戏在伦敦上演，后来失传了，只是后人平素也不当作改编看罢了。

客 你说的这一类改编都是世界戏剧杰作。

主 所以首先应当澄清一种错误看法，提起改编，心怀成见，就以为比创作低一等。

客 我也有这种看法，觉得第一道手一定比第二道手更可贵。

主 创作直接从生活里出来，作者千辛万苦，取得素材、题材。巴金同志最近谈起他的短篇小说，就说："严格地说起来，我所有的作品都是从生活里来的，不过这所谓生活应当是我所经历的生活和我所了解的生活。生活本身原来极复杂，可能我了解得很简单：生活本身原来极丰富，可能我却只见到一些表面。一个作家了解生活跟他的世界观和立场都有极大的关系。"① 伟大作家永远是艰苦地、热情地、正确地反映当前的现实。他甚至于把未来的现实也作为美好的远景，算在自己的账上。

客 那么，创作应该比改编高一等了。

主 别把问题看死了。巴金同志紧接着还说了这么一句话："我的生活知识本来就很有限，我的思想的局限性又妨碍我更深刻地了解生活。所以我的作品有很多的缺点。"他结合自己说的话，谦虚的心情是可以意会的。我们撇开巴金同志不谈。作为一般情形，这种情形确实存在着。一部作品，即使很了不起，也不一定就都十全十美。何况像我们知道的，作者的世界观和立场对素材和写法有绝大的影响。轻重、繁简、取舍之间，就有机会可乘。艺术忠实，对改编者说来，不是沾滞，而是灵活。他提高原作的主题思想。他发掘和提高主题思想有关的，蕴藏或者散落在原作的各个隐秘角落的艺术的可能性。万一原作可用的地方太少，改编者的精神世界远比作者的精神世界富丽、广大、深厚，但是原作仍有启发作用，对改编者说来，忠实两个字当然就有了更高的内容，原作变成了改编者再创造的条件，同一故事也就得到了更好的发展。

客 我看出你心目之中的例子。你想到《哈姆雷特》。关于哈姆雷特的文字传说，和以前的改编本子，都成了莎士比亚再创造的有利条件。

主 对。从政治最高的要求和艺术最深的意义来说，改编这时候已

---

① 巴金：《谈我的短篇小说》，《人民文学》1958 年 6 月号。

经不是改编，而是创作。谁看过莎士比亚的《哈姆雷特》，不歌颂戏剧天才的卓越成就？他的改编本子如此风行，如此成功，前人的本子不见了，没有机会上演，已经归入自然淘汰之列了。于是莎士比亚的《哈姆雷特》，就以不可一世的大步，登上了悲剧的宝座。

客 我说什么也没有想到《哈姆雷特》是改编本子。这么看来，改编本子大有可为了。

主 提高到创作角度，改编当然大有可为，不过也正因为提高到创作角度，改编却也不像字面上说起的改编那样轻而易举。再创造有方便处，却也有不方便处。原作的存在是一种限制。原作如果是杰作的话，就更是限制了。把小说或者诗歌改编成戏剧，还有种类不同为改编者作借口。万一像《哈姆雷特》一样，或者像大部分的古典悲剧一样，故事雷同，那就要靠改编者大显身手了。有时候全是杰作，例如欧里庇得斯的《伊菲革涅亚在奥利斯》，拉辛也有；又如他的《伊菲革涅亚在梭里特》，歌德也有；都是各有千秋。又如莫里哀的《堂·璜》，西班牙有一个本子，意大利有两个本子，法国后来也有两个本子，可是莫里哀艺高胆大，又来了一个《堂·璜》，还能青出于蓝，而胜于蓝。后来有一位剧作家，又把莫里哀的散文《堂·璜》改成诗剧，磨平刺眼的棱角，官方许可上演了，但是艺术上却失败了。

客 为什么会有这类情形？

主 先这样假定：原作不成功，只起素材作用。改编者可以根据自己的进步观点，自己的高深解释，自己的熟练技巧（语言的、结构的、造型的），通过自己的想象，像莎士比亚和莫里哀那样，点铁成金，让改编本子永生不朽。万一原作是一部杰作，反而难办。可是，一般的改编，倒正因为原作脍炙人口，才想到拿来改编的。改编者没有想到这对自己成了一种考验。一部杰作既然已经被公认是一部杰作，本身必然就有一种无坚不摧的艺术力量，同时这种力量，促使它的读者在社会上，根据各

304

自的心得，结成一种牢不可破的共同见地。这简直等于一种艺术舆论。例如《家》，例如《小二黑结婚》，一个篇幅长，一个篇幅短，艺术舆论早已在人心之中固定下来。赶上这种定评确是很难的事。

客 可是曹禺同志的《家》的话剧改编本子，中央戏剧学院的《小二黑结婚》的歌剧改编本子，就戏剧艺术而论，都有各自的成就。

主 你忘了更多的杰作的改编本子，简直经不起咀嚼。我看还是另想一些不成功的因素，促使改编者深思，对改编工作倒更有利。我不否认改编者的功力起决定性作用，但是有些小说，还有一种本质的东西，和改编者为难。

客 小说有什么本质的东西？

主 小说是小说，戏剧是戏剧，不同的体裁给自己带来不同的表现方式。分开来看，问题不大。但是放在一起比较比较，问题就出来了。小说的结构不及戏剧的结构谨严。作者有较大的自由，他可以搁笔不前，不怕读者嫌他走小路再走大路。读者也有较大的自由，他可以过几天，得了空，拿起书来再读。戏是为了演的。剧作者必须时刻想着演出的客观条件。他一定要做到自己的戏能在三四小时之内把观众吸住。观众也必须在戏演的时候把它的演出看完。这里有客观强迫性，可是剧作者却要把戏写得像是观众自愿看下去的样子。一句话，小说可以松散，剧本必须集中。这就是二者表现上的差别。戏里的人靠自己的动作来进行。小说里的人靠作家的安排来进行。

客 戏里的动作也是剧作者安排出来的。

主 你同样可以说，小说里的人也靠自己的动作在发展着。不过我说的是二者作为体裁，在表现上具有的主要情况。你只要想着一个情况就明白了：除去分场、分幕之外，戏是不能叙述的，即使可能，也是人物自己来叙述，而且是作为过场戏，但是长了，观众会起腻的。

客 原来如此。

主　艺术从来不是什么秘密。所以把小说改成戏，有的小说就容易，例如《林海雪原》，故事的惊险性很容易作成剧本的戏剧性。有的小说就不容易，例如《红楼梦》，主要人物的变故有时候还不如次要人物的变故剧烈。尤三姐的遭遇，比林黛玉的遭遇，可以说是明朗多了。从性格和语言上来比较，两个女孩子都有个性，都是活生生的，都能令人同情。可是社会悲剧在林黛玉身上，就像雨蚀一样、虫蛀一样，是慢慢积累起来的。生活的真实效果在这里压倒了情节的集中效果。改编本子容易失败，就因为在生活细节上触礁的缘故。

客　叫你这么一说，改编本子最好避免生活。

主　我不但没有这个意思，而且要求改编者特别注意生活真实这个问题。摆在面前的是一部六十万言的长篇小说，他不可能照样搬上舞台。他要去芜存菁；他一定先想到戏剧性，也自然而然就会先着眼到情节上来。他有了戏剧之所以为戏剧的基本东西。但是同时他就可能忽略情节之所以动人的真实基础。他搭架子，但是架子不等于房子。生活细节的配合在这时候起了不可言喻的重要作用。曹雪芹之所以了不起，不仅表现在情节的妥帖安排上，而且更表现在生活细节的选择上（当然还有更多的东西）。莎士比亚集中地完成戏剧效果的时候，例如《哈姆雷特》，他同样注意选择具有最高说明性的生活细节。哈姆雷特的叔父在祷告。这是日常生活。哈姆雷特从旁走过。这也是日常生活。问题是他正在寻找机会报仇，现在叔父只有一个人，而且以为只有自己一个人。杀死他，再便当不过。可是哈姆雷特的不切实际的考虑，使他放弃了这绝好的机会。这小小场面立刻就反映到哈姆雷特的性格和此后的遭遇上来。改编本子最大的礁不正是不从生活真实上想戏。

客　想不到你还会兜回来。

主　我对你说过，这里没有什么秘密。你不妨仔细研究一下曹禺同志改编的剧本《家》。有多少细节是原作告诉他的？我说一个顶小的动作给你听。冯乐山有一个狠毒的小动作，改编者这样形容他:"(猝然拿起桌上还在燃烧着的烟蒂头,吹了一下,抓着婉儿的手腕,就按在上面,婉儿痛极欲呼……)"原作没有一个地方有过这种描写。这是改编者想出来的。难道你能因为原作没有就取消吗?这小小动作正好说明冯乐山的假仁假义的性格,也正好作成介绍觉慧和他冲突的引线。取消它,观众的憎恨不深了,觉慧闯进来也没有意义了。

客 生活细节如此重要,原作者即使没有,改编者也有权利添补。

主 权利。完全对。

客 我是顺着你的意思说的。

主 我同意你提出"权利"两个字。因为有一个更重要的东西,要改编者这样做,就连原作者,即使没有写到,也只好看在大原则分上,认可下来。作家为什么写?难道只是为了生活熟悉吗?可是写的时候,同样熟悉,他要这方面生活,不要那方面生活,想见他是有一个一定的看法的。看法说明他有一种思想基础、一种政治意图。他有目的。用术语来说,他的小说有主题。改编者的责任,九九归原,就是发扬原有的主题。原有的主题除非根本要不得,可是根本要不得,这部小说也就绝对不会成为杰作的。可能它的某些素材有价值,或者某些片段有价值,那就另作别论了,它们是为改编者的正确的主题服务。如果改编的对象是一部杰作,改编者当然就要尽心为它的主题服务。目标既然相同,问题只在换一种体裁表现原作的政治意图,他就从原作方面取得了添补的权利。

客 改编者往往还有别的目的。

主 那是自然的。譬如莎士比亚改写《哈姆雷特》,莫里哀改写《堂·璜》,显然是和剧团的营业观点分不开的。不过这不是剧本本身的目的。只要这种客观要求不危害改编工作本身,那也就随它去了。又如,进行戏曲(歌剧在内)改编,也像进行话剧改编那样四平八稳,忽略戏曲艺术之所以为戏曲艺术,那就很容易"瘟"了的。前者要明朗,后者要细贴,这是不同体裁带来的要求。放下客观要求不谈,主要关键就看主题撑住了没有。

客　难道改编本子是好是坏，只看这个？

主　这只是开头。这决定方向，可是路还没有走。

客　有没有快路？

主　原作是一种限制，不过另一方面，也是一种便利。它把一个有自己的组织的、有性格鲜明的人物活动的现成世界给了你。改编本身就是快路。情节和人物大致已经有了。你想再走快路，就要看你是不是已经抓住了活生生的人物形象。这是成功之路。哪些人物承当主题任务，哪些人物配合他们的社会关系，哪些人物形成阻力，一句话，哪些人物必须得到充分发挥，形象必须完整，改编者一定先要感性地和他们打成一片。《三里湾》的人物很多，头绪似乎也很纷繁，可是主题异常明朗，农业合作社终于建成了，进步势力战胜落后势力。宋词同志的改编本子在这上头没有差错，选择的人物也还合乎总的要求。问题就在承当主题任务的人物，没有能像活人那样活了起来。改编者安排人物，为情节安排人物，为目的安排人物，可是他胆怯，不能放手让人物为自己安排。一句话，人物像是为执行改编者的安排才出场的。范登高简单化了，王玉生简单化了，范灵芝简直简单化到了可惜的地步。他给我的印象是他不像在丰富原作里人物的活动，反而像在缩减他们的活动。他给惹不起创造了一个"躲在墙角里"偷听别人说话的机会，但是事后不起作用，也就白创造了。

客　路是人走出来的，所以一定要把人的形象建立好了。走快路，就更非这样做不可。

主　创造或者再创造，都是一个样子，没有第二个窍门。就素材来说，《三里湾》比《骆驼祥子》提供得更多。可是梅阡同志不死抄《骆驼祥子》，给他的改编本子留下活泼的生机。听听对话就明白了。那些生龙活虎的对话——老舍同志的原作提醒了他一下——是由他想出来的。他从主题出发，创造了小顺子那样一个可爱人物。同时倒转来看，也正由于有了小顺子这样一个工人形象，主题有了发展。读完原作，我们可以得到这样一个结论：劳苦人民在旧社会没有出路，所以旧社会必须改变。改编者给结论做了一番修正，劳苦人民在旧社会没有出路，但是旧社会马上就要改变，出路已经摆在面前了。我们相信原作者会同意的，因为这正符合他批评自己的作品的那句话："这是因为我只看见了当时社会的黑暗的一面，而没有看到革命的光明，不认识革命的真理。"① 所以梅阡同志发展原作的主题，创造小顺子这个充满未来光明的形象，正表示了他对原作的高度的艺术忠实。因为对原作忠实，应当包括对历史忠实在内。

客 曹禺同志的冯乐山也可以说是他自己想出来的。

主 没有冯乐山，旧家庭的封建基地就像不够广阔似的。他在戏上出现，斗争的对象更明确，斗争也就更需要，斗争的社会意义也就更充实了。对比鲜明，戏自然多了。《家》的改编本子有这样一个可爱形象："（——淑贞，年约八九岁，圆圆脸，白里泛红的两颊，像熟透的苹果，一双明亮活泼的小杏核眼，仿佛永远是笑着的，梳着两条乌黑的小辫子，随着她在背后跳动不歇，像两枝斗鸡尾巴上的毛。她穿着一套桃红小花的绸子袄裤。一双小小的天足穿着红桃花鞋，几乎可以缭乱人的眼，野兔似地在地上不停地跑动。……）"巴金同志没有这样描写过他的淑贞。他让我们看见这小姑娘的时候，已经到了她裹脚吃苦的年龄了。眼见为真。为了痛斥封建母教，改编者要我们看看她没有裹脚以前的活泼，——甚至于夸张她的活泼。然后他在第二幕另给淑贞一个形象："（淑贞和昔日迥异，面庞依然保持小女孩儿的丰润，却完全失去前两年的活泼，态度文静，行动困难，脚裹得很小了，穿着小绿花衫裤。）"她还没有出场，他让她先绊倒一跤。

客 人物在原作里是活的，当然对改编者有帮助，可是重要还在：人物在改编者的脑海内是不是活的。

---

① 老舍：《骆驼祥子·后记》，人民文学出版社 1955 年版。

主　你说得对。改编越具备再创造的情况，价值也就越大。甚至于
　　改编者的存在，像原作者一样，也会反映在改编本子里头。莫
　　里哀的《堂·璜》是一个显著的例子。他不但讽刺，而且连他
　　的愤怒也放进去了。堂·璜这个花花公子有唯物论者一面，有
　　伪君子一面。性格有了深度。他的活动的场面触恼了统治阶
　　级，直到两百多年以后，这出喜剧才有机会再演。梅阡同志和
　　曹禺同志都往改编本子里放了许多自己的东西。特别是曹禺同
　　志。我举一个极小极小的例子。觉慧在戏里说："家是宝盖下
　　面罩着一群猪！"原作有类似的话，但是口吻不这样形象，温
　　和了些。曹禺同志对封建大家庭的憎恨是有煽惑性的。读过
　　《北京人》，再读《家》的改编本子，我相信，你会觉得曹禺同
　　志是从心里憎恨毒害青年的世家的。他不是一个客观主义者。
　　甚至于在改编的时候。他的现实主义的塔尖立着一位热情奔放
　　的诗人。细读一遍《家》的改编本子，你就体会出来了。缺乏
　　诗，导演《家》的改编本子就像抽掉了灵魂。传说改编者有一
　　次告诉人说，他要最后一幕的整个台面埋在大雪底下。

客　多有诗意的象征！多有诗意的场面！

主　但是对改编或者对创作剧本，有重要意义的却是开场戏。它是
　　走路的第一步。第一步走对了，步子会一步一步跟上来的。中
　　央戏剧学院的《小二黑结婚》的改编本子，从小二黑到县里开
　　会得奖回来开始。原作没有这个场面，有也只有这么一句话：
　　"小二黑是二诸葛的二小子，有一次反扫荡，打死过两个敌人，
　　曾得到特等射手的奖励。"改编者从这句话受到启发，勾勒出
　　来开场戏。这样做就是有道理的。改编者要一对青年正当恋
　　爱，先得到观众的同情。《家》的改编本子的开场戏，在原作
　　只是短短的一段，可是曹禺同志看出婚礼是介绍人物最自然不
　　过的场面，同时重点自然而然也就落到觉新这位新郎和瑞珏这
　　位新娘身上。原作那一段根本没有提起瑞珏。改编者的用意是
　　显然的。他有一个完整的结构观点（原作不像戏里这样突出）：
　　觉新和瑞珏的结合与死别。《小二黑结婚》的改编者同样努力

在为全部戏剧进行寻找介绍人物的生动场面，但是没有充分利用，也就很可惜了。

客 怎么会的？

主 改编者在"后记"中提到了。"后记"有这样一句话："删去了一些舞台气氛沉重的部分，加强了欢悦、诙谐和描写，企图把全剧统一在明快的喜剧风格中。"但是事实上并未很好地做到。就拿开场戏来说，原作在"曾得到特等射手的奖励"这句话后，还有一句，就是："说到他的漂亮，那不只在刘家峧有名，每年正月扮故事，不论走到哪一村，妇女的眼睛都跟着他转。"三仙姑的眼睛也跟着他转。改编者当然不必死跟着原作走。问题是在他们没有能像曹禺同志那样活在原作提供的想象世界里。他们喜爱赵树理同志和他的作品，但是缺乏生活表现他们是从心里喜爱。赵树理同志的富有风趣的情调是深入社会生活的结果。所谓"喜剧的风格"是有具体内容的。

客 你又回到生活上来了。

主 有什么法子？生活是艺术的源泉。把改编当作艺术来要求，就必须时时刻刻回到社会生活上来。我愿意再说一遍，改编剧本可以成为杰作，王实甫的《西厢记》，就是一个改编本子。

1959 年 4 月

戏剧的特征

　　川剧《萝卜园》里有一个有趣的场面（第七场），梁月英有话要问她的未婚夫，碍于礼法，不便当面问，又找不到屏风，于是一对种萝卜的老夫妻，就做了一个肉屏风，站在他们中间。这种幽默而又富有讽刺意味的具体安排，满足了双方，也满足了礼法。我们记得莎士比亚的《仲夏夜之梦》有一个非常逗笑的场面，几位手工业者庆贺公爵新婚，排练一出"最可悲的喜剧"，到宫廷献演。他们没有布景，于是异想天开，或者不如说，从实际出发，派定"一个人一手拿着柴枝，一手举起灯笼，登场说他代表月亮"。这还不够，又"让什么人扮作墙头；让他身上带着些灰泥黏土之类，表明他是墙头；让他把手指举起作成那个样儿，匹拉麦斯和雷斯佩就可以在手指缝里低声谈话了。"（第三幕第一场）我们笑话他们，不过他们做到了一点，而且问题的中心就在这里：他们对假屏风、假月亮和假墙头、尤其是手缝所代表的墙缝全是假戏真做的天真的信任，因而赋予它们以可信性。中国戏曲演员走得还要远，利用虚拟的动作，在观众的想象里建立实物的存在。这种迁就事实并改变事实的匠心，说明戏剧艺术一个基本情况：利用一切可利用的手段，创造它的假象世界。戏剧工作者的信赖迫使观众欣赏，以至于信赖。双方逐渐形成一种默契，认真承认制约关系的存在。

　　荀子说过这样几句话："名无固宜，约之以命实，约定俗成谓之宜，异于约则谓之不宜。名无固实，约之以命，约定俗成谓之实名。"[①] 作为

---

① 荀子：《正名》。

艺术，戏剧最受制约。它的出现、它的发现、它的特征，实际上只是各种情况相互制约和相互影响的相辅相成的结果。这种结果或者具体成就，是戏剧艺术在约定俗成的社会实践的基础上逐渐明确起来的。

制约关系大致可以分成五类：首先是经济制约，其次是工具制约，再次是条件制约，又次是阶级社会生活制约，最后是政治制约。分成五类，并不等于把它们对立起来，同时我们也不会平等对待这些制约关系。我们更不会就音乐、歌唱、舞蹈、诗词以及演技这一类表现工具做专门性的探讨。那决不是我们力所能及的。我们只是为了探讨戏剧的特征才谈到这些本身就是艺术的表现工具。我们提出一项条件制约，并不妨碍另外四项转化为条件。我们将根据实际情形，分别加以考虑。

我们先从经济制约看起。经济制约对戏剧的影响，正如基础对一切上层建筑的影响一样，不言自明。戏剧的蓬勃发展，和全民物质生活的改善有密切关系。全民在这里有两种内容：一种是国家性的，由统治阶级的政府部门负责解决戏剧演出的各种问题，有的是谢神性的，例如古代希腊，规定十个部落的奴隶主分担开销，有的是宫廷娱乐性的，例如唐朝的教坊，自然是由国库开支；一种是社会性的，在民间成长起来，随时可能被政府有关演出的部门吸收，例如古代希腊的喜剧，或者曾经由教坊搬演的《踏摇娘》，就题材和最先搬演的情况看来，应当先在民间出现。戏剧的全面发展，只有人民都有足够的经济能力参与戏剧的全面活动，才能走上稳定的道路。统治阶级的贫困促使古代希腊戏剧衰亡。中国戏剧从宋、元以来的盛况决不是宫廷的爱好所能单独决定。由于人民之间一般生产和商业交往的繁荣，身分下降的剧作家，不得不适应他们的欣赏而这样做，就必然为自己赢得若干进步意义，部分地突破统治阶级意识和道德准则。欧洲戏剧能从文艺复兴时期走向一个新的兴盛的阶段，市民收入的增长不能不说是一个重要因素。

分幕的话剧在中国是一种舶来形式。我们追寻话剧在欧洲的根源，就会发现古代雅典由于战争失败带来的商业萧条与农业减产是促使它出现的一个重要因素。我们知道，一出悲剧或者一出喜剧的人物，有三四位演员也就分担下来了，可是一个歌舞队的成员，即使从最初的 50 人减到后来的 24 人，就形势危殆的雅典来说，对奴隶主（从公元前 406 年起，每次演出的开销改由一个部落的两位富裕奴隶主分担）逐渐成为一种勉为其难的义务。悲剧开始走上没落的道路。喜剧开始蜕变。到公元前 388 年为止、也就是到阿里斯托芬的《财神》为止，歌舞队仅仅限于几次舞蹈。贫富关系在这期间特别紧张。阿里斯托芬晚年给我们留下的两出喜剧，恰好都是讨论贫富问题的作品。他的祖国才挣脱斯巴达的锁链，又落入马其顿的囹圄。新型喜剧出现在马其顿统治全希腊的期间（公元前 338 年以后）。歌舞队的使用变成偶然现象。幕替代它的间隔作用。五幕形式开始凝定。罗马共和国时期喜剧诗人如普鲁塔斯的作品，有三分之二由演员歌唱，和中国戏曲相仿，舞蹈成分逐渐退出描绘世态的喜剧。漫长的岁月又毁灭了歌谱。诗体剧取歌体剧而代之。多年来散文体又有取而代之的趋势。话剧传统就是这样在欧洲演变成的。戏剧演出从国家政权支持下降到自己支持自己（也就是说靠门票收入支持），剧团自然就要考虑经济因素。成员就非精选和减少不可。

　　贺拉斯在《诗艺》里要他的朋友写戏"最好是分五幕，不多也不少"，证明话剧的五幕形式，长久以来，已经变成一种类似规则的东西，才养成了人们对事物绝对化的看法。有集体性质的戏剧艺术，时刻受到它的牵制。

　　戏剧艺术不但有集体性质，而且是综合艺术。工具制约在这里起着一种特殊的协调作用。戏剧反映社会生活，不但内容要具体化，而且形式要整体化，自然就要等待被它当作表现工具使用的各个艺术部门相当成熟，才能出现。在各个艺术部门本身还没有发展到一定程度，特别在主要部门方面还没有取得发展的可能时，决定戏剧出现的机会，就会姗姗来迟。整体化在这里还包含有构成现实的客观样式的意思，所以即使作为表现工具使用的各个艺术部门、尤其是主要部门发展到一定程度的时候，也要等待表演者利用这些部门提供的表现工具造成形象（现实的客观样式）本身的契机。而且这种形象必须分成对立统一的两个以后，构成戏剧基础的情节，才能在二者互相推动之下向前开展，反映生活的具体面貌。因为一个形象即使可以构成独角戏，但是环境上的假设和心理上的自白过于滞重，只能反映个人的一时情况，难以生动地说明事件在阶级社会中的因果关系。对话的重要性在于它不但建立性格，而且推动行动，行动又从而明确性格。对话对客观存在起决定性作用。剧作者必须善于利用对话，并发掘对话的意义，以便通过阶级人物（最好是通过有性格的人物）与他们之间的社会交往与生产关系（最能说明这种关系的是事实上的对立与形式上的对比），使不言自明的矛盾与冲突有进一步提高人物活动的能力。戏剧之所以姗姗来迟，显然还有其自身的艺术要求。

对话进行的客观形势促使对话在反映社会生活中成为戏剧的基本手段，并成为戏剧进入文学园地的独特形式，因为对话是一切文学作品一样用语言写成的。为了取得直接反映社会生活的力量，也为了直接打动广大观众（包括各阶层，甚至被统治阶级的成员）起见，口语的使用在这里占有优越的位置。

而语言与因之而生的动作，是历史地从歌唱与舞蹈的协作中取得和谐的形式的。它们有鲜明的节奏，容易促成观众对假象产生强烈而又美好的感受。社会生活在这里早已取得精炼的理想的艺术存在形式。扮相的拟真在建立可信的情况下辅助歌唱和舞蹈回到社会生活中来。在提炼社会生活的时候，它们为自己不断创造并积累许多可靠的历经考验的规矩和程式。在完成取信与取悦的双重使命的同时，这些规矩和程式逐渐构成观众认识戏剧假象的习惯条件。

如果认为歌唱和舞蹈不符合社会生活的实际，那么，应当承认对话（即使出之以口语）的持续性与逻辑性也不尽符合社会生活的实际。对话受到性格与结构的双重制约，具有社会生活的样式，不等于就是日常生活中的对话。

在戏剧靠拢广大观众以后，口语——生活语言显出了它的优势。它协助人物在行动里取得生活中应有的感情，同时也成为广大观众理解剧情的媒介。古代滑稽戏和近代滑稽戏，由于重视现实题材的使用和生活形象的构成，就不得不特别重视口语对话、甚至到了放弃歌唱的地步。同时动作倾向于重视细节，增加个性在特定情况下的流露。它们（歌、舞、科、白）的美好无间的配合形成整体反映社会生活的表现工具。

中国戏曲是这种范例的最卓越的具体说明。

欧洲戏剧在近代（从文艺复兴起，主要是在文艺复兴以后）的分裂进展，显然是各别艺术部门突出发展与强调的结果。

戏剧是综合性的表演艺术，各别艺术部门必须通过或者凭借演员的存在取得丰盈的生活面貌与更高的精神揭示。演员的才能与社会实践、知识修养是戏剧能否完成本身要求的有决定意义的支柱。

不过演员到底只是个体存在。近代社会生活的复杂化与阶级斗争的尖锐化（首先通过剧本来反映），加以利用科学成就日甚一日地制造舞台效果的自然趋势，迫使导演在协调过程中负担起建立戏剧整体艺术的总任务。

各个艺术部门的综合使用，我们必须说，最后依然要受经济与社会的支配。宗教节日在一些国家是促使戏剧出现的主要原因。但是宗教一旦发觉它很快被人民掌握，成为反映世俗生活的有力的手段，就把它逐出庙堂，在乡镇和城市流浪。坏事变成好事。戏剧得到尽可能全面反映阶级生活的机会。统治阶级的干预不会因而终止。也正因为这样，娱乐性从来没有脱离阶级斗争的事业而独立存在。戏剧在中国从一起始就有世俗性质。即使宫廷加以占有，然而也只有回到民间，能为人民的财富所养育的时候，这朵五颜六色的大花才会盛开。所以各个艺术部门在戏剧这里会合，从来不是单纯的技巧性的会合。从有观众那一天起，人民的需要就构成戏剧出现的必然动力。另一方面，各个艺术部门、特别是作为表现工具的主要艺术部门，如果在发展上过于参差不齐的话，无论题材上怎样力求全面反映阶级生活，无论舞台上怎样力求整体反映阶级生活，都会形成相应的技术困难。

所以像中国这样先有百戏而后有戏曲，是一种莫大的便利。决定它们在戏曲里地位的高低的，不是它们本身（虽然大有关系），而是它们反映阶级生活能力的强弱。使用在这里不是平等性的合作，而是选择性的配合。对某一艺术部门没有偏爱的观众，戏剧能接近生活样式，能表现内心活动，能暗示精神世界的开展，就受欢迎。要达到这些要求，就不得不重视综合关系的创造性能。中国戏曲在这方面曾经达到绝高的成就。只有在某一艺术部门以其独特的技术条件形成表现上的绝对手段的时候，特殊的戏剧种类才能出现，例如哑剧、歌剧、舞剧以及剧本仅有提纲的意大利职业喜剧等。

促成戏剧的一切事物都可以说成条件，不过这种漫无止境的推论，会使我们陷入莫知所从的困境，所以我们还是加以限制，只从有直接关系的环境着手。我们首先想到演出的场合：观众的存在和演出的地点。任何种类的表演艺术，都有表演的场合。只是在戏剧这里，由于具有反映生活的整体的要求，场合的作用就自然显得分外重要。

我们很少想到舞台对戏剧的影响。由于它的自然存在，我们往往忽视它的制约关系。我们说舞台，不如说演出的地点，因为这里有两种形式：一种稍高于近处观众，远处的观众都能看到；一种和观众成一平面，或在大厅上，有"堂会"与"宴乐"的性质，或在广场上，观众环立如堵。我们一般把前者说成舞台，不过即使四面都是观众，情形极为亲密，一般说来，都像固定的舞台一样，演员必须选择一面，加以固定，作为"现身说法"的基本方向。这种假设是表演艺术和观众取得直接联系的关键。它负担一种决定了解演员动作的方向的任务。固定的舞台加强方向的固定，并起间隔作用。这种间隔作用实际上是保护戏剧假象的一种手段。装置（进入现代，装置建立起来的拟真境界越来越需要保卫）要求仅仅把整体化的拟真部分在观众面前显露出来。

面向观众对戏剧整体化起重要的制约关系。

欧洲现在有两种戏剧流派，正好反映演出和观众的两种关系。一种流派对舞台的间隔作用表示反感，要演出在观众中间发生，完成密契无间的戏剧效果。它要观众参与它的创造，强调感情的潜移默化作用。一种流派还嫌舞台本身形成的间隔作用不够，想出种种手段削弱自己努力建立起来的假象的持久的感染力，要间隔作用在观众的意识上明显化，唤起理性的认识与批判的能力。这两种针锋相对的现代欧洲戏剧流派，一种强调感性，一种强调理性，无意之中，从两个相反的角度（客观现实的延展与主观存在的觉醒），完成了同一效果，就是有意识地削弱假象的作用。

不管怎么样，舞台的存在给戏剧带来不可忽视的影响。它像画幅的框架那样把观众的视线集中在假象方面，也像框架那样切断和汪洋大海似的现实的联系，规定了人物在主题要求下的活动的幅度。这种适当的间隔或者保护作用，对假象的建立，形成一种自然的形势。我们应当承认，舞台上整体化的形象并不完全和生活一致。最自然主义的演出，在它自以为"自然"的时候，无形之中，也默默接受舞台的制约。没有人在歌唱中生活，没有人在舞蹈中生活，即使说的是口语，也没有两个人不断在交谈。任何种类的艺术，在反映生活的时候，都有自己的"约定俗成"的特殊手段，同时又创造性地利用一些条件，突出自己的有别于众的特色。戏剧由于整体化过程的艰巨，并特别具有综合表现的性质，在这方面不但没有什么两样，而且由于情形复杂，要求只有更严格。

由于舞台空间有一定的限度，整体化过程只能在可能的范围内进行，有些事物不能按照本身的面貌在舞台上出现，即使有经济条件也不能在舞台上出现，而阶级生活与人物性格所反映于情节上的逻辑又势必非出现这些事物不可，演出就只有两条道路好走：一条是缩小场景，尽量使不能出现的事物在场景之外，也就是说，在观众的想象之中出现；这是一种胆小的现实主义，如果可以这样说的话。这里有符合阶级生活面貌的一面，更有舞台制约的一面。但是还有胆大的现实主义。这是一条不成文法的"约定俗成"的道路，尽量让可能在观众面前出现的事物在场景之内出现。例如观众爱看交战。戏曲里大量出现交战，莎士比亚的诗剧里也经常出现，但是都不能把战争如实搬上舞台。现代戏剧（主要是话剧）可以说是把战争如实搬上舞台了，原因是装置上和效果上利用了现代科学的成就；即使这样，就整个战场和战争全局来说，在舞台空间的限制下，也只能极其局部地而又符合行动逻辑地限于一点。在莎士比亚的《理查三世》的第五幕第三场里，敌对的帅营面对面扎在一个舞台上，只能说是为了冤魂向敌对的主帅说话方便，只能说是一种出于不得已的因陋就简的安排。敌对的主帅也不能骑着战马在舞台上驰骋、冲刺。中国戏曲接受舞台的制约，采用象征手法，如马鞭，如酒杯，借一代全，或者加强动作的特定性，如手势，如姿态，借虚喻实。无论是虚拟手法，无论是象征手法，都是现实选择和舞台限制相得益彰的妙用。庞大、笨重和难以驾驭的事物，由于本身过于吸引观众注意，妨碍观众深入主题要求，并阻挠演员动作，模糊造型的鲜明性，在戏剧中也就必然要遭遇落选的命运。

克服或者不如说利用舞台空间给戏剧艺术带来的困难，实际上就包括从观众角度考虑问题在内。我们知道，观众注意中断一次，兴趣也就中断一次，而且为了观众的利益（这里还牵连着主要演员的体力所能支持的限度），也为了行动向各方面进展起见，就非交换场景，经常中断注意不可。最适宜的中断应当是情节在发展上自然告一段落。闭幕是一种最自然不过的间隔作用。观众利用这个机会提高理性活动（并且主要演员同时得到短暂的休息）。古代无幕可落，剧作家为结构付出了可尊敬的心血，因为他们害怕舞台上出现无理由的空白。只有折与折之间、幕与幕之间的空白，观众才乐意接受。在行动紧张进行之中出现的空白，如若本身缺乏戏剧兴趣，观众不会加以原谅。莎士比亚可以说是善于处理空白的剧作家。《麦克白》第二幕第三场著名的敲门那场戏是一个杰出的例子，它来在麦克白正好杀死国王之后，敲门引起观众种种的猜疑。而出场的却是要去开门的门房。门房的独白在这里富有内容。

剧作家、还有演员与导演，面对着观众的存在，必须严肃考虑这种实际影响。我们已经说过观众决定演出的方向。回头我们在另一个地方还要谈起观众给戏剧带来的精神制约、就是政治制约。任何种类艺术的工作者重视作品与社会之间的相互影响。文学作品（和表演完全无关的文学作品）的读者，一般说来，是零散的，反应不会像面对面的集体观众那样气势汹汹。表演艺术不同了，通过活人（表演艺术家）表现，观众的反应是直接的。由于压力来自集体存在，表演艺术家（活人）就要觉得"来头"很大了。必须在一个时间内满足全体观众。这种客观情况迫使演出，在一定的时间内，应当尽可能丰富、尽可能集中。由一个角色主唱到底的元曲，先就在演出方面限制住了自己的长度。传奇可以放长，因为演员轮流在各折负担主唱的任务。

不仅舞台和观众的存在迫使戏剧集中，而且就剧团的财力和人力来说，就演员本身来说，尤其是行动规律和主题思想来说，都促成戏剧在整体化过程中非集中不可的趋势。

戏剧行动规律来自阶级社会中有代表性的人与人的关系。它的必然性是性格和许多偶然因素（对个别人物说来）相接触的结果。要它在观众面前一清二楚，就该去掉一些不重要的偶然因素。经过选择的集中，会给行动带来准确性，而准确性又是鲜明性的来由。被集中的每一细节与每一细节之间，必将处在一种难以一目了然的境地。另一方面，倘在选择集中时仅让概念起主要作用，就将丧失阶级生活面貌，从而在整体化过程中丧失连锁性与说明性。生活制约在这里不仅起着细节之间的桥梁作用，而且免除了为行动而行动的直线感觉。

　　戏剧是客观艺术，在它以整体假象出现于观众面前的时候，即使是独角戏，也以客观的艺术存在提供了一种如实反映阶级生活的艺术保障。无论是叙事或抒情，都被局限于客体身上。这不是说，主观并不存在。因为剧作者、演员和导演的存在，永远会把各自的认识，或多或少，或有意或无意，在不同的工作阶段，分别带入各自的创造。我们方才说起的现代欧洲两种各行其是的戏剧流派，就根据各自的主观愿望，构成背道而驰的理论。剧作者往往通过戏剧的结构、对话和人物遭遇的安排，表示出自己的感情和愿望。在整体化过程进行之中，演员和导演会根据各自的认识，把剧本当作客观存在，加以解释，演员和导演之间很可能就有矛盾出现。不甘心妥协的导演，主张用傀儡代替演员。但从戏剧特性上说，在阶级生活制约之下，即使以傀儡代演员，戏剧艺术仍然不得不是客观的。

　　事实上，我们也不能由于戏剧是综合艺术，就可以平等对待作为它的工具的各个艺术部门。这里永远有一个主次问题要我们加以考虑。艺术的鲜明性的第一个要求如若是准确的话，第二个就应该是对主要艺术工具的强调，而强调是在准确的基础上进行的。强调包括认识、理解与实践在内。它造成强烈的艺术效果并成为特殊的艺术欣赏的依据。任何艺术部门都有自己的强调问题。工具单一，使用专一，作为表现手段，强调只能从自身应有的变化着眼，如色彩的深浅调配，声音的起伏、节奏等。戏剧的天地比较宽阔，任何艺术部门都有可能成为它的强调手段。歌唱在一个地方被强调起来了，舞蹈在另一个地方被强调起来了，或者同时被强调起来了，像中国戏曲做的那样美好；音乐可以起节拍作用，也可以起帮衬作用，甚至于直接起表现作用。在另一个地方，这些部门避不露面，改由富丽的口语交代实际情况、突出性格变化。这里不仅有对某种具体演出形式的看法问题，剧种本身就是强调的产品。某种音乐在一个地方受到重视，某种腔调在另一个地方得到发展，甚至于某种动作由于效果鲜明，经过多次使用，凝为程式，作为特定情况的表现手段，在舞台上固定下来。程式与夸张紧密相联，从强调到夸张，很容易一步就迈过去的。只有为强调而强调的时候，强调才会缺乏生命，成为一种孤立的现象，从而不仅失去被赋予的感人的强有力的精神依据，而且由于不再受阶级生活的制约，失去符合生活样式这一艺术创作的起码要求。阶级生活制约的基本任务就是入情入理。动作的目的性明确，一定要和入情入理符合。否则宁可少动、甚至于不动。乱动模糊理解。观众可能不了解某一程式或者某一特技给动作带来的意义，但是他们永远随身携带入情入理这一从生活得来的认识社会关系的准则。你尽可强调，强调在为集中服务，集中可以使观众在短暂的时间获得应有的生活知识，并享受感情上最大的满足。但是你在强调的时候，必须同时照顾生活的平衡作用，只有这样，才能建立可信而又激动人心的因果关系。

生活首先通过剧本实现对戏剧整体化的制约。剧本的重要在于它来自阶级生活，在写作过程中，必须时刻认真考虑面对阶级生活的问题。同时，也许是然后，和舞台联系起来一道考虑。哑剧和书斋剧是两种极端，但是根据提纲表演出的意大利职业喜剧，在演员不能即兴创造对话及与对话相适应的动作的时候，对话与动作无力反映阶级生活，一方面重复陈词滥调，一方面呆板套用程式，就有衰亡的危险（事实上也衰亡了）。剧本自身表现在性格与境遇（人与社会交往）之间的严密逻辑，对观众起着有力的说服作用。这种逻辑不但说明行动规律，而且通过有代表性的个人遭遇，具有以一喻百的说明力量。社会生活的表面现象是错综复杂的、破碎琐细的；为了交代清楚主题任务，达到明显的效果，剧作者可以强调，但是决不歪曲。

从戏剧开始出现的那一天起，政治制约就在集中作用上显出了它的威力。我们这里说的政治，等于是阶级生活的另一名称，并非政治的抽象概念。这里指的是人心的趋向、共同的信念、时代的精神，也就是道德、政治与法律这些过去不同的统治阶级在不同的时期为自己的安全而建立的基本原则的广泛内容。另一方面，被统治阶级为自己能更好地生存起见，也提出了不成文的对抗性的公约。无论是前一类或后一类，都在主题上得到优势的反映。封建社会的一些传奇作者所奉行的主题如忠、孝、节、义，有封建社会的具体内容。进步悲剧家往往由于体会到历史人物失去历史赋予他们的代表性，从而不再具有所谓自由行动的可能性，突破了那些有利于统治阶级的主题的限制。进步喜剧家每每由于剥掉现实人物虚有其表的华丽外衣从而损害了那些有利于统治阶级当权者居高临下的所谓尊严。剧作家在旧社会重视统治阶级的观众，就会给作品招致和统治阶级同一短命的命运。倾向性从来就是戏剧思想性的标志。

只有和人民的利益完全一致的时候，作品才会在舞台上获得公认的进步性。

在人民当家作主的时代，在共产党的利益和人民的根本利益一致的时代，衡量主题是否进步的唯一的思想准则就是党性。

戏剧在今后集中的最高思想原则也必然就是党性。而这一切需要从社会实践和艺术实践中检验。

在无产阶级专政的今天，主题如若不为社会主义革命和社会主义建设服务，什么人心的趋向、什么共同的信念、什么时代的精神，就都成了空谈，而且一定会起消极作用，不利于巩固无产阶级专政。所以戏剧创作中，在选择时，在强调时，在戏剧整体化过程中，只能无条件地服从党的利益、也就是人民的利益。主题的思想深度是从党性这里来的。

观众是一种具体存在，又是一种客观存在。你不反映他们的愿望，他们就会迫使你反映他们的愿望。这是自然而又必然的政治制约关系。戏剧工作者可能在某一方面落后一些，或者先进一些。但是面对面的观众的存在时刻都在帮你考虑问题，一种即兴的集体压力不会轻易放过你的懈怠的。主题是愿望的产物。理想的憧憬发自每个人的心里，在观众席上，由于形势的集中，就会凝为一种共同的无声的认识。这种认识是一种有威力的精神制约。

日常生活的头绪，千千万万；忙忙碌碌的男女，又是千千万万；集中在一个人身上，头绪少了许多；然而即使是一个人的一生，也头绪纷纭，可以写成长篇累牍的长篇小说。你拿一件事作中心。然而性格在这里起什么作用，它给性格带来什么动力，需要搜索琢磨。演出时间又有一定的限度。你不得不选择，不得不强调。你这样做的时候，主题就变成一种手段，帮你集中。由于它的要求，草木、山石、禽兽、鬼神都能以拟人的形象，在舞台上获得生命。它有法力把不可能变成可能，而且由于结合观众的愿望，在入情入理的生活制约下，取得观众一时的信任。单靠野人的生活方式和头发变白的奇闻来吸引人，作为戏剧兴趣，不会持久并深入人心。新歌剧《白毛女》其所以能感人万分，就因为反映了关系着广大人民利益的主题取得了优势的集中力量。党性在这里发出万丈光芒。时代的声音在这里高响入云。戏剧终归是它的时代的反映。

戏剧的制约关系是多方面的。我们谈了五种主要制约关系，顺便也触及了一些相关的问题。我们谈的大都是一些老生常谈。

那么，什么是戏剧的特征呢？

什么又是这些制约关系的焦点呢？

就戏剧自身而言，答案是：整体化集中。集中为了整体化。集中是手段，整体化是标志。

集中不等于没有闲笔，然而闲笔不闲。

我们平日说戏剧是综合艺术，是客观艺术。诚然，不过这只是就表现工具并联系对事物的态度而言，并不全面。我们已经指出了综合不等于平等对待作为表现工具的各个艺术部门，客观也不等于一口否定主观作用。因为任何艺术部门，都有一个选择与强调的问题。选择什么，强调什么，又受社会政治所制约。

同时我们也必须指出，戏剧各种制约关系所形成的焦点，只能在社会生活这一广阔的天地里更好地存在。社会生活提供了多样的素材，也提供了丰盈的面貌。概念不能代替感性生活。否则，任何艺术，将是枯瘦的、苍白的、单调的，因而不生动，就会乏味的。我们方才说起社会生活的平衡作用，这是针对技术和概念而言的。如果我们深入性格的话，就会发现细节选择不当，环境制造不妥，很难达到深刻而生动的艺术成就。例如哈姆雷特殿下，是太子，是大学生（显然是把靠近文艺复兴时期的身分给了他），是中世纪人：这让我们想到他的政治责任、他的宫廷关系、他的人民关系；这让我们想到人文主义与知识分子；这让我们想到迷信、鲁莽与残忍。它们有时候十分矛盾，然而鞭辟入里，一种来自生活实际的和谐就会在性格上把它们统一起来，也就是经过选择和强调而集中起来。这种有机的内在的和谐会为生活样式的外在面貌配备强大的动力，成为他神采奕奕的源泉。他有了代表性。我们关心的是他在内外交错的困难之下"怎么做"，如恩格斯所曾指出的。

所以丰盈不等于漫无边际。有限的全面和无限的深度在性格上和相关行动上的结合，会帮我们（过着日常生活的男女）找到自己不常意识到的特有意义。在明净或者强烈的戏剧形势提醒或者震动他们的时候，诗意出现了，对话也会跳出窠臼，富有性格光泽。

寻找社会发展规律，看不见阶级之间的矛盾，寻找行动规律，看不见事物之间的矛盾，就难以分清主次，明确阻力大小（因而明确克服阻力或者克服不了阻力的过程）。让行动线在观众面前明朗化、具体化。不在生活里打滚，只能停在概念的世界。哪怕是海阔天空的想象，也是以现实为根据的。

戏剧的整体化集中的基地永远只是以政治理想为核心的社会生活。社会生活时刻在变动，从实际出发的政治理想不断为自己提出新的要求，戏剧因而也只有在发展过程中，继承依然有强烈表现力的程式，创造新的约定俗成的程式，不断加以积累，才能取得艺术的生命和观众的信任。戏曲如此，话剧如此，无论是编，无论是演，时日稍久，就会习于老一套，陷入僵滞而不自觉，戏剧的历史任务与战斗作用也就必然受到损害。社会主义戏剧工作者，在党的正确领导下，应该像杜甫在《戏题画山水图歌》中说的那样剪裁得体，或大或小，非湖即海：

尤工远势古莫比，
咫尺应须论万里。

安得并州快剪刀，
剪取吴淞半江水！

所以政治制约在我们今天，不是缩小，而是扩大艺术手法，不是减弱，而是加强戏剧力量，势如奔流。

西岳峥嵘何壮哉！
黄河如丝天际来；
黄河万里触山动，
盘涡毂转秦地雷……

像李白说的那样现实而浪漫，声震霄汉，气吞山河。

1963 年 3 月

社会主义话剧的戏剧冲突

我国的话剧之所以为社会主义的话剧，毫无疑问，因为它在内容上反映了社会主义革命和社会主义建设在中国的行进步伐。这样做的时候，它以自己特有的艺术成就在为社会主义服务着。为它的发展和跃进服务着。作为上层建筑，话剧这一武器，在火热的斗争中，捍卫着社会主义的经济基础。而直接反映现阶段的社会主义革命和建设的话剧，其内容包含着两类性质的矛盾。一是敌我之间的矛盾，一是人民内部的矛盾。就人民内部的矛盾来说，又有两种对立的力量，一个在前进，一个赶不上趟，却在后退，因而阻碍着社会主义的日新月异的大好形势的发展。两种力量在冲突着。它们形成我们在戏剧上叫作"戏剧性"的东西，也就是表现在社会主义的话剧里的戏剧冲突问题。

旧社会里的戏剧所反映的冲突，就每一出戏的结束来看，似乎跟着最后一幕的闭幕而顺利结束了。我们仔细一想，就明白解决在这里不是最后的。它只是就事件来说，告一段落。悲剧往往按照现实的样式来布局，冲突在这里是不可调和的，有时甚至不得不以当事者的死亡来结束。喜剧的美满结局往往带有很大的技巧性。《哈姆雷特》可以说明前者。《达尔杜弗》可以说明后者。乍看上去，剧作者好像在最后让结构解答了他们对自己提出来的问题。不过，我们明白，正如我说的，这是结构上的安排。问题本身还在戏后停留着，在产生该问题的社会里停留着。过去有人说，喜剧让人思维。其实悲剧激动人的感情，即使是哭不是笑，照样让人思维。为什么让人思维？显然是问题还需要考虑或者再解决的缘故。莎士比亚给自己的戏里安排了一个安慰人心的王子，不是丹麦王子哈姆雷特，而是挪威王子佛亭伯拉斯。莫里哀安慰人心，把不相干的路易十四的权力也临时用到戏里。你们真就相信那位绕道出征的挪威王子或者这位自称"朕即国家"的路易十四能把问题解决得了？你们带着满意的心情走出了剧场。因为事件告一段落。因为艺术感受得到了满足。因为暴露出来的问题发人深省。一句话，剧作者的愿望和观众的愿望在剧场里暂时有了满足。然而我们必须说，结构上的艺术效果为愿望帮了大忙。

善良的愿望在旧社会是一种改革的力量，但是它改变不了剧场外的社会制度，也是事实。统治阶级与被统治阶级之间的矛盾，除非采用革命手段，是无法解决的。而统治者之间的矛盾，靠他们的统治本身，也不能达到最后解决的目的。

统治阶级内部的矛盾自然还是在朝着历史的方向进行着，可是完成历史的使命的，总是阶级社会里另一个兴起的阶级。

剧作者集中戏剧力量，突出主题思想所表现于情节本身的要求，写到主人公的失败或者成功，有时就不得不借重死亡或者技巧，使事件告一段落，然而不等于提出来的问题得到解决。

社会主义话剧，以及早一时期的新民主主义的话剧，提出了性质不同的戏剧结局。

"同"在什么地方？"不同"在什么地方？

话剧是戏剧。戏剧的结构法则严格控制着它。它的布局必须包括一个事件的开端、进展、高潮和结束在内。悲剧、喜剧、悲喜剧，以至于正剧，都没有两样的。"结"和"解"必须包含在事物自身发展的规律以内。换一句话说，社会主义的话剧还是应当接受戏剧之所以为戏剧的基本原则的。在我为了说明我提出来的问题不得不强调结构的时候，我也不会忘记结构是为主题思想的明确和为主要人物的行动服务的。戏到底是戏。然而这只是一方面。另一方面，社会主义的话剧只是、也只能是社会主义的现实的反映。因而社会主义的现实对它的精神面貌就必然起着决定性的作用。它们之间的关系是这样密切，甚至于理解社会主义的话剧的形式，也必须从社会主义的实际着手。在旧社会里，戏剧作为上层建筑，在敢于向前瞻望的时候，和它的经济基础就会有着相反的一面。有时候彼此不但不水乳相融，而且还是水火不相容的。一个最有趣的例子，就是莫里哀和路易十四表面上极为相得，然而他的作品却显然对路易十四的统治基础并不有利，尽管他在剧本里有时候对他加以讴歌。在作者更多地想着人民的利益的时候，作品里的思想实质会和统治阶级的实际或多或少地脱辐的。而社会主义的话剧，却是毫无保留地、全心全意地、坚决顽强地为自己的基础服务着。它是无产阶级伟大事业的一部分、光荣的一部分。它在党性的照耀下，以昂扬的战斗精神，捍卫着、巩固着、发展着社会主义的革命事业。

所以谈到"戏剧性"的时候，我们一方面接受戏剧的基本原则，那就是没有冲突没有戏剧，另一方面，作为社会主义的话剧的"戏剧性"，它的内容由于社会主义的实际，也就必然有着自己的特色。

说明它的特色，我没有这份力量。我只是从毛主席的关于两类矛盾的马克思主义的学说里体会到一点点东西，而这一点点东西又恰好在话剧的实践里得到了印证。我的这一点点体会，很可能就不正确，但是作为学习，我还是愿意把话说了出来。

社会主义的话剧面对的阶级矛盾，一种是敌我之间的矛盾，另一种是属于人民内部的矛盾，后者表现为一种复杂的、日常性的存在。公开的敌我之间的矛盾反映在社会主义的话剧的"戏剧性"上，是容易理解的，矛盾在这里是对抗性的，而人民内部的矛盾，一般说来，是非对抗性的，可以经过社会主义制度本身获得解决。这是第一点。《年青的一代》里的林育生、《千万不要忘记》里的丁少纯、《丰收之后》里的赵大川和王宝山、《第二个春天》里的齐大同、《霓虹灯下的哨兵》里的陈喜和童阿男、《龙江颂》里的林立本和郑阿摆、《激流勇进》里的徐鉴镛和欧阳俊、《远方青年》里的阿米娜、《南海长城》里的阿螺和林望高等，经过事实教育和思想工作，都能转变过来。像姚母那种人、钱常富那种人、王老四那种人、艾利那种人、丁旺那种人、潘文那种人……照老样子，在戏的结束中待下去。不过就是他们，多少和迟早，也会逐渐转变的，戏在结束的时候也这样暗示了我们。万一永不转变，他们的孤立的形势也只有格外明显。他们在戏剧中用不着死亡。这是第二点。尽管没有死亡，事件却能突破重重阻难，圆满解决。而圆满解决的事件，大都是意义重大，关系到党的政策、国家的利益和亿万人民的幸福。在旧社会里，反映社会问题的正剧，结局即使没有死亡，也解答不了它所提出的问题。矛盾在这里往往以僵持的方式结束。

这里我想顺便指出一点，就是社会主义的话剧有着浓厚的喜剧色彩。这种喜剧色彩是以革命的乐观主义为它的基调的。这里不但牵连着一个结局圆满的戏剧类别的要求，还更牵连着一种新人特有的普遍心情。按照德·斯塔艾耳（De Staël）夫人的说法，妇女的社会地位的提高对喜剧的产生是很有利的。在新中国，过去压在人民肩头的帝国主义、封建主义、官僚资本主义的三座大山已被推翻，受束缚的生产力全部得到解放，妇女在新社会里和男子完全平等，而男子在新社会也和旧社会的男子不同，整个社会沸腾着健康的笑，笑的社会性在这里有着最真实和最充实的内容，社会主义的话剧的喜剧倾向也就成了极其自然的现象。《千万不要忘记》是一个最能从日常生活的斗争中提取喜剧成分的有力的说明。即使是严重的斗争，我们也会不期然而然地在这里感到一种欢乐的气氛。任何一出长戏都有一场两场具有喜剧意味的戏。而热爱劳动的人民又把笑声带到每一个原来是一片荒凉的角落。《丰收之后》是在忘我的劳动的笑声中开场的。不爱劳动的投机取巧的王学礼和王老四立刻就被孤立起来了。《龙江颂》和《激流勇进》都写出了勤劳的人民的健康的笑声。《李双双》更把喜剧情调结合到劳动妇女的性格深处。

革命的乐观主义洋溢在每一个觉悟高涨的人的心头。社会主义的话剧反映的正是这样一个节奏明快的熙熙攘攘的大好形势。我们的先进人物从来不是孤独的。他在戏里也从来不会单独出现。他旁边有许多好人，可能还要多，只是人物表上容纳不下罢了。社会主义制度保证他的最后胜利。党和群众增加他斗争的力量。哈姆雷特反对暴君，小丑劳琅（Larenzaccio）反对暴君（缪塞的著名同名悲剧里的主人公），都是孤独的。小丑劳琅不顾一切的阴谋家做法自绝于人民，而哈姆雷特的最大的过失，是人民爱戴他（暴君为了这个缘故怕他），而他却不和人民结合。成功的剧作家总是忠实于现实而又高于现实的。莫里哀也是这样。达尔杜弗这个大骗子决不孤独，制度和法律都站在他这一边给他作后盾，路易十四的旨令是任何明眼人都会一下子看破的救急的外来之笔。莫里哀的败笔落实达尔杜弗的现实性。在社会主义的话剧里，落后的人，尤其是犯错误的人，或者性质严重到靠近反动边缘的人，才是个别的，少数的；然而尽管形单影只，他所造成的阻力，却往往是戏剧情节发展的关键。

一出好戏一直是在结构上和口语上揭示主要人物的内心活动的。这样做，行动就不再是空洞的、形式的。观众爱的是饱满的行动、那种当场显示主要人物的性格和灵魂的行动。李双双和赵五婶都把这样的行动给了我们。"戏剧性"的感人的力量是和人物的精神的显示相成相长的。所以在先进人物变为落后人物，和更先进的人物发生矛盾的时候，例如《激流勇进》、尤其是《一家人》所显示的情形，我们的情绪是波动的，我们的心情是紧张的，直到幕在最后落下，我们才如释重负，像自己得救了一样。

总之，社会主义的话剧的戏剧冲突有自己的特色，在艺术实践上也显示出了这些特色。随着社会主义的发展，话剧的题材更广阔了，表现的手法也更灵活了，而写戏的方式也更多种多样了。你可以从敌我之间的矛盾的角度入戏，也可以从人民内部的矛盾的角度入戏，还可以同时写敌我之间的矛盾与人民内部的矛盾；你可以写新与旧，也可以写先进与更先进，而后者，如同《一家人》里的两兄弟，在过去却是从来没有写过的。所以"戏剧性"作为抽象的概念来理解，在今天不但不少什么，而且还大大丰富了。

1964 年

社会主义的喜剧

　　中南区戏剧观摩下乡节目汇报演出队最近有机会让我们看到一批成功的小戏的精彩演出。它们在中南会演以前，已经由于下乡演出，为广大农民所喜爱，在艺术实践中，取得群众的基础。除去小部分和革命历史有关之外，大部分取材于当前的农村生活，对农民都有亲切之感。他们日常所称道与所贬斥的，都在戏里以集中方式，摆到他们面前，他们的喜悦是不难意会的。《斗书场》里的钱有声，老一辈农民不常听他说唱吗？《游乡》里的姚三元，农村的男女老少不常向他的货郎担买东买西吗？《烘房飘香》里有烘茶本领的宋乔贵，靠本领来"拿人"，一心想把瞎胡搞的儿子塞到烘房里来，"培养我的接班人"，在农村也不就绝无仅有。刘大妈心疼出门的女儿，私下里把队上的耕牛借给她去翻自留地；林十娘趁着田里谷子金黄黄的时节放鸡鸭；四妈趁着收割麦子，要儿子捡麦穗，往家里送；养猪的能手刘大娘嫌补锅这行手艺不体面，反对女儿和补锅匠相好；宋大妈舍不得放水冲掉她的自留田：哪一件事农民不熟悉、不常在他们的眼前过来过去？看起来都像是鸡毛蒜皮的小事，不值得鸣锣击鼓，大声喝止，可是对人民的事业有害，对社会主义有害，能不管不问吗？能让杂草和庄稼在一起抢肥料吗？难道只有大事才叫社会主义？不能，一千个不能。他们要听大风说唱新书，让林里香学到烘茶的本领，欢迎杜娟送货上山，爱看蔡九教育林十娘的手法，但愿饲养员都能像刘大伯那样爱牛如命。这批独具一格的小戏正好满足他们的愿望。压在他们背上的三座大山已经推倒了，剩下不对头的旧思想、旧风尚也该清理清理，好让新思想、新风尚随着革命迎风飘扬。这是面向农村的社会主义的戏剧。它们标志着我们的戏剧事业又向前迈进了一步。

就戏剧而论，这些短小精悍的剧作反映的全是人民内部矛盾，在体裁上都是小喜剧。我们过去已经看到一些喜剧，如以山村建设为背景的《山村姐妹》，如以工人生活为题材的《千万不要忘记》，如以店员生活为题材的《柜台》，如以部队生活为题材的《母子会》，以及许许多多我们一时说不完的大小喜剧。这里，我们必须指出老舍先生的喜剧作品更是他老人家留给我们的宝贵财富。① 有些戏尽管不便叫作喜剧，也有不少喜剧场面，为严肃的斗争制造活泼的气氛。而结构一律在胜利中结束，如但丁在《致堪·格朗代·德·拉·斯加拉书》中所指出的，喜剧"以欢乐美满收梢"。这种欢乐精神也正是马克思所说的："为了人类能够愉快地和自己的过去诀别。"② 为什么喜剧这种体裁特别适合于表现社会主义？社会主义对它有一种偏嗜？其中有没有什么道理？看过中南区戏剧观摩下乡节目汇报演出之后，我们受到很大的启发，觉得谈几句，即使谈不好，也还不是没有意义的。

"在现在世界上，一切文化或文学艺术都是属于一定的阶级，属于一定的政治路线的。"③ 喜剧的曲折的发展是毛主席这句话的一个很好的注脚。它是阶级社会的产物，无例外地反映着阶级关系的变革。农民是它成型的设计人。我们从"喜剧"这个名词就可以看出消息。最早这么叫的是古希腊人。亚里士多德认为字源是"乡村之歌"(komodia)，后人考订为"宴会之歌"，"宴会"和"乡村"两个字，在古希腊语言里，有些形似，但是同时也并不否认它和农民对节日的欢庆有着密切的联系。公元前五世纪初，它从农村进入雅典城，成为仅次于悲剧的戏剧体裁。阿里斯托芬是它的代表作家，我们在他的剧作里看到他还能以土地持有者的立场对政治生活中重大事件表示意见，乐观精神弥漫于异想天开的境界里。而雅典的衰微，在异族统治之下，给喜剧带来一种从形式到内

---

① 本文作于 1965 年，当时老舍先生尚未去世。此处系本书出版时作者所改。——编者
② 马克思：《黑格尔法哲学批判导言》。《马克思恩格斯全集》第 1 卷。人民出版社1956 年版，第 452 页。
③ 毛泽东：《在延安文艺座谈会上的讲话》。《毛泽东选集》第 3 卷，第 867 页。

容的根本变化：公众生活、政治批评、人身攻击以及开支浩繁的想入非非的安排和歌舞队，都逐渐被迫退出舞台。阿里斯托芬在《蛙》里流露出一种悲观情绪，尽管他在这里显示了他的非凡才华，我们还是可以体味出来。奴隶第一次以高于主人的品质的形象在喜剧里出现了。一位尊严的天神第一次听见他的奴隶把自己说成"神和人当中最大的懦夫"。公元前 4 世纪末，喜剧开始从公众生活题材朝私人生活题材全面转移，奴隶出现的机会越发多了。罗马共和国的喜剧作家把这种新喜剧当作典范来仿制，实际上，也正反映了他们自己所处的奴隶社会的阶级关系。戏剧事业从天上掉到了地上。搞这一行的不是从战场俘虏来的奴隶，便是被迫离开土地的游民无产阶级。剧作家也好，演员也好，开始从高贵的公民身分下降了。演出团体变成私人或业余性质。写作的题材受到限制，只能在中层和下层社会之间回旋。亚里士多德时期，喜剧人物从道德和形象上来区别，在他以后，还要从社会地位来区别。剧作家之间也有了逐渐显著的分化：迎合少数贵族口味的剧作家多起来了。然而对统治阶级保持一定距离的剧作家也不就凤毛麟角，寥寥可数。

　　拿罗马共和国时期的两位喜剧作家来说，从农村来的普鲁图斯显然要比从战场俘虏过来的泰伦斯更靠近下层社会，更能写出游民无产阶级可取的一面。普鲁图斯是一个被迫离开土地的游民，吃四方饭，干各种手艺，搭滑稽戏班，到处流浪。同样写奴隶，他笔底下的奴隶虎虎有生气，就不是泰伦斯笔底下的奴隶所能望其项背的。他让我们看到被奴役的人照样能在舞台上做主人公，成为老爷们、少爷们所依靠的喜剧力量。他有好几出戏让仆人的名字成为戏的题目。最能说明这一情况的是他的《波斯姑娘》。这里是下层社会的一个解剖间，人物除去自由公民之中的渣滓如食客和他的女儿、还有妓院老板之外，便是几个大小奴仆。这回不是少爷要娶妓女，而是当仆人的要娶一个妓女。罗马帝国初期的批评家贺拉斯不怎么喜欢这位开创罗马喜剧的前辈，在我们看来，显然不止是一个教养高低的问题。如果泰伦斯被认为教养高，同样写奴隶，怎么就不能鞭辟入里，把本质的东西挖掘一些出来呢？

　　莫里哀在法国 17 世纪，也像普鲁图斯那样，而且更自觉地，几乎以一种挑衅的姿态，希图从游民无产阶级方面找出一些本质上有差异的东西，来和上层社会对比。在他以前，喜剧传统的丑角一直是第三等级（包括资产阶级和等而下之的其他阶级）的各色人等承担的。他认为在他这样一个时代，丑角应该改由反动统治阶级的人物承担，他在《凡尔赛宫即兴》里说："侯爵成了今天喜剧的小丑，在旧喜剧里，出出总有一个诙谐听差逗观众笑，同样，在我们现时出出戏里，也得总有一个滑稽侯爵娱乐观众。"他要出反动统治阶级的丑。这是资产阶级上升时期，莫里哀看出了封建贵族必然没落，但是悲哀就在，他从自己出生的资产阶级这里看不到什么可以值得称道的东西，理智、勇敢以及一切属于见识范围里的行动指南，仅仅在游民无产阶级方面（即使是依附资产阶级为生的奴婢）还能有所发现。他在晚年一出喜剧《司卡班的诡计》里，索性恢复被歪曲了的司卡班的朴实的形象。老主人在背后说他坏话，他敢于睚眦必报，使计把他装在口袋里臭打一顿。而资产者如《逼婚》与《乔治·当丹》里的主人公，却是怕死的懦夫。这些懦夫死抱住家长权力不放，他们只有在这里还能逞逞威风，因为他们有一个致子女于死地的法宝：财产。尽管这样不可救药，莫里哀还是忍不下心去不给他们看病开方子：病情是自私自利，药方子是中常之道。他的药方子显然是白开了，自私自利的有产者不会听他这一套形而上学的废话的。封建贵族要不得，有产者不可取，而有可取的一面的游民无产阶级又不得不依附统治阶级，奉行它的道德法则。这正是资产阶级的喜剧，在莫里哀这样的高手里，经常陷于难以正常结束的矛盾所在。

莫里哀在资产阶级上升时期所遇到的尴尬情形，普鲁图斯在奴隶社会时期已经有所预感了。《波斯姑娘》里有一场好戏，值得我们介绍几句。父亲为了能饱餐一顿，要女儿扮作一个波斯姑娘，假卖给妓院老板骗钱，女儿反对父亲滥用权力。父亲回答道："我想，只要对我的肚子有用处，我就有权力要你这样做；你管不了我。"女儿诉苦道："这样一来，我将来就难嫁人了。"父亲一针见血道："算了吧，你这蠢丫头！你不看一看我们现代的准则是什么？哪怕名声臭，也容易嫁人的；只要有嫁妆，就没有什么叫作丢脸不丢脸的。"当时所有的喜剧，在解决它的爱情主题任务的时候，都在设法找钱，来满足妓院老板的贪欲。（按说，根据资产阶级的法则，以物——金钱——易物——女儿，应当是"合法的"、"合乎情理的")。到了资产阶级时期，这种妓院的合法买卖一直侵入家庭与家庭之间，成为整个上层社会的合法买卖。闹恋爱的双方，不是由于偶尔发现出身高贵，就是由于忽然继承一份遗产，才能"有情人都成眷属"。旧喜剧的美满姻缘在回味上往往给人一种勉强虚构的感觉，不是没有实体性的本质缺陷的。喜剧体裁有一种要求，喜剧所反映的现实又是一种形势，二者之间出现了难以统一的东西。剧作家不得不搜寻一种可能转变全局的因素来适应体裁的要求。于是偶然因素多了，下等人物却借机出头露面了。

但是做过了分，资产阶级的理论家就会感到不舒服。一直敬佩莫里哀的布瓦洛，看见听差把老主人装在口袋里臭打一顿，不得不公开谴责他往日的好朋友：

> 如果少和人民 [①] 来往，他的出神入圣的画廊
> 不常让他的人物装腔作势，
> 为了逗哏，离开乐趣与精致，
> 让达巴栾 [②] 和泰伦斯厮混，也不感到羞愧，
> 或许就会抢到喜剧的冠军。

"乐趣与精致"显然是有阶级性的。布瓦洛给喜剧作家规定好了题材范围：宫廷生活和市民生活。他不允许游民无产阶级占有舞台。布瓦洛在这里完全成了资产阶级文艺政策的代言人。狄德罗是我们应当尊敬的百科全书的主编人，但是在他为资产阶级寻求一个适合于表现它的戏剧体裁的时候，他是连莫里哀所借重的对立面——有可取的一面的奴仆也要挤出舞台："我不要看见仆人在这里出现，正人君子决不允许他们接触自己的事务；场面如若全部发生在主人之间，就分外令人感到兴趣。倘使一个仆人在舞台上说话，像在社交场合中那样，就死气沉沉了；倘使他换一个样式说话，就不真实了。" [③] 他对资产阶级的前程充满了信心。

---

① 指贱民而言。
② 法国 17 世纪巴黎街头自编自演闹剧的江湖人。
③ 狄德罗：《关于私生子的谈话》第 3 篇。

资产阶级革命爆发的日子近了。他不理会喜剧来自民间的传统；即便是被统治阶级掠夺过去并加以歪曲的传统，至于建立对立面，从下等社会寻找力量，他根本认为没有这种必要，那"就不真实了"。

中国戏曲在进展阶段，和欧洲戏剧相比较，那就是，在被统治阶级掠夺过去以后，在长期封建社会中，第一，没有得到像古代雅典那样由国家（城邦）予以全力支持，因而始终缺乏奋力以赴的集体荣誉感，第二，中国资本主义社会的历程不长，民族资产阶级脆弱不堪，因而在旧民主革命时期，被迫陷入一种无所依归的彷徨状态，几乎原封不动地保持着它的封建糟粕。在它开始成型的阶段，下层社会，特别是农民，占有相当的位置。文人在动乱中身份下降，对受到异族和封建迫害的农民有机会接近，对生活也显出更多的关心。民主性和生活感占优势的地方，喜剧或喜剧场面一定增多。关汉卿雕塑妓女和丫环的形象。王实甫从红娘这里找到冲刺封建道德的喜剧力量。毛病是知识分子并不可靠，在他们强调个人理想或者兴趣的时候，靠拢上层社会，容易丧失生活的真实感，把喜剧建立在几个虚假的概念之上。

这样我们就明白，自有阶级社会以来，喜剧正如任何体裁一样，嵌有阶级的印记。它在农民中间出现，耗尽他们的心血，然后变成游民谋生的手段，进入市集和府第，和统治阶级发生联系，最后在大城市定居下来，面对着新的观众和新的情况，迎合新的口味，改变形式和内容，以至于侮辱本生阶级，充当逗哏的小丑，博取统治者一笑。而文人在加以"提高"的时候，例如欧洲文艺复兴时期的文学喜剧或者明清以来的传奇，又缩小了它的天地。有时候他们暴露反动统治阶级的种种丑恶事实，但是暴露并不一定就非改变立场不可，我们在欧洲 19 世纪现实主义者这里已经看得很清楚。改变立场的唯一途径，就是走出反动阶级的社会，和被剥削者一道生活。莫里哀曾经这样做过，也因而给他的喜剧带来一定的进步意义，但是由于不彻底，而且作为维持生活的手段，在势不得不依靠市民观众，也就只能中途而废。毛主席在这一点上的指示再明白不过："在中国的民主革命运动中，知识分子是首先觉悟的成分。辛亥革命和'五四'运动都明显地表现了这一点，而'五四'运动时期的知识分子则比辛亥革命时期的知识分子更广大和更觉悟。然而知识分子如果不和工农民众相结合，则将一事无成。革命的或不革命的或反革命的知识分子的最后的分界，看其是否愿意并且实行和工农民众相结合。"[1] 这决不是危言耸听，我们单只翻一下喜剧这本陈账，就晓然于怀，毛主席当时对知识分子的善意劝告是何等准确和重要。

社会主义的喜剧不同于旧喜剧的根本所在，按照我们方才对旧喜剧发展历史的知识，就在它有着真正的、广大的、在过去从来没有得到过的民主意义。民主精神在这里不是资产阶级的虚张声势的反动内容，而是从无产阶级这里取得它的正确的实质。在中国共产党的领导下，中国从旧民主革命跃入新民主革命，人民推倒了压在背上的三座大山，从屈辱的处境中解放出来，挺立于天地之间。民主在这里不是奴隶主、封建主或有产者的民主。那是少数统治者之间的民主，就人数而论，不会超过百分之五。法国资产阶级在大革命期间提出的动听口号，什么自由、平等、博爱啦，转眼之间，都成了不能兑现的谎言。自从工人阶级兴起以来，那些虚有其表的镀金字面，更是金粉脱落，变成破铜烂铁一堆。帝国主义国家更进一步敲响了由它喂养的艺术的没落，包括喜剧在内。个人主义在这里吞没掉仅有的一点民主实质。相反，在新中国，广大人民有了发言权，民主的抽象概念从而取得了饱满的内容。"作为观念形态的文艺作品，都是一定的社会生活在人类头脑中的反映的产物。"[2] 人民当家作主的时代出现了，资产阶级被埋进它给自己挖掘的坟墓。一新耳目的舞台形象也跟着出现了。旧伦理关系让位给新伦理关系，旧思想和旧风尚让位给新思想和新风尚。社会主义的喜剧形成了。

社会主义喜剧形成的历史过程是一个艰苦的革命过程。"五四"运动发出了这个信号。中国共产党的诞生充实和巩固了这个信号，使它具有实现的可能。社会主义因素开始在半殖民地、半封建的社会中萌发和猛长。在反封建的旗帜下，有许多急先锋粗枝大叶地认为戏曲是封建社会反动统治阶级的产物，一笔把它抹杀，另外借重话剧形式，以为封建性少，更宜于作为表现的工具，战斗的武器。工人和农民的形象虽然不断在喜剧里出现，可是处处露出小资产阶层知识分子包办代替的马脚，

---

① 毛泽东：《五四运动》，《毛泽东选集》第 2 卷，第 546 页。
② 毛泽东：《在延安文艺座谈会上的讲话》，《毛泽东选集》第 3 卷，第 862 页。

而事实上，大都是以自我为中心，为谁服务的问题很少向自己提出来过。这种自以为是的情形，只是在党的不断的纠正下，才能有所扭转。国民党的黑暗统治、日本帝国主义的血腥侵略，迫使知识分子在生活上向更下层坠落，如同元曲作者的遭遇一样。可是中国共产党光争日月，烛照万里，不许历史重演，《在延安文艺座谈会上的讲话》第一次推动文艺工作者自觉地、信服地解决了为什么人的问题。在民族化、群众化和革命化的要求下，中国戏曲恢复了它的积极作用，在千百年离开土地之后，再回到土地上开花结果。新型喜剧如《兄妹开荒》一类适宜农村演出的精彩小戏，开始源源不绝地出现。

民主精神表现于社会主义喜剧的数量问题，由于三座大山的推倒，得到比较圆满的解决，但是这不就等于质量问题的解决可以齐步跟上。原因是质量问题包括一个实质性的重要问题，那就是阶级关系问题。资产阶级的民主，不仅在数量上居于少数，而且由于自私成性，即使是在本阶级内，也尔诈我虞，不可终日。而社会主义民主是以工人阶级的大公无私的品质为基本内容，它的先锋队是共产党，党性是民主的最高的保证。"我们的这个社会主义的民主是任何资产阶级国家所不能有的最广大的民主。"其所以有这样的成就，不能不说是坚持阶级路线的缘故。社会主义如今还是一个有阶级的社会主义。但是它不是一个大拼盘，各阶级在这里可以为所欲为。正相反，各阶级在这里有一个共同的归趋，像东流入海一样，无产阶级是各阶级的方向和领队。在我们这里，阶级和阶级之间、人和人之间，有一个为之奋斗的共同目标，就是社会主义建设。而社会主义建设，更为了若干年后有一天能更好地进入共产主义社会。这是一个远大的理想，但是在无产阶级先锋队共产党的领导之下，它是可以实现的，而且一定可以实现，因为"这个民主是集中领导下的民主"。

这种客观规律也正影响着社会主义的喜剧的精神面貌。在我们提高民主质量的时候，在我们教育落后人民的时候，在我们谋求步伐整齐一致的时候，我们不断深化革命，不断在工作中发现缺点，克服缺点，不断在人民利益根本一致的基础上解决矛盾，于是社会主义的喜剧出现了，因为我们更需要我们的落后人民，也就是我们本人，"能够愉快地和自己的过去诀别"。我们能够畅怀大笑，因为我们有革命的乐观主义，深信党中央能把我们（包括我这改造中的知识分子在内）引导到胜利的道路上去。我们谁在"道路上"不犯这样错误，犯那样错误呢？生活里该和过去"诀别"的东西有的是。犯过错误的我们在喜剧形象上引人发笑又有什么好大惊小怪的呢？相反，倒证明我们依恋"过去"，有些难割难舍。大公无私的党性准则也必然保证人人在自觉中"能够愉快地和自己的过去诀别"。

由于民主质量有保证地不断提高，数量焕然一新的精神面貌也不断在更新。这里不是一个人、两个人进入先进者行列的问题，而是大批大批地以模范和英雄的姿态在不断出现。"六亿神州尽舜尧"，正是这一事实的恰当的估价。既然时刻在更新，矛盾也必然不断以新的情况在进展，因而步伐整齐一致也就会在党的不断的引导下和不断更新的矛盾中辩证地谐调着。担心社会主义的喜剧将是一种风平浪静的水面，可以一览无余，实际上是没有把功夫下透。这种功夫表现在喜剧作家必须立场坚定，经常以马克思列宁主义和毛泽东思想的阶级观点深入工农兵生活，以锐利异常的分析能力把前进道路上遇到的和可能遇到的一切障碍寻找出来。越深入生活，越有发现；越站稳立场，越能找出矛盾。找出阻力所在，不是为了与人为难，而是与人为善，以兄弟姐妹的热情来帮助当事者，通过批评来提高思想觉悟。在建国 16 年的今天，在人民内部，经过党的一再教育和自我改造，面对着祖国的"日新、日日新"的伟大成就，思想原封不动的人们，即使有，也只是可能性中的少数。《烘房飘香》里的烘茶老里手宋乔贵、《游乡》里的联营组售货员姚三元、《三朵小红花》里的小摊贩王得利、《斗书场》里农村半职业艺人钱有声，以及《打铜锣》里的放鸭呷谷的林十娘等落后人物，对新事物不全是一无所知，做坏事也不全是毫无忌惮。拿林十娘、钱有声和姚三元这些人来说，他们都是农村中相当顽固的落后分子，可是就在他们这里，我们看出也有社会主义因素，作为他们思想可能转变的一种基本动力。钱有声辨别不出《华容道》的毒素作用，在我们自以为知识高人一等的学者还往往辨别不出的时候，不就可以一口咬定，要他负起全部散布毒素的责任。他唱错了雷锋，唱错了抗美援朝，他好笑，可是好笑之中，他究竟知道雷锋是部队里的先进人物、抗美援朝是伟大的国际主义精神的表现。林十娘放鸭呷谷，像作贼一样心虚；姚三元提高货价，也不敢到自己的售货点捣鬼。这两出生动活泼的小喜剧始终是在让他们自己揭穿自己的假象的有趣的过程之中进行着。宋乔贵和王得利似乎比他们更不可取，但是也都在批评之中受到了教育。至于《一袋麦种》里探亲的春梅、《红松店》里的采购员李辉、《补锅》里的养猪能手刘大娘、《双教子》里的私心重的四妈、《扒瓜园》里的宋老发夫妇，以及《借牛》里的刘大妈母女，即使性格没有全面挖出，我们在看到他们身上落后东西的同时，也理会到他们身上不就没有进步的东西。"中国有百分之八十的人口是农民，这是小学生的常识。因此农民问题，就成了中国革命的基本问题，农民的力量，是中国革命的主要力量。"[①] 中南区戏剧观摩下乡节目汇报演出队正是由于重视农民问题，在这些小喜剧的创作和演出上，达到不寻常的造诣。这里反映的不是什么惊天动地的大事，但是由小见大，在小与小汇成一股逆流的时候，却就险象环生了。那时候就进入敌我矛盾范围，将不属于社会主义的喜剧的题材，应该另外形成一类，如《夺印》、如《箭杆河边》等。两条道路的斗争如若仅仅在严重事件上有表现，只能证明我们的嗅觉不灵敏，立场不严正，大有害于社会主义的革命和建设。而社会主义的喜剧，正是由于在反映人民内部矛盾上能成为党的得力助手，才取得使命性的重要意义。

这些落后人物之所以好笑，不是由于我们（作为观众）觉得自己比他们高明，而是由于他们（作为行动者）觉得自己比别人高明。这种优越感，不符合客观实际，只是从旧社会带来的一种习惯思想感情，对自己的优势或长处一种错误估计，在行动中，不免陷入被动，于是在优势或长处变为劣势或短处的手忙脚乱、苦于应付的时际，真相大白，成为笑料。这种突然变化，在艺术形象上越具体，在作弄手法上越泼辣，不仅出乎他们的意外，而且出乎观众的意外，也就最能逗笑。这种最后引起哄堂大笑的笔墨往往是笑的行程的高峰。《游乡》里的姚三元，一路慌慌张张，躲避杜娟的追赶，最后摔了一跤，把货物摔了一地，自己也

---

① 毛泽东：《新民主主义论》。《毛泽东选集》第 2 卷，第 685 页。

擦破了鼻子尖，他拾起地上的圆镜子照脸，却照不见脸，原来是玻璃摔掉了，在他心疼之下发出"咦唏"的时候，观众不由大笑起来。《打铜锣》里的蔡九，把装鸭子的箩筐挂到竹竿梢头，造成林十娘在空里跳了几跳而没有抓住的巨大动作的浪费，同样形成这种神来之笔的逗笑的契机。在社会主义的喜剧里，就我们如今看到的来说，有一种情形引人发笑，来自改造过程，矛盾出现在人物力求进步，觉得自己有缺点，对克服也有信心，可是在提高警惕的期间，到底有些不放心，例如蔡九，去年在同一工作上有过失败的经验，但是受到支书的鼓励，坚持今年要完成交给他的任务，他下定了决心，也做好了准备（如两个锣槌），果然就碰上了去年耍笑他的私心重的林十娘。处境和心境都幽默有味。还有一种情形，也来自改造过程，明明不彻底，但是由于一技之长或一时之明，对自己就做出了全盘肯定，因而一旦假象被戳破，他的落后的状态在暂时还没有被克服之前，就让自己受到自己的对比的奚落，例如宋志发，扒掉自留地，放过队里瓜田的雨水，老婆舍不得，他劝她"要站得高，看远山，不能光打小算盘。"但是转眼之间，为了支援兄弟灾队，队里决定要扒掉他亲手培育的瓜田，"小算盘"却落到他自己身上。又如《补锅》里的刘大娘，是队里养猪的能手，失手打破煮潲的大铁锅，非请补锅匠修补不可。她不要女儿嫁给补锅匠，因为在旧社会，这是一种没有出息的行业，可是破锅不补，就煮不了潲，煮不了潲，就喂不好猪，喂不好猪，就要让队上受损失：她的老脑筋一旦拐过这个弯子，发现自己还有要不得的旧看法，也就欢欢喜喜，成全一对年轻人的婚事。幽默的是她自以为是，也难拿大道理来压服她，喜剧作者便利用她的长处来破她的短处。还有一种喜剧情调，来自先进工作者在比学赶帮中错落有致的形势和这种形势所作用于当事者的自满情绪或误会心理。而画龙点睛的警句，一语道破性格上的问题，既发人深省，又很逗笑，如《打铜锣》里蔡九那句旁白："我蔡九在她面前历史上没得过胜利，今日硬要斗争到底！"或如《游乡》里杜娟那句劝告："别光晒东西，以后也得晒晒思想。"

单从这些下乡节目来看，社会主义的喜剧就已然显示了它的向上的、健康的、与人为善的本质，没有丝毫充满资本主义发展到帝国主义阶段的喜剧的颓废主义、形式主义与趣味恶俗或标新立异的气息。社会主义的喜剧正好和它形成鲜明的对照。阶级关系起了大变化，喜剧里的主人公也随而改了成分，我们这里不再是财富支配着的绝对意志，不再是虚构的喜剧性转折，不再是饱食终日唯恋爱之是务的主题。正面人物在这里精神焕发，神采奕奕，如果有缺点需要克服，那是学习马列主义不够，在前进道路上下定决心要彻底消灭的缺点。他们不是一个人或几个人，而是万众一心的亿万人的总和。形象是一个，给人的感觉却是集体存在。人人有前程可奔，包括被批评的落后人物在内。社会主义的喜剧是一分为二的革命乐观主义的辩证产物，到处有斗争，到处是喜气洋洋。

1965 年 10 月

附记：这篇东西在十年浩劫后，无意中被我发现，上面有刊物的图章：证明是 1965 年 10 月 6 日之前学习笔记一类的东西。我做了有限的改动。中国戏曲方面，川剧有许多喜剧，其他各剧种也有，谈得少了些，补救又觉得啰唆，其实我也不怎么懂，只能原封不动。

1981 年 4 月

写戏漫谈

一 合理性

毛泽东同志教导我们："一切种类的文学艺术的源泉究竟是从何而来的呢？作为观念形态的文艺作品，都是一定的社会生活在人类头脑中的反映的产物。"[①] 戏剧当然也不例外。但是从社会生活到文学艺术的形成，这个过程并不简单。光靠头脑推敲观察心得是不够的，写戏的人还应当时刻想到用来反映生活的表现工具，也就是媒介的特殊性。

戏剧不光靠写。剧本是基础，但是还得靠演出。这就需要起码几个人、几个艺术部门的合作。戏剧是综合艺术。为写而写，可能有文学价值，形成"案头剧本"，可是只有在经过演出之后，一个剧本才有机会为自己获得为人民喜闻乐见的艺术生命。

所以戏剧是文学，又是艺术，而且是整体艺术。戏剧，总要在一个空间演出。这个空间，可能是低地，类如古希腊节日的戏剧演出的场合；或者是平地，像《夫妻识字》、《兄妹开荒》、《放下你的鞭子》这些抗战期间的小戏在街头或广场上的演出；一般是在台上，可以看得更清。后来，也是为了保障收入，搭棚子，盖剧场。舞台可能是方的，可能是半圆的，保留三面空给观众。日本的"能"剧的舞台，多一条走道，穿过观众席，为人物多创造了一个进出口（不是"多"，而是乐师占用了舞台的后墙，必须另找方便之门）。可是常见的现代舞台，只有

---

① 毛泽东：《在延安文艺座谈会上的讲话》，《毛泽东选集》第 3 卷，第 862 页。

一面空给观众。法国 17 世纪的莫里哀的剧团更可怜，台上左右两侧，排满长凳，坐着出钱最多的浮浪子弟，和剧中人物几乎挤在一起。总之，舞台这个空间，无论采取什么形式，反正都不合理。原则却有一个：戏是为观众看的，观众看戏的方向，变成人物社会活动的窗口。这个方向有一种强制性，迫使剧中人把自己的一切，包括最不愿意让人了解的隐私，在这种不合理的场合公开给素不相识的观众。

这个舞台空间，越高越大越好。写戏的人可以驰骋想象于其中。演出者则把剧作者的想象还原于艺术实践。但是，再高再大的舞台，也不可能超过剧场所能提供的限度。舞台给戏剧演出的局限是绝对的。

写戏的人还必须想到如何对付时间的约束。这个时间，由于主题思想的要求，也许延伸到过去与未来，达千百年之久。由于事件进展的迅猛或者迟缓，一出戏所表现的时间也许长达数十年，也许短到几小时。可是不管怎么样长，怎么样短，演出的实际时间，一次最好不超过三个小时。过分长了，观众的身体负担不了，精神陷于涣散；而演出最最忌讳的，莫过于观众不好好看，全部心血就付之东流了。而社会生活是那样的丰富多彩，变化无常，它不甘心听从演出时间的限制和摆布。演出时间的约束性并不合理，这种约束性冲击并影响到戏剧的现实性。

为了完成（未尝不可以说成"掩盖"）这种不合理的艺术实践，写戏的人便用分幕分场的办法来操纵（也可以说成"隔离"）空间和时间。在这些幕与幕、场与场之间的间歇或者空白里，让观众在暂时的休息之中，根据接触到的剧情线索，翘盼必然的前景。而不落俗套的剧作家抛出的，却往往是意外之笔；偶然性。

舞台本身是一种限制，我们方才已经说过，它不能确切地符合社会活动的真实场景。今天，即使有种种机械和电力等近代科学条件提供的方便，总不能把一所大楼、一条长街、同时出事的两个地点……整体放在舞台上。所谓整体艺术，其实也是大有限度的。英国 16 世纪与 17 世纪之交的剧作家莎士比亚，只能让舞台后墙中间的凹处，上层充当阳台，下层充当寝室或者宝座，平时就拉起幔帐遮住。中国戏曲干脆用桌子摞桌子来表示高处，平时也尽量利用活动的幔帐。顶难办的是把战场搬上舞台。中国戏曲就用 4 个或者 8 个龙套代表千军万马，在认真的观众面前，真真假假地厮杀。真马上不了台，就用马鞭和腿脚的模拟程式来象征。演员的美妙的舞姿吸引住了观众，让他们不再去想这里面的不合理性。

最古老的戏都是载歌载舞的。可是谁在社会生活中一天到晚用歌用舞同别人打交道？这不合理。然而歌声的动听、舞姿的优美以及它们所宣扬的感情变化，却能使观众如醉如痴，成为评论的一个准则。话剧要现实多了。两三个人在一起说话，日常现象，完全合理，可是这些人的话却总兜着一个主题的要求转，总朝着一个方向说，而且唯恐观众听不明白，有时还来几句旁白，甚至于大段独白，似乎身旁的人们的耳朵一下子全变聋了。即使身旁没有人，生活中谁又神经病似的，独白个无终无休？可是如果去掉哈姆雷特的独白，这出雕塑知识分子（尽管是一位"殿下"）的悲剧的主人公也就单薄得很了。这都不合理。然而这种不合理的手段却深化了人物的性格，观众偏又喜欢这种进一步领会的愉快，心甘情愿地容忍这种"不合理"。

戏剧的类别制约不住剧作家；为了集中力量于一击，往往不得不破坏它们各自的戒条。喜剧往往用闹剧手法完成高潮；悲剧有时用偶然性的喜剧形式捉弄人物。

一切种类的文学艺术的表现工具或者媒介，本身全有一种无从避免的片面性。即使是综合艺术、整体艺术的戏剧，也有其物质条件与历史条件带来的种种片面性。而这却正好成为文学艺术各自的特征，构成各种文学艺术分类的因素。把它的独特功能发挥到淋漓尽致的地步，在反映社会生活上，就成了从内容到形式的艺术要求。

戏剧的合理性，正是克服种种不合理的情况的结果，是戏剧家充分认识到客观局限性而又努力突破局限的成果。合理与不合理，是矛盾的对立物，但在一定条件下，可以互相转化和统一。不合理中孕育有合理性，构成了戏剧艺术的特点和规律。一切写戏的人，只有充分认识到自己手中的表现工具的特点，才能发挥主观能动性，独创性，把看来不合理的表现方法，转化为合理的艺术手段。反之，不认识、不承认这种种局限和不合理性，片面追求所谓真实与合理，反而会丧失戏剧艺术的特性和剧种特点，或是流于自然主义的模拟和堆砌。欲求其真反而假，强求合理而更不合理，这在我们的某些戏剧创作和演出中，并不是乏见的现象。恰当、准确地掌握戏剧合理性的艺术辩证法，戏剧家大显身手的机会便到来了。

二　集　中

一切种类的文学艺术，在创作过程中，都有一个集中问题要构思者认真对待。毛泽东同志告诉我们，文艺的源泉是人民的生活，它最生动，最丰富，最基本，但同时也是"自然形态的东西，是粗糙的东西"。到群众中体验生活，有无比重要的意义。什么时候人民生活从你的心头溢到你的口头、手头、笔头，不唱、不画、不写，就活不下去，创作的自由就为你所有。不过天下事总是在矛盾中发展着，你还得有一副清醒的头脑，能在冷静下来的构思中把不相干的东西，甚至于是你偏爱的东西排除掉，才会稳步进入准确反映生活的创作过程。这里有强调，有选择，有取舍。你要完成的，正是毛泽东同志谆谆教导于我们的六个"更"字："文艺作品中反映出来的生活却可以而且应该比普通的实际生活更高，更强烈，更有集中性，更典型，更理想，因此就更带普遍性。"[1]

六个"更"字的顺序，明白无误地告诉我们，集中在作品形成过程中担负的重要任务。集中性不见了，为创造典型而作的努力也就落空了。

材料四面八方而来，写戏的人要去粗取精，在结构上，首先思索的是怎么样把若干互不相关的"精"聚合在一条行动线上。仅仅追求布局上的惊人的效果，像变戏法似的，忽而奇峰突起，忽而化险为夷，不能不说是写戏的好手，然而还不是高手。找戏剧效果找到丢掉了社会生活的合理依据，甚至于把指导原则抛在一边，就会炮制出单纯追求剧场效果、而思想极度贫血的情节戏。集中在这里仅仅成为某种技巧，而不能算作深入生活与尊重生活的艺术造诣。艺术终归不是技术。集中，对写戏的人有一种更高的要求。

---

[1]　毛泽东：《在延安文艺座谈会上的讲话》，《毛泽东选集》第3卷，第863页。

在这方面做得好的，我们想到了《霓虹灯下的哨兵》。戏写的是上海获得新生之后种种。人民解放军在即将黎明的最后战斗中进驻这个冒险家的乐园。十里洋场的面目一时依然如故。买办资产阶级据为己有的这个五颜六色的"洋围子"，会不会污染"土里土气"的人民子弟兵？这是剧作者向自己提出的严肃问题。社会生活的潜移默化的力量一向是巨大的。为了说明这一点，剧作者把形形色色的"租界"生活组织进来，熟悉上海情况的观众一定会欣赏作者选择细节的匠心。选择细节是集中的必由之路，使典型熠熠发光的物质依据。社会生活是复杂的，尤其是在上海这样特定的典型环境中。这里曾经是中国共产党的诞生地，也曾经是国民党反动派操纵全国经济命脉的指挥台，"一方面是人们受饿、受冻、受压迫，一方面是人剥削人，压迫人"，处在长江口的上海滩为这个事实提供了最生动的生活细节。《霓虹灯下的哨兵》在进行集中的时候，大力攫取对比鲜明的新旧事物，而又组织得通体透明，不露斧凿痕迹。这是万花筒，观众却决不眼花缭乱。

做到这一步，主要靠什么？靠主题思想。

剧本体现的，正是毛泽东同志在党的七届二中全会发出的警告："因为胜利，人民感谢我们，资产阶级也会出来捧场。敌人的武器是不能征服我们的，这点已经得到证明了。资产阶级的捧场则可能征服我们队伍中的意志薄弱者。"排长陈喜把补了又补的老布袜子扔到窗外，春妮那样忠诚朴实、情深意长的革命伴侣，居然开始被他疏远、嫌恶。没有被"香风"吹倒的人，赵大大因为看不见敌人、不能打硬仗，不愿在这鬼地方放哨；批评他脑子里少根弦儿的连长，临了发现自己也正少这根弦儿。

靠主题思想来集中复杂纷纭、脉络交错的社会生活，古今中外的剧作家为此呕尽了心血。

还有一种方式。这就是让主要人物在行动上取得深厚的活力和广泛的照应，对话、场面……一切都尽可能集中于为人物的性格服务。情节的波澜壮阔，效果的一击而中，看起来是场次的自然发展，其实都是在情节的积累上，具有各种性格的主要人物社会活动的结果。

不妨再举一些例。

一个一目了然的例子是莫里哀的喜剧杰作《达尔杜弗》。冒充笃信天主教的恶棍达尔杜弗迟到第三幕才出场；让主要人物这样迟露面，而一露就"活"了，就有了戏，没有深厚功力的剧作家轻易不敢这样冒险。其所以如此，是因为莫里哀先用两幕戏充分写出了达尔杜弗在他寄居家庭中的地位和破坏作用，然后把力量集中于他在重要时刻的出场，一出场就抓准一个细节做足了他的"伪"，使前面所有描绘和整个戏的分量，全部落到达尔杜弗身上。出场这段戏不过用了两三分钟，然而一个十足的伪君子的性格，被活生生地塑造出来了。

　　有一种情形恰恰相反。主要人物的性格逐渐成长，直到最后，在压力最大的时刻才爆发出来；爆发的这一时刻，也就是高潮这一时刻。易卜生的《玩偶之家》，莫里哀的《太太学堂》，都是这样在事物进行之中逐渐显示女主人公的叛逆性格的。

　　以上这些戏都是单线条向前发展的。

　　一个相反的例子是莎士比亚的社会喜剧《威尼斯商人》。剧作者用这出戏反映资产阶级控制之下的14、15世纪的威尼斯共和国的人与人之间的经济关系。

　　这出戏毫无疑问，是歌颂当时新生的资产阶级的。它从情节着手。两个分别见于文字记载的传说构成情节的基础。一个传说是高利贷者放债，以玩笑方式，在借契上写了一句：到期不还，用保人的一磅肉偿还。另一个传说是，一位阔小姐用金、银、铅三个匣子试探慕名（其实是慕富）的求婚者。两个传说风马牛不相及。莎士比亚创造了一个为求婚而举债的年轻人，保人是他的好朋友、大富商。当时有四条货船同时在外洋行驶，还债的日子到了，谣传船翻了，而把阔小姐赢到手的举债人，偏偏又一时从外地赶不回来。高利贷者、一个异教徒，坚持要割一向辱骂他的基督教徒、保人的一磅肉。丈夫是举债人，保人是他的好朋友，于是新妇波希霞这位传奇人物被卷进来了，成为戏的主要人物。两个传说串连在一起了。高利贷者夏洛克的性格的开展，只是为波希霞性格的最后显露充当最高的衬托。

　　两个传说像两根粗麻绳，多年来抛在海底，剧作者把它们打捞上来，上面湿淋淋沾满了寄生物。这两路各行其是的人马，观众纳闷怎么能会师，可是在第四幕居然会师了，构成了决定双方命运的法庭那场戏。一切为加强和突出双方的性格效劳。乔装打扮的波希霞断案了：你不要几倍的偿金，好，割你咬牙切齿要割的那磅肉吧，但是，不许流一滴血，多于一磅或少于一磅都不行，因为这不见于借契。复仇心切的高利贷者碰上了资产阶级的刀笔吏，他必胜的官司打输了，输了个一塌糊涂。通过情节的集中，主要人物的形象鲜明了。

为性格服务，不等于不为主题思想服务。二者是不能绝然分开的。我们不过是为领会方便起见加以分离罢了。建立性格，其实就是为了主题思想。我们举的几个例，都可以说明这一点。在举足轻重的转折点上，主要人物的性格不起一击而中的作用，主题思想也就很难得到深化。集中在这里等于一个石头打两只鸟儿。

不重视集中，《霓虹灯下的哨兵》就成了散落在社会各个角落的生活图景，《威尼斯商人》就成了两条不相干的平行线。在扑朔迷离的布局之中，要逐步显示出集中的目的性。这个飘浮于未来之海的目的性，仿佛一种磁力，凡不需要的东西纷纷落入戏外，而原来分散的东西，经它一吸，立即在若不相谋的状态之中凝聚成一块密致的纯钢。这块具有绝大威力的吸铁石，正是毛泽东同志说起的"胸中有数"的那个"数"。

有了"数"，写戏的人给自己确定下来一个准则，知道怎样精益求精地沙里淘金，把不同方面的偶然性汇集成一条引人注目的必然性的大流。这个准则好比一盏聚光灯，该不照亮的地方就不照，该照亮的地方要它分外明亮。集中如同南天门的石阶，一步一步把戏导向泰山的最高峰。观众爱的就是这种登临险峰而终于大有所获的艺术境界。

集中在戏外有一个好帮手，就是时间的强制性。哪怕你写一个人的一生，如易卜生的诗剧《培尔·金特》，也得照顾演出的客观要求。空间的强制性是集中的另一个好帮手。再好的舞台也只有那么一点点大，一点点高，居然敢于和宇宙抗衡，未免不自量力。然而正是这种敢于攀登的勇气，博得观众的喝彩声。演出空间和演出时间的限制，迫使剧作家在布局上繁简合体，写出效果集中的发人深省的好戏。

繁简合体，不是那么容易做到的。剧作家的主观世界可以起好作用，也可能起坏作用。你体验生活的心得，同人同物接触的亲疏关系，对客观事物、甚至对主题思想自以为是的解释，赶上适宜的气候，就连世界观里打入冷宫的东西，都会冒出头来，干扰你正确反映客观世界的热情和努力。你不得不时刻虚心，保持清醒的头脑；所谓敢于攀登、善于集中，就成了勇于割爱。你的集中线断了头，必须找出其所以断线的原因。你随时要问自己：为什么要来这样一场戏？观众会搜索你的意图，观众领会到了，欣赏这场戏。你的意图和被集中的事物没有必然的联系，就成了航线上必须绕开的孤岛。你回避社会生活的合理性，合理性也就通过观众回避了你。歌德以哲学家的身分构思他的《浮士德》的第二部，要后人（只能说是读者）重视他用一些通行于18世纪的宗教和哲学语言做出的结论，后人在这里看到的，却是纯理性和基督教的庸俗的调和论，这样的作品不能成为可取的范例。

所以，要脚踏实地，又要能腾空而起。我们需要这样的集中，革命浪漫主义与革命现实主义的集中，要掌握事物的矛盾规律，为了建立对美好未来的幻想。高尔基要求于作家的朝气蓬勃的幻想，是不可缺少的。然而我们必须从多方面深入地学习社会生活开始。为了很好地集中，让我们从社会生活中认真发掘细节，出奇制胜地雕塑鲜明的性格，避免使每场戏显得像过场戏那样无疾而终，或者拖拖拉拉，又松又长，不知目的何在。只有这样，戏才可能饱满、丰盈、自然。而惊心动魄的戏剧效果也就悠然而至。

三　第一幕

这里谈第一幕，是就多幕剧而言，不把独幕剧算在里面。

多幕剧的形式，各国有各国的传统。我们只想谈今天通行的话剧体裁。事实上，任何一种戏剧形式的开场，都负担着一种相同的任务：把主要人物的处境（现在的、历史的）交待明白；把他与陷入同一纠纷的人物的关系（敌意的、善意的）交待明白；同时，把环境促使他们心里出现的意向的萌芽扶植起来；如果可能的话，在建立环境的同时也建立气氛，引入真实感（或需要观众相信的、似应存在的真实感）。如果第一幕不能完成这些基本要求，除非写戏的人另有特殊意图和实现这些意图的特殊手法，否则，不能算是达到了目的。

必须在社会生活的原型上完成第一幕的上述介绍任务。而社会生活是复杂的，生活原型几乎是一出戏一个样式，写戏的人表达所揭示的主题思想的构思，又因人而异，因而，绝不可能存在一种如何写好第一幕的固定的、现成的办法和模式。

究竟在社会生活的长流中截取哪一段，构成戏剧的第一幕？这必须对主要事件有一个全局的鸟瞰和安排，看看究竟从哪里砍下这一刀，才有利于主题思想的提示，有利于布局的顺利开展，有利于主要人物性格的显示。这一刀一定要砍得准确，干净利落，拖泥带水是写不好第一幕的。

俗话说得好，"头三脚难踢"。在艺术上，起这个头并不容易。对一出多幕戏来说，把分幕的第一幕写好，或者把分场的第一场写好，就仿佛水有了源，此后沿着地势，顺着风向，波涛一时汹涌如潮，一时平静如镜，就取得了得心应手的便利。

我们不妨看一下胡可同志解放初期写的《战斗里成长》的第一幕。和其他三幕戏相比，除去第四幕的长度（就页码而言）与之相似，它比另外两幕都长。第一幕分了两场。为什么要分成两场？因为在这幕戏里要写出铁柱父子二人相隔十年之久，最后都非逃离家乡不可的共同命运。从第二幕起，正戏开始，时间已过去三年，第三幕和第二幕相隔只几天，第四幕紧接第三幕，可以说是一气呵成了。在血与火的对敌战斗中，苦大仇深的红小鬼终于懂得了为普天下穷苦人翻身闹革命的大道理。而第一幕的两场戏就是要写透小石头非报"私"仇不可的苦，为以后他的转变为什么那么困难种下伏因，同时也是为了更充分地写出在党的思想哺育下，革命战士的成长。

又如《霓虹灯下的哨兵》，是一出分场不分幕的戏，第一场是写解放军占领十里洋场的旧上海。幕启时，我们还能听见依稀的炮声。命令下达了，他们今后要"站马路"。而"马路"的形势并不乐观：美帝豢养的国民党匪特潜伏下来，资产阶级也笑脸相迎。第一幕已经把主要人物以及他们之间即将展开的矛盾冲突，都交待出来了。

两出戏的题材完全不同。但它们都按照生活的原型，在迅速的行动中，紧张而又紧凑地完成必要的介绍任务。不同的是，《霓》剧阶级关系异常复杂，英勇善战的子弟兵一时还看不出它的艰巨性。鲁大成在第一场闭幕前指责赵大大："我说你跟我一样，脑子里少根弦儿嘛。"使观众意味到：激烈的矛盾也将出现在朴实的子弟兵的思想情感中。

把矛盾在第一幕就建立起来，是一种促使观众立即入戏的策略。在这一点上，莫里哀的《达尔杜弗》的第一幕，显出独特的匠心。骗子达尔杜弗迟至第三幕才出场，可是在第一幕的四场戏里，作者通过其他人物的介绍，通过达尔杜弗在绅士家庭造成的对立的局势，已经十分有力地把他推到了观众面前。此剧第一幕的第一场和第四场，都是介绍人物关系和戏剧形势的绝妙好戏，干净利落到了可爱的地步。老太太对一切都看不过眼，非离开这一家人不可。在她怒气冲冲数说家里人（包括儿媳的哥哥在内）的那些话里，观众听明白了这个家庭里已经发生和正在发生着的一切。随即，有绝对权威的家长在第四场露面了。他好几天在外，刚刚回转家来，只用一句话反复追问女仆："达尔杜弗呢？"听说他身体异常好，于是又用一句话反复表示关切："可怜的人！"仅仅两句话，完全暴露了家长的性格、感情，也预示出一种危险的形势。他那年轻貌美的续弦夫人，有病也不放在心上，他念念不忘的只是那个骗取了他的信任，并正在骗取他的财产和妻子的"良心导师"——伪君子达尔杜弗。这两场戏都是短短的过场戏，所完成的戏剧效能，却是十分杰出的。

《玩偶之家》的第一幕也显示了剧作者布局的匠心。易卜生为它的背景选择了一个欢乐的节日：圣诞节。而且这还是一家人即将结束贫困生活的美好日子——丈夫快要当一家银行经理了。娜拉这个年轻的家庭妇女，要同孩子和丈夫过一个快乐的节日夜晚。幕开了，娜拉买了一棵圣诞树回来，还买了点心和糖果。丈夫叫她"小鸟儿"、"小松鼠"。她是一个不懂事的小糊涂虫，而丈夫却是一个认真工作的正人君子。娜拉多年不见的老同学知道她丈夫要当经理，想进银行当一个雇员。丈夫同意了。可是为了她就业，必须辞退一个名声不好、作风不正的雇员，而这个受到解雇威胁的人，正好拿着娜拉隐瞒丈夫的把柄。八年前，丈夫生了重病，父亲也在弥留之际，娜拉不得不在父亲死后三天用父亲的名义签了一张借据。假签字面对着可怕的法律——资本主义国家的法律。她挤丈夫的钱包，自己也省穿节用的谜底揭穿了，全是为了付利息、还债。犯"罪"是为了救丈夫的性命，而当事情暴露后，丈夫却不肯为她做出牺牲。娜拉觉悟了，在这种资产阶级家庭里，她不过是个玩偶而已。以后的种种情节发展，莫不与第一幕相关联、相照应，并以第一幕所建立的人物性格、情节线索为基础。当娜拉最后在"砰"然一声关门声中出走时，观众怎能不回忆起第一幕作者所造成的那种欢乐气氛，并感受到它的艺术力量？

《达尔杜弗》的开场戏是单刀直入，剧作者立即把观众带进戏里。同样是剑拔弩张，易卜生却先建立假象，随后又用心地把它们统统毁掉。《玩偶之家》提醒我们，第一幕的布局附带一种义务——把形势的强弱、真假朝向相反的方向引导。"相反"，在这里看起来像是绝对的。导线将在交错中为此后的矛盾——外在的，内心的，性格的，环境的——创造层出不穷的可能。斗争开始了，谁失败，谁成功，将在不断的意外的偶然性变化中牢牢地吸引着观众的兴趣。第一幕不作解答，它的任务是：让观众"且听下回分解"。

且听下回分解，莎士比亚的第一幕又是一种功夫。它不剑拔弩张，而是像讲故事似的，从事件的开端开始，不慌不忙，娓娓道来。这近似中国戏曲的开场（报"家门"不算在内）。例如《威尼斯商人》的第一幕，任务是把白珊尼为远行求婚而举债立契这件事交待明白。就举债立契而言，第一幕的第一场和第三场事实上是相连的。三千两银子借到手，白珊尼求婚充满了希望。可是就在这一幕第三场，钱借到手的时候，观众听见高利贷者夏洛克自言自语：他痛恨保人安东尼。他的"好意"可能有一天成为报复的凶恶手段。美好的前景被罩上了厚厚一层阴影。

剧作者的匠心，就在举重若轻地把一些似不相涉的情况在第一幕交织起来，构成此后进展的导线。我们经常称赞莎士比亚的戏剧情节生动、丰盈，却想不到他在场次交织中在艺术上所下的苦心。

没有一位剧作家（真正的剧作家）会忽视戏剧的基础：社会生活，它的结构、性格、气氛，甚至幻想的离奇的情节的发祥地。社会生活是纷繁的，所以摸索一出戏的开场，无论是闹中取胜，还是静中取胜，都必须让观众从一开始就心甘情愿地跟着戏走，戏就有希望成功了。正因为社会生活是纷繁的，剧作家也就有更多的机会探寻出奇制胜的场次。一个开端选好了，把它的潜力充分发掘出来，让它们构成似顺而逆、似逆而顺的各种矛盾的交织体，第一幕的任务便完成了。

主题思想是一盏照明灯，题材划定照明的范围。写戏的人靠灯亮，从题材规定的社会生活理出一个头绪，作成第一幕，也就是整出戏有了一个有利和有力的起点，但却不等于能把戏开始前的历史一刀割断。

例如《战斗里成长》，不从铁柱爹上告地主夺田开始，而从判决书下来开始，幻想破灭了，老一代自尽了，年轻一代造反了。历史在这里没有被砍断，"过去"在主要人物精神上形成一种主导作用：报仇。《霓虹灯下的哨兵》的第一场交给人民子弟兵一个新任务：站马路。这是一种新型战场，却也是昔日战斗的继续：敌人在放冷枪，更难防的是糖衣炮弹的袭击。"过去"对《玩偶之家》所起的戏剧作用，一目了然，无需细说。《达尔杜弗》似乎放下"过去"不用，可是家长为什么对"良心导师"那样入迷？有历史根源，莫里哀留给家长自己来讲，这构成他的心理转变的基础。造成《威尼斯商人》戏剧突变的货船不能按时到达，是一个偶然因素，作用是给犹太人夏洛克提供一个报仇的机会。但这件事的历史契机，则是他忘不了保人安东尼"过去"经常对他的公开辱骂。总之，事件是有开端的，然而决不是孤立的。写戏的人应该向"过去"探寻，让它在主要人物的心理上、性格上，在情节的转折上，不起决定性的作用，至少也起说明性的作用。

不过，开端到底是开端，布局从这里向前开展，"未来"将带来许多意想不到的因素。它们朝着这个人或那个人的意愿的反面行进：在自以为失败的时候，偏偏得救；在自以为胜利的时候，偏偏受到挫折。第一幕如若不蕴蓄着这些深厚的矿藏，此后的戏剧发展就必然受到牵制。所以，"万事开头难"，"头三脚难踢"，不是说以后的球就好踢，而是说，"头三脚"对全局将起着方向性的引导作用。

最后我要再说一遍：一切有生命的事物都是活泼的、有机的，"头三脚"绝没有固定的呆板程式可循。

四　高　潮

一般观众看戏从不关心高潮，就像海燕不在乎乌云四起的天空变化一样。他们爱的是惊涛骇浪，一浪高似一浪。看戏时他们哭了，他们笑了，受到感染，得到教育，"好戏！好戏！"至于高潮是什么？出现在哪里？往往想也不去想它。

可是写戏的人，在布局上，心里想的，眼里望的，却正是这个航标：高潮。

布局上？那它显然是情节的产物了？

情节的产物没有什么不光彩，戏剧创作必须重视情节。19世纪初叶法国多产作家斯克里柏的佳构剧，在技巧上影响了整整一代人，包括稍后的本国人雨果和更后一些的外国剧作家易卜生。

前些日子我读到了一出感人的好戏，是白桦同志的《曙光》。写的是王明"左"倾机会主义路线对革命事业带来的难以形容的危害。具体事件是洪湖一带的游击战争。贺龙同志在戏里出场了。斗争是尖锐的，严酷的。一方面要对付蒋介石的围剿，另一方面要应付错误路线的干扰破坏，而内部斗争最致命处，是潜伏在"中央"特派员身旁的国民党特务可以为所欲为。革命同志遭残杀，革命根据地在缩小。最后，连最高指挥贺老总都遭到诬陷。中间四幕，每幕有每幕的惊涛骇浪。令人惊叹不置，是剧作者安排贺龙几次出场，都是在形势万分危急、非他解救不可之际。匠心可贵。而湖水荡漾，笛声悠扬，抒情之感令人在心惊肉跳之余获得休息。戏写得有人有事，有声有色。可是问我戏的高潮在哪里？我却不敢一语说定。戏写得这样精彩，这样惊心动魄，找高潮干什么？近似多余。

换一出戏看看。这是在近代戏剧史上占有重要地位的《底层》（又译作《夜店》）。高尔基栩栩如生地写出了住在一家破烂小店里的形形色色的下层人物。这里看不到惊涛骇浪，而是死水一潭。戏的特色就是一点"戏"也没有。一群不为"人"齿的、应当大写的"人"，时刻挣扎在死亡线上，像一群将死的猫狗一样，随时会被抛到荒野。这是一出分不清谁是主人公的群戏。先是一个手工业者的老婆饿死了；后来又死了一个和警察、小偷都有共同语言的店老板。难道高潮就在这里？显然不是。剧作者没有指出改造社会的方法，他让生活本身来启示观众。情节谈不上。高潮呢？也很难说。

这是两个相反的例子，而高潮都不那么一目了然。我可能犯了一个错误，把这样两出内容和手法截然不同的戏拉在一起来谈。已经这样做了，索性就做到底。我们不妨再看一个更不相同的例子，莎士比亚的名著《罗密欧和朱丽叶》。

这出戏人们似乎很容易抓住高潮。朱丽叶醒过来，发现罗密欧服毒已死，吻过他的双唇，拔出他的佩刀，照准心窝，一刀扎死自己。他们不能活在一起，死在一起了。铁石心肠的人看了都为之落下泪来。啊，这里一定是高潮了？

错了。这只是高潮带来的后果。它发生在戏的结尾，然而不是高潮；高潮已经过去了，在你不注意时从你眼边滑过去了。高潮是在第三幕，大公宣布要立即赶罗密欧出境的时候。朱丽叶开始成长，从今以后，她不再是一个有父有母之人了。她必须为自己的行动自己来作战。偶然性——即曼图亚闹瘟疫，僧人不许出城送信，又找不到其他送信的人——造成了他们的死亡。他们可以活着逃出坟地的，然而却死了。哪一位观众在泣不成声时想到过这一点来着？

现在再让我们寻找《曙光》的高潮。这一定出现在诬陷贺老总的行动线上。一点不错。可是是谁揭开诬陷的谜底的？恰恰是执行错误路线的"中央"代表的"亲信"金莓英。潜伏特务把诬陷材料交给了他信不过的文书、保密员保管。第四幕的伏笔以第五幕金莓英的揭发而把陷害带到了高峰。这是惊人之笔。高潮来自一个不到时刻不露声色的女同志，而对贺老总本人并无影响。倘使为这出感人的好戏遗憾的话，那就是：没有正面抒写贺老总在"左"倾机会主义路线压力和特务破坏之下的思想，使这一关键的转捩在他身上没有发生反响。剧作者仅通过群众对贺龙同志的热爱，说明他和群众亲如兄弟的关系。笔墨多少有些偏到险剧（melodrama）方面去了。

由此我想到了《李双双》。这是一出写一个普通妇女的成长和她带动她落后的爱人一起成长的性格喜剧。由小说改编成电影，又改编成话剧，我们再熟不过了。剧作者由原作者那里得到启发，努力建立人物性格。情节是主要人物在新情况不断出现下的行动的不断开展，而不是像一般戏剧那样，只停留在事件本身自然发展的进程上。作者成功地塑造了一个多年围着锅台转的妇女，终于敢说敢做，敢为农村的社会主义建设而无所顾虑地牺牲个人利益。生龙活虎的李双双的形象建立起来了，跟着建立起来的还有她服侍惯了的丈夫喜旺。本来没名没姓的"俺那屋里的"，忽然用本名本姓贴起大字报来了；本来亲亲热热的两口子闹翻了，政治上有了分歧：多管"闲事"和怕管"闲事"。一个像骏马那样随着时代朝前飞奔，一个像驴子那样要人吆喝。高潮终于到了：就是驴子变成马了，如果不是骏马的话。这在第六幕。

> **李双双**　（厉声地）你自私！
> **孙喜旺**　（一震）我自私！

这一震，震出了高潮。直到喜旺敢于批评他的"光腚一块长大的"金樵兄弟，夫妻俩更恩爱了。这是性格喜剧，比情节喜剧更胜一筹，更发人深省。这个戏的高潮和高潮带来的结局统一在一道了。

有人可能认为，莫里哀的喜剧杰作《达尔杜弗》的高潮似乎应该是第五幕第六场：国王的侍卫官传达圣旨：恶棍正在趾高气扬之际成了阶下囚。观众和台上奥尔贡一家都心宽了。

其实不然。高潮并不在这里。

这个戏的高潮在第四幕第六场，就是在家长奥尔贡从桌子底下爬出来之后，耳闻目睹了他所衷心敬佩的"良心导师"那一番丑恶的表演之后，他终于觉醒了，终于认识了伪君子的真面目。这里是戏的高潮。此后，他和全家人一致了，阻力不再存在，戏似乎应该到此为止。但是戏还不能结束，因为由于他过去的固执所造成的问题并没有解决，喜剧变成了悲剧，讼师和恶棍站在一方，法律在他们这一方面，奥尔贡必须承担家破人亡的责任。只有高于法律的国王的特权才能救他，这是外来力量，作者只能以此结束全剧。

让我们再看一出悲剧杰作的高潮，我说的是莎士比亚的《哈姆雷特》。这是一出有鬼魂出现的戏。想想莎士比亚是个生活在16世纪的作家（该剧第一次上演是在1602年），这就不足为奇了。

哈姆雷特是个信仰虔诚的知识分子，剧作者的功力全部用在刻画他的内心活动。这种刻画达到了如此境地，以致经常让人忘记他是一位"殿下"。由于他的宗教迷信和过度的"思虑"，使他失去了报仇的最好时机，这是戏的高潮，即第三幕第三场。他的叔父（杀父夺母的仇人）一个人在宫殿里跪下祷告，哈姆雷特从他身后走过，他本来可以一剑结果这个恶棍的性命，但他认为这正是在和上帝说话，"把灵魂洗涤干净"的时候，这时把仇人杀死，反而送他上了天堂。哈姆雷特离开了，进内宫看望母亲去了。最后，哈姆雷特终于不得不为自己的这个"思虑"——不行动——承担后果。他等来等去，当这个恶汉最后"滚进地狱"的同时，自己也进了坟墓，在报仇的同时丧失了生命——但这只是由于自己思虑重重、错误决定而造成的后果，并非是戏的高潮。

把高潮和后果混为一谈，往往是由于观众的感情作用。其实，高潮在最好的时候，是主要人物应付事变的内心活动的外现，即行动的决定性关节，这个决定性的转换关头，即戏剧的高潮。一般讲，高潮就是决定主要人物的全部活动的成败关键。它的重量大到可以改变戏的进行方向——古人往往把这叫做"命运"。今天，当我们懂得了马克思主义关于必然性与偶然性的内在关系，懂得了社会事物的复杂性与规律性之后，就获得了更大的主动和自由，能够更准确地分析、认识和运用它。

这样，我们就有了两种高潮方式：一种显示情节的转变，一种显示性格的转变。在某些戏里，两者又往往是统一在一起的。

《哈姆雷特》的高潮在戏里出现得很早。但比它更典型的，是我们的《琵琶记》。

赵五娘的故事，原来很可能是一个弃妇的悲剧。到了文人手里，被涂上了一层统治阶级意识形态的油漆。《琵琶记》的高潮不在最后的"大团圆"，这种老套只能博取上层观众的欢心。它的高潮是在第十六出"丹墀陈情"和第十七出"伯喈允婚"。他顶不住牛相的压力，终于入赘相府。这是决定性的转折关头，以后的一系列情节，事件的发展，莫不取决于此。当然，作者美化了丞相，美化了小姐，蔡伯喈也成了"全忠全孝"之人。但这对"高潮"来说，不免是题外话了。

说了这么多，《底层》的高潮还没有交待。这是个难题，我的答案可能很勉强，这大概就是那段关于大写的"人"的痛心的议论吧。戏这时要结束了，但后果却不在戏里。戏是 1902 年上演的，1905 年发生了革命；再过 12 年，十月革命成功了。它的后果发生在戏外，发生在整个俄罗斯社会。这个假定不知是否合适？

我想这样来结束关于高潮的漫谈：把社会生活写透了，写深了，把主要人物的性格写活了，有了光彩，让激情把形象深深嵌入观众的心里，你就写出了好戏。"戏"绝不能孤立于生活之外；高潮在哪里，究竟如何布局，不仅观众不问，就是写戏的人也难于主观随意地加以摆布。掌握技巧不等于卖弄技巧，深于艺事的人都知道：不能故作惊人之笔。上面我们举了许多实例，有些不敢贸然下结论，就是因为社会生活是丰富多彩的，变幻多端的，而说说道道的我们，却随时有成为学究之虞。——这篇漫谈看来就是个冒险。

1977 年 9 月

论戏剧中的语言问题 [①]

（周惜吾笔录　顾振辉整理）

在剧本中间，除去了所有关于舞台方面的事，其所賸下来的，就只是语言了。语言是一种最能传达意义的东西，不论在文学上，舞台上都是唯一的工具。我们生活在这个 20 世纪的现代，而能看到希腊时代留下来的剧本，一幅画图是在通过了颜色与线条的这两种表现的工具而找到它的内容，戏剧与文学，就只是从它的语言上接受了一切了。故一切文学与戏剧的作品好坏，即可在它的语言的表现上决定其价值。

语言在文学上应用的最早的是诗歌，欧洲是这样，中国也是这样。在中国，最早产生而充满了民间情绪的文学是《诗经》，因为凡是民间的东西，在基本上它的本身就是诗，是以过去最早的戏剧，也都是用诗的形式写成的。希腊时代的悲剧，法国莫里哀的喜剧，英国莎士比亚的戏剧，以及中国的元曲，都是这样。所以我们要知道，无论中外各国，凡是在文学上与戏剧上所遗留给我们的，都是诗。这是一直到了近代，方始有了转变，以散文来代替了诗。这是一个转变，是一个文学，戏剧，语言的转变。

古代的人民都是没有现代人所谓的知识的，而其所以能够产生诗的原因，就是因为人民都喜欢唱歌。为了发泄自己的感情，为了调剂自己的生活，就产生了歌谣。逐渐的有了文字的修养，而诗也就落到了一班贵族文人的手里；为了特殊阶级的身份，诗便慢慢的典雅起来，离开

---

① 本文刊载于《大公报》，1946 年 6 月 19 日，第七版。

了大众人民而专为一班文人所占有了。所以戏剧的发源，也是中外相同的，都是由贵族为主持人。试观最早的悲剧就是以帝王为主，戏中的语言都是诗，便足以证明。

戏剧中的语言用散文来代替诗，那是以莎士比亚与莫里哀为始，他们为了感觉到诗的不够应用，不单纯化而不能够深入民间，他们就抓住了戏中人的语言分开，贵族身份的人用诗，低层阶级的人用散文。这是他们共同的一点认识，因为戏剧是必需抓去大量的观众而不是单为了少数人的娱乐，要戏剧深入到民间去就必需弃用诗的语言而用散文的语言。然而也有相反的主张是：戏剧与人生不等，文学的东西是理想的多，人生的生活是现实的多；现实的一切缺点，是必需以文学来补足、更正的；故文学与戏剧就不能与生活平等。而生活赖以改善的最好工具就是戏剧，就是戏剧中的诗。尤其是悲剧，一个悲剧的格调的好，就是必定是诗。可是，莫里哀的意思是：戏剧虽然不是人生，但为了要使它同意，就应该是散文。易卜生也说：戏剧中的思想与情感，假如用诗的格调来写，总不能传达得细密；一切生活的膨胀，情感的奔放，都应该在散文中去寻找。所以，在 19 世纪中叶的戏剧，就大都是散文的。这是一个倾向于现实的表现，是戏剧中由用诗的语言而进展始；是生活的反映，内在的发泄，而不是崇高的情调，外表的风格，所以，一切现代的戏剧，虽说：有的是用了散文的形式而用的是诗的语言，也有的是用了诗的语言，也有的是用诗的情绪而用散文的语言；不过，在大体上讲，所有现代的戏剧中所用的语言，都已是散文的语言了。

在戏剧中语言的用法，过去的悲剧是以诗的语言为其特点，现代的悲剧，却往往就用很长的字句来写出它的沉闷、悲哀。喜剧的语言都以短句为主，特点是语言的重复、叠韵，有时也有在许多短句之后，再接一长句而增加戏剧的效果；诗的语言是难得以之作为媒介而一用的。而地方戏及平剧与弹词等的语言，却差不多都是定型的，或以土音的语言来帮助剧中人的身份、性格……平剧中尤以丑角的语言更为活泼、现实、接近生活而没有散失民间的意义，哲学家般的指破性格接近现实而放进理想去，这是一种有真理的语言。

此外，戏剧中语言的节奏，或长或短、一定要配合说明剧中人的性格、情调……总之，戏剧中的语言是人心的表现，其价值也在于此。

一个剧作家是在以纸上描写来利用、创造着语言的工具的，一个演员就是个执行人，他必需有心理的反应，想象的了解，自我的认识，自我的训练，文学的修养……才可以以他的姿态、动作，来根据剧情而把握性格，配合其年龄与环境，控制其时间与地点的空气，运用口腔为工具，而把剧中人的语言有节奏地直接传达给观众，声与声，句与句的停顿，对白与对白间的距离，长、短、高、低等的节奏都能与剧作人融和；所以，有人说：演员最好的演技，就是在他的语言的停顿，距离的沉默的时候。

戏剧是个公认的教育工具，所以戏剧中的语言就必需要是民间的语言；以一个 20 世纪的现代的民间，正更需要有大众民间的戏剧，而戏剧中的语言，也更是需要大众民间的语言。

第六编　陈白尘（1908—1994）

漫谈历史剧

　　有位朋友对我说：历史上的英雄美人，怕全部要翻一次尸了吧？这虽是句笑话，但也是事实。最近，历史剧的产生不很多么？已发表的不算，在计划与写作中的，据我所知，就有《武则天》、《史可法》、《秦始皇》、《李秀成之死》、《陈圆圆》等。从数量上说，虽不算多，但与全部剧作产生量来比，却是个不小的数目。

　　本来，演剧之遭受迫害，是较甚于其他艺术部门的。在这苦难时代，大众生活的本身就是幕伟大的悲壮剧。但是它尽可以用真刀真枪真血真肉在不断地搬演着。若要搬上舞台，这样的自由，我们是不被许可的——甚至把它印在书本上都不可能！这样，剧作者们之掉转笔杆，齐对"历史"，企图"借题发挥"，"指桑骂槐"，给生活在现实里的人们以一些"讽谕"，自是必然的。

　　然而历史剧的生产之所以多，观众的需要，也是它的主要原因。我们的戏剧观众被"京戏"统治了二百多年，这历史不算短了。"京戏"虽不全是"历史的"，但起码是"古装的"。因此，古装的历史剧，可以吸收较广大较落后的观众，也是当然的。所以，我曾这样设想过：把"京戏"的观众引渡到话剧的剧场里，历史剧许是一道较好的桥梁吧？——证之事实，这设想好像并不很错。

　　历史剧之将一时风行，预料起来，也是必然的。在目前，每个剧人便应该对它有个注意——就是说，应该意识地引它走上一条最最确当的道路。

　　自然喽，历史剧这东西，它本身原有其存在的价值与必要的，但我们现在不是讲的这个，我们只讲当前的历史剧。当前的历史剧，既然是被客观环境所不容许而"逼迫出此"所产生的，既然是为夺取较广大的"京戏"观众而产生的，它便该负有着一种特殊的使命。一方面是怎样把不容许表现的现实的东西寄托在历史剧里，一方面是怎样达到夺取观众的效果。

因此，历史剧的写作与演出，在目前是该把它当作戏剧运动中的一种策略、一种战术来看的。既然是一种策略与战术，便触及如何行使这策略与战术的问题。这里，从事于历史剧的人们，首先该统一起来：应当有共同的态度，一致的步伐和一定的步骤。

然而，如何统一这些呢？这是一个问题。我的话仅说到这儿为止。

我是希望从事于历史剧的剧人们对它加以考虑与讨论的。

4 月 23 日

（原载《新演剧》1937 年创刊号）

历史剧的语言问题

在写《太平天国》时，碰到了数不清的难题。其中最棘手的一个，是：用什么语言呢？是毫无顾忌地使用现代语呢，还是用历史的语言？

在整个创作态度之下，使我决定了采用后者。因为形式既决定于内容；而语言，仅是一种形式。

当然，这前提还在于对历史剧的写作态度上。这，我不反对其他各式各样的写法，但我自己是取着一种最严肃最历史的写法的。（这种写作态度许有讨论之处，但现在不能谈它了。）

在内容上，我既使《太平天国》尽量地忠实于历史精神，忠实于"当时的现实"，则在动作、语言、风俗、习惯等外形上，亦必得求其一致。其实，这是当然的：我们在现代非历史的题材里，既不能使一个农民有着知识分子的思想与行动，既不能使一个"五四"时代的青年有着"五卅"时代的意识与语言，则描写过去那一时代的历史作品，有什么理由使语言等不忠实于"当时的现实"呢？

因此，我就那么决定了。

但实际的问题来了："历史语言"是怎样一种语言？《太平天国》时代又该怎样？天晓得！

没有人替我们厘订出历史语言，那只有自己摸索！（可是我不是个语言学家呀！）因此，在《太平天国》里，我只好用一种消极的办法来代替创造了。

这消极的办法是：

（农民的语言）-（现代语成分）+（太平天国时代所特有的一些语

汇）＝太平天国语言（？）

　　我是用落后农民的语言做的坯子，在里面挑剔掉有现代味的成分，然后再加上太平天国史中所能找出的宗教语、隐语以及口头语等，结果，便成了《太平天国》中一般群众所用的语言。

　　（领袖如石达开、冯云山等都是读书人，他们的语言，当然是接近当时一般士大夫的语言的。）

　　当然，这是一种冒险的尝试。

　　以上，只是我的坦白的报告。究竟历史剧该用怎样的语言？历史语言又该怎样创造？我是渴望着语言学者给我以指教的！

（原载《语文》1937 年第 2 卷第 2 期）

戏剧创作讲话

第一讲　什么是抗战戏剧

"抗战戏剧"是戏剧创作上的一个口号，并不是戏剧的一种创作方法。

在这口号下，要求所有的戏剧创作都服务于抗战而已——没有别的。

但事实上却有几种错误的看法：

第一种，是把抗战看得极其狭隘，以为"抗战戏剧"是应该描写直接的抗战。于是在抗战戏剧里，士兵、壮丁、抗战青年成为一流主角，汉奸成了二流主角，而日本鬼子便是"药中甘草"——必不可少的三等配角了。每戏必有炮声，每幕必见刀枪，而且戏戏壮烈，幕幕武行。把抗战天地限制在一个狭小的镜框里。抗战过了二年，这框子也放大了一点，但有限得很，依然是与抗战口号直接有关的。比如：除奸，献金，义卖，逃难，募寒衣，军民合作等。还恋恋不忘于那狭义的"抗战"框子。

因为把"抗战"这样地看做特殊生活，所以也就有了把抗战戏剧看做特殊的东西——老实说，便是看做非艺术的、单纯的宣传品了。这是第二种看法。

有着这样看法的人不算少。演员如此看，导演如此看，甚至一部分戏剧写作者也如此看。结果，连看戏的人也是这么看：这是宣传剧，对民众——"老百姓"宣传的。意思就是：这不是那种"有艺术性"的戏剧。于是，连宣传的作用也就失掉了。

造成这种看法的，还是由于剧本。这类所谓宣传品的戏剧是什么呢？我们闭目一想就得：青年要抗战，老年人反对，最后，鬼子或汉奸来这么一逼，于是逼上梁山，男女老幼一起举起手来："抗战！"再一种：老年人或爱人有汉奸行为，青年人最初爱他，后来恨他，再后来杀了他！大义灭亲，完结。宣传品有一定公式的，抗战戏剧也有了一定公式。把抗战戏剧看做宣传品，也是理所当然。

由于把"抗战"看做特殊生活，由于把抗战戏剧看做特殊的非艺术的宣传品，于是就产生了一种有绝大流弊的看法，便是否定"抗战戏剧"的那种与"抗战无关"的谬说。

你既然把抗战看做特殊生活，所以他说我们还有一般的与"抗战无关"的生活哩。你说"抗战戏剧"是宣传品，所以他便说艺术是存在于与"抗战无关"的作品里。这样，他轻轻巧巧地便否定了抗战戏剧。

我们要在这里强调地喊出："'抗战戏剧'不过是戏剧创作上的一个口号，并不是戏剧的一种创作方法！"而在创作方法上，我们一贯地是个现实主义者。

我们的任务便是：描画现实。

基于此，我们可以问：抗战是什么？是现在中华民族四万万五千万人的现实生活！

现实的一切，都与"抗战有关"。描写抗战，便是描写现实生活的全部。

谁能找到与抗战无关的生活？四川僻壤的农民会把青菜的价格抬高，贵州山里的苗民也认得飞机的残酷，西康的高山都吃了斧子，而边疆的夷民也都动员起来了。根据区区的说法，地瓜风干都与抗战有关，则如某种人所幻想的与"抗战无关"的生活到底存在于何处呢？提起笔来吧，即使你幻想到与"抗战无关"的题材。比如说恋爱吧，如果这恋爱的地方还是在中国——假如说在重庆吧，那么当你在恋爱着的时候，许有警报惊醒你的好梦，许有防空洞的爆炸声吓退了你的接吻。你写农民的恬静生活么，农民的儿子去当壮丁了。你写"人

370

性"么，"人性"在战争中部分地逐渐地在改变了。抗战是弥漫大地的空气，你想避开它，你可随时随地都遇着它，否则，只有睡进棺材去。

抗战影响着、关联着、变动着四万万五千万人的生活，我们在四万万五千万人的生活里找不到与"抗战无关"的题材！有，那只存在于某种人的幻想里。但这幻想也不能就说它与"抗战无关"，因为这一幻想的本身就是为了避开抗战，甚至于是反对抗战才产生的。

抗战既影响着、关联着、变动着四万万五千万人的生活，换言之，抗战戏剧的题材既散布在中华民族每一个人的身上，那第一个错误的看法应该纠正了。我们创作的视野不应该再局限在狭义的"抗战"框子里。对于抗战，我们应该用各各不同的角度去观察。我们应该从各式各样的人物身上去反映它。我们的创作视野是应该再扩大，再扩大，扩大到把抗战看做现实生活的全部的地步的。

如果既把整个现实看做抗战的，也就没理由单把抗战戏剧认做非艺术的宣传品了。在这里，第二个错误看法是被纠正了。如果还有剧作者犯那公式化的毛病，那只是他个人的修养的问题了。

抗战生活与现实生活是统一的，抗战戏剧与不标明抗战招牌的戏剧也是统一的。所以，"抗战戏剧"只是戏剧创作上的一个口号，要求所有剧作都服务于抗战而已——凡是服务于现实的作者，都已经做到了这一点——而在创作方法上，与一般不挂抗战字样的戏剧也不能有两样——都应该是现实主义的。

因此，我们这儿所谈的"抗战戏剧"除了现实主义的一般的创作方法外，也不能写出什么特殊的创作方法来。特此声明，以免"卖野人头"之嫌。

第二讲 生 活

但我们也不是企图在这小册子里写出一套戏剧作法讲义，怎样布局，怎样结构，怎样分场分幕，怎样紧紧抓住观众心理之类。因为那对于一个真的从事于剧作的人是没有多大用处的。而事实上，我们也没看见从那种讲义里创造出什么剧本写作者来。

我们的企图，只想在这小册子里说到一些戏剧创作的基本问题——生活、人物、题材、主题、语言及结构的一般问题等。

怎样学习写作戏剧？

最简单的答复是："生活"！

我想，在这里是无须再做许多引证来说明艺术是生活的产物了吧？

没有生活，就没有戏剧及一切文学。生活之于戏剧的关系，犹如空气之于生命。更确切些说，好比矿山之于开矿者。没有矿山，开矿者是什么也产生不出来的。

每一本戏剧写的都是生活。从这戏剧里帮助我们去了解生活，了解周围的人、周围的世界，并以此影响于我们的行为。这样地完成戏剧文学的教育任务。所以斯大林称作家为"精神的技师"[①]。

负着这样教育任务的"精神的技师"难道是坐在斗室之中就可以成功的么？难道是读一两本戏剧作法讲义以及像我们这本小册子，就可以成功的么？

你要描写生活，就得知道生活的一切，知道一切的生活。假如你知道的比读者或观众还要少，你就没有权利教育观众与读者。

为什么我们觉得许多抗战戏剧里士兵都不像真实人物呢？很简单，写剧的人不懂得士兵。

为什么抗战戏剧里的农民都跟知识分子一般文绉绉地呢？很简单，写剧的人不懂得农民。

一个剧作者该像个江湖术士，他得懂三教九流，七十二行！

当然，一个剧作者要写一个士兵，一个农民，是不仅止要知道他的外形，还得知道他的物质生活与他的精神生活。

丰富自己的生活！这是从事写作戏剧及一切文学者的第一个重要课题。你为了自由地驱使所写作的一切生活，你就得到一切社会阶层里去生活，在那一生活里去深深地体验、感觉，使它成为自己的生活。左

---

① 1932 年 10 月 26 日，斯大林在高尔基寓所与一部分作家谈话中，称作家为"人类灵魂的工程师"。——编者注

拉为了写咖啡馆里的青年男女而跑到咖啡馆去当侍役的事是大家所周知的。

当然，一个人也不可能体验各式各样的全部生活的。但得特别熟悉某一阶层、某几种职业的生活是必要的。其他若干次要的，可以得之于一般的观察。在这里，一个常备的笔录簿是异常需要的：把对生活的观察当着经常工作，日积月累，那便是你创作的屯粮，对于你是有绝大的用处的。而且，这不仅是对于生活认识是必要的，对于整个创作上也如此。

除了阶层的职业的等生活体验之外，对于人类的一般感情之体验也是重要的东西。——这便是一般所谓的"人性"。我们不同意某些创作者把人的一切社会关系、社会纠葛都撇开，专从事于所谓"人性"的描写。因为"人性"不是永久不变的，也不是离开社会关系而存在的，但我们也不否认"人性"之描写在一切作品中占着重要位置。比如，我们写一个"离婚"为题材的戏剧，我们当然可以从社会学的见地去分析这一离婚的成因与结果。但在这一双离婚者的感情上的物事，是不能不求助于感情生活的体验的。一个尚未结婚的作者，你要他写出离婚者的心情，那是不可能的。

但仅止体验生活是不够的。还得认识生活，分析生活。

戏剧及一切文学所反映的是生活，但不是像镜子那样地，平面地，毫厘不爽地反映生活的一切琐碎。那是会陷入自然主义的泥坑的。——戏剧及其他文学是生活的提炼，是生活里最本质的东西。它不是描写全般的生活现象，而是经过选择，经过发掘，经过剥脱的生活现象之本质——现实的描写。这种描写不仅说出生活是怎样，而且说出生活是应该怎样。一个戏剧，一个文学作品愈能说出生活之最重要最本质的方面，其作品价值就愈大。

所以戏剧文学不仅只是生活的单纯的反映，而且是站在比生活更高的地方——指导生活的。创作家所以成为人类"精神的技师"，便在于此。

要成为"精神的技师"，单单依赖于生活之体验自然是不够了。一个开矿者单知道挑挑矿产是没有用的，他得认识矿苗，得会选择开发的地点，得懂得把矿里的杂质淘汰了，采取纯粹的矿产。

因为生活现象是万花缭乱复杂多姿的；现象上太阳是白的，但本质上却是七色的；用肉眼看，一根旗杆是直的，但在物理学上看，却不是和地面成垂直的。所以，我们要透视生活的现象而指出生活的本质——现实来，就必得认识生活，分析生活，然后，才能指导生活。

对这复杂多端变化万千的生活，怎样去认识它？

得有一副认识生活的武器！正确的、进步的、革命的世界观。它可以帮助你认识世界，认识社会，认识生活，并且帮助你去分析它。

但死抱住一套世界观还是没有用处的，你得跟随这革命的、进步的世界观而积极地生活。没有积极的生活态度的，他也就不会写出对生活取着积极态度的任何创作。这就是生活实践的意义。

我们可以结束这一讲了：生活！抱着进步的、革命的世界观而积极地生活！

但我们还得补充几句：

"这样说，岂不是先要成为一个思想家，然后才能做一个戏剧作家吗？"

差不多是这样的，假如要成为一个"精神的技师"——艺术的巨匠的话。

但这也不是说，戏剧写作是一种特殊人物的事业。只要是个有生活经验的人，也都可以参加这工作的。我们有许多例子：一个非专门的作者可以写一幕很好的戏出来。但我们也可以证明：这一幕戏里的生活，必定是他自己烂熟的生活。

戏剧及其他文学，对于作者的要求，也并不是要每一个作者都成为专家。艺术生活本是每个人都应享受的，但我们反对的是：因为上项原因写出一个颇为满意的剧本以后，便抛弃固有的职业生活，而做起专门的写剧家，那是一定失败的。

因为我们这儿有一句名言，叫做："写你自己所熟知的。"勉强地去做个专门写剧家，便会去勉强地写你所不熟知的了。

这，就是为什么最伟大的文艺作品（戏剧在内）每每是作者自叙传的理由，也就是我们文坛和剧坛上为什么会有因一部作品而成名，但到后来又没有好作品产生的理由了。

第三讲　人物形象

戏剧及一切文学所反映的是"生活"。这生活是怎样具体表现出来的呢？是借用"人"！

我们要到生活里去实践，在那里所观察、所体验、所分析、所认识的，是一个个面貌不同的"人"的生活。

戏剧及其他文学所研究的是人的生活，不是笼统的人类的生活。研究人类生活，那是历史家的任务。所以高尔基曾无数次说过：文学家的材料是"人"。恩格斯也说：写实派的作家应努力创造在典型事态下的典型的性格。

作家的目的：是要把他自己的一种观念（在戏剧及其他文学中称之为主题）传达给读者。这，是借了生活现象来表现的。而这一生活现象之表现，又必定依靠于人的形象来完成。蒂莫费也夫①在他一篇叫做《怎样创造文学的形象》的文章里说得很详细："作家的艺术是：他从观察人生的结果，取得一定的结论，积聚下一定的生活材料，借创作想象之力，意识到创造出人的性格来；在相当的经历与行动里，在相当的生活环境里，发现出这性格来；然后在使人置信的程度内，运用描写的丰富性，与具体力，将其传达出来，使这性格浮现在读者面前，成为一个具体的生活现象。"于是呢，"读者在观察这个性格的运命的时候，借此理解到组成这性格的生活，作家对于这生活所表现的观念、理想。"最后，蒂莫费也夫接着说："作家的这种本质——就是借创造典型的性格以反映他周围的生活——我们称之为形象化。"

形象，从狭义讲来，便是：作家根据他的观念与人生的经验而创造出的性格——典型性格。

---

① 今译作"季莫菲耶夫"。——编者注

典型的创造，并不是戏剧或其他创作之最后目的，只是表现生活的一种手段。——但这是一个最重要的手段。因为作者的观念，便借着这典型而显现，而且，借着这典型而永存在人间。

西万提斯[①]的吉诃德先生，莎士比亚的哈姆雷特，果戈理的乞乞科夫，屠格涅夫的罗亭，高尔基的"母亲"，以及曹雪芹的林黛玉，施耐庵的《水浒传》中诸人物，鲁迅的阿Q——这都是不朽的典型。作者虽然死了，但他们所创造的这些典型却活在我们的心中。而且，通过这些典型，帮助我们去了解并批评我们的生活，我们周围的人，周围的世界。这就是艺术典型在认识上与教育上的巨大意义。

所以，高尔基再三叮咛我们说：文学家的材料是人！

但我们初学写作者，尤其是初学写作剧本的，往往被一个动人的、甚至是幻想的故事所震惊，所晕眩，不知道故事是人的活动之结果，便马马虎虎地将故事搬演出来，而硬捏出几个面人儿放上舞台去应付。结果，连动人的故事也不动人了。可是一个伟大的作家，他是怎样创造他的形象——典型人物呢？

高尔基在《我的文学修养》中说："艺术家必须要有概括的能力，创造语言的艺术，创造性格与'典型'的艺术。想象、推测，和'考案'[②]是必要的。文学家描写他所熟悉的商人、官吏、工人，纵使能够多少成功地造成某个人物的照相，也不过是一张失掉社会教育意义的照相而已。这样的照相，对于扩大及加深我们对人及生活之认识上，是没有一点用处的。""但作家如果能够从二十个——五十个，不，几百个商人、官吏、工人的每个之中，抽取最本质的特征、习惯、趣味、动作、信仰、口吻等，——把来综合在一个商人、官吏、工人之中，则便可以用这样的手法，创造出'典型'来——这才叫做艺术。"

在《给初学写作者的一封信》里也写了这样一段话："文艺作品的力量是在概括，是在综合。当我们一谈到果戈理、刚察洛夫[③]、格里波

---

①　今译作"塞万提斯"。——编者注
②　考案，今译作"虚构"。——编者注
③　今译作"冈察洛夫"。——编者注

叶托夫 ① 等人作品的人物，如：乞乞科夫、玛尼洛夫、梭巴开维支，或奥尼金，或奥布洛莫夫，或别巧林，我们觉得这些人物描写得都很生动，各具特色，各具不同的个性特征的人，同时也都是综合的典型，概括的典型。现在我们遇到顽固的旧式官僚时，总是说这是法穆索夫。拍马屁的人，我们不会叫他莫尔查林；而延迟冬季播种的人，我们总叫他奥布洛莫夫。为什么这样呢？因为果戈理、刚察洛夫、格里波叶托夫等文学家，都会观察现实，知道当代的大众，都是根据观察好多类似的性格而造成文学上的典型。刚察洛夫为了描写一个奥布洛莫夫，曾费了多年的观察和工作：研究生活、习惯、性格、思想、语汇，数百个奥布洛莫夫的外观，及造成与奥布洛莫夫的环境，而在自己的主人公上体现了最典型、最特征的轮廓，丝毫未丧失奥布洛莫夫型的个性特色。青年作家要牢牢地记着，作品的社会意味越有价值，作品中的主人公越发典型，则其客观的现实上要越发普遍，把握当代人们的特征越发确切。"

鲁迅先生在《我怎样做起小说来》里面也说过类似的话："所写的事迹，大抵有一点见过或听到过的缘由，但决不全用这事实，只是采取一端，加以改造，或生发开去，到足以几乎完全发表我的意思为止。人物的模特儿也一样，没有专用过一个人，往往嘴在浙江，脸在北京，衣服在山西，是一个拼凑起来的脚色。"

但是典型的创造，也并不是说：每个人物之完成非得二十五个或五十个、一百个人之平均分量之结合不可的。有时，一个实在的人物也可以成为作家开始创造艺术形象的出发点（注意：是出发点）。这样，依靠一个实际上存在的人，对于初学写作者是特别有益的。因为这可以减轻他的想象工作。但最最要紧的是：对于这个实在人物切勿热心太过，切勿以描摹这个人、拍他的照相为止，我们只可以以他为出发点，而这实在的人物尚有待于我们的"改造"。

首先，我们要把这"实在"的人所有次要的、偶然的、无兴趣的、非特征的部分"割爱"，而将其主要的、有典型意义的部分加以强

---

① 今译作"格里鲍耶陀夫"。——编者注

编剧原理　第六编　陈白尘（1908—1994）

377

化。其次，再从别人——与这"实在"人物类似的许许多多你所平常看在眼里、记在脑里的人物的身上，借取若干补充的、有典型意义的别的东西，掺和进去，用你艺术的想象，创造出你自己的一个新的典型人物。

另外，胡风先生对于典型创造，认为还有这样一个情形，他说："有时候，典型的形成并没有经过艺术家意识地从一个特定社会群里取出最性格的共同的等等特征来这一作用，他只在某一环境里发现了一个新的性格，受到了感动，于是加以创造的加工，结果也就造成了一个典型的性格。把某一社会群里的刚刚萌芽的性格创造成一个典型，像普式庚 ① 的创造奥尼金，这情形更为常见。为什么是可能的呢？因为，艺术家的对于现实的认识能力和艺术的感性能力（不是单纯的想象力）引导着他，使他所把握到的那性格是那个社会群的新的本质的特征，使他的创造的加工是在那个性格和他的社会的相互关联上进行的；那么，被创造成的人物的特征必然是那一社会群所共有的本质的东西，那人物也就成为典型了。如果那人物是由一种新的性格的萌芽造成的，那萌芽在必然的社会土壤（艺术家创造的时候所依据的社会的相互关联）上一天一天地成长，一天一天地普遍，那么，艺术家所创造成的人物，就成了一个'先驱的'典型，艺术家自己就成了一个'预言者'。"

这样的创造当然是可能的。但我们不希望用这一创造方法去鼓励初学写作戏剧的人。因为这是"艺术家的对于现实的认识能力和艺术的感性能力引导着他，使他所把握到的那性格是那个社会群的新的本质的特征，使他的创造的加工是在那个性格和他的社会的相互关联上进行的"。我们一个初学写作戏剧的人，且莫自信自己对于现实的认识能力和艺术感性能力有那么高。

根据上面这几种概括典型的方法，是否即可以造成功典型人物呢？

一个商人，一个官吏，一个工人虽然被创造出来了，但我们可以问：如果有一个艺术巨匠按照如此这般方法创造出一个商人、官吏或工人，而这个商人、官吏或工人的一切也都是典型化了的，那是否世界上

---

① 今译作"普希金"。——编者注

就不会创造出第二个商人、官吏或工人的典型了呢？当然不是。

第一，因为一个人物被作者提出典型化的是多方面的，每个作者以各各不同的角度去"典型化"了他。

而更重要的是：第二，因为一个人物除了他典型性一般性之外，还得有他个人的特殊性。

前面，我们只说到概括一个人物的一般性和典型性。但一个戏剧文学的创作者，是不可忽略典型创造中这个人的方面的。这个人方面，才是使典型生动，使我们对他同情或憎恨的地方。否则，还不能成为一个完整的典型，只是平面的、半生命的人物，只是一种阶层的"类型"，只是一种"图式"的形象而已。伟大的作家，对于他的人物，都在心理、外貌及种种方面给以个别的色差。果戈理描写了那样多的地主典型，除了若干基本特征之外，有一个相同的没有？

高尔基说过："阶层的特征，还没有产生活的完全的人，艺术地具象化的人。我们知道人是有各种各样的：有的人喜欢饶舌，有的沉默寡言，又有人性情固执、自尊心强，有人优柔寡断、没有自信。文学者好像生活在吝啬汉、卑劣汉、狂热家、野心家、空想家、快活人、忧郁人、勤恳人、懒惰汉、宽大人、险恶人、对一切事冷淡的人等之轮舞的中心。""作者有权从这些人物之中，采取任何一种性质，加以深化、扩大，赋予敏锐性与明了性，将某一人物的性格，成为主要而明确。"

关于典型形象，还有两个小问题，附带地在这里谈谈：

第一，是形象的单线条，单色。作者有时是找到人物的典型性了，但他所抓到的是一鳞半爪，不是他的全部。将这一鳞半爪描写起来，结果，比如说这个人物是浑蛋或者是傻瓜，而这个人物在这戏里除了傻瓜浑蛋之外，便什么也不是了。这样的形象是不会使读者、观众发生印象的，因为他没有生命。

第二，是形象的对立。我们描写一个典型形象，不仅止在这典型形象的本身来刻意形容他，我们还可以用相反的形象来和他对照，更可以用相同的形象来和他相衬托。《红楼梦》里的林黛玉和薛宝钗是对立的形象，袭人和晴雯是对立的形象，而黛玉与晴雯，宝钗和袭人却又是相衬托的形象了。这一方法，是可以事半功倍的。

人物形象的问题可以结束了。

第四讲　主题与题材

"主题"与"题材"，这两个名词的含义，我们是这样认识的：

"题材"，是指作家在作品里所选择所描写的那个生活现象、那个事件。更狭义地说，可以说它就是故事。但也有人称之为"材料"。

一个题材被创作出来，不是无组织地专门描写，它是在一个中心观念之下被表现出来的。包含在"题材"里的这个中心观念，我们称之为"主题"。

戏剧及文学的材料是人，通过人——典型来反映他周围的生活现象，而这生活现象——就是题材，又是被组织在某一个中心观念之下而表现出来。于是观众和读者从了解典型去了解生活，去了解那生活里所包含的观念——主题。戏剧文学便是如此地去教育观众和读者的。

"主题"是怎样产生的呢？"主题"和"题材"，哪个产生在前呢？

我们先讲两个例子：

一种是这样：作者因为某一主题在政治上的迫切需要，比如说，我们目前需要反汉奸，于是就设定"反汉奸"为主题，打算创作一个剧本。但是呢，他并没有准备着题材。于是根据了这一主题，从脑筋里虚构出一个题材。比如说：儿子发现了老子是汉奸，便打死他。但又没准备着人物，于是再凑上一些相当的性格，比如说，老子是贪财的，儿子是爱国的。——就这样的，一个戏完成了。

再一种是这样：从耳闻或者目见，或者是从报纸上得着一个题材（自然包含有人物），颇为动人，于是抓起来就写：不假思虑，一挥而就。比如说，壮丁的"抛妻别母，自动入伍"吧，是很动人的题材了，作者完全根据了那事实很表面地形象化了出来，——这样，一个戏剧完成了。

在前一个剧作里，我们会得到一个正确的主题。这个主题本来是可以教育我们的，但是因为它的题材是虚构的，人物是虚构的，一切杜撰，毫无生气，没有实感，不能动人。虽然有个正确的、积极的主题，但它不能达到教育我们的任务。

在后一个剧作里，我们可以得到一个有趣的故事，也许很动人，但它因为题材没经过深刻的构思，观念的理解不够充分，未受明晰的主题的组织，虽然有个动人的故事，仅只是动人而已。但内容平凡，缺乏中心观念，结果也是不能教育观众与读者。

换句话说，前者是题材不能够配合主题，后者是主题不能够配合题材，甚至是没有主题。总之，这两者，都是主题与题材未能够统一。

我们再来看看名作家是怎样摸索主题的。这里举屠格涅夫的一个例子。他说："起初，在想象里孕育的是书中人物中之一个。这些人物，在我大半都有实在人物为根据。首先使你注意的人物时常不是主角，而为副角。但没有副角作伴是不会生出主角来的。你开始对于性格，他的出身、学历，加以构思，在第一人身旁便渐渐的聚拢其他的人物来。在想象内孕育着、交叉着模糊的形象的那个时候，是艺术家最有趣的时间。随后才感觉到有将这形象加以系住，给予定形的需要。"在另一地方，他更明确的解释道："譬如说，我在社会里遇见某费克拉·安得列夫纳，某彼得，某伊凡，忽然在这费克拉·安得列夫纳、在这彼得、在这伊凡的身上，有一点特别的东西，以前我从未在别人方面见到、听到的东西，使我发生惊讶。于是我对他注视，他或她使我引起特别的印象，我开始加以深思。然而这个费克拉，这个彼得，这个伊凡，随后渐渐地后退了，不知消失到何处去了，只有他们所引起的印象遗留着，渐渐地成熟。我将这些人物与别人对照相比，引他们走进不同的行动的范围内，我心里整个小世界都是这么造成的……随后，突然地，无从猜到地，会发生描写这小世界的需要。"

"随后，突然地，无从猜到地，会发生描写这小世界的需要"的时候，便是摸索到主题的时候了。

戏剧文学是一种艺术的创造，我们不能用公式来机械地说明主题到底是在什么时候产生的。它是逐渐逐渐地摸索到的，也许在构思、研究一个题材的中间，也许在最后，也许在一构思的开始就得到。但无论如何，是不会产生在构思题材以前的！决定了主题再去构思题材，那是一个"不足为训"的天才作家的办法！

其实，一个题材之形成与一个主题之形成同样是个复杂曲折的过程。一个题材具体地形成时，主题也必定是产生了的。因为主题与题材每每是不断地起着交互作用的。一个题材的构思过程中，同时也就必然地摸索着主题。在题材构思的中途，你也许将主题摸索到几分之几（假设的说法）；而这几分之几的主题，使你构思中的题材起着作用，起着变化；而这变化又转来影响着、促进着你的主题。如此互相作用，而你的题材与主题便初次形成、统一了。

然后，将你的主题加以最后审查。根据这审查，再将形成这主题的题材予以最后的整理、修正。于是主题与题材才算最后统一、形成。

但在这里，我们还有一个忠诚的劝告，便是：不要急急于提笔！一个题材与主题，如果在作者的头脑里能更多时间的孕育，便会更加成熟。千万别强迫自己写作！（懒惰除外）你得让它长久地酝酿，将这一题材日夜在脑里盘旋，使它成为你自己的生活。也就是说，使你自己生活到你所要描写的那境界里去。久而久之，到了那一天，有一种非写不可的冲动的时候，那便是瓜熟蒂落的时候了。你就可以振笔疾书，一挥而就。

上面我们说到"题材"的时候，大半都是指着已经形成或将形成的而说的。但那些零碎的素材，断片的生活、事实，一瞥的人物等。这些东西是怎样成为作者所有的呢？这些材料是怎样屯积的呢？

在第二讲里，我们已经强调地说过了：生活！

一个作家没有生活，就不会有创作。世界上伟大的作家，同时便是伟大的生活者。高尔基的战斗生活是众所周知的。你在生活里苦闷、挣扎、奋斗，你才能接近真理，深入人生。而你的生活的每一片断，都是你将来写作的材料的积蓄。

法捷也夫说到过去生活与他创作时，这样说过："作家半自觉半自发地积蓄现实材料，往往他本人不知道这所得的结果如何：作品的观念、主题、结构，起初都是胸无成竹的。我自己的作品，如《毁灭》、《乌德黑人的最后一个》，是取材于本国革命战争，我本人曾经受过革命战争——尤其游击战的训练。那时我没有想过将要做一个作家，一切经过的印象都贮藏在我的心中。显然，在我曾经参加过的斗争中，凡是特别令我吃惊的，凡是这种斗争引人特别注意的各方面，好多我都丢掉了，自己没意识到的也都忘掉了。假使那时我曾想自己将来要做一个作家的话，显然好多都就事件的新鲜痕迹记下了。可是在这情形之下，我却预先不知道怎样来使用一切笔记。"（《我的创作经验》）

预备一本笔记！这笔记是你创作的储蓄库，你得习惯地记载下一切琐细的、与创作有关的东西。从一个人的面孔特征，细微的动作，一个形容词，一句特征的讲话，一个思想的绪头，以至一个人物，一个题材，一个主题，都会在你的面前，在你脑里刹那地闪过。只有笔记可以为你抓住这一切，而等待你将来随时取用。

但这些零碎素材等到你应用它的时候，也就是计划写作的时候，你得知道这都是未经提炼的沙金，是不能当做既成的熟材的。在这时候有两种情形是时常发生的：

第一，是不加选择地应用你的一切储蓄。不管这材料对于这一创作是否是最最必要的，一股脑儿不加提炼地塞了进去。看起来像是丰富，其实是庞杂。整个题材的处理和一个典型人物的处理是一样的：我们得选取那些典型的、一般的、必然的事件，而摒除那些个别的、特殊的、偶然的东西。这样，才可以使你的作品成为一个"纯品"。

第二，是不加考察地应用你的一切储蓄。前者的毛病是庞杂，而此处的毛病或许成为错误。因为你的许多材料未必完全是正确的。一个女孩子告诉你：她只有十八岁半的时候，也许她早已过了二十岁了。对你的材料必得仔细地调查，慎重地研究，使你所要描写的东西更加真实。一个细小的错误，在作者自己是会自解自谅的，但在读者和观众却会引起很大的不信任，而影响你整个作品的。所以左拉之下矿坑，辛克莱之组织写作调查部，并不是琐碎无聊的工作。我们且看绥拉菲摩维支[1] 是

---

① 今译作"绥拉菲摩维奇"。——编者注

编剧原理 第六编 陈白尘（1908—1994）

怎样研究他的题材的：

> 我所以取这材料的（按：指《铁流》），还因为，我觉得如果你要写什么东西，那么你应该彻底的知道它。可是对于我，那地带是非常的详细的。我自己是南方人，是顿河哥萨克人，不断的、而曾经好久的在高加索、古班，在黑海住过，因此那一带的居民，那一带的风土，总之，那一带的一切，我都是很熟悉的。当我正写东西的时候，为着在记忆里回复起来那一带的情势，我又到那里去了一次。其次，要取这运动的材料，我就遇到了率领这群众的领袖。他自己出身农人，不识字长大的，转战于土耳其战线上，在那里得到了军官的官级，他憎恨着那些嘲弄过他的，那些不愿把他与自己平等看待的，在军官会议上不愿同他握手的军官们。本地的农民知道这个人，于是就把他举作自己的领袖。他极详尽的把事情的经过告诉了我。但是，同志们，当你取材的时候，时时刻刻的要记着那述说自己生活的人不可免的本着自己特殊的观点。我又找了那些同他一块行军过的同志们，我仿佛法官对诘似的去反问了一番。第一个人说了以后，就去反问第二个，第三个，以至于第十个。后来，我又得到一本日记——是一个工人当这次行军时候所记的日记——于是，这么一来，参考了亲身参加过这次行军者的陈述，我创造了一幅这次运动的真实的景片……（《我怎样写〈铁流〉的》）

对于题材，我们还有什么说的呢？还有一句老话，在前面已经说过了："写你所熟悉的！"——这是一个最简单的写作原则，但每一个作者却随时都在违反着它，描写着自己所不理解的生活。这，逼着我们不得不再三地提出这句警告：

"写你所熟悉的！"

题材既已组织好，主题也已形成了，并且题材与主题都统一了，最后所要审查的一个问题，便是：这一主题对于观众读者有什么教育意义呢？

这问题是很容易回答的。只要一个有良心、有正义正确的世界观的作者，他可以自己确定他自己作品的主题是不是：

第一，对人类有益处？——在现在说，是对抗战有益否？对人类对抗战有益处的，便是说，这主题有积极性的，那是对的。否则，还是别写。因为一个作品在教育上是该负责任的。

第二，深大？一个主题对人类对抗战也许有些微益处，但这主题浅狭万分，对于读者观众也不是没有教育性，但，比如说：它告诉我们一个人只要睡八小时觉，睡多了要头痛的；或者告诉我们：在抗战时候要每天看报，否则不知道抗战情形。这，你能说没有教育意义么？有的。不过这些主题用两句标语就可以说明白了，也用不着我们写一大篇剧本来发扬他。还有许许多多更深更大的主题等待我们去写。我们要知道，一个主题之是否深大，是决定一个作品的艺术成就之高下的。

最后，在这里可以附带说一句关于"抗战戏剧"的话——就是：从主题之积极性上我们可以替"抗战戏剧"下一个比较宽广的界说："这戏剧的主题对于抗战是有教育意义的，便是抗战戏剧；否则，即使以抗战为题材的，也不一定是抗战戏剧。"

第五讲　结　构

剧作者从生活里吸取了题材，确定了主题，塑造了形象之后，他的工作便该转向于全剧的结构了。

但结构，从广义地说，便是一个剧本的主题、题材、人物形象、言语、动作、空气、情节等之整个有机组合。这一切是一个艺术的体系，它的产生不是可以用机械的科学方法所能表列出来的；是在作者从事于主题与题材之构思，从事于人物塑造之构思，以及言语、动作、空气、情节之构思的时候所逐渐逐渐形成的。这便是如何使这一剧本成为一个完整艺术的问题，也是构成一个作品的风格的问题。我们用什么方法告诉写作者去完成风格，完成艺术的完整呢？在我们，是认为没有什么机械的方法的。因为这是要依靠于你自己的艺术修养，依靠于你自己的学习与才能的。只有在你不断的修养与学习当中才会逐渐了解它，才会逐渐驱使，逐渐驾驭它。机械的说明是毫无用处，而且是不可能。

要是从狭义地说，一个剧本之起承转合，分幕分场，这许多结构上的技术问题，是不是可以科学地加以说明呢？这好像是可能的。坊间也有一些"戏剧作法"之类，便是专门讲这些技术的。

但我们不希望一个有才能的写作者，从那些作法里获取死板的规律与教条。而事实上，任何一个有志于戏剧写作的人，也不会从这些规律与教条中得到什么好处。倒是在他所阅读的许多戏剧作品里，就是从许多实例当中了解了那许多说明。因为这许多技术依然是艺术工作，不比于物理化学之可以用死板的公式记录下来的。我们不曾见过一个读"戏剧作法"而成功的伟大剧作家，那些"作法"只是供给不很懂得戏剧的教师去当着讲义教给那些并没有诚意去学习写剧的学生之用的。

但是，关于写作剧本时几个基本的技术上的问题，是可以谈谈的。

首先，是写作纲领。一个写作大纲，其作用不仅只是给你备忘，给你的写作进行以便利。比如，你打算怎样使你的剧本中的动作在哪儿着重描写，在哪儿轻轻带过，在哪儿预伏你的线索，在哪儿驱使你的人物上下，在哪儿开始与结束，使你的工作有一个预定的图样，不致写东忘西，拣南失北。而更主要的是，你的主题之能否发挥尽致，能否与题材统一，戏中的斗争如何安排，如何进行以达顶点，以及至于解决，也全凭这一图样之预先设计。天才作家之一挥而就固然可以羡慕，但有计划地写作，总是可以效法的。当然，这一大纲详细到什么样程度，那是由一个作者的习惯来定的。越详细自然越好，但在许多细枝末节上，每每是在写作当中涌到你笔下的。随时增减改变，也是你的自由。如果用自己的图样把自己活活困死，那也是傻子。

但在一个人物记录表上，却希望有个确定不移的图样。一个人物塑造，不是靠写作临时产生的。一个大作家，对于自己的人物，都是经过深思熟虑，在自己头脑里造成一个有血有肉、活灵活现的身影，成为自己的一个老朋友似的那么清楚熟悉他的一切——连他的脚步声音都能听得出的时候——以后，才动笔描写他的。所以作家每每是将一个人物的形状、相貌、言语、动作、习惯、趣味、出身、阶级、履历以至他的头发颜色、眉毛粗细都记载在人物记录表上的。虽然，有些细微的地方并不用它，但一切记载不会对你的描写没有帮助的。而一个人物记录表更可以使你的描写不致逾越你预定的范围。这样一个人物记录，便是你个别人物创造上的一个精确的图样，我们举屠格涅夫一个人物履历的例子来看，虽然这是他的小说《新时代》里的人物。

涅士唐诺夫·阿莱克赛·特米脱里维奇，1843 年生，25 岁。陆军中将郭里真公爵与其儿女的保姆所生的私生子，保姆产后得病死去。渥托（按即 A·F·渥涅金，历史人物。——L·F 附注）一样的外貌，唯发作棕色，皮肤皙白，手与脚是最贵族型的。十二分的神经质，易感，自爱。在一个瑞士人开的私塾内受教育，随后因其父忿恨虚无党，令其入大学历史文学科。毕业后得候补学士位。父亲给他 6 千银卢布，他的弟兄们（陆军副官）不承认他，但仍每年贴他 900 卢布。性骄傲，好沉思，爱忿激，耐劳动，气质是孤独的革命性的，但非平民性的。因为他太显得温柔优雅，而自加谴责，苦感自己的孤寂，对于他父亲令他研究"美学"一层，始终不能释然。道勃洛留勃夫的崇拜者。（从皮萨寥夫身上取点材料。）他性阴沉，有洁癖，却硬装出爱说脏话的样子。辩论的时候很快就会生气。在小饭店里同柏尔金相识；不爱他，为了他太聪明。他贞洁而多热情（在女人方面），却自引为羞事。是一个悲剧的天性，悲剧的命运。一个有趣而带点女性的典型。

把你所要写的人物都一个个详细地记下一个图样来，让他在你的头脑里成为活的人物之后，再去描写他！据说施耐庵写《水浒传》，请人先画了一百零八个人的画像挂在房间里，让自己揣摩，想象，就是为了这个。

再其次所谓布局，也是我们写作前所必需思考的。这其实应该已经计划在你的写作大纲之内了。所谓布局，在中国文法里便是所谓起、承、转、合。在戏剧里就是开始、发展、顶点、结尾。当然，这也是没有一定成规可讲的。但记得大仲马对小仲马说过类似这样的话："起头第一幕的介绍要清楚明白；中间发展的第二幕要步步紧张；结尾第三幕，便是从顶点到完结，要简短有力，有回味。"这是一个剧本结构上的基本要求。至于怎样使你的开始清楚明白而又避免你的介绍之枯燥，怎样使你的发展自然而逐步趋于紧张，怎样使你的顶点抓紧观众心弦，怎样解决以至结束，而结束后怎样让最后印象深留在观众脑海里……这些方法，是只有从许许多多的伟大作品里去学习，而凭你的才能去再创造的。但开始时别让观众印象模糊，紧张时别让观众混乱，结束时别让观众毫无所得。这是应该列为禁条的。

剧本中，人物关系的介绍，上下场的自然、明白，伏笔的隐蓄，线索的明朗，情节的变化，这都是一个剧本在技术上成功的基本条件。戏剧之不同于其他文学的地方便是因为它不仅是读的东西。只有技术上高度成功才能达到主题的说服性。

戏剧的动作，不是直线发展的。除了故事本身的曲折以外，我们时常看到许多穿插。但是穿插不应该简单地解释为"噱头"的。穿插，一般说来，是为了调剂戏剧空气的。但它的任务是不仅为调剂空气而已。穿插的本身在戏剧进行中仍有更潜在的作用。比如，当一个人在舞台上要自杀的时候，你把各方面——如生活的、经济的、恋爱的对他的压迫都加在他的身上，把悲剧的气氛造得浓烈万分，使观众透不过气来，而你一直把他写到服毒的时候为止，你好像是做到悲剧的最高点了。但其实不然：假如在他临死前，你发现他获得一个可能的救星，使得观众的心胸为之一松，以为可以得救时，你再告诉观众说：这救星已经迟了，不中用了，最后依然是死！这虽然使那紧张的空气在表面上为之一松，其实是使那紧张情绪反激一下，更达到最高点的。这是穿插的一个例子。

我们写典型的形象，但典型形象是通过典型环境来完成的；尤其是戏剧，它是把生活放在一个固定的空间与时间内来描写的。这一批人物在这空间与时间内并不是脱离生活而活动着的。不管你在戏剧里做什么，那总是一种生活。这一生活得有它的环境空气，一种氛围气。只有通过这氛围气的生活，才是真实的生活。否则，那一切活动只是脱离了生活的虚幻的灯影。所以，一个戏剧中某种空气之造成，也是必要的条件之一。但戏剧不比小说，你只能依靠对话，至少再依靠一些效果来完成这空气，而不能让你自己插嘴进去的。

问题可以转到"对话"上去了。

第六讲　对　话

"在小说里，作者所描写的人物，得借作者之助言而行动：作者不绝地与其人物在一起，作者对于读者可说些关于如何理解其人物的话，还可对读者说明在其描写的人物的行动的背后所隐秘的思想，秘密的动力，还得由于记述自然情势等，推演出其人物的气氛，全般地不绝地把剧中人物结合在自己目的的丝缕里。又得自由地在读者不注意中非常巧妙地支配着自己所欢喜的那动作、语言、行动等之互相关系。因之，作者竭力于艺术地阐明并说服般的描写其人物之容貌。然而，在戏曲里，却不许作者那么自由地插嘴。对于观众也没有让作者来说明的余地。登场人物专用自己的话。换言之，即是专门用会话创造出来的，而不是用记述文的形式……"

"我们青年剧作者底共通可悲的缺点，第一便是语言的贫乏，枯燥无味，没有生气，没有个性，一切登场人物用，同一的语法说话，用单调的老调子惊动观众……"

"创造戏曲，会话是如何巨大的，几乎是决定的意义！"

——高尔基

对话之于戏剧，犹如线条之于绘画。戏剧在未形成之前，虽是作者的图样和一切材料，但最后完成戏剧的最最主要的工具，却是一句一句的对话。戏剧是语言的艺术，它的故事是凭借了对话而逐渐发展的，而动作也是为了配合着对话的进展的。对话是组织成戏剧的唯一工具。这工具的应用之是否正确，不仅只是戏剧的外形问题，同时也影响了戏剧的内在生命。有如线条的不正确，便损害于整个构图一样。

但"我们青年剧作者的共通可悲的缺点，第一便是语言的贫乏"。

这贫乏的现象从这许多情形下表露出来:

第一种,便是用"记述文的形式"代替了对话。葛一虹先生曾在某处举过这样一个例子:

兵　乙:老板,你去赶紧给我们办吧!
兵　丙:哼?
老　板:(有点感动,但是恐怕因为说话前后不合,闹出乱子;往村子里找,又恐怕他们趁没有人翻出什么,还是不得了)诸位老总,如果有一点办法,我绝不敢不尽心。

从"有点感动"到"还是不得了"这一大段说明是什么呢?原是一段很精彩的戏,但作者没有用对话表现出来,却以几十个观众所看不见的记述文形式的字眼。在小说里已经不是最好的描写,在剧本,在演出的戏剧里,如何能将这一曲折的心理传达给观众呢?

而另一种正相反的现象是:过分的利用对话。戏剧在文学里本来是最形象底的了。但有许多新学写作者,只知道机械地拿对话来"记述"一切,忘却了动作。只是一种静止不动的谈家常的谈话,不是戏剧的"对话"。戏剧对话的本身就是一种动作。

在这里,虽不是用记述文形式代替对话,但这对话依然可以称之为"记述文式的对话"。因为它虽然是对话的形式,而本质上依然是记述文。我们在许多剧本的开场时,在介绍人物及其过去动作时,最容易找到这种毛病。

第三种,是作者自己嘴巴说话。作者的思想没有办法传达给观众时,于是一会儿和剧中人某甲做双簧,利用某甲嘴巴说几句话;一会儿又利用某乙的嘴巴讲几句道理。剧中人成了一个没有生命的播音机。写的虽然是对话的形式,实质上却是作者的独白。

更有一种比这还要笨拙的办法,便是文明戏中所谓"言论老生"的方法。作者的思想不能艺术地形象地表现,却干脆用一个主角的嘴巴大谈一套理论。比如说这戏的主题是"军民合作",便说上一大套军民为什么要合作之类的"理论"。表面上自然像是慷慨激昂,实际上却削弱了艺术的效果。

而最普通的毛病，那自然是高尔基所说的，"一切登场人物，用同一的语法说话，用单调的老调子惊动观众"的那一种"枯燥无味，没有生气，没有个性"的对话了。一个无知的农民的语言可以移用在大学教授的身上，一个老兵的说话也可以相同于大家闺秀。在许多剧作里的语言是没有年龄的分别，没有职业的分别，也更没有性格的、身份的、阶层的分别。所有的人物都"用同一的语法说话"。

第一种用记述文形式来代替对话是不懂得语言的艺术。第二种用对话代替动作是死板地利用语言。第三种和第四种作者自己说话，并且说大篇的理论，是不会形象地艺术地使用语言。第五种一切人物说同一语法的话，这简直是根本不懂得对话与人物的关系，而且是对话问题中最普遍的毛病。除了第五种毛病是语言的本身问题以外，其他四种都关系到写剧上更严重的问题，就是写作手法上不能形象地描写之故。但解决这一切毛病的最基本的办法，还是在于如何使"一切登场人物"不"用同一的语法说话"，不"用单调的老调子惊动观众"。这一写对话的基本毛病解决之后，那前四种毛病也会消极地、自然而然地被消灭了的。

这"所有人物讲同一的话"的毛病当然是由于作者只知道"自己的"语言所致。作者是知识分子，于是他所创造的人物不管是知识分子还是农民，或是妓女，满口的"平等"、"抗战"、"绝对"、"理想"之类的新名词儿。

但任何一个人物与另一个人物是有着职业的分别，有着阶层的分别，有着身份、性格和性别的分别。而每一种职业的人物便有他自己固定的一套语汇。每一阶层的人物又有其一定的语汇，每一种年龄的人物更有其不同的语法。再加上性格的、身份的、地域的、性别的等等之不同，人类的语言是千变万化各各不同的。我们曾经遇到过一个商店店员，他不懂得外国的使节是什么东西。当人家向他解释以后，他恍然道："哦，我懂得了。驻那一国的大使，就好像我们店里驻在那一地方的'庄客'一样。驻苏大使嘛，就是我们驻在苏联的'庄客'，是不是？"除了商人，是不会将大使与庄客联想的。

但前边所说的千变万化的语言还是静态的。而我们的语言是在各式各样不同的环境与不同的动作之下述说的。就是说，戏剧语言因着环境与动作而变动着。以千变万化的方式，再配合上各种不同的环境与动作，戏剧对话是如何复杂而变化多端的语言啊！

正因为是复杂而又变化多端，某一特定人物在某一特定环境里，某一特定动作下的某一句说话，只有唯一的一句话可说。只有这一句话的说法是最正确的。作者，便应该捕捉这"唯一的一句话"！

举一个例来说，"我不会后悔的"，这是一句普通的说话。但我们随便选几个不同的说法看看：

一，"我说话从来是不会后悔的。"
二，"老子向来不说二话。"
三，"什么话，大丈夫一言出齿，驷马难追！"
四，"人而无信，不可以作巫医，我难道不讲信义么？"
五，"我说话是最忠实、最诚恳、最可靠的，决不会反悔。"
六，"哎呀，我们这些人说话还能不算数么？"

第一个代表一位正人君子如教育家之类的说话。第二个是小流氓的说法。第三是比较更高等的"混事儿的"说的。第四当然是老夫子的语句。第五种是现代知识分子。第六，则代表一个无知无识的老妇人。这，仅只是从身份上分别，起码有这六种说法。假如更以年龄、环境等分配到各种不同的身份上去，将有更多的方式。

"丰富自己的语汇吧！"——这是我们的结语。

首先，从各式各样的人物口语中去学习活的语言，搜集起来，记录起来，加以研究、比较、推敲，然后应用。

其次，在你应用的时候，加以洗练，改造，使其成为最警辟的语言。在这里，最好的试验便是能不能"上口"？

最后，注意语言的音律，使其富于音乐性。这是语言的美的条件了。这一点做到后，你的对话便是最完善的了。

第七讲　学　习

关于写剧的许多技术问题，我们不想多说什么。因为我们一再说过：那不是可以写在书本上的死东西。只要不断地学习与不断地写作就能获得的。

在前边，我们好像把写剧的生活修养等问题说得太严重了一些，许多人会望而却步，不敢问津。以为非有十年八年的修养不能动笔。能做到这样自然更好。但我们也不是一定主张"先学养子而后嫁"的。一面学习，一面修养，这是可以的。而且，若干的修养，也只有在不断的实验之中才能明白它，了解它，获得它。在若干失败里，你才能获得教训；在若干成功里才能获得教训。

我们的办法，只是"学习"！

第一，当然是从戏剧名著学习。我们可以从它学习到创作方面：形象的创造，主题的表现，题材的组织，语言的运用等。

第二，可以从实际舞台上学习。在这里，便是你学习写剧技术的好地方。一场戏的仔细鉴赏是比几本"戏剧作法"更有用的。你可以仔细分析它的成功与失败的原因，从这些教训上学习，是事半功倍的。

不管从剧本或舞台上去学习，最紧要的是"分析"。对于一个剧本如果不能像解剖人体那样地拆散它，部分部分地认识，是没有用的。先是它的内容，看它所表现的主题是什么？这主题又是怎样来表现的？这构成主题的题材又是怎样？这题材里的形象人物又是怎样概括，怎样创造的？然后，才是它的形式：全剧怎样结构的？动作如何进行的？对话是怎样写的？每一场面又是怎样处理的？人物的关系，人物的上下又是怎样处置的？全剧的空气又是怎样造成？线索是如何贯串？伏笔如何安置？穿插又如何配合？全剧的斗争又如何进行？而这等等又如何组织成一艺术整体？

一个剧本拿到手里，从以上这各各不同的方面去拆散它，又拼拢它，像拆散一个钟表的机器一样，明白它的结构是学习创造的第一步。

与阅读剧本及舞台鉴赏同时，是写作的练习。最初最初的练习，最

编剧原理　第六编　陈白尘（1908—1994）

好是从断片的练习做起。一个特定人物的描写，一段特定生活现象的素描，都是练习题。这些基本练习做得够了，再从事于一幕全剧的练习。在这儿，是不妨从名著模仿着手（这是练习，不是创造）。这好比小孩儿牙牙学语，不足诟病的。而且你还可以模仿各个不同作家的不同的名著。这是练习技术的一方法。

但到你正式作为一个创作而写作的时候，你得放开胆量，丢弃一切名著的影响，写你"自己的"东西。从内容以至形式，要完全是你自己的。当然，你不能完全地与所读所看的戏剧丝毫不生关系。但那关系是在你自己的创作手法里完全融化了的。任何一种化合物都是各种元素的混合，但在混合后，它是一个新的东西。

写作时要放开一切，大胆地尝试；写作后却要小心地修改，仔细地推敲。不要急于发表，而让它长时间的冷却。一切毛病，只有在冷却后自己才能发觉。刚产生的作品，都好像是自己的面孔，怎么也不会完全不满意的。

最好的修改的地方还是舞台。一个剧本，文学上的成功，只是一半的成功。一切技术上的成败，只有在舞台上才能发现。接触舞台！这是练习写作中重要的课题！苏联每个剧作家都与一个舞台发生密切联系，其故也就在此。

学习吧，从名著阅读与习作着手，从舞台鉴赏与接触着手。但我们仍不能不再噜苏一句：同时候，更不能忘记从"生活"方面着手。

学习！学习！

生活！生活！

第八讲　形式问题

在戏剧写作方法以外，我们还打算在这最后的机会里讨论一下剧作的形式问题。当然，这问题也是一般剧作上的问题，不仅限于抗战戏剧。但这问题在抗战戏剧上更显得严重。

目前的剧作形式之成为问题，虽不曾有人公开地专门地提出；但在许多戏剧工作者——连剧作者在内——当中，尤其是服务于战地与农村的工作者当中，却每每提出一个疑问：目前这许多剧作的形式是不是适合于大众？更明确地说：我们如今所沿用的这种从欧洲搬来的戏剧形式（尤其是独幕剧）是否适合于中国的观众？

这个疑问是根据于许多事实的。

《放下你的鞭子》这一独幕剧在全中国上演次数的统计，不可否认的要数首席的了。而它的演出"效果"，据一般估计，也是最高的。但据几个头脑冷静的工作者在事后说，这个"效果"是可怀疑的。在陕、豫一带农村及城市演出时，观众也是鼓掌的，但戏后你问他们："为什么鼓掌？"他们的答复是："唱得很好，刀枪耍得也不错。""戏里是什么意思呢？""那可不知道。"这或许是根本不懂，也还难怪。但在几个较大的都市里，《放下你的鞭子》成为大家所熟知的戏了，当你演出时，大家也都来看的，不过演到香姐被鞭打以后，观众可就慢慢地散了。问他："为什么？""下面没意思了。"我们可以找到许多与此类似的报告，其结论都是：《放下你的鞭子》被接受的是前半段。

其他的许多抗战剧呢，表面上也不是没有被接受的。比如中国士兵杀死日本鬼子，汉奸被揍之类，观众也会狂呼鼓掌。但这种反应，大半也都是单纯的由于杀鬼子打汉奸的本身。并不是由于作者所要给予观众的那些较深的东西。

这些事实，是除了写工作报告或宣传文字以外的人所应该承认的。

这些事实说明了什么？除了内容的原因暂时且不谈它。就是说，这种戏剧的形式上发生了问题。

欧洲现代剧的这种形式——特别是在目前抗战戏剧里负着最大任务的独幕剧，通常是用一种最简练的形式来叙述它的故事的：斩头去尾，选出生活中的一片段来描写。有位朋友形容独幕剧的时候这样说："观众一看戏的时候头昏眼花，乱七八糟，等到你看出些头绪，感到兴趣时，戏可又完了。"

给这段话加上按语，便是说：没头没脑。

但我们的观众在看京戏，看地方戏，看文明戏的时候可就不同了。差不多能够全部了解，而且能够从头到尾地复述出来。给这现象再加以按语呢，那便是说：这些戏都有头有尾。

这问题之发生，大概就是在于形式上的没头没脑与有头有尾之间了。

但我们的意思并不是说独幕剧之类那样的形式不好，也不是说我们的戏剧应该完全模仿京戏、地方戏、或文明戏（文明戏的形式就是抄袭自京戏的），只是给写作戏剧者提起一个注意：欧洲的那样戏剧形式并不是完全合用于中国观众，而中国固有的戏剧形式也不应该完全废弃的。事实已经摆在面前；目前的戏剧在迫切地要求着一种新的形式：既不是完全欧化，也不是完全中国固有的，一种为大众所能完全接受的形式。这形式，具体地讲出，目前尚不可能，但它有一个条件是必定具备的——那就是故事的叙述比较地"有头有尾"。

当然，我们不否认京戏、地方戏等的内容与形式的落后，但在叙述故事之"有头有尾"这一点，不可否认的是它们的成功之处。这不仅是因为它能得到大众的了解，而且是因为它是一种民族的形式，与中国大众有着悠久的历史的渊源。我们不反对穿西装，但有时穿穿中国式长袍倒也会觉得舒适安闲的。要中国观众接受他所向来欢喜的形式，也不是落后的要求。我们提议接受那种"有头有尾"的叙述，不是提议全部接受京戏、地方戏那种简陋的形式。如果说叙述的"有头有尾"便是艺术形式的落后或退化，那我们还可以请他多看看莎士比亚的戏。莎士比亚的戏剧之演出为什么能得到中国观众之热烈欢迎呢？（《肉券》，即《威尼斯商人》，又名《女律师》，在中国早被接受的。）正因为它的形式是"有头有尾"，适合中国人的胃口。但它的这形式是否有损于莎士比亚的艺术？

我前面讲的那种迫切要求，并不是一种幻想或臆测，我可以举两个例：其一，洪深先生在领导救亡演剧队巡回公演归来之后，曾表示过对当前话剧形式的怀疑，而企图从中国固有的戏剧里，甚至从文明戏里找寻新的形式。其二是曹禺先生，他也曾对笔者诉过这样的愿望：他打算写一个很详细地分场，分到几十场的，合于中国观众的戏。这两个目前中国剧坛上最优秀的作家，应该可以代表一般剧作者的希望吧？这希望是什么？明显点说：是希望着创造出一种新的形式，一种为大众所完全接受的"中国风"的形式。虽然这要求、这希望还没被公开地专门地提出。

但现在，我们虽不敢发成一个口号或一个主张来提出，却很愿意发成一个问题提出来，要求一般剧作者予以注意，加以讨论，最好，当然是以剧作来实验。

这里，对于初学写作戏剧者也同样提出这要求：在你创作戏剧的时候，别囿于成见，要大胆地创造新的形式！但要是"中国风"的形式。

但千万别以为这不是初学写剧者所能做到的事。正因为初学编剧者的毫无成见，既成的形式对他的影响不深，他才可以不顾一切地破坏旧的形式而创造。一个事实的例子：笔者最近在某一戏剧团体担任编剧课程时，一个初学编剧的学生提出这样一个题材：在一条公路上发生了军队无理地鞭打夫役的事情，被另外几个干政治工作的青年所发现了，加以干涉，于是起了纷争。青年们说不该打夫役，军队说不打不走，要误了公事。最后归结到军队的政治工作的不够。这个故事最特异的一点，便是它的动作是在公路上行军中发生的。一边动作，一边说话，而一边还要走路。这在一般统一于一个地点的写作方法中是没有办法的。但作者找寻了一个新的形式，其实是中国固有的形式，便是：废弃了布景，像京戏那样地在舞台上走路。在必要的时候，让人物从"入相"处下场，兜一个圈子再从"出将"处上来。而这个戏的动作便毫无阻碍地完成了。

但，这里有一句老话，叫做"内容决定形式"。要求形式的"中国风"，那首先得要求内容、人物之中国化。不很客气地说，在我们当前的许多剧作里，那些人物都多多少少地带着一些"洋气"的。在故事的本身，人物的本身没有成为中国底的之前，形式的要求是落空的。我们首先要求那故事情节完全是中国人生活里所有的，再要求那些人物的思想、感情、动作、习惯，也完全是中国人的，对这故事的解决处理也都是根据于中国的习惯、人情、道德、和环境的。而这中国风的内容才能配合上中国风的形式。而且它的本身也自会要求着配合上中国风的形式的。

这"中国风"的具体形式是怎样，我们当然无从预见，只有在不断的研究、实验、创造中才能完成。但一个原则：接受西洋各个时代戏剧的方法，除去那些不为中国观众所欢迎的部分，再接受中国固有的戏剧形式中之精华，配合着当前中国人的生活形式，是这新形式的三大基础。

初学编剧的朋友，从中国的生活当中创造出中国风的形式吧！——我们这样希望着，要求着。但只是一个希望与要求而已，这不是编剧方法以内的问题，我们没有权利要求读者完全同意的。

（原载《戏剧创作讲话》单行本，上海杂志公司 1940 年版）

人物是怎样来到你的笔下的

——习剧随笔之一

　　人世间活生生的人物，是经过怎样一种历程才又从作者笔下栩栩如生地复活起来的呢？——这是一个饶有兴趣的问题。

　　在这问题下面抄录一些名家的意见作为答案，那是件极其容易的事。比如举高尔基氏的话吧：从二十五个、五十个、一百个商人、工人、公务员当中概括出一个商人、工人、公务员来；并且对于你的人物给以特殊个性等等，就是。但是，背熟了这些名句有什么用呢？你并不能根据这些创造出什么人物来。我们有时也看见过上百的同样人物，但我们并不能概括出一个典型，而且也并不想概括出一个典型来，这是为的什么？有时即使勉强概括了出来，也很像一个人了，但仔细一看，那不过是蜡像陈列馆里的标本似的，没有生命，这又是为的什么呢？

　　我想：高尔基氏所谓的从五十人、一百人当中概括出一个典型云云，那不过是对于人物创造过程中的一个分析说明而已。这正如鲁迅先生所谓：嘴在北平，鼻子在浙江，眼睛则又从广州取来的云云是一样的。但不能据此便取一个北平的嘴、浙江的鼻子、广州的眼睛而企图创造一个典型呀。同样，概括了五十个、一百个人而创造出来的人物，如果只说明他的职业、阶层、个性等等，则这一静止的人物，对于读者有什么用呢？——这不是典型，不过是一个人物的躯壳而已。

　　人物还有他的灵魂！

　　人物的灵魂是怎样产生的呢？——产生于那将被你创造的那人物与

你的第一次会晤中。

一个人物之被你描写，或企图描写他，那必然是在他和你第一次会晤中，就有什么深深地打动了你的心。这打动你的心的，许是他一生或一个片段的历史，更普遍的，却是他的一个很小的行动，一个很小的念头，甚至是一个很小很小的动作。——虽然是很小的事情，却确定了这人物与你的关系。假如没有这一点，那你也许根本就不会和他发生什么交涉。

但他为什么会打动你的心呢？这就是那人物的灵魂和你的灵魂相接触的缘故。

人的心，对于自己也经常是关闭着的。只有在发现别人心的奥秘之际，才会会心地一笑。这一笑是什么？是你对于那个人物心理上的彻底了解。这时候，你自己像是镜子，那人物的灵魂被你一照，原形毕露，你便感到大快乐。可是在第二刹那间，你便又感到那人物的灵魂像是镜子，在那里，也发现了你自己灵魂的影子了。——就在这时候，你的心怦然而动，你的心之扉打开了，感觉到黑暗中有雷电一闪似的，你和那人物的灵魂相接触了。

抓住这一接触时的灵魂！

就在这一接触之际，镜子里照出的是什么呢？这里固然有慈悲的心肠，人道的热情，勇敢、任侠、忠诚、正直，等等；却也有卑鄙、虚伪、奸诈、欺骗、自私之类。当两个灵魂对面的时候，每个作者是否都开诚相见呢？看见自己善良的时候，自然可以感极泣下；但看到自己的丑恶时，如何了呢？——有的羞惭于见到自己真面目，便紧紧关上心扉，拒而不见。有的震惊于自己的丑恶，偷偷地改变了一下自己的面目。有的却无情地揭开自己的疮疤，看个究竟，不惜以自己做标本去作一次解剖。在这里，文艺之宫如果是天堂，则忠实于自己灵魂的有福了，只有他可以进入天堂。

当你和你的人物灵魂接触的时候，只有用你忠实良心去抓住你的灵魂，加以深思、研究、反省，你才能获得这人物更深的奥秘，你才能获得这人物的真实所在，你才能赋予这人物以生命，以灵魂！

忠实于自己的灵魂的人，才能给予他的人物以灵魂！

但一个典型人物也绝不是这么灵魂一接触，心心相印之后就可以完成的。那一接触，不过是人物与作者的初次订交而已。不久，当这人物从你身边离开之后，你也许会一时忘了他。假如不再给你机会，你也就永远地忘了他。但有一天，你偶然碰到另外一个人的时候，而这个人又和你的第一个人物一样打动了你的心的时候，你会脱口大叫："这和某人是一模一样呀！"于是这个人的灵魂又和你打了一个照面。接着还有第三个，第四个，第五个……一模一样的人被你遇见，你便恍然大悟了：他们有一个共同的灵魂！到这里，这典型人物的条件具备了。你不仅可以发现他们有共同的灵魂，你还可以发现他们每每是属于同一阶层，而且几乎有一大致相同的个性，甚至有一相似的外形。这时候你将它概括起来，便是你所创造的典型人物了。——在这里，高尔基氏所谓从若干人当中概括出一个典型人物来的说法，也可以得到一个注脚了。

不过，在这里说了半天的灵魂接触云云，是与那唯心论者所谓灵感之类的东西绝没有因缘关系的。而忠实于自己灵魂，也绝不是替浪漫主义作家描写自己灵魂作解释。浪漫主义作家喜欢分析自己，描写自己，表现自己，他们把自己的情感、思想、语言，填进任何一个人的躯壳去，这好像孙悟空拔下一把毫毛，变成千千万万跟自己一般的猴子一样，这是"以己度人"。而我们所谓的忠实自己的灵魂云者，只是从不同的客观人物里，个别的发现自己的灵魂，忠实于这被发现的灵魂，再让他归还到原有的每个人的躯壳里去，好像是把自己的血液注射进每个人物的心脏，而使他复活起来，这是"推己及人"。而这血液注射，却又是旧写实主义，尤其是自然主义作家所不取的，他们对于事物和人，都是取着"隔岸观火"纯客观态度的。所以浪漫主义作家是只看见自己，不看见别人；自然主义作家只看见别人，不看见自己；而我们这里所谓的灵魂接触，只是要从别人灵魂里看见自己，从自己灵魂里看见别人，让自己主观的感情和客观的观察获得统一罢了。

但不能不强调指出的：是对于人物的一切概括、归纳等等工作，只是人物的躯壳创造，而使得一个人物在作者笔下栩栩如生而复活起来的，却在于作者与人物灵魂相接触时，对于灵魂的忠实的捕捉。

所以我敢于再一次地说：忠实于自己灵魂的人，才能赋予他的人物以灵魂！

　　　　　　　　　　　　　　1942 年 8 月 9 日　病中
　　　　　　　　（原载《习剧随笔》，当今出版社 1944 年版）

历史与现实

——《大渡河》代序

历史剧创作之路上是充满了荆棘的！

"路"是人走出来的，但这儿少有足迹。即使找到一点脚印，跟着走上几步，前面却又是一片榛莽！

没有指路碑，没有来往的过路人，也没有指南针，单靠自己的手和脚，摸索了一条很长很长的路途！虽然好像摸到了一个所在，可是已经遍体鳞伤。但这儿依然人迹罕见，我迫切地向四周呼援，希望找到一个指路者，好让我问他一声："我走错了路没有？"

其实，在半路上，我早就发出一次同样的呼援！那是抗战以前，在《太平天国第一部·金田村》的序文里，我曾以一个学徒的身份，列出自己对历史剧的成绩报告单，要求指路者给以指点。许是抗战的火焰把一切腐旧的事物——连同搬演死人骨头的历史剧都一股脑儿烧掉了。即使我自己，也以为，在抗战的今日，只要描写现实的笔锋不被打断，我是不想再写历史剧了。所以我终于未遇到指路者。

但今日却又写作这部史剧《大渡河》，并不是"现实"的路上挂了"此路不通"的牌子，而重作冯妇。那条路虽然崎岖，但并非完全不能通行。回避现实的风波，而将头颈缩进历史被窝里去的，是为自己找寻理由。我更没想在这历史剧风靡一时的当口来赶闹热，那样一个趋时的艺术家将会堕落为匠人的。倒是因为在这条荒漠的路上发觉了同路者的足音，而感到了喜悦。更从这喜悦里，回顾了一下来路，然后突地发觉自己又站在一条歧路上，于是悬崖勒马，掉转头来，重走几步，而这几步却和现实的路是"殊途同归"的。

但我自己却得一个大教训：上路的人在走上大路之前是休息不得的！

虽说又摸到一个所在，但我知道长途迢迢，不敢再驻足了。一面向指路人发出呼援，一面还得摸索前去。不过，多多回顾来路的人，是会少走一些弯路的吧。

但这条来路是不堪回首的，有如看见儿时光着屁股的相片，即使是背着人，也不免要面红耳赤。比如说，那种翻案法的历史剧，如今是没人写了。但在1927年前后，却是历史剧创作上最风行的方法。横竖中国没有一部可靠的历史，你们历史家可以将历史歪曲，文学家难道不可以再说谎么？但"扭直"云者，不过是文学家聊以自慰的说法。我们的史家固然不成，但我们又何尝一定能高过那些史家？所谓"扭直"，老实说，不过是中国文人传统惯技——"翻案"法之一新的动用而已。"翻案"之法，我们中国读书人是训练有素的。幼年学习作"论"，你的老师便会出个题目，要你替已经滚下地狱的古人辩护、开脱，让他升入天堂，或者叫你对那些早登了仙界的人物重加贬责，让他滚下云头来。这些，作为练习思考辩论之一，未为不可。但结果，其影响所及，却大谬不然。上焉者，固能对历史的一鳞半爪予以辩证；下焉者，便去写寿序作讼师了。

当然，在历史剧上运用此道的，除了予倩先生的《潘金莲》（实际上是一个传说，一个旧有的故事，并不是历史）获得成功以外，别的也没留传下什么来了。而《潘金莲》之所以成功，并不是故意"翻"出来的，倒是为了作者能够深深了解潘金莲之类人物的缘故。像我的《汾河湾》，便是中了"翻案"之毒了。薛仁贵（姑且承认是个人物的存在吧）的贞操观念，固然不能让我们这代人同意，但薛仁贵生活在唐朝，大概也只有那样的想法，而我偏偏要愤怒赶来，让薛丁山死于薛仁贵的嫉妒。这样一"翻"，于我当然是满足了，但对于读者有什么影响呢？——看惯京戏的观众，根本不相信。看出了这一"翻案"的人，也不过一笑置之："哦，他是这么翻的！"翻的成功或失败，都无所谓。不过像看耍把戏的"翻"筋斗一样，至少叫一声好或者喝个"倒彩"，表示对这一"翻"的技术的褒贬。至于"筋斗"本身，却不在"批评"之列。

翻案既不相信，干脆来个"借尸还魂"。

"借尸还魂"一名"指桑骂槐"，根本就不管你历史是怎么一回事。项羽是个个人主义的英雄，而个人主义的英雄是该打倒的，于是，虞姬跟一个群众领袖大讲恋爱，唱着"妹妹我爱你"，又高喊"打倒楚霸王"而气死项羽。一肚皮天真的愤怒与热情都借着古人尸体发泄了。但写成的可不是历史，倒有点像寓言，可又不是寓言。

我的《虞姬》和未发表的《马嵬坡》便是这么制作的。因为是"借尸还魂"，虽然"指桑"却在"骂槐"，于是有人喝彩了。不过时至今日，我知道那喝彩喝在"骂"上的。只要骂得痛快，在今日舞台上，都有千万观众为你喝彩的，何况当日。

我又感到"骂鸡"的王婆的悲哀了！

以怀古的心情去抒写历史剧的，也是一种较普遍的方法。当我在历史上碰了两次壁——也许是我对历史的侮辱吧——之后，我打算规规矩矩地来写历史了。而所谓"规规矩矩"，当然是感到对历史"再歪曲"的无力，不得不向它低头了。况且，历史上的故事尽多：有的可歌可泣，有的缠绵悱恻；或者激昂慷慨，或者荡气回肠；英雄则叱咤风云，美人则柔情似水。尽够你崇拜，尽够你倾倒了！一经渲染，搬上舞台，不就足以倾倒众生了么？又何必节外生枝，翻案还魂呢？更何况一部二十四史就足够你一生写作不尽，外加那许多稗官野史做你准备材料库，又何必辛辛苦苦向现实讨题材？于是历史上英雄与美人，以及准英雄准美人之类都被搬了出来。（尤其在电影上，此类倾向特别显著。）扪心自问，我自己的《虞姬》和《王昭君》也都有着若干的此种倾向。而《石达开的末路》在写作之前抓住我的心灵的，却正是那段足以断肠的英雄美人的恋爱悲剧。不过后来写成的剧本却又改了形了。——那是后话，且按下不表。

但这种原封不动的怀古，是每每不能满足自己的创作欲的。在我想：翻案、还魂，既然无聊，单纯的怀古，也未免自炫其才拙。所以，总想在那历史的脸谱上多书上两笔。当然，这也不能完全解释做创作欲的。当时的环境既逼使得去写历史，则这历史之写出，被要求加进一点新的东西，也似乎是种天真而纯朴的企图。

我在这时候完成了《石达开的末路》。

对于石达开，有如前述，我起初是以英雄崇拜的心情去写他的，但到执笔之顷，一来由于我的企图，希望加添一些什么新的东西进去，二来，是在石达开这人物身上，实在也找出了他的破绽。那就是他的入川，在整个革命政策上说，确实是个严重的错误。好，抓住了这一点，我可有文章做了。石达开在太平天国里是唯一的知识分子，但在革命遭受打击的时候，飘然引去，这是动摇的知识分子对革命的背叛！

一腔对于石达开的热爱，顿变成憎恨了。这一恨就恨到底，在《石达开的末路》里，简直把他写成个婆婆妈妈的"妇人之仁"的窝囊废。而这，似乎就是我对于历史所加进去的东西了。

但是天！石达开是当时革命里的知识分子，没有错。他对革命的动摇，也是有的。他入川的错误，也是真的。不过他可爱起来，固然并不如我起初所崇拜的英雄，但可憎起来，又何尝是个"妇人之仁"的角色？"爱之欲其生，恶之欲其死"。这未免是"一厢情愿"的办法。

于是我又感到悲哀了。

由于《石达开的末路》失败的自谴，由于因此而对太平天国历史进一步的探讨，我又有写作一部《太平天国三部曲》的企图。

在这时候，我才真正接触到历史。

我发现了历史上的作伪，而愤恨于历史家不曾为我们留下一部真的史书。即使是不满百年的太平天国，至今都还没有一部可靠的专著。一个从事文艺的人，如果要写历史剧，先得做个历史研究者，这未免是件苦事。因此，对自己研究近年的史料便不忍割爱。于是对于这部《太平天国》，我不仅企图写成一个戏剧，甚至于有了拿它来代替一部历史教科书的妄想。所以由太平天国的政治、军事、经济、思想，以至风俗、习惯、言语、动作、礼节、服装，都做了一番去伪存真的功夫。然后，将这研究所得，一股脑儿都塞进史剧里去。在人物上，更上自洪秀全以及诸王，下至每个群众角色，都多方考据出他们的性格嗜好、声音笑貌，然后也一股脑儿都推上舞台。当然我想，这该是包罗万象、洋洋大观的一部历史的戏剧了吧？我在这戏剧的第一部《金田村》的序文里说，我要使得这里面细微至头发，都要合于历史。因为没有历史的真实，便没有艺术的真实。

但这部史剧的创作动机并没有这么简单。计划是开始于1936年之春，完成在1937年的1月，这正是抗战的前夕，救亡运动正以燎原之势蔓延全国的时候。当时每一个中国人的脑子里都盘绕着一个大问题；"团结御侮"。而在一个文艺作者呢，便不得不将它反映进作品里去了。不过记得当时在印刷品上，"抗日"还是写作"抗×"的，这就是说抗日还不能完全公开的时代。而历史剧呢，在这时候是颇能尽其弦外之音的作用。我对于历史剧的看法，在上述同一序文里虽作如此说："对现实有关联并不求其'强同'，给它个指桑骂槐的隐喻。"但接着却又开了一个后门，说："只是在这关联上加以'强调'而已。"这强调的结果，便是将"三个与目前形势极有关联的问题"，分配做三部剧本的主题。第二、三两部至今未写，且不说它。在第一部《金田村》里，便是强调了"团结御侮"的主题。太平诸王虽然阶层不同，利害不同，而在对付共同敌人这一目标之下，利害虽时时冲突，终于互相隐忍、克服，以完成革命的第一步，占领南京。

这样自然很好了，我一方面尽量地忠实于历史，而且是自信最可靠的历史，一方面更目注于现实。此所谓"作古正今"，也就是求到历史与现实的统一了。

然而不然。

当我看到它的演出，尤其是第二次在成都演出以后，有这样一种感觉：这一历史是复活了，但如果比做一个人，则这个人太臃肿，臃肿到超过一个人形状，因为这个人虽也穿的是历史服装，但他为了求全求真，把春夏秋冬四季服装全部给穿上了。我们所企图表现的历史的真实，并不是自然主义者那样繁琐的细微末节的真实。而在一个"历史剧"里所要的真实，这不同于一部"历史"所要的真实。"历史剧"所能尽的任务，不能超过"历史剧"所能有的负荷。否则将胀破"历史剧"的躯壳，也可压瘦了历史。我深悔自己多管闲事了。

但问题还不仅止于此，我又看出一个更大的裂缝。

胀破历史剧的躯壳的责任完全推在历史身上，是不正确的。即使历史上繁琐一点，而要求产生一个自然主义的历史剧应该是合理的。连这一要求都没能做到，那毛病便出在对现实的"强调"上了。

自然主义地忠实于历史与"强调""团结御侮"之间，就是"题材"与"主题"之间存在着一个天生的无法弥补的缝。在那题材里，不是完全不存在着"团结御侮"的素材，但更多的是太平天国兴起的史料。这样更膨胀了题材，压瘦了主题。创作方法上完整的破坏，该是造成这失败的更主要的因素！

"作古正今"的"强调"又给我带来了一次悲哀！

现在又来重写《大渡河》，可就瞻前顾后，颇难下笔了。

记得最初介绍石达开这英雄人物给我的，是匡亚明兄。当时我俩共处"斗室"，共卧一榻，同看一样大小的青天。但人世间的利害，却不敢让我们互相披肝沥胆。然而也不是不谈话，谈话并且很多，其中最能使我们忘怀了现实的利害，而共话衷肠的，便是谈论石达开。亚明是个十足的石达开迷。每当其朗诵"答曾国藩诗"："三年揽辔悲赢马，万众梯山似病猿"的时候，满怀悲愤似乎也借此发泄了。而我也逐渐被其传染，成为"石迷"。并允许他："将来"一定写一部石达开的传记剧。

当时我爱石达开，爱他的才华，爱他的气概，"忍令上国衣冠沦为夷狄，相率中原豪杰，还我河山"和"人头作酒杯，饮尽仇雠血"。成为不离口的词句。而慷慨好义，落拓不羁，英雄而才子的风度，当然更是心向往之的了。于是爱呀爱呀，爱得发迷。但后来发现他这些可爱之处，全在他起义前后。等到杨韦内讧，率兵入川，置天国安危于不顾的时候，不独不很可爱，而且觉得不顾全大局得可恨了。当然，稍稍有了两岁年纪，觉得过去天真的崇拜里面，是含有不少不纯的感情的。比如对于英雄的惺惺相惜，便是自己先中了封建文人意识的毒素。由于对故我的批评，不免对于石公起了反感，也是一个原因。但因此，对他恨呀恨呀也恨得要死。有如骂起人的时候一样，尽挑那坏的地方骂，好处全忘个干净。并且根据我的"认识"——不如说是根据我的"好恶"吧，编定了一顶帽子给他戴上，比如自私呀，任性呀，妇人之仁呀，背弃革命呀等等。这就是我的《石达开的末路》。

说过了，这是我"一厢情愿"的作法，没走通。于是再重新来认识石达开。我拼命找出他可恨之处，看他为什么可恨。更找出他可爱之处，探寻可爱的根源。再进而追究他的所爱所恨，设身处地，爱其所爱，恨其所恨，感觉其所感觉。相处既久，慢慢地了然于他为什么恨为什么爱，也才知道他之所以被人爱被人恨。石达开，一个绅士，地主，中举之后，是大可以求功名图富贵的。但他丢弃一切前程，倾家助饷，从事于可以杀身、可以灭九族的革命，从事于这拯救天下众生的革命，是所为何来？难道不是一种崇高的人道主义的表现？参加这一革命的石达开，其最高的政治理想，在于排除鞑虏之后，建立一个所谓大同之治的政府，不也是当然的么？对于这样的理想，对于韦昌辉的腐化表示其不屑，对于杨秀清的急进而粗野的行动表示侧目，不更是当然的么？杨韦之乱后，感觉天京无一片干净土，洁身自好，飘然远引，不又是必然的去路？在主上昏庸、奸佞当朝的环境下，要求入川，别树一帜，在石达开看来，又何尝不是为天国着想？及至驰骋十余省，损兵折将，尚不能入川，为石达开想，又有何面目班师回京去见广西父老？后来日暮途穷，被围大渡河，即使有僻径可寻，以叱咤风云之英雄，率领三军之主将，又安能弃众私逃，苟且偷生？如此为石达开着想，何尝不是可爱可敬呢？但为太平天国革命计，冲动，任性，固执，不都是革命的敌人？稍有不合，便拂袖而去，又何尝是政治家的风度？独善其身的政治洁癖，更不是革命者所应有！杨韦难后，人心涣散，率领四十万大军西征四川，既牵去百分之七十的兵力，复引革命主力于边陲之地，致令天国空虚，危在旦夕，这难道不是革命的罪人？而西征以后，一意孤行，拒不班师，致使李秀成独力难支，终遭覆灭，石达开又何能辞其咎呢？凡此种种，岂不真也可恼可恨么？

于是我试图：不依自己的爱好而掩饰其非，也不依自己的憎恨而埋没其美，以处理人物，这结果如何呢？——结果便写成了这部《大渡河》。

成败得失，自己当然很难了然。但对于这人物，如今既未自作多情，一味崇拜；也没有一厢情愿，妄加批评。在我是颇觉于心安然了。

而在这爱与恨之间，我倒看见了一个被统一了的人物，这人物才好像是我心目中真正的翼王石达开。

然后知：写出人物的真实，便是写出人物的批判！

然后知：写出人物的批判，也就是写出历史的教训！

任何历史，任何历史人物，都是教训。这教训对于现代是否有益，才是历史剧作者对于历史人物的选择的标准。丢了这标准不管，而企图在任何历史题材上加以任何的"强调"，任何的"隐喻"，任何的"翻案"，或者是任何"新的注入"与"还魂"，都是徒劳！都是一种浪费！

如此大彻大悟以后，觉得历史剧是无问题的了。过去把历史剧当作特殊的东西看待，专在历史的缝子里钻迷魂阵，真是活见鬼！

比如说，历史的题材，有何玄妙之处呢？这和描写现实中某一种特殊题材岂不相同么？写律师得深知律师的生活；写农民，得透悉农民的一切；写历史，自然得熟知那历史呀！抓住历史的一鳞半爪，大做其"翻案"、"还魂"之类的文章，那不和写农民而食必西餐、行必汽车是同样可笑么？

比如说，历史的主题，又有何特殊之处呢？任何历史都是教训。这教训对现代的人有益，你就写；无益，就搁下。抓到一件历史，硬拉它和抗战、和现实发生关系，"强调"、"注入"一番，说这是有益了，那不也是"自作多情"么？现实生活并非件件都能写入戏剧，历史又何能例外？

再比如，历史剧并不是写给历史人物看的，那么历史剧的创作方法等等，又何能独异于现实的戏剧？

这么一想，便觉得现代人写历史剧，依然是一种现实的劳作。而所谓历史戏剧，依然是现实的戏剧了。

我更恍然于所谓历史剧的问题根本并不存在，存在的依然是创作方法上的问题而已。

所以我是试图着以现实主义的方法来创造石达开这历史人物的。

人物是生活在他自己的环境里的。为这历史人物，得创造一个历史环境，有如写律师，写农民，得创造出他们各自的环境一样。在这样要求之下，一个历史剧作者，应该写出历史的真实。他应该深切了解那历史环境中的经济、社会、军事、政治、法律、风俗、习惯，以至一草一木，从这里再创造出那典型历史环境来。——我是企图着这么做的。

戏剧中的人物是语言组织起来的，为这真实的历史的人物，得创造一种历史的语言，也有如律师和农民有自己的语言一样。

但是天晓得，什么才是历史的语言呢？

元曲里的道白，宋代的平话，该是历史的语言了，但我们的观众是没有这历史的癖好，去听那需要注解的语言的。如果让战国时代的人物讲起当时的语言，那我们的舞台也不将要加上一盏幻灯，放映译文字幕了？而且，如此追究下去，为了"真实"，时间性之外还要顾及空间性，那不将如某一位批评家所主张的妙论：要屈原带点楚音，满口"您家，您家"了么？

历史剧不是给历史人物看的！

但是一个真实的历史人物，生活在真实的历史环境里，而开口"法则"，闭口"过程"，也似乎是杨贵妃穿高跟鞋，有点不是味儿。观众虽没有一种历史语言的常识和成见，却有一种什么是现代语的常识与成见的。他说不出"该怎么"，却能说出"不该怎么"。

为了艺术的真实，我们还需要一种历史的语言。这语言不是现代语，不是文言文，也不是宋代平话或元曲道白的模仿，而是另一种东西。

但这历史语言谁敢臆造呢？

在写《太平天国第一部·金田村》的时候，我试用着这样的一个公式：

历史语言——现代语言"减"现代术语、名词，"加"农民语言的朴质、简洁，"加"某一特定历史时代的术语、词汇。

这自然是一个最简单的基本公式，在个别人物身上应用时，或者强调其农民语言的成分，或者加以市井的口吻，或者应用文言文的词汇与成语。但共同的原则是：要像是活人讲的话，观众听得入耳，但又不是现代语。

当然，这只是我个人的试验。在《大渡河》里我仍然企图着试用这样一种伪装的历史语言。

　　但是，为了适合于这样历史环境与历史人物之处理，历史剧的形式却可能有其特异之处，这，也许就是历史剧唯一的特点了。——但依然不是创作方法基本上有了什么不同。

　　比如说，我们尽管要求着深切地了解到历史的一草一木，而由于历史素材的缺乏，却每每不容许你达到这个企图。一切较为精细的叙述与描写，有如现实戏剧里那样的，在客观条件下成为不可能的时候，形式上之趋于简洁朴质，该是必然的了。而由于史实的繁重，细腻地描绘为技术上所拒绝的时候，也必然趋于同样的结果。更重要的，则是由于历史人物在思想情绪上与现代人有了距离，这距离更必然由内在地限制了它的形式。

　　我企图着运用这样较为有别于现实戏剧的形式。

　　如上云云，我是这样写了《大渡河》。

　　我一面回顾了来路，一面又摸索了这么几步。但长途迢迢，而又停下来噜苏了这大半天者，便是希望找到指路者，好让我问他一声："我走错了路没有？"

1943 年 3 月 26 日晚

（原载《习剧随笔》，重庆当今出版社 1944 年 4 月初版）

门外谈戏曲

　　上海的戏曲——包括京戏和沪剧、越剧、江淮戏、维扬戏以及一切地方戏，在新中国成立前就以各种不同的步伐走着改革的路。这个路是复杂纷歧的，但也可以找出两条主要的来：一条是继承着《狸猫换太子》型的连台本戏，拼命地花样翻新，一直翻到草裙舞、四脱舞；一条是在话剧的影响之下，企图推陈出新，而推来推去推不出戏曲的范畴，灯光、布景和形式上的分幕分场并不是戏曲的灵魂。这两条路线都又被局限在共同的要求之下，就是剧院老板的票房价值。票房价值是决定于消费阶级和小市民的落后意识和低级趣味的。因之，这个改革的成果也可以"思过半矣"。四脱舞表示了封建性艺术戴上朵殖民地思想之花；话剧化的结果，也不能脱胎换骨，只在古装上再套上西服。虽然，以越剧为例，改革者是有其主观的积极企图的，未尝不试行着思想内容的改革，但"取法乎上，仅得乎中"，话剧本身在思想内容上已发现了半身不遂之症，话剧化的路，当然不通。

　　然而，在新中国成立以前，这两条路都还似乎是欣欣向荣的。但这种"向荣"是在票房价值，也就是在消费阶级和小市民的爱好之下培植起来的，是畸形的。解放的炮火替戏曲界解除了政治压迫的镣铐，但也摧毁了作为培植它的土壤的观众基础。消费阶级在被消灭着，市民也在转变中，票房价值动摇了。畸形的花朵露出了破绽，不仅止四脱舞赧然下场，就是曾经起着一定的进步作用的话剧化了的戏曲，在解放的阳光下也透出了苍白贫血的病态！

　　再出发的改革运动开始了。由于过去的教训，形式的枝节的改革方

编剧原理　第六编　陈白尘（1908—1994）

式摒弃了，为工农兵的方向也摆正了，于是新戏问世，又各以不同的步伐走上改革的路。《白毛女》被一再改编了，小说《小二黑结婚》上舞台了，历史的、民间的故事又重新编写了，固有的精华也搬出了。大家都以迫切渴望的心境或者以怀疑的眼睛看着这改革的果实。结果并不如理想成功，反又证实了怀疑者的"远见"。改革运动遂起了波动，进不能攻，退无可守，真好像是陷入了死阵。

　　一击而胜的改革是不会有的。在主观上，没有迎接失败的思想准备；在客观上，观众基础还没有建立巩固，今日的票房价值还不能作为衡量标准。其实是打了个平手，遽认为失败，那是悲观。——但为什么没有成功呢？当然还有问题存在：第一，没有足够的生活体验，农村的戏当然演不好的；第二，没有正确地估计观众对象，内容和观众驴唇不对马嘴；第三，公式主义和历史翻案（仅仅翻案）并不能说服观众；第四，固有的精华是和渣滓并存着的，没经过提炼也不能发出万丈光芒。……凡此等等，或许也还由于我们主观上努力得不够，但是方向是没有错的。我们只有在这个方向上继续探路前进！

　　但我也有一两点谬见，谨附篇末：

　　第一，中国的戏曲，连京戏和一切地方戏在内，先天上受了古装的限制。——我不敢预言地方戏将来不能演出现代的戏，但在今日的观众基础上，改革工作似乎不必先攻打这个目标，也就是说，先在古装戏的条件之内进行改革。这样也就等于说，京戏只演历史剧和民间故事剧了。然而，这并不是说我们可以放弃工农兵的方向。工农兵的方向是要作者从阶级立场上去看事物，从阶级关系上去理解一切纠纷斗争。从这里去描写一部二十四史和民间传说，其创作的田野还是无边无际的。由于艺术形式的不同，它的功能不同，其负担的任务也不应该相同。正同要求于电影的不同于要求于一篇快报的，对于今日的工农兵描写的任务，不必加之于旧的戏曲。

　　第二，只有在古装戏的条件之内进行改革中国戏曲，才有可能在旧戏曲的精华里加以提炼发扬。否则，有些改革一偏向，每每成了存其糟粕，去其精华了。只有在这样原有的基础上提高一步以后，才能作更进一步改革工作。

第三，旧戏曲的改革不应该是偏重在"戏"方面，特别要着重在"曲"的方面。歌词与音乐的不被改革者所重视，是违背群众的要求的。抽去唱词依然还可以成为话剧的脚本应该被否定。这不是改革戏曲，而是取消戏曲。因之，没有音乐工作者参加的戏曲改革是半身的改革。

　　我虽然也算个搞戏的，但对戏曲是个不折不扣的门外汉。即使想贡献其一得之愚吧，根本上就难有"一得"。只好杂拉所感，拼凑成篇，作为引玉之砖，以备《戏曲报》补白了。

1950 年 2 月 11 日晨 1 时

（原载《戏曲报》第 1 期，1950 年 2 月）

习剧随笔

——主题与题材的分裂

如果剧作者对于自己所要处理的题材——故事、人物等等没有一种深挚而执著的热烈的爱，他将无法写出激动观众感情的作品。剧作者和观众之间的交通就建筑在这个共同对象——题材的身上。而他们双方所给予的爱正是成为正比例的。剧作者能给予多少，观众也给予多少（憎也是相同的）。但观众所给予的只能是较少，而不可能较剧作者更多。

因此一个剧作者不能降为一个普通的观众。他们之间的距离，就在于剧作者不能仅仅对于那些题材赋予热爱而已，而且要驾驭它、征服它，从内在的思想关联上去组织它、强调地表现它，使它更为观众所热爱。就在观众热烈的欢呼当中，剧作者所组织进去的思想便借此交通到观众那里。

事实上却又每每不然，一个剧作者对他的题材发生了感情，发生了热爱的时候，也就往往娇纵了它。结果常常是剧作者没有征服了那题材，而是那题材征服了他，剧作者自己都成了俘虏，主题的任务也就成了题材的战利品。

题材与主题的分裂现象就所在皆是了。

像过去许多传奇性的剧作，拿些曲折离奇、引人入胜的故事来征服观众，只看见情节的颠来倒去，无的放矢的为故事而故事的作品，是不足引为例证的；再像那些目注于奸邪淫恶的题材，而归其结论于仁义道德（狄仁杰遇着了开店的马寡妇，先让那荒淫无耻的表演征服了观众，到末了却轻轻一转说："万恶淫为首。"便算点了主题）的驴唇不对马嘴的东西，也不好拿来为这种现象做注脚。但这些极端的例证也不是和我们剧作毫无渊源的。强调故事性而忘了主题所在，以及文不对题的作品到现在也并没有完全绝迹于世。

可是较普遍的例子却是这样的：写某一事件某一问题，便罗列了这事件、这问题的全部自然过程。而且连带所及，枝节丛生，每个细节都要精致地描画，每个次要的问题都要连根解决。于是就拖泥带水，无限冗长，或者是臃肿痴肥，原形尽掩。——剧作者既为题材所俘，不肯割爱，而且为了感情的偏爱，还硬要拉进虽然精彩而无关的片断。那主题只有两条路好走：一是由于题材膨胀，遂显得"小题大做"，主题被挤到一个角落里去，无法发挥；一是由于题材之自由发展，野马奔腾，主题像尾巴一样吊在后边。——总而言之，主题和题材分了家。

剧作者如此这般地偏爱他的题材，迫使主题不独不能集中突出，反而分散隐匿的时候，那他必然遭到这样的情况：观众的热爱转而退减，与剧作者的主观背道而驰了。

当然，这并不是主张把一个题材简化到像一棵毫无枝叶的枯树干。它是要求丰富、复杂而多姿，才能说明一个有深度的主题。但这些枝叶必需是在题材的必然的血肉相连的关系上生长的，更必需是在那主题的神经系统的分布之下生长的。

这更不是主张：先确定一个主题，再去按图索骥地捕捉题材。那又会引伸到另一个偏向，产生那种"思想平稳，内容枯燥"的干巴巴瘪三型的作品。主题与题材本是血肉相关、形影相随、分割不开的东西。一定的事件里只能含有一定的思想内容。主题不能是事件之外塞进去的物事，也不能是削足适履硬用斧子砍成的，更不能是人工所能伸缩改变的。一个剧作者所能做的事，只是在纷纭复杂的事件、问题当中，找出相互的关联，而删除枝节，修残补缺，使得那隐藏着的主题剔刷洗炼，发出它的光芒而已。而观众对于剧作者的基本要求也不过如此而已。

但要满足观众的这一基本要求，除了提高剧作者的政治水平、思想水平以外，也就别无路径可寻了。

（原载《人民戏剧》第 1 卷第 5 期，1950 年 8 月）

川剧杂感

　　川剧是最迷人的一个剧种。川剧团每次来到北京，四川籍的同志们如疯如狂，自不待说；一般川剧爱好者也大都被引得如醉如痴。这奥妙在哪里？我不了解川剧历史，川剧看得也不算多，很难获得全面的回答。但就个人感觉说，我之所以被川剧所迷醉，主要由于它具有无与伦比的幽默。

　　川剧中也有很高的悲剧，但喜剧的丰富应该说是它独具的特色。或许是自己孤陋寡闻，在全国戏曲中，似乎还没有看到别的剧种像川剧拥有那样多的喜剧。单拿最近一年在北京演出的川剧说，我们就看到《拉郎配》、《萝卜园》、《乔老爷上轿》……等等一连串最上乘的喜剧。而且，在所有的川剧中，甚至在它的悲剧中，也随时看到充满风趣的一些喜剧片段。这些片段又每每是"折子"戏的来源，因此，"折子"戏中的喜剧就数不胜数了。川剧中最最迷醉人的也正是这些喜剧"折子"。

　　川剧中的喜剧"折子"何以具有这样高度的艺术魅力，我也说不透彻，但有一点，似乎可以肯定的，那就是这些"折子"大半都非文人原作，而是历代戏曲艺人们日积月累地以其集体智慧所创造出来的结晶品。文人们所写的传奇大都是曲子所构成的骨架，在这骨架中充塞以血肉和生命的，每每是舞台上的艺术家们。这种创造在获得人民的欢迎以后，就会更加丰富起来，有的"折子"就面目一新，有的甚至成为全新的创造。《玉簪记》里《逼试》和《秋江哭别》两出戏，可以作证。在《玉簪记》里，姑母逼潘必正赴试后，潘只提了一句要去"作谢各房姑姑"以便与陈妙常告别，姑母不允，这就"暗里分鸾凤"了。到了昆剧舞台上，根据《缀白裘》的本子看，潘必正与陈妙常之间"千种离情，两下难言"的情景便得到较充分的抒写。川剧这一出戏叫《逼侄赴科》，那就大大地发挥了这个"两下难言"的悲剧情景，而且把这点悲剧更转化为一个喜剧片段。潘必正拜别姑母一场戏，成了双管齐下的戏中戏。拜的是姑母，别的是妙常，语语双关，舞台上只见他二人"千种离情"，老姑母成为可笑的一个活傀儡。这就完成了一出独立的风趣盎然的喜剧了。《秋江哭别》一出在《玉簪记》里写到陈妙常叫艄公，不过三言两语就雇好船去追潘必正了。《缀白裘》里《秋江送别》一出，看得出当年舞台上已经把艄公引进了戏里，粗略地画出一个劳动人民的形象了，但它还包括着姑母江岸送别、妙常雇舟和江上赶潘以至相会的三场戏。到了川剧的《秋江》，可就把妙常雇舟和江上追赶单独发展为一个独立的"折子"。这一来，艄公在剧中便成为和妙常平分秋色的角色，《秋江》就成为恰似"江上芙蓉"一样优美动人的一出喜剧了。这绝非原著者高濂所能梦想得到的。它是完全出自舞台艺术家们创造的另一个新作品。

这次重庆川剧院给我们带来的好戏很多，但我还是对于《醉隶》特别感到迷醉。并不是这个"折子"比《乔老爷上轿》、《芙奴传》等大戏更值得推荐，但一首绝句是用不着和长篇巨著较量高低的。《醉隶》和《秋江》一样，是舞台艺术家们的创作。它原是《红梨记》（明·徐复祚作）第二十一出《咏梨》中的一个过场。秀才赵伯畴正在等候情人，雍丘太守派个差人去请赵赏月，赵在梦中被唤醒，推托不去，把差人支使走了。差人是没有什么戏可做的。《缀白裘》所录当时的台本却抓住原作中赵伯畴梦醒时曾误认差人为情人谢素秋这一点情节，又把这个由"杂"扮演的无名差人创作成一个吃醉了酒的"雍丘县正堂第四班上一名皂隶许仰川"，在醉酒的皂隶和等候情人心切的秀才之间尴尬情景里发展开去，就创作了这出使人陶醉的小喜剧。许仰川在这里夺取了赵伯畴的主角地位，从题名《醉隶》上也得到了证明。川剧的剧本《醉隶》是一出"川昆"，所以说它基本上是从昆剧转来的。据说这次重庆川剧院李文杰同志所演的也还是依照昆剧的老路子，和苏昆剧团王传淞同志等所演的大致相同（可惜我不曾看到他的精湛的演出）。这样看起来，目前昆剧与川剧的舞台本，较之《缀白裘》所录本又有了新发展了。如果说《缀白裘》本还不免有些低级庸俗之处，昆剧和川剧的今本在这一点上是更纯洁了。但这还不是最主要的地方。在《缀白裘》本里，赵伯畴虽失了主角地位，还不失为剧中对抗的一方；今本里的赵伯畴却完全处于配角的地位了。因之，旧本《醉隶》中的矛盾还停留在请客者与被请者的不同心境上（虽然并不太突出），今本《醉隶》却着重写那请客的任务和请客者特殊身分（醉隶）的矛盾了。请客下帖子一般是"院子"、"家人"的事，理应"低声下气"去邀请的，这位太守却偏偏派了个在衙门里出司呵殿、入执刑杖的一位皂隶去执行这个任务，已经是件荒唐事了，而这位许仰川却又偏偏喝醉了酒！李文杰同志在演出中所以处处抓住一个"醉"字和一个"隶"字，正是这个道理。从一个醉隶的特定身分和特定条件出发，他的一切举动从他自己说都是正常的，在戏剧境遇中却成为极端可笑了。从一进赵秀才的门高声嚷叫起，许仰川就跌进这个可笑的境地。智慧而幽默的台词便语语如珠，撒满舞台。到后来许仰川取出铁锁链要拘拿秀才，我们也就视为理所当然的逻辑，只感到幽默的喜悦，而不觉得是什么外加的噱头了。这一点看似轻轻的发展，却把这个小喜剧的格局大大提高了一步。

舞台上历代老艺术家们的最大功绩，其实并不在于他们留传下并且还在创造着许多醉人的喜剧，更重要的是在于他们把"下等"的劳动人民带上了舞台，而相对地也就把公子、小姐等人的地位加以压低。正因为这些"下等"的劳动人民进入了舞台，而舞台艺术家们又与他们有着血肉相连的阶级关系和感情，这才保证了这些"折子"成为优美的艺术品。在这里，再加上四川人所具有的特别丰富的幽默，这就为我们创造出无数动人的小喜剧了。因之，把这些喜剧的创造过程，说成是劳动人民的舞台艺术家与士大夫的文人（剧作家）争夺创作权的过程，或者说成是一种"戏改"过程也未尝不可了。虽然，这种争夺或"戏改"为社会地位所限，是并不太露骨，也还有其一定的局限性，但它是胜利了的。许多传奇已经失传了，许多喜剧"折子"至今还在舞台上大放异彩，就是证明。——附带说一句，戏曲是始终不断在被改革中的，但改革来自两方面，——一是来自统治阶级，如那拉氏（慈禧）之流；一是来自人民群众，川剧便是。

　　这篇短文原打算介绍最近在北京演出的重庆川剧院的几个好戏的，如《乔老爷上轿》、《芙奴传》，等等，这实在都是近年舞台上难得遇见的佳作。但信笔写来，完全走了题。好在这些佳作已经有别人的大文介绍了，我就限于杂感吧。

1957 年 10 月 28 日

（原载《戏剧报》1957 年第 21 期）

淮剧杂谈

　　我们首都北京是一切艺术、一切剧种的万花园。它欢迎过来自世界各国和祖国各地的千百个艺术表演团体。今年 11 月初，首都的观众又观赏了一个对他们来说是初次接触的剧种的演出——上海市人民淮剧团来京公演了。

　　知道我籍贯淮阴的人，许会怀疑我对家乡戏剧有所偏爱。其实说来惭愧，当我离开家乡之前，并不知道淮剧的存在。我不能不感谢洪深先生，是他把淮剧介绍给当时的上海文艺界，是他引导我第一次认识了淮剧——那时一般都叫它做江淮戏。

　　1946 年秋天，洪深先生对我们说，他在戏剧艺种中发现了一株奇葩，要我们一定去欣赏一下。但到底是什么剧种，演员是谁，他都不肯说，甚至连剧院名称也都"保密"。他说，要去欣赏只有通过他的引导。当时上海的越剧、沪剧部已为文艺界所普遍重视，这些剧种当然没有"保密"的必要。我们真不知道他葫芦里卖的什么药。一天夜里，在洪深先生的引导之下，我们来到了上海南市的一家小剧院里。南市，是指旧上海县城一带，这是无数小工厂、作坊聚集之所，也是劳动人民的住宅区，它和高楼大厦的旧租界区是两个不同的世界，也是当时文艺界人士很少"光临"的地区。这家所谓戏院是普通弄堂房子改造的，既无高大的门楼，更没有宽阔的舞台，池座狭窄而拥挤，灯光昏黄暗淡。但就在这样一个戏院里，我们第一次看到了江淮戏，看到淮剧著名演员筱文艳同志所演的《辕门斩子》，看到一次确实是光辉四射、耀人眼目的精彩演出。筱文艳同志依靠她的艺术，创造了英勇、爽朗而又美丽的女英雄穆桂英。这个形象十几年来一直保留在我的记忆里。据说人们称筱文艳同志为"江北梅兰芳"。如果把梅兰芳先生当着京剧艺术的最高峰来理解，这样的称誉对她是很确当的。不过"江北"这个冠词应该改为"淮剧"。因为"江北"二字不仅不确当，而且是有其特殊含义的。

居住在上海的人当然知道，在过去这个半殖民地的十里洋场上，江北人民被称为"江北佬"，是一种侮蔑性的称谓。理由是上海的江北人大都是"下等人"——或在工厂里、码头上做工，或在马路上拉洋车，或在服务性行业里为人服务。江北人的戏班子，当然是"下等人"的"下等人"了。"江北梅兰芳"，是寓贬于褒的。洪深先生大概也是恐怕上海文艺界人士有此世俗的错误的观念吧，他的事前"保密"，正说明他对淮剧热爱之深了。他是这家戏院经常的座上客，也是淮剧艺术的义务宣传人和保护者。

淮剧确实是"下等人"自己的艺术。它是由苏北盐城、阜宁一带农村的"香火戏"发展起来的，它的演员本来也都是农民和手工业者。他们每在秋收以后组班作业余演出，开春散班。他们也进城演出，因此也接受了清末盛行于扬州一带的徽剧的优良传统。1920年左右苏北大水灾，农民都奔赴上海谋生，淮剧便随着自己的农民们流进上海的工人区。起头在街头演出，慢慢才有了土台土凳的戏院。到解放之前，在上海的闸北、南市、杨树浦和沪西等工人区域，已经有了十个左右演出场所了。而在它的本土，由于1940年新四军和八路军在盐城会师，开辟了苏北抗日民主根据地，淮剧遂得到党的领导。1942年后，淮剧更得到进一步的改革与提高，成为盐、阜和淮安、淮阴一带农村中有力的宣传武器。淮剧的历史证明：它是从劳动人民中间所产生，而始终没有离开过劳动人民的一个剧种。

但淮剧不是没有走过弯路。当淮剧在上海立定脚跟之后，它不能不受到上海这个半殖民地特有的黄色文化的影响，而大演其连台本戏了。什么《狸猫换太子》、《文素臣》、《江湖奇侠传》，等等，曾一度霸占过淮剧的舞台。特别是国民党反动统治的最后几年，淮剧遭受到比其他剧种更为严酷的摧残。劳动人民的生活处于极度贫困之中，淮剧演员的生活也就朝不保夕了。他们为了迎合日见减少的观众，不仅要演无聊的连台本戏，而且得每天换戏。一天演出两场戏之后，还得连夜赶排一个或一本新戏。几十年所累积的艺术成果，在这种拼命似的演出中被摧毁殆尽了（作为被侮辱与被损害的艺人，他们所遭受的屈辱，那就更不用说了）。所幸他们有个一年一度会演式的演出，在这个一连几天的会演中，各个剧团在同一舞台上演出他们自己所酷爱的传统节目。这是他们保存自己艺术传统的唯一机会了。我也是在这样的机会里才得以观摩到淮剧名演员何叫天、马麟童、杨占奎等同志的艺术创造的。

上海解放以后，得到党的领导，淮剧重新获得了她的青春。1950年到1951年间，我在上海曾又看到过他们多次演出。他们所演的《九件衣》、《三上轿》、《白毛女》等，无一次不给我极大的感动，因为我体会到这些戏里所表现的欢乐与悲哀是双重的，他们是把自己的身世也渗透到所演的戏中。1952年在北京举行的全国戏曲观摩演出大会上，我又看到了何叫天和筱文艳同志演的《千里送京娘》，杨占奎和武凤两同志演的《蓝桥会》以及他们（还有颜少春同志）所合演的《王贵与李香香》。在前两出抒情诗式的短剧里，我看到了被摧毁的淮剧艺术完全恢复了健康。在后一出戏我更看到淮剧新生命在成长了。

淮剧正当盛壮之年。它不同于某些太年轻的剧种，因为它有一定的传统作基础；它也不同于某些太古老的剧种，因为它还没有那样地凝固。因此，它在传统剧目上还有继续发展的余地，而在现代剧目上更可以无所顾虑地大胆创造。

6年没看淮剧了。这次我又以极端兴奋的心情看了上海市人民淮剧团的两次演出。一次是《刘二姐赶会》、《对舌》和《断桥》，一次是《忠王李秀成》（遗憾的是没能看到他们所演的、在上海获得好评的《党的女儿》）。果然没出乎我的估计，淮剧在这两方面都有了极其可喜的发展。《赶会》和《对舌》都是新整理的旧剧目。前者描写一个农村妇女因热爱赶会在路上遇到流氓窦大鼎，但她以机智和勇敢惩罚了这个流氓对她的歹意。她没有让妇女对恶势力屈服，也没有让她遇到悲惨的结局，而是以"姑奶奶（刘二姐自称）出门不怕人，怕人不出门"胜利者的自豪完成这个喜剧。后者是写一个长工揭露地主（员外）家庭丑恶内幕的喜剧。以一场舌辩讽刺了地主的狠毒与愚蠢，同时也歌颂了长工的善良与智慧。这两个剧本都充满了健康的、劳动人民胜利的喜悦。《断桥》是《白蛇传》的一折，从这一折里也看出改编者的优点。他没有教条地丑化许仙，也没有主观地为许仙辩护，而是忠实于固有的民间传说。现代剧目《党的女儿》我虽然没有看到，但通过别人的文章可以看出这个戏所取得的成就，已经大大超过了1952年所演的《王贵与李香香》了。就从我看过的《忠王李秀成》说，也是一个极其完整的演出，显示了这几年间淮剧在现代剧方面的长足进步。尤其可喜的，是淮剧老一辈名演员演技的进入化境和新一代演员成长的迅速。何叫天同志饰演的李秀成，筱文艳同志饰演的白素贞和杨占奎同志饰演的许仙，都是那么进入到剧中人的灵魂深处，从人物性格里获得无限的美感。演《赶会》中刘二姐的包丽萍同志和《忠王李秀成》中演宋永珍的孙艳霞同志等都是近几年来才出现的新演员，但他们在演技上所取得的成就已经显示了他们未来的更高的成功了。

听说是为了去苏北农村为家乡农民演出，上海市人民淮剧团匆匆离京了。我在此为他们祝福，并盼望着他们再次来京演出。

1958 年 11 月

（原载《戏剧报》1958 年第 22 期）

舞台上的理想人物及其他

——在一次座谈会上的发言

研究我们先辈如何把现实主义和浪漫主义结合起来，是要每一个文艺工作者自己去探索和学习的。探索的路可能走错，那可以重走，但必须自己去探索。现在很多意见还不一致，这是自然的，慢慢就会一致。有错误的意见也是自然的，正确的意见会从这里得出来。

对于戏剧方面，我想说说自己肤浅的也许是错误的意见。中国的戏曲从元剧到现在舞台上还在上演的传统剧目里，很多优秀的作品都是现实主义和浪漫主义相结合的，这没有什么争论。但怎么样结合，见解就颇不一致。这种不一致大半由于对浪漫主义理解的不一致。很多同志说，幻想、夸张，等等，都是浪漫主义经常使用的手法，但这些并不等于浪漫主义本身。我也同意这样的意见。

说到戏曲里的现实主义和浪漫主义的结合，大家都提到《白蛇传》里的水漫金山，《梁山伯与祝英台》里的化蝶，《窦娥冤》里的六月飞雪，等等。这些戏之所以具有浪漫主义，当然不仅仅由于"水漫"、"化蝶"和"飞雪"；但无疑的，这些情节都具有浓烈的浪漫主义的幻想和想象。舞台上的孙悟空、猪八戒，和在《西游记》小说里一样，是完全出于想象的人物，也是人所共认的浪漫主义的创造。但这些大胆幻想和想象的化身，并不成为浪漫主义。和《西游记》戏同样写幻想中的神怪人物的连台本戏《封神榜》（小说本身也是一样）和《济公活佛》等，并不成为浪漫主义的作品；许多科学幻想小说的幻想是更富于科学根据的，但也不一定具有浪漫主义；某些童话剧里的小白兔、小白鸽都拟人化了，按说比化蝶更具体，比白蛇的形象更可爱些，同样也不能保证它成为浪漫主义的戏剧。可见幻想和想象如果无所附丽，就不成其为浪漫主义。《白蛇传》里《水漫金山》一场，是在写出白娘子对于许仙忠贞不二的爱情，写出法海对他们的无理迫害，写出白娘子和小青向法海进行了英勇的斗争之后，才使人信服的。梁山泊和祝英台的恋爱悲剧如果不是经过艰苦斗争而终于失败，终至以死相殉，即使化蝶也难于引起人们的同情。同样，窦娥处于"官吏每无心正法，使百姓有口难言"的黑暗时代，天地无灵，沉冤莫白，她有着"一腔怨气喷如火"，所以六月飞雪艺术在创造上也成为可信的了。

除了这些带有神话色彩的人物以外，我们戏曲舞台上还有另一类人物：《三国》戏里的诸葛亮、关羽、张飞，《水浒》戏里的李逵、鲁智深、武松，《杨家将》戏曲中的穆桂英，等等，还有除去阴间活动那一面的包公，都是富于浪漫主义色彩的理想人物。这些人物的共同特点是被夸张得几乎都完美无缺。但夸张的本身也不等于浪漫主义。《荡寇志》里写了一个陈丽卿，把梁山上所有的英雄们都打败了。这个人物该是在夸张之上被夸张了，但陈丽卿并不成为有浪漫主义色彩的人物。可见夸张也必须和人物身上某些东西相结合，才能具有浪漫主义的特色。如果诸葛亮没有"鞠躬尽瘁，死而后已"的精神和足智多谋的才能，就无法夸张为舞台上料敌如神的智慧的化身；李逵如果不是对梁山泊一片忠诚，也不能被夸张为忠于农民革命事业的完美的人物。

因此，幻想和想象也罢，夸张也罢，其他什么手法也罢，其本身并不能成为浪漫主义。它们是和某些具体的东西结合后才形成为浪漫主义。这个具体东西便是作者所企图肯定，也是广大人民业已肯定的正面人物，以及他们的英雄行为和斗争。反言之，作者和人民所企图歌颂的斗争中的正面人物、英雄人物，是经过浪漫主义的幻想、想象、夸张，等等，才得以成为理想人物的。我们是否可以这样理解：浪漫主义的主要手段是创造作者心目中的理想人物；而浪漫主义的目的，是通过理想人物及其斗争，写出作者的、也是当代人民的理想。

前边所举的两类人物是两种不同的类型。白娘子，梁、祝，窦娥等是一类，一般说都是被压迫的正面人物。这些人物为争取实现自己的理想所作的斗争是正义的斗争，但他们的也就是作者的这种理想和当时的现实存在着难以调和的矛盾，他们的斗争是难以取胜的，或者是注定要失败的。但作者的、也是人民的强烈的愿望要使这一正义的斗争胜利，要使这一理想实现，于是使他的人物更加理想化，甚至于神化，以取得最后的胜利；或者虽然失败了而在死后或"来生"取得胜利，以实现他们的理想。诸葛亮、李逵、穆桂英等是另一类，他们都是现实中已经存在或可能存在的英雄人物。这些人物虽然已经具备了一定的英雄品质和英雄行为，但还不够代表人民所理想的人物，还不能担负人民所希望于他们的、为人民的理想而奋斗并取得胜利的任务。于是通过作者的想象和夸张，在固有基础上创造成合乎人民要求的理想人物。

但不管哪一类，这都说明了当时人民对现实的极度不满，想改变自己被压迫的地位，但理想和现实又存在着矛盾，才通过作家的手制造出这些理想人物来的。在这些理想人物的身上，寄托了人民和作家的理想和愿望。而这些理想人物，正如毛主席对文艺反映生活所说的一样，他们比实际生活中的人物"更有集中性，更典型，更理想，因此就更带普遍性"。因此，这些理想人物多年以来为广大人民所喜爱，至今不衰。这些理想人物确实做到"帮助群众推动历史前进"的任务。

从人物创造上看，我们古典戏曲作家既是这样结合现实主义和浪漫主义的，那么是不是又可以这样说呢：现实主义和浪漫主义相结合，它是以现实主义为基础，而浪漫主义是从现实主义里面生发出来，而不是在现实主义之外加进去的。

白娘子之类和诸葛亮之类人物，不管他们身上被赋予的浪漫主义如何！他们首先是现实主义的。因为这些人物建筑在现实主义的基础上，浪漫主义才有所附丽。否则浪漫主义将成为无源之水，无根之木。而且现实主义的基础愈坚实，浪漫主义才能获得广阔的天地而驰骋自如。现实主义和浪漫主义结合得好，那就应该是现实主义性愈强，浪漫主义性也愈浓烈，二者是成正比例的（当然这是指的精神，不是指其表现形式，表现形式是会多种多样的）。反之，如果浪漫主义不以现实主义为基础，或者这个基础很薄弱，则二者是很难结合的；即使强为结合，那样的浪漫主义，也必然很虚假和显得苍白无力。

现实主义可能不与浪漫主义结合。这不是说现实主义作家没有理想，但现实主义作家可以不在作品中表现其理想，或者不强烈地，或者很曲折隐晦地表现其理想。但浪漫主义必须与现实主义相结合，正如理想必须与实践精神相结合一样。作家的理想如果真正是他自己的理想，而不是向别人借用的，那是与他的世界观分不开的。作者的世界观是浸透在作品中而不是外加进去的。理想及表现理想的浪漫主义也是无从加进去的。浪漫主义是通过现实主义生发出来的，是作家的理想通过现实主义自然表现出来的一种要求。任何强加进去的"浪漫主义"都不是浪漫主义，不过是一些幻想、夸大或借用的"理想"而已。

我国古典戏曲里现实主义和浪漫主义相结合的经验当然不仅止于此。但我所能理解到的，仅限于此了。

革命的现实主义和革命的浪漫主义相结合，是根据当前时代的特点和需要提出来的。社会变革了，社会制度不同了，剥削阶级已经被打倒，人民的理想跟现实已经不存在矛盾，革命和建设工作已经和伟大的理想结合在一起了。同时，在我们的现实中已经存在着很多的英雄人物，甚至理想的人物，担负了推动历史前进的任务。我们就应该表现这些人物，使他们成为今日文学作品和舞台上的主人翁。反过来再做到"帮助群众推动历史前进"的任务。但是新中国成立以后的戏剧创作没有满足人民的这一需要。以 1956 年全国话剧会演为例，虽然产生不少好作品，但也有不少作品存在着自然主义的倾向。这些戏剧很少能起到推动历史前进的作用，甚至还落在时代的后面。人民要求舞台上出现当代的英雄人物、理想人物、具有共产主义风格的人物，并通过他们看出远大的理想。我们过去舞台上出现过诸葛亮、李逵、穆桂英等家喻户晓的理想人物，今天是更伟大的英雄辈出的时代，难道人民不应该要求创造出今日的诸葛亮、今日的李逵、今日的穆桂英么？这是今日剧作家的主要任务！

近年来，许多剧作家思想大解放，戏剧创作上出现了崭新的气象，出现了回答时代要求的剧本。《烈火红心》、《红色风暴》以及最近演出的《敢想敢做的人》，都是这时期的优秀作品。这些作品都为我们塑造了一些英雄形象，今天的人民所希望看见的理想人物。《烈火红心》中的许国清，是个敢想敢做，根本不把帝国主义放在眼下，但又肯于苦干苦钻的充满了共产主义风格的新人物。《红色风暴》里的施洋和林祥谦，是那样英勇不屈，信心百倍，洋溢着革命的乐观主义精神。《敢想敢做的人》里边的木工张英杰也是一个英雄人物。拿这些剧本和全国话剧会演时的剧本比一比，应该承认的确是大大跃进了一步。其主要的一点便是出现了从他们身上可以看见远大理想的人物。很多同志说这些剧本都或多或少的具有革命的现实主义和革命的浪漫主义相结合的精神，其主要一点也就在这里。这是最近二年来极其可喜的收获，应该肯定，必须肯定，而且要给予足够的估价。

这几位作者为什么会写出这样优秀的剧本，其唯一的"秘诀"就在于他们深入了生活（如《红色风暴》则是掌握并钻研了丰富的资料）。他们了解并熟悉了这些英雄人物，掌握了并且能够驾驭这些英雄人物，才能创造出这些人物。如果说在这些人物身上多少具有浪漫主义色彩，那首先是写出了历史的真实，然后在这基础上加以夸张、想象的结果，决不是离开现实主义的基础凭空去夸张、想象的。

这几部剧作当然不是革命的现实主义和革命的浪漫主义相结合的典范作品，它们都还存在着缺点。很多同志都说，《烈火红心》的浪漫主义色彩还不够。这是事实。我认为它所以不够，基本原因在于作者对人物的理解尚有不充分之处，也就是现实主义的基础还不够，因而妨碍了更广阔更深远的想象力。比如许国清这个人物，写得还不够理想，一方面在于和他对立的杨明才、钱行美这些人物写得还单薄，一方面也在于许国清这个人物的某些方面没写到或没写透，因而他的敢想敢做的精神反显得有一些虚空。（这个剧本另外方面的缺点这里不谈了。）《敢想敢做的人》这个剧本存在的缺点更多些。但如果说它的缺点在于浪漫主义不够，还不如说它的缺点首先在于现实主义还很不充分。当然，这些剧本存在多少毛病，这都是次要的。主要的一点是，这些剧本所走的创作方法的路子是正确的，这是必须肯定的。

近年以来的优秀剧作决不仅上述这几个。许多剧作家都作了大胆的尝试。前辈剧作家田汉同志的话剧《十三陵水库畅想曲》就是一部成功之作。田汉同志的剧作一向是充满政治热情和浪漫主义色彩的。这出戏更其发挥了这一特色。它并没有创造突出的典型的理想人物，但它运用诗样的笔触，描画出广阔的动人的场面，歌颂了劳动，歌颂了祖国，给予观众以极其强烈的感染和鼓舞，这是戏剧文学中独创性的尝试。它的成功是在于作者对十三陵水库工程的广博的理解，并不在于最后一场的畅想。最后这一场的畅想是有缺点的，除了内容上的问题以外，主要因为它和前边十二场现实生活的联系不大。如果删掉这一场，并无损于前十二场的完整。因此，有人说《十三陵水库畅想曲》的成功在于畅想未来的这一场，那样的评价是不恰当的。

　　但如果把"畅想未来"当作戏剧的全部内容，那是另外一回事了。我们要求文学通过共产主义风格的人物、理想的人物来教育人民，而不是以未来的共产主义时代生活实况来教育人民；那不仅不是戏剧所应担负的任务，即使开一个共产主义社会展览会，也难以达到这个任务。马克思主义者是最有理想的，但这理想必须从实际出发。而马克思、恩格斯、列宁对于共产主义所画的远景，也只是原则的轮廓，并不是生活实况。对二十年、五十年后的生活开支票，不仅有能否准确的问题，而且是利少害多的。自然，我们不反对把现实斗争中的人物一直写到未来的理想世界中去，而且应该鼓励这种尝试；但这些人物必须从现实出发，而且必须写出那个时代的斗争，并以这些人物的斗争教育我们，鼓舞我们，——如果作者能有这种科学预见的话。这样的作品自然算得上革命的现实主义和革命的浪漫主义相结合的一种创作。

　　近来舞台上还有一类新的戏剧，即所谓"古今同台"或"人神同台"。这自然也是一种可喜的新尝试。以古今人物或人神来对比，显示今日现实的美好，是展开作者丰富幻想的方法之一。但这也只能是浪漫主义手法当中的一种方式，其本身并不就是浪漫主义。在现实主义的坚实基础上，恰当地使用这种手法，是可以使现实生活更富于诗意的。但如果仅仅拿天上人间对比一番，或者今人上天大闹一通，把天宫打个落花流水，或者神仙下凡，艳羡人间，参加人民公社，这种简单的幻想既不成其为什么浪漫主义，更谈不上革命的现实主义和革命的浪漫主义的结合了。我们的理想英雄人物是在现实斗争中产生的，把他从现实斗争中抽身出来，去和幻想中的孙悟空、如来佛、玉皇、龙王等比武，即使打得他们落荒而逃或者举手投降，也很难显得出他的英雄。这种英雄不过是陈丽卿式的"英雄"而已。诗、词、漫画和戏剧是不同类型的艺术形式，不能把它们之间的表现手法混同起来。诗人每每借用对古人和神话中人物的联想来抒发、衬托其崇高的感情，但仅仅是借用，不必确有其事。以毛主席的《送瘟神》为例，如果有人编成戏，在舞台上大扮其瘟神，并真个烧起纸船来送他，那可是大煞风景的事了。而且在诗人笔下是把神话人物美好的想象更加提高了，而不是把他们拿来出洋相，当众丢丑。在戏剧方面，我们祖先所创造的许多优美的神话和传说应该好好保存下来，传之后世才对。随意破坏、篡改这些文学遗产不是一件好事。孙悟空这个天不怕地不怕的富有反抗精神的人物被打倒了，让他到公社里当"弼马温"，织女每天与牛郎相见并进了棉纺厂拜郝建秀、黄宝妹为师，这算不得幻想，只不过是幻想的贫乏，而且是对固有的优美的艺术创造的破坏，是不应该提倡的。

我们可以创造新的神话，但不必在旧神话里翻筋斗。旧的神话是在旧时代现实斗争中产生的。今天，我们的想象力应该比古人更丰富，更高远，难道不能在我们的现实斗争的基础上创造出更优美的新神话？和要求新的诸葛亮、李逵、穆桂英等理想人物一样，我们也要求新的孙悟空这样新神话人物！

畅想未来也好，古今同台也好，第一个尝试者是创造，在别人尝试过的路上重复，便是模仿了。毛主席早就教导我们：对于古人和外国人的作品，都不能毫无批判地硬搬和模仿。模仿是最没出息的人做的。对于现代人的作品模仿，同样是没有出息的事。我们在创造上也应该是敢想敢做，大胆尝试，大胆创造，以独创的精神，用自己的手去探索。失败的创造也比成功的模仿高明。至于没有创作经验的青年作者对于流行作品的模拟，也是在所难免的。因此不管什么样的尝试和创造，特别是首都一些有影响的作者的尝试和创造，就不能不影响各地的青年作者。这也就不能不引起尝试者和批评家们的重视和警惕了。

最后，还有几点小意见。

革命的现实主义和革命的浪漫主义相结合，并不怎么神秘。有些新民歌中已经存在，好些新创作的戏剧里也存在着。这就证明我们能够掌握这种最好的创作方法。但从整体上说，革命的现实主义和革命的浪漫主义相结合的创作方法，还是我们努力奋斗的方向。我们也不应该对这种创作方法降低规格。在这方向上探索得有成就的作品应该大力肯定，给予恰当的估价，但不要降格以求，随便贴标签。在戏剧创作上，我们还要多方面去探索，去创造。理想人物的创造是重要的一环，但也不是革命的现实主义和革命的浪漫主义相结合这一创作方法的全部内容和要求。即以理想人物的创造来说，它既没有一定的成规可循，它也应该是千变万化，因人而异，也因作家而异的。毛主席提出这一创作方法，是解放我们的思想，开拓创作的广阔道路的。只要我们真正深入生活，从现实主义的基础上出发，一切创造、尝试和探索，都有可能进入这一最好的创作方法的大花园。

我们提倡和要求革命的现实主义和革命的浪漫主义相结合的创作方法，但不是以这作为唯一的尺度来套一切作品，要求一切作品。我们应该承认：有些作品具有革命的现实主义，但较少或缺乏革命的浪漫主义，二者结合得不够或没有结合，也可能是好作品。衡量作品的最基本的尺度还是现实主义。

现在某些戏剧创作里也还存在着自然主义倾向。我们反对自然主义，浪漫主义自然是对症良药。但反对自然主义，并不是等于要它放弃现实主义。戏剧创作里也还存在着另一种倾向，这就是严重地缺乏现实主义。我们看到过某些通讯报道，异常感动，而同一题材的剧本却很不动人。浪漫主义对于这种创作就不是万验灵方了。它首先还得深入生活，充实它的现实主义。因此，对待不同的戏剧创作，也不能一概用革命的现实主义和革命的浪漫主义相结合去要求它。对于"畅想未来"和"古今同台"的模仿，其产生的原因虽然很多，但最主要的一点还是这些作者并未深入生活，深入斗争，因此在创作上缺乏现实主义的基础，"畅想"等正是他们逃避现实的防空洞。我们应该堵塞这些洞，也要堵塞引向这些洞去的路。

1959 年 1 月

（原载《文艺报》1959 年第 1 期）

喜剧杂谈

——在全国话剧、歌剧、儿童剧创作座谈会上的发言

不久前，报刊上曾有不少文章在讨论"新喜剧"。这是个有趣的问题，也是一次有益的讨论。

我们期望着新喜剧，因为我们应该有新喜剧。社会主义社会应该有它独特的、不同于过去的新喜剧。艺术形式是由生活决定的，生活不同了，文艺形式也必然发生变化：有的可能被淘汰，有的可能不再像过去那么发达了，而有些形式却可能更加发展、丰富起来。新的生活变化，也不能不要求新的喜剧。

文学样式上的变化，不是一朝一夕所能形成，更不是根据什么人的主观设计形成的。它是作家长期创作实践中探索出来的。自然，为文学创作开辟道路的文学批评家，也能够从若干具体创作中总结经验，指出道路。12 年来，我们的剧作家在实践中探索着，批评家也在研究、探讨着，社会主义的新喜剧在诞生中了，或者说已经看见它的萌芽了。

喜剧的武器是笑。笑，有辛辣尖锐的讽刺的笑，有婉而多讽的幽默的笑，也有愉快喜悦的抒情的笑。于是我们有了讽刺喜剧、幽默喜剧、抒情喜剧，等等。

讽刺的笑是带有破坏性的武器。被压迫的人民在拿起刀枪之前，每每先拿起讽刺这个精神武器。旧社会的剧作家，只要他的讽刺笔锋指向压迫阶级，不管他自觉与否，他就和人民站在一边。他对不合理的社会现象和社会制度的否定，就必然动摇着那个统治阶级的统治基础。有人

说，讽刺剧是"喜剧的正统"。"正统"不"正统"，可以不必管它，但讽刺喜剧这个武器的破坏性是不可轻视的。

在社会主义社会里，讽刺喜剧首先发生变化。不是武器本身而是武器的使用者和对象变化了。剧作家和工人、农民一道，成为国家的主人，过去的反动阶级成了专政的对象。我们的剧作家在解放以后的首先任务，是巩固我们的人民民主专政制度。正如毛主席在《关于正确处理人民内部矛盾的问题》所指示的，剧作家在写作时，特别在写讽刺喜剧时，他首先考虑的，是他的作品必须"有利于人民民主专政，而不是破坏或者削弱这个专政"。刀是杀敌人的，但也能伤害自己。人民的剧作家手握这个富有破坏性的讽刺武器，他是深知分寸的。12 年来，我们的讽刺喜剧产生很少的原因之一，即在于此。

并不是说，讽刺喜剧就不再存在了。

在我们社会里，存在着两大矛盾：敌我矛盾和人民内部矛盾。敌我矛盾既然存在，讽刺喜剧还是一个主要的斗争武器。但是敌我之间形势改变了：在革命成功之前，是敌强我弱，人民处于被压迫地位；今天，在革命成功以后，是敌弱我强了。从国内说，官僚资产阶级、地主、买办阶级的残余虽然存在，阶级斗争也没有结束，但人民掌握了政权，反动阶级处于劣势了。他们有时也还为非作歹，可再也不能像过去那样压迫人民，而是为人民所镇压了。对于这样的敌人，仍然还需要讽刺，但再也不是像过去那样动摇他们统治的问题，而是如何消灭这些阶级及其思想残余的问题。从国外说，帝国主义虽然还没有最后打倒，但骑在中国人民头上作威作福的日子一去不复返了。对于这样的敌人当然更需要讽刺，但敌我强弱悬殊的形势改变，讽刺的方式方法也有所不同了。鲁迅先生说："专制使人冷嘲"。讽刺，在一定意义上讲，它是被压迫者的斗争武器。只有在国民党反动派不许抗日、只许媚日的 1935 年，才会产生讽喻的《赛金花》。

讽刺这武器决不能放下！帝国主义还没有消灭，美帝国主义还在侵略我们；反动阶级还没有消灭，无产阶级与资产阶级在意识形态方面的斗争也还没有停止，而是长期、曲折地，有时还会是很激烈的；对他们还需要讽刺！讽刺喜剧的天地还很宽阔！但不能不承认：在人民民主国家里，由于国内外敌我形势的变化，给讽刺喜剧带来了新的时代要求。喜剧作者对于被讽刺对象不仅在精神上，而且在实际地位上，已经处于居高临下之势，他的剧本里必然充满胜利的、欢乐的、自信的笑，而不再是愤怒的、冷嘲的、隐喻的笑；剧本的风格必然趋于明快、流畅，而再不必隐晦、曲折（当然，不是不要含蓄）；讽刺怒火里的理想之光将更加闪耀，而再不是单纯的破坏性的火焰。总之，社会主义社会新的讽刺喜剧，较它的前身，必然在某方面有所减弱，在某方面有所变化，而在另方面又有所发展。这是不容否认的。

新的讽刺喜剧是值得剧作者、评论家们钻研探索的新天地。许多剧作已经向这里迈过脚步，也有一些业绩，但还需要迈开大步，大胆尝试，才能取得更多的经验。只要给这块园地输送更多的土壤、肥料与水源，它会开出更鲜艳的花朵！

敌我矛盾相对减弱，反映人民内部矛盾的任务加强了，这是新时代对剧作家提出的另一个新的要求，也是一个更艰巨的任务。

人民内部矛盾可不可以讽刺，又如何讽刺呢？

人民内部矛盾是非对抗性的矛盾，一般说来，是在人民利益根本一致的基础上的矛盾。在生活中，它是可以通过民主的方式，即"团结—批评—团结"的方式解决的。讽刺的笑有破坏性，用讽刺喜剧这武器进行人民内部的批评与自我批评，而又要达到巩固人民民主专政制度，这其间存在着一定的矛盾。

毛主席《在延安文艺座谈会上的讲话》中说："人民大众也是有缺点的，这些缺点应当用人民内部的批评和自我批评来克服，而进行这种批评和自我批评也是文艺的最重要任务之一。"这里所指的人民的"缺点"，是包括人民内部矛盾而言的。在今天的社会主义社会里，这种批评——揭露和解决人民内部矛盾，是经常而普遍的社会现象和生活现象，那么，描写人民内部矛盾，自然更"是文艺的最重要任务之一"了。但是如何"进行这种批评"呢？可否使用讽刺这武器呢？毛主席说："我们是否废除讽刺？不是的，讽刺是永远需要的。但是有几种讽刺：有对付敌人的，有对付同盟者的，有对付自己队伍的，态度各有不同。我们并不一般地反对讽刺，但是必须废除讽刺的乱用。"而对于自己队伍——人民，应取什么态度呢？"必须是真正站在人民的立场上，用保护人民、教育人民的满腔热情来说话。"并且提醒作家说，"如果把同志当作敌人来对待，就是使自己站在敌人的立场上去了。"

这些指示很重要。因为讽刺的火焰一经燃烧，它会蔓延开去，越过界限，混淆了"各有不同"的态度。

对于国内外敌人的讽刺，上边谈过，不再说它。对于同盟者，在一定时期、一定人物中间，如对反右时期的资产阶级右派分子的讽刺，界限也比较清楚。对自己队伍——工人、农民、知识分子及其干部的讽刺，却是最易于越界的地段。讽刺的分寸稍一偏差，就会"失之毫厘，谬以千里"：在讽刺某一人物的错误思想、作风的时候，每每在不觉中却否定了整个人物，"把同志当作敌人对待"了；在讽刺某一个特定人物的时候，也每每在不觉中却引申出"以概其余"的结论；在讽刺一个局部缺点的时候，更每每在无意中伤害了全体。归根结底，这些缺点的造成，都可能由于作者没有"真正站在人民立场上"。但更多的情况是没有理解到讽刺的态度应该"各有不同"，而"乱用"了它所致。

对人民内部讽刺的态度，其"不同"之点何在呢？在于只能"用保护人民、教育人民的满腔热情来说话"，而不是"暴露人民"。但对人民使用辛辣尖锐的讽刺，每每成为对人民的"暴露"。可见毛主席所说的这种不同态度的讽刺，是有别于一般的讽刺，是一种"满腔热情"的、善意的"讽刺"。

这是怎样的一种"讽刺"呢？如果不是曲解，那便是"幽默"。（"幽默"是个外来语，也想不用它。但找不到更合于这类善意讽刺含义的词汇——比如"滑稽"，更不恰当。就姑且用它来代表这一种讽刺吧。）

广义地说，幽默也是一种讽刺。它在形式上有时很接近于讽刺，但它的态度是善意的、"满腔热情"的，它的效果也就两样。所以在西洋喜剧里就把讽刺喜剧和幽默喜剧分了家。

"幽默"这个词虽是"舶来品"，但不能说我们没有幽默和幽默喜剧传统。"谈言微中，亦可以解纷"的淳于髡、优孟之流，被太史公称为滑稽家的，其实都是幽默家。传统相声《阳阳五行》、《关公战秦琼》等，从社会意义看，说它是讽刺作品，不如说是幽默作品更为恰当。戏曲中的《打金枝》(各种地方戏)、《评雪辨踪》(川剧)、《花园对枪》(粤剧据京剧改编)，等等，依喜剧分类来说，也只能归入幽默喜剧。而值得注意的是：这类作品（包括淳于髡等人的故事）都具有一个共同特性，便是它们所解决的都是一个阶级（或阶层）的内部矛盾。可见幽默与内部矛盾之间存在着一定的关系。

批评态度因对象而异。对待你所恨的人，自然要无情地冷嘲，这就产生具有强烈破坏性的讽刺武器；对待你所爱的人，你只能善意地、热情地讽喻，这便产生了怀有治病救人愿望的幽默这一武器。可见幽默喜剧是适应反映内部矛盾而产生的形式。

幽默喜剧在喜剧中最适合于反映人民内部矛盾，并不等于说，反映人民内部矛盾的喜剧中就不再使用讽刺。人民内部矛盾本身是千变万化的，其中需要讽刺的人与事就很多，当那矛盾转化的时候，讽刺武器更有用武之地。即在幽默喜剧之中，也不会完全排斥讽刺；正如讽刺喜剧之中也并不排斥幽默。但把讽刺与幽默的主要性能划分开来，将有利于减少"讽刺的乱用"，更有利于幽默喜剧的发展。

在我们社会主义社会里，人民内部矛盾既是日常习见的生活现象和社会现象，反映它，便成为社会主义文艺的最重要的任务。幽默喜剧在今天有它发展的广阔天地。在我国戏曲遗产中，幽默喜剧有如此之丰富：每个剧种都可举出若干优秀剧目，尤其是川剧，更是一座宝库。有着这种任何国家所不可企及的优越条件，也保证我们一定能创造出新的社会主义的幽默喜剧来。

在新喜剧讨论中被大家再三引证的两部喜剧电影——《五朵金花》和《今天我休息》是什么喜剧呢？

这是两部好电影。它们都是有创造性的作品，为喜剧探索出一个新的样式来了，是社会主义的新喜剧。

有人说，它们是误会的喜剧；有人说，它们是歌颂性喜剧。前一说法没有成立，被别人否定了。后一说法还有一些论据，比如说："我们的社会中充满了欢乐，所以新喜剧主要应该是歌颂性的喜剧。"又说："先进人物是在生活中成为巨大的推动力量的，在喜剧中也应该成为中心人物。"由于这两部电影里都没有反面人物，就又进一步肯定地说："新喜剧只能写正面人物，歌颂正面人物。"这些说法，其实和"误会的喜剧"说法一样，是把一个新生的样式硬推进一条死胡同里去。虽然他们的目的都是为了要赞扬、肯定这两部电影。我们社会里是"充满了欢乐"，但不等于说就没有愁苦；而欢乐也正是从不断的斗争胜利中取得的。正面人物应该歌颂，喜剧自不例外，但离开对反面人物的斗争，哪还有正面人物？把一两个剧本没有出现反面人物作为例证，推论到新喜剧只能写正面人物，就更不合逻辑了。顺着这条死胡同走，必然走回没有矛盾、没有冲突的"无冲突论"的老家。另立什么"歌颂性喜剧"名目，利少害多，确是大可不必的。——自然，《五朵金花》和《今天我休息》也决不是"无冲突论"的剧本。

那这两部电影到底是什么喜剧呢？任何事物出现新品种的时候，可能都无法归类。无类可归又何碍于它的生存呢？等它繁殖以后，会自成一类的，不必忙于挂上招牌。一定要在现有的类型里找接近的，那这两部电影既非讽刺喜剧，也还不是幽默喜剧，只好排入抒情喜剧之列了。

抒情喜剧和幽默喜剧也有近似之处：它们都是作为对待阶级内部矛盾的武器。但前者更偏重于对正面人物和生活的赞美，而偏轻于对社会重大矛盾的揭露，它确是主要以歌颂生活的美好欢乐来鼓舞教育观众的，这一点倒与"歌颂性喜剧"的说法相近，但它决不是"无冲突"的。川剧《秋江》只从这一折戏来说，它是我国抒情喜剧的一个很好的范例。它以陈妙常情急于追赶情人潘必正与艄公的存心调侃为戏剧冲突，展开二者的心情描写，赞美了爱情，抒发对生活的喜悦。《五朵金花》和《今天我休息》接近于这种喜剧，但它们抒发的是社会主义之情。所以它们是抒情喜剧，而且应该说是社会主义的新的抒情喜剧。

自然，并不是说新的抒情喜剧就应该、只应该像这两部电影那样的。抒情喜剧也应当多种多样，这两部电影只不过是其一例而已。但这个例子开的好，它显示我们剧作家一定还能够创造出各种各样的新的抒情喜剧来。

社会主义文艺是历史上最繁荣的文艺。各种喜剧都各有其变化和发展，也都各有其宽广的前途。新喜剧的天地是如此辽阔，足供喜剧作家们的驰骋纵横了！

在"新喜剧"的讨论里，同时谈到喜剧的戏剧冲突问题，这也是个饶有趣味的问题。

这个问题里包含着一个戏剧冲突与社会矛盾的关系问题。在某一些文章和某一些人的讲话中，常有把这两者弄得混淆不清的说法：

有一类说法是：人民内部矛盾是非对抗性的，它可以通过"团结—批评—团结"的方法得到解决。因此，今天的戏剧里不可能有尖锐的戏剧冲突。于是有所谓"有矛盾，无冲突"说。或者说，"生活中的矛盾愈小愈好，戏剧中的矛盾愈尖锐愈好，二者无法统一"。这些说法主要是对人民内部矛盾没有理解，因而不敢揭露人民内部矛盾所致；但从创造上说，是把社会矛盾与戏剧冲突二者混同起来了。混同的结果便导致戏剧创作上"无冲突论"的倾向：只写些好人与好人或次好人之间的矛盾，落后与更落后之间矛盾，等等，或者只写正面人物不写反面人物，只写敌我矛盾不写人民内部矛盾，等等。

另一类说法是：矛盾是普遍存在的，有矛盾就有冲突，一切事物都可以构成戏剧冲突，写成戏剧。这是把社会矛盾与戏剧冲突等同起来。等同的结果便导致戏剧冲突的庸俗化：任何一项发明创造，任何一项技术革新，任何一次突击运动都被要求构成戏剧冲突，写成戏剧（这里虽然多少存在着些矛盾，但不一定有戏剧冲突）。于是"树立"正反面人物，虚构冲突。冲突既属虚伪，矛盾也未反映。表面上似乎强调冲突，实际上也是"无冲突论"。

不管是混同，是等同，都是把社会矛盾与戏剧冲突看成一个东西。

戏剧冲突是以社会矛盾为基础，但社会矛盾并不等于戏剧冲突。戏剧冲突只能反映矛盾，而不是搬演矛盾。矛盾是普遍存在的，但不是一切矛盾都需要反映，都可以反映，更不是一切矛盾都可以搬演成戏。

戏剧冲突反映矛盾，既不是用镜子照脸，也不是用照相机拍照那样直接地反映，而是多角度地（有正面、有侧面、有反面）、多种多样地反映，有时是曲折地、甚至是经过变形——变成完全另一形式来反映。作家对生活进行观察、体验、研究之后，认识了矛盾，理解了矛盾，还要在这一带有普遍性的矛盾之中（和生活中原始材料一起）进行选择、提炼、概括以至升华的工作，才能把它锤炼成一个具体的戏剧冲突。戏剧冲突是尖锐的。它的尖锐性并不决定于矛盾之是否具有对抗性，还要看作家的锤炼与安排。从观众的要求来说，戏剧冲突必需是尖锐的。他要求从一个具体的、尖锐的戏剧冲突里得到享受，从而间接地，由小见大，由浅见深，由此见彼地理解到更大、更多、更本质的社会矛盾及其所内含的主题思想。观众并不欣赏社会矛盾的直接"图解"。

（自然，某些重大的社会矛盾其本身就具有丰富的戏剧性，也可以直接组织成戏剧冲突。但这情况是少数的，而且即使这样，也必需经过作家加工、提炼、选择等再创造过程，并不是照搬原始材料。）

戏剧冲突与社会矛盾的关系既如此，则新喜剧讨论中的另一争论——"戏剧冲突究竟是戏剧的内容（目的）呢，还是它的形式（手段）呢？"——也可以迎刃而解了。作为戏剧的动力来说，戏剧冲突有推动情节发展，完成人物创造等作用，它是一种手段。就其所反映的社会矛盾来说它是内容。但对反映这一作用说，尤其是对作品的主题思想来说，戏剧冲突仍然是一种手段。归根结蒂，戏剧冲突不过是反映社会矛盾（及其所含的主题）的手段。

搞清楚戏剧冲突与社会矛盾的关系，才好进一步谈喜剧的戏剧冲突。

一般地说，喜剧的戏剧冲突同样可以反映一切社会矛盾。但喜剧的特点是以笑为武器，它的局限性也就在这里。它可以反映社会重大矛盾，但它究竟不适宜于像正剧或悲剧那样直接地反映、正面地反映，而更多采取间接地、侧面地、反面地、曲折地甚至变形地反映。因此，较之正剧或悲剧，喜剧的戏剧冲突作为手段来使用时，尤其变化多端。

先举昊戈理的《钦差大臣》为例。市长听说有位钦差大臣将来本地微服私访，适逢其会，一个叫做赫列斯达科夫的纨绔子弟、小官僚来到这里，被市长误认为钦差而迎接到家中。在假钦差与市长（及其属下）

之间展开了一场激烈的斗争，借以揭露沙皇时代官僚政治的腐朽。从表面看，市长也罢，赫列斯达科夫也罢，他们这一群都是官场中人，戏剧只写了他们之间的冲突。但人所共知，这一戏剧冲突却尖锐地反映了沙皇统治与人民之间的矛盾。再一个例子是川剧《拉郎配》。秀才李玉在皇帝选妃令下之后回家，归途中一连被三家强拉去做了新郎；他在这三家之间被拉来拉去，造成一个喜剧性的戏剧冲突。很显然，这一戏剧冲突所反映的却是皇帝选妃与人民被迫害的矛盾。这两个例子都是以阶级内部的冲突来反映阶级之间矛盾的，是一种间接的、曲折的反映。

戏剧冲突并不等于社会矛盾。所以有时候，戏剧冲突也可以不反映什么社会矛盾，而直接构成主题。最好的例子是老舍同志作的《全家福》。这是一个富有教育意义的好喜剧。它写的是在人民警察帮助下，一家重新团圆的故事。戏剧冲突建立在父母儿女对重圆的不同态度上，有的在苦寻亲人，有的在避开亲人，有的误解他的亲人等。这个戏剧冲突并没有反映什么社会矛盾，作者只通过它表现所企图说明的主题：旧社会妻离子散，新社会骨肉团圆。作者以此歌颂人民警察，歌颂人民民主专政制度的优越。在这一点上，《五朵金花》、《今天我休息》也和《全家福》是同一类型的。"没有冲突，就没有戏剧。"但没有社会矛盾还是可以构成戏剧。有些同志一定要为《五朵金花》等找寻社会矛盾，那是大可不必的。

有人说，《五朵金花》和《今天我休息》并没有戏剧冲突。或者说它们只有"假设性"的戏剧冲突。前者企图以之证明没有冲突也可以构成戏剧，后者是实际承认没有冲突而又不甘心做"无冲突论"的说词。其实，这两部电影是充满戏剧冲突的。以《今天我休息》为例：马天民与女朋友约会，由于被一连串的意外事件（帮助群众解决困难）所误，以致一再失约。这个冲突是"假设"的，因为通过它，作者安排了一连串的小故事。而真正的戏剧冲突就在这些小故事里：救孩子进医院，为农民送猪，为罗爱兰送还失物等，都各自有其戏剧冲突。它不同于《全家福》的，是《全家福》只通过一个戏剧冲突表现一个主题，而它则是通过几个戏剧冲突来表现一个共同的主题。马天民约会女朋友不过起个结联全剧的线索的作用，作者并没把它当作真正的戏剧冲突来处理。《五朵金花》也同样是有戏剧冲突的。这一类安排戏剧冲突的方式，在电影里已经有不少前例了。但由于这两部电影没有反映什么重大社会矛盾，几乎被"誉"为是"无冲突论"的喜剧典型（所谓歌颂性喜剧），是冤枉的。它们是有戏剧冲突的，只不过安排得不同些、巧妙些而已。

但确有这样一类的戏，它的戏剧冲突似乎完全是"假设"的，或者说是虚拟的：它每每把戏剧场景放在天堂、地狱，以及其他杜撰的幻境里，或者虽在人间而戏剧冲突所展开的情节完全是荒诞不经的。最近的例子是《中锋在黎明前死去》：资本家把许多艺术家、运动员等当作商品从拍卖行里买来，装箱运回活人陈列馆，这些情节都是荒诞的、"假设"或"虚拟"的。但中锋与芭蕾舞演员对资本家所展开的冲突，他们要求自由，企图破壁逃走，最后，中锋被监禁，被送上绞架等，却是真实的冲突。在如此虚假的境地和情节当中的戏剧冲突，却使我们感到无比的真实，是因为它所反映的社会矛盾是完全真实的。所谓"自由职业"的艺术家、运动员等，在资本主义社会里是最不自由的"商品"，他们只能在资本家的操纵下过活，如果梦想自由，就得走向监狱和死亡。——这个例子说明了：作家为了尖锐地揭露、反映社会矛盾，他甚至可以把生活变形，造成一个形似假的戏剧冲突来完成任务。

还有很多喜剧，它的戏剧冲突里常常使用误会、巧合等手法。这种例子更多，最著名的一个戏还是《钦差大臣》。如果没有市长把赫列斯达科夫当作钦差这一个误会，则整个戏剧冲突就无法展开。在喜剧里，否定误会、巧合等手法的作用，许多喜剧只好变成不喜之剧。但误会和巧合，都是偶然性的东西，它在喜剧里只能引起戏剧冲突，但不能依之建立真实的戏剧冲突，更不能用它来解决戏剧冲突。《钦差大臣》把一个浪荡子误会为钦差，只是为了引起假钦差与市长等之间的戏剧冲突。冲突一经引起，它就依着沙皇时代官僚社会制度自身的规律发展开去，不再依赖误会去展开了。到了市长家中以后的戏，赫列斯达科夫即使是个真钦差，其主要情节也会大致如此的。自然，由于是位假钦差，在赫列斯达科夫这方面随时提防，随时露马脚，也影响了冲突的发展，但这是误会所带来的后果，是次要的；推进戏剧冲突的主要动力还在于沙皇统治下官僚之间必然的矛盾。戏剧冲突的解决，就更不能依靠偶然性的误会了。《钦差大臣》最后宣告真钦差来到了，是合乎必然性的结果。误会、巧合等在喜剧中的应用，也是为了更加突出矛盾的真实性，而不是为误会、巧合而误会、巧合。戏剧冲突是反映矛盾的手段，误会、巧合是这种手段所常使用的手法之一。它本身不能说是戏剧冲突。因此，有人说，"误会、巧合是一种假设性的戏剧冲突"，当然是不妥的。

戏剧冲突作为手段是变化多端，无法列举的。但它的目的只有一个，就是为了更加有力地、尖锐地反映社会矛盾，表达主题思想。

正确理解社会矛盾与戏剧冲突的关系，有助于喜剧创作的多样化。作家对实际生活进行观察、体验、研究，创造出各式各样的人物来，在这基础上，再加以作家的巧妙的构思，安排出具有独创性的戏剧冲突，这样，即使是千万作家反映同一社会矛盾，也会产生千变万化、各各不同的喜剧来。否则，从社会矛盾的概念出发，等同或混同社会矛盾与戏剧冲突的关系，硬去"编"剧，那只能把千变万化、各各不同的生活，变成"千篇一律"的"作品"。我们有些分处东南西北素未谋面的作家，会写出"不谋而合"的相似的作品来，其故就在于此。

但新喜剧——不管是讽刺喜剧、幽默喜剧还是抒情喜剧的天地都是如此之广大辽阔，喜剧的手段与手法又是如此之丰富多样，有着 12 年新喜剧的创作经验的剧作家，一定会创造出合乎社会主义社会需要，而且只有社会主义社会才能产生的、无负于这个伟大时代的、各种各样的新型喜剧来！

（原载《剧本》1962 年 5 月号）

戏剧空谈

南大中文系同学们要我谈谈戏剧创作，这是个难题。身为系主任，又挂个空头教授头衔，不讲，说不过去。要讲"戏剧作法"、"写剧入门"之类东西么，自己就不相信，也讲不出。"你是个作家嘛，讲讲体会也好。"其实，我已算不得一个作家了，三十年来几乎没搞创作，最近才写了个戏。我是名副其实的"空头文学家"，空头教授而兼空头文学家。我是"空空道人"。

有的同志曾责备教文学的教授不会写小说。这有点冤枉。会写小说的也不会当教授。"敲锣卖糖，各有一行"嘛！而我这个"空空道人"又一行不沾，我能讲什么呢？

"丑媳妇怕见公婆面"，你们这些"公婆"一定要我讲，那我这"空空道人"只能说"空"话，放"空"炮，这可谓"四大皆空"。我的题目只好叫作《戏剧空谈》。

第一个问题：谈谈什么是戏

要写剧本，先要懂得什么是戏。最近半年来，我平均每天收到三五封信，问我怎么写戏。而且每每附有剧本要你看，因此我读了上百部剧本手稿。可是称得上戏的不多。就是说，不懂得戏。

什么是戏呢？戏者，戏也。就是要有戏剧性。有位前辈曾经教过我说：有一个人突然掉进一个很深的陷阱，他为了活命，就千方百计地挣扎、搏斗。这个挣扎搏斗的过程，就是戏。他如果是个值得同情的人，

446

他最后终于胜利了，就是喜剧；失败了，便是悲剧。陷阱，是个比喻，是指一个环境，一个困难的问题或一个艰险的处境出现了，你必须与之冲突、斗争，以求得解决。所以戏剧的核心是冲突。一男一女在路上谈笑而过，没有人注意他们。如果一男一女在路上相骂以至相打，大家便会围上来看看。因为它有冲突，有戏剧性冲突了。

这个道理，两千多年前的我们戏剧"祖师爷"就懂得。春秋时代楚国有个优孟，可算是"祖师爷"了吧。楚庄王非常爱马，有匹心爱的马由于吃得太好，得肥胖病死了，他伤心得很，要以大夫之礼葬之。大臣们以为不可，纷纷谏阻。庄王火了，说："谁再谏阻就杀谁！"优孟面对着"陷阱"了，可他要斗争，于是他演戏了：走进殿门便仰天大哭，哭得很伤心。楚庄王问他为何如此伤心？他说，你的爱马死了，仅仅以大夫之礼葬它太不够了，应该以国王之礼葬之，这才可以使各国诸侯知道，大王是个重马而轻人的人！庄王醒悟了，问怎么办？优孟说，葬之腹中——吃掉算了。一场该杀头的冲突以优孟胜利告终。还有所谓"优孟衣冠"的故事，是大家都知道的。优孟为了"暴露"楚庄王对于宰相孙叔敖的忘恩负义，他模仿孙叔敖的声音笑貌，整整学了一年，然后去见庄王。庄王大喜，以为孙叔敖复活，欲以为相。优孟可不同意，说孙叔敖死后儿子穷得没饭吃，宰相做不得。庄王下不了台，只好给孙叔敖儿子食禄四百户。太史公因此在《滑稽列传》中说："谈言微中，亦可以解纷。"纷，就是矛盾冲突。可见我们伟大历史家司马迁就很懂得戏剧原理。

这都是老生常谈，起码的常识。但我还在此絮絮不休者，是因为连这个常识性的问题也遭到"四人帮"之流破坏了。我们说的戏剧冲突，是一定的社会冲突在人与人之间矛盾冲突的反映。这种社会冲突在生活中是大量存在的。但它本身并不形成戏剧。只有当它集中体现在某一个或某一组典型人物身上的时候，这种戏剧冲突才能形成。一个戏剧作者的最主要的基本功，就在于在复杂纷纭的社会冲突中捕捉这一戏剧冲突。所谓"文章本天生，妙手偶得之"。这个"偶得之"，并不是碰大运，而是长期思考，一旦领悟；是十月怀胎，一朝分娩。楚庄王重马轻人和忘恩负义如果不是碰到优孟这个典型人物是构不成戏剧冲突的。当然，光有优孟而没有楚庄王这个反面人物，也是一样。

若干年来，我们有许多剧本昙花一现，被人遗忘，就因为它没有真正的戏剧冲突，即无冲突或假冲突，违背了戏剧创作的基本规律。

这种无冲突或假冲突的例证很多。

其一曰："图解政策"。为了宣传某一政策，而并无生活基础，更无源于生活基础的戏剧冲突，于是安排甲、乙：一个正确，一个错误；一个拥护，一个反对。这是儿戏，不是戏剧。比如"除四害"时说麻雀是害鸟，作家大嚷大叫："要打麻雀！"后来又宣告麻雀无罪了，作家又说："麻雀要保护！"

其二曰："主题先行"。仿佛主题是天生的，而不是作家观察生活、理解生活的结果。某个领导一声号令，作家趋之若鹜。根据主题构思戏剧冲突；根据戏剧冲突安排人物；根据人物再赋予性格。完全颠倒了创作规律，但能满足某些领导的当前要求。

其三曰："误会法"。你也先进，我也先进，本无矛盾，何来冲突？于是你误会我，我误会你，吵闹不停，冲突不已，煞有介事，其实是贾门贾氏。戏剧情节中利用误会，未尝不可，《钦差大臣》就是好例子。但误会只能是种手段，用以揭示矛盾冲突；戏剧冲突建立在误会上，便是空中楼阁了。

这三种情况是常见的，也是"文化大革命"以前就存在的。它的存在，主观上是作者不懂或违背戏剧基本规律；客观上则是因为有些"棍子"在满天飞舞。"难道生活是这样的吗？"这就够了。于是一些富有戏剧冲突的好戏被扼杀了。

林彪、"四人帮"横行之日，话剧果真濒临灭亡了，全国只剩下从别人作品剽窃来的几个所谓样板戏。于是江青之流又在无冲突论或假冲突论中增加了新品种。故其四曰："三突出"。"三突出"是愚昧无知、主观臆造的产品，它在创作实践上是危害无穷的。如果前三种无冲突论或假冲突论是不自觉地掩盖社会矛盾，"三突出"则是以创造"英雄人物"为名，公然否认社会矛盾的存在，从而取消戏剧冲突这客观规律。它在政治上是为他们篡党夺权阴谋服务的。因此，在他们炮制的作品中，"英雄"的对立面只有一个：前期是"特务"，后期是"走资派"。

前期的戏剧中，无戏无"特务"，"特务"满舞台，连反映我国人民伟大创造的长江大桥的剧本里，一度也非安上个"特务"不可。后期的戏剧中，不写"走资派"不能过关，于是"走资派"又"横行全国"。说江青之流的所谓"文艺"是"阴谋文艺"，谁曰不宜？

"四人帮"在政治上早被粉碎了，但他们的"阴谋文艺"的流毒远未肃清。最近某刊物发表的《向前看啊！文艺》和《"歌德"与"缺德"》，正是证明。因此，同学们如果有志于戏剧创作，首先第一条就是排除17年中某些教条的束缚，尤其是"四人帮"时期"阴谋文艺"所强加于人们的毒害，掌握戏剧创作的基本规律，即戏剧冲突。

第二个问题：戏，为什么一定要写戏剧冲突？

戏剧是不是可以不写戏剧冲突呢？不行，有一种称之为"书斋剧"的，它并不要求上演，可以例外。但不能上演的就不该称之为剧，只能称之为"对话录"。剧本可以读，但它主要不是为了读，而是为了演出。戏中没有冲突，让观众坐在台下只听几个人物在对话，行么？除非是关起铁门，否则观众是要走光了的。这是戏剧的特性。

但戏剧之必有戏剧冲突，主要还不在于它的特性。戏剧是社会生活的反映。社会生活中存在着各种矛盾冲突，戏剧就必须反映这种冲突。这又是文艺的共性。人类社会从古及今以至未来的共产主义社会，永远存在着斗争，存在着真、善、美与假、恶、丑的斗争。人类永存，戏剧也将永存。也就是说戏剧冲突的规律也将永存。

因此，戏剧冲突就不仅仅是个艺术问题，而且主要的是个对待生活现实的态度问题，是个政治问题。一个作家，他可以深懂戏剧冲突的规律，把一个故事编得情节曲折，引人入胜，处处抓住戏剧冲突，扣人心弦，但他的戏剧冲突并不反映现实生活中的主要矛盾，那他算不算一个作家呢？我说这只能算一个编剧匠人。因此，一个作家必须面对现实，正视矛盾，反映生活，他才能成为人民的代言人，也就是党的代言人。《丹心谱》、《有这样一个小院》以及《于无声处》可贵之处即在于此，所以它们才能唤起千百万人的共鸣。

一个真正的作家要有胆识。不仅要有政治远见，而且要有坚持真理的胆量。田汉同志在《谢瑶环》里引用了"民犹水也，可以载舟也可以覆舟"这句真理，才被迫害致死的。自然，没有这句话也难免于难。吴晗同志只因歌颂了历史上刚正不阿因而罢官的海瑞，便也含冤而逝。昆剧《十五贯》的改编者只不过讽刺了主观主义的典型过于执，被打成右派，含冤二十年！毛主席和周总理都肯定过《十五贯》，而且要全体公安干部都去看，叫大家不要学过于执。当时肃反没有扩大化，冤错案也比较少，恐怕《十五贯》是起了一定作用的。可是到了反右运动，过于执又多起来了。直到今天，过于执还是不少！"既然艳如桃李，焉能冷若冰霜？"主观主义的推论结果，便罗织成苏戌娟的冤狱。这样例子难道没有了？做一个作家就遇不到过于执这样人物？你怕不怕呢？怕，就不必干作家这行当！

在谈戏剧冲突的时候，还得附带谈一下典型问题。我们常说要在典型环境中写出典型性格来。因此，在我收到的青年来信中，不少人也都问：怎样才能刻画出人物的性格来？

这个问题好回答，也不好回答。

好回答的是：人物性格只有在戏剧冲突中创造。我前面说过，一个人突然掉进陷阱了，为了活命而挣扎搏斗，这便是戏。可是如何挣扎搏斗，是因各人的性格而异的。比如说吧，一个手持手枪的强盗闯进一间宿舍来，宿舍里的人们如何对待？必定是有的逃走，有的躲进床肚，有的挺身而出与之搏斗，有的去报警，有的全身发抖，说不定还有人下跪求饶，等等，不一而足。为什么呢？因为在紧急的生死关头，每个人都是使出全身本领来争取生存的。这全身本领就根据各人不同的出身、教养、阅历、年龄……特别是不同的性格而各各不同的。所以，要塑造人物的性格，只有在戏剧冲突中塑造。离开戏剧冲突，无法刻画人物的性格。反之，没有人物性格上的矛盾，也无从形成戏剧冲突。

说它不好回答，是因为戏剧中人物的性格不是由作者自己编造的，而是由作者对于各阶层各种人物长期观察所积累的成果。你除了深入生活，长期积累以外，别无良策。

观察人物，要养成习惯，要随时随地用眼睛看，用脑子想。回忆起 1966 年 9 月 14 日我回北京后第一次被揪斗的情景是很有趣的。那天大会是斗争张天翼同志的，我不过是主要陪斗者，所以还可以偷偷地观察一切。这次大会最精彩处在于尾声。那天作协的头面人物以及有关人士都出席陪斗，济济一堂，好不热闹。所以群众提出要求，要各人——登台亮相，"自报家门"。精彩就精彩于"自报家门"，这就是要我们这批"牛鬼蛇神"各自作"自我介绍"：姓甚名谁，出身什么家庭（自然要越反动越好），自己所犯罪行（主要是在"文艺黑线"中的地位），等等。人是一个一个上台的，你看各人神态吧：有的老实低头，有的偷眼四顾，有的慌张，有的镇静，有的猥琐，有的还高视阔步，还有一位不住地揉肚子，大概出来慌张，忘了系裤带。到"自报家门"时，那更有学问了：是"反动学术权威"还是"走资派"还比较好划分，至于是"文艺黑线"的"执行者"还是"推行者"呢？是"文艺黑线"的"健将"呢还是"干将"呢？那是颇费推敲斟酌的，可又要群众通得过，自己吞得下。结果是各各不同，而又"恰如其分"。比如一位管行政的干部，并不管文艺，他自觉不够"干将"之类资格，便自称是"文艺黑线的黑爪牙"。这些人物都是我的朋友和熟人，仔细想想，他们亮相的姿态和自报家门的尺度，没有一个不同他们固有的性格相一致的。这也说明在"陷阱"之前（等于在戏剧冲突中），是各人按照各自性格在"表演"的。

所以，要问如何刻画人物性格，只有自己去观察、体验、思考，别人是回答不了的。

第三个问题：写戏是干什么的？

文艺的作用是为了团结人民，教育人民，打击敌人，消灭敌人。戏剧自不例外。但作为一个剧作者，你自己是否因此就以人民的教育者自居呢？我看这不行。

过去旧社会，"唱戏的"叫做"吃开口饭"，他如果不能讨得观众的赏识，就没饭吃。为什么中国传统戏曲都有歌有舞，使人赏心悦目呢？我想其理由之一，便是它首先要娱乐观众。说起娱乐观众，恐怕我们许多新文艺工作者要大摇其头，甚至会骂娘的。但是且慢，据说鲁迅写《阿Q正传》时，首先读给他老太太听，老太太笑了，他才拿去发表。可见，鲁迅的作品也还是要娱乐观众的。"娱乐观众"这个词也许太刺伤一些人的自尊心，但演戏总得使观众笑或哭吧，总得要观众有所思考，有所奋发，有所爱憎吧？这叫做什么呢？叫做"共鸣"也可以，更好听些叫做"艺术感染"也可以。但我认为一个观众花了钱，去排队买票，甚至还要托人开后门才弄张票来看戏，总是为了娱乐来的。还没有听到一个观众说过，我花钱买票是为了去"共鸣"，为了去接受"感染"，更没听哪个观众看戏说是去"接受教育"的。听报告倒是接受教育的，可是见谁花钱买票？

我为什么要发这通感慨呢？这就是感慨于我们的剧作者太不尊重观众了。我们的剧作者每每是不自觉地以教育者自居，而把观众当小学生。比如说，对于过去的一段情节，作者通过这个人物说一遍，又通过那个人物说一遍，目的是说给观众听。其实观众早明白了，或者根本不需要你提醒他就会明白。更习见的是：作者通过人物之口，把作品的主题思想向观众说得清清楚楚，明明白白，一览无余。观众是有头脑的，他会思考，你什么都说了，还用观众去思考，去体会么？更何况有些作者所说的道理无非是从中央文件或者从《人民日报》抄来的，观众如果要听这大道理，会去读文件和报纸，何必到剧场来？总之，这样的作者是板起面孔以教育者自居的。可是你越摆教育家的架子，观众就越不买你的账。有人说：观众对于戏剧电影是用脚底板来批评的：他不用脚底板跑来买票，就是一种批评。但有些报刊，好像搞"安慰赛"，却拼命吹捧，这真是自欺欺人！我说，"票房价值论"是不全面的，但有一定道理。

还有种作者更可怜，这就是所谓"三结合"："领导出思想，群众出生活，作家出笔"。一个作家可怜到没有思想，只成为领导的"打字机"和"传声筒"，这还何必要作家呢？这种"三结合"发展到顶峰，便是按照"长官意志"写作，于是就产生了"阴谋文艺"。作家，作家，在"四人帮"横行时代，无怪乎只有"小猫三只四只"了。

话说回来，还是谈娱乐。作家与观众的关系，不该是教育者与被教育者关系，也不必说买票看戏的买卖关系，那太庸俗了。那么说成平起平坐的朋友关系，该可以吧。共鸣也好，感染也好，总得是朋友才行。你作者的思想主题即使"金玉良言"，也还有个听得进听不进的问题。"良药苦口利于病，忠言逆耳利于行"，所以如今有些苦口良药也裹上糖衣。那么作者的忠言是不是也得讲个方法？比如优孟对于楚庄王两次所进的忠言就很讲方法。对于爱马之死，他先来个嚎啕大哭，以征服楚庄王之心，然后才点出重马轻人的"主题"。对于孙叔敖的事，他只扮演孙叔敖，用其声音笑貌引起庄王的怀念，然后用反语一激，庄王醒悟了，连主题也不用点。这就是方法。这方法就是先娱乐楚庄王。如果优孟不讲方法，直言无隐，对庄王指责一番。痛快是痛快，可惜优孟的脑袋要搬家。我们的观众呢，自然不会来砍作家的脑袋，但他总有个不动脚底板的权利吧，对你来个不领教，你又奈何于他？

　　说到这里，同学们也许明白我的用意了：我并不是反对戏剧的教育作用。敬爱的周恩来同志就一再说过：戏剧要寓教育于娱乐之中；文艺的教育作用和娱乐作用是辩证统一的。但从观众来说，他是为娱乐而来的。因此，一个作家——真正的人民作家也应该从观众的要求出发，首先考虑你的戏是否能娱乐观众。只有娱乐了观众才能达到教育目的。我们作家不是天天讲艺术么，所谓寓教育于娱乐之中，这就是艺术。艺术，艺术，艺而无术，将何从表现呢？我在此大讲娱乐性，也许是危言耸听，言过其实，但我的本意不过是为艺术招魂而已！"艺术，艺术！魂兮归来！"

第四个问题：戏是应该歌颂光明呢，还是暴露黑暗呢？

　　这个问题，早有定论了："只有真正革命的文艺家才能正确地解决歌颂和暴露的问题。一切危害人民群众的黑暗势力必须暴露之，一切人民群众的革命斗争必须歌颂之，这就是革命文艺家的基本任务。"

　　但在创作实践中，并没有得到正确解决，特别是暴露问题。《组织部新来的青年人》、《在桥梁工地上》等所揭露的一点黑暗面，本来是"危害人民群众"的，但作品被错误地定为"毒草"。从此，虽有革命的文艺家，也就无人问津了。在浮夸风盛行之后，赵树理同志仅仅从正面写了个《实干家潘永福》，也不被容许。到"四人帮"之流横行之时，那就只许歌颂英雄。他们的词典里似乎已没有"黑暗"二字。但到"阴谋文学"盛行之日，他们又发现了"黑暗"了，但那是和人民群众看法相颠倒的。他们所揭露的"黑暗"面，比如各式各样的"走资派"，正是和他们作殊死斗争的英雄，正是我们的光明面。"四人帮"被粉碎，文艺得解放，一批青年作者冲破禁区，写出一些深得人心的小说和戏剧，不图又冲出几条好汉来，以"卫道者"自居，说什么如今还是应该"歌德"，并咒骂一些青年作者是"善于在阴湿的血污中闻腥的动物……倒是有点'缺德'"云云，云云。这是针对正在解放思想的文艺界，特别是青年文艺作者兜头泼来的冷水，企图把文艺再加上精神枷锁，送回到曾被禁锢的境地去！但我们青年剧作者是不是会被他们吓退呢？《有这样一个小院》和《未来在召唤》等剧作，以作品本身作了回答！他们没有在"四人帮"造成的灾难面前闭上眼睛，他们更没有相信那种世外桃源的太平景象而盲目歌颂。他们大胆地暴露，暴露人民所痛恨的由"四人帮"造成的愚昧和黑暗。他们也歌颂，歌颂了与黑暗作斗争的英雄！而且他们完全按照戏剧的基本规律办事，在暴露黑暗的同时也歌颂了光明。因此戏剧在描写真、善、美和假、恶、丑的斗争中，总是把歌颂与暴露交织在一起，浑然一体，切断不开的！这是戏剧本身固有的规律。

规律是规律，但"歌德派"与"缺德派"也确实存在。前者存在于一部分批评者之中，后者则存在于少数作者之内。经过十年浩劫的我们这个社会的机体上，确实存在着一些"脓疮"。对于"脓疮"的态度却有两种：一种是欣赏，一种是掩盖。如果对"脓疮"绘影绘声，并用放大镜显示出来，并说这就是我们机体的全貌，这自然是稍"缺"道"德"的恶意宣扬，并不是革命文艺家应有的态度。但把"脓疮"掩盖起来，并包上美丽的装潢，说此处并无"脓疮"，而自诩为"歌德派"，其情可愍，其结果则使"脓疮"愈加溃烂而已。这种"德"是不能"歌"的。然而这种批评家却是现在还有，将来也难于绝迹的。真正的革命文艺家说，官僚主义者是妨碍"四化"的绊脚石，他说这是极少数，不够典型；你说极左思潮还在危害人民，他说这是个别现象，不值得表现；如此等等，不胜枚举。作家也是不怕官，只怕批评家手中的大帽子的。所以革命的文艺家是很难做的。

同学们，请恕我话说远了。但是歌颂与暴露的问题，三十年来没有获得解决，而且走了一段回头路；近年以来，在实践中获得初步解决，但以后的道路也不会平坦，还要不断斗争。有志于戏剧创作的同学们是望而却步呢，还是知难而进？我想，"初生之犊不怕虎"，希望在于青年。

要做一个真正的革命的文艺家，就必须坚持真理，敢于斗争。要写戏剧，就要面对现实，做人民的代言人，也是党的代言人，坚持四项原则，为实现四化而歌颂，为扫除妨碍四化前进的一切障碍——"四人帮"极左思潮潜伏在人们思想深处的黑暗、官僚主义的危害、特权思想的恶劣影响，等等，等等——而一一暴露之！歌颂光明与黑暗的斗争！这就是目前的"基本任务"！

我只能讲这么四个小问题。"戏剧入门"之类东西是没有的，我只能给同学们指出戏剧的正门在哪里。当然也附带地指出一些左道旁门，那是不能走的。至于怎样走进这个正门，以后又如何升堂入室，那是要用自己的脚去走，恕我不能奉陪。我在这里讲的四个小问题，不过是挂在大门上的四条入门前的"注意事项"而已。

附记：今年六月中旬，南京大学中文系同学要我讲讲戏剧创作之类问题，由于既是挂名系主任，又有空头教授之衔，固辞不获，便信口开河，谈了两个多小时空话。不图学生会未守信约，让《群众》编辑部三位同志"混"入课室，而且作了记录，并要求在他们新筹办的《论丛》上发表，不胜惶恐之至！这种常识性空谈，焉能登大雅之堂？但这是三位编者的劳动成果，我无权抹煞。想到这一年来读者投书，每每要求解答一些问题。因此作了些修改、补充，以代替总答复吧。但这样又不免减低刊物学术水平了。因此请求编者刊诸刊末，作为补白之用吧。

作者

1979 年 8 月 10 日

（原载《群众论丛》1979 年 9 月第 1 期）

中国话剧的过去、现在和未来

——在重庆雾季艺术节上的讲话

我只是一个搞戏剧创作的人，不是学者，做不了"学术报告"，仅借重庆雾季艺术节举行之机，略谈所感。

首先感谢"雾季艺术节"的举行，它给"抗战文艺"，特别是"抗战戏剧"一个回顾与总结的机会，也是给"抗战文艺"包括"抗战戏剧"恢复了名誉。因为近四十年，一直存在着"抗战文艺右倾论"。新中国成立以来的现代文学史上都这么写着，目前某些论著还是这么说着。只有这次大会会场上所悬的横幅大书特书："继承和发扬抗战文艺的爱国主义和革命传统！"这是对抗战文艺和抗战戏剧的正确评价，是四十年来破天荒的第一次，也是此次"雾季艺术节"伟大意义所在。

如果我们仅仅来缅怀过去抗战时期雾季戏剧公演的盛况，没多大意思，是不长进的表现。但忘记过去，甚至否定过去历史，不是糊涂，便是浑虫！"温故而知新"，回顾、总结过去，是为了现在，更为了未来。尤其在话剧苦难重重的今日，如何开拓前进之路，才是"雾季艺术节"所期望于我们的。

先谈过去

谈过去，不能只谈抗战戏剧，因为抗战戏剧是文明新戏产生以来现代话剧运动的继承和发展。

对于前一段四十余年的中国现代话剧发展历史，也有一种错误的评价："政治太多，艺术太少"。其意是我们又太"左"了。如果出于西方学者之口，那是偏见：不是帝国主义分子的傲慢，便是学院派的迂腐之见。如果出于中华民族子孙的笔下，只能说未曾注意到中国近代史！

"政治太多"，容或有之。中国现代话剧诞生于19世纪末20世纪初，完成于抗战胜利和解放战争时期。这一历史时期，中国人民对外面临帝国主义的侵略——上承1840年鸦片战争至1900年八国联军入侵，下至日本帝国主义吞满洲、占华北，进而企图一举灭亡中国。对内，则先受统治于丧权辱国、屈膝媚外的清王朝，继则被压迫于封建军阀控制下历届卖国政府，最后又受迫害于国民党法西斯统治的淫威之下。中国人民如不反帝、反封建，便将沦为亡国奴或双重奴才！而中国的话剧如果不反映中国人民反帝、反封建的要求和斗争，他们将成为中华民族的罪人！不是中国话剧内容政治太多，是中国人民遭受内外敌人政治迫害太多了！

"艺术不足"，则未尽然。从文明新戏时代起，特别从"五四"时代以后，中国话剧一直在吸收西方戏剧艺术的精华为我所用，并借鉴中国古典戏剧艺术以充实自己；经四十年艰苦奋斗，特别是抗战戏剧前后十余年，已经创造出具有中国艺术特色的话剧。在这短短时期内，要求我们产生莎士比亚或莫里哀，那是苛求。但在30年代至40年代间，我们剧作家队伍中，已经拥有像田汉、郭沫若、丁西林、洪深、熊佛西、欧阳予倩、夏衍、阳翰笙、曹禺等数以十计的名家，以之跻身于现代世界剧坛，也并无愧色！我们自己是不必妄自菲薄的！

自然，中国现代话剧史也不可能不是曲折前进的。大致可分为四个时期：

一、文明新戏时期，即中国话剧的萌芽期。文明新戏是在维新运动和中国同盟会的革命影响下诞生的。1907年由在日本东京的中国留学生李叔同、曾孝谷发起，陆镜若、欧阳予倩等先后参加，组织了中国第一个话剧团体春柳社。他们师承日本的"新派剧"，间接接受欧洲近代剧的影响，建立有剧本、有排演的制度，演出《茶花女》选幕和《黑奴吁天录》等剧。1907年遂作为中国话剧诞生之年而载入史册。春柳社影响立即波及国内。同年，革命党人王钟声先在上海组织春阳社，与春柳成员任天知合作演出《迦茵小传》，后王北上天津、北京，演出《孽海花》等剧，在戏中呼吁维新与救国，抨击时政，极受群众欢迎，但被官方逐出北京。其后王钟声又以演剧为掩护，赴天津策划清军起义，不幸牺牲！

另一被称为"革命党"的任天知，于1910年在上海组织进化团，以"天知派新剧"为号召，放弃春柳社传统，别树一帜，先后于南京、芜湖、汉口演出《东亚风云》、《血蓑衣》等剧，声震大江南北，但为清政府所禁。武昌起义后，任天知编演《黄金赤血》和《共和万岁》，取得辉煌成就而声名大噪。天知派新剧虽然也演"新派剧"的剧本，但它已背离春柳社的做法。他们没有完整的剧本，只靠一张幕表演戏；没有排演制，只靠演员在台上自由发挥，甚至由主角对台下观众直接发表演说，于是产生所谓"言论老生"之类的角色，以便于他们直接向观众宣传革命思想，抨击反动政府，而完全不顾艺术效果。但天知派新剧之所以博得观众的热烈欢迎，全在于当时群众对腐朽清政府之愤恨和对革命之向往与同情，即由民气使然，而非艺术魅力所致。因此，在1912年5月，辛亥革命果实为袁世凯所窃夺，民气由激昂而消沉之时，天知派新剧即一蹶不振，失去观众，任天知不知所终。其他标榜天知派的剧团也风流云散！辛亥革命是资产阶级领导的不彻底的革命。天知派新剧也必然随着"革命党消"而消亡，不消亡也必然变质。1913年先后成立的郑正秋的新民社和顾无为的民鸣社遂都落入商人之手。前者以"家庭戏"如《恶家庭》为号召；后者以"宫廷戏"连本的《西太后》相对抗。继之互相争演连台本戏《狸猫换太子》、《三笑姻缘》，甚至封建、迷信、诲淫的《杀子报》都搬上了台！天知派新剧的继承者，不仅变质而且堕落了！而剧人的道德败坏，连郑正秋都慨叹于"剧人万恶"。"文明戏"遂成为后世论者的贬义词。

唯一坚持春柳社传统的，是以陆镜若为首，马绛士、欧阳予倩等参加的所谓"后期春柳"的新剧同志会。陆被称为能编、导、演且懂戏剧理论的戏剧"全才"。但他们所忠实继承于春柳的，实际上是日本的"新派剧"。他们坚持有剧本、有排演的制度，虽也呼吁维新与革命，但更忠实于艺术。陆镜若自编的《家庭恩怨记》是其开锣戏，也是当时的代表作，历演不衰。但其他剧目多从"新派剧"移植或临时赶编。他们在上海及内地艰苦奋斗，历三年之久，演出剧目达八十余个。他们虽然艺术态度严肃，但在民鸣社等低级庸俗之作的排斥下，也由于"新派剧"难为一般群众所接受，更受经济上的压力，苦撑到1915年9月，由于陆镜若积劳成疾，以三十年英年而早逝，新剧同志会遂解体了！

1916年以后，文明新戏日趋衰落，直至名存实亡。早期话剧历史仅有十多年，但它的兴起和失败，特别在政治与艺术关系上，可作为我们殷鉴之处者，确实是不少的！

二、"五四"时期，即中国话剧的发展期。作为中国进入新民主主义革命时期之标志的"五四"运动，揭开了中国新文学运动的历史，中国话剧遂进入崭新阶段。它不仅介绍了欧洲戏剧理论，翻译了大量欧洲及日本戏剧作品，同时也产生了自己创作的剧本，还建立了戏剧学校，并开始了业余的——即称为"爱美剧"的演剧活动。中国的话剧作为现代剧的诞生或成长，初步跨入世界剧坛之列。这时，不仅从日本，而且从欧美研究戏剧的留学生纷纷回国，他们首先介绍西洋戏剧理论到中国，如宋春舫等人的论著。其次，大量翻译外国剧作，从莎士比亚、莫里哀、梅特林克、王尔德、约翰·沁孤、霍普特曼、易卜生、契诃夫、高尔基以至奥尼尔及日本剧作家等作品，都纷纷出版。不管它是浪漫主义、写实主义还是唯美主义、象征主义，我们都以"拿来主义"兼收并蓄，为我所用。于是便哺育出一批最早的中国话剧作家，如田汉、郭沫若、洪深、丁西林、欧阳予倩、熊佛西等。其他从事戏剧创作的，为数很多，不下百人。一时颇呈繁荣局面。但剧本创作，并不是"五四"以后才开始的。中国现代文学史中都以胡适的《终身大事》作为第一本现代话剧之作，其实早在1916年，洪深就写了话剧《贫民惨剧》，南开大学的张彭春也在1918年完成了四幕剧《新村正》并公演于天津、北京，这两个剧本都强烈地反映了中国人民反帝反封建的愿望。在1919年后一年，田汉发表四幕剧《梵峨璘与蔷薇》。又后一年，陈大悲发表五幕剧《幽兰女士》。独幕剧则有汪仲贤的《好儿子》等。这都是中国现代剧的开路之作。1922年，蒲伯英、陈大悲在北京创办"人艺剧专"，提倡爱美剧，否定了"幕表制"的文明戏。同年，上海成立了以谷剑尘、应云卫等发起，其后欧阳予倩、洪深参加的上海戏剧协社，也以爱美剧为号召。稍后，朱穰丞、袁牧之组织辛酉剧社于上海。前者以介绍演出外国戏剧与创作剧并重，后者则以"专演难剧"为标榜，如契诃夫之《万尼亚舅舅》等。而两地的小型业余剧社和大学生组织的剧社如复旦剧社也纷纷成立。戏剧教育也在20年代提上日程，熊佛西先后担任北京国立艺术专门学校戏剧系、北平大学艺术学院戏剧系主任，并建立了小剧场。田汉先后在上海艺术大学、南国艺术学院开辟戏剧活动和教育，也建立过小型的剧场。他们为中国培养了大量人才，自己又都创作了大量剧本，为中国话剧争取到一大批知识分子观众。一时有"南田北熊"之称。而田汉在南方的影响较大。因为中国国民党在1927年背叛革命，中国青年的大多数都处于苦闷彷徨之中，他们都在戏剧和文学中找寻安慰和出路，而他们也要求和推动着中国戏剧走向革命之路。南国社从田汉到社员，都渐渐有了革命的觉醒，1929年以田汉所作的《一致》为标志，它逐渐左倾了。是年冬，南国的部分社员成立了摩登社，更加强了这左倾的压力。1929年底，由中国共产党领导的，夏衍、冯乃超等组织的艺术剧社成立，以推进中国革命戏剧运动为号召，并连续作了两次公演。于是在党的号召下，南国社公开宣布左倾，辛酉剧社及上海戏剧协社等也相继响应，中国话剧运动遂进入左翼剧联时代了。

"五四"以后十年间，是为中国话剧的成熟打下坚固基础的时期。首先，这时期代表中国话剧蓬勃发展的优秀剧作家已经产生。田汉的《获虎之夜》、《名优之死》、《一致》，洪深的《赵阎王》和改编的《少奶奶的扇子》，郭沫若的《三个叛逆的女性》，欧阳予倩的《泼妇》、《回家以后》，熊佛西的《一片爱国心》、《醉了》，丁西林的《一只马蜂》和《压迫》，以及其他作家的作品，都是当时的代表作，为当时的爱美剧社提供了自己的剧本。这些作家多少都受过西方戏剧的影响，但不管是什么主义的影响，仅仅成为他们的借鉴，而他们都还是走上现实主义的坚实的道路，因为他们都未放弃，更未背离中国人民近百年来反帝、反封建的革命传统。因此，他们的剧作已经是中国化了的，决不是西方戏剧的简单翻版或移植。

其次，南方和北方都已初步建立了戏剧教育，特别是有了更多剧社的不断演出，便培养出一批优秀的演员、导演和舞台美术工作者，也孕育了未来的剧作者。

再其次，这些演出也为中国话剧培养出了一批以知识分子为主的观众。

自然，"五四"时期在西洋戏剧理论的影响下对中国传统戏曲的批判和否定，今天看来有不少偏颇失当之处，但它在促进新兴话剧的发展上起过进步作用。在话剧创作上，"欧化"的影响也有，但不少有成就的剧作家仍然没有忽视从中国戏曲中吸收营养。

"五四"时期的话剧，并不是现代话剧的早期形式——文明新戏的直接继承，虽然早期的有些人也参加了这时期的工作。它是伴随中国新民主主义革命的开始而开始，也必然受着革命形势的发展而发展。1927年大革命失败后，国民党走上反动，国内阶级矛盾日益尖锐，"五四"时期话剧走向左倾，是历史的必然之路。

三、"左联"时期，即中国话剧的成熟期。这是中国话剧从蓬勃发展而日臻成熟的一个重要历史时期，也是在中国共产党直接领导下开展戏剧运动的一个时期。当党所领导的艺术剧社成立之初，喊出"建立无产阶级的戏剧"口号之时，所有倾向革命和进步的剧团都先后左倾：南国社演出《卡门》被禁，并继艺术剧社之后也被查封；以"专演难剧"为号召的辛酉剧社也参加"为工人演剧"的队伍。于是在1930年8月，以南国社和艺术剧社为中心，联合辛酉剧社、戏剧协社、摩登社以及大夏、光明等七个剧团组成的上海剧团联合会成立。以后改称"左翼剧团联盟"，又改称"左翼戏剧家联盟"，简称"剧联"。其后，北京、南京、广州、武汉、太原、青岛及南通各地成立分盟，"剧联"遂成为领导全国话剧运动的司令部。全国话剧工作者都在它的旗帜下团结起来，成为反对国民党"文化围剿"中一支强大的队伍。在中国戏剧史上，它是空前的！

在"剧联"的《行动纲领》号召下，无产阶级的演剧运动在中国各地蓬勃兴起了！以上海为例，由青年革命戏剧工作者与各大学学生、各工厂工人共同组织的剧社如大道、春秋、骆驼、光光、三三、新地、大地、无名剧人协会等以及无数的"蓝衣剧社"风起云涌、此起彼伏地出

461

现，他们大都以流动方式，在剧院，特别在各大学和工厂进行公演，并辅导工人演出。中国话剧走出青年知识分子观众的小圈子，进入广大工人阶级和青年学生中去了！

由于演出的要求，田汉首先在 1930 年写作了《年夜饭》，次年写了《梅雨》、《洪水》等。再次年写了《一九三二年的月光曲》和《乱钟》等，直到 1935 年的《回春之曲》，成为"剧联"时代主要剧作收获之一。《梅雨》作为一个写工人阶级生活的戏，得到戏剧史家的好评，成为无产阶级戏剧的代表作之一。而《乱钟》则更受观众欢迎，各剧团历演不衰。"五四"时代剧作家洪深到 1933 年也写出反映农村阶级斗争的《五奎桥》。而许多青年剧作者如于伶、章泯、崔嵬、楼适夷、张庚、刘保罗、姚时晓、左明等人的剧作纷纷问世，遂壮大了剧作队伍。到了"剧联"临近解散之际，文坛宿将如夏衍、阳翰笙等转入剧作家行列，青年剧作家李健吾、曹禺、石凌鹤、宋之的、陈白尘等也崛起于剧坛，剧作家的队伍更空前壮大了。曹禺的《雷雨》(1934)、田汉的《回春之曲》(1935) 以及夏衍的《上海屋檐下》(1937)，这些 30 年代的名剧标志着中国现代话剧艺术的成熟。

与此同时，导演、演员、舞美及戏剧理论批评方面，也人才辈出，如章泯、马彦祥、孙师毅、陈鲤庭、贺孟斧；金焰、郑君里、金山、赵丹、蓝马、舒绣文、凤子、王莹、陈波儿；司徒慧敏、辛汉文；赵铭彝、张庚、葛一虹等等都已崭露头角，以后都成为剧坛以及影坛上的知名人物。

1935 年，中国工农红军胜利完成长征后，中国局势发生重大变化。"剧联"除继续推动流动性演出，产生《都会的一角》、《浮尸》、《汉奸的子孙》等外，同时推进半职业的阵地演出。上海业余剧人协会以及其后成立的上海业余实验剧团和四十年代剧社，先后演出《娜拉》、《钦差大臣》、《大雷雨》、《赛金花》、《武则天》、《太平天国》、《原野》等，与当时唐槐秋领导的中国旅行剧团等演出《雷雨》、《日出》等剧，遂将中国的戏剧艺术推向新的高度。在此期间，"剧联"亦随"左联"宣布解散而解散。

"剧联"及其分盟对中国话剧运动的最大贡献是团结了全国革命的

话剧工作者，把话剧运动推向全国各主要城市，并深入到工厂、学校，配合了中国工农红军的军事上的反"围剿"，冲破了国民党的"文化围剿"！在运动中更培养、锻炼了大批人才，为以后解放区和国统区的抗战戏剧运动准备了干部。但"剧联"也犯有"关门主义"错误，对新出现的青年剧作家如李健吾、曹禺，就没有团结好，对熊佛西在河北定县搞的农民戏剧运动、唐槐秋的中国旅行剧团也未予以应有的支持和评价。他们的剧作和演出，虽然不曾配合当时的革命运动，但还是和中国人民反帝、反封建的主要斗争相结合的。自然，到1936年以后，这一错误得到了克服。

四、抗战时期（包括解放战争时期），即中国话剧由成熟期而进入大繁荣的黄金时代。

卢沟桥炮声一响，揭开了中国全面抗日战争的历史大幕，中国话剧也进入抗战的新时代。自从九一八事变起，中华民族和日本帝国主义侵略者之间民族矛盾急剧上升，抗日救亡呼声响彻全国。"剧联"虽以创造无产阶级戏剧为号召，但在创作实践上则以抗日救亡的题材为主流。抗战爆发，一切爱国的话剧工作者都在抗日民族统一战线的旗帜下形成空前大团结。数以千万计的话剧工作者奔向全国各个区域。有的去革命圣地延安，把话剧带到工农兵群众中去；有的在周恩来同志领导下组织起十多个抗敌演剧队，深入各个战区中小城市的部队和农村去演出；有的则集中在大后方的重庆、桂林、昆明、成都、贵阳等大城市以及孤岛上海扩大戏剧阵地。四十年来处于禁锢、半禁锢状态中的话剧一旦获得公开合法的地位，就必然使得话剧队伍日益壮大，剧本创作空前繁荣。抗战八年间，中国话剧遂进入它的黄金时代！这是中国人民力量空前壮大的结果，也是党对话剧事业正确领导的成果！

战时的重庆，由于抗日民族统一战线成立之故，它不仅是国民党的政治中心，也是我党南方局所在地，因而全国的戏剧工作者都先后云集于此。新老剧作家有郭沫若、洪深、夏衍、熊佛西、曹禺、凌鹤、宋之的、陈白尘、杨村彬、袁俊、吴祖光，老一辈小说作家老舍和茅盾也都参加这一行列；新老导演则有应云卫、蔡楚生、史东山、孙师毅、章泯、马彦祥、焦菊隐、陈鲤庭、贺孟斧、张骏祥、沈浮、郑君里、刘郁民等；剧运和戏剧理论批评家、教育家则有孟君谋、辛汉文、余上沅、谷剑尘、赵铭彝、葛一虹、刘念渠等；至于演员，则全国所有话剧、电影界知名人物大都被网罗在重庆的中央电影摄影场（简称"中电"）和中国电影制片厂（简称"中制"）里。重庆遂一度形成全国剧运的中心。其次，在文化城的桂林，则有田汉、欧阳予倩、丁西林、瞿白音、杜宣等；在上海孤岛上则有阿英、于伶、柯灵、黄佐临、李健吾、顾仲彝、吴仞之、吴天、杨绛等，都在坚持抗日并扩大话剧阵地。

在革命根据地延安，则有李伯钊、沙可夫、陈波儿等，在搬演外国名剧和国统区剧作之后，在延安文艺座谈会上《讲话》的指导之下，深入工农兵，开始创造出崭新的戏剧，并真正回到工农兵中间去。延安，遂成为抗日根据地新兴戏剧运动的中心！

但中国话剧之进入繁荣时期，并非一帆风顺，而是剧人们艰苦斗争取得的。在抗战前期即1937年至1939年，国民党还在抗日时期，一切爱国的剧作家都以饱满的热情，歌颂军民抗战，揭露敌人的残暴和汉奸的丑行，以激发群众爱国抗战热情；全国人民处于民气激昂之中，也欢欣鼓舞。七七事变后《保卫卢沟桥》演出的大成功，是编、导、演员与要求抗战的观众共同创造的。1938年在重庆演出由曹禺、宋之的等编剧的《全民总动员》，国民党CC头子张道藩都愿意与上海原左翼剧人同登舞台演出，也证明在抗日民族统一战线旗帜下还能共同来号召"全民总动员"。这时期，剧作者都能意气风发、挥毫自如写出大量剧作者以此，其能被获广大观众者亦以此。无疑，这些急就而成的作品，自无暇于艺术上的仔细推敲。但自武汉失守，广州沦陷，国民党遂"消极抗战、积极反共"，1940年初两次掀起反共高潮。国民党假抗战、真反共的面目完全暴露，抗战遂进入艰苦年代的后期了。

在抗战前期，中国作家继承"五四"和"剧联"的革命传统，依然写出不少优秀或较优秀之作。如夏衍的《心防》、《一年间》，阳翰笙的《塞上风云》、《李秀成之死》，洪深的《飞将军》和《包得行》，于伶的《夜光杯》，曹禺的《蜕变》和《正在想》，宋之的的《雾重庆》、老舍的《残雾》以及二人合作的《国家至上》，陈白尘的《魔窟》、《乱世男女》，章泯的《故乡》，塞克的《流民三千万》，吴祖光的《凤凰城》，凌鹤的

《乐园进行曲》，袁俊的《边城故事》，王震之的《流寇队长》等。

抗战戏剧的更大繁荣，却是在抗战后期极端反动的国民党的统治下，在极其复杂而艰苦的斗争中取得的。

"皖南事变"后，重庆文化界著名人士或去延安，或去香港，以示对国民党反共的抗议。国民党在国际舆论压力下，也为了维护国共合作的假面具，反共气焰一时稍煞，而且表示欢迎离渝的文化人归来。我党南方局在周恩来同志领导下，遂抓住战机，在文艺界组织反攻。此时大批进步戏剧电影工作者尚留渝未去，遂在党的领导下于五月组织以应云卫、陈白尘、陈鲤庭等为骨干的民间职业剧团中华剧艺社（简称"中艺"）。是年十月雾季开始时演出了《大地回春》，接着演出阳翰笙的《天国春秋》、夏衍的《愁城记》之后，郭沫若的《屈原》上演，它像剧中《雷电颂》一样，在山城上空向企图投降卖国的国民党反动政府响起了雷电般轰鸣。接着，1942 年雾季开始，"中艺"又以郭沫若《孔雀胆》、夏衍《法西斯细菌》、于伶《长夜行》和吴祖光《风雪夜归人》等剧冲破重雾而出，话剧以其现实感而获得观众的欢迎与拥护。与此同时，国民党官办的中央电影摄影场所属的中电剧团（简称"中电"）、中国电影制片厂所属的中国万岁剧团（简称"中万"）及由国民党三青团主办的中央青年剧社（简称"中青"）中的编、导、演骨干分子，大都是进步艺术家，他们除了大力支援"中艺"的演出，自身也不甘寂寞争相演出。在这两个雾季里，"中万"先后演出郭沫若改的旧作《棠棣之花》和新作《虎符》、陈白尘的《陌上秋》，并重演曹禺的《蜕变》；"中电"演出陈白尘的《结婚进行曲》、沈浮的《金玉满堂》、吴祖光的《正气歌》；"中青"演出曹禺的《北京人》、袁俊的《美国总统号》及杨村彬的《清宫外史》等。此外，党领导的孩子剧团演出了臧云远等的《法西斯丧钟响了》、凌鹤根据张天翼小说《秃秃大王》改编的《猴儿大王》；育才学校戏剧组也演了董林肯改编班台莱耶夫的《表》，等等。重庆著名的业余剧团——怒吼剧社演出匈牙利巴拉兹的《安魂曲》，银行业余剧团演出洪深的《黄白丹青》。1942 年夏，在党的直接领导下组织的以夏衍、于伶、宋之为领导的第二个职业剧团——中国艺术剧社（简称"中术"）成立，更以堂堂阵容首先演出宋之的的《祖国在呼唤》、曹禺的《北京人》和《家》。至此，重庆的戏剧运动如日中天，进入中国现代戏剧史上的黄金时代！

由于国民党法西斯统治的迫害，"中艺"不得不出走成都和川南。但以"中术"为中心的重庆剧坛，在此后两年半中，依然于艰苦斗争之中，取得辉煌的成绩。其间创作和演出的有郭沫若的《南冠草》、《高渐离》，洪深的《女人女人》及《鸡鸣早看天》，夏衍的《离离草》、《水乡吟》、《芳草天涯》及与人合作的《戏剧春秋》，阳翰笙的《槿花之歌》、《草莽英雄》和《两面人》，于伶的《杏花春雨江南》，宋之的的《春寒》，陈白尘的《岁寒图》和《升官图》，吴祖光的《少年游》、《林冲夜奔》，沈浮的《小人物狂想曲》，凌鹤的《山城夜曲》和茅盾的唯一剧作《清明前后》。

此时，在桂林的田汉，除以主要精力从事地方戏曲剧本创作外，仍写作了话剧剧本《秋声赋》、《黄金时代》及与洪深等合作的《再会吧，香港》，胜利后更写出《丽人行》。欧阳予倩则创作了历史剧《忠王李秀成》、《梁红玉》、《桃花扇》等。丁西林则写了《妙峰山》。他们更与熊佛西、瞿白音主持了1944年西南剧展，为推动西南剧运作出重大贡献。在成为"孤岛"和沦陷的上海剧坛上，许多剧作家还誓守阵地，坚持创作。于伶在"孤岛"期主持上海剧艺社工作，并写了《长夜行》、《女子公寓》、《夜上海》等。阿英则写作了《洪宣娇》及《海国英雄》、《碧血花》。李健吾此时除写作《以身作则》、《青春》和改编巴金小说《秋》外，则更多改编外国名剧，其中有《金小玉》、《乱世英雄》等。顾仲彝写了《梁红玉》与《人之初》，周贻白写了《花木兰》。柯灵在"孤岛"上也改编了高尔基的《夜店》，师陀等则改编了安得列夫的《大马戏团》。吴天创作了《孤岛三重奏》，女剧作家杨绛则在此艰难时代写了喜剧《称心如意》、《弄假成真》。此外，顾仲彝、吴仞之、陈西禾、吴天、石华父等也做了大量改编工作。由于他们和全体戏剧工作者的艰苦奋斗，才得以在黑暗年代里为戏剧保留一小块干净土，并为话剧争取了大量观众！

"道高一尺，魔高一丈"。无论在国统区或半沦陷、沦陷的上海，中外反动派都以扼杀新生的革命进步的话剧为己任。以剧运中心重庆为例，第一是政治迫害。抗战前期，就存在戏剧审查制度。《屈原》演出后，1942年春，国民党以CC文化特务头子潘公展为主任的中央图书杂志审查委员会兼管演出审查，并在各省成立分支机构。潘公展更不惜亲自出马，在一次公开集会上大肆谩骂，以丑诋《屈原》。从此，这个机构便对演出剧本百般挑剔，肆意删削，以拒发准演证为要挟。于是一经删削，每每遍体鳞伤，或面目全非。即使侥幸演出，亦可再行禁演。《风雪夜归人》、《草莽英雄》、《结婚进行曲》以及桂林演出的《再会吧，香港》等都遭过禁演之令。未禁演者亦可删其首幕，或断其手足，更比比皆是。旧政协开幕时，《升官图》虽侥幸冲出重围，但国民党既封锁剧院于前，又指使特务流氓骚扰破坏剧场于后。如此种种，不一而足。对于去前线的演剧队，则更动辄以军法从事，甚至全队入狱。第二是经济压迫。既限制票价，又课以百分之五十的重税，使演剧愈久，赔本愈多。这就是当时每一演出必以义演募捐名义出现以图减税之故。第三，是鱼目混珠。国民党拿不出一个像样的剧本来竞争，找到"战国策派"的陈铨，写了两个美化国民党特务的剧本《野玫瑰》和《蓝蝴蝶》，受到所有舆论界的批判。其后，由于演剧的旺盛，遂出现了"皮包公司"式的"戏剧掮客"，他们挖剧团演职员作"游击"演出以牟利，其中不乏怀有政治目的者，演些对国民党有益无害的戏来搞浑水摸鱼。第四，则是军警特务的刁难、敲诈和地痞流氓的骚扰，几乎日有所闻！

"中艺"、"中术"以及桂林的新中国剧社，都是在这种由敌人设置重重障碍的极端恶劣的环境下含辛茹苦、艰苦奋斗。食则青菜萝卜"大锅饭"，住则连床统铺，衣则冬不御寒，病则无以为医。青年优秀名导演贺孟斧以贫病交迫而早逝，"中艺"前台主任沈硕甫辛苦劳累，以酒寒而倒毙道侧，青年名演员施超、江村均以肺结核客死成都……但这些人仍能坚持进步、献身戏剧艺术，至死无悔！"中术"在重庆苦撑三年；"中艺"先在重庆，后在成都，终返上海，坚持七年才解散；在桂林的新中国剧社亦转战西南达七年之久！

在国民党统治的心脏地区，在极端困苦险恶的条件下，为什么能使数以千计的戏剧艺术工作者抱着至死无悔的决心，把话剧运动推向大繁荣的黄金时代？无它，是党的领导！是以周恩来同志为首的南方局的领导！他亲自策划和组织了这支话剧队伍的建立和作战，他亲自主持话剧界知名人士的座谈会，他还亲自支持、鼓舞郭沫若《屈原》的写作和演出，他亲自与党外戏剧家推心置腹地交朋友，他与绝大多数演员随便谈心，他还对生活陷于苦难中的剧团送去大米，更在政治上给予支持和保护！此次参加雾季艺术节的老一辈艺术家一谈过去，言必称"周公"，言必赞当时党给予的温暖者，以此！

抗战时期戏剧大繁荣，是党领导戏剧事业最成功的范例！但由于一两位"钦差大臣"式的人物，"下车伊始"便"哇啦哇啦"对重庆剧运指手画脚一番，于是"抗战文艺右倾论"便流传三十余年，至今不衰！当时戏剧家们都是在党的"坚持抗战、反对投降，坚持团结、反对分裂，坚持进步、反对倒退"的口号下进行创作和演出，不知其"右"何指？

在延安及各个根据地，中国的戏剧运动由于党的直接领导和扶植、关怀，在抗战后期，特别是《在延安文艺座谈会上的讲话》发表以后，则以崭新的姿态蓬勃发展。戏剧作者、导演与演员都得以深入工农兵，并且即是工农兵中的一员，他们的创造得以与工农兵直接相见，故能为工农兵所接受、所欢迎，更能直接地起到鼓舞战斗的作用。于是一支战斗的戏剧队伍在抗战的后期，特别是在三年解放战争中加速地发展、壮大和成熟，创造出一批又一批优秀的剧目。

剧作家们首先从群众喜闻乐见的文艺形式——秧歌中找到了表现手段，经过提高，注入新的内容，创造出秧歌剧。深受广大群众的欢迎。从王大化、李波等人的《兄妹开荒》起，马可的《夫妻识字》，周而复、苏一平的《牛永贵挂彩》等相继问世，轰动一时，并且被带进国统区，也受到欢迎与重视。在主客观的要求下，形式简单的秧歌剧已不能满足日益提高的群众欣赏水平，于是在它的基础上遂创造出完全民族形式的新歌剧。其代表作是贺敬之和丁毅编剧、马可作曲的《白毛女》。接着，《刘胡兰》、《王秀鸾》、《赤叶河》及《无数民兵》等相继问世，新歌剧获得更广大的观众的欢迎！与此同时，对旧剧种的改革也取得伟大成绩。延安平剧院新编的《逼上梁山》和《三打祝家庄》取得划时代的成就。马健翎改造秦腔而创造的《血泪仇》，也取得极大的成功。

在话剧创作上，解放区的剧作家由于深入工农兵，紧密联系革命斗争的现实，以大众所喜爱的简洁朴素的艺术风格，使话剧在大众化、民族化上取得可喜的成就，也产生了新的一代剧作家。其代表作有李之华的《反"翻把"斗争》，胡丹沸执笔的《把眼光放远点》，姚仲明、陈波儿等的《同志，你走错了路》，吴雪等的《抓壮丁》，胡可的《战斗里成长》，陈其通的《炮弹是怎样造成的》，刘沧浪和鲁煤等的《红旗歌》，等等。

在解放战争时期，国统区的戏剧运动在国民党反动派法西斯统治下被扼杀了，而我党对戏剧骨干也有计划地转移、撤退，有的转业到电影方面去占领阵地。

然而，解放战争顺利发展，以数百万雄师挥戈入关，跨黄河，渡长江，解放了全中国。解放区的戏剧大军，也以秧歌、新歌剧、改革京剧和新气派的话剧，随着进入大小城市，争取到全国人民的热烈欢迎！过去的戏剧运动，即一部现代戏剧史便以此伟大的胜利而结束！

再说现在

现在，是新中国成立以来最繁荣昌盛的年代。对外开放、对内搞活的政策深得人心，继农业改革成功之后，工业改革又取得伟大成就，各行各业都是一片兴旺气象，唯独从戏剧舞台上发出"危机"、"危机"这不谐和音，是"危言耸听"，还是故作"惊人之笔"？特别是在全国文艺界，无论文学、美术、音乐、书法、摄影等都有蒸蒸日上之势，只有戏剧界、特别是话剧界却有几个饶舌者，近两年来不断嚷嚷这不祥之声，是"别有用心"还是"哗众取宠"？再则，在解放之前已进入黄金时代、解放之后更在全国大发展、大繁荣的话剧，十一届三中全会以后它还造成新的繁荣之势之话剧，突然间，说它"危机"来临，谁能相信？因之，有的怀疑、有的否认，有的则说话剧仍在"繁荣"之中！但事实胜于雄辩，得拿出事实来！

感谢1985年初一期的《文艺报》，以素称话剧繁荣的东北三省为例，列举了一份统计。据它说，近三年来话剧观众骤降。如以1980年为100，1984年则下降到30，即失去观众百分之七十！这是铁证！再以文化素称发达的江苏为例，有一出颇得行家称许的戏，只演三场而罢。一位老作家的名著在徐州只演了一场！！有的省话剧院团以排演场改舞厅，或改旅舍，或办音乐茶座，或办豆腐房，亦时有所闻。编剧、导演、演员纷纷改行，"水土流失"严重！……凡此种种，难道不足以证明"危机"之存在，且将日益恶化？

危机之促成，非止一端，有主观的，有客观的。

客观的是：一曰，电影、特别是电视发展，将观众从戏院里吸引到电视机前去了。二曰，观众层变化，老的话剧观众"退休"，新的观众是青年人，音乐茶座、体育比赛、甚至下流的录像带的泛滥等又吸引去他们。三曰，剧场向话剧闭门。全国话剧团院以百数，有自己剧场者仅二三家，其余皆仰仗于演出公司的剧院，它们宁演两场电影不演一场话剧；而场租奇昂，多方留难，条件苛刻；演一戏而数易剧场，或演一戏而剧场同时开舞会、放音乐干扰演剧者也比比皆是。四曰，入不敷出。物价日涨，成本倍增，话剧票价几乎是"三十年一贯制"，不许涨价！于是不演出犹可吃碗"大锅饭"，一演出则奖金不说，工资且将无着！于是宁停勿演！五曰，评论不当。某些四平八稳，但无艺术魅力的戏，常被赞扬，而某些稍有微疵之佳作，则多方挑剔，横加批判。富有经验之观众及好奇之青年，对前者每每不屑一观，对后者则先睹为快！但又欲看无门，因为它已被迫停演了！六曰，领导"重视"。对于文学、音乐、美术等，领导事前概不过问，唯有话剧，可谓"得天独厚"，层层试演，各方关注，于是"研究研究"，"征求意见"，真如"过五关，（被）斩六将"。能杀出重围者，可能已"体无完肤"；或则"个人意见，仅供参考"，实无"审查"之名，更无"禁止"之意，你做团长的自行决定吧！

主观的是：一曰，剧团机构臃肿，人浮于事。行政人员多于业务人员；业务人员又老的老，小的小，中坚力量少，而且只进不出。团员工资低，住房困难多；于是人事纠纷多，业务考虑少。演出风险多，不如不演好！二曰，话剧工作者人心离散，士无斗志。社会影响，见异思迁者有之；得过且过，安于现状者有之；墨守成规，不图革新者有之。如此队伍，又焉能战斗？而此二者，虽属主观方面，但剧团无人权，无财权，更无艺术自主权，焉能改进？戏剧工作者干多干少一个样，干好干坏一个样，干与不干一个样；无赏罚，无鼓励，不能有理想，不敢有创新，又何从战斗？归根结底，其故仍在于客观！

如此种种，话剧事业不陷于危机，岂可得乎？

或者会问：戏剧事业就此衰亡下去，无可救药了么？答曰：不然。救之之道，在于正本清源。危机虽发生于今日，种因则远在三十年前。这就不能不对"文革"前十七年话剧创作，有个清醒的认识。

新中国成立以后十七年的话剧是大发展、大繁荣的年代。各省（区）、市及省属地区和市都建立了话剧团院，各重要部门和行业也成立专业的话剧团体，各军区、各兵种原都有文工团队和剧社，也纷纷扩大成立专业剧团。而各地文化馆和其他部门更纷纷成立业余话剧团队。话剧事业遂普及于全国，这是解放以前所不敢想象的。在解放区和国统区原有话剧创作队伍的基础上，新的剧作家也不断涌现，工人和农民中也产生了自己的剧作者。于是话剧创作也取得丰收。

老舍是解放后写作剧本最多的一人，新中国成立初的《龙须沟》、1957年初的《茶馆》之外，还有《全家福》等十来个剧作。其他老一辈剧作家中，郭沫若写作了《蔡文姬》和《武则天》。田汉除写作了《关汉卿》、《文成公主》等之外，还写了京剧《谢瑶环》；曹禺写了《明朗的天》和执笔的《胆剑篇》；夏衍除创作《考验》外只有一个独幕剧《喈笑之间》；于伶也只写了《七月流火》；宋之的写作了《保卫和平》等。大都减产了。

新的一代剧作家崛起了。陈其通有《万水千山》诸作，胡可继《战斗里成长》之后又有《槐树庄》等，沈西蒙等有《霓虹灯下的哨兵》，所云平等有《东进序曲》，杨履方有《布谷鸟又叫了》，崔德志有《刘莲英》、杜印有《在新事物面前》，赵寰有《南海战歌》等，刘川有《烈火红心》、《第二个春天》，海默有《洞箫横吹》，李庆升有《四十年的愿望》，孙芋有《妇女代表》，金山等作《红色风暴》，朱祖贻等作《甲午海战》，岳野有《同甘共苦》，黄悌有《钢铁运输兵》，此外还有《降龙伏虎》、《激流勇进》、《年青的一代》、《丰收之后》、《电闪雷鸣》、《八一风暴》、《雷锋》、《北大荒人》，等等，等等。独幕喜剧也有《新局长来到之前》、《开会迷》、《葡萄烂了》等，数量不算少。但以十七年论，远不算多：以个人论，除老舍外，很少写出五个以上剧本的；若论质量，则轰动于一时者多，可以传世之作少；可传之作中，又以历史剧及历史时代题材的如《关汉卿》、《蔡文姬》、《胆剑篇》和《茶馆》占很大比重。凡此种种，其故安在呢？

原因很多，总而言之，是政治与艺术的关系问题。毛泽东同志的"政治标准第一，艺术标准第二"的提法，是可以商榷的。在他讲话的当时当地自有其积极意义；对一个时代文艺的评价，对一个作家整个创作倾向的评价，也有一定意义。而他也同时强调过政治内容和艺术形式的高度结合，这就不是第一、第二之分了。建国以后，变"第一"为"唯一"，提"为政治服务"，则更绝对化，其为患深而且久了。在50年代初期，批评家冯雪峰同志对当时的文学创作概括为"但求政治上无过，不求艺术上有功"，是一语中的。但这句话被视为"毒草"，也就使大家噤若寒蝉了！

在为政治服务的限制下，自然是只能歌颂，不能批评，更不能讽刺了。于是《洞箫横吹》、《同甘共苦》、《布谷鸟又叫了》等剧横遭讨伐；何求的独幕喜剧《新局长来到之前》及其他讽刺喜剧遭殃了；连于伶的《七月流火》也打入冷宫，老舍的最佳之作《茶馆》也受冷遇，它之被中外赞赏是十一届三中全会以后的事。

于是创作的路子愈走愈窄。"为政治服务"成为对当前运动、具体政策服务，甚至"写中心"等都被提到剧作家面前来。但对剧作家还不能放心，于是有所谓"三结合"的创作办法出现：即"领导出思想，群众出生活，作家出笔"！这就是说，作家政治上都不可靠，政治听领导的，作家降为替领导起草稿的"小秘书"！在这极其狭窄的路子里，能漏网出现一两部优秀之作来，真是难能可贵了！优秀作品不多之责，焉能归罪于我们的剧作家，尤其是建国后成长的青年剧作家？更何况从对《武训传》的批判开始，剧作家们是处在多次运动的险风恶浪之中生活的，能有如此成绩，已是难能可贵了！

当时党中央对此种种，就不了解么？不是。1962年春，在周恩来总理和陈毅副总理指导下召开的广州会议，是企图为话剧事业摆脱困境而力挽狂澜的。陈毅同志在大会上现身说法，作了一整天的讲话，他呼吁给剧作家以创作自由，希望领导戏剧工作的同志们少加干涉，以期达到"无为而治"之境。恩来同志很早就对某剧作家说过："你过去写的是你自己对生活的认识和理解，就是表达了自己的见解。为什么在解放后的作品中，看不见你自己对生活的见解呢？"在抗战时期亲自领导话剧运动进入黄金时代的周总理，在这次大会上又给予话剧以大力的支持和扶植，鼓舞剧作家写自己所熟悉和所理解的事物。大会以后，与会者心情舒畅，以饱满的精神重新走上岗位，准备为振兴话剧而大干一番！

但曾几何时，上海的一位"好学生"便针锋相对地提出"大写十三年"的口号，把戏剧创作赶进了一条更窄的死胡同。接着又是"两个批示"下达，一场"文化大革命"的预演开始了，戏剧界又是斗争的重点。不等"文革"正式开始，话剧已命在垂危、奄奄一息了。剩下的只是把名作家、名导演、名演员赶进"牛棚"，关入监狱的手续了。

十年浩劫中，除了抢占别人成果而由江青补补贴贴而成的八个所谓"样板戏"之外，中国大地上话剧已经绝灭了！唯一的例外，大概就是后期以打倒重新工作的邓小平同志为目的的那出《欢腾的小凉河》了……

但是火种不灭。"四人帮"一倒台，宗福先的《于无声处》首先宣告话剧复活！全国上百个剧团都争先恐后地演出。接着是《枫叶红了的时候》和李龙云的《有这样一个小院》、苏叔阳的《丹心谱》、赵寰等的《神州风雷》……这类以揭批林彪、"四人帮"和人民对他们斗争为题材的剧目大量涌现，据统计全国达150部之多！同时，为缅怀、歌颂"文革"中逝去的领袖人物和老一辈革命家而写作的剧本，如中国儿艺的《报童》、所云平等的《东进！东进！》、丁一三的《陈毅出山》、白桦的《曙光》、赵寰等的《秋收霹雳》、西安话剧院的《西安事变》等，也纷纷上演。这些作品都是与当时全国人民胜利的兴奋和痛定的悲愤心情紧密结合的，所以获得了成功。但这只可称为话剧的复苏期。

党的十一届三中全会前后，由于冤假错案获得平反，拨乱反正取得成功，特别是解放思想的号召，剧作家深思而且反思，对过去、对未来都进行深入的探讨，于是创作和演出了崔德志的《报春花》、赵梓雄的《未来在召唤》、邢益勋的《权与法》、梁秉堃的《谁是强者》、李杰的《高粱红了》、中杰英的《灰色王国的黎明》和《哥儿们折腾记》、蒋晓勤等的《带血的谷子》、姚远的《下里巴人》、宗福先的《血，总是热的》、贾鸿源、马中骏的《屋外有热流》和《路》、《街上流行红裙子》、高行健的《绝对信号》和《车站》、李龙云的《小井胡同》、沙叶新的《大幕已经拉开》和《马克思秘史》、苏叔阳的《左邻右舍》、漠雁等的《宋指导员日记》、王承刚的《本报星期四第四版》、赵寰的《马克思流亡伦敦》、王正的《迟开的花朵》以及女作者张莉莉的《人生不等式》等。喜剧还有《可口可笑》(王景愚)、《赵钱孙李》(栗粟等)、《张灯结彩》(宋凤仪等)。写现代革命家的有《陈毅市长》(沙叶新)、《彭大将军》(王德英等)；写"文革"中斗争的有《九一三事件》上下集(丁一三等)；革命战争史的有《平津决战》(刘佳等)；历史剧除老作家曹禺的《王昭君》、陈白尘的《大风歌》外，女作家颜海平写有《秦王李世民》，李民生写有《唐太宗与魏征》等；改编鲁迅作品的有《咸亨酒店》(梅阡)和《阿Q正传》(陈白尘)，等等，等等。这里举出的仅仅是近三四年创作中的一部分。

仅从这部分剧作来看，不禁欢呼：话剧创作更大繁荣时期到来了！不论从数量上、质量上都大大超过"文革"前十七年，而且若干剧作已超过40年代老一辈剧作家的水平！这些剧作者绝大多数又都是中青年，中国剧作家不仅后继有人，而且必将超越前人！这是如何值得欣慰和骄傲的事哟！

但是，从1984年起，有的人——我是其中之一，却大声叫喊话剧"危机"来了！是不是无事生非？

还是让事实说话。除了前述《文艺报》上的统计之外，连出三年的《中国戏剧年鉴》另有两种统计。其一，是全国主要剧团演出的统计：1980年——演出176台多幕剧；1981年——演出190台；1982年——演出91台。以1982年与1980年比，突然下降到近一半之数！其二，是主要刊物发表的大型剧本数字：1980年——114个剧本；1981年——60个；1982年——52个。1982年与1980年比，下降到一半以下！至于

1983 年以后呢？连这本《年鉴》也出不下去了！

在三五年间如此大起大落，只有辛亥革命前后文明戏由盛而衰的情况略可比拟，但主客观原因都不同，其未来的前途更不同。但原因究竟何在呢？

其兴也，自然是受自十一届三中全会的鼓舞。接着 1979 年冬四次文代大会上，邓小平同志代表中央所致《祝辞》中，重新确定要坚持 1957 年提出但始终未见实施的"百花齐放"方针，强调"作品的思想成就和艺术成就，应当由人民来评定"，并提出党对文艺工作的领导上，"衙门作风必须抛弃。在文艺创作、文艺批评领域的行政命令必须废止"！文艺家"写什么和怎样写……不要横加干涉"！同一会上，又提出"为人民服务"以代替"为政治服务"的口号。特别是次年初由胡耀邦同志主持召开了前所未有的剧本创作座谈会，都大大鼓舞了剧作家的创作热情，于是出现了三十多年来前所未有的创作高潮！"百花齐放"的局面已初步形成了！

但它为何又突然衰落甚至发生危机？其故非一，前边所述的主客观原因都是。但除了观众的变化和影视的影响之外，其他又都是各级文艺领导想解决但未能解决，或不想解决，或不敢解决所致。简言之，即前十七年中对于文艺工作所持的领导思想、领导方法上"左"的一套依然存在，不仅不因邓小平同志代表党中央所致《祝辞》或胡耀邦同志在座谈会上的讲话而有多大的转变，因为他们要在政治方面加上"保险系数"，而且层层加码。况且"左邻右舍"的部门领导的意见也要照顾，甚至一个县的"电霸"也可以使一部戏剧"自行停演"。不禁之禁，名之曰"有争议的作品"。而某些观察风向的戏剧批评家又继承十七年中，甚至"文革"中"左"的遗风，以"哨兵"自居，到处搜索"敌情"。前一年，就有位"哨兵"的一篇文章（其实是一再重复写过、论过），就把七个"有争议"的作品加以"宣判"，打入"冷宫"！这仅仅是一个例子。"哨兵"又何处无之？

人们在问：十一届三中全会以来，各个战线、各行各业都在肃清"左"的流毒，难道十七年中受"左"之毒害最深的文艺界，特别是戏剧界，就无"左"可反，无遗毒可除么？我们的党中央作出回答了！

1985年初，中国作协四次代表大会上，胡启立同志在代表党中央所致祝词中，如石破天惊呼喊出36年来第一声：文艺界要反"左"！要给作家以创作自由！于是全国文艺界一片欢腾！接着4月间，中国剧协的四次代表大会上，习仲勋同志再次重申文艺界要反"左"，要给作家以创作自由！并且郑重声明：胡启立同志的讲话是"代表党中央的"！这两次大会，特别鼓舞了戏剧家，尤其是剧作家，创作热情又一次燃起熊熊烈火！戏剧危机有了转机了！

与此前后，有许多省、市甚至地、市都制订了奖励、评选优秀剧作的制度，设置了奖金。文化部对剧团的改革也提了初步方案，虽然还未臻完备。习仲勋同志在此次剧代会上就说："承包不等于改革。"当会进一步改善……

特别是最近召开的党的代表会议上，领导同志明白表示：过去几年狠抓社会主义物质文明的建设是必要的，但对社会主义精神文明却未予足够的重视，现在应该提上议事日程了。这更是对于文艺界，特别对戏剧界的又一次福音！

凡此种种，都预示着戏剧危机行将过去，戏剧的复兴有望了。但是如何革除促使戏剧危机产生的种种障碍，又如何恢复前几年复兴的势头，这都有待于今日以后的未来了。

设想未来

未来起于足下。但谁也不是预言家。我们只可以说：第一，作出清醒的估计；第二，提出改革的建议；第三，对过去历史经验作些简单的总结；第四，说说个人的希望。

关于估计：这有主客观两方面。第一，主观方面，我们现在有一支戏剧生力军。前边所列举的近几年优秀剧作都出自中青年剧作家之手。他们之中有五六十年代就出现的中年作家，更多则是近年崭露头角的青年作家；正是他们的创作才掀起近几年的繁荣。这是一支不可轻视的新生力量。他们之中有抱"我不入地狱，谁入地狱"决心死抱着话剧创作不放的中年老将，有"拼命三郎"式要为话剧争生存的猛将，有为话剧创作试探新路的勇士，等等。我们也有在近年繁荣中做出贡献的老、中、青三代好导演、名导演以及更多的优秀中青年演员、舞台美术家等，这是一支极为可爱可敬的队伍！他们是复兴中国话剧的保证！第二，客观方面，应该清醒地估计观众层的变化和电视等对话剧的冲击。只可以减轻，而不能消除这种冲击。这是时代变化的必然。如果说电影、电视是利用科学而大量生产的艺术品，戏剧则是完全由手工生产的艺术品！它是观众可以直接欣赏，并且可以直接交流感情的艺术珍品！因此，它的复兴和繁荣不全在于量而在于质的提高！它不可能恢复到电影等成为艺术以前时代的繁荣。但在资本主义最发达，电视更普及而且泛滥的国家，话剧艺术都未陷入绝境；在其他社会主义国家，话剧艺术依然是旺盛的；在具有自己特色的社会主义的中国，它不能获得应有的繁荣，是不应该的，是不可能的！而且应视为中华民族的耻辱！

关于改革：要免于上述的耻辱，戏剧事业各个方面必须改革！首先要针对产生戏剧危机之主客观原因，进行全面的、综合的改革。这不仅是文化部门的事，也是关系到财政、人事、民政、教育以至交通运输、物价管理等部门的事。如果不由党委统一规划，大力改革，则无济于事。比如剧团的机构臃肿、官僚主义是三十多年来的痼疾，非由各部门"会诊"无法医治。出路是"精兵简政"。文化部门敢于、又能够独自进行么？这仅是一例。精简剧团的机构，消灭官僚主义，这是必须改革者之一。

改革之二，是改善剧团艺术人员的政治待遇和工资待遇。一般演员和舞美人员算不算知识分子，还未见明文规定，政治待遇说不上。他们的工资偏低，也是多年未解决的问题。他们是脑力劳动兼体力劳动者，且不说与体育运动员相比，他们能与熟练工人或其他脑力劳动者相比么？而且平均主义严重，这能鼓励艺术上的进步，这能阻止人心离散么？

改革之三，改变对戏剧演出性质的错误观点。艺术表演售票，并不能视为商业行为。它主要是寓教于乐的文化事业。中央领导同志说了："文化事业不能牟利"。则戏剧事业应由国家给予应有的补贴！书刊是文化用品，运费可以优待；但剧团的道具、服装等不能享受优待。全国政协会议多次提案都被驳回了，令人不解！

改革之四，提高戏剧艺术的身价，必须提高戏剧的票价。广州等地的音乐茶座门票 6 元，戏剧票价仅仅数角到 1 元。几个人唱唱流行歌曲与几十人、上百人夏则汗流浃背、冬则冻得发抖的艺术劳动如此之不等价？更不要说某些"歌唱家"唱 5 分钟就索价数 10 元之事了。物价管理部门也许推说管不了音乐茶座；但青菜、萝卜可以价格倍增，何以独苛于戏剧？君不见好戏的黑市票价也高达数倍么？

改革之五，戏剧应有用武之地，建立剧场。话剧院团没有自己的剧场，有如学校之没有教室，可乎？"北京人艺"因专有首都剧场，日子好过得多。其他剧团无不受制于人。既要提高戏剧艺术又要给予人民以高度艺术享受，而无实验场所，无专用剧场，如何可能？在全国主要城市各建立一个 600 座位，可以进行实验，提高剧艺，又可以营业演出的剧院，并非力所不及的事。这不仅为了话剧，也可以兼顾亟待支持的其他剧种，又何乐而不为？

有待改革之事多矣！姑举以上五事，是阻碍话剧繁荣的主要问题。至于戏剧领导的改革，则是另一码子事了。

今年，文化部已有剧团改革方案提出，我无从寓目，未敢妄议，但从承包制一点论，习仲勋同志既说过"承包并不等于改革"，则承包制似乎也还有利有弊。改革的目的既不在于营利，则只能以是否提高剧艺、出好戏、出人才为衡量标准了。承包调动了从业人员的积极性，是可以肯定的。但在不断演出中，好戏与人才是否更易产生呢？而挂头牌的名演员有的坏了嗓子，有的摔坏了身体，也时有所闻。其利弊得失，似还有待权衡了。

关于经验：我在开头之所以絮絮叨叨重述中国现代话剧发展历史，其目的不过在于企图从历史经验中吸取点教训来，一以寻找目前危机所由来，二以供未来之借鉴。要说对一部有 80 年历史的现代话剧作出什么总结，不是我力所能及的事。下面只就几个问题，粗浅地谈点个人的想法，以求教于在座的同志们。

第一，是艺术与政治关系问题。在戏剧和一切文艺创作中，这是个老问题，也是新问题。抽象地说，任何一部成功的文艺作品，不管作者主观如何，它都含有政治性，或产生政治影响，如影之随形。即使自称绝口不谈政治的作家，当他的作品一经公开发表，它总在客观上对政治产生或好或坏的影响。整个人类的文艺创作概莫能外。但在具体一个作品、一个作家、一个时代来说，艺术与政治又每每不能浑然一体，而产生倚重倚轻之势。这不仅是作家的修养问题，也每每是时代使然，或政治影响所致。这在现代戏剧发展史上更为显然。

文明新戏之所以出现，是推翻清王朝的革命运动的产物。那时的中国民气渴望革命，渴望进步，反对外国侵略，反对腐朽的封建统治，文明戏里便产生了"天知派新剧"，产生了"言论老生"。以直接的革命的说教来鼓动观众，在现在被视为低级可笑的政治宣传，在当时也确实起过政治作用。但革命一经"成功"，由于群众的失望情绪高涨，"天知派新剧"也随之消亡。代之而起的"家庭戏"是对"天知派"无视艺术的一种反动。但它由于没有政治内容，一味迎合低级趣味，以"家庭戏"起家的后期文明戏也宣告灭亡。抗战之前以及抗战初期，全国人民要求抗日救亡的情绪高达沸点，剧作家与群众共呼吸、同激昂，集体创作的《保卫卢沟桥》以及称之为"好一计鞭子"的三个改编剧：《三江好》、《最后一计》和《放下你的鞭子》，便轰动全国，演遍祖国大地。其他剧作也大多是急就章，无暇顾及艺术上的成败。到1939年以后，剧作家们冷静、深入地观察了当前现实，并且有了较充裕的时间从事艺术上的探讨和钻研，这才产生了大批内容形式相一致的剧目，创造了抗战后期大繁荣时代！这是两个得失相反的例证。

目前，话剧创作正面临从危机中重新走向复兴与繁荣的未来之际，重温并吸取过去这些经验教训，尤其是用最近以前那些"哨兵"们所造成的恶果作为殷鉴，该不是多余的废话吧？

第二，是领导与被领导的关系，亦即政治家和艺术家的关系问题。原则上他们应是平等的同志关系，但在一定意义上，即政治与艺术之间又不得不有主从之分。因此，就得存在领导与被领导的关系。这也是必要的。但党和国家如何领导艺术，也有领导的艺术。

中国现代史上的知识分子，包括艺术家在内，基本上都是进步和革命的，反动的是极少数。这是由于他们都自觉地有反帝、反封建的要

编剧原理　第六编　陈白尘（1908—1994）

479

求。因此，五四运动后，中国的戏剧家都是自觉、不自觉地走上党所指引的革命道路。

1927年后，党在白区领导文艺，建立"左联"，冲破国民党的"文化围剿"，革命文艺占领了阵地，建立了不朽的功勋。但同时也在"左倾"路线领导下，产生了关门主义和宗派主义的错误。在戏剧界也产生某些不良后果。

抗战时期，由于周恩来同志的领导，在抗日民族统一阵线的指引下，党组织以赤诚而坦白的胸怀，和戏剧界一切爱国的人士交朋友，团结、引导他们走向革命之路，遂创造了话剧大繁荣的辉煌战果！这是领导戏剧家和一切艺术家成功的典范！

新中国成立以后，党的威信如日中天，领导的权威也因之日尊。而戏剧作家进入崭新的天地，又遇政治运动迭起，于是自觉地处于被领导以致被改造的地位，积极性和创造性被压制，虽有创作，也只是"但求无过"了。与艺术家间同志式关系既不存在，则原可作为党和领导之耳目的文艺家即不能起作用，遂使张春桥、姚文元之徒蹂躏文坛，百花摧残殆尽，戏剧自然灭亡了！这个教训是惨痛的！

第三，是借鉴与继承问题。话剧本身就是"舶来品"，它是先从日本，继从欧美"引进"的，所以从发生到发展都是向外国借鉴的。五四时代剧作家正是直接或间接（经翻译）向国外各种流派兼收并蓄，创造出中国自己的话剧，所以每一作者都有其自己的风格，颇有群芳争艳之势。剧作家们在政治上大体一致，而艺术风格上则各具特色。但建国后对外借鉴偏少了，而且"一边倒"，这很不利于戏剧艺术的发展，也促使戏剧创作僵化。

在话剧向自己的传统戏曲学习和继承问题上，过去若干剧作家也曾作过不少的努力和尝试，限于客观条件的限制，成绩不大。建国后，英雄应有用武之地了，但又未加重视；只有个别作家，如田汉在《丽人行》之后又有《关汉卿》，和老舍在"反右"前的《茶馆》，可称成功的典范。而与此相反，则有许多戏剧家强使戏曲话剧化，这可称背道而驰了！

近年来，由于对外开放政策的影响，许多戏剧作家和批评家，掀起向外学习之风，于是也"引进"了各种戏剧流派的学说，这是应该的，也是过去与外界隔绝引起的反作用，无可厚非。但是用"拿来主义"为我所用呢，还是全盘接受，照搬照抄？这还有待分晓。但在饥者易为食的今天，我们是应该注意其营养价值和有无霉腐之处了。

关于希望：我的所谓希望，是基于话剧必将再度繁荣的希望之上；而话剧必将繁荣的希望则又基于我国工农业以及科技、国防已经繁荣之基础之上的。虽说是希望，应该成现实。水不倒流，天不下塌，话剧再度繁荣，必能实现！

第一个希望是话剧早日现代化。现在中青年作家，已各有各的风格，各有各的追求，实际都是在探索现代化的道路。应该让他们各展所长，自成流派。其中也不排斥外国一切流派的"引进"。中华民族有消化一切外来文化的胃口，中国剧作家也有吸收借鉴一切外国戏剧的经验与实践，不必担心、排斥。只有让各种流派自然发展，自由竞赛，互相借鉴，互相吸收，甚至互相争论；经过观众的考验，何者存在，何者发展，何者消亡，都可听其自然。这应该是实现"百花齐放、百家争鸣"必由之路。然后，适应四化的现代化话剧才能出现！

第二个希望是社会主义的现代化的话剧的早日形成。在各个流派竞赛中，有一件事不能忘，那就是人！"文学是人学"，社会主义的戏剧文学，更应该是人学！社会主义社会刚把阶级社会里的人恢复了人的尊严和权利。没有人，没有典型人物，便失去与观众感情交流的主体！还有另一件不能忘，那就是现实。社会主义社会还有真善美与假恶丑的斗争。不写现实，只是逃避现实，或不敢正视、理解现实的遁词。只有描写现实中人的斗争的戏剧，才是社会主义现代化的戏剧。

第三个希望是话剧民族化的实现。话剧的民族化，一要向古典戏曲传统学习；是学其精华，而使之现代化。二要向中国一切优秀的民族文化遗产学习，以吸收其民族的风格。三是向兄弟剧种学习。在话剧衰落之际，上海和江、浙一带的滑稽戏为何卖座不衰？四川方言话剧、广东以粤语演出的话剧何以也都吸引观众？也是值得研究学习的。有此学习，话剧才能具有中国气派。然后，才能产生出中国的、社会主义的、现代化的话剧来！

第四个希望是创造新的观众层。这是话剧的外界问题。话剧不会没有观众，在于争取与创造。一切话剧团院不能等待观众，而应走到观众中去。中国大学生应是话剧的主要观众方面之一。剧团不仅走进大学去演出，而且应该辅导大学生建立剧团，辅导演出。国外大学校都有自己学生组织的剧社，香港大中学生也都有所谓"发烧友"所组织的剧社，过去北京、上海各大学也有此传统。最近国内有些大学已有组织剧社者，专业剧团应该推动、帮助这一运动。这是创造新观众的途径之一。其次，许多大型企业远离市区，新一代有文化的工人已经出现，专业剧团也应像对大学一样，走进工厂去演出并辅导工人成立剧社。这是创造新观众的又一途径！此外，途径尚多，在于创造！

以上的估计、改革、经验以及希望等，都不过是我个人的纸上谈兵，愚者之虑而已，但如幸而言中，则其实现，还得有两重保障：其一，是必须继续排除"左"的干扰；其二，是改善对戏剧事业的领导。社会主义精神文明的建设既已提上日程，领导必须加强和改善。周恩来同志不幸已离开我们，但全党中对戏剧事业热爱而且善于领导者应说比比皆是，绝不乏人的！有此两重保障，才能加速地出现话剧新的大繁荣局面，才能创造出超过当年雾重庆时期的更辉煌的时代！也才不辜负此次重庆雾季艺术节推动戏剧运动的重大作用！

作者附记：这是今年 10 月间在重庆雾季艺术节上的讲话。当时仅有简略的提纲，现在根据它加以补充和修改而成此文，以就教于读者。

1985 年 12 月 28 日记于南京

（原载《南京大学学报》哲学社会科学版 1986 年第 1 期）

修订说明

1. 本丛书第一卷内容以熊佛西《写剧原理》为主体，兼录洪深、余上沅、田汉、李健吾、陈白尘等 5 人有关编剧理论的文稿，定名为《编剧原理》。

2. 本丛书第四卷为周端木的《戏剧结构论》，该著原名为《一座迷宫的探索：戏剧结构论》（北岳文艺出版社，1992 年版），除更改书名，新增注释外，内容未有更改。

3. 本丛书第五卷以宋光祖著《戏曲写作教程》（人民日报出版社，1992 年版）为上编，宋光祖另著《戏曲写作论》（百家出版社，2000 年版）中的"戏曲写作的理论与技巧研究"为下编，定名为《戏曲写作教程》。

4. 初版本所引书目与文献注释不全，本次修订皆酌情补充，并尽量选取早于作者写作年代的著作予以填补。部分版本不详的注释，选用晚近出版的著作，以权威版本为准。全文引述英文原著，考虑到引文与其他的翻译著作不符，皆尊重作者的翻译，不再特别注释。此项说明，通用于 10 本教材。

图书在版编目(CIP)数据

编剧原理/熊佛西等著. —上海:上海人民出版
社,2016
(上海戏剧学院编剧学教材丛书)
ISBN 978-7-208-13746-2

Ⅰ.①编…　Ⅱ.①熊…　Ⅲ.①编剧-高等学校-教材
Ⅳ.①I053

中国版本图书馆 CIP 数据核字(2016)第 078384 号

责任编辑　赵蔚华
封面装帧　张志全

上海戏剧学院编剧学教材丛书
编剧原理
熊佛西　余上沅　田　汉　等著

出　　版　上海人民出版社
　　　　　(201101　上海市闵行区号景路 159 弄 C 座)
发　　行　上海人民出版社发行中心
印　　刷　上海商务联西印刷有限公司
开　　本　890×1240　1/32
印　　张　16
插　　页　2
字　　数　468,000
版　　次　2016 年 6 月第 1 版
印　　次　2024 年 2 月第 5 次印刷
ISBN 978-7-208-13746-2/J·444
定　　价　68.00 元